U0475727

# THE MASTERS OF ROME

罗马主宰

11

# 十月马

THE OCTOBER HORSE

上

Colleen McCullough

[澳大利亚]考琳·麦卡洛 著

成 鸿 译

文化发展出版社
Cultural Development Press

# 目　录

# 引　言

十月十五日标志着战斗季节的结束。那一天，在罗马共和国的塞维安城墙之外，有一场比赛在战神原野的草地上举行。

这一年的最佳战马一对对地套在战车上，以风驰电掣的速度飞奔。最后会有一对战马赢得胜利，其中右手边的那匹马就是十月马。专属于战神马尔斯的战神祭司会用长矛杀死这匹马，然后把十月马的头部和生殖器砍下。生殖器会迅速送往罗马最古老的神庙雷吉亚圣殿，让生殖器的精血流在圣殿的神圣灶台上。接着再把生殖器交给维斯塔贞女①，在维斯塔的圣火中烧成灰烬，然后这些灰烬会掺进糕饼里面，在罗马的国庆典礼上献给罗马的第一任国王罗慕路斯。经过装饰的马头会扔进人群之中，这群人由两组底层市民组成，其中一组来自苏布拉区，另外一组来自神圣大道区。这两组人会奋力争夺马头。如果苏布拉区的赢了，马头就会钉在玛米利娅塔楼上面。如果神圣大道区的赢了，马头就会钉在雷

① 维斯塔贞女（Vestal Virgins）是古罗马为灶神维斯塔服务的女祭司。她们由国家供养，至少要在神庙中服务三十年，期满之后可以结婚，但在服务期间必须守贞。如果她们在服务期间违犯了贞洁誓约，就会被活埋处死。维斯塔贞女很受尊敬，罗马妇女中只有她们享有独立处理财产的权利，执政官遇到她们时要让路，被押出执行死刑的囚犯遇到她们可以免于刑罚，人们常常把重要的文件（例如遗嘱）交给她们保管。——译者注

［译者按：本书名词注释大多根据原著附录词条译出，并参考《探寻古罗马文明》（莱斯莉·阿德金斯、罗伊·阿德金斯著，商务印书馆）、《古代罗马史》（科瓦列夫著，上海世纪出版集团）、《大英袖珍百科》、《世界历史地名辞典》等加以增删调整，因为在原注基础上有所变动，所以本书注释都在结尾处标以“译者注”，下文注释不再逐一说明。］

吉亚圣殿的外墙上面。

这是一个非常古老的仪式，没有人记得它究竟是如何开始的。罗马把她最宝贵的东西献给统治着她的两股力量：战争和土地。正是因为战争和土地，罗马才赢得她的强大力量、巨额财富和长久荣耀。十月马的死亡，既是对过去的缅怀，也是对未来的展望。

# 第一章
# 恺撒在埃及
# （从公元前48年10月至公元前47年6月）

## 第 1 节

“我知道我是正确的，有一场非常轻微的地震。”恺撒说着把一些文件放在书桌上。卡尔维努斯和布鲁图斯放下他们自己的工作，惊讶地抬起头来。

“这跟鱼的价格有什么关系呢？”卡尔维努斯问。

“格涅乌斯，表明我具备神性的种种迹象！伊利斯神庙里的胜利女神转过身，安条克和多利买的刀剑和盾牌发出撞击声，帕加马的阿佛洛狄特神庙响起鼓声，记得吗？根据我的经验，神明不会干预人类的事情，所以神明当然不会来到法萨卢斯打败马格努斯。于是我在希腊的几个地方打听了一下，包括亚细亚行省的北部和叙利亚的奥龙特斯河地区。所有异象都在同一天的同一时间发生，这是因为有一场轻微的地震。看看我们自己在意大利的宗教记录，到处都有大地深处传来的鼓声，还有许多雕像做出种种怪事。这些都是因为地震。”

“恺撒，你把我们心中的火焰都扑灭了。”卡尔维努斯说着咧嘴一笑。

“我才刚刚开始相信，我是在为一位神明工作。”他看了看布鲁图斯。“布鲁图斯，你也觉得有点失望吧？”

那双眼皮厚重、目光哀怨的黑眼睛没有闪出丝毫笑意，只是若有所思地盯着卡尔维努斯。“格涅乌斯·卡尔维努斯，我没有失望或幻灭，尽管我并没有想到自然的原因。我只觉得那些报告是阿谀奉承。”

恺撒皱起眉头。“阿谀奉承，”他说道，“那更糟糕。”

这三人坐在罗德岛[①]总督给他们提供的办公室里，这个房间舒适但不奢华，跟他们休息和睡觉的房间不太一样。从窗口望出去是一个繁忙的海港，这条重要的商道把爱琴海和塞浦路斯、西里西亚、叙利亚联系起来。这是一幅美丽生动的风景，在密密麻麻的船只之间，是深蓝色的海洋和海峡对面的吕西亚高山，但是没有人注意到这一切。

恺撒打开另外一份信函的封印，匆匆一瞥后哼了一声。“塞浦路斯的来信，”他说道，他的同伴还没回到自己的工作上。“小克劳狄乌斯说庞培·马格努斯已经出发前往埃及。”

“我敢肯定，他会在帕提亚[②]国王的宫廷跟希尔鲁斯会合。埃及能有什么东西呢？”卡尔维努斯问。

“水和物资。他的行程会像蜗牛一样缓慢，在他离开亚历山大里亚之前刮的是地中海季风。我猜测，马格努斯要去跟那些在非洲行省的流亡者会合。”恺撒有点伤感地说。

“所以这件事还没结束。”布鲁图斯叹息道。

恺撒厉声回答：“我亲爱的布鲁图斯，这件事随时都能结束，只要马

① 罗德岛（Rhodes）是希腊第四大岛，位于爱琴海东南部和地中海的交界处。——译者注

② 帕提亚（Parthia）是亚洲西部地区的古国，曾是亚历山大帝国的一省，公元前250年左右塞琉西王国瓦解以后，阿萨息斯一世建立了新的王国，汉朝取阿萨息斯的汉语音译把这个国家称为“安息”，这个王朝一直到公元226年左右才被波斯推翻。公元前1世纪初，王国势力达到鼎盛，势力范围从幼发拉底河到印度河，阿姆河到阿拉伯海。——译者注

格努斯和他的‘元老院[①]’来找我，承诺让我缺席参选执政官！”

“噢，像加图那样的人，根本就没有这样的觉悟。”布鲁图斯没有说话，所以卡尔维努斯接过话头。“只要加图还活着，你就不可能跟马格努斯或他那个元老院讲和。”

“这个我也知道。”

三个市集日[②]之前，恺撒渡过赫勒斯滂海峡[③]进入亚细亚行省，在爱琴海沿岸地区考察共和派疯狂搜刮船队和资金之后留下的满目疮痍。神庙里最珍贵的财宝都被抢走了，银行、财阀和收税人的保险库都被洗劫一空。梅特路斯·西庇阿是叙利亚行省而非亚细亚行省的总督，他从叙利亚到色萨利去跟庞培会合的路上曾经停留在这个地区，并且非法地对他能想到的一切东西征税：窗户、柱子、大门、奴隶、人丁、粮食、牲畜、武器、大炮和土地转让。这些东西的税收还不够，于是他又设立了临时税收，强行征收未来十年的税费。当地人表示抗议，他就把那些人都处决了。

虽然送往罗马的报告主要是恺撒具备神性的迹象而非这些情况，但恺撒的实际工作主要是了解情况和减轻行省的经济负担，因为这个行省已经被搞得凋敝惨淡。于是恺撒跟政府和商业领袖谈话，辞退收税人，取消未来五年的一切税收，命令那些在法萨卢斯各处找到的财宝送达之后要还给各个神庙，并承诺一旦他在罗马建立起一个好政府，就会采取

① 元老院（senate）是向罗马行政官员提出建议的机构，其职责包括向人民大会提交法案、管理财政、处理外交事务并督导国家宗教。元老院由非选举产生的元老组成，共和国早期仅限于贵族，后来扩张到平民，进入元老院的年龄一般是30岁，成员是终身制，只有犯罪时才会被逐出。元老院最初有100人，到共和国中后期增加到300人，到苏拉时期增加到600人，到恺撒时期增加到1000人。元老院的元老是分等级的，只有担任高级职务的元老才可以坐在前面的象牙折椅上，其中居于元老名单首位的称为“首席元老”，而地位低微的“后座元老”只能坐在后排。——译者注

② 市集日（nundinus）每隔八天就有一个，法庭审讯通常会在市集日进行，而各种会议通常不会在市集日进行。——译者注

③ 赫勒斯滂海峡（Hellespont）现称达达尼尔海峡，是位于欧洲加利波利半岛和土耳其的亚洲本土之间的狭长海峡。——译者注

更多具体措施来帮助可怜的亚细亚行省。

恺撒坐在这个位于罗德岛的办公室，翻阅着堆在书桌上的文件，而格涅乌斯·多米提乌斯·卡尔维努斯坐在旁边想着：这就是为什么亚细亚行省会把恺撒看成一个神。上一个了解经济事务，并整顿亚细亚的人是苏拉。苏拉建立了一套公平的税收制度，而十五年后这套税收制度正好被伟大的庞培废除。卡尔维努斯在那儿沉思默想，也许只有那些历史悠久的贵族，才能意识到罗马对行省肩负的义务。我们这些人并没有在过去的历史中深深扎根，所以我们倾向于活在当下，而不会去考虑未来。

这个大人物看起来非常疲惫。噢，他仍然身强体壮，但显然快要累垮了。他从不喝酒或滥食，他每一天的生活都很节制，而且他打个小盹就能精力充沛地醒来，这项技能实在令人艳羡。问题在于他有太多事情要处理，而且他对大多数手下没有足够的信任，不能让他们为自己分忧解劳。

卡尔维努斯心中有点酸涩，布鲁图斯就是这种人，他不喜欢布鲁图斯。布鲁图斯是一个完美的会计员，但他的全部精力都用于保护他那个与元老身份格格不入的商行，这个高利贷和收税人的商行叫作“马提尼乌斯和斯卡普提乌斯”。这个商行其实应该叫作“布鲁图斯和布鲁图斯”！亚细亚行省的每个重要人物都欠了“马提尼乌斯和斯卡普提乌斯”许多钱，加拉提亚[①]的德奥塔鲁斯国王和卡帕多西亚[②]的阿里奥巴尔扎尼斯国王也欠了它的钱。于是布鲁图斯常常唠叨，这惹得恺撒很气恼，因为他讨厌被唠叨。

“百分之十的利息，这样的回报真的不够高，”布鲁图斯哀怨地唠叨，“这样对罗马商人会造成多么大的损害，你怎么能定下这样的利率呢？”

“任何以高于这个利息放贷的罗马商人，都是卑鄙可耻的高利贷者，”

① 加拉提亚（Galatia）是位于小亚细亚中部的古代地区，公元前85年列入罗马的势力范围。——译者注

② 卡帕多西亚（Cappadocia）是小亚细亚东部的古代地区，位于现在的土耳其中部。公元前6世纪是波斯的一个总督管辖区，后来成为阿里阿拉特王朝统治下的半独立王国，公元17年被罗马兼并成为罗马行省。——译者注

恺撒回答道，“百分之四十八的复利，布鲁图斯，这是在犯罪！这就是你的爪牙马提尼乌斯和斯卡普提乌斯向塞浦路斯的萨拉米尼安人收取的利率？然后如果他们还不上钱，就要把他们活活饿死！如果要让我们的行省为罗马提供福利，那他们就必须拥有健康的经济。”

“如果借款人同意签署比正常利率更高的合同，那这就不是贷款人的错，”布鲁图斯说，他对于商业上的事特别固执，“债务就是债务，必须按照合同约定的利率偿还。现在你却规定这是非法的！”

“这本来就是非法的。布鲁图斯，你的压缩技术很出名吧？还有谁能把修昔底德的理论都压缩进两页纸？你没有试着把十二表法压缩进一张小纸片吗？如果罗马传统促使你跟你的加图舅舅站在一起，那你应该记得十二表法禁止在借钱时收取任何利息。”

“那已经是六百年的事。”布鲁图斯会这样回答。

“如果借款人同意接受过分的借贷条款，那他们就不是合格借款人，你应该知道这一点。布鲁图斯，你真正抱怨的是，我禁止罗马的贷款人雇佣政府的军队或扈从[①]去用暴力收债。”恺撒会这么说，他已经被刺激得开始发火。

这样的对话每天至少会重复一次。

对恺撒来说，布鲁图斯是一个特别困难的问题。恺撒在法萨卢斯战役之后把布鲁图斯收入麾下，是出于对他母亲赛尔维利娅的感情，也是出于对他的愧疚。为了拉拢庞培，恺撒撕破了布鲁图斯跟尤利娅的婚约，这让布鲁图斯伤透了心，这一点恺撒非常清楚。卡尔维努斯想着，恺撒在法萨卢斯战役之后对布鲁图斯心生怜悯，但是恺撒根本就不清楚布鲁图斯是什么样的人。他之前见到的布鲁图斯还是一个少年，他们再次相见已经是十二年后。他没有意识到，那个满脸粉刺的少年，现在已经是一个满脸粉刺的三十六岁男人。这个男人在战场上是个懦夫，但在保护自

① 扈从（lictor）是古罗马高级官员的侍从，他们手持法西斯为官员开路。拥有至高统帅权的高级官员有扈从随侍，扈从在官员前方单列行走。独裁官有24名扈从，执政官有12名扈从，大法官有6名扈从。此外，扈从也执行一些诸如看守监狱之类的防卫任务。——译者注

己的巨额财富时却是一头猛狮。没有人敢去告诉恺撒这个众所周知的事实：布鲁图斯在法萨卢斯战役中扔下他那没有沾血的刀剑，在逃往拉里萨之前一直躲在沼泽地里。在拉里萨,布鲁图斯是庞培手下那些“共和派”中第一个求饶的。卡尔维努斯对自己说:不，我不喜欢布鲁图斯这个懦夫，而且我希望能看到他最后有什么下场。他还真有脸把自己叫作“共和派”！这只是一个冠冕堂皇的名称，布鲁图斯和其他那些所谓的共和派把罗马推入内战，这只是他们想出来为这场内战辩护的名称罢了。

布鲁图斯从他的书桌旁边站起来：“恺撒，我还有事。”

“那就去吧。”这个大人物平和地说。

“这是否意味着那个像蠕虫一样的马提尼乌斯已经跟我们一起来到罗德岛？”布鲁图斯一离开，卡尔维努斯就立刻发问。

“我恐怕确实如此。”恺撒拥有一对淡蓝色的眼眸，这双眼眸因为虹膜外面的一圈黑色而令人不安。他的眼角泛起笑纹，“高兴一点，卡尔维努斯！我们很快就能摆脱布鲁图斯了。”

卡尔维努斯回以微笑：“你准备拿他怎么办？”

“我们的下一站是塔尔苏斯①,这也是我们的最后一站。我会把他安置在塔尔苏斯的总督府。让布鲁图斯回到塞斯提乌斯手下工作，我想不出比这更好的惩罚了。塞斯提乌斯不会原谅布鲁图斯，因为他偷偷带走西里西亚②的两个军团，还带着这两个军团去投奔庞培·马格努斯。”

一旦恺撒下令出发，一切就迅速执行。第二天，恺撒就从罗德岛起航前往塔尔苏斯，他带着两个军团和大概三千两百名老兵，这些老兵是从他手下最老的几个军团中整合而来，主要来自第六军团。随行的还有八百个日耳曼骑兵，以及他们那些宝贵的马匹，此外还有一些步兵，这些步兵以长矛狙击兵的身份跟他们一同作战。

---

① 塔尔苏斯（Tarsus）是土耳其中南部城市，位于地中海沿岸，公元前67年并入罗马新设的西里西亚行省。——译者注

② 西里西亚（Cilicia）是小亚细亚南部的古代地区，公元前1世纪成为罗马行省。——译者注

塔尔苏斯被梅特卢斯·西庇阿弄得一塌糊涂，然后在昆图斯·马尔基乌斯·菲利普斯的带领下艰难度日。菲利普斯是卢基乌斯·马尔基乌斯·菲利普斯的小儿子，而卢基乌斯·马尔基乌斯·菲利普斯这个保持中立的享乐派是恺撒的外甥女婿和加图的岳父。恺撒对小菲利普斯的尽忠职守一番赞扬，然后就立刻让普布利乌斯·塞斯提乌斯回到总督的位子上，并且指派布鲁图斯为他的副将，小菲利普斯为他的财务官。

"第三十七和三十八军团需要一个假期，"恺撒对卡尔维努斯说，"所以你要让他们在西里西亚隘口上面的高地扎营四十八天，然后再让他们和一支船队到亚历山大里亚找我。我会在那里等着，直到他们到达为止，然后我会向西进军，在那些共和派过得太舒服之前把他们赶出非洲行省。"

卡尔维努斯四十多岁，他身材高大，长着浅褐色的头发和灰色的眼眸。对于这些命令，他没有提出任何质疑，因为无论恺撒想做什么事，最后都证明是正确的。自从一年前加入恺撒麾下，卡尔维努斯见过种种事情已经足以让他明白，所有想要兴旺发达的聪明人都应该跟恺撒联合。身为一个保守的政客，卡尔维努斯本来应该选择效忠庞培，但是加图和西塞罗之流的盲目怨恨实在令他生厌，所以他才选择了恺撒。于是他去到布伦狄西姆[①]跟马尔库斯·安东尼乌斯[②]见面，并请求安东尼乌斯派船把他送到恺撒那边。安东尼乌斯非常清楚，恺撒会欢迎像卡尔维努斯这样的前任执政官转换阵营，所以他立刻就表示同意。

"你是说，我应该留在塔尔苏斯，直到我听到你的消息为止？"卡尔维努斯提出疑问。

"卡尔维努斯，这是你的选择，"恺撒回答说。"我宁愿把你当作我的

---

① 布伦狄西姆（Brundisium）是意大利东南部的海港城市，现称布林迪西。——译者注

② 马尔库斯·安东尼乌斯（Marcus Antonius）是拉丁文名，马克·安东尼（Mark Antony）是英文名，这两个名字指的是同一个人。在原文中，作者有时使用"Marcus Antonius"，有时使用"Mark Antony"。在译文中，为了保持行文一致并方便读者理解，全部使用"马尔库斯·安东尼乌斯"。——译者注

‘巡回执政官’，如果说有这么一个职位的话。身为独裁官[1]，我有权授予至高统帅权[2]，所以今天下午，我会召集三十个扈从来充当证人。我会通过一道法令赋予你没有限制的至高统帅权，范围是从希腊以东的所有土地。这样你会比这些地区的行省总督拥有更高权力，而且你还可以在任何地方征集军队。”

“恺撒，你有什么预感吗？”卡尔维努斯皱着眉头问。

“如果你的意思是，有没有什么超自然的东西在我心中涌现，那我并没有这种东西。我宁愿认为预感的根源在于种种蛛丝马迹，虽然我并没有特别留意，但肯定存在蛛丝马迹。我只想说，你要仔细观察非常之事，还要仔细倾听非常之音。如果你看到或听到了，就肯定是出了什么事，这样我不在时你就有权去处理了。”

接下来这一天，也就是九月的倒数第二天，盖乌斯·尤利乌斯·恺撒的船只出了西德努斯河进入地中海，科鲁斯风的理想风向推着他朝着东南方前进。他的三千两百名老兵和八百名日耳曼骑兵挤进了三十五艘船里，他留下的战船正在接受检修。

两个市集日之后，卡尔维努斯这位被授予无限制至高统帅权的巡回执政官正准备前往安条克，看看叙利亚在梅特路斯·西庇阿这位总督之后被糟蹋成什么样子。这时一个信使快马加鞭来到塔尔苏斯。

“法纳西斯国王带着十万大军，从辛梅里亚而下在埃米苏斯入侵本都，”那个信使气喘吁吁地说，“埃米苏斯一片战火，他说他准备夺回他父亲的所有土地，从亚美尼亚－帕尔瓦到赫勒斯滂海峡。”

卡尔维努斯、塞斯提乌斯、布鲁图斯和昆图斯·菲利普斯都目瞪口

① 独裁官（Dictator）是在紧急情况下经过元老院提议并任命的最高官职，一般规定任期不能超过六个月。独裁官拥有最高的军事和司法权，他会委任一位骑兵统帅作为助手，通过竞选产生的其他官员也要听从他的指挥。——译者注

② 至高统帅权（Imperium）是罗马共和国高级官员享有的特权，手持法西斯的扈从是这种特权的象征，表明拥有至高统帅权的人在职权范围内具有无可置疑的权威。至高统帅权的期限只有一年，随着独裁官、执政官、大法官、行省总督和贵族营造官任期的结束而终止。只有当高级官员无法在一年的时间中完成原定的任务时，才能由元老院批准延长其至高统帅权的期限。——译者注

呆地坐在那里。

“又是密特里达提六世。”塞斯提乌斯的声音有点发虚。

“我表示怀疑，”卡尔维努斯迅速回答，他终于从震惊中回过神来。“塞斯提乌斯，我会跟你一起带兵出征。我们会带着昆图斯·菲利普斯一起去，留下马尔库斯·布鲁图斯来管理塔尔苏斯。”他转头看向布鲁图斯，他脸上的神情是如此凶恶，让布鲁图斯不由得向后退缩。“至于你，马尔库斯·布鲁图斯，你要好好留意我的话。我们不在时，你绝对不能去收债，明白了吗？你可以拥有同大法官[①]的至高统帅权来管理事务，但如果你敢动用一个扈从去向罗马或行省的人收债，那我一定会狠狠地收拾你。”

“还有，”塞斯提乌斯恶声恶气地说，他也不喜欢布鲁图斯，“西里西亚就是因为你才没有老兵军团，所以你的主要工作是招募并训练新兵。听清楚了吗？”他转头看着卡尔维努斯。“恺撒那边怎么办？”他问道。

“很难办。他想要三十七和三十八两个军团，但是我不敢完全照办。我也不确定，他是否想让我把安纳托利亚[②]的老兵都带走。所以我会把经过休整的第三十七军团派到他那儿，然后带着第三十八军团跟我们一起。我们可以带着这个军团经过西里西亚隘口，然后到马扎卡[③]去跟阿里奥巴尔扎尼斯国王会合。无论卡帕多西亚的情况是多么困难，阿里奥巴尔扎尼斯国王都要找到军队。我会派一个信使到加拉提亚去面见德奥塔鲁斯国王，命令他能征集多少士兵就征集多少，然后跟我们在马扎卡附近的

① 大法官（Praetor）是仅次于执政官的高级官职。公元前366年设立的城市大法官专门负责在罗马城管理法律事务。公元前242年，又设立一名外事大法官，负责处理一方或双方都是外邦人的法律案件。大法官最初拥有军事指挥权，到共和国中期权力仅限于司法，军事职权由执政官接掌，不过在遇到某些特殊情况时，元老院也可能把军事统帅权委托给大法官。后来，当国家的边界扩展到意大利以外时，就派出现任或卸任的大法官（称为“同大法官”）作为总督去管理罗马的行省。大法官由百人团大会选出，年龄通常在40岁左右，任期一年，人数随着行省的增多而增多。——译者注

② 安纳托利亚（Anatolia）又名小亚细亚，是亚洲西南部的一个半岛，位于黑海和地中海之间，在现代土耳其境内。——译者注

③ 马扎卡（Mazaca）是卡帕多西亚的首都，位于现代土耳其的中部，现称开塞利。——译者注

哈利斯河会合。我还会派遣信使到帕加马[①]和尼科美狄亚[②]。昆图斯·菲利普斯，去找几个文书！快去！”

虽然已经做出决定，但卡尔维努斯对恺撒还是很担心。既然恺撒已经隐约地提醒过他安纳托利亚可能会有麻烦，那同样的直觉也让恺撒想要将整整两个军团送到亚历山大里亚。没有得到两个军团可能会影响恺撒尽快前往非洲行省的计划。于是卡尔维努斯写了一封信到帕加马，给密特里达提六世的另外一个儿子，这个儿子不是法纳西斯。

这是另外一个密特里达提，在罗马跟他父亲持续三十年的战争之后，他在庞培横扫安纳托利亚的战役中跟罗马人联合。庞培给了他一片肥沃的土地作为回报，这片土地位于亚细亚行省的首府帕加马附近。这个密特里达提并不是国王，但是在他那块小小的辖地之内，他无须听从罗马的法律。身为庞培的食客[③]，按照食客的严格规定他必须听从庞培的意思，于是在庞培与恺撒的战争中他选择支持庞培。但是在法萨卢斯战役之后，他发出一封信给恺撒，谦恭有礼地请求得到恺撒的原谅，并请求成为恺撒的食客。这封信让恺撒忍俊不禁，也让他充满陶醉之情。恺撒宽容大度地回了信，告诉帕加马的密特里达提，他已经被宽恕了，而且从今之后他就是恺撒的食客。但是他必须准备好在恺撒需要时效力。

卡尔维努斯写道：

密特里达提，现在你终于有机会为恺撒效力。现在你肯定跟我们一样震惊，因为你同父异母的兄弟入侵本都，并且在埃米苏斯犯

① 帕加马（Pergamum）原本是位于小亚细亚西部的古国，这个国家的首府也叫作帕加马。公元前133年，最后一任国王立下遗嘱将自己的王国送给罗马，于是这个地区并入了罗马的亚细亚行省。——译者注

② 尼科美狄亚（Nicomedia）是比希尼亚的首都，即现代土耳其西北部的伊兹米特。——译者注

③ 食客（client）以一些权贵为保护人（patron），食客从保护人那里取得土地、牲畜、在法庭上受到保护等。但是食客必须支持保护人的军事行动，有时还要用金钱帮助保护人，为了保护人的利益而进行各种工作。——译者注

下骇人听闻的暴行。这是一桩丑事，是对所有文明人的冒犯。战争是必须的，否则战争就不会存在了。但是一个文明的统帅有责任让居民离开军队所经之处，并保护他们不受到身体上的伤害。那些居民可能会饿死，也可能会失去他们的家园，这是战争的自然结果，但是把妇女和女童强暴至死，把男人折磨肢解以此取乐，这完全是另外一回事。法纳西斯是个野蛮人。

我亲爱的密特里达提，法纳西斯的入侵让我陷入困境，但这次入侵也让我想起你是元老院和罗马人民的最佳同盟。我知道，我们的约定禁止你招募军队或民兵，但在当前这种情况下，我必须放弃那条规定。我有权这么做，因为我拥有不受限制的同执政官至高统帅权，这是独裁官授予的合法权力。

你应该不知道，独裁官恺撒已经前往埃及，但他的随行军队太少了，所以他让我尽快送去两个军团和一支船队。现在我发现，我只能给他送去一个军团和一支船队。

所以这封信授权给你，你必须征集一支军队，并把这支军队送到亚历山大里亚交给恺撒。我不知道你可以在哪里找到军队，因为我把整个安纳托利亚的军队都带走了，但是我把马尔库斯·朱尼乌斯·布鲁图斯留在塔尔苏斯，并让他开始招募和训练新兵。所以当你的指挥官到达西里西亚时，你至少能得到一个军团。我还建议你在叙利亚招募军队，特别是在叙利亚的南部边境。那里的人很优秀，是世界上最好的雇佣兵。你可以试试犹太人。

当帕加马的密特里达提接到卡尔维努斯的书信时，他松了一大口气。现在终于有机会了，他可以向新的世界之主证明自己是个忠诚的食客！

“我要亲自带领这支军队。”他对妻子贝瑞妮丝说。

“这是明智的选择吗？为什么不让我们的儿子阿尔克劳斯去呢？”她问道。

“阿尔克劳斯可以照料这里的事。我一直都觉得，我也许继承了父王的一点军事天赋，所以我想亲自去带领军队。而且，”他补充道，“我曾经在罗马人中生活，所以吸收了他们的一些组织才能。我父王就是因为缺少这个才会失败。”

噢，多好啊！这是恺撒的第一反应，他终于摆脱了亚细亚行省和西里西亚的种种琐事，还有来自副将[①]、官吏、财阀和地方长官种种不可避免的烦扰。在那些有点地位的人中，他只带着一个人一同前往亚历山大里亚。这个叫作普布利乌斯·鲁弗里乌斯的人是最受他器重的手下，是从长发高卢[②]时期就开始追随他的第一先锋百夫长[③]。后来他把这个人提拔为同大法官地位的副将，并在他的麾下参与了法萨卢斯战役。鲁弗里乌斯是个沉默寡言的人，他绝对不会想着要探听统帅的隐私。

善于行动的人也可能善于思考，不过思考是在行动和事件之中完成的，恺撒最害怕无所事事，所以总是善用每一天的每一刻。当他在各个行省之间千里奔波时，他通常是乘着一辆由四头骡子拉着飞奔的马车，而且总是至少让一个文书跟着，然后就不停地向那个可怜的家伙口授各种指示。只有跟女人共度的时间，或者听音乐的时候（他很喜欢音乐），他才会把工作放在一边。

但现在，在这次从塔尔苏斯到亚历山大里亚的四天旅程中，他没有带着文书或乐师来占据自己的脑筋。他非常疲累，累得足以意识到这次必须休息一下了。他应该想想其他事，而不是老想着下一场战争或下一个危机。

近年来，他已经习惯了用第三人称去思考，甚至在回忆时也是如此。这是因为他天性中那种强烈的疏离感，也是因为他极力避免反复咀嚼痛

---

① 副将（legate）是罗马军团中地位仅次于统帅的高级军官。——译者注

② 长发高卢（Long-haired Gaul）指阿尔卑斯山和比利牛斯山以北，除了法国东南的纳尔旁高卢之外的广大地区，大致相当于现代的法国西北部、比利时、荷兰南部、德国西部以及瑞士的一部分。因为这个地区的居民一般不剪发、不剃须，所以罗马人也把这个地区称为“长发高卢”或“野蛮高卢”。——译者注

③ 第一先锋百夫长（primus pilus centurion）是一个军团中最高级别的百夫长。——译者注

苦。用第一人称思考会勾起种种痛苦，而且那种痛苦是那么地凶猛强烈、刻骨难忘。所以要用恺撒来思考，而不是用我来思考。透过一层置身事外的薄纱来思考。如果我不存在，那么痛苦也不存在。

用罗马行省的种种规范来整顿长发高卢本来应该是一件令人愉快的事，但这种愉快却被恺撒那种越来越明确的认知破坏了。恺撒为罗马做了那么多事，但是他永远都不可能在和平中戴上他的桂冠。庞培一生中得以摆脱的事，对恺撒来说却是难以避免的。这都是因为那一小群自称“好人帮”的元老。他们发誓要让恺撒一无所有，要把恺撒拖下来毁了他，要把他的法令从档案上全部删除，要让他永久流放。他们以比布路斯为首，每当他们的决心有所动摇时，加图这只尖叫咆哮的疯狗就会在幕后不断怂恿，让他们更加坚定决心。这些好人帮让恺撒的生活变成永恒的挣扎。

恺撒当然知道这些人的暗中企图。他不能理解的是那些好人帮的思维，这在他看来真是愚蠢透顶，所以根本就不值得他去理解。如果他能稍微克制一下，不要公然揭露他们的愚蠢无能，那他们也许不会这样铁了心地要把他拖下来。但是这样自我劝解并没有什么作用。恺撒自有他的脾气性格，恺撒不会愉快地忍受那些白痴。

比布路斯是这一切的开端。三十三年前，卢库卢斯在莱斯沃斯①进行米蒂利尼围城战。比布路斯这个小矮子因为对恺撒恶意攻击，而被恺撒举起来放在一个高高的柜子上。恺撒对他一番嘲笑，并且让他成为同伴们的笑料。

卢库卢斯是米蒂利尼战役的统帅。他暗示恺撒之所以能够从比希尼亚②的老国王那里得到一支船队，是因为恺撒出卖了自己的身体。好人帮在许多年后再次提起这项指控，并以此在罗马广场上对他们的政敌进行

---

① 莱斯沃斯（Lesbos）是爱琴海第三大岛，主要城市是米蒂利尼。诗人萨福诞生于此岛，也是女同性恋（lesbian）一词的来源。——译者注

② 比希尼亚（Bithynia）是位于小亚细亚西北部的古国，公元前2000年末色雷斯人在此定居，公元前1世纪成为罗马行省。——译者注

抹黑。他们说：有些人吃屎并侵犯自己的女儿，而恺撒却把自己的屁股出卖给尼科美德斯国王，从而获得一支船队。只有时间和他母亲的一些明智建议，才让这项指控因为缺乏证据而变得苍白无力。卢库卢斯，他的恶习令人反胃。卢库卢斯，他是卢基乌斯·科尔涅利乌斯·苏拉的宠儿。

苏拉在担任独裁官期间让恺撒摆脱了那可怕的祭司职务。这项职务是盖乌斯·马略在恺撒十三岁时强加到他身上，因为祭司职务禁止恺撒接触武器或见到死亡。为了攻击已经死去的盖乌斯·马略，苏拉让恺撒摆脱了祭司一职，然后就派遣他到东方去了。当时恺撒只有十九岁，他骑着一头骡子，到米蒂利尼去为卢库卢斯服务。恺撒并没有赢得卢库卢斯的欢心。当战斗开始时，卢库卢斯把恺撒扔到最凶险的地方，但恺撒最后离开那里时却戴上了市民冠①。市民冠是由橡树枝叶编织而成的冠冕，授予最勇敢的战士。赢得市民冠的人非常少，所以赢得市民冠的人在以后的每次公众场合都要戴上这个冠冕，而且所有人都要站起来向他鼓掌。每当元老院召开会议时，比布路斯都因为必须站起来向恺撒鼓掌而恨得要死！市民冠还让恺撒拥有了进入元老院的资格，虽然他当时只有二十二岁，而其他人要等到三十岁才能进入元老院。不过，恺撒在此之前已经是元老了，身为“至善至尊者”朱庇特的特别祭司，恺撒自动获得元老的资格，直到苏拉让他摆脱了祭司职务为止。这意味着在恺撒五十三岁的生涯中，他成为一位元老已经有三十八年了。

恺撒的目标是以贵族的身份，在适当的年龄获得每一个职位。他竞选每个职位时都要赢得最高选票，而且坚决不要贿买选票。好吧，他根本就不可能贿买选票，那些好人帮会立刻跳起来攻击他。身为尤利乌斯氏族的后裔，他义不容辞地到达了自己的目标。因为他是维纳斯女神的儿子埃涅阿斯的直属后裔。而且他还是战神马尔斯的儿子罗慕路斯的直属后裔，而罗慕路斯是罗马的建立者。马尔斯就是阿瑞斯，维纳斯就是阿佛洛狄特。

---

① 市民冠（corona civica）是由橡树叶编织而成的荣誉冠冕，授予在战争中坚守阵地并拯救了其他士兵生命的军人。——译者注

虽然那已经是六个市集日之前的事，但恺撒仍然能让自己回到以弗所[①]，凝望着市集广场上自己的雕像，还有上面的铭文：盖乌斯·尤利乌斯·恺撒，盖乌斯的儿子，大祭司长，凯旋统帅，两次担任执政官，阿瑞斯和阿佛洛狄特的后裔，再世的神明，万民的救主。当然，从奥利希波到大马士革的每个市集广场都有庞培的雕像（在法萨卢斯战败之后，庞培的雕像很快就被推倒了），但庞培的雕像根本就不能宣称自己是神明的后裔，更别说是阿瑞斯和阿佛洛狄特的后裔。噢，每位罗马征服者的雕像，都会把自己说得好像是再世的神明和万民的救主！这是东方人歌功颂德的标准模式。但是对恺撒来说，真正重要的东西是他的家世。而庞培这个来自皮塞努姆[②]的高卢人永远都不能拿自己的家世来说事，他唯一一个比较显赫的祖先就是皮库斯[③]，而皮库斯只是一只被当成神明崇拜的啄木鸟。但是恺撒的雕像却可以把他的家世展现给所有以弗所人。是的，这一点很重要。

恺撒不太记得他的父亲，他父亲总是因为盖乌斯·马略安排的某项任务而不在家里，最后又在弯腰系鞋带时突然去世。于是恺撒在十五岁时就成了一家之主。他的妈妈奥瑞利娅出自科塔家族，奥瑞利娅既当爹又当妈。她严厉挑剔、刚毅冷峻，但总是能提供明智的建议。在元老阶层中，尤利乌斯氏族穷得可怜，只是勉强达到元老资格的财产要求。奥瑞利娅的嫁妆是一栋位于苏布拉的公寓楼。苏布拉是罗马最声名狼藉的城区，他们一家就住在那里，直到恺撒当选为大祭司长并搬进公共圣所为止，这座圣所是国家所有的一座小型宫殿。

恺撒大手大脚的奢侈浪费、不管不顾的巨额债务，总是让奥瑞利娅烦恼不已！濒临破产让他陷入了多么可怕的困境！后来他征服了长发高

① 以弗所（Ephesus）是位于土耳其西部的历史名城。公元前334年被亚历山大大帝征服，公元前133年成为罗马亚细亚行省的首府。——译者注

② 皮塞努姆（Picenum）是位于意大利中东部的历史地区，大致相当于现代意大利的马尔凯大区。这个地区的北边是翁布里亚，南边是萨莫尼乌姆，西边是亚平宁山脉，东边是亚得里亚海，重要的海港城市有菲尔乌姆·皮塞努姆，重要的内陆城市有阿斯库卢姆·皮森图姆，当地居民被称为皮塞努姆人。——译者注

③ 皮库斯（Picus）是意大利农业神，常以啄木鸟的形象出现。——译者注

卢，并因此变得比庞培还有钱。不过，他还没有布鲁图斯那么有钱。没有一个罗马人比布鲁图斯更有钱，因为他借着赛尔维利乌斯·凯皮欧家族的关系继承了托洛萨的黄金。这让布鲁图斯成为迎娶尤利娅的有力竞争者，直到庞培爱上尤利娅为止。恺撒需要庞培的政治势力，更胜于需要布鲁图斯的资金，所以……

尤利娅。我深爱的女人都去世了。其中两个都是为了生下儿子而死。亲爱的小秦妮拉，可爱的尤利娅，她们去世时都刚成年。除了她们的去世，她们都从未让我伤心。不公平，不公平！我闭上眼睛，她们就在那里：秦妮拉，我年轻时的妻子；尤利娅，我唯一的女儿。另外一个尤利娅，尤利娅姑姑是盖乌斯·马略这个可怕的老恶魔的妻子。她身上的那种香味，每当我闻到某个不认识的女人身上那种似曾相识的香味，总会忍不住热泪盈眶。如果不是因为她的拥抱和亲吻,那我将度过一个无爱的童年。妈妈是个完美的管教者，她不能给我拥抱和亲吻，因为她害怕流露爱意会宠坏我。她认为我太骄傲，太自恃聪明，太心思活泼而不能持之以恒。

但是我深爱的女人都去世了。现在只剩下我一个人。难怪我开始感觉到自己的年龄。

对于恺撒和苏拉通往成功的道路，只有神明才知道他们哪一个的道路更加艰难。他们的艰难不差分毫。为了捍卫自己的尊荣——就是他们在社会上的名誉、地位和价值——他们都不得不向罗马进军。他们都成了独裁官，这是唯一可以避开民主程序和未来迫害的官职。他们的区别在于成为独裁官之后采取的措施：苏拉通过定罪行动杀了一大批富有的元老和骑士[①]，没收了他们的财产来填满空荡荡的国库；恺撒比较仁慈，

① 骑士（knight）最初是罗马军队中的骑兵，但后来逐渐成为富有的经商者或有产阶层。最初的骑士拥有国家提供的国家公马，而且必须拥有至少40万塞斯特尔提乌斯的资产。后来骑士阶层逐渐扩大，新增的骑士不再拥有国家公马，而且部分骑士的财产要求降低到30万塞斯特尔提乌斯。自从公元前218年禁止元老从事商业活动之后，骑士就获得了经商牟利的大好时机，他们从事的商业活动包括收税、开设银行、贷款、采矿、进出口贸易和承包公共工程等。骑士可以进入元老院，但他们一般更倾向于商业活动。——译者注

宽恕了他的敌人并允许他们之中的大多数保留财产。

好人帮迫使恺撒向罗马进军。他们有意、故意，甚至乐意！他们宁愿把罗马推进内战，也不愿把他们无偿送给庞培的东西分一丁点给恺撒。这些东西包括不用亲自出现在罗马城内就可以竞选执政官的权利。一个拥有至高统帅权的人一旦进入罗马的神圣边界，就会失去至高统帅权，而且很可能会遭到法庭的起诉。

为了合法地第二次参选执政官，恺撒卸下他身为总督的至高统帅权，但他一卸下至高统帅权，好人帮就操纵法庭给他定了叛国罪。他请求得到批准缺席参选，这是一个合情合理的请求，但是好人帮拒不接受，而且对他试图达成协议的一切努力都拒不接受。当所有尝试都失败时，他只好效法苏拉向罗马进军。这不是为了保住他的脑袋，因为他从来都没有身首异处的危险。在那个充满好人帮爪牙的法庭中，他得到的判决是永久流放，这种处决比死亡更糟糕。

叛国罪？通过法令，更公正地分配罗马公地。叛国罪？通过法令，防止总督在他们的行省大肆搜刮。叛国罪？把罗马世界的边界推到莱努斯河[①]这一天然边界，从而防止意大利和地中海受到日耳曼人的侵扰。这些是叛国的行为？通过这些法令，做了这些事情，恺撒就背叛了他的国家？

对于那些好人帮来说，他确实犯了叛国罪。为什么呢？这是怎么回事？因为对于好人帮来说，这些法令和行为违背了罗马传统，也就是罗马得以运作的风俗和习惯。他的法令和行为改变了罗马一直以来的模式。无论这种改变是不是为了人民的益处，为了罗马的安全，为了全体罗马人和罗马行省人民的繁荣昌盛。这些法令和行为跟传统模式不一样，而传统模式只适用于六百年前那个位于意大利中部盐道上的小城。传统模式已经不再适用于这个幼发拉底河以西唯一的强国，为什么好人帮不能看出这一点？罗马继承了整个西方世界，但是一些罗马统治者仍然活在

① 莱努斯河（Rhenus River）现称莱茵河，是欧洲的第三大河。——译者注

那个小城邦的时代。

对于好人帮来说，变革就是敌人，而恺撒是有史以来最厉害的敌人。正如加图在罗马广场的演讲台上所说，恺撒是恶魔的化身。这一切只是因为恺撒的头脑足够清晰和敏锐，知道如果不采取适当的改革，那罗马就要死掉了。只有病人膏肓之人，才适合慢慢腐烂成恶臭的残骸。

所以独裁官恺撒站在这艘船上，他是世界之主。他想要的只不过是他应得的东西，就是像革努基乌斯法令规定的那样，在第一次担任执政官的十年后第二次合法地当选为执政官。在第二次担任执政官之后，他准备成为一个年高德劭的官员，比那个畏畏缩缩的鼠辈西塞罗更睿智能干。以前任执政官的身份时不时地接受委任，去带领那些只有恺撒才能带领的军队，去为罗马效劳。但他最后却成了世界之主。这简直就像埃斯库罗斯或索福克勒斯的悲剧。

恺撒的海外任务大多是在地中海的西边，主要是西班牙和高卢。他在东边的经历仅限于亚细亚行省和西里西亚，从来都没有去过叙利亚和埃及或安纳托利亚神奇的内陆地区。

他去过距离埃及最近的地方是塞浦路斯，那是在加图吞并这个地区的许多年前，然后这个地区就由托勒密·塞浦路斯人统治，他是当时的埃及统治者托勒密·奥勒特斯的弟弟。他在塞浦路斯跟密特里达提六世的女儿共享鱼水之欢，还在他的祖先维纳斯（阿佛洛狄特）诞生的海上泡沫中游泳。这位出自密特里达提王室的女士是克娄巴特拉·特里法伊娜的姐姐，而克娄巴特拉·特里法伊娜是埃及国王托勒密·奥勒特斯的第一任妻子，也是现任王后克娄巴特拉的母亲。

十一年前，恺撒担任高级执政官[①]时曾经跟托勒密·奥勒特斯打过交道，现在他想起奥勒特斯还多少有点好感。奥勒特斯迫切需要罗马对他在埃及的王位加以确认，还想要成为“罗马人的朋友和同盟”。当时身为高级执政官的恺撒通过法令满足了他这两个请求，这样做的回报是六千塔兰特的金子。其中一千塔兰特到了庞培手中，还有一千塔兰特到了马尔库斯·克拉苏手中，而剩下的四千塔兰特归恺撒所有，这让他终于可以招募并装备军队去攻打高卢和遏制日耳曼人，尽管元老院拒绝给他提供拨款。

噢，马尔库斯·克拉苏！他对埃及真是垂涎欲滴！他认为埃及是世界上最富饶的土地，充满黄金和宝石。克拉苏对财富贪得无厌，他收集了许多关于埃及的消息，一直想把埃及并入罗马领地。挫败他的是那十八个百人团的高级骑士，这些人是罗马商业领域的精英阶层，他们立刻就看出吞并埃及只对克拉苏有好处。元老院可能自欺欺人地以为自己控制着罗马的政府，但是十八个百人团中那些善于经商的骑士才是幕后主宰。罗马最首要的是一个投身于国际贸易的经济实体。

于是克拉苏最后到美索不达米亚去寻找他的金山银山，并且死于卡雷。帕提亚国王仍然拥有罗马的七根鹰旗，这是在卡雷战役中从克拉苏那里抢走的。恺撒知道，总有一天，他会带兵到埃克巴坦那[②]，从帕提亚国王手中夺回这些鹰旗。这将是另外一个巨大的变化。如果罗马能够吞

---

① 执政官（consul）是罗马共和国仅次于独裁官的高级官职。最初的执政官只能由贵族担任，直到公元前367年，平民才得以竞选执政官。参加竞选的最低年龄一开始是36岁，到公元前1世纪增加到42岁。执政官具有军事权和民政权。作为军事大权的代表者，他们是罗马军队的总指挥，负责征兵，任命部分军团指挥官（另一部分在部落大会中选举产生），领导军事行动等。作为民政权的代表者，他们召集元老院和人民大会，担任会议主席，提出建议和法案，主持官吏的选举，执行元老院和人民大会的决议，并主持某些节庆。执政官拥有国王的大部分职权，但任职期限只有一年，而且不能单独行使最高权力，必须由两位执政官共同分享权力。执政官由百人团人会选出，在选举中首先达到规定票数的一位称为高级执政官，另外一位称为低级执政官。高级执政官在一月份率先享有肩扛法西斯的十二位扈从为其服务，而低级执政官要等到二月份，之后两位执政官轮流享有这项殊荣。——译者注

② 埃克巴坦那（Ecbatana）位于现代伊朗的哈马丹市附近，公元前8世纪是米底亚王国的首都，公元前1世纪是帕提亚王国的夏都。——译者注

并帕提亚王国，那罗马就会同时统治东方和西方。

远处出现一座闪闪发光的白色灯塔，这让恺撒的思维从回忆中跳出来，他站起来全神贯注地看着那座灯塔越来越逼近。这是传说中的法罗斯灯塔，法罗斯是亚历山大里亚两个港口对面海上的一个岛屿。这座灯塔由三段六角形的组件建成，上面一段都比下面一段更小一些，外面都包上了白色大理石。这座灯塔高达三百尺，是世界奇迹。灯塔的顶部有长燃不熄的火焰，还有一些打磨得非常光滑的大理石板巧妙地把光线从四面八方反射到遥远的海上。不过燃烧的火焰在白天并不明显。恺撒在书上读到过这座灯塔，知道正是那些大理石板让火焰不会被风吹灭。不过他还是迫不及待地想要爬上那六百级楼梯去看一看。

“今天是进入大港的好时机，”恺撒的领航员说，这个希腊水手已经来过亚历山大里亚很多次。“我很容易就能看到航道上的标志，那是一片片串在一起的木头，左边的木头涂成红色，右边的木头涂成黄色。”

这些恺撒都知道，不过他还是侧着头，礼貌地看着领航员，就好像他什么都不知道一样。

“这里有三条航道:斯特加诺斯、波塞德奥斯和塔罗斯。你从海上过来，就可以看到从左到右的这三条航道。斯特加诺斯这个名字来自一块叫作猪背岩的巨石，这块岩石就在王宫所在的洛基亚海岬的末端；波塞德奥斯是因为正对着波塞冬的神庙而命名；塔罗斯这个名字来自一块叫作牛角岩的巨石，这块岩石位于法罗斯岛旁边。如果遇到风暴，那根本就不能进入任何一个海港，幸亏这里很少有风暴。我们这些外国领航员会避开欧诺斯图斯港，因为那里到处都是流动沙洲和浅滩。就像你看到的那样，”他继续指手画脚地说下去，“礁石和岩石延伸出去好几里。这个灯塔是外国船只的福星，他们说建造这座灯塔花了八百塔兰特金子。”

恺撒让他的士兵负责划船，这是很好的锻炼，而且可以防止他们因为无聊而吵闹。没有一个罗马士兵喜欢离开地面，大部分罗马士兵在整个航程中都会尽量避免越过船沿看到水面。谁知道水面下藏着什么东西呢?

领航员决定，恺撒的所有船只都要从波塞德奥斯进入，因为今天这条航道是所有三条航道中最平静的。恺撒独自站在船头看风景。建筑的山墙上面一片五彩斑斓，还有许多金色的雕像，墙壁粉刷得又白又亮。不过这里的地势非常平坦，只有一个两百尺高的绿色小山，以及海岸边一块半圆形的石头地，这块地的高度正好可以构成一个大剧院的梯形座位。他知道这个剧院以前是一座堡垒，这座堡垒的名字意思是“岩石”。

剧院左边的城市看起来富丽堂皇，他想这应该是王城。许多矮矮的阶梯通往一个高台，高台上面是一大片宫殿，其中错落有致地分布着花园和树林。剧院的后面是码头和仓库，这一片朝着右边延伸直到与赫普塔斯塔狄翁的开头部分相接。赫普塔斯塔狄翁是一段将近一里的堤道，这段堤道由白色大理石建成，连接着法罗斯岛和陆地。这是一段坚实的建筑，只有中间部分有两个巨大的拱道，让一些大型船只可以在这个大港和西边的那个欧诺斯图斯港之间来回。庞培的船只是停在欧诺斯图斯港吗？在赫普塔斯塔狄翁的这一边看不到任何踪迹。

因为地势非常平坦，所以从海面上很难看出亚历山大里亚的大小，但是他知道如果把旧城墙外面的郊区也算进去，那亚历山大里亚就有三百万居民,是世界上最大的城市。罗马的塞维安城墙里面有一百万居民，安条克的居民还要更多一些，但是都不能跟亚历山大里亚相比，而这座城市的历史还不到三百年。

岸上突然传来一阵喧闹，然后就出现了四十艘战船，船上的人都全副武装。噢，好极了！恺撒心想。从和平到战争只需要四分之一个小时。一些战船是巨大的五桨座战船，船头上巨大的铜撞角划开水面。还有一些是四桨座战船和三桨座战船，这些大船全都带着撞角。但是还有大概一半船只要小得多，这些小船吃水太深，开到海上有点危险。恺撒心想，这些应该是海上巡逻船，专门在尼罗河的七个河口巡逻。他们这次南下航行时并没有看到一艘巡逻船，但这并不是说河口三角洲的某棵树上没有某个目光锐利的守望人发现这支罗马船队。这就是为什么他们能够迅速反应。嗯，这个迎接团还挺大阵仗。恺撒让号手吹响号角，命令士兵们拿起武器。然后通过旗子示意船长们要随时待命。恺撒让仆人给他穿上紫边托迦[①]，在他那稀薄的浅黄色头发戴上市民冠，穿上褐红色元老鞋子，鞋子上的半月形银扣代表他是一个享有官座资格的高级官员。一切都准备好之后，他就站在船队的前方看着迅速靠近的巡逻船，这艘巡逻船没有甲板，一个凶神恶煞的家伙站在船头上面。

“罗马人，是谁给你权力进入亚历山大里亚？”那个家伙大叫道，他让自己的船只保持一定距离。

“任何人和平友好地来购买淡水和食物都有这个权力！”恺撒说着抽了抽嘴角。

“在欧诺斯图斯港以西七里远的地方有泉水，你可以在那里找到淡水！我们没有食物可卖，所以你应该继续赶路！”

“我恐怕不能这么做，我的好家伙。”

“你想打仗吗？我们的人数比你多，而且这只是我们十分之一的兵力！”

“我已经打了很多仗，但如果你坚持要打仗，那我也可以再来一场。”恺撒说，“你们的阵仗摆得挺好，但是我至少有五十种办法可以把你们一网打尽，就算没有任何战船也能行。我是独裁官盖乌斯·尤利乌斯·恺撒。”

那个咄咄逼人的家伙咬咬嘴唇：“好吧，不管你是什么人，你都可以上岸，但是你的船只必须停在这儿，明白了吗？”

“我需要一艘可以容纳二十五个人的小船，”恺撒大声说，“最好立刻就派船过来，不然你们会有大麻烦。”那个咄咄逼人的家伙咧嘴一笑，然后就下令让他的手下划着一艘小船过来。普布利乌斯·鲁弗里乌斯在恺撒身边，看起来很紧张。“他们可能有一支庞大的海军，”他说道，“但是我们那些负责瞭望的人并没有看到岸上有任何士兵，只有几个漂亮的

① 托迦（toga）是古罗马男性公民最正式的外衣，最初他们只穿托迦，后来作为外袍套在托伲外面。托迦一般由白色上等纯羊毛织成，是一种宽大而沉重的外袍。不同社会阶层穿着不同的托迦。紫边托迦有紫色条纹，由高级官吏穿着。元老所穿的托迦有一道紫色宽条纹，骑士的托迦有一道紫色窄条纹，皇帝的托迦全部为紫色。——译者注

家伙在王宫的围墙后面，我想那些人应该是王家卫队。恺撒，你准备干什么？”

“乘着他们提供的那艘船到岸上去。”

“让我安排一些我们自己的船只，派一些士兵跟你一起去。”

“不必，”恺撒平静地说，“你的任务是让我们的船只聚拢在一起并避免任何危害，还要阻止像提贝里乌斯·克劳狄乌斯·尼禄那样的笨蛋用自己的剑砍下自己的脚。”

不久之后就有一艘小船过来，船上有十六名桨手。恺撒的目光掠过他的扈从，这些扈从仍然由忠心耿耿的法比乌斯带领，他们下到船里坐在座位上。是的，他们那宽阔的黑色皮带上每个铜扣都闪闪发亮，每一件深红色的托伲[①]都干净笔挺，每一双深红色的皮革军靴都整整齐齐地系上带子。他们既轻柔又庄重地拿着法西斯[②]，比母猫叼着小猫还要小心。红色的皮带绑成标准的十字形，每根束棒中间都有一把斧头，这把单头斧在组成束棒的三十根染成红色的木棍中间幽幽发光。一切都令人满意，于是恺撒像个男孩一样轻巧地跳进船里，摆好姿势坐在船尾。

这艘船来到一处与阿克隆剧院相连的码头，不过这个码头在王城的围墙外面。这里聚集了一群普通市民，他们挥舞着拳头，用带着马其顿口音的希腊语大叫着要把这些外来者杀死。船只绑好之后扈从爬了出去，那些市民稍微后退了一点。这些外来人镇定自若，他们那充满异国风情的装扮非常漂亮，这显然是让当地人颇为惊叹。二十四位扈从组成十二对排成一列，恺撒毫不费力地跳出来，然后就站在那儿整理自己的托迦。他扬起眉毛，高傲地盯着眼前的人群，那些人还在大声嚷嚷着要把他们杀死。

---

① 托伲（tunic）是古罗马男性的基本服装，长及膝盖，通常在腰部用腰带束紧，多数为奴隶和儿童所穿，是普通的室内衣服，也配在成年男性的托迦内穿着。元老穿带有紫色宽条纹的托伲，骑士穿带有紫色窄条纹的托伲，条纹从肩部直到下摆，前后都有。——译者注

② 法西斯（fasces）最初是绑在一束棍棒上的双头斧，象征着国王施行鞭笞和处死的权力，在罗马共和国时期成为官员权威的象征。共和国时期，只有独裁官可以在罗马携双斧，而法西斯通常是置于扈从左肩的一束棍棒。——译者注

“谁是带头的？”他问道。看来似乎没有人带头。

“前进，法比乌斯，前进！”

扈从走进人群之中，恺撒在后面慢悠悠地走着。他心想，这些人不过是耍耍嘴皮子罢了。他对着左右两边的人群露出高高在上的微笑。真有意思，看来传言是真的，亚历山大里亚人不喜欢罗马人。庞培·马格努斯在哪里呢？

王城的围墙上有一个宏伟的大门，一道方形的过梁连接着两侧的塔楼，门上鎏金镀银，涂着各种鲜艳的色彩，还有一些奇怪的浮雕装饰。一支王家卫队阻止了他们继续前进。鲁弗里乌斯说得对，这些卫兵看起来挺漂亮。他们穿着希腊式的步兵盔甲，亚麻制成的上衣缝着银光闪闪的金属鳞片，艳丽的紫红色衣袍，高高的棕色靴子，带着银护鼻的头盔上插着紫红色的马毛。恺撒觉得有点奇怪，他们看起来好像更适合去参与斗殴而非战斗。考虑到托勒密王室的历史，这也许是真的。总有一些亚历山大里亚的暴民把一个托勒密换成另外一个托勒密，而性别从来都不是什么问题。

“停下！”王室卫队的队长大叫道，一只手按着剑柄。

恺撒从扈从中间走上前去，然后按照指示停下来。“我想跟国王和王后见面，”他说道。

“罗马人，你不能跟国王和王后见面，情况就是这样。现在回到你的船上离开吧。”

“告诉国王和王后，我是盖乌斯·尤利乌斯·恺撒。”

那个队长发出一串粗鲁的噪声。“哈哈哈！如果你是恺撒，那我就是塔沃里特[①]！”他嗤之以鼻。

“你不应该随便滥用你们神明的名字。”

那人眨了眨眼。“我不是一个肮脏的埃及人，我是亚历山大里亚人！我的神明是塞拉皮斯[②]。现在赶紧走吧！”

---

① 塔沃里特（Taweret）是古埃及的河马神。——译者注

② 塞拉皮斯（Serapis）是古埃及的公牛神。——译者注

“我是恺撒。”

“恺撒在小亚细亚或安纳托利亚或其他地方。”

“恺撒就在亚历山大里亚，并非常礼貌地请求跟国王和王后见面。”

“嗯，我不相信你。”

“嗯，你最好相信。不然罗马的熊熊烈怒将会降临到亚历山大里亚，而你就没有活儿干了，还有国王和王后也是。你这个笨蛋，看看我的扈从！要是你能数数，就应该好好数一数，你这个白痴！二十四，不是吗？有哪个罗马官员可以享有二十四名扈从呢？只有独裁官一个。现在让我过去，并护送我到王宫接待室。”恺撒和颜悦色地说。

这个队长虽然气势汹汹，但他心里其实有点害怕。这是什么情况啊！没有人比他更清楚，那些应该在王宫里的人根本就不在，国王和王后都不在，宫廷总管也不在。没有一个位高权重的人，可以来对付这个拥有二十四位扈从的罗马人。他真的是恺撒吗？肯定不是！恺撒怎么会跑到亚历山大里亚呢？但是这个罗马人确实有二十四位扈从，还很搞笑地披着一块镶了紫边的白色毯子，头上戴着一些树叶，还有一根朴素的象牙棒摆在右边赤裸的手掌和手肘之间。没有刀剑，没有盔甲，没有一个士兵。

马其顿人的祖先和富有的父亲，帮助这个队长得到了他的职位，但是他的脑筋并不灵敏。但是，但是？他舔舔嘴唇。“好吧，罗马人，你可以去接待室，”他说着叹了一口气，“只是我不知道你到那里去干什么，因为王宫里没有人。”

“真的？”恺撒问，开始回到他的扈从后面。那个队长只好派一个人跑在前面给这群人带路。“他们在哪里？”

“在佩鲁西乌姆。”

“我知道了。”

虽然现在是夏天，但天气非常完美。这里的湿度很低，凉爽的微风迎面吹拂，从花团锦簇的树丛中带来阵阵清香。树丛下面有一些奇怪的植物，这些植物的花朵就像一个个小钟，正在微微点头。路上铺着大理石，这些浅黄色的大理石上面有一道道棕色的花纹。大理石的表面磨得像镜子那样闪闪发光，这些路面一到下雨天就会变得像冰面一样湿滑。只是，亚历山大里亚会下雨吗？也许不会吧。

“气候挺好的。”恺撒说。

“世界上最好的。”那个队长深信不疑地说。

“你最近只见过我这个罗马人吗？”

“总而言之，你是第一个自称地位比总督还要高的。我们之前见到的罗马人是格涅乌斯·庞培。他去年来到这里，向王后索要战船和小麦。”他一边回忆一边笑了起来，“那个粗鲁的小伙子，虽然王后告诉他，我们的国家正在闹饥荒，但他还是不依不饶。噢，王后把他耍了！用枣子装满了他的六十艘货船。”

“枣子？”

“枣子。他开着船走了，以为船上装满了麦子。”

“天啊，可怜的小格涅乌斯·庞培。我想他父亲肯定很不高兴，不过伦图卢斯·克鲁斯也许会高兴，美食家总是喜欢新奇的口味。”

接待室在一座独立的房子里，不过这座房子的面积实在不值一提。也许房子里面有一个或两个接待室，可以给来访的使节休息，不过使节显然不能住在这里。庞培也曾经来过这个接待室，这是一个宽敞空旷的大厅，地板上是五颜六色的大理石镶嵌成复杂的图案。墙上要么画着那些色彩艳丽的平面人物和植物图案，要么是覆盖着黄金制成的叶子。一个紫色大理石建成的高台上摆着两个宝座，在上面的一级台阶摆着一个金碧辉煌的宝座，在下面一级台阶摆着另外一个较小的宝座。除此之外，就看不到其他家具了。

留下恺撒和他的扈从在接待室，那个队长就匆匆忙忙地离开了，可能是去看看有谁能来接待恺撒。

恺撒跟法比乌斯相视一笑：“这是什么情况！”

“恺撒，我们遇过比这更糟糕的情况。”

“不要挑衅幸运女神，法比乌斯。我在想，坐在宝座上是什么感觉？”

恺撒跃上那个高台的阶梯，小心翼翼地坐在那把金碧辉煌的椅子上。

椅子上镶嵌的黄金和珠宝近距离看来挺特别。上面的图案看起来像一只眼睛，只是眼睛的外沿逐渐拉长变大，形成一滴奇怪的三角形眼泪。还有眼镜蛇的脑袋、甲虫、狮爪、人脚、一把奇怪的钥匙、长条形的符号。

“恺撒，舒服吗？”

“对于一个穿着托迦的人，任何带靠背的椅子都不舒服，这就是为什么我们要坐在象牙折椅上面。”恺撒回答说。他放松身体，闭上眼睛。“坐在地上吧，”他过了一会儿说，“看来我们要等很长时间。”

两个比较年轻的扈从舒了一口气，但是法比乌斯惊讶地摇了摇头：“不行，恺撒。如果有人进来看到我们，那就太不像样了。”

因为没有水钟，所以很难估计时间，但是对那些比较年轻的扈从来说，他们好像站在那里几个小时了。他们围成一个半圆形，他们手中的法西斯精准地放在两脚之间，双手握住插着斧头的法西斯上端。恺撒还在睡觉，他特别擅长这样打个小盹。

“嘿，离开那个宝座！”一个年轻女人的声音说。恺撒睁开一只眼睛，但是没有移动。

“我说了，离开那个宝座！”

“是谁在向我命令？”恺撒问。

“托勒密王室的阿尔西诺伊公主！”

这个回答让恺撒挺直了身子，不过他没有站起来，只是睁开双眼看着说话的人。现在那个人已经站在高台脚下，她的旁边站着一个小男孩和两个男人。

恺撒觉得这个女孩大概十五岁。她胸部丰满、身材高大、金发碧眼。这张脸本来应该是挺漂亮的，因为五官长得都挺端正，但感觉却一点都不漂亮。恺撒心想，这主要是因为她脸上的表情：高傲自负、怒气冲冲、颐指气使。她穿着希腊式的服装，但她的长袍是真正的泰尔紫[①]，颜色深

① 泰尔紫（Tyrian purple）是古代地中海沿岸泰尔城出产的一种紫色染料。这种染料是从海洋贝类中提取的，其提取和制作极为不易，所以十分珍稀，一般只有帝王或顶级贵族才用得起。——译者注

得看起来好像是黑色，但是稍稍一动就会在光线下透出紫红色。她的头上戴着一个镶满宝石的王冠；她的脖子上戴着漂亮的珠宝项圈；她赤裸的手臂上戴着好几个臂环；她的耳垂被拉得很长，这应该是因为那双耳环的重量。

那个小男孩看起来大概九岁或十岁，而且看起来跟阿尔西诺伊公主很像。同样的面孔，同样的颜色，同样的身材。他也穿着泰尔紫的服饰，一件内袍和一件希腊式的外套。

那两个男人应该是随从，站在男孩旁边的那个看起来是个软弱无力的家伙，但是靠近阿尔西诺伊的那个是个厉害角色。他身材高大健壮，长得跟那两个王室的孩子一样漂亮，而且他看起来挺聪明，有一双精明的眼睛，还有一个坚毅的嘴巴。

“那我们离开这里要去哪儿呢？”恺撒平静地问。

“在你向我匍匐下拜之前，哪儿都不能去！国王不在时，我就是亚历山大里亚的摄政，我命令你过来向我下拜！”阿尔西诺伊恶狠狠地看着那些扈从。“你们全都要趴在地上！”

“恺撒和他的扈从不会听从王室的小崽子，”恺撒温和地说。“国王不在时，我就是亚历山大里亚的摄政。这是由托勒密·亚历山大和你父亲奥勒特斯的遗嘱规定的。”他向前倾身。“公主，现在让我们好好说话，不要表现得像个需要被打屁股的孩子，不然我会让我的扈从从他们的束棒里抽出一根棍子来打屁股。”他的目光转向阿尔西诺伊那个面无表情的侍从。“你是谁？”他问道。

“加尼米德斯，我是公主的宦官老师和保镖。”

“好吧，加尼米德斯，你看起来像个聪明人，所以我会跟你说话。”

“你应该跟我说话！”阿尔西诺伊大叫道，她涨红了脸，“离开那个宝座！向我下拜！”

“闭嘴！”恺撒咆哮道，“加尼米德斯，你要给我和我的高级随从在王城内安排适当的住所，还要给我的军队提供充足的新鲜面包、青菜、橄榄油、葡萄酒、蛋和水。他们会留在我的船上，直到我弄清这里的情况。

罗马的独裁官去到世界上的任何地方，都不应该受到无端的敌视和无礼的待遇。你是否明白我的意思？”

“明白了，伟大的恺撒。”

“好！”恺撒站起来走下台阶。“不过，你能为我做的第一件事，就是带走这两个讨厌的孩子。”

“恺撒，如果你想让我留在这儿，那我就不能这么做。”

“为什么？”

“多利科斯是个完整的男人，他可以带走托勒密·菲拉德尔普斯王子，但是阿尔西诺伊公主在没有人陪同的情况下不能跟一个完整的男人在一起。”

“还有其他宦官吗？”恺撒问。他咧了咧嘴，亚历山大里亚还真是个有趣的地方。

“当然有了。”

“那你就跟这两个孩子一起离开，把阿尔西诺伊公主交给另外一个宦官，然后就立刻回到我这里。”

之前恺撒让阿尔西诺伊公主闭嘴时，她被恺撒的语气暂时吓住了。她现在正准备反抗，但是加尼米德斯坚定地按住她的肩膀把她带出去，那个叫作菲拉德尔普斯的男孩和他的教师匆匆忙忙地走在前面。

“这是什么情况！”恺撒对法比乌斯重复道。

“恺撒，我真想抽出棍子。”

“我也是。”这个大人物叹了一口气，“我听说，托勒密王室的孩子比较怪异。幸好加尼米德斯还有点理智，但是他并不忠诚。”

“我还以为宦官都是娘娘腔的胖子。”

“我相信，那些从小就阉割的人确实如此，但如果在青春期之后才阉割，那就不是这样了。”

加尼米德斯很快就回来了。他满脸堆笑地说：“伟大的恺撒，我来为您效劳了。”

“谢谢，直接叫我恺撒就好了。为什么国王和王后都在佩鲁西乌姆？”

那个宦官显得很惊讶。“为了战争。”他回答说。

“什么战争？”

“国王和王后之间的战争，恺撒。今年早些时候，饥荒抬升了粮食价格。因为国王只有十三岁，所以亚历山大里亚人把这件事都怪到王后身上，然后就发生了叛乱。”加尼米德斯神色严峻。“这儿很不太平。国王被他的教师特奥多图斯和宫廷总管波特努斯控制了。你知道，他们都是很有野心的人，所以克娄巴特拉王后是他们的敌人。”

“我想她应该是逃跑了？”

“是的，逃到南方的孟斐斯去找埃及的祭司了。王后也是法老。”

“不是每个在位的托勒密都是法老吗？”

“不是，恺撒，远非如此。这两个孩子的父亲奥勒特斯从来都不是法老。他不愿去拉拢埃及的祭司，而那些祭司在尼罗河的埃及人中有巨大的影响力。克娄巴特拉王后年少时，曾经在孟斐斯和那些祭司生活过一阵子。所以她登上王位时，那些祭司就让她成为法老了。国王和王后是在亚历山大里亚的头衔，这个头衔在尼罗河的埃及毫无威力，而那里才是真正的埃及。”

“于是克娄巴特拉王后，也就是法老，逃到孟斐斯去找祭司了。为什么不像她父亲被赶下王位时那样，从亚历山大里亚逃到国外呢？”

“托勒密王室的人如果从亚历山大里亚逃亡，那他或她就要身无分文地离开了。亚历山大里亚没有多少财富。真正的财富在孟斐斯，在祭司的掌管之下。所以除非那个托勒密王室的人也是法老，不然他就没有钱。克娄巴特拉王后在孟斐斯得到资金，然后就到叙利亚去招募军队了。她最近才跟那支军队一起回来，然后就去到佩鲁西乌姆城外卡西乌斯山的北侧。”

“佩鲁西乌姆城外的山？我以为要到西奈才有山。”

“那是一座很大的沙丘，恺撒。”

“啊哈，继续说吧。”

“阿基拉斯将军带着国王的军队去到那座山的南侧，然后在那里扎营。

不久之前，波特努斯和特奥多图斯跟随国王一起带着船队去到佩鲁西乌姆。我最近一次听到消息时，据说快要开战了。”加尼米德斯说。

“所以埃及，或者说亚历山大里亚，正陷入一场内战，”恺撒说着开始踱步，“在附近没有格涅乌斯·庞培·马格努斯的踪迹吗？”

“据我所知没有，恺撒。他肯定不在亚历山大里亚。你在色萨利[①]打败他，这是真的吗？”

“噢，是的，彻底打败了。他几天前离开塞浦路斯，我相信他是跑到埃及了。”恺撒看着加尼米德斯心想：不，这个人是真的不知道我的老朋友和老对手在哪儿。那么，庞培到底在哪里呢？也许他利用了欧诺斯图斯港以西七里处的泉水，所以中途没有停留就直接航行到昔兰尼加[②]了？他停下脚步。“很好，看来我要给这些胡闹的孩子和他们的争吵调停了。所以你要派两个信使到佩鲁西乌姆，一个去见托勒密国王，一个去见克娄巴特拉王后。我要求两位国君亲自到这里的王宫来见我。听明白了吗？”

加尼米德斯看起来有点不安。“恺撒，我想国王应该没问题，但是王后不太可能来亚历山大里亚。那些暴民只要一看到她，就会把她私刑处死。”他不屑地掀起嘴唇。“亚历山大里亚暴民最热衷的运动，就是赤手空拳地把不受欢迎的国君撕成碎片。就在市集广场上，因为那里很宽敞。”他轻轻一咳。“恺撒，我必须补充说明，你和你的高级随从最好待在王城里面。现在控制这个地方的是那些暴民。”

“加尼米德斯，尽你所能地去做。现在，如果你不介意，我想到我的房间去。你要确保我的士兵得到适当的食物供应。当然，我会分毫不少地支付费用，即便是在饥荒下暴涨的价格。”

“所以，”恺撒吃过晚饭后在他的新房间里对鲁弗里乌斯说，“我还是

---

① 色萨利（Thessaly）是希腊中东部的历史区域，其古城区域与现在的区域大体相当。公元前2世纪，该地加入罗马的马其顿行省。——译者注

② 昔兰尼加（Cyrenaica）是现今利比亚东北部的古国。约公元前631年希腊殖民者已在此定居，公元前67年成为罗马的行省。——译者注

不知道，可怜的马格努斯怎么了，但我为他感到担忧。加尼米德斯确实不知道，虽然我不信任这个家伙。如果另外一个宦官波特努斯可以通过一个年幼的托勒密去施行统治，那加尼米德斯为什么不能通过阿尔西诺伊去施行统治呢？”

“他们对我们的招待实在太不像样了，”鲁弗里乌斯看着四周说。“我们明明在王宫里，但他们却把我们安置在这么一个小破屋。”他咧嘴一笑。“恺撒，我没有让提贝里乌斯·尼禄过来，当时他非常失望，因为他必须跟另外一个军团指挥官[①]共用一个房间，而且他本来还想跟你一起吃饭。”

“在罗马的权贵中，我是最不讲究衣食享乐的，他为什么想跟我一起吃饭呢？噢，诸神保佑，我不用跟这些令人难以忍受的贵族在一起！”

鲁弗里乌斯心中暗笑，说得好像他自己不是令人难以忍受的贵族那样。但是他令人难以忍受的部分跟他古老的家世没有任何联系。为了不侮辱我的家世背景，他不能对我说出这些事情：他很讨厌被迫任用像尼禄这样的无能之辈，而这仅仅因为尼禄是出自克劳狄乌斯氏族的贵族。身为贵族的责任实在令他厌烦。

接下来两天，罗马船队还是停泊在港湾里，步兵继续留在船上。传令官受到那些日耳曼骑兵的压力，所以允许他们带着马匹被运到岸上，然后到马里奥提斯湖边上那摇摇欲坠的城墙外扎营，那里有一片优良的草场可以让马匹吃草。当地人对这些不同寻常的野蛮人敬而远之，他们几乎浑身赤裸，而且还有纹身。他们从来都不剪头发，头上顶着一堆打结成条的乱发。而且他们根本就不会说希腊语。

恺撒无视加尼米德斯让他们留在王城里面的提醒，他这两天一直在四处走动查看。他只让扈从随行，完全不顾危险。他发现，亚历山大里亚有许多让他很感兴趣的东西。灯塔、赫普塔斯塔狄翁、供水和排水系统、

① 军团指挥官（military tribune），每个罗马军团中有六名军团指挥官，这些指挥官可以由选举产生也可以由军团统帅直接任命。在共和国后期，军团指挥官属于中级将领，地位在统帅和副将之下，在百夫长之上，通常由年轻人担任。——译者注

海军的部署、居民和建筑。

这座城市底下是一道狭长的石灰岩，位于大海和一个巨大的淡水湖之间。这道宽度不足两里的石灰岩把大海和无尽的甘甜水源隔开，这些水就算是在夏季也非常适合饮用。恺撒经过一番询问，才知道是一些运河把尼罗河的淡水引入马里奥提斯湖。这些运河连接着尼罗河在最西端的大河口，这个河口叫作卡诺皮克。因为尼罗河的水位是在盛夏而非早春时上涨，所以马里奥提斯湖不像其他由河流灌注的湖泊那样，不存在水流停滞、蚊虫滋生的常见问题。其中一条运河有二十里长，宽度足以为运货船只和海关船只提供两条航道，所以那里的航运总是很繁忙。

另外一条运河从马里奥提斯湖出发，朝着月亮门所在的城市一端前进，最后终止于西部海港。因为这条运河的水没有跟大海相通，所以河里的水流非常平缓。这条运河两侧安着一些巨大的青铜水闸，这些水闸的升降由一套滑轮系统控制，而这些滑轮是通过牛拉动绞盘来驱动。从这条运河引出的淡水满足了城市的水源供应，饮水的管道是一些略有坡度的水管，每个城区的入水管道都安装了一个水闸。还有一些水闸横跨着运河两岸，只要关闭这些水闸，就可以清理河底的淤泥。

恺撒最先做的事情之一就是爬上那座叫作帕涅乌姆的绿色小山，这是一座用石头和压实的泥土堆砌的人造山，上面有郁郁葱葱的花草、灌木和棕榈树。一条石板路盘旋到山顶，人造的溪流上点缀着一些瀑布，哗啦啦地落到山脚下的一条水渠。从山顶上可以看到许多里地之外，因为这里的一切是如此平坦。

城市的布局是一个长方形的网格，没有什么狭窄的街巷和弄堂。每条街道都很宽阔，其中两条街道比恺撒见过的任何道路都要宽阔，从一侧的排水沟到另一侧的排水沟超过一百尺。卡诺皮克大街从城市东边的太阳门通往西边的月亮门，王室大街从王城的大门往南通往旧城墙。闻名世界的缪斯宫和图书馆就在王城里面，不过其他主要的公共建筑位于两条大道的相交处，有市集、体育馆、法庭、绿地和山丘。

罗马的城区分布非常合理，这些城区通常都是以其所在的山丘或山谷来命名。在平坦的亚历山大里亚，那位挑剔的马其顿建城者随心所欲地把这个地方分成五个城区：阿尔发、贝塔、伽马、德尔塔和依普西隆。王城位于贝塔区之内，这个区的东边不是伽马区而是德尔塔区，这里是成千上万个犹太人的家园，他们的地盘一直往南延伸到依普西隆区。在依普西隆区，犹太人和几千个外邦人住在一起，这些外邦人是只有居住权没有公民权的外国人。阿尔发区是两个海港的商业区，而位于西南部的伽马区也叫作哈科提斯，这是亚历山大里亚建城之前那个村庄的名字。

大部分住在旧城墙之内的居民最多只能算是中等富裕。最富裕的全都是纯种马其顿人，他们住在旧城墙外月亮门以西美丽的郊区花园，这些花园散布在一大片绿草茵茵的墓园之间。罗马商人之类的富有外国人住在太阳门以东的城墙之外。恺撒心想：等级。无论我走到哪里，看到的都是等级。这里的社会等级极为森严，在亚历山大里亚根本就没有新人的空间！

在这个拥有三百万人口的地方，只有三十万人拥有亚历山大里亚的公民权。这些人都是原来马其顿军队的纯血后裔，而且他们维护自己特权的手段极为强硬。身为高级官员的传令官必须拥有纯正的马其顿血统，还有书记官、大法官、财务官、守卫官也是如此。事实上，所有的高级职位，无论是商界还是政界，都属于马其顿人。下面的阶层也是根据血统划分：杂种的马其顿希腊人，然后是单纯的希腊人，然后是犹太人和外邦人，最底层是身为奴仆的杂种埃及希腊人。恺撒得知，这种情况的原因之一在于食物供应。亚历山大里亚没有为穷人提供政府补贴的粮食，而罗马一直都在补贴穷人，而且做得越来越多。毫无疑问，这就是为什么亚历山大里亚人这么凶狠，也是为什么暴民会拥有这么大的势力。“面包与竞技”是优秀的政策，可以为穷人提供食物和娱乐，这样他们就不会起来造反。这些东方的统治者是多么盲目！

最让恺撒惊奇的是两个社会现象。一个是本土的埃及人受到禁止，不能住在亚历山大里亚。另一个甚至更奇怪。出身高贵的马其顿人父亲会故意阉割他最聪明、最有潜力的儿子，就为了让这个男孩有资格进入王宫服务，这样他就有机会爬上最高的官职：宫廷总管。有一个亲人在王宫里就等于在国王和王后身边安插了一个耳目。恺撒心想，虽然亚历山大里亚人看不起埃及人，但他们还是吸收了很多埃及的风俗，所以这个地方现在成了世界上最神奇的东西方融合体。

恺撒并没有把所有时间都用来了解这些有趣的事情。他无视当地人的不满和脸色，悄悄地探查了这个城市的军事部署，把每一个信息都储存在他惊人的记忆里。没有人知道，这些信息什么时候会派上用场。这里的军事防卫主要是海军，而不是陆军。亚历山大里亚显然并不惧怕陆地上的入侵，如果有入侵那肯定是来自海上，而且肯定是罗马。

西波图斯（意思是盒子）就藏在西边的欧诺斯图斯港的东南角。这是一个防卫森严的内港，这里的围墙就像罗德岛的城墙那么厚，入口处由巨大的锁链封住。这个内港的四周有许多船坞，还有许多大炮。恺撒估计，船坞里的空间足以容纳五六十艘巨型战船。不是所有船坞都在西波图斯，在欧诺斯图斯港周围还有更多船坞。

这一切都让亚历山大里亚显得很奇特，这是一座融合了美丽建筑和天才设计的城市。但这并不是一座完美的城市。这里也有贫民和罪案，在比较贫穷的伽马区（哈科提斯）和依普西隆区，宽阔的街道上堆满了腐臭的垃圾和动物尸体。只要一离开那两条大道，就很难找到公共喷泉和公共厕所，而且根本就没有公共浴室。

当地还有一种令人不堪忍受的东西。鸟！朱鹭。这种鸟有黑色和白色，它们是神圣不可侵犯的。如果杀死一只这种鸟，那后果简直不可想象。如果一个无知的外来者杀了这种鸟儿，他就会被拖到市集广场上被撕成碎片。朱鹭清楚知道自己神圣不可侵犯,所以就不知羞耻地利用这项优势。

恺撒来到亚历山大里亚时，这种鸟刚好在这里栖息，它们为了躲避埃塞俄比亚夏季的雨水，千里迢迢地飞到这里。这意味着它们拥有卓越的飞行能力，可是一旦来到亚历山大里亚，它们就不飞了。它们成千上万地站在那些宽阔的大路上，密密麻麻地挤在那些主要路口，看起来就像另外铺了一层路面。人们所经之处都被它们那稀稀拉拉的粪便弄得一片污臭，它们那散发出恶臭的粪便污染了人行道的每一寸地面，而且为了取悦民众和某种独特的自豪感，亚历山大里亚从未雇人去清理这些堆积如山的粪便。也许等到这些鸟返回埃塞俄比亚时，这座城市才会来一次大扫除！但是现在的交通极其不便，一些车子不得不另外雇一个人走在前面把鸟儿赶到一边。在王城里面，总有一小群奴隶在温柔地收集这些鸟儿，奴隶们先把鸟儿关进笼子，再时不时地把它们放到外面的街上去。

这些鸟儿最大的优点就是，它们会大量吞吃蟑螂、蜘蛛、蝎子、甲虫和蜗牛，还会从鱼贩、屠夫和做饼师倒掉的垃圾中拣食。扈从把那些鸟儿赶到一边为恺撒开道，而恺撒不由得咧嘴暗笑，如果不是因为这个优点，那朱鹭就是最令人讨厌的生物了。

第三天，一艘“游船”来到大港，并技巧娴熟地划进王室港，这是紧挨着罗基阿斯角的一小块封闭区域。鲁弗里乌斯已经派人送信给恺撒，所以恺撒慢悠悠地走到一个便于观察的有利位置，从这个地方可以清楚地看到船只靠岸，但又不会因为太靠近而引人注意。

这艘游船就是一个巨大的水上宫殿，上面到处都是金色和紫色，桅杆后面是一个像神庙那样的船舱，还装饰着柱廊。

一长串轿子被抬下码头，每一顶轿子都由六个身高和外形相近的男人抬着。国王的轿子镀着黄金，镶着宝石，挂着泰尔紫的帘子，轿子顶部是彩色陶瓷，每个角上都装饰着一束紫色羽毛。奴隶们双臂相交，把国王从神庙般的船舱中抬上岸，然后小心翼翼地放进轿子里面。国王是一个刚到青春期的少年，他皮肤白皙、相貌俊美。国王的后面是一个身材高大的家伙，他长着灰褐色的鬈发，身材匀称、面孔英俊。恺撒猜想，这就是宫廷总管波特努斯，因为他穿着紫色的衣袍，这种漂亮的紫色介于泰尔紫和王家卫队那种艳丽的红色之间，而且他还戴着一个颇有分量、设计独特的金项圈。然后是一个身材细长、有点娘娘腔的老男人，他身上的紫色比波特努斯略逊一等，浓妆艳抹的脸上是涂成红色的嘴唇和脸颊。这人应该是国王的老师特奥多图斯。在敌人看到自己之前先看到敌人总是一件好事。

恺撒赶紧回到他那简陋的住处，等待国王的召见。

等了好一阵子，国王的召见终于来了。恺撒跟在扈从的后面回到那个接待室，发现国王并没有坐在上面那个宝座，而是坐在下面那一个。真有意思，虽然他的姐姐不在，但他还是觉得自己没有资格去占据她的位置。他穿着马其顿国王的服饰：泰尔紫的内袍，希腊式的外套，一顶泰尔紫的宽边帽子，用白色缎带像绷带那样把高高的王冠系在上面。

这次会面非常正式而简短。国王说话时就像在死记硬背，而且他的眼睛一直盯着特奥多图斯。然后会面就结束了，恺撒发现他甚至来不及提出自己的问题。

波特努斯跟着恺撒走出来。

“伟大的恺撒，我们私下说说话吧？”

“叫我恺撒就行了。去我那里还是去你那里？”

“我想，还是去我那里。我必须为你的住宿标准道歉，”波特努斯用油滑的声调说，他跟恺撒并排走在扈从后面，“这是一个愚蠢的羞辱。加尼米德斯那个白痴应该让你住进贵宾的宫殿。”

“加尼米德斯是个白痴？我不这么认为。”恺撒说。

“他有一些非分之想。”

“啊。”

波特努斯的宫殿就在那些华丽的建筑之间。这座宫殿位于罗基阿斯角，此处视野极佳，不仅可以看到大港，还可以看到外海。如果这位宫廷总管愿意，那他随时都可以从自己的后门出去，在一个小海湾里让他那娇贵的脚丫子享受海水的爱抚。

“很好。”恺撒坐在一把没有靠背的椅子上说。

“给你来点萨摩斯或希俄斯的葡萄酒？”

“两种都不要，谢谢你了。”

“那就来点泉水或茶水？”

“不用。”

波特努斯坐在恺撒对面，他那双灰色的眼睛高深莫测地盯着恺撒：他并不是一个国王，但他却表现得像一个国王。他的面容虽然饱经风霜，但还是很好看，而他的眼睛却令人不安。这双敏锐的眼睛令人生畏，甚至比我的眼神还要冷酷。他对自己的情绪拥有绝对的控制，而且他善于政治权谋。如果有必要，他可以坐在这里一整天，等着我来打开局面。这对我来说很合适，我不介意先开口，这是我的优势。

“恺撒，是什么让你来到亚历山大里亚？”

“格涅乌斯·庞培·马格努斯。我在找他。”

波特努斯眨了眨眼，看起来真的很惊讶：“亲自寻找一个被你打败的敌人？这种事让你的副将去做就好了。”

“他们当然可以做，但我喜欢给我的对手以尊重。波特努斯，如果让我的副将去做，那就谈不上什么尊重了。过去二十三年来，我和庞培·马格努斯一直都是朋友和同僚，而且他还曾经是我的女婿。虽然我们在内战中选择对立，但这并不能改变我们之间的关系。”

波特努斯的脸上有点失色，他举起那个昂贵的酒杯到嘴边作为掩饰，好像他有点口渴了。“你们以前也许是朋友，但庞培·马格努斯现在是你的敌人。”

“宫廷总管，敌人来自陌生的文化，而不会来自跟自己同一阶层的人。称之为对手也许更准确，这个词意味着我们可以在普遍共识中容纳各种观点。不，我寻找庞培·马格努斯并不是为了报复，”恺撒说，他的身体纹丝不动，但他的心中已经有点不祥的预感，“我的政策，”他不动声色地继续说下去，“以前是宽容仁慈，以后还是宽容仁慈。我亲自来寻找庞培·马格努斯，是为了我可以向他伸出友谊的双手。如果元老院里只有阿谀奉承者，那就太可悲了。”

“我不明白。”波特努斯说，他的脸色变得很苍白：不，不，我不能告诉这个人，我们在佩鲁西乌姆干了什么。我们误判形势，干了不可原谅的事。庞培·马格努斯的结局必须保密。特奥多图斯！我必须找个借口离开，阻止他到这里来！

但是已经来不及了。特奥多图斯像个家庭主妇一样急匆匆地走进来，身后跟着两个围着短裙的奴隶，这两个奴隶抬着一个大坛。他们放下大坛，僵立一旁。

特奥多图斯的注意力全都集中在恺撒身上，他对恺撒显然颇为欣赏。“伟大的盖乌斯·尤利乌斯·恺撒！”他高声说，“噢，多么荣幸！我是国王的老师特奥多图斯，我给你带来一个礼物，伟大的恺撒。”他吃吃地笑了，“事实上，我给你带来两个礼物！”

恺撒没有回答，他笔直地坐在那儿，他的右手还是拿着代表至高统帅权的象牙权杖，他的左手托着从肩膀垂下的托迦皱褶。他那丰满性感、微微上翘的双唇突然变薄，他的眼眸就像两颗镶着一圈黑边的冰珠。

特奥多图斯兴高采烈、毫无察觉，他上前一步伸出手。恺撒把他的权杖放在大腿上，然后伸手接过那个印章戒指。戒指上有一个狮子头，在鬃毛的外围刻着一圈字：格涅乌斯·庞培·马格努斯。恺撒没有细看这个戒指，只是把它紧紧地握着，直到指节都发白了。

一个奴仆打开那个坛盖，另一个奴仆伸手到坛子里摸索了一下，然后抓住一团银色的头发把庞培的头颅提起来。这个头颅已经泡得发白，上面的水滴滴答答地落入坛子里。

那张脸看起来很平静，眼皮盖住那双生动的蓝眼睛。这双眼睛曾经在元老院中无所畏惧地扫视四方，目光就像一个被宠坏的孩子那样。那个蒜头鼻，又小又薄的嘴巴，中间略凹的下巴，圆圆的高卢面孔。全都在那儿，全都被完好地保存着，虽然那略有雀斑的皮肤已经变成灰白色。

“这是谁干的？”恺撒问特奥多图斯。

“噢，当然是我们干的！”特奥多图斯大声回答，看起来得意扬扬。

“就像我跟波特努斯说的那样，死人才不会咬人。我们除掉了你的敌人，伟大的恺撒。事实上，我们除掉了你的两个敌人！在这个人来到这里的第二天，伦图卢斯·克鲁斯也来了，所以我们也把他杀死了。不过我们觉得，你应该不想看克鲁斯的脑袋。”

恺撒一言不发地站起来，大步流星地走到门口，打开大门高声喊，“法比乌斯！科尔涅利乌斯！”

这两个扈从立刻就进来了。他们看到了庞培那灰白的面孔，只是因为多年来的严格训练才没有表现出太大的反应。

“一条毛巾！”恺撒对着特奥多图斯大声命令。然后从那个奴仆手中拿过庞培的头颅。“给我一条毛巾！一条紫色的毛巾！”

不过采取行动的人是波特努斯，他对着一个困惑的奴隶打了个响指。“你听到了。一条紫色的毛巾。立刻。”

特奥多图斯终于意识到恺撒并不高兴，他惊讶地看着恺撒。“但是，恺撒，我们除掉了你的敌人！”他大叫道，“死人才不会咬人。”

恺撒沉声道：“闭嘴，你这个娘娘腔！你对罗马和罗马人有什么了解呢？你以为你是什么人,竟然做出这种事？”他看着那个还在滴水的头颅，他的眼中并没有泪水。“噢，马格努斯，但愿我们的命运被调转！”他转向波特努斯，“他的身体在哪里？”

事已至此，波特努斯决定厚着脸皮挺过去。“我不知道，留在佩鲁西乌姆的沙滩了。”

“那就去找,你这个该死的阉人,不然我会把亚历山大里亚夷为平地！由你们这样的东西来管事，难怪这个地方都快烂透了！你们两个都该死，还有你们的傀儡国王也是！你们都给我小心行事，不然就没有几天可活了。”

“恺撒，我想提醒你，你是我们的客人，而且你身边没有足够的兵力对我们发动攻击。”

“我不是你们的客人，我是你们的君主。罗马的维斯塔贞女还保管着埃及最后一任合法国王托勒密十一世的遗嘱，而且我还有已故国王托勒密十二世的遗嘱，”恺撒说，“所以我会接管这里的朝政，直到我决定如何处理眼下的事情，而且我决定的一切都必须得到执行。把我的东西都搬到贵宾的宫殿，今天就让我的步兵上岸。我想让他们在城墙之内好好扎营。你们以为凭着这些士兵，我真的不能把亚历山大里亚夷为平地？你们应该好好考虑！”

毛巾带来了，是泰尔紫的。法比乌斯双手摊开，捧着这条毛巾。恺撒亲了亲庞培的额头，把那个头颅放在毛巾里，然后小心翼翼地包起来。法比乌斯想过来接过头颅，但恺撒却把自己的象牙权杖交给他。

“不，我来捧着他。”他在门口转过身，“我想在贵宾宫殿外面的空地上搭起一个小型的火葬堆，而且我想用乳香和没药作为燃料。还有，要找到他的身体！”

恺撒抱着那个泰尔紫的布包哭了几个小时，没有人敢去打扰他。天色已经很暗了，鲁弗里乌斯提着一盏灯过来，告诉恺撒一切都已经搬到贵宾宫殿，所以恺撒是否也一起过去。恺撒好像突然就变老了，鲁弗里乌斯只好扶着他，一边带着他走出去，一边提着那盏在玻璃罩中燃烧的油灯。

“噢，鲁弗里乌斯！事情怎么会变成这样！”

“我知道，恺撒。不过有一个小小的好消息。有一个人从佩鲁西乌姆赶来，他是庞培·马格努斯的被释奴菲利普。他带着庞培身体的骨灰，他是在那些杀手离开之后把庞培火化的。因为他带着庞培的钱包，所以才能迅速地穿过三角洲来到这里。”

于是恺撒从菲利普那里听到在佩鲁西乌姆发生的整件事，还有庞培的妻子科尔涅利娅·梅特拉和小儿子赛克斯图斯是如何脱身。

第二天早晨，在恺撒的主持下，他们把庞培的头颅火化，并和其余的骨灰一起放进一个金瓮里，这个沉甸甸的金瓮镶着红宝石和海水珍珠。然后恺撒让菲利普和他那个可怜的奴隶登上一艘商船，他们将向着西边航行，带着庞培的骨灰回家交给他的遗孀。恺撒把那个戒指也交给了菲利普，并吩咐菲利普把戒指送给庞培的长子格涅乌斯·庞培，无论他身在何处。

这一切都处理完毕，恺撒派出一个仆人去租了二十六匹马，然后就出发去考察自己的军队部署。他很快就发现，情况简直是一团糟。波特努斯把他的三千两百名步兵安置在哈科提斯的一块荒地上，那里除了到处都是朱鹭，还有很多猫（也是神圣的动物）在那里抓各种各样的老鼠和田鼠。当地人都是贫穷的埃及裔希腊人，他们非常痛恨驻扎在他们中间的罗马士兵，也非常痛恨遭遇饥荒的亚历山大里亚还要养活许多额外的人口。无论价格如何，罗马人总是有钱去购买食物，但是本来就不足的食物还要卖给更多人，这样穷人购买食物的价格就会大大上升。

“好吧，我们要在这个营地周围建一些临时的围墙和栅栏，但是我们要让人觉得这是准备长期使用的建筑。当地人非常凶狠。为什么呢？因为他们很饿！虽然他们每年的收入有一万两千塔兰特，但他们那些该死的统治者却不肯给他们提供食物。这个地方就是一个完美的榜样，说明为什么罗马要赶走国王！”恺撒嗤之以鼻、气愤不已，“鲁弗里乌斯，每隔几尺就要安排一个哨兵，还要告诉士兵们把烤朱鹭加入他们的伙食。我恨死亚历山大里亚的这些圣鸟了！”

噢，他在发脾气！鲁弗里乌斯心中苦笑。王宫里的那些白痴怎么会以为杀害庞培·马格努斯能取悦恺撒呢？他心里悲伤成狂，不需要太多刺激，就可以让他把亚历山大里亚变得比乌克塞罗杜努姆或科纳布姆更糟糕。而且这些士兵上岸还不到一天，但他们就开始想着要去屠杀。一种情绪正在凝聚，一场灾难正在酝酿。

不过鲁弗里乌斯并没有什么立场去说这些话，所以他只是跟着这个大人物骑着马到处走，听着恺撒疾言厉色地训话。让他如此大受打击的还不仅仅是悲伤。王宫里的那些白痴剥夺了他表现仁慈的机会，他原本想着要把马格努斯拉回我们罗马人的圈子。马格努斯会得到接纳。加图永远都不会得到接纳。但是马格努斯永远都会。

看到骑兵营的情况之后恺撒就更生气了。这些骑兵没有被穷人包围，而且那里有一片让马匹吃草的好地方，还有一个干净的湖泊可以提供饮水。但是恺撒根本就不可能把骑兵和步兵连在一起，因为骑兵所在之处与步兵所在的西城区中间隔着一片无法穿越的荒草沼泽。波特努斯、加尼米德斯和传令官都很狡猾。鲁弗里乌斯绝望地自问：但是为什么总有人来招惹他呢？他们在他路上设置的每个障碍，都只会让他变得更加意志坚定。他们真的能骗过自己，认为自己比恺撒更聪明吗？在高卢的那些年，他已经积累了极为丰富的作战经验，任何事情都不能令他为难。可是，鲁弗里乌斯，你要管住自己的嘴巴，跟着他四处奔走，看着他制定一个可能永远都无须实施的作战计划。但是如果不得不实施，那他肯定已经准备好了。

恺撒让他的扈从退下，又让鲁弗里乌斯带着一些命令回到哈科提斯的军营。然后他就骑着马在一条又一条街上溜达，他的步伐很慢，可以让那些朱鹭避开马蹄，他的眼睛看着四周的东西。在卡诺皮克大街和王室大街的交叉处，他进入市集广场，这是一个宽敞的露天空间，四边都有一道宽阔的拱廊，拱廊的后面是暗红色的背墙，前面是刷成蓝色的多利克柱子。他接着又去到体育馆，这里也很宽敞，也有类似的拱廊，不过这里还有洗热水澡和冷水澡的地方，还有跑道和赛场。在这两个地方，他都尽量把马匹停在不容易引起亚历山大里亚人和朱鹭注意的地方，然后他才下马去观察那些拱廊和走道的天顶。他走进法庭逛了逛，里面的天花板很高很漂亮。然后他又从这里骑马到波塞冬神庙，然后又到哈科提斯的塞拉皮雍神庙，这座神庙是献给塞拉皮斯的一座圣所，其中有一座巨大的神庙,还有一些花园和一些比较小的神庙。然后他又来到了海边，参观了那里的码头、仓库、商场和一个巨大的贸易中心，又仔细考察了用巨大的方形木梁建造的防波堤和码头设施。在卡诺皮克大街上的其他神庙和大型公共建筑也让他很感兴趣，特别是这些建筑的屋顶，这里的屋顶用巨大的木梁支撑。最后他骑马沿着王室大街回到日耳曼人的军营，在那里下达加强防御的命令。

"我给你两千士兵去拆除老城墙，"恺撒对他的副将说，"你要用这些石头去建造两道新围墙。这两道墙分别从王室大街两头后面的第一座房子开始，然后呈扇形向外扩张与马里奥提斯湖相连。在王室大街那一头应该是四百尺长，但是在湖边那头应该是五百尺长。你在西边的沼泽地会遇到一些困难，而东边的围墙会切断马里奥提斯湖与卡诺皮克河口之间的运河。西边的围墙你要建成三十尺高，沼泽地可以提供额外的防御力量。东边的围墙你要建成二十尺高，还要挖一条十五尺深的壕沟，外面要插上尖头木桩，里面要灌满水。东边的墙上要留一个口子，不要阻碍前往运河的交通，但是要准备好石头，一旦接到我的命令就堵上那个口子。两道围墙每隔一百尺就要设置一个瞭望塔，我会给你一些投石器，放在东边围墙的上面。”

那个副将面无表情地听着，然后就去找日耳曼人的首领阿尔米尼乌斯。日耳曼人不太会建造围墙，但他们的工作是为马匹寻找和储存草料。他们还可以寻找木料，去制作尖头木桩，还可以开始编织枝条用来建造防御矮墙，日耳曼人是编织枝条的好手！

恺撒骑马沿着王室大街回到王城，仔细观察了王城外围那道二十一尺高的围墙。这道墙从阿克隆剧院的峭壁一直延伸到罗基阿斯角的另一边。城墙上连一个瞭望塔都没有，根本就不能起到真正的防御作用，主要的功夫都用于雕琢和修饰。难怪那些暴民常常会冲进王城里面！这样的城墙连一个比较厉害的侏儒都不能阻挡在外。

时间，时间！这一切都需要时间，而且他要瞒过当地人，直到他的准备全部完成。最首要的是，除了骑兵营的行动，不能让人看出还有其他特别的事情正在进行。波特努斯和传令官之类的爪牙会以为：如果恺撒受到攻击，那他将会抛弃这座城市，躲在骑兵营所在的堡垒里面。好，就让他们这么想。

当鲁弗里乌斯从哈科提斯回来时，他又接到了更多命令。然后恺撒就召集了所有的初级副将（包括那个毫无希望的提贝里乌斯·克劳狄乌斯·尼禄），向他们说明自己的计划。恺撒对于他们的忠诚毫无怀疑，这不是罗马对战罗马，这是一场针对外国势力的战争，而且他们都不喜欢这个国家。

第二天，恺撒把托勒密国王、波特努斯、特奥多图斯和加尼米德斯叫到他的贵宾宫殿，他让他们坐在地上的椅子里，而自己则坐在高台上的象牙折椅里。这让那个小国王很不高兴，不过他还是接受了特奥多图斯的安抚。恺撒心想，这个小男孩已经开始性启蒙了。身边就是这样的老师，这个孩子还能有什么机会呢？如果他能继续活着，那也不能成为比他父亲更好的统治者。

“我叫你们来到这里，是想说说我前天就提过的一个问题，”恺撒说，他的腿上放着一卷文书。“具体来说，就是埃及在亚历山大里亚的王位问题。现在我终于明白，这跟埃及在尼罗河地区的王位不一样。国王，后者显然是你那不在现场的姐姐拥有的位置，但是你却没有这个位置。尼罗河地区的统治者应该是法老，也就是克娄巴特拉王后。国王，你的共同执政者，同时也是你的姐姐和妻子，为什么会带领一支雇佣军来攻打她自己的臣民呢？”

波特努斯回答了这个问题，这个不出恺撒所料。这个小国王只是听命行事，他还没有先了解实际情况，根本就没有足够的智慧去思考判断。“恺撒，因为她的臣民起来反抗，并且把她赶走了。”

“他们为什么要起来反抗她？”

“因为饥荒，”波特努斯说，“尼罗河连续两年没有泛滥。祭司从三千年前就开始记录，而去年是所有记录中水位最低的一次。尼罗河只上升了八罗马尺[①]。”

“解释一下。”

“恺撒，尼罗河的水位有三种情况：死亡之量、丰饶之量、泛滥之量。如果河水要越过河岸并淹没河谷，那尼罗河必须上升十八尺。在这之下的水位就叫作死亡之量，田地里没有河水和淤泥，所以不能种植庄稼。埃及从来不下雨，水源都来自尼罗河。水位在十八尺和三十二尺之间是丰饶之量。尼罗河的洪水把水源和淤泥带到所有的田地上，这时候庄稼就会丰收。如果水位超过三十二尺，那河谷就被深深地淹没了，村庄都被冲走，河水不能及时退去，所以不能种植庄稼。”波特努斯说起这些简直倒背如流，显然不是第一次向不知情的外国人介绍尼罗河泛滥的情况。

“尼罗河水位计？”恺撒问。

---

① 罗马尺，也叫罗马足。足（foot）是古罗马的基本长度单位，一足大概是一只脚的长度，一罗马足大约是30厘米。——译者注

“就是用来测量水位的工具。这是一个挖在尼罗河边的水井，水井的边上有腕尺刻度。这样的水井有好几个，不过最重要的那个在南方几百里处，就位于第一瀑布附近的象岛。在那里，尼罗河水位的上涨要比在孟斐斯早一个月，所以我们会得到预警，知道这一年的河水泛滥是什么情况。一个信使会把消息带到尼罗河的下游地区。”

“我知道了。但是,波特努斯,王室拥有巨额收入。在庄稼收成不好时，你们为什么不用这些钱去购买粮食呢？”

“恺撒，你肯定知道，”波特努斯气定神闲地说，“整个地中海地区，从西班牙到叙利亚，都遇到旱灾。我们去购买粮食了，但是价格非常高，而这些支出当然要分摊到人民头上。”

“真的？真是太明智了。”恺撒同样气定神闲地回答。他举起腿上的那卷文书。“在法萨卢斯战役之后，我在格涅乌斯·庞培·马格努斯的帐篷中找到这份文件。这是你的父亲，托勒密十二世的遗嘱，”他对那个男孩说，这个孩子因为无聊都快要睡着了，“遗嘱上说得很清楚。这份遗嘱规定，亚历山大里亚和埃及必须由他还活着的最大的女儿克娄巴特拉和最大的儿子托勒密·奥厄葛提斯，以丈夫和妻子的身份共同统治。”

波特努斯跳了起来。现在他迫不及待地伸出一只手。“让我看看！”他要求道，“如果这真的是一份合法的遗嘱，那就应该在亚历山大里亚的书记官或罗马的维斯塔贞女那里保存。”

特奥多图斯走到那个小国王身后，伸手抓住国王的肩膀让他保持清醒。加尼米德斯坐在那儿，面无表情地听着。恺撒心想，加尼米德斯，你是最能干的那一个。要忍受波特努斯作为你的上司，一定让你难受死了！而且，我猜测，你宁愿看到你的小托勒密，也就是阿尔西诺伊公主坐在宝座上。

“不,宫廷总管,你不能看,”恺撒冷冷地说,“在遗嘱中,托勒密十二世，也就是奥勒特斯说,他的遗嘱没有存放在亚历山大里亚或罗马,是因为‘尴尬的情况’，既然这份文件拟定时，罗马的内战还没有发生，所以奥勒特斯说的肯定是在亚历山大里亚的情况。”他挺直身子，神情也变得更强硬，

“亚历山大里亚是时候安定下来了，而且它的统治者对待底层人民也应该更加仁慈。在我为所有人民建立起一个长治久安的环境之前，我不会离开这座城市。我不会容忍那些与罗马为敌的恶势力，也不会容许任何一个自愿称臣的国家继续跟罗马作对。接受现实吧，独裁官恺撒会留在亚历山大里亚解决问题，或者说收拾烂摊子，你们也许会这么说。所以，我真诚地希望，你们已经派出信使到克娄巴特拉王后那儿，而且我们在很短的时间之内就能看到她。”

恺撒心想，这段时间我正好用来传达一个信息：独裁官恺撒不会离开亚历山大里亚,让这里变成共和派的大本营。他们必须被赶到非洲行省，然后我会在那里把他们一网打尽。

他站了起来。“你们可以离开了。”他们离开了，一个个都没有什么好脸色。

“你派出信使去找克娄巴特拉了吗？”加尼米德斯对着宫廷总管问，他们已经走到玫瑰园里。

“我派了两个，”波特努斯说着露出一个微笑，“不过是在一艘很慢的船上。当然，我还派出了第三个信使，这个信使会快马加鞭地去到阿基拉斯将军那儿。当那两个行动缓慢的信使在皮鲁西亚克河口出现时，阿基拉斯已经派人在那里等着。我非常担心，”他说着叹了一口气，“克娄巴特拉不会收到恺撒的任何信息。最后，恺撒就会转而反对她，以为她太傲慢了，不肯接受罗马的调停。”

“她在王宫里也有耳目，”加尼米德斯说，看着特奥多图斯和小国王走在前面的身影慢慢变小，“她会努力跟恺撒取得联系，这关系到她的利益。”

“我知道。但是阿加塔克勒斯和他的手下把每一寸城墙都看得严严实实，连罗基阿斯角两边的每朵小浪花都不放过。她不可能穿越我的网罗。”波特努斯停下来看着另外一个宦官，这个宦官跟他一样高大英俊，“加尼米德斯，我想，你更乐意让阿尔西诺伊成为王后？”

“有很多人更乐意让阿尔西诺伊成为王后，”加尼米德斯镇定自若地说，“比如阿尔西诺伊自己，还有她的国王兄弟。克娄巴特拉被埃及污染了，她是毒药。”

“那么，”波特努斯说着又开始迈步，“我想，我们两个都应该朝着这个目标努力。你不能接替我的工作，但如果你照管的孩子坐上王位，也不会给你造成多少不便是不是？”

“是的，”加尼米德斯微笑着说，“恺撒准备干什么？”

“干什么？”

“他肯定准备干些什么事，我可以从骨子里感觉到这个。骑兵营里有很多动作，不过我很惊讶，他向来以雷厉风行著称，但还没有开始对哈科提斯的步兵营采取任何防御措施。”

“他的高压手段真是气死我了！”波特努斯咬牙切齿，“等他完成骑兵营的防御工程，老城墙就连一块石头也不剩。”

“为什么我觉得这都是障眼法呢？”加尼米德斯说。

第二天，恺撒单独召见了波特努斯。“我想代表一个老朋友跟你商量一件事。”恺撒说，他的表情看起来挺放松。

“什么事？”

“也许你还记得盖乌斯·拉比里乌斯·波斯图穆斯？”

波特努斯皱着眉头。“拉比里乌斯·波斯图穆斯，好像有点记得。”

“已故的奥勒特斯被扶上王位时，拉比里乌斯·波斯图穆斯来到亚历山大里亚。他的目的是收回奥勒特斯在一大串罗马银行家那里欠下的大约四千万塞斯特尔提乌斯[①]。但是财务官和他手下那些能干的马其顿公仆却让这个城市的经济陷入一个令人震惊的处境。于是奥勒特斯告诉我的老朋友，他要整顿好王室和国家的金库才能拿回这笔钱。拉比里乌斯照

---

① 古罗马最初的货币是不规则的粗铜，到公元前4世纪出现了形状比较统一的铜块作为货币，公元前3世纪，出现了直径达10厘米，重达1罗马磅（335.9克）的铜币。大约在公元前269年，罗马开始铸造银币，最早的银币是狄纳里乌斯（denarius），一个狄纳里乌斯的重量大概是3.5克，后来出现了更为通行的银币塞斯特尔提乌斯（sestertius），一个塞斯特尔提乌斯等于四分之一个狄纳里乌斯。——译者注

着做了，他穿着那令他深恶痛绝的马其顿人服饰，没日没夜地辛勤工作。到了年底，亚历山大里亚的经济情况大为改观。但是当拉比里乌斯要求拿回他的四千万塞斯特尔提乌斯时，奥勒特斯和你的前任把他剥得像只鸟儿一样光溜溜的，然后就把他扔上一艘开往罗马的船只。他们留下的口信是：你能保住一条命就该谢天谢地了。拉比里乌斯身无分文地回到罗马。波特努斯，这对一个银行家来说真是可怕的命运。”

波特努斯的灰色眼眸和恺撒的蓝色眼眸互相凝视，彼此都没有挪开自己的视线。但是波特努斯脖子上的血管突突地飞跳着。

“幸运的是，”恺撒慢慢悠悠地接着说，“在我的帮助下，我的朋友拉比里乌斯又在经济上站稳脚跟。到了今天，他和我另外的朋友大小巴尔布斯和盖乌斯·奥皮乌斯已经组成了一个名副其实的大财团。但是债务就是债务，我决定来到亚历山大里亚的原因之一就是这桩债务。宫廷总管，我代表拉比里乌斯·波斯图穆斯来收债。你们要立刻偿还四千万塞斯特尔提乌斯。按照通用的兑换比例，这笔钱相当于一千六百塔兰特[①]的银子。严格来说，我应该按照我规定的十分之一比例收取利息，但是我愿意放弃利息，只要归还本金就可以。”

“我无权替已故的国王还债。”

“是的，但是现任国王有权。”

“现任国王只是个傀儡。”

“亲爱的伙计，这就是我为什么来找你。还钱。”

“我需要相关的文件作为凭证。”

“我的秘书法贝里乌斯会提供文件。”

“恺撒，没有其他事了吧？”波特努斯说着站起身。

“暂时没有。”恺撒跟他的客人一起走出来，他的礼仪总是无可挑剔。

“有王后的消息了吗？”

“一点都没有，恺撒。”

---

① 塔兰特（talent）是古代希腊、罗马、中东等地的重量单位，1塔兰特原本是指一个成年人挑满一担的重量，大约等于现在的50斤。——译者注

特奥多图斯跟波特努斯在大王宫见面，他带来了一个重要消息。“阿基拉斯送信来了！”他说，“这个真的要感谢塞拉皮斯！”

“他说了什么？”

“那两个信使死掉了，克娄巴特拉还在卡西乌斯山脚下。阿基拉斯可以确定，她不知道恺撒来到亚历山大里亚。不过大家还在猜测，她对阿基拉斯接下来的行动会有什么反应。就像我之前说的那样，阿基拉斯带了两万名步兵和一万名骑兵，从佩鲁西乌姆乘船赶过来。地中海季风开始吹起来了，所以他两天之内就会来到这儿。”特奥多图斯高兴地笑起来，“噢，等特奥多图斯到达时，我真想看看恺撒是什么脸色！他说他会使用两个港口，不过他准备在月亮门外扎营。”特奥多图斯不是一个很敏锐的人，他看着神色严峻的波特努斯，突然有点摸不着头脑了：“波特努斯，你不高兴吗？”

“高兴，高兴，这不是让我担心的事情！”波特努斯没好气地说。

“我刚刚见过恺撒，之前奥勒特斯不肯把钱还给那个罗马银行家拉比里乌斯·波斯图穆斯，现在恺撒要求王室归还这笔钱。那么多钱！隔了那么多年！我不可能让传令官归还已故国王的私人债务！”

“噢，天啊！”

“好吧，”波特努斯咬牙道，“我会把钱还给恺撒，但是他会后悔莫及！”

第二天，也就是恺撒到达亚历山大里亚的第八天。鲁弗里乌斯对恺撒说：“麻烦了。”

“什么麻烦？”

“你是不是替拉比里乌斯·波斯图穆斯收债了？”

“是的。”

“波特努斯的手下在散布消息，说你把王室的宝库洗劫一空，把所有金盘都融掉了，还把仓库里的粮食都分给你的士兵。”

恺撒哈哈大笑。“鲁弗里乌斯，事情开始热闹起来了！我的信使刚刚从克娄巴特拉王后那边回来。不，我没有选择水路，而是让信使快马加鞭地走陆路，每隔十里地就换一匹新马。当然，根本就没有波特努斯派出的信使见到她。我想，信使应该被杀掉了。王后给我送来一封很友好、很有信息量的书信。她在信中告诉我，阿基拉斯正带兵返回亚历山大里亚，他们准备在城外的月亮门附近扎营。”

鲁弗里乌斯看起来有点迫不及待。“那我们就开始行动？”他问道。

“等我进入大王宫，控制了国王再行动，”恺撒说，“如果波特努斯和特奥多图斯可以把那个可怜的孩子作为工具，那我也可以。让他们继续在无知中自掘坟墓。不过我的人要随时准备进攻。等时机到了，他们就要大干一场，而且不会花费太多时间。”他舒服地伸伸懒腰。“啊，有个外国的敌人真是太好了！”

恺撒留在亚历山大里亚的第十天，一艘小帆船混在阿基拉斯的船队之中进入大港，并灵巧地越过许多笨重的船只而没有引起注意。这艘船最后停靠在王室港的码头，一支卫队仔细地盯着这艘船靠近，确保没有人偷偷地跳船游走。船上只有两个人，这两人都是埃及的祭司，他们赤脚、光头，穿着一件白色的麻衣，那件衣服在胸前紧紧裹着，轻柔地向下散开直到小腿肚。这两人都是低级祭司，因为他们没有资格佩戴金饰。

“站住，你们以为这是哪里？”卫兵队长问。

祭司从船里出来，双手合十地弯下腰，这是表示谦卑顺服的姿势。“我们想见恺撒。”祭司用蹩脚的希腊语说。

“为什么？”

“我们从尤伊那里给他带了一份礼物。”

“谁？”

“普塔大祭司，工匠伟大的监督者，孟斐斯大祭司，财富的守护者。”那个祭司像唱歌般念出一长串。

“祭司，我可没有那么聪明，而且我已经失去耐心。”

“我们从尤伊那里给恺撒带来一份礼物，尤伊也就是孟斐斯的普塔大祭司。我刚刚说的是他的全名。”

“什么礼物？”

“这里。”那个祭司说着回到船上，那个队长就跟在他后面。

一张草席卷成一卷放在船里，这张颜色灰暗、图案粗陋的草席，对于一个亚历山大里亚的马其顿人来说真是件寒酸的东西。就算是在哈科提斯最低档的市场里，都可以买到比这更好的草席。而且这张草席里面可能藏着许多虱子。

“你要把这个东西送给恺撒？”

“是的，尊敬的长官。”

那个队长拔出剑在草席上刺了几下，不过动作很轻。

“不要，”那个祭司轻声说。

“为什么不？”

那个祭司吸引住那个队长的目光，然后四目相对紧盯不放，然后他的脑袋和脖子做了一些动作，吓得那个队长赶紧往后退。突然间，那个队长看到的不再是一个埃及祭司，而是一条眼镜蛇的脑袋。

“嘶！嘶！嘶！”那个祭司发出嘶嘶声，还伸出一条分叉的舌头。

那个队长一下就跳回岸上，脸色都白了。他咽了咽口水，才能说出话来。“普塔不喜欢恺撒吗？”

“普塔创造了塞拉皮斯和其他诸神，但是祂认为‘至善至尊者’朱庇特冒犯了埃及。”那个祭司说。

那个队长咧嘴笑了，仿佛看见波特努斯给他一大笔赏钱。“把你的礼物送给恺撒吧，”他说道，“但愿普塔能达成目的。小心！”

“我们会的，尊敬的长官。”

两个祭司弯下身，一人一头抬起那卷有点松散的草席，然后把他们的礼物轻轻地放在码头上。“我们应该往哪边走？”那个负责发言的祭司问。

“沿着那条穿过玫瑰园的路一直走，经过那个小尖塔之后，你们左手边的第一个宫殿就是了。”

然后他们就快步离开了。那张草席就在他们中间。一件轻飘飘的东西。

那个队长心想：现在，我只要等着，等到那个不受欢迎的客人被蛇咬死。然后我就会得到奖赏了。

那个矮胖的美食家盖乌斯·特瑞巴提乌斯·特斯塔笨拙地走进来，他皱着眉头。在这场内战中，他毫不犹豫地选择效忠于恺撒，尽管他真正的保护人是马尔库斯·图利乌斯·西塞罗。他也不知道自己为什么会坐船来到亚历山大里亚，只知道自己总是在寻找一些口味新奇的美食，但是亚历山大里亚根本就没有什么美食。

“恺撒，”他说，“有一件奇怪的东西要送给你，是普塔的高级祭司从孟斐斯送来的。但这并不是一封信！”

“真有意思，”恺撒说，他的目光从眼前的文件中抬起来。“那件东西看起来还好吗？没有被弄坏吧？”

“我怀疑,那件东西从来就没有好看过，”特瑞巴提乌斯鄙夷地撇撇嘴。“一块寒酸的旧席子，连毯子都不是。”

“把它原封不动地拿过来。”

“恺撒，只能让你的扈从去拿了。王宫里的奴隶一看到那两个拿着席子的人，脸色就变得比辛布里族的日耳曼人还要苍白。”

“把它送进来吧，特瑞巴提乌斯。”

两个年轻的扈从一起抬着那卷席子，他们把席子放在地上，然后就满脸惊愕地盯着恺撒。

“谢谢，你们可以走了。”

曼利乌斯有点不自在地挪动脚步。“恺撒，我们可以留下吗？呃，这个东西是两个怪老头送来的，我们从来没有见过这么奇怪的人。他们刚放下这个东西，就赶紧撒腿跑了，好像复仇女神在追着他们似的。法比乌斯和科尔涅利乌斯想打开这个东西，但是盖乌斯·特瑞巴提乌斯说不可以。”

“很好！快出去，曼利乌斯！出去，出去！”

现在只剩下恺撒独自一人和那卷草席，他面带微笑地盯着席子，然后跪下来看向那卷席子的一头。“你在里面能呼吸吗？”他问道。

有人在里面说话，但是声音很模糊。然后恺撒发现那卷席子的两头都用细细的灯心草紧紧堵住了。真聪明！他把那些塞进去的草掏出来，再小心翼翼地把普塔的礼物打开。

难怪她能藏在席子里。这对她来说真的毫不费力。密特里达提王室那种金发碧眼、身材高大的血统去了哪里？恺撒在心中自言自语，然后就坐在一张椅子上盯着她看。她的身高不到五罗马尺，就算她穿的是铅制的鞋子，那她的体重最多也就是一个半塔兰特，大概等于八十磅。

浪费宝贵的时间去研究一个不认识的人长什么样，这并不是恺撒的习惯，就算那个人拥有眼前这个人的身份。但他真的没想到，竟然是这么一个小不点，毫无王室的威严！恺撒还惊讶地发现，她对自己的外貌毫不在意，因为她就像只猴子一样爬起来，根本就没有看看四周有没有可以当成镜子的抛光金属。噢，我喜欢她！恺撒心想。她让我想起妈妈，同样的干脆利落、理智冷静。但他的母亲曾经被称为罗马最美丽的女人，而克娄巴特拉无论按照什么标准都称不上是个美人。

她根本就没有胸，也没有屁股，只是直上直下，双臂就像两根木棍一样连在肩膀上，瘦骨嶙峋的脖子看起来特别长，而那个脑袋让恺撒想起西塞罗，这个脑袋相对于身体来说真是太大了。

她的面孔也很丑，因为她的鼻子又大又钩，把别人的注意力都吸引到她的鼻子上。与这个鼻子相比，她的其他五官看起来还挺顺眼。一个丰满的嘴巴，但又不至于太丰满，高低适中的颧骨，椭圆形的面孔，还有一个坚毅的下巴。只有那双眼睛是美丽的，她的眼睛很大，黑色的眉毛下面是黑色的睫毛，虹膜的颜色就像狮子一样金黄。我在哪里见过这种颜色的眼眸？当然是在密特里达提六世的子孙之中！好吧，她是密特里达提六世的外孙女，但是只有她的眼睛能让人想起密特里达提王室。因为这个王室的人都身材高大，长着日耳曼人的鼻子和黄色的头发。她的头发是浅褐色，而且很稀薄。这些头发捻成一股股，从前额梳到脑后，就像蜜瓜上面的纹路，最后再紧紧地盘成一小团。她的皮肤很不错，深橄榄色的皮肤很透亮，连皮下蓝色的血管都隐约可见。她的头上用白色缎带系着一个王冠，这是唯一能证明她王室身份的东西，因为她身上的希腊式袍子是黄褐色，而且她没有佩戴任何珠宝首饰。

她也在仔细地看着恺撒，而且显得很惊讶。

“你看到什么了？”恺撒严肃地问。

“非常英俊，恺撒，不过我本来以为你会更黑一点。”

“有皮肤白皙的罗马人，也有肤色中等和肤色黝黑的罗马人，还有很多罗马人长着红色或褐色的头发，还有很多罗马人长着雀斑。”

“所以你们才有阿尔比努斯、尼格尔、鲁弗斯这些家族名[①]。”

啊，她的声音真好听！音调低沉，充满韵律，听起来就像在唱歌。“你会拉丁语？”恺撒问，这回轮到他惊讶了。

“不会，我没有机会学习拉丁语，”克娄巴特拉说。“我会说八种语言，但都是东方的语言：希腊语、古代埃及语、现代埃及语、希伯来语、阿拉姆语、阿拉伯语、米底亚语和波斯语。”她那双猫科动物般的眼睛闪闪发光。“也许你可以教我拉丁语？我学得很快。”

“孩子，我恐怕没有那个时间。不过如果你想学，那我可以给你从罗马派一个老师。你多大了？”

“二十一。我登上王位已经四年。”

“正好是你年纪的五分之一。你是一个老手啦。坐下吧。”

“不，那样我就不能好好看着你了。你很高，”她说道，继续走来走去。

“是的，像高卢人和日耳曼人一样高。像苏拉一样，如果有必要，我

① 在罗马共和国和罗马帝国时代，罗马男性公民名字的命名通常采用三名法（tria nomina），即组成名字的三个部分依次为个人名（praenomen）、氏族名（nomen）和家族名（cognomen），在三名之外还可能有附加名（agnomen）。个人名是由父母选择的，通常是以男性家长本人的名字命名，相当于今天的名，经常重复，不甚重要。氏族名来自氏族的名字，相当于今天的姓，表明血统和出身，是最重要的名字。家族名用以区分同一氏族内的不同分支，通常与家族成员的特点相连。例如，阿尔比努斯（Albinus）意思是“皮肤白皙”，尼格尔（Niger）意思是“皮肤黝黑”，鲁弗斯（Rufus）意思是“红色头发”。——译者注

也可以假扮成一个高卢人。你的身高是怎么回事？你的兄弟姐妹都很高。”

“我的身高有一部分是来自祖辈。我父亲的母亲是纳巴泰[①]公主，但她并不是纯种的阿拉伯人。她的祖母是帕提亚公主罗多古尼，这个王室的血统跟密特里达提国王也有联系。他们说帕提亚人比较矮。但是，我的母亲说是因为我小时候生病了。所以我常常想，是河马和鳄鱼把我的身高吸掉了，就像它们用鼻孔吸掉河水一样。”

恺撒的嘴角一抽抽：“就像它们吸掉河水？”

“是的，在死亡之量的时候。当河马神和鳄鱼神用鼻孔吸掉河水时，尼罗河的水位就不会上升。它们对法老感到不满时就会这么做。”她非常认真地说。

“你就是法老，它们为什么对你不满呢？据我所知，尼罗河已经有两年都处于死亡之量了。”

她的表情开始变得犹豫不决。她转过身，走来又走去，然后突然转身正对着恺撒。她咬着自己的下唇，然后说：“情况非常紧急，所以我觉得没必要用女人的伎俩来勾引你。你已经这么大年纪了，所以我原本以为你是一个毫无魅力的男人，这样你对我这种不太漂亮的女人就会友好一些。但是，我看出那些传言是真的。虽然你年事已高，但你想要任何女人都能得到。”

恺撒的头转向一边，那种高傲冷淡的目光开始变得温暖，不过这种目光中并没有什么肉体欲望。他只是静静地看着她，他的思绪都集中在她身上。她已经在种种逆境下证明了自己，包括比布路斯的儿子策划的谋杀，还有亚历山大里亚的叛乱，当然还包括其他危机。但是她说话时就像一个未经人事的孩子。当然，她确实未经人事。她的兄弟兼丈夫还没有跟她圆房，而她是地上的神，所以她不能跟普通男人交欢。她被一群宦官包围着，不能跟未受阉割的男人单独相处。正如她所说，她的情况确实非常紧急，否则她就不会单独跟我在这里，因为我是一个未受阉

① 纳巴泰（Nabatae）是在公元前4世纪末至105年存在于约旦一带的古国。公元105年罗马攻占了该国，并将其设为阿拉比亚行省。——译者注

割的普通男人。

“说下去，”他说道。

“我没有完成身为法老的责任。”

“什么责任？”

“子息繁盛，生儿育女。在我登上王位之后，尼罗河的第一次泛滥是丰饶之量，因为尼罗河给我时间去证明自己能够生儿育女。现在，尼罗河的水位上涨已经过去两次，但我还是没有孩子。埃及正陷入饥荒，而且五天之后，在菲莱的伊西斯[①]祭司就会读出象岛的水位计读数。季风已经开始刮了，但如果我还不怀孕，那夏季的雨水就不会落在埃塞俄比亚，尼罗河的水位也就不会上涨。”

“夏季的雨水，不是融化的雪水，”恺撒说，“你知道尼罗河的源头吗？”让她继续说话，这样我就有时间好好消化她之前说的那些。她竟然说我“年事已高”！

“埃拉托斯塞奈斯之类的学者派出探险队去探索尼罗河的源头，但是他们只找到许多支流和尼罗河本身。他们只是发现了降落在埃塞俄比亚的夏季雨水。这些都记录下来了，恺撒。”

“是的，我希望在离开之前，有时间去看看缪斯宫里的一些书。继续说吧，法老。”

“也就是说，”克娄巴特拉说着耸耸肩膀，“我需要跟一个神交欢，但是我的弟弟不想要我。他想要特奥多图斯为他提供愉悦，还想要阿尔西诺伊来充当他的妻子。”

“为什么他想要她呢？”

“因为她的血统比我更纯正，她是他同父同母的姐妹。他们的母亲属于托勒密王室，而我的母亲属于密特里达提王室。”

“我看不出我能为你的困境提供什么帮助，至少在即将到来的这次尼

---

① 伊西斯（Isis）是古埃及的丰饶女神，也是掌管生殖和守护健康的生命之神。到罗马时期，她在埃及诸女神中居统治地位，对她的狂热崇拜发展成一种秘传宗教，遍及罗马世界的大部分地区。——译者注

罗河水位上升之前是这样的。可怜的孩子，我为你感到遗憾，但是我不知道我能为你做什么。我不是一个神。”

她的脸上放出光芒。“但你就是一个神！”她大叫道。

他眨了眨眼。“在以弗所的一尊雕像确实这么说，但那只是，呃，只是阿谀奉承，就像我一个朋友说的那样。我确实是两位神明的后裔，但我最多只有一两滴神血，并不是全身都充满神血。”

“你是来自西方的神。”

“来自西方的神？”

“你是奥西里斯[①]，从冥界回来让伊西斯怀孕，并生下一个儿子荷鲁斯[②]。”

“你相信这个？”

“恺撒，这不是我相信，这是事实！”

“所以你想跟我交欢，我的理解是正确的？”

“是的，是的！不然我为什么会在这里呢？成为我的丈夫，给我一个儿子！然后尼罗河的水位就会上涨。”

这是什么情况！但这种情况确实很有意思。恺撒竟然来到一个地方，在这里他的种子可以让雨水降落、让河水上涨、让国家兴旺？

“如果拒绝就太没风度了，”恺撒庄重地说，“但你现在才来是不是有点太迟？还有五天就要读取尼罗河的水位，我不能保证在此期间让你怀孕。就算我能让你怀孕，你也要再过几十天才能知道。”

“阿蒙－拉[③]会知道，我身为他的女儿也会知道。恺撒，我是尼罗河！我是这条河的化身。我是地上的神，而且我只有一个目的，就是让我的人民安居乐业，让埃及繁荣昌盛。如果尼罗河再有一年还是处于死亡之量，那不仅会有饥荒，还会有瘟疫和蝗灾。埃及将不复存在。”

“我要求一个回报。”

---

① 奥西里斯（Osiris）是古埃及的冥神和农神。——译者注

② 荷鲁斯（Horus）是古埃及的战神和法老守护神，是王权的象征。——译者注

③ 阿蒙–拉（Amun–Ra）是古埃及的主神和太阳神。——译者注

“只要让我怀孕，就如你所愿。”

“你说话时就像一个银行家！无论我要对亚历山大里亚做什么事，我都想要你完全配合。”

她皱起眉头，看起来有点迟疑。“对亚历山大里亚做什么事？恺撒，你这么说很奇怪。”

“噢，你很聪明！”恺撒赞赏道，“我开始想要一个聪明的儿子了。”

“他们说你连一个儿子都没有。”

恺撒心想，不，我有一个儿子。一个在高卢的漂亮孩子，但是利塔维库斯杀了他的母亲，把他从我身边偷走了。我不知道他怎么样了，而且我永远都不会知道。

“没错，”恺撒冷冷地说，“但是对一个罗马人来说，没有自己亲生的儿子并不是什么大不了的事。我们可以合法地收养儿子，一个拥有同样血缘的儿子，一个侄子或外甥。在我们活着的时候，或者通过遗嘱在我们死去之后。法老，就算你我能生下儿子，他也不会成为罗马人，因为你不是罗马人。所以，他不能继承我的姓名和巨额财产。”恺撒看起来很严肃。“不要想着能有一个身为罗马人的儿子，我们的法律不允许。如果你想要，我可以跟你举行某种形式的婚礼，但是这桩婚姻不符合罗马的法律。我已经有一个罗马妻子了。”

“虽然你们已经结婚很长时间了，但她却没有给你生下一个孩子。”

“我从来都不回家。”他咧嘴一笑，然后扬起一根眉毛，神情放松地看着她。“亲爱的，我觉得现在是时候去控制住你的兄弟了。到天黑时，我们就会住在大王宫里，然后我们就可以做些事情让你怀孕。”他站起来走到门口。“法贝里乌斯！特瑞巴提乌斯！”他大叫道。

他的秘书和副将走进来，两个人都目瞪口呆。

“这是克娄巴特拉女王。现在她已经来到这儿，我们可以开始行动了。让鲁弗里乌斯马上过来，开始收拾东西。”

然后恺撒就离开了，他的手下跟在他后面，留下克娄巴特拉独自站在那个房间。她很快就坠入爱河了，这对她来说是自然而然的事。她本来已经做好准备，要向一个比自己还丑的老男人求欢，但却发现这个男人看起来恍如天神。他让她充满欣喜和爱意。塔阿把莲花瓣洒到哈托尔[①]的圣杯里面，并且告诉她今晚或明晚就是她生理周期中容易受孕的时刻。如果她看到恺撒，并发现恺撒值得去爱，那她就会怀孕。好吧，她看到了，这简直像个梦，来自西方的神。他像奥西里斯一样高大英俊，就连他脸上的皱纹都充满魅力，因为这说明他像奥西里斯一样历尽艰辛。

她双唇发抖，眼中突然涌上泪水。她爱上他了，但是他没有，而且她怀疑他永远都不会爱上自己。这主要不是因为她不够美丽或缺乏女性魅力，而是因为他们在年龄、经历和文化上都隔着一道鸿沟。

在天黑之前，他们已经来到大王宫，这座巨大的建筑里分布着许多大厅和走廊，还有很多陈列室和房间，庭院里的池子大得可以在里面游泳。

整个下午，这座城市和王城里面都一片混乱。恺撒的五百个步兵把王家卫队抓起来，然后把他们送到月亮门西边阿基拉斯正在建造的营地里，还一并送去了恺撒的问候。这项任务完成之后，那五百个士兵又去加强王城的防卫，在城墙上搭建作战平台、临时胸墙和许多瞭望塔。

其他事情也在发生。鲁弗里乌斯让士兵们离开位于哈科提斯的军营，然后把王室大街两边大房子里的住户都赶出来，再让这些大房子住满自己的士兵。那些有钱人突然变得无家可归，他们在城里跑来跑去，大哭大叫着要向罗马人报仇。几百个士兵冲进神庙、体育馆和法院里面，留在哈科提斯的少数士兵则出发前往塞拉皮雍神庙。亚历山大里亚的居民惊恐地看着，这些士兵把每根木梁从每个屋顶拆下来，然后把那些木材扔到王室大街上。房子都拆完之后，他们又把码头、堤坝和商铺都拆掉，然后把所有木梁和其他有用的木材都搬走。

到了天黑时，亚历山大里亚的大部分公共建筑都变成废墟了，任何有用或比较大块的木材都被运到王室大街。

“这是暴行！这是暴行！”波特努斯大叫道，而那位不受欢迎的客人

---

① 哈托尔（Hathor）是古埃及的爱神和妇女保护神。——译者注

在一百个士兵的簇拥下走进来，还有他的手下，还有那个看起来非常得意的克娄巴特拉王后。

“你！”阿尔西诺伊高声尖叫。“你在这里做什么？我是王后，托勒密已经跟你离婚了！”

克娄巴特拉走上去狠狠地在阿尔西诺伊腿上踢了一下，然后又用她的指甲划过阿尔西诺伊的脸颊。“我是王后！闭嘴，不然我就杀了你！”

“婊子！母猪！鳄鱼！胡狼！河马！蜘蛛！蝎子！老鼠！毒蛇！虱子！”小托勒密·菲拉德尔普斯大叫道，“猩猩！猩猩！猩猩！猩猩！”

“你也闭嘴，你这只肮脏的小蛤蟆！”克娄巴特拉凶狠地说。她用力地扇着他的脑袋，直到他哭起来。

恺撒叉着手站在一边看着，被眼前这一幕家庭闹剧吸引住了。虽然她是一个二十一岁的法老，但是在她的小弟弟和小妹妹面前，她又变成了育儿室里的大姐头。有趣的是，菲拉德尔普斯和阿尔西诺伊都没有还手，大姐头把他们吓住了。然后恺撒开始对这不体面的场景感到厌倦，于是就灵巧地把三个打成一团的家伙分开了。

“你，到你的老师那儿去，”恺撒对着阿尔西诺伊下令，“身为年轻的公主，现在是时候回去休息了。你也是，菲拉德尔普斯。”

波特努斯还在大吼大叫，但是加尼米德斯已经面无表情地把阿尔西诺伊带走了。恺撒心想，加尼米德斯比宫廷总管要危险得多。还有，不管加尼米德斯是不是宦官，阿尔西诺伊都对他相当迷恋。

“托勒密国王在哪里？”恺撒问，“还有特奥多图斯？”

托勒密国王和特奥多图斯在市集广场，并没有被恺撒的士兵发现。他们本来在国王自己的房间消遣取乐，突然有一个奴隶跑过去告诉他们，恺撒已经占领了王城，而且克娄巴特拉王后也跟恺撒在一起。特奥多图斯赶紧给自己和国王穿好衣服准备外出，托勒密带着紫色帽子和王冠，然后他们就进入秘密通道，这条秘密通道是托勒密·奥勒特斯建造的，一遇到暴民作乱就可以从这里出逃。这条秘密通道在地下，一头在城墙下面，一头在阿克隆剧院旁边，这样就可以跑到码头，也可以跑到城市中心。

小国王和特奥多图斯选择跑到城里，到市集广场去。

这个广场可以容纳一百万人，而且在中午之后开始挤满了人，当时恺撒的士兵已经开始拆下许多木梁。每当暴乱发生时，亚历山大里亚人就会下意识地去到那儿，所以这两个从王宫里跑出来的人出现时，广场上已经挤满人了。即便如此,特奥多图斯还是先让国王在一个角落里等待，他需要时间来让这个小国王背熟一个短篇演讲。天黑之后，暴民已经涌到路口，连屋顶上都站满人。特奥多图斯带着托勒密国王来到卡利马科斯[①]的雕像旁边，然后帮助国王爬上雕像的底座。

"亚历山大里亚的居民，我们受到了攻击！"国王扯着嗓子大叫，他的脸被成百上千支火把映红了。"罗马人侵了,整个王城都落入恺撒手中！但是情况还不仅如此！"他停下来，确保特奥多图斯教的那些话自己都记住了，然后才接着往下说。"是的，还不仅如此！我的姐姐已经回来了，而且这个叛徒跟罗马人互相勾结！就是她把恺撒带到这里！你们的粮食全都落入罗马人的肚子，恺撒的家伙插进克娄巴特拉的洞里！他们把国库洗劫一空，还把王宫里的人杀死了！他们谋杀了所有住在王室大街的人！你们的小麦被肆无忌惮地运到大港，罗马士兵把你们的公共建筑都拆毁了！亚历山大里亚被摧毁，这里的神庙被亵渎，这里的女人和孩子被强暴！"

在黑夜中，小国王的眼眸倒映出群众熊熊燃烧的怒火，他们带着怒火来到这儿，然后国王的话又让他们的怒火转化成行动。这就是亚历山大里亚，在这个地方，暴民一直都很清楚自己拥有的势力，而且把这种势力当作政治工具而不仅仅是一种破坏性的怒气。暴民赶走了很多个托勒密，所以也可以赶走一个罗马人，把他和他的娼妇撕成碎片。

"我，身为你们的国王，却被一个罗马恶棍和一个叫作克娄巴特拉的卖国娼妓赶下王位！"

① 卡利马科斯（Callimachus）是古希腊诗人。他是亚历山大里亚派诗歌的代表，早年在亚历山大里亚担任教师，后来应托勒密二世的邀请管理亚历山大里亚的图书馆，成为托勒密王室的宫廷诗人。——译者注

群众开始行动，他们把托勒密国王围在中间，然后又把他放在一对宽阔的肩膀上。他坐在肩上，身上紫色的衣袍迎风招展，用象牙权杖指挥那个扛着他的人向前。

人群来到王城的大门前，恺撒站在那里挡住了通道。他穿着紫边托迦，头上戴着橡树叶编织的冠冕，右手握着象征至高统帅权的象牙棒，二十四位扈从分列两边。克娄巴特拉王后站在他身旁，仍然穿着那件黄褐色的长袍。

这些暴民从未见过直面危机的对手，于是他们停了下来。

“你们在这里做什么？”恺撒问。

“我们来把你赶走，还要把你杀死！”托勒密大声说。

“托勒密国王，托勒密国王，你不能同时做这两件事，”恺撒理智地回答说，“你要么把我们赶走，要么把我们杀死。但是我可以告诉你，这两个选择都没有必要。”恺撒锁定了站在前排的领头人，于是他直接对着这些人说话，“如果有人告诉你们，说你们的粮仓被我的士兵占领了，那我请你们亲自去粮仓看看，我的士兵根本就不在那里，而且那些粮仓里的粮食都满满当当。我没必要提高亚历山大里亚的粮食或其他食物的价格。既然你们的王后不在这儿，那这就是你们国王的事。所以，如果你们花的钱太多，那你们应该责怪托勒密国王，而不是责怪恺撒。恺撒带着自己的粮食和物资来到亚历山大里亚，他没有碰过你们的食物。”他毫不羞愧地撒谎。然后伸出一只手把克娄巴特拉推到前面，然后又对着小国王伸出手臂。“国王陛下，从那里下来，站到这里。这里才是一个君主应该站的地方，面对他的臣民，而不是在他们中间，看他们的脸色。我听说亚历山大里亚的居民可以把一个国王撕成碎片，造成这种局面是你的问题，而不是罗马的问题。到我这里来，快来！”

这个客人的气场把国王和特奥多图斯隔开，特奥多图斯的话没办法发挥作用。托勒密坐在一个人的肩膀上，他那双清秀的眉毛拧在一起，眼中流露出非常明显的恐惧。虽然他不算聪明，但他的聪明还是足以让他明白，恺撒不知怎么的就让自己陷入不利位置了。恺撒那清晰的声音传得很远，他的希腊语还带着明显的马其顿口音，这个声音让站在前面几排的暴民开始转而反对国王。

“放我下来！”国王命令道。

然后他就走到恺撒身边，转身面对他那些暴怒的臣民。

“这样才对嘛！”恺撒亲切地说。“看着你们的国王和王后！”他高声大喊。“我有已故国王的遗嘱，这位国王是现任国王和王后的父亲。我在这里宣布他的遗嘱：埃及和亚历山大里亚应该由他的长女克娄巴特拉七世和他的长子托勒密十三世一起统治！他的意思非常清楚！克娄巴特拉和托勒密·奥厄葛提斯是他的合法继承人，必须以丈夫和妻子的身份共同施行统治！”

“杀了她！”特奥多图斯高声尖叫，“阿尔西诺伊才是王后！”

恺撒把这个也转化为自己的优势。“阿尔西诺伊公主有另外的任务！”他大声说，“身为罗马的独裁官，我有权把塞浦路斯还给埃及，而且我现在就行使这项权力！”他的声音充满同情，“我知道，自从马尔库斯·加图吞并塞浦路斯之后，亚历山大里亚的日子是多么艰难。你们失去了上好的雪松木材，你们的铜矿，还有许多便宜的食物。那个批准吞并塞浦路斯的元老院已经不复存在了。我的元老院不会容忍这种不公！阿尔西诺伊公主和托勒密·菲拉德尔普斯将以总督的身份去统治塞浦路斯。克娄巴特拉和托勒密·奥厄葛提斯统治亚历山大里亚，阿尔西诺伊和托勒密·菲拉德尔普斯统治塞浦路斯！”

恺撒已经赢得这群暴民了，但他的讲话还没结束。

“亚历山大里亚的居民，我必须补充，正是因为克娄巴特拉王后，塞浦路斯才会回到你们手中！你们以为她为什么不在这儿？那是因为她去找我了，想要通过谈判夺回塞浦路斯！她成功了。”他往前一点，面带微笑。“何不为你们的王后大声欢呼？”

恺撒说的话很快就从前排传到后排，他像所有优秀的发言人那样，当他对大群人说话时总是保持信息的简明易懂。于是群众非常满意，发出了震耳欲聋的欢呼声。

“恺撒，这些都很好，但是你不能否认，你的军队把我们的神庙和公共建筑都拆毁了！”一个暴民领袖大声说。

“是的，这是一件非常严肃的事，”恺撒说着摊开双手，“但是，就连罗马人也必须自卫，而阿基拉斯将军正带着大批军队驻扎在月亮门外，他已经宣布要向我开战。我只是让自己做好准备迎接攻击。如果你们想停止拆毁工程，那我建议你们去找阿基拉斯将军，告诉他把军队解散了。”

那些暴民就像士兵操练一样，他们调转方向去找阿基拉斯，眨眼间就消失了。特奥多图斯无计可施，他浑身发抖地看着那个眼泪汪汪的小国王，然后静悄悄地走过去拉起国王的手亲了亲。

“非常聪明，恺撒，”波特努斯在一片阴影中嘲讽道。

恺撒对着他的扈从点点头，然后转身走回王宫。“波特努斯，正如我之前跟你说过的，我很聪明。所以我建议你，停止在你们的城市中煽动民众,回去好好管理王城和国库。如果我抓住你散播我和你们王后的谣言，那我就会用罗马人的方式惩罚你。如果你散播一个谣言，那就是鞭打和斩首。如果你散播两个谣言，那你就会以奴隶的方式死去，也就是钉死在十字架上。如果是三个谣言，那就是钉在十字架上并且不打断双腿。”

在王宫里的前厅，恺撒让他的扈从退下，然后伸出一只手放在托勒密国王的肩上。“年轻人，不要再想着去市集广场了。现在就回到你的房间去。顺便说一句，我已经把那条密道的两头都堵住了。”他的眼神越过托勒密那乱糟糟的鬈发，冷冷地看向特奥多图斯。“特奥多图斯，你不能再跟国王见面。在天亮之前，我希望你已经离开这里。我警告你！如果你还试图跟国王联系，我会让你遭受我跟波特努斯描述的命运。”他轻轻一推，托勒密国王就跑到自己的房间去哭泣了。现在，恺撒的手伸向克娄巴特拉，握住她的手。

“亲爱的，现在是上床的时间了。晚安，诸位。”

克娄巴特拉垂下眼帘，露出一个朦胧的微笑。特瑞巴提乌斯瞪着法贝里乌斯，惊呆了。恺撒和王后？但她根本就不合他的胃口！

恺撒对待女人经验老到，要完成这个任务毫无困难。不过这个任务实在太奇怪了。为了一个国家的繁荣昌盛，两个神明必须进行交配仪式，而且这个女神还是个处女。这种种情况，都不利于挑动情欲或拨动心弦。身为一个东方人，克娄巴特拉很高兴恺撒拔掉了身上的所有体毛，尽管她把这个也看成是他具备神性的证据，但这其实只是他避免长虱子的办法。恺撒是个洁癖狂。在这方面，克娄巴特拉也符合他的标准。她也拔掉了体毛，而且她身上有一股自然的甜香。

噢，但是这个小女孩骨瘦如柴，而且她因为毫无经验而紧张，所以她的身体非常干涩无法舒展，在这么一具裸体上运动实在毫无乐趣可言！她的胸部几乎像男人一样平坦，而且恺撒担心自己一用力就会弄断她的胳膊或大腿。事实上，整个过程都令人扫兴。恺撒并没有恋童癖，所以他不得不运用自己强大的意志力，把那个像孩子一样还未发育的身体从脑海中排除出去。他努力地重复了好几次，如果要让她怀孕，那只有一次肯定不行。

但是，她学得很快，而且根据她后来分泌出的爱液来判断，她最后对恺撒的动作显然很喜欢。一个好色的小东西。

"我爱你。"她说了这最后一句，然后就沉沉睡去。她面朝他蜷缩着身体，一只手臂放在他胸膛上，另一只手臂在他腿上。恺撒心想，我也需要睡觉了，然后就闭上眼睛。

到了天亮时，王室大街和王城围墙的大部分工程都完成了。恺撒骑上他租来的马匹（他没有把"大脚丫"带过来，这真是一个失误），出发察看自己的军事部署，并告诉骑兵营的副将封锁通往运河的道路，切断亚历山大里亚和尼罗河之间的通道。

他现在的措施跟之前在阿勒西亚的策略差不多。在阿勒西亚，他把自己和手下的六万名士兵安置在一个圆圈之内，内墙和外墙都有重兵守卫，以此抵挡驻扎在阿勒西亚山上的八万高卢人和驻扎在他后方山上的二十五万高卢人。这一次，他围起一个哑铃形而不是一个圆形，王室大街作为哑铃的手柄，骑兵营作为一头的哑铃，王城作为另一头的哑铃。从城市各处抢来的许多木梁堆成平行的一堆堆，把一座座大宅连接起来，并且在屋顶的平台上建起胸墙，然后把比较小的枪炮放在上面，他那些比较大的枪炮必须放在骑兵营东边那道二十一尺高的围墙上。潘山变成他的瞭望台，现在山脚下已经建起一座坚固的堡垒，建造这座堡垒所需的砖块来自体育馆，所需的大石块是从卡诺皮克大街和王室大街交叉处的两头切下来的。他可以让自己的三千两百名老兵迅速地从王室大街一头赶到另一头，而且还避开了那些讨厌的朱鹭。这些狡猾的鸟儿似乎感觉到将要发生什么事，马上就离开了罗马人占据的地方。恺撒笑着想：很好。让这些亚历山大里亚人试试，怎么样才能在打仗时不杀死一只神圣的朱鹭！如果他们是罗马人，那他们就会跑到“至善至尊者”朱庇特那里，然后再拟定出一个协议，规定他们可以通过后来献上的祭牲，来暂时豁免现在杀死圣物的罪过。不过，我怀疑，塞拉皮斯不会像罗马人的“至善至尊者”朱庇特那样来考虑问题。

在恺撒的哑铃的东边是德尔塔区和依普西隆区，这里的居民全都是犹太人和外邦人。在哑铃的西边是主城区，这里的居民是希腊人和马其顿人，所以这个方向要危险得多。在潘山顶上，恺撒可以看到阿基拉斯。他正在调集军队，但他的动作真是太慢了！在这个山顶上，恺撒还可以看到尤诺图斯港，一些战船从西波图斯里面的船坞里出来，取代那些从佩鲁西乌姆回来的战船，因为这些战船需要在岸上晾干。这些战船的指挥官就像阿基拉斯一样缓慢，所以估计要再过一两天，这些战船才能穿过赫普塔斯塔狄翁的拱道，去把恺撒的三十五艘船都弄沉。

于是恺撒派出两千名士兵把王室大街西边的房子都拆了，这样就制造出一个四百尺宽的路障。这个大坑里面插满尖头木桩，边上有许多锁链可以套住敌人的脖子，还有很多破碎的玻璃片。另外一千两百名士兵集合起来冲进了大港的商业码头，这些士兵登上每一艘船，在船上装满他们从法院、体育馆和市集广场运来的石料，然后让这些船在拱道里面沉入水中。在两个小时之内，无论是小舢板还是大战船，任何船只都无法通过赫普塔斯塔狄翁的拱道从一个海港前往另一个海港。如果亚历山大里亚人要攻击他的船队，那他们就要通过更加困难的方式。他们必须经过欧诺斯图斯港的浅滩和沙洲，绕过法罗斯岛，再穿过大港的航道。卡尔维努斯，快带着我的两个军团过来！我需要自己的战船！

恺撒的士兵把拱道堵住之后，就登上赫普塔斯塔狄翁，切断为法罗斯岛供水的管道，然后又偷走西波图斯最外围的枪炮。他们遇到一些顽强的抵抗，但是亚历山大里亚人显然缺乏冷静的头脑和一位统帅。他们像之前的比利其族高卢人一样奋不顾身，没有意识到应该保存生命来日再战。他们根本就不是罗马士兵的对手，这些老兵经历了在长发高卢的九年战争，而且很高兴跟像亚历山大里亚人这么讨厌的外国人作战。他们从西波图斯抢来的枪炮和投石器都制作精良。恺撒肯定会很高兴。罗马士兵把这些枪炮运回码头，然后对着停靠在堤坝边上的船只开火。他们开始发射燃烧弹，打向停在欧诺斯图斯港的战船和船坞的顶部。噢，这一天的工作干得真漂亮！

恺撒的工作不太一样。他派信使到德尔塔区和依普西隆区，召集了三个犹太人的长老和三个外邦人的长老来开会。他在接待室跟他们见面。现在接待室里已经摆放了舒服的椅子，还在桌子上准备了丰盛的食物，还有王后坐在她的宝座上。

“要打扮得漂漂亮亮，”恺撒提醒克娄巴特拉，“别把自己弄得灰不溜秋的，如果你找不到自己的珠宝，就先从阿尔西诺伊那里拿一些。克娄巴特拉，你从头到脚都要好好打扮，让人觉得你这个王后很了不起，这是一个重要的会议。”

当克娄巴特拉进来时，恺撒不由得惊呆了。一群埃及的祭司走在她前面，一边敲着香炉，一边低声吟唱。他们用来唱诗的那种语言恺撒完全不认识。除了领头的祭司，其他人都是祭司助手。领头的祭司戴着一个镶满宝石的黄金胸饰，脖子上挂着层层叠叠的金项链。他拿着一根长长的珐琅金棒，用这根金棒在地板上敲出一种低沉的声响。

她采用了法老的装扮，穿着白色的亚麻长袍，这件带褶长袍质地精良，上面镶着白色条纹。她在这件袍子上又套着一件短袖的亚麻外袍，这件宽松的外袍轻柔透亮，上面用闪闪发光的小玻璃珠绣着精致的图案。她的头上戴着像“大厦”一样的头饰，恺撒在壁画上研究过这种头饰，但一直没有完全弄明白，现在他终于看到了立体的模样。一个边缘外展的红色珐琅冠冕在后面竖起一根高杆，冠冕的前面是用金子、珐琅和珠宝打造的蛇头和鹰头。在这个红色冠冕里面还有一顶更高的圆锥形冠冕，这个冠冕用白色珐琅打造，上端是一个平顶，平顶上面是一个黄金打造的半球形。她的脖子上戴着一个金项圈，这个镶着珐琅和珠宝的项圈有十寸宽。她的腰上系着一条金腰带，这条镶着珐琅的腰带有六寸宽。她的手臂上戴着许多黄金和珐琅的臂环，这些臂环被设计成蛇和豹子的形状。她的手指上戴着几十个闪闪发光的指环。她的下巴箍着金线，金线的上端勾在耳后，金线的下端系着用黄金和珐琅打造的假胡子。她的脚上穿着镶满珠宝的金拖鞋，拖鞋底下是非常高的软木镶金鞋跟。

她的脸精心描画成一个面具，嘴唇是深深的红色，脸颊也涂成红色，眼睛就跟她宝座上的那只眼睛一样。眼睛边框用黑色染料描画，逐渐变细的眼线延伸到耳朵边，最后汇集成两个小小的三角形，三角形里填充着孔雀绿。她的眉毛用黑色描得很高，在眉毛之下的整个上眼皮都涂成孔雀绿，眼睛下方描画着延伸到颧骨的黑色曲线。这种妆容的效果是那么阴森惊人，很容易让人觉得妆容之下并不是一张人脸。

她的两个马其顿侍从查米安和埃拉斯今天也是埃及人的打扮。因为法老的鞋子实在太高，所以他们扶着克娄巴特拉登上高台的台阶坐到宝座上。然后法老从他们手中接过由珐琅和黄金制作的弯钩与连枷，然后把这两个权力的象征交叉着放在胸前。

恺撒注意到没有人向他跪拜，好像深深一躬就足够了。

“我们在这里施行统治，”克娄巴特拉用威严的声音说，“我们是神明，你们可以看到我们展露的神光。盖乌斯·尤利乌斯·恺撒是阿蒙－拉的儿子，奥西里斯的化身，大祭司长、凯旋统帅、罗马元老院与罗马人民的独裁官。”

克娄巴特拉声音洪亮地念出一大串头衔。恺撒高兴地心想：就是这样！就是这样！她的眼中根本就没有亚历山大里亚和马其顿人。她是个彻头彻尾的埃及人，只要一用上这套惊人的装扮，就显得威震四方！

“阿蒙－拉的女儿，我被您的威严征服了，”恺撒说，然后向他请来的代表示意，让他们不必继续鞠躬行礼，“我能否向您引见犹太人西米恩、亚伯拉罕、约书亚，还有外邦人西拜鲁斯、福尔米翁和达里乌斯。”

“欢迎，请落座。”法老说。

然后恺撒就好像忘了那个坐在宝座上的人，开始简单直接地进入正题。他指着一张摆满食物的桌子。“我知道，肉食应该按照宗教规范准备，葡萄酒也应该符合犹太人的规矩，”他对西米恩说，西米恩是犹太人的最高长老。“一切东西都符合你们的宗教规范，所以在我们的谈话结束之后，请放下顾虑好好享用。”然后他又对着外邦人的领袖达里乌斯说，“与此相似，另外一张桌子上的食物是为你们准备的。”

“恺撒，谢谢你的款待，”西米恩说，“尽管你如此好客，但仍然无法改变一个事实，你的防御工事把我们和其他城区隔离开了，让我们无法获得生活物资和贸易原料。我们注意到你已经把王室大街西边的房子都拆了，所以我们担心你会把我们位于大道东边的房子也拆了。”

“西米恩，不用担心，”恺撒用希伯来语说，“听我说完。”克娄巴特拉露出惊讶的目光，西米恩也吓了一跳。

“你会说希伯来语？”西米恩问。

“会说一点。我在罗马的苏布拉长大，那里是一个多民族杂居的地方，我母亲是当地一栋公寓楼的女房东。我们的租客中一直都有一些犹太人，我小时候常常在这些租客的家中跑来跑去。所以我学会了一些外语。我们的犹太人租客中有一个叫作西蒙的金匠。我知道你们的宗教、你们的习俗，你们的传统，你们的食物、你们的诗歌，还有你们的历史。”他转向西拜鲁斯。“我甚至还能说一点皮西迪亚语，”他用皮西迪亚语说。“达里乌斯，可惜我不会说波斯语，”他用希腊语说，“所以为了方便起见，我们就用希腊语来交谈。”

在一刻钟内，他就说明了眼前的局势。他没有任何道歉的意思，因为亚历山大里亚的战争实在无法避免。

“不过，”恺撒说，“为了自我防卫，我希望战斗区域仅限于王室大街的一边，也就是在西边。只要你们不跟我作对，我就可以保证我的士兵不会侵扰你们，战斗也不会蔓延到王室大街的东边，而且你们还是会有饭吃。至于你们贸易所需的原料，还有你们那些在西边工作的人的工钱，这些就无法保障，我也帮不上忙。在我打败阿基拉斯并征服亚历山大里亚之前，你们肯定会遭遇一些困难，但是你们将会得到补偿。不要妨碍恺撒，这样恺撒就欠了你们的。而恺撒一定会偿还他所欠的。”

恺撒从他的象牙折椅上站起来，走到宝座那边。“伟大的法老，我想你应该会奖赏那些帮助你保住王位的人？”

“是的。”

“那么你是否愿意补偿犹太人和外邦人的经济损失？”

“恺撒，我愿意，只要他们不妨碍你。”

西米恩站起来，深深地鞠了一躬。“伟大的王后，”他说，“为了奖赏我们的合作，我们犹太人和外邦人还有一事相求。”

“说吧，西米恩。”

“请给予我们亚历山大里亚的公民权。”

克娄巴特拉沉默了好长一会儿。她的脸色掩盖在那张奇怪的面具之下，她的眼神也被涂成孔雀绿的眼皮蒙住了，她胸前的弯钩与连枷随着呼吸微微起伏。最后，那闪闪发光的红色嘴唇张开了。“西米恩，达里乌斯，我同意。那些在亚历山大里亚居住了三年以上的犹太人和外邦人都会获得公民权。你们在这场战争中遭受的经济损失也会得到补偿，每个为恺撒积极战斗的犹太人和外邦人都会得到奖赏。”

西米恩松了一口气，另外五个人难以置信地面面相觑。他们终于得到争取了好几代人的东西！

“我还可以让你们享有罗马公民权。”恺撒说。

“条件非常优厚，我们乐意成交。”西米恩面露微笑。“此外，为了证明我们的忠诚，我们会守住罗基阿斯角和赛马场之间的海岸。这不是一个适合大规模登陆的地方，但是阿基拉斯可以用小船让很多人上岸。在赛马场后面，”他对恺撒的优势进行说明，“就是德尔塔区的沼泽地。这是上帝的旨意。上帝是我们最好的同盟。”

“那我们就开始吃东西吧！”恺撒大声说。

克娄巴特拉站起来。“你们已经不需要法老在场，”她说。“查米安，埃拉斯你们过来帮忙。”

“噢，帮我把这些都脱掉！”法老大叫道。她一进入自己的房间就把鞋子踢掉了。那个奇怪的假胡子拿掉了，还有那个又大又重的项圈也卸下了。许多戒指和手环像一阵雨那样纷纷落地，一群战战兢兢的奴仆趴在地上，互相监督没有人偷走任何珠宝首饰。她只好坐在那儿，等着查米安和埃拉斯费劲地拿下那个巨大的双王冠。王冠的珐琅釉彩是涂在木头而不是金属上面，而且是根据克娄巴特拉的头型定制，所以王冠虽然很重但不会掉下来。

然后克娄巴特拉看到一个埃及女人，这个美丽的女人穿着神庙乐师的服饰。克娄巴特拉高兴地大叫起来，扑进这个女人的怀里。

“塔阿！塔阿！我的妈妈，我的妈妈！”

克娄巴特拉满腔爱意，疯狂地拥抱和亲吻塔阿，而查米安和埃拉斯则因为她压到那件绣满珠子的外袍而念念叨叨。

克娄巴特拉的亲生母亲非常温柔慈爱，但她总是忙得没有时间去表达爱意。这一点克娄巴特拉可以理解，因为她自己也是亚历山大里亚王宫里那种可怕氛围的受害者。她母亲的名字是克娄巴特拉·特里法伊娜，她是密特里达提六世的女儿。密特里达提让她成为托勒密·奥勒特斯的妻子，奥勒特斯是一个非婚生子，他的父亲是密特里达提十世，也就是绰号为鹰嘴豆的索特尔。特里法伊娜生了贝瑞尼丝和克娄巴特拉两个女儿，但是没有生出儿子。奥勒特斯有一个同父异母的妹妹，但在密特里达提强迫他迎娶特里法伊娜时，这个妹妹还是一个小孩子。但这已经是三十三年前的事，这个同父异母的妹妹早就长大了。在密特里达提去世之前，奥勒特斯因为害怕他的岳父而不敢动他妻子，他只能等待。

在贝瑞尼丝十二岁和小克娄巴特拉五岁时，庞培打败了密特里达提六世，密特里达提逃到辛梅里亚，并且被他的一个儿子谋杀了。这个叫作法纳西斯的儿子眼下正在入侵安纳托利亚。奥勒特斯终于自由了，他休了克娄巴特拉·特里法伊娜，然后跟他同父异母的妹妹结婚。不过密特里达提的女儿精明又能干，她设法活下来，跟她的两个女儿住在王宫里。与此同时，奥勒特斯的第二任妻子给他生了一个叫作阿尔西诺伊的女儿，还有两个儿子。

贝瑞尼丝的年纪比较大，可以跟大人在一起，但是克娄巴特拉只能待在育儿室里，那真是一个可怕的地方。后来奥勒特斯的行为越来越恶劣，于是克娄巴特拉的母亲把她送到孟斐斯的普塔神庙。克娄巴特拉发现这个地方跟亚历山大里亚的王宫完全不同。这里有冷冷的石灰岩建成的埃及式建筑，这里有温暖的臂膀把她紧紧搂住。因为普塔的高级祭司查恩和他的妻子塔阿亲自照顾克娄巴特拉。他们教会她两种埃及语，还有阿拉母语、希伯来语和阿拉伯语，他们教会她唱歌和演奏竖琴，教会她关于埃及的一切，还有创世之神普塔创造的诸神。

奥勒特斯处境艰难不仅因为他纵欲纵酒，还因为他是在他那个婚生的同父异母哥哥去世后勉强爬上王位的，这个哥哥去世时留下一份遗嘱，把埃及遗赠给罗马。于是罗马就这么插进来了，而且这个外来的力量非常强大。在恺撒担任执政官时，奥勒特斯给了罗马六千塔兰特黄金来保住他的王位。这些黄金是他从亚历山大里亚人手中偷来的，因为奥勒特斯不是法老，所以无法享有藏在孟斐斯的巨额财富。问题是亚历山大里亚的财富属于亚历山大里亚人，所以亚历山大里亚人要求他们的统治者交回这笔钱。时局很艰难，食物价格飞涨，罗马施加的压力难以承担。奥勒特斯的解决办法是降低亚历山大里亚钱币的含金量。

人民立刻就起来反抗他，暴民的行动一发不可收拾。多亏了那条密道，奥勒特斯才可以乘船逃跑，但是他离开时身无分文。人民对他的去向毫不在意，他们让他的长女贝瑞尼丝和前妻克娄巴特拉·特里法伊娜登上王位。现在王宫里的局面反过来了，奥勒特斯的第二任妻子及其所生的孩子只好屈居于这对拥有密特里达提王室血统的母女之下。

小克娄巴特拉也从孟斐斯回来了。这真是可怕的打击！克娄巴特拉为塔阿和查恩哭泣，也为她在宽阔的尼罗河边那种充满爱意和学识的悠闲生活而哭泣！亚历山大里亚的王宫变得比以前更糟糕了。现在克娄巴特拉已经十一岁，但她还是要待在育儿室，和那两个讨厌的小托勒密在一起。阿尔西诺伊给她的感觉是最糟糕的，因为阿尔西诺伊总是说她"不够好"，说她拥有的托勒密血统太少了，而且她的外公虽然在安纳托利亚称霸四十年，但这个为非作歹的老国王最后还是被罗马打败了。

克娄巴特拉·特里法伊娜登上王位一年之后就去世了，于是贝瑞尼丝决定要结婚。但是罗马不想让她结婚。克拉苏和庞培还在想方设法要吞并埃及，西里西亚和叙利亚的总督也摩拳擦掌地表示支持。无论贝瑞尼丝想到哪里去找一个丈夫，罗马都会提前赶到那个地方，吓退那个丈夫人选。最后贝瑞尼丝找到她在密特里达提王室的亲戚，选了一个毫不起眼的阿尔克劳斯来充当她的丈夫。阿尔克劳斯不顾罗马的威胁，赶到亚历山大里亚去跟贝瑞尼丝结婚了。他们过了一段短暂的快乐时光，然后叙利亚行省的总督奥卢斯·伽比尼乌斯入侵埃及了。

托勒密·奥勒特斯在逃亡时并没有闲着，他找了许多银行家（其中包括拉比里乌斯·波斯图穆斯）借钱，而且向每一个在东方行省担任总督的人提出，只要能帮他夺回王位，就能得到一万塔兰特银子。伽比尼乌斯同意了，他带着奥勒特斯一起向佩鲁西乌姆进军，和伽比尼乌斯同行的还有他的骑兵首领，一个叫作马尔库斯·安东尼乌斯的二十一岁罗马贵族。

不过克娄巴特拉并没有见到马尔库斯·安东尼乌斯，伽比尼乌斯刚刚侵入埃及边界，贝瑞尼丝就把她的小妹妹送到孟斐斯交给查恩和塔阿。阿尔克劳斯国王征集埃及军队准备作战，但他和贝瑞尼丝都不知道亚历山大里亚并不同意王后跟密特里达提王室的人结婚。军队中的亚历山大里亚人发动兵变，杀死了阿尔克劳斯，这标志着埃及人的抵抗到此为止。

伽比尼乌斯进入亚历山大里亚，让托勒密·奥勒特斯重归王位伽比尼乌斯还没来得及离开这座城市，奥勒特斯就杀了他的女儿贝瑞尼丝。

克娄巴特拉刚满十四岁，阿尔西诺伊八岁，一个小男孩六岁，另一个小男孩还不到三岁。局势再次逆转，奥勒特斯的第二任妻子及其所生的孩子又占据上风。查恩和塔阿知道如果送克娄巴特拉回家，那她就会遭遇谋杀，所以他们把她留下，直到她的父亲去世为止。亚历山大里亚人不想让克娄巴特拉登上王位，但是普塔的高级祭司是一个超过三千年历史的机构的现任主管，他知道应该怎么做。具体来说，就是在克娄巴特拉离开孟斐斯之前让她成为法老。如果她以法老的身份回到亚历山大里亚，那就没有人敢动她，就连波特努斯和特奥多图斯，或阿尔西诺伊都不敢动她。因为法老掌管着宝库的钥匙，而且可以无限制地使用资金，此外法老还是尼罗河区埃及的神明，而亚历山大里亚的粮食都来自那里。

王室的主要收入来源不在亚历山大里亚，而在尼罗河区埃及。那里的国王不知存在了几千年，而且所有东西都属于法老。那里的土地、庄稼、农场里的牲畜和飞禽、蜂蜜和所有赋税。只有来自亚麻布的收入，法老要拨出三分之一给祭司。这里出产世界上品质最佳的亚麻布。除了埃及，没有其他地方能把亚麻布织得薄如蝉翼；除了埃及，没有其他地方能把亚麻布染出那么多神奇的颜色；除了埃及，没有其他地方能把亚麻布漂洗得这么洁白如雪。此外还有另外一项独特而丰厚的收入，埃及人用遍地都是的纸莎草造纸，而这些草纸也属于法老。

所以法老的收入每年有一万两千塔兰特金子。这些收入分成私人和公共两部分，每部分都是六千塔兰特。法老用公共收入来给各地的总督、官员、卫队、军队、海军、工人和佃农发工资。就算尼罗河没有泛滥，公共收入也足以在外国购买粮食。私人收入完全属于法老，只有法老出于个人所需才能动用。这个国家出产的黄金、宝石、乌木、象牙、香料和珍珠都属于法老。航行到非洲之角去寻宝的船队也都属于法老。

所以那些没有成为法老的国王，比如奥勒特斯之流，都对这个头衔垂涎欲滴。因为亚历山大里亚跟埃及是两个分离的个体，亚历山大里亚的国王和王后可以分享当地的税收，但是他们无法拥有船只、玻璃制品、商行等一切资产。他们甚至无法拥有在这片土地上的实际控制权。亚历山大里亚是亚历山大大帝建立的，他认为自己是个希腊人，但其实是个彻彻底底的马其顿人。传令官、书记官和财务官掌管着亚历山大里亚的所有公共收入，并且把这些收入大多用于私人所需，甚至在王宫之中建立起他们的权力体系。

在亚历山大大帝的部将托勒密到来之前，埃及人早就跟亚述、库施和波斯王室有过诸多交涉，所以孟斐斯的普塔祭司经验老到地跟托勒密达成共识。埃及会从公共收入中分出一些给托勒密王室，前提是确保尼罗河区埃及能保证人民和神庙所需。如果那个成为国王的托勒密同时也是法老，那他就可以享有私人收入。不过，法老必须亲自到孟斐斯，才能从宝库中提取所需资金。于是克娄巴特拉逃离亚历山大里亚时，她没有像他父亲那样身无分文地乘船从大港离开，而是跑到孟斐斯提取资金去雇佣一支军队。

“噢，”克娄巴特拉说，终于摆脱了最后一件法老服饰，“这些东西快把我压死了！”

“阿蒙－拉的女儿，这些东西可能把你压死，但却能提高你在恺撒眼中的价值，”查恩说，温柔地抚摸着她的头发，“你穿着希腊式的服装毫不起眼，泰尔紫在法老身上并不合适。等这些事情都告一段落，你的王位也稳固下来了，你在亚历山大里亚也要采用法老的装扮。”

“如果我这么做，那亚历山大里亚人就会把我撕成碎片。你知道，他们讨厌埃及。”

“解决罗马问题的关键在法老，不在亚历山大里亚，”查恩的语气有点加重了，“你的首要任务是确保埃及的彻底独立，无论多少个托勒密王室的国王在遗嘱中把埃及送给罗马。你可以通过恺撒做成这件事，亚历山大里亚也应该对你心怀感激。这个城市就是个寄生虫，除了拖累埃及和法老还会干什么呢？”

"也许，"克娄巴特拉沉吟道，"这一切都要改变了，查恩。我知道你们刚刚坐船赶到这里，但是只要在王室大街上走一走，就会看到恺撒对这个城市干了什么。他把这里弄得乱七八糟，而且我怀疑这只是一个开始。亚历山大里亚人被吓住了，但是他们都很生气。他们会跟恺撒战斗，直到再也无法战斗为止。但是我知道他们不会赢得胜利。等到他们被征服的那一天，这一切就会永远改变。我读了恺撒的高卢战记，他的笔调非常冷静，完全没有掺杂个人感情。但是我见过他，所以我对他更加了解。恺撒表现得宽容大度，而且还会继续表现出宽容大度，但如果他不断地遭到反抗，那他就会改变。他不会继续表现得那么仁慈体贴，而会不择手段地消灭一切反对。亚历山大里亚人从来没有遇到过他这样的对手。"那双奇怪的眼睛盯着查恩，带着像恺撒那样超然物外的神情。"如果恺撒被逼急了，那他不仅会消灭肉体，还会摧毁精神。"

塔阿打了一个寒战。"可怜的亚历山大里亚！"

她的丈夫没有说话，因为他光顾着暗自高兴了。如果亚历山大里亚被彻底摧毁，那这对埃及是不是大有好处呢？孟斐斯会重新掌权。克娄巴特拉在普塔神庙度过的那些年不会白费，看着亚历山大里亚被征服和摧毁不会给她带来任何痛苦。

"象岛还没有传来消息？"法老问。

"阿蒙－拉的女儿，现在还太早了，不过我们来跟你一起等候消息，这是我们的责任，"查恩说。"我们知道，你现在不能去孟斐斯。"

"是的，"克娄巴特拉说着一声叹息，"噢，我是多么想念普塔，还有孟斐斯和你们。"

"但是恺撒已经跟你结婚了，"塔阿说着握住她心爱的女孩的双手。"我敢肯定，你已经怀孕了。"

"是的，我怀了 个儿了，我知道。"

两位祭司相视一笑，非常高兴。

是的，我怀了一个儿子，但是恺撒不爱我。我一看到他，就爱上他了。

他是那么高大英俊，恍若神明。我没有想到，他看起来会像奥西里斯那样。他既成熟又年轻，他既是丈夫又是父亲。他充满力量和威严。但我是他的一个责任，他可以用他在尘世的生命去承担这个责任，而这样会引领他走向一个新的方向。他过去曾经爱过。我在他没有发觉时看出他流露的痛苦。所以他爱的女人肯定已经去世了。我知道他的女儿在生孩子时去世。我不会在生孩子时去世，埃及的君主绝对不会如此。虽然他对我心怀忌惮，把我外在的缺点误认为内在的弱点。但我其实就像久经考验的钢铁那样坚强。我会活到很大年纪，这对阿蒙－拉的女儿来说很适宜。恺撒和我所生的儿子成为君主时已经是个老人了，他会跟他的妻子一起执政，而不是跟他的母亲一起执政。他也会活到很大年纪，但他不是我唯一的孩子。我接下来还要跟恺撒生一个女儿，这样我的儿子就能跟他同父同母的妹妹结婚。在那之后，还有更多儿子和女儿，他们互相通婚，全都有很多孩子。

他们会建立一个新王室，托勒密·恺撒王室。我正在孕育的这个儿子会在尼罗河沿岸建造许多神庙，我们都是法老。我们会负责挑选布希斯神牛和阿皮斯神牛，每年都会宣布象岛水位计的读数。埃及世世代代都会享有丰饶之量，只要托勒密·恺撒王室一直存在，埃及就会一无所缺。但是还不仅如此。莎草和蜜蜂之地将会恢复往日的荣光，还会收复以前的地盘：叙利亚、西里西亚、科斯、希俄斯、塞浦路斯和昔兰尼加。这个孩子将会决定埃及的命运，而他的兄弟姐妹将会多才多艺。

所以五天之后，当查恩告诉克娄巴特拉，尼罗河的水位将会升到二十八尺的丰饶之量时，她一点都不惊讶。二十八尺是完美的，就像她所怀之子也是完美的。这是两个神明所生的儿子，就像奥西里斯和伊西斯生下的荷鲁斯。

## 第 3 节

亚历山大里亚的战争一直延续到十一月，不过战斗区域仅限于王室大街的西边。犹太人和外邦人确实是坚定的同盟，他们自己征集士兵，而且把他们的那些小铁器店和小工坊都变成军工厂。这对于亚历山大里亚的马其顿人和希腊人来说是个严重的问题，因为他们之前把那些又脏又臭的铁器生意都放在城东，所有熟练的铁匠也都住在那里。传令官气得咬牙切齿，只好拨出一部分公共资金从叙利亚进口武器，并竭尽所能地鼓动城西那些稍微会打铁的人开始动手打造刀剑。

阿基拉斯越过那片无人区，发动了一次又一次的攻击，但是都劳而无功。恺撒的士兵轻而易举地打退了敌军的攻击，他们本来就是久经沙场的老兵，而且又因为对亚历山大里亚的痛恨而变得更加勇猛。

在十一月初，阿尔西诺伊和加尼米德斯逃出了恺撒控制的王宫来到城西。阿尔西诺伊穿上全套盔甲，挥舞着长剑发表了一个鼓动人心的演讲。她吸引了所有人的注意，让加尼米德斯有足够的时间潜入阿基拉斯的军营，然后加尼米德斯就立刻把阿基拉斯刺杀了。传令官逃过一劫，他马上就拥立阿尔西诺伊为王后，并提拔加尼米德斯为军队统帅。这是一个明智的决定，加尼米德斯就是干这个工作的料。

新任统帅走到卡诺皮克大街上的那座桥，下令让公牛拉动控制水闸的绞盘，切断了德尔塔区和依普西隆区的供水。虽然贝塔区和王城还有饮水供应，但王室大街就没有那么好运。接着加尼米德斯又利用脚踏水车和阿基米德螺旋泵的天才结合，从西波图斯抽取海水灌入输水管道，然后他就在那里坐观其变。

连续两天的饮水都有咸味，罗马人、犹太人和外邦人才意识到发生了什么事，然后他们就开始恐慌。恺撒只好亲自解决这个问题，他让人在王室大街中间撬开路面，然后挖了一个深坑。这个坑里很快就充满了淡水，危机也就解决了。在德尔塔区和依普西隆区的很多街道很快就被撬开路面，人们就像一支鼹鼠大军那样挖了许多水井。大家都对恺撒满腔敬佩，几乎把他抬到半神的地位。

“我们的下面是石灰岩，”恺撒对西米恩和西拜鲁斯解释说，“这种岩层里面经常会有淡水，因为地下水可以侵蚀这种松软的岩石。而且，我们距离世界上最大的河流并不远。”

加尼米德斯一边等着看咸水会给恺撒造成什么影响，一边集中精力发射火炮，他让士兵用最快的速度把一颗颗燃烧弹打到王室大街。但是恺撒有一个秘密武器，他有一些经过特殊训练的士兵能够发射一种叫作蝎形弩的小型发射器。这些短射程的尖头木箭由工匠用模板大批生产，确保这些木箭都有同样的射程。王室大街的屋顶平台是蝎形弩的最佳战场，恺撒把这些蝎形弩摆在王室大街西侧房屋的木梁后面。敌军的炮手就是蝎形弩的目标，一个优秀的蝎形弩射手可以在敌军炮手发射炮弹时把木箭射入炮手的胸膛或肋旁。加尼米德斯只好用一个个大铁罩来保护他的士兵，但这样就让他的炮手很难瞄准目标。

刚过十一月中，恺撒等了很久的罗马船队终于到达了。不过亚历山大里亚没有人知道这件事，强劲的海风把船只吹到了这座城市西边的几里之外。一艘小船悄悄潜入大港，船上的人看到大王宫那边飘着一面深红色的统帅旗帜，于是就把船开到了王室港。船上的人带来了船队指挥官的书信，还有一封来自格涅乌斯·多米提乌斯·卡尔维努斯的书信。虽然信上说船队急需饮用水，但恺撒还是先坐下来读了卡尔维努斯的书信。

我很抱歉，不能把第三十八和三十七军团一起给你送去，因为本都最近发生的事让我无法这么做。法纳西斯已经在埃米苏斯登陆，我和塞斯提乌斯准备带领第三十八军团去看看应该怎么办。恺撒，情况非常严峻。虽然我刚刚听到这个可怕的消息，但是有传闻说法纳西斯手下有十万大军，而且那些士兵全都是塞西亚人，如果庞培·马格努斯的记录确实可信，那这些塞西亚人将是非常厉害的敌人。

我能做到的就是把我所有的战船都给你送去，因为跟辛梅里亚国王的这场战争看来用不上这些战船，他根本就没有带着任何海军。十艘来自罗德岛的三桨座战船是最好的，这些船航行迅速、操作灵活，还有铜撞头。这些战船的指挥官是尤弗拉诺，这个人你也很熟悉，他是格涅乌斯·庞培[1]阵营中最优秀的海军将领。另外十艘战船是本都的五桨座战船，这些船很大很坚固，不过航行不是很迅速。我还设法得到二十艘运输船，并把这些船改装为战船，给船头加上了橡木撞角，还装上了另外的桨座。我不知道，我为什么会觉得你可能需要一支船队，但我就是这么做了。当然，因为你现在正准备前往非洲行省，我敢肯定你很快就会遇到格涅乌斯·庞培和他的船队。关于这方面的最新消息，是共和派正聚集在那里准备再来一击。我听说了埃及人对庞培·马格努斯所作的事，这真是太可怕了。

第三十七军团带了很多大炮，而且我听说埃及正处于饥荒之中，所以想着你可能需要一些物资，于是就让四十艘商船装满了小麦、鹰嘴豆、油、腊肉和一些很好的干豆。这些豆子用来煮汤真是棒极了，还有几大桶咸猪肉也可以用来煮汤。

我还下令让帕加马的密特里达提为你征集至少一个军团的士兵。幸好你授予我无限制的至高统帅权，我才能对我们之前的协议条款进行一些调整。他什么时候才能赶到亚历山大里亚，这个只有神明才知道，但他是个不错的家伙，我敢肯定他会加紧行动。顺便说一句，他会走陆路而非水路。我们的运输船太紧缺了。如果他没有遇到你，那他就会在亚历山大里亚乘船到非洲行省去找你。

我的下一封信将会从本都寄出。再说一句，我留下马尔库斯·布鲁图斯去管理西里西亚，而且给他下了严格的命令，让他把精力集中在征集训练士兵，而不是去收债。

“我想，”恺撒一边跟鲁弗里乌斯说话，一边烧了这封信，“我们应该给加尼米德斯制造一点假象。让我们在运输船上装满空水桶，然后在海上向着西边航行一点距离。我们要尽量把动静搞得大一点，让加尼米德斯以为他的咸水战略奏效了，恺撒正带着他的士兵离开这座城市，只留

① 格涅乌斯·庞培是庞培·马格努斯的长子。——译者注

下他的骑兵自生自灭。”

一开始加尼米德斯确实以为是这样，但他的一支骑兵队在城西巡逻时刚好遇到恺撒的一些步兵在岸边游荡。这些看起来很随和的罗马人被抓住了，他们告诉骑兵队长说恺撒并没有乘船离开，只是到泉水那边去取一些淡水。这支骑兵队急着回去告诉加尼米德斯这个消息，所以他们骑着马匆忙离去，让这些被抓住的罗马人回到恺撒那里。

“不过我们没有告诉他们，”这些步兵的百夫长告诉鲁弗里乌斯，“我们在那里是为了迎接一支新船队，还有许多战船。这个他们并不知道。”

“加尼米德斯中了我们的圈套！”恺撒听到鲁弗里乌斯的报告时大叫道，“我们的宦官朋友会让他的海军守在欧诺斯图斯港附近，对我们那三十五艘装运淡水回来的运输船进行伏击。他还会特别小心地避开那些亚历山大里亚的圣鸟吧？尤弗拉诺到哪里啦？”

如果当天的时间不是那么晚了，那亚历山大里亚的战争可能就此结束。加尼米德斯的四十艘五桨座和四桨座战船躲在欧诺斯图斯港准备伏击，而恺撒的运输船正逆着风逐渐靠近。要干掉这些空船并不是什么困难的事。但是就在亚历山大里亚人准备行动时，十艘罗德岛战船、十艘本都战船和二十艘经过改装的运输船从恺撒的船队后面冒出来，这些船都在全速前进。但是白天的时间只剩下两个半小时，所以恺撒的胜利不可能非常彻底。不过加尼米德斯确实损失惨重：一艘四桨座战船及其船员被俘虏了，一艘四桨座战船沉没了，还有另外两艘船被摧毁，船上的士兵也杀光了。但是恺撒的战船却丝毫无损。

第二天天亮时，属于第三十七军团的运输船和食物船进入大港。恺撒还没有彻底脱离困境，但他已经成功地跟强大的敌人打了一场防御战，一直坚持到这些紧急增援兵力的到来。现在他有五千名久经沙场的老兵，一千名非作战人员，还有一支由尤弗拉诺带领的船队。除此之外还有很多适合军队所需的食物。他的士兵是多么讨厌亚历山大里亚的食物！特别是那些用芝麻、南瓜子和巴豆压榨的食用油。

“我会攻占法罗斯岛。”恺撒宣布道。

这个任务比较容易完成，因为加尼米德斯不用拨出他那些训练有素的士兵去守卫那座岛屿。虽然岛上的居民对罗马人进行了顽强的抵抗，但最后还是于事无补。

加尼米德斯不愿把兵力浪费在法罗斯岛，而是把他能调集的每一艘船都放在海上，他坚信只有一场海上的胜仗才能解除亚历山大里亚的危难。波特努斯每天都从王宫里送出情报，不过恺撒和加尼米德斯都没有告诉这个宫廷总管，阿基拉斯已经去世。加尼米德斯知道，如果波特努斯得知谁是统帅，那他的情报就会停止。

十二月初，加尼米德斯终于失去了他在王宫里的消息来源。

“我不能容许任何关于我下一步行动的消息传到加尼米德斯那里去，所以波特努斯必须死，”恺撒对克娄巴特拉说，“你反对吗？”

她眨了眨眼：“一点都不反对。”

“好，亲爱的，我觉得还是问一下比较礼貌。他毕竟是你的宫廷总管。你可能没有足够的宦官。”

“我有很多宦官，我会委任阿波罗多鲁斯为宫廷总管。”

他们在一起的时间仅限于在这里或那里的一两个小时，恺撒很少在王宫中睡觉，或者跟她一起吃饭。他的全部精力都投入到战争中去，因为恺撒缺乏人手所以这场战争的时间被拖得很长。克娄巴特拉还没有告诉恺撒，她的腹中有一个胎儿正在成长。等到他不太忙的时候再告诉他好了。她希望他满怀欣喜，而不是满怀顾虑。

“让我来对付波特努斯。”她说道。

“只要你不折磨他就好了，让他干脆利落地去死。”

她脸色一暗，恶狠狠地说：“他活该受折磨。”

“当然是按照你的意思去做。但如果由我来处理，那他只要用一把刀子插入左胸就行了。我可以把他鞭打一顿再斩首，但是我现在没有时间去完成这个仪式。”

于是，波特努斯按照命令，用一把刀子插入左胸死掉了。不过克娄巴特拉没有告诉恺撒，她提前两天就把那把刀子交给波特努斯。在那两天中，波特努斯一直痛哭流涕地求饶。

刚进入十二月，海战就爆发了。恺撒让他的船只驻守在欧诺斯图斯港的浅滩之外。他的船队没有形成一个中心，右边是十艘罗德岛的战船，左边是十艘本都的战船，在两队战船之间有一个两千尺的开口作为活动空间。他那二十艘经过改装的运输船就在这个缺口后面。他负责战略，尤弗拉诺负责执行，在第一艘船离开泊位之前，所有行动都安排好具体细节。他留下的每艘船都知道自己应该顶替哪一艘船的位置，每个副将和指挥官都知道自己的任务是什么，每个百夫长都知道应该用哪一个科尔乌斯去登上敌人的船只。恺撒亲自去看望每一个作战队伍，一边鼓励他们一边简明扼要地告诉他们自己的计划。长久以来的经验告诉恺撒，只要士兵们清楚知道统帅的计划，那这些训练有素的士兵就常常能转败为赢，所以他总会把作战计划向士兵们清楚说明。

科尔乌斯是一种木跳板，在较远端的下面有一个铁钩。这是罗马人在迦太基战争时发明的工具，当时迦太基的海军实力要比罗马人强得多，但是这种新发明的工具让海战变成了陆地战，而罗马人在陆地战中无可匹敌。科尔乌斯一搭上敌船甲板，那个铁钩就会钩住敌船，然后罗马士兵就可以一拥而上。

加尼米德斯把他最大最好的二十二艘战船排成一条直线正对着恺撒船阵的缺口，在这第一排的后面是另外二十二艘战船，在这第二排的后面是很多没有甲板的双桨座战船和大舢板。最后这两种船只不是用来战斗的，这些船上都摆着一架小型发射器，用来发射燃烧弹。

这次海战的关键之处在于那些浅滩和暗礁，哪一方先行动就会冒着触礁和搁浅的风险。加尼米德斯犹豫不决地按兵不动，而尤弗拉诺则毫无畏惧地让他的船只进入航道，绕过那些危险的地方。他那些走在最前面的船只立刻就被包围了，但是罗德岛的战船在海上的表现非常出色，无论加尼米德斯如何指挥他那些笨重的战船，都不能破坏或撞沉罗德岛的战船，也不能登上这些战船的甲板。当本都的战船也跟着罗德岛的战船逼近时，加尼米德斯就大难临头了。他的船队现在一片混乱，只能听凭恺撒的仁慈了，但是恺撒在战斗中很少表现仁慈。

等到日落迫使战斗结束时，罗马人已经俘虏了一艘双桨座战船和五桨座战船上的所有船员，撞沉了一艘五桨座战船，还让另外二十艘亚历山大里亚的战船严重受损。于是亚历山大里亚的战船只好退回西波图斯，让欧诺斯图斯港落入恺撒的控制。在这场战斗中，罗马人几乎没有任何损失。

现在只剩下赫普塔斯塔狄翁这道防波堤和西波图斯，这两个地方都有重兵把守。在防波堤靠近法罗斯岛的那一头，罗马人设法攻进去了，但是在西波图斯的那一头却是另外一回事。恺撒最大的难题是赫普塔斯塔狄翁非常狭窄，只能容纳十二个人并排经过，而这么少人显然不足以冲破亚历山大里亚人的防守。

每当战局变得比较艰难，恺撒就会像往常那样拿起盾牌和长剑，去到战场上鼓励他的士兵。那件深红色的统帅斗篷会让所有人都认出他。他的士兵后方传来一阵响亮的声音，让士兵们以为亚历山大里亚人正在他们后面。于是士兵们开始后退，这让恺撒的处境变得非常凶险。恺撒自己的船只就在防波堤下面，于是他跳到船上指挥船只沿着防波堤前进，向他的士兵高声大喊说他们后面并没有亚历山大里亚人，让他的士兵继续前进。但是越来越多士兵跳到他的船上，船只开始出现沉没的危险。恺撒顿时决定，今天并不是攻下西波图斯那一头的适当时机。于是恺撒跳进水里，他用牙齿咬着那件红色的统帅斗篷，这件斗篷成了一个航标，所有士兵都跟在他后面安全上岸。

加尼米德斯仍然占据着西波图斯和赫普塔斯塔狄翁的一头，但是恺撒占据了防波提的其余部分、法罗斯岛、整个大港，还有除了西波图斯之外的欧诺斯图斯海港。

战争进入一个新阶段，双方交锋在陆地上进行。加尼米德斯似乎认为恺撒对这座城市的破坏已经让重建工作变得很困难，所以为什么不索性制造更多破坏呢？亚历山大里亚人开始拆掉王室大街西边大宅后面的更多房子，并且用那些碎石建起一道四十尺高的围墙，墙上还有平台可以摆放大炮。然后他们就对着王室大街日夜轰炸，但是这对王室大街并没有造成什么影响，那些坚固的豪宅就像高卢人的围墙一样在轰炸中屹立不倒。建造这些豪宅的石块提供了硬度，而把这些豪宅连接起来的木梁又提供了韧性。所以要炸倒这道屏障很困难，这就给恺撒的士兵提供了绝佳的掩护。

因为狂轰滥炸无法奏效，所以又出现了一座十层高的木制攻城塔。这座攻城塔在卡诺皮克大街来回滚动，发射出许多炮弹和投枪。恺撒在潘山上进行了反攻，对着这座攻城塔发射了很多火箭和燃烧的草团，让攻城塔开始熊熊燃烧。那里简直是一个炼狱，很多士兵惨叫着跳下来。然后攻城塔就朝着哈科提斯区那边推走了，再也没有露面。

战争陷入僵局。

在居民区持续三个月的战斗之后，双方都没有提出停战或投降的条件。恺撒搬回王宫里，把指挥围攻战的任务交给那个能干的普布利乌斯·鲁弗里乌斯。

“我讨厌在城里战斗！”恺撒气哼哼地对克娄巴特拉说。他脱下盔甲，只剩下贴身的红色托伲。“这就像马西利亚[①]的战争一样，只是我还能把作战任务交给副将，自己跑到近西班牙去攻打阿弗拉尼乌斯和佩特瑞伊乌斯。现在我被困在这儿，而我被困在这里的每一天，那些所谓的共和派就有更多时间去纠集抵抗势力。”

“你要到非洲去吗？”克娄巴特拉问。

“是的。我本来希望能找到一个活着的庞培·马格努斯，这样就能挽救很多罗马人的宝贵生命。但是因为你们那个腐败、变态的宦官体系控

① 马西利亚（Massilia）是地中海沿岸古城，即现今的法国马赛。约公元前6世纪希腊弗凯亚人在此建立城邦，公元前1世纪并入罗马版图。——译者注

制着小国王，这座城市，甚至公共财政！结果马格努斯死掉了，而我也被困在这儿！”

“洗个澡吧，”她安抚道，“你会感觉好一点。”

“在罗马，他们说托勒密王室的王后会用驴奶洗澡。这种传闻是怎么开始的？”恺撒一边问一边沉入水中。

“我不知道，”她在他身后说，用她那出奇有力的手指解开他肩膀上的衣结。“也许要追溯到卢库卢斯，他去昔兰尼加之前在这里待了一阵子。托勒密·鹰嘴豆给了他一个绿宝石眼镜。不，不是一个眼镜，而是一块刻着卢库卢斯或鹰嘴豆头像的绿宝石。”

“我不清楚，也不在乎。卢库卢斯受到了不公平的对待，但我个人很讨厌他。”恺撒说着把她拉到身边。

她在水中看起来没有那么干瘦，那双褐色的小乳房变得更丰满一些，两个乳头又大又黑，乳晕也变得更明显。

“你有孩子了。”他突然说。

“是的，三个月了。你第一天晚上就让我怀孕了。”

他的目光移到她那绯红的脸上，脑子飞速运转着把这个惊人的消息放进他的事务安排之中。一个孩子！他没有孩子，也没期待会有孩子。多么神奇。恺撒的孩子会坐上埃及的王位，还会成为法老。恺撒将是一个国王或王后的父亲。即将出生的孩子是男是女，恺撒一点都不在乎。罗马人对儿子和女儿同样重视，因为女儿可以为她们的父亲带来极为重要的政治同盟。

“你高兴吗？”她紧张地问。

“你的身体还好吗？”他反问道，用一只湿润的手掌抚摸着她的脸颊，发现那双像狮子眼眸一样美丽的眼睛脉脉含情。

“我的身体好极了。”她转头亲吻着他的手心。

“那我很高兴。”他紧紧地抱着他。

“普塔说了，这是儿子。”

“为什么是普塔？阿孟－拉才是你们的主神，不是吗？”

“阿蒙－拉，”她纠正道，“阿孟是希腊语。”

“我喜欢你的一点就是，”他突然说，“你不介意在身体接触时说话，而且你不会像一个专业的妓女那样刻意呻吟。”

“你是说我不够专业？”她亲着他的脸问。

“不要故意装傻。”他微笑着说，享受着她的亲吻，“你怀孕之后看起来更好一些，更像一个女人而不是一个小女孩。”

一月底，亚历山大里亚人派来一个代表团到王宫跟恺撒见面。加尼米德斯并不在这个代表团里面，代表团的发言人是大法官，加尼米德斯觉得如果恺撒想要扣留人质，那就可以让这个有点地位的法官作为牺牲。他们不知道恺撒病了，他的胃病日益严重。

会面在王座大殿举行，恺撒之前没有见过这个大殿。这个大殿让恺撒见过的其他宫殿都相形失色。大殿边上摆放着价值连城的家具，这些家具全都是埃及风格。黄金打造的墙壁上镶满宝石，地板上铺着金砖，天花板的木梁也包着金箔。当地的工匠还没有掌握批灰的技术，所以没有复杂的飞檐或精致的吊顶装饰，不过到处都是黄金，就算有这些装饰又有谁能注意到呢？最引人注目的是一系列的黄金雕像，这些摆放在台基上的雕像比真人还要大。这些埃及的神像看起来非常奇怪，绝大多数是人类的身体和动物的脑袋，那些脑袋有鳄鱼、胡狼、母狮、猫、河马、鹰、朱鹭、狒狒。

恺撒注意到阿波罗多鲁斯采用埃及人而不是马其顿人的装扮，他穿着一件有着红黄相间条纹的长袍，脖子上是一个有雄鹰图案的金项圈，头上是金色头巾，这是一块硬挺的三角形布料，紧紧地裹着前额，脖子后面有系带固定，两耳后面有两翼展开。王宫里已经不是马其顿人的风格了。

恺撒没有主持这次会面，而是交由克娄巴特拉来主持。克娄巴特拉一身法老装扮，这对大法官和他的手下来说是一个严重的冒犯。

“我们不是来跟埃及谈判，而是来跟恺撒谈判！”他咆哮道，然后就转头看着脸色有点灰白的恺撒。

“统治这里的人是我，不是恺撒，亚历山大里亚是埃及的一部分！”克娄巴特拉用洪亮严厉的声音说,不像之前的声音那么充满音乐韵律。“宫廷总管，提醒这个家伙我是谁和他是谁！”

“你废除了马其顿传统！”大法官大叫道，阿波罗多鲁斯强迫他向法老下跪。“塞拉皮斯在这个可憎的禽兽圈子里又算什么呢？你不是亚历山大里亚的王后，你是禽兽的王后！”

这种说法让恺撒觉得有点好笑，他坐在克娄巴特拉下面的一张象牙折椅上，那里本来摆放着托勒密国王的宝座。噢，这个马其顿人的政府真是令人吃惊！国王不是法老，而一个罗马人却坐在王位上。

“赫墨克拉特斯，说说你来这里有什么事，然后你就可以离开这个禽兽圈子了。”法老说。

“我是为托勒密国王而来。”

“为什么？”

“这里显然并不需要他！”赫墨克拉特斯尖刻地说。“我们厌倦了阿尔西诺伊和加尼米德斯。”他补充道，显然没有意识到，他这么说等于向恺撒透露了他们那些高层领导的不和。“这场战争没完没了。”大法官说，他的语气确实充满疲惫。“如果我们这边能有一个国王，那也许能在这座城市彻底摧毁之前进行和平谈判。那么多船只毁掉了，还有商业贸易也毁掉了。”

“赫墨克拉特斯，你可以跟我谈判。”

“我拒绝，禽兽的王后，马其顿的叛徒！”

“马其顿，”克娄巴特拉说，她的语气也同样疲倦，“我们已经好几代人没有见过这个地方。你们不该再自称为马其顿人。你们是埃及人。”

“绝不！”赫墨克拉特斯咬牙切齿道，“把托勒密国王交给我们，他还记得自己的祖宗。”

“阿波罗多鲁斯，立刻把国王陛下带过来。”

小国王穿着马其顿人的服饰出现了，他头上还戴着帽子和王冠。赫墨克拉特斯一看到他就跪在地上，亲吻这个男孩伸出的手。

“噢，陛下，陛下，我们需要你！”他大叫道。

在与特奥多图斯分离的震惊平息之后，小托勒密就被送去跟他的小弟弟菲拉德尔普斯相伴，然后就为他的精力找到了比特奥多图斯的陪伴更有意思的出口。庞培之死推动了特奥多图斯对小国王的引诱，这种引诱既让他入迷也让他厌恶。特奥多图斯是他父亲的密友，虽然他到目前为止的人生都跟特奥多图斯在一起，但从一个少年的眼光来看，这个老师实在太老迈、太丑陋。特奥多图斯对他做的一些事让他挺快乐，但不是所有事情都是如此，而且他在这个皮肉松垮、牙齿黑烂、口气恶臭的身体上实在无法得到任何快乐。托勒密的青春期正在来临，但他的性欲并不是很旺盛，他的兴趣仍然集中在战车、军队、战斗这些事情上，而且他喜欢扮演将军的角色。

所以在恺撒驱逐特奥多图斯之后，他就让小菲拉德尔普斯充当他战争游戏的玩伴，而且觉得这种生活让他很开心。他经常在王宫和空地上大叫大跑，和恺撒派去守卫这些地方的士兵说话，听他们讲在长发高卢的战斗故事，并了解到一个他前所未知的恺撒。就这样，虽然他很少见到恺撒，但他还是把自己的英雄崇拜转移到这个世界之主身上，真心佩服这个把自己的亚历山大里亚臣民耍得团团转的战略大师。

所以他此时满腔狐疑地盯着大法官。“需要我？”他问道，“赫墨克拉特斯，为什么呢？”

“陛下，你是我们的国王。我们需要你跟我们在一起。”

“跟你们在一起？去哪里？”

“我们控制的亚历山大里亚城区。”

“你是说我要离开王宫？”

“陛下，我们给你准备了另一个王宫。我们看到恺撒霸占了你在这里的位置。我们需要的是你，而不是阿尔西诺伊公主。”

这个男孩发出一阵嘲讽的大笑。“好吧，这个我一点都不惊讶！”他说着咧嘴一笑，“阿尔西诺伊就是个无知的婊子！”

“确实如此。”赫墨克拉特斯表示赞同。他转过头，不是朝着克娄巴特拉，而是朝着恺撒：“恺撒，我们可以带走国王吗？”

恺撒擦了擦脸上的汗水：“是的，大法官。”

托勒密突然哇哇大哭。“不，我不想走！我想跟你在一起，恺撒！求求你，求求你！”

“托勒密，你是一个国王，你可以为你的人民服务。你应该跟赫墨克拉特斯一起去。”恺撒说，他的声音有点虚弱。

“不！不！我想跟你在一起，恺撒！”

“阿波罗多鲁斯，把他们两个都拖走。”克娄巴特拉说，她实在受不了了。小国王一边大哭大叫表示抗议，一边被拖了出去。

“这都是什么情况啊？”恺撒皱着眉头问。

托勒密国王去到塞拉皮雍神庙山脚下一座漂亮的房子里。他仍然哭哭啼啼，不过他看到特奥多图斯时停下了哭泣。克娄巴特拉又把小国王的老师送回给他了。特奥多图斯大失所望，托勒密恶声恶气地回应他的嘘寒问暖。不过托勒密真正想要攻击的并不是特奥多图斯，他只想狠狠地报复那个出卖了他的恺撒。

他在哭泣中入睡，第二天早晨醒来时，他那颗受伤的心已经硬起来了。“让阿尔西诺伊和加尼米德斯来见我。”他恶狠狠地对传令官说。

阿尔西诺伊看到他高兴地叫了起来：“噢，托勒密，你来跟我结婚了！”她大叫道。国王转过身去。“把这个虚伪的婊子送去恺撒和我姐姐那儿，”他毫不留情地说，然后就盯着加尼米德斯，加尼米德斯看起来忧心忡忡、精疲力竭。“立刻杀了这个东西！我要亲自率领我的军队。”

“不讲和？”传令官问，他的心一直往下沉。

“不讲和。我要恺撒的脑袋放在金盘上。”

于是战争变得比之前更激烈，这对恺撒来说是一个日益沉重的负担，他近来浑身发抖、呕吐不停，已经不能亲自指挥战斗了。

二月初，另外一支船队到达了，带来了更多战船、食物和第二十七军团。这个军团原本是共和派的军队，这些士兵之前在希腊已经被解散，但他们对日常生活感到厌倦。

“派出我们的船队。”恺撒对鲁弗里乌斯和提贝里乌斯·克劳狄乌斯·尼禄说。他裹着毯子，整个身体都在发抖。“尼禄是资历最深的罗马人，所以你会担任名义上的指挥官，但是我想让你明白，真正的指挥官是我们的罗德岛人朋友尤弗拉诺。无论他下达什么命令，你都要执行。”

“让一个外国人来做决定，这不太合适，”尼禄硬邦邦地说，下巴翘得老高。

“我不在乎怎样才合适！”恺撒努力地把话说清，他牙齿打架、脸色灰白，“我只在乎结果，而你，尼禄，根本就指挥不了这场你死我活的战斗！所以，你听清楚了。要让尤弗拉诺按照他的意思行事，而且要给他提供绝对的支持。否则，我会让你灰溜溜地滚蛋！”

“让我去吧。”鲁弗里乌斯请求道，他预见到会有麻烦。

“我不能让你离开王室大街。尤弗拉诺会打赢。”

尤弗拉诺确实打赢了，但胜利的代价比恺撒愿意付出的要高得多。这个来自罗德岛的海军将领像往常一样主动出击，撞毁了亚历山大里亚人的一艘战船之后又准备对另外一艘战船发动攻击。这时好几艘亚历山大里亚人的船只将他围住，他用旗子向尼禄示意要求增援，但是尼禄却置之不理。于是尤弗拉诺和他的船只，还有船上的所有人手都沉入水中。最后罗马人的两支船队都安全地进入王室港，尼禄以为恺撒永远都不会发现他的背叛。但是尼禄船上的一些人悄悄向恺撒透露了情况。

“卷铺盖滚蛋！”恺撒说，“我再也不想见到你，你这个自高自大、不管不顾的蠢货！”

尼禄目瞪口呆地站在那里。“但是我打赢了！”他大叫道。

“你输了，打赢的是尤弗拉诺。现在给我滚出去。”

恺撒在十一月底写了一封信，送去给身在罗马的瓦提亚·伊绍里库斯，说明他这段时间被困在亚历山大里亚了，并大致说了他对明年的计划。现在他必须继续保持独裁官的职位，无论他什么时候才能回到罗马，高级官员的竞选都要等他回到罗马再进行。在此期间，马尔库斯·安东尼乌斯要担任骑兵统帅，而罗马要踉踉跄跄地坚持下去，尽管留在罗马城里的最高官员只有保民官①。

然后恺撒就没有再写信回罗马了，相信他那众所周知的幸运会让罗马城安然无事，直到他能亲自回去处理事情。在一段态度暧昧的时间之后，安东尼的表现还可以，他会守住这个地方。不过，为什么好像只有恺撒才能维持一个地方的政局稳定和经济运行？为什么人们就不能站得更远一点，跳出自己的框框套套去看问题？埃及就是这种情况。这里迫切需要更稳固的王权，更仁慈开明的政府，还必须削弱那些暴民的势力。所以恺撒待在这里的时间要足够长，让这里的君主学会如何承担责任，让他们不再跑到那些背信弃义的罗马人那里去避难，让亚历山大里亚人明白赶走托勒密王室的君主并不能解决因为丰年或荒年带来的周期性问题。

疾病让恺撒大伤元气，因为他的病迟迟未愈。这场大病让他日渐消瘦，在他身上看不到一丁点肥肉。二月中旬，克娄巴特拉不顾他的抗议，从孟斐斯请来巫医哈德凡伊为他诊治。

“你的肠胃严重发炎，”这位医生用蹩脚的希腊语说，“只能用大麦米糊加上一种特制的草药才能治疗。至少在一个月内，你只能靠这种糊糊为生，然后我们再看情况。”

“只要不是肝脏和鸡蛋冲奶，我什么东西都可以吃，”恺撒满怀诚意地说，他想起自己曾经在躲避苏拉时生病，这场大病差点让他丢了性命，

---

① 保民官（tribunes of the plebs）是官位不高但影响巨大的罗马官员，最初是为了制衡贵族保护平民利益而设置的官职。保民官由平民担任并在平民大会中选举产生，一共有十位，任期为一年。保民官对罗马城内的任何官员（独裁官除外）、任何行动或行动计划拥有独特的否决权，只要他们认为任何情况不符合人民的利益，就可以对官员的选举、官员的命令、官员的行动、元老院的决定、甚至交付人民大会的提案表示否决。如果保民官不撤销自己的否决，那相应的行动或法令就不能实行。否决权属于每一个保民官，只受到同僚间的互相限制，所以常常引起滥用职权的行为，很容易成为贿买的对象。——译者注

后来是卢基乌斯·图克基乌斯提供的食疗方子救了他一命。

恺撒开始进行这种单调的食疗之后，他的情况大为好转，体重增加了，精力也恢复了。三月一日，帕加马的密特里达提送来一封信，恺撒的身体已经大为好转。现在健康问题不再是恺撒心中的阴影，他可以像以前那样全副精力地去应付信中提及的事情。

恺撒，我最远去到耶路撒冷，还在加拉提亚的德奥塔鲁斯征集了一千匹马，还从塔尔苏斯的马尔库斯·布鲁图斯那里接收了一个像模像样的军团。叙利亚北部没有什么可以收获的，但是犹太人那个失去王国的国王海尔卡努斯对克娄巴特拉王后很有好感，他提供了三千名优秀的犹太士兵，并且让我跟他的好友安提帕特，还有安提帕特的儿子希律一起到南方去。再过十几天，我们就能到达佩鲁西乌姆。安提帕特向我保证，他到了佩鲁西乌姆就可以率领克娄巴特拉王后在卡西乌斯山的军队，因为组成这支军队的是犹太人和以土买人。

你比我更清楚，我可能会在哪里遇到抵抗。希律是一个非常聪明能干的年轻人，我从希律那里得知，几个月前阿基拉斯从佩鲁西乌姆带兵到亚历山大里亚去对付你。不过，因为没有得到你的具体指示，我和安提帕特、希律都不敢贸然进入沼泽地和德尔塔区的运河。所以我们会在佩鲁西乌姆等待命令。

本都那边的情况不太好。格涅乌斯·多米提乌斯·卡尔维努斯和他勉强拼凑的军队，在亚美尼亚－帕尔瓦的尼科波利斯附近跟法纳西斯相遇，结果卡尔维努斯遭遇了惨败。卡尔维努斯只好向西撤退到比希尼亚，如果法纳西斯乘胜追击，那法纳西斯可能会被一网打尽。但是法纳西斯留在了本都和亚美尼亚－帕尔瓦，在当地大肆破坏。他的暴行真是令人震惊。我在出发之前又听到最新消息，他正计划入侵比希尼亚。不过就算这样，他的准备工作也是仓促又混乱。法纳西斯一直都是这样的人，我从年少时就记得他是这个样子。

等我到达安条克时，我又听到一个消息：法纳西斯留下他的儿子阿桑德去管理辛梅里亚，结果阿桑德一等到他的父亲在本都分身乏术，就宣布自己是国王，而他父亲则变成了流亡者。所以，如果法纳西斯先回到辛梅里亚去收拾那个恩将仇报的儿子，那你和卡尔维努斯就会有一点意料之外的喘息时间了。

我热切期待你的回信，随时听候你的差遣。

救兵终于来了！恺撒烧了那封信，然后让特瑞巴提乌斯写了另外一封来假冒密特里达提的来信。这封信是为了诱使亚历山大里亚人离开城区，迅速赶到德尔塔区去参加一场战斗。但是这封信必须先送到阿尔西诺伊那里，并且让她相信她的手下在恺撒见到这封信之前就把信偷走了，让她以为恺撒并不知道救兵已经来了。这封假冒的信用密特里达提铸造的一个银币封印，并且通过巧妙的手段完好无损地到了阿尔西诺伊手中。在一个小时之内,这封信和阿尔西诺伊就一起从王宫中消失了。两天之后，托勒密国王和他的军队，还有那些效忠国王的马其顿人一起乘船朝着东边的德尔塔区而去。这座城市已经无法抵抗，因为那些抵抗分子都走了。

恺撒还没有痊愈，不过他拒绝承认这个事实。恺撒穿上皮革战衣准备去参加德尔塔区的战役，克娄巴特拉看到他在穿衣服有点生气。

“你就不能让鲁弗里乌斯去吗？”她问道。

“也许可以，但如果我要彻底结束抵抗，让亚历山大里亚长治久安，那我就必须亲自过去。”恺撒解释说。他在穿上战衣时很费力，现在已经大汗淋漓。

“那就让哈德凡伊跟你一起去。”她恳求道。

恺撒已经自己穿好战衣，他的皮肤也恢复了一些血色。他抬眼看着克娄巴特拉，这双眼睛流露出恺撒的经典神情：一切都在掌控之中。“你太多担忧了。”他说着亲了亲她，他口中的气息有点酸臭。

恺撒留下两支由受伤士兵组成的步兵大队守卫王城，自己带领着第

六、第二十七和第三十七军团的三千两百名士兵和所有骑兵从亚历山大里亚出发。他选择的路线连克娄巴特拉都觉得太绕了。他不是通过运河前往德尔塔区，而是选择马里奥提斯湖南边的陆路，马里奥提斯湖始终在他的左边，等到他转向尼罗河的卡诺皮克河口时，大家都觉得他简直是神出鬼没。

在托勒密国王的军队出发之前，早就有一个信使快马加鞭地赶往佩鲁西乌姆，这个信使的任务是通知帕加马的密特里达提，让密特里达提不要进入德尔塔区，而要带兵到尼罗河的皮鲁西亚克河口东岸，与恺撒一起形成合围之势。在三角洲顶点附近一个地形稳固的地方，他们两支军队会把托勒密围在中间。

三角洲因为拥有希腊字母“△”的形状而被称为德尔塔[①]。尼罗河的三角洲比人们已经知道的其他任何河口三角洲都要大：在地中海的一侧，从皮鲁西亚克河口到卡诺皮克河口一百五十里；从地中海的海岸到尼罗河在孟斐斯北边的分叉口，距离超过一百里。这条大河一再分叉，形成许多支流，一些支流比另一些支流更大，大大小小的支流形成一个扇形，通过七个相连的河口注入地中海。三角洲的水道本来都是天然的，但是在精于希腊科学精神的托勒密王室入主埃及之后，他们用成百上千条运河把尼罗河的支流水系连接起来，这样三角洲上的每一块土地与水道的距离都不会超过一里。从象岛到孟斐斯的尼罗河水道超过一千里，既然这段河流所经地区出产的粮食用来供应埃及和亚历山大里亚已经绰绰有余，那还为何要如此用心地去管理三角洲的土地？因为三角洲上生长着纸莎草，纸莎草的茎部可以用来造纸。托勒密王室拥有世界范围的纸张垄断经营，售卖纸张的所有利润都进入法老的私人钱包。纸张是人类思想的载体，人类生活已经离不开纸张了。

这个时候按照季节是初冬，不过按照罗马的日历已经是三月底。夏季的洪水已经消退，但恺撒一点都不想让他的军队陷入这么一个由水道

① 德尔塔（Delta）是第四个希腊字母的读音，其大写为“Δ”，小写为“δ”。——译者注

组成的迷魂阵里，因为他对这些水道不像托勒密国王的手下那么熟悉。

在亚历山大里亚之战的几个月中，恺撒经常跟西米恩、亚伯拉罕和约书亚交流，这让他比克娄巴特拉还要了解居住在埃及的犹太人。在恺撒到来之前，克娄巴特拉似乎从未觉得犹太人值得她的关注。但是恺撒却相当欣赏犹太人的智慧、学识和独立，而且已经计划着如何让犹太人在他离开之后成为克娄巴特拉的宝贵同盟。尽管克娄巴特拉受到她成长背景的限制，但在恺撒向她灌输了这些知识之后，她已经表现出身为统治者的潜质。对于给予犹太人和外邦人公民权一事，克娄巴特拉慷慨大方地同意了。恺撒大受鼓舞，这是一个好开始。

三角洲的东南端是奥尼阿斯之地，大祭司奥尼阿斯及其追随者的后裔居住在这块犹太人的自治领地。奥尼阿斯因为拒绝向叙利亚国王匍匐下拜而被逐出犹地亚，他说他们只能向上帝下拜。托勒密六世斐拉米特给了奥尼阿斯一大块土地，作为回报他们每年要纳税并向埃及军队提供士兵。克娄巴特拉慷慨大方的消息已经传到奥尼阿斯之地，这片土地上的犹太人已经宣布在这场内战中效忠于克娄巴特拉，并帮助帕加马的密特里达提轻而易举地占据了佩鲁西乌姆。佩鲁西乌姆到处都是犹太人，而且这座城市跟奥尼阿斯之地有着密切的联系。对于在埃及的所有犹太人来说。奥尼阿斯之地都非常重要，因为大圣殿就在这里。相比于所罗门王的圣殿，大圣殿就是一座小型复制品，大圣殿包括一座八十尺高的塔楼，还有一些人造的峡谷来模仿汲沦溪谷和欣嫩子谷。

小国王已经沿着尼罗河的法特尼提克支流把军队运送过去，这支军队在莱翁托波利斯和奥尼阿斯之地上方的皮鲁西亚克支流出现，这条支流位于莱翁托波利斯和赫利奥波利斯之间。在赫利奥波利斯附近，托勒密国王发现帕加马的密特里达提驻扎在一个坚固的罗马式军营，于是就鲁莽地对这个军营发动了进攻。密特里达提简直不敢相信自己的幸运，他马上带着自己的军队冲出军营杀向敌军。密特里达提的反击大获全胜，托勒密的士兵有很多阵亡的，其余的也在惊恐中四散奔逃了。不过，托勒密的军中还是有一些聪明人，因为在战后的大奔逃之后，托勒密的军队退到了一个易守难攻的地方，这个地方被皮鲁西亚克支流的一座桥梁围起来，边上还有一条堤坝又高又陡的运河。

在托勒密战败之后不久，恺撒就赶来了。这次行军让他气喘吁吁，只是他不愿承认这个事实，就连对鲁弗里乌斯也不愿承认。他让士兵停下休息，自己开始认真地考察托勒密的军队部署。对他来说，最主要的障碍是那条运河；对密特里达提来说，最主要的障碍是那座桥。

“我们已经找到可以蹚水走过这条河的地方，”日耳曼人阿尔米尼乌斯告诉恺撒，“还有一些地方我们可以游过去，马匹也可以游过去。”

步兵们接到命令，要砍下附近的所有大树，建造一条堤坝通往河对岸。士兵们都热情高涨地开始干活，一整天的辛苦行军并没有影响他们的热情。在六个月的战争之后，罗马人对亚历山大里亚和亚历山大里亚人的痛恨已经白热化了。每个士兵都希望这是决定性的一战，然后他们就可以永远离开埃及。

托勒密派出步兵和轻骑兵来拦截恺撒，但是罗马步兵和日耳曼骑兵杀气腾腾地往前冲，就像斗志昂扬的高卢人那样对托勒密的士兵发起进攻。托勒密的士兵溃败奔逃，但是很多人都被砍倒，只有少数几个逃到大概七里之外的一个堡垒里面躲避。

一开始，恺撒准备立刻发动进攻，但是他看到托勒密的这个堡垒时就改变主意了。附近许多破败的神庙提供了一大堆石料，为这个易守难攻的地方提供了更多优势。最好是让士兵们扎营过夜。他们在渡过运河之前已经走了二十多里路，在下一次交锋之前，他们应该好好吃一顿、睡一觉。不过恺撒没有告诉任何人，他自己觉得头晕眼花。在他眼里，托勒密的堡垒就像海面的浮漂一样上下起伏。

第二天早上，恺撒吃了一小块抹着蜂蜜的面包，还有他的大麦米糊，然后感觉好多了。

托勒密国王的追随者——这样称呼他们比较合适，因为他们并不能代表所有的亚历山大里亚人——驻守在附近的一个小村庄，并且建起石墙把这个村庄和他们占据的山头连接起来。恺撒把第一次进攻的主力军队对准这个村庄，准备先拿下这个村庄再顺势攻占那座堡垒。但是在皮鲁西亚克河口和托勒密的阵线之间有一片空地，因为双方都对着这片空地发射弓箭和投枪，所以任何一方都无法穿越这片交火地带。帕加马的密特里达提要从桥梁那边推进，他也有自己的难题，根本就不能提供任何援助。所以恺撒虽然攻占了那个村庄，但是却无法带着他的军队穿过这片交火地带，去攻占敌人的高地并结束这场战役。

恺撒骑在租来的马上站在一个高岗，他注意到托勒密的追随者为这次小小的胜利而得意忘形。他们从堡垒最高处下来，帮着战友向进退不得的罗马人发射弓箭。恺撒叫来第六军团的第一先锋百夫长，这个头发灰白的百夫长叫作德基穆斯·卡尔弗勒努斯。

“卡尔弗勒努斯，带上五个步兵大队，绕过敌军在底部的防御，攻占那些白痴离开的高地，”恺撒简短有力地下令。他暗自松了一口气，休息和食物总算让他恢复了正常的军事能力。只要他感觉良好，那他就很容易看出应该怎么做。噢，年纪！这就是恺撒衰亡的开端？让这一切快点结束，不要是一个慢慢老死的过程！

恺撒的士兵攻占了高地，这让托勒密的追随者都陷入恐慌。卡尔弗勒努斯占领那座堡垒之后不到一个小时，托勒密国王的军队就被击溃了。数千个士兵被杀，还有一些士兵把小国王围在中间，好不容易来到他们停在皮鲁西亚克河口的船队旁边。

恺撒按照礼仪接待了奥尼阿斯之地的大祭司，并且把这位大祭司介绍给笑容满面的密特里达提。他和这两人坐在一起，喝了一些犹太人的甜酒。当夕阳在帐篷门口投下一道阴影时，恺撒站起来告辞，他突然觉得累极了。

“鲁弗里乌斯，有没有小托勒密的消息？”

“有的，恺撒。他登上一艘船，但是岸边实在太混乱，所以他的手下等到船上挤满了人才把船推开。结果那艘船在河上走了没多远就沉了。

国王和船上的其他人都被淹死了。”

“你找到他的尸体了吗？”

“找到了。”鲁弗里乌斯咧嘴一笑，他那张饱经沧桑的脸上露出孩童般的笑容。“我们还找到了阿尔西诺伊公主。她在堡垒里面，还让卡尔弗勒努斯跟她角斗，简直难以置信！她一边挥剑乱砍，一边吱哇乱叫。”

“真是好消息！”恺撒高兴地说。

“恺撒，还有什么命令？”

“等我处理好这边的事情，”恺撒说着朝军营点点头，“我就会回到亚历山大里亚。我会带着国王的尸体和阿尔西诺伊公主。你和密特里达提负责收尾工作，然后就带着军队一起回去。”

“处死她，”法老坐在宝座上说。恺撒带着阿尔西诺伊公主来到法老跟前，阿尔西诺伊蓬头垢面，仍然穿着盔甲。

阿波罗多鲁斯躬身回答：“立刻执行，阿蒙－拉的女儿。”

“嗯，恐怕不行。”恺撒用抱歉的语气说。

宝座上那个瘦小的身躯一僵。“恐怕不行，你是什么意思？”克娄巴特拉质问道。

“法老，阿尔西诺伊是我的俘虏，而不是你的俘虏。所以，按照罗马传统，她会被送到罗马参加我的凯旋式[①]。”

“只要我的妹妹还活着，我的生命就会受到威胁！我说，她今天就该死！”

“我说不行。”

“恺撒，你是这里的客人。你不能命令埃及的君王！”

① 凯旋式（triumph）是古罗马统帅在对外战争中全胜而归后享有的最高荣誉。统帅结束战争并大获全胜后，元老院通常会批准他举行凯旋式。在举行凯旋式的那天，全体元老、官员和人民夹道欢迎，拉着各种战利品的车辆和俘虏走在前面。统帅乘着战车走在中间，脸上用赭石涂成朱红色，臂弯戴臂饰，左手拿节杖，右手握一束月桂枝，头戴一顶刻着他功劳的金冠，打扮得像朱庇特神像一样。士兵戴着花环排成整齐的行列跟在战车后面。游行队伍最后来到卡皮托尔山上的朱庇特神庙，凯旋统帅献祭白色公牛。——译者注

“放屁！”恺撒生气地大叫。“我让你登上王位，我是这里的客人，但是我可以命令任何一个坐在王座上的人！法老，做好你自己的事。埋葬你的弟弟，开始重建你的城市，到孟斐斯或昔兰尼去一次，养育你腹中的孩子。另外，跟你还活着的兄弟结婚。你不能单独执政，单独执政不符合埃及和亚历山大里亚的传统！”

他走了出去。她踢掉那双高高的拖鞋，在他后面追赶。她忘了身为法老的威严，留下一群目瞪口呆的臣仆在那里揣摩这对冤家的意思。阿尔西诺伊开始放声大笑。阿波罗多鲁斯郁闷地看了看查米安和埃拉斯。

“幸亏我没有请传令官、书记官、财务官、大法官和守卫官到这儿，”身为宫廷总管的阿波罗多鲁斯说，“不过，我觉得我们应该让法老和恺撒自己说清楚。不要笑，公主殿下。你们输了这场战争。你永远都不会成为亚历山大里亚的王后。在恺撒把你放到罗马人的船上之前，你会住进最黑暗、最憋闷的地牢，只能靠面包和清水活着。罗马人通常不会处死那些参加凯旋式的人，所以恺撒肯定会在凯旋式之后放了你。但是我要警告你，公主殿下，如果你回到埃及，那你一定会没命。你的姐姐会盯着这件事情。”

“你怎么敢！”克娄巴特拉高声尖叫。“你怎么敢当着臣仆的面羞辱法老？”

“亲爱的，法老就不该如此强硬。”恺撒说。他拍了拍膝盖，之前的怒气已经平息下来。“在你宣布要处决任何人之前，应该先问问我的意思。不管你喜不喜欢，罗马对埃及的巨大影响已经持续了四十年。等我离开了，罗马并不会跟着离开。首先，我准备让罗马军队驻守在亚历山大里亚。如果你想继续统治埃及和亚历山大里亚，就要善于运用政治权谋，就应该从我这里开始。我是你的情人和你腹中孩子的父亲，但是如果你的利益跟罗马的利益发生冲突，那我根本就不会在乎这种私情。”

“罗马就等于恺撒。”她愤恨道。

“当然啦。过来，坐在我怀里。这么大发脾气对胎儿很不利。我们做爱时他不会介意，但我们吵架时他肯定很难受。”

“你也相信他是个男孩。”她说道，还不太愿意坐在恺撒怀里，但她的态度已经开始软化了。

“查恩和塔阿让我相信了。”

恺撒刚说完这些话，他的整个身体就开始抽搐。他低头惊讶地看着自己，然后就从椅子上摔下来。他弓着腰躺在地上，双手和双腿都僵硬地摊开着。

克娄巴特拉大声呼救。她一边向着恺撒跑过去，一边用力地把双王冠扯下来，完全不顾王冠摔到地上会变成什么样。这时，恺撒的脸色已经变得青紫，他的四肢都在抽搐。克娄巴特拉想要按住他，但却被他甩开了。

这阵抽搐突然发作，然后又突然停下来。

查米安和埃拉斯想着这对情人正在吵架动手，所以就不敢进去，但是女主人的尖叫让他们相信肯定是发生了什么严重的事情。等到两个侍女也跟着克娄巴特拉尖叫起来，阿波罗多鲁斯、哈德凡伊和另外三个祭司赶紧冲进去。他们发现恺撒虚弱无力地躺在地上，呼吸沉重而缓慢，脸色一片死灰。

“这是怎么回事？”克娄巴特拉对着哈德凡伊问。哈德凡伊跪在恺撒身边，探了探他的呼吸和心跳。

“法老，他是不是抽搐了？”

“是的，是的！”

“来一些甜酒！”巫医大叫道，“来一些甜酒，还有一根空心的芦苇。快！”

其他祭司跑出去拿东西，查米安和埃拉斯扶起吓得大声哭号的法老，帮她卸下一些法老的服饰和珠宝。阿波罗多鲁斯在大吼大叫，说如果没有找到空心的芦苇，就会有人头落地。而恺撒已经陷入昏迷状态，对大家的惊恐毫无知觉。所有人都忧心忡忡，要是世界之主死于埃及，那会有什么后果？

一个祭司拿着一根空心的芦苇从制作木乃伊的地方跑过来，这根芦苇原本是用来给木乃伊的颅腔灌入泡碱。哈德凡伊厉声询问，确认了这根芦苇未经使用，然后就接过芦苇吹了吹，看是不是能通气。他打开恺撒的嘴巴，把芦苇插进去。他抚摸着恺撒的喉咙，轻轻地把芦苇插入一尺深。然后他小心翼翼地把甜酒灌进芦苇里面，他倒得很慢、很少，这样才不会呛到恺撒。灌进去的甜酒不是很多，但是这个过程却显得无比漫长。然后哈德凡伊就蹲坐在那里等着。等到他的病人开始动弹，这个祭司就把芦苇抽出来，再把恺撒抱进怀里。

他看到恺撒迷迷糊糊地睁开眼，就说："来，喝下去。"

恺撒很快就恢复过来，不用别人搀扶就能自己站着。他走了几步，看到大家都吓得不轻。克娄巴特拉满脸泪水，脸上的妆容都花掉了。她瞪着他，就好像他死而复活了。查米安和埃拉斯在大叫大喊，阿波罗多鲁斯瘫坐在椅子上，脑袋垂到两膝之间，还有几个祭司在焦急地走来走去，而这一切显然都是因他而起。

"发生什么事了？"恺撒问。他走过去坐在克娄巴特拉身旁，确实觉得身上不太对劲。

"你抽搐了，"哈德凡伊简单直接地说，"但是你并没有癫痫症。甜酒这么快就能让你恢复过来，这说明之前几个月的疾病给你的身体带来了改变。你最后一次吃东西是什么时候？"

"好几个小时之前。"恺撒安抚地搂着克娄巴特拉的肩膀，他抬头看着祭司那张又瘦又黑的面孔，给了他一个灿烂的微笑，露出有点抱歉的表情，"问题是我太忙的时候就会忘记吃饭。"

"那你以后必须让人提醒你吃饭，"哈德凡伊严肃地说，"规律进食可以预防这个疾病发作，但你要是真的忘了吃饭，就要喝一些甜酒。"

"不，"恺撒说着咧咧嘴，"我不喝酒。"

"那就喝点蜂蜜水或果汁，总之是一些含糖的饮料。你要让仆人随时随地都带着，哪怕是在战斗的时候。你还要注意那些预警信号，比如恶心、头晕、目眩、虚脱、头痛，甚至是疲劳。恺撒，如果你发现这些信号，就要立刻喝一些含糖的饮料。”

“哈德凡伊，你是怎么让一个昏迷的人喝东西？”

哈德凡伊拿出那根芦苇。恺撒接过去，在手里摆弄着。“是用这个，”他说道，“你怎么知道，你避开了通到我肺部的气管？气管和食管挨在一起，而且食管通常是关闭起来便于呼吸。”

“我不是非常确定，”哈德凡伊回答道，“我向塞克米特祈求，希望你的昏迷不是太严重，然后我就抚摸着你的喉咙，让你的食管在受到芦苇的刺激时吞咽。这个方法奏效了。”

“这些你全都知道，但是你却不知道我到底生了什么病？”

“恺撒，疾病非常神秘，大部分超出我们的理解力。所有的用药都是以观察为基础。幸亏我之前为你治病时对你有了许多了解，”他的表情看起来有点狡黠，“比如说，你觉得吃饭是浪费时间。”

克娄巴特拉也好多了，她从号啕大哭转为抽抽噎噎。“你怎么对人体有这么多了解？”她对着恺撒问。

“我是一个军人。我走过许多战场，救了很多伤兵，也数了很多被砍下的脑袋，你会看到一切东西。就像这位优秀的医生一样，我也是通过观察而学习。”

阿波罗多鲁斯站起来，擦了擦汗水。“我去安排晚餐，”他哑着嗓子说。“噢，恺撒，感谢诸神，你总算没事了！”

那天夜晚，恺撒躺在克娄巴特拉那巨大的鹅绒床上。亚历山大里亚所谓的冬天只是有点微凉，克娄巴特拉紧挨着他传来阵阵温暖。恺撒无法入眠，心中想着这一日日、一月月、一年年。

从他踏上埃及土地的那一刻，所有事情就神奇地改变了。马格努斯的头颅，那邪恶的宫廷权谋，只有东方才会有这样的腐败和堕落，在这座美丽城市的街道上进行了一场他不想要的战争，当地人心甘情愿地摧毁了拥有三百年历史的建筑，而他自己也参与了这场大破坏……还有，这里的王后相信只有一个办法能够拯救她的人民，那就是孕育一个神明的儿子。她相信，恺撒就是神明。匪夷所思。莫名其妙。

今天恺撒引起了一阵恐慌。恺撒从来都不会生病，但在五十二岁的今天却不得不面对衰老的后果。不只是他的年纪，还有他一直肆意挥霍自己的精力，在别人休息时他总是不肯停息。不，恺撒不会停息！停下休息并不是恺撒的风格。永远都不是。恺撒从不生病，但他现在不得不承认，他已经病了好几个月。不管是什么疟疾或瘟疫让他浑身发抖、恶心呕吐，总之是给他留下了恶果。那个巫医是怎么说的？他的身体发生了改变。恺撒必须记得进食，不然就会浑身抽搐地倒下。他们会说：恺撒终于不行了，恺撒开始衰弱，恺撒再也不是无法击倒。所以恺撒必须守住自己的秘密，绝对不能让元老院和罗马人民知道他出了问题。如果恺撒倒下了，还有谁能把罗马拉出泥潭呢？

克娄巴特拉一声叹息，喃喃低语，还发出一声模糊的抽泣。那么多眼泪，都是为恺撒而流！这个可怜的小东西爱上我了。她爱我！对她来说，我是丈夫、父亲、叔伯和兄弟。托勒密王室那种错综复杂的感情。我不明白。我以为我明白了。但是我并没有明白。幸运女神把照料数百万人的重担放到她那柔弱的肩膀上，神明没有给她其他选择，就像我不能给尤利娅其他选择。她以最古老、最神圣的仪式受膏为君，她是世界上最富有的女人，她对臣民有着生杀予夺的绝对权力。但她是一个小东西，一个小宝宝。在她生命的最初二十一年，谋杀和乱伦是理所当然的事。这种生活对她造成了什么影响？一个罗马人对此实在难以想象。加图和西塞罗一直说恺撒想要成为罗马的国王，但他们根本就不知道什么是真正的王权。真正的王权和我隔着遥远的距离，就像这个怀着我孩子的小东西一样跟我隔着遥远的距离。

噢，他突然想起，我必须起来！我必须喝一些阿波罗多鲁斯好心带来的果汁，那是用蜜瓜和葡萄做成的果汁。我的身体真是大不如前。我的头脑昏昏沉沉，我是恺撒和我自己，这两个身份纠缠在一起。

不过他没有马上起来喝果汁，而是把脑袋放在枕头上，转头看着克娄巴特拉。虽然现在已经是午夜，但光线并不是很暗，满月的光亮从墙上的窗户洒进来。在月光之下，她的肌肤不是银白色，而是暗金色。真是美丽的肌肤。他伸出手抚摸着这肌肤，用自己的手掌滑过她已经怀孕六个月的肚子。这个肚子还没有被撑得滚圆发亮，他记得尤利娅快要出生时，还有小盖乌斯胎死腹中时，秦妮拉的肚子都是滚圆发亮的。我们把秦妮拉和小盖乌斯一起火化了。我的母亲、尤利娅姑姑和我一起埋葬了他们。那是我，不是恺撒。

她的一对乳房小巧可爱，就像水珠一样浑圆挺立。她的乳头颜色变深了，就像为她摇扇的埃塞俄比亚奴仆那样黝黑。也许她真的有一些埃塞俄比亚的血统，因为她身上的特质不仅仅是密特里达提王室和托勒密王室的总和。这对乳房是多么美丽，除了取悦我还有更伟大的意义。但我和她一起实现了这伟大的意义，她正怀着我的孩子。噢，我拥有孩子的时候太年轻了！现在想起那些时刻，才感受到孩子的母亲是多么伟大。要经过许多岁月，还有许多心痛，才能体会生命的奇迹。

她的鬈发披散在枕头上，不像赛尔维利娅的头发那么浓密乌黑，也不像希安娜的头发那样仿佛一道能把自己卷入其中的红河。这是克娄巴特拉的头发,这是克娄巴特拉的身体。而且克娄巴特拉对我的爱与众不同。她让我重返青春。

那双像狮子眼眸一样的眼睛睁开了，紧紧地盯着他的面孔。如果是其他时候，那他一定会立刻收起脸上的情绪，条件反射般的自动把她从脑海中排除出去。永远都不要让女人对自己知根知底，因为她们会利用这种认知来阉割男人。但是克娄巴特拉早就习惯了跟阉人在一起，所以她并不喜欢那种男人。她想让我成为他的丈夫、父亲、叔伯和兄弟。我跟她一样大权在握，但又多了男性气魄。我已经把她征服了。现在我必须向她表明,我一点都不想让她屈从于我。我从来都不需要跪舔我的女人。

“我爱你，”他说着把她搂进怀里，“就像爱我的妻子、女儿、母亲和姑姑。”

虽然她并不知道，他说的是一些真实的女人，而非托勒密王室那种类比的关系，但她心中还是充满爱慕、释然和狂喜。

恺撒承认她在他的生命中有一席之地。

恺撒说他爱她。

第二天，恺撒让克娄巴特拉坐在一头驴子上面，带她去看看这场持续六个月的战争给亚历山大里亚带来什么改变。整个城市都变成一片废墟，房屋都倒塌了，临时搭建的土堆和围墙下面散落着被丢弃的大炮。女人和孩子在搜寻一切可以食用或使用的东西，他们无家可归、毫无希望，他们的衣服都成了烂布条。在海边，所有设施几乎荡然无存。恺撒布置在那里攻击亚历山大里亚人船只的炮火把周围的仓库都烧毁了，他的士兵只给这个巨大的港口贸易中心留下了船坞、码头和堤坝。

“噢，图书仓库没有了！”克娄巴特拉一声惊呼，她扭着手指，看起来伤心极了。“没有图书目录，所以我们永远都不知道烧毁了什么书！”

恺撒看向她的目光也许有点讥嘲，但是恺撒并没有发表任何评论对她最关心的东西表示惊奇。那些女人和孩子快要饿死了，她看到这幅惨像并没有任何触动，但她现在却因为那些书而差点流下眼泪。“但是图书馆在缪斯宫里面，”恺撒说，“而缪斯宫完好无损。”

“是的，但那些管理图书的人动作太慢了，他们编写目录的速度总是赶不上收入图书的速度，所以他们把最近一百年来收入的图书都堆在一个专门的仓库里。现在这个仓库已经没有了！”

“缪斯宫里有多少图书？”恺撒问。

“大概有一百万册。”

“那就没有什么可以担心的，”恺撒说。“亲爱的，振作起来！人们写下的书总共也不到一百万册，这就说明藏在仓库里的书只是副本或新出的书。缪斯宫里的书肯定有很多也是副本，而新出的书很容易就能找到。如果你需要一个目录，帕加马的密特里达提有一个图书馆，里面的二十五万册藏书大多是新出的。你只需要看看罗马的索西乌斯或阿提库斯收藏的哪些书是缪斯宫里没有的，然后把这些书的副本收进来就好了。他们没有这些书的所有权，只是从我、瓦罗、卢基乌斯·皮索和其他拥有大量私人藏书的人那里借了这些书。这倒是提醒我了，罗马没有公共图书馆，我必须解决这个问题。”

他们继续往前走。市集广场是公共建筑中受损最轻的，这里的一些柱子被拆去堵住赫普塔斯塔狄翁的拱道，但是墙壁并没有受到破坏，还有大部分拱顶也完好无损。但是体育馆只剩下了一点地基，法院整个消失了。美丽的潘山草木凋零，上面的溪流和瀑布都干涸了，河床里冒出盐花，罗马人的大炮摆在每一个比较平坦的地方。没有一座神庙免遭破坏，但是恺撒很高兴没有一座神庙的雕塑和绘画遭到破坏，尽管有些雕塑和绘画被弄脏了。

在哈科提斯的塞拉皮雍神庙受损最少，因为这里距离王室大街比较远。但是主神殿少了三根巨大的木梁，屋顶也凹陷了。

“不过塞拉皮斯完美无缺。”恺撒说，他爬到砖石堆上。这座神像坐在那里的一个宝座上，这个黄金打造的宝座镶满珠宝，宝座上的神像就像宙斯那样，留着长长的胡子和头发，那只有三个脑袋的冥界恶犬趴在神像脚下，神像的头上是一个巨大的王冠，这个王冠的形状就像一个篮子。

“这座雕像很好。”恺撒看着塞拉皮斯的雕像说，“虽然比不上菲迪亚斯、普拉克西特利斯或米隆的作品，但已经很好了。这是谁的作品？”

“布亚西斯。”克娄巴特拉板着脸说。她看着四周的废墟，想起那个有许多阶梯的高台上矗立着一座美丽的建筑，那些爱奥尼亚式的柱子全都漆油描金，那些墙面柱和三角墙都是大师手笔。现在只有塞拉皮斯的雕像得以幸存。

恺撒是不是见过太多被毁的城市，太多焦黑的废墟，太多战争的惨像？所以他面对这满目疮痍的景象才显得这么平静，尽管这一切大多是他和他的手下造成的。我的国民住在普通的房屋、窝棚和贫民窟里，这些东西都无足轻重。

恺撒和他的扈从护送克娄巴特拉返回那丝毫无损的王城。“好吧，”她说道，“我会收集我能找到的一切金银，去重建神庙、体育馆、市集广场、法院和所有公共建筑。”

恺撒扯了一下驴子的缰绳，那头驴子停了下来，它那双睫毛纤长的眼睛眨了眨。“这听起来很不错，”恺撒说，他的声音有点严肃，“但是你的当务之急不是重建这些宏伟的建筑。第一，你要用钱去购买食物，来养活这些在战争中幸存的人。第二，你要用钱去清理这些废墟。第三，你要用钱建造新房屋，为包括贫民在内的老百姓提供住处。只有把亚历山大里亚的居民都安置好了，你才能花钱去重建公共建筑和神庙。”

她张开嘴准备反驳，但是在她发泄自己的怒气之前，她看到了他的眼神。噢，这是创世神普塔！他是神明，伟大又可畏！

“我可以告诉你，”恺撒接着说，“这场战争中被杀的大多是马其顿人和具有马其顿血统的希腊人。这些死去的人大概有十万。所以，你还有将近三百万人要照顾，而这些人的住所和工作都被毁了。我希望你可以看出，现在正是让亚历山大里亚人对你产生好感的宝贵时机。在罗马成为一个强国之后，罗马城从来没有遭受过这样的破坏，罗马人也没有遭到忽视。你们这些托勒密王室和马其顿人官员统治的地方比罗马大得多，但是你们却德不配位，完全没有体恤民众的精神。这种情况必须改变，否则再次出现的暴民就会更加愤怒。”

“你是说，”她说道，有点恼羞成怒，“我们这些在塔尖的人没有组成一个像样的政府。你说我们对底层人漠不关心，说我们从来都没有掏钱去填饱他们的肚子，也没有让住在这里的人都享有公民权。但是罗马也不完美。只是因为罗马拥有巨大的势力，可以通过压榨行省的财富来照顾自己的底层人。埃及没有行省。就算埃及拥有行省，罗马也会抢去满足自己所需。恺撒，你的仕途也是鲜血满地，所以你没有资格在这里批评埃及。”

恺撒的手拉了拉缰绳，驴子又开始走动。“在我年轻的时候，”他不急不慢地说，“我曾经让五十万人失去家园，让四十万个女人和孩子因我而丧生。我曾经在战场上杀死超过一百万人。我砍下许多人的手。我把超过一百万男人、女人和儿童卖为奴隶。但是这一切的前提是，我已经尝试了协商和停战，我守住了自己的底线。当我真的开始毁灭时，我为子孙后代带来的福利，比现在造成的伤害和终结的生命要多得多。”

他没有提高音量，但是他的语气变得更强。“克娄巴特拉，你以为我看不出这些破坏造成了多大的财产损失？你以为我一点都不难过？你以为我对这一切毫不顾惜？你以为我只盯着以后的更多利益，而毫无遗憾、毫无痛苦、毫无愧疚？那你就错看我了。在年纪老迈时想起这些残酷的事不会有丝毫快乐，不过我相信自己不会活到年纪老迈的时候。法老，我再说一次，要怀着爱心来统治你的臣民，还要记住只是一次诞生时的偶然，才让你跟这些在废墟中捡破烂的女人不一样。你认为是阿蒙－拉让你成了这个模样。但我知道这只是命运的偶然。”

她张大了嘴巴，双手捂住耳朵，直愣愣地盯着驴子的耳朵，坚决不让自己流出泪来。所以，他相信自己不会活到年纪老迈的时候，而且还为此而高兴。但现在我知道，我永远都不能真正地了解他。他告诉我，他所做的一切都经过慎重考虑，而且他完全清楚会有什么结局，包括他自己的结局。我永远都不可能具备这种力量、洞察和坚毅。我怀疑没有其他人能具备这一切。

一个市集日的间隔之后，恺撒在那个他用作书房的大房间里召开了一次非正式会议。克娄巴特拉和阿波罗多鲁斯都在那儿，还有哈德凡伊和帕加马的密特里达提。出席会议的还有几个罗马人：普布利乌斯·鲁弗里乌斯，第六军团的卡尔弗勒努斯，第十四军团的拉米乌斯，第二十七军团的法布里基乌斯，第三十七军团的马克里努斯，还有恺撒的扈从法比乌斯，以及他的秘书法贝里乌斯和他的副将盖乌斯·特瑞巴提乌斯·特斯塔。

“现在是四月初，”恺撒开始发言，他看起来状态很好，从头到脚都展现出他原有的风貌。“亚细亚行省的格涅乌斯·多米提乌斯·卡尔维努斯送来报告，通知我法纳西斯已经回到辛梅里亚去对付他那个悖逆的儿子，这个逆子要跟他爸爸一战高下。所以安纳托利亚的战局至少会暂停三四个月。而且，通往本都[①]和亚美尼亚－帕尔瓦的所有山道在八月中旬之前都会被大雪封锁。噢，我真讨厌日历和季节不一致！法老，在这方面，埃及的历法是正确的。你们采用的是太阳历而非太阴历，我准备跟你的星相师谈一谈。”

他吸了一口气，回到他想说的问题。“我认为法纳西斯肯定会回来，所以我会在心中计划好未来的行动。卡尔维努斯正忙着招募和训练新兵；德奥塔鲁斯原本是庞培·马格努斯的食客，现在正迫不及待地想要将功赎罪。至于阿里奥巴尔扎尼斯，”他咧嘴一笑，“卡帕多西亚永远都是卡帕多西亚。我们不会从他那里得到什么惊喜，法纳西斯也不会从他那里得到什么惊喜。我已经告诉卡尔维努斯，把那些跟我的老兵一起回到意大利的共和派军团派过来。这样等到时机到来时，我们已经准备好了。法纳西斯在辛梅里亚跟阿桑德战斗一定会损失一些精兵，这是对我们非常有利的事情。”

恺撒坐在他的象牙折椅上倾身向前，他的目光扫过那一排认真倾听的脸。“这六个月来，我们被困在亚历山大里亚，打了一场特别累人的仗，现在所有士兵都在军营中休息过冬。我准备在亚历山大里亚再停留两个月，只要情况允许就多花点时间过冬休息。我已经得到法老的同意和配合，准备把我的士兵派到孟斐斯附近扎营过冬。那里距离亚历山大里亚足够远，不会勾起那些不愉快的回忆。那里是旅游胜地，而且士兵们可以用饷银去买些东西。此外，我还准备把亚历山大里亚多余的年轻女孩运到那里的军营。亚历山大里亚死了太多还未娶妻的男人，接下来的很多年里会有太多女人无法嫁人，所以要设法解决这个问题。我不想让这些女孩去当妓女，而想让她们嫁为人妻。第二十七、三十七和四十军团会留下来守卫亚历山大里亚，他们在这里长期停留期间可以建立家室。不过，第六军团恐怕不能在这里长期定居。”

---

① 本都（Pontus）是位于小亚细亚东北部的古国，位于现在土耳其的东北部。本都建于公元前4世纪，之后国土不断扩大与多国为邻，东边是亚美尼亚，南边是卡帕多西亚，西边是加拉提亚，公元前1世纪成为罗马行省。——译者注

法布里基乌斯、拉米乌斯和马克里努斯面面相觑，不确定这是不是一个好消息。而第六军团的德基穆斯·卡尔弗勒努斯则面无表情地坐在那里。

“关键是让亚历山大里亚保持安宁，”恺撒接着说，“随着时间的流逝，会有越来越多的罗马士兵负责守卫工作而非战斗任务。不过，这样并不是说守卫工作就是无所事事。我们都记得，在奥勒特斯重新登上王位之后，奥卢斯·伽比尼乌斯留下了一些士兵来守卫亚历山大里亚。这些士兵伺机报复，他们谋杀了比布路斯的儿子，而不肯回到叙利亚去执行战斗任务。王后解决了这个危机，但是这种情况再也不能发生了。这些留在埃及的军团必须表现得像一支专业的军队，必须保持他们的战斗技能，必须随时准备听从罗马政府的指挥。但是这些士兵留在异乡又没有家庭生活的话，那他们首先会心怀不满，然后就会目无军纪。我不会容许他们在孟斐斯强抢民女。所以他们要跟那些多出来的亚历山大里亚女人结婚，正如盖乌斯·马略经常说的那样，要让这些士兵通过他们的孩子来传播罗马传统、罗马文化和拉丁语。”

恺撒那双冷冷的眼睛扫视着要留在这里的三个百夫长，他们都是各自军团的第一先锋百夫长[①]。恺撒从来都不会跟副将或军团指挥官浪费口舌，这些军官都是富家子弟，常常会轮换更替。百夫长才是军队的支柱，才是唯一的全职军人。

“法布里基乌斯、马克里努斯、拉米乌斯，你们要留在亚历山大里亚，好好守卫这个地方，给你们的命令就是这样。”

抱怨没有任何用处。情况可能会更糟糕，比如在三十天内行军千里。“是的，恺撒，”法布里基乌斯说，他代替大家表了态。

“普布利乌斯·鲁弗里乌斯，你也会留在这儿。你的身份是与大法官同级的副将，享有守卫部队的最高指挥权。”这个消息让鲁弗里乌斯很高兴，他已经娶了亚历山大里亚的女人为妻，而且他的妻子已经怀孕了，

① 第一先锋百夫长（primus pilus centurion）是一个军团中最高级别的百夫长。——译者注

他不想撇下自己的妻儿。

“德基穆斯·卡尔弗勒努斯，等我出发前往安纳托利亚时，第六军团会跟我一起出发，”恺撒说，“我很抱歉，你不会有一个比较稳定的家。但是很多年前我把你们从庞培·马格努斯那里借来时，你们这些小伙子就跟着我了。在庞培把你召回去之后，你又继续为庞培效忠，这让我对你更加欣赏。等我北上进军时，我会让其他老兵进入你的军团。第十军团不在时，第六军团就由我自己来指挥。”

卡尔弗勒努斯咧嘴一笑，露出缺了两个牙齿的牙龈，还有一道从一边脸颊延伸到另一边脸颊的伤疤，以及一个严重变形的鼻子。在攻占托勒密国王所在城堡的那场战斗中，他的行动拯救了整个被交火地带困住的军团。于是在战后授勋时，他被授予了市民冠。根据苏拉对赢得重大军功者的奖励规定，卡尔弗勒努斯像恺撒一样获得了进入元老院的资格。“恺撒，第六军团深感荣幸。我们愿意为你效忠到底。”

“至于你们，”恺撒亲切地对他的扈从队长和秘书说，“你们是固定职务。我去哪里，你们也要跟着去哪里。不过，盖乌斯·特瑞巴提乌斯，我不再要求你继续为我服务，免得影响你攀登仕途。”

特瑞巴提乌斯一声叹息。他想起因为恺撒不准副将和军团指挥官骑马，他们在伊提乌斯港的泥水里步行的可怕经历。他想起米纳皮亚烤鹅的味道。他想起快马加鞭地去送信，自己那娇贵的肠胃都快被摇晃坏了。噢，回到罗马，那里有轿子，还有巴亚的牡蛎、阿尔皮纳特的奶酪，法勒尼亚的葡萄酒！

“好吧，恺撒，我想你早晚都会回到罗马，所以在那一天到来之前，我还可以继续为你服务，”他雄心壮志地说。

恺撒的眸光一闪。“也许，”他温和地说，“你会发现孟斐斯的食物更加诱人。你真的太瘦了。”

恺撒把放在腿上的两只手合起来，然后点点头。“罗马人可以离开了。”他们鱼贯而出，在法比乌斯关上门时，还能听到他们彼此交谈的嗡嗡声。

“我想先从你开始，我的好朋友密特里达提，”恺撒说着放松了姿势。

“你是密特里达提六世的儿子，克娄巴特拉是他的外孙女，所以你就是她的舅舅了。如果你可以把妻子和年幼的孩子都接过来，那你能否留在亚历山大里亚监督这里的重建工程？克娄巴特拉告诉我，她需要邀请一位建筑师，而你因为在帕加马附近海边平原的建筑工程而著名。我曾经在那里处死了五百个海盗，当时的总督知道这件事时很不高兴。但是这个地方现在已经风景如画，有街道、拱廊、花园和漂亮的公共建筑。”

密特里达提皱着眉头。他大概五十岁，但精力还很充沛。他的母亲并不是他父亲的正妻，而是一个侍妾。他长得很像他那伟大的父亲，身材健硕，高大威猛，头发和眼眸都是黄色。他按照罗马人的风格，把头发剃得很短，胡子也刮得干干净净，但是他的衣服比较偏向东方风格。他很喜欢金线和刺绣，还有用骨螺色素染成的各种紫色。他原先是庞培的食客，现在是恺撒的食客，身为一个忠诚的食客，他的这些嗜好都受到宽容和接纳。

“恺撒，坦白说，我乐意接受这项工作，但是你能不能让我离开呢？法纳西斯蠢蠢欲动，我必须守住自己的土地。”

恺撒用力地摇摇头。“法纳西斯的行动不会超出亚细亚行省的边界，更不会到达帕加马。我会在本都拦住他。我从卡尔维努斯那里得知，你不在帕加马时，你的儿子是一个优秀的摄政者。所以你可以享受一个漫长的假期，不用赶着回去处理政事。你跟克娄巴特拉有血亲关系，所以亚历山大里亚人会接纳你。我还注意到，你跟犹太人建立了很好的关系。亚历山大里亚的能工巧匠都是犹太人或外邦人，而外邦人因为犹太人的关系也会接纳你。”

“那好吧，恺撒。”

“太好了，谢谢你。”恺撒终于达到目的，于是他对着帕加马的密特里达提点点头，示意密特里达提可以离去。

“我要谢谢你，”克娄巴特拉在她舅舅离开之后说。一个舅舅！多么神奇！通过我的母亲，我至少有上千个亲戚！法纳西斯也是我的舅舅！通过罗多古尼和阿帕玛，我的血统可以追溯到波斯的冈比西斯和达里乌斯！这两人都曾经是法老！在我身上，可以连接起所有王朝。我儿子的血统是多么辉煌！

恺撒又跟她说起哈德凡伊，他想带走哈德凡伊作为他的私人医生。"我会亲自问问这个可怜的家伙，"他用拉丁语说，克娄巴特拉现在已经能说一口流利的拉丁语，"不过我在埃及已经这么长时间，所以我知道很少人拥有真正的自由。只有马其顿人才比较自由。我敢说，查恩拥有哈德凡伊的所有权，因为哈德凡伊是普塔的妻子塞克米特的祭司，而且他好像住在普塔神庙的附近。但是你至少拥有哈德凡伊的部分所有权，他肯定会听从你的吩咐。克娄巴特拉，我需要哈德凡伊。卢基乌斯·图克基乌斯曾经是苏拉的医生，后来成了我的医生，现在他已经死了，而我无法信任罗马的其他医生。如果哈德凡伊有妻子和家庭，那我很乐意把他的家人也一起带走。"

这个巫医面无表情地坐在那里，他那黑色的杏仁眼一眨不眨地盯着恺撒。"神明恺撒，"他用蹩脚的希腊语说，"让我服侍你显然是普塔的旨意。我乐意为你效劳。我是离俗人，所以我发过誓会保持独身。"他的眼中闪过一丝激动之色。"不过，我想把治疗方式扩展一下，采用一些希腊医生弃之不用的埃及疗法。神符和咒语都有强大的魔力，还有法术也是。"

"好极了！"恺撒大叫道，看起来很兴奋。"身为大祭司长，我知道罗马的所有神符和咒语，我们可以拿出来好好对比。我很同意，这些东西都有强大的魔力。"他的脸色变得严肃起来。"哈德凡伊，有一件事我们要先说清楚。不要叫我神明恺撒，也不要向我下拜！在其他地方，并没有人把我当成神明，你把我叫作神明会对别人造成冒犯。"

"遵命，恺撒。"事实上，这个剃着光头的年轻人对这次人生转变感到很高兴，因为他本来就对这个世界充满好奇心，很想跟这个他衷心崇拜的人去看看新奇的地方。无论距离多远，都不能把他和创世神普塔、其妻塞克米特、其子内菲尔特穆隔开。他在任何地方都可以把自己的意念传回孟斐斯，就像阳光可以在转瞬之间穿透神圣的塔门。恺撒和克娄巴特拉用希腊语交谈说得很快，他有点跟不上，所以就在脑子里想着要准备哪些东西。首先是十几根光洁柔韧的空心芦苇，还有他的镊子、锯子、刀子、针管……

“城里的官员怎么安排呢？”恺撒问。

“原来的官员已经被驱逐了，”阿波罗多鲁斯回答道，“我把他们放在一艘船上运到马其顿。当我带着新的王家卫队赶到时，我发现书记官正准备把所有法令规章都烧了，而财务官正准备烧毁账本。幸好我及时阻止了他们。这座城市的宝库在塞拉皮雍神庙下面，这座城市的办公所也是神庙区的一部分。他们都在这场战争中幸免于难。”

“都是新人？原来的官员是怎么选拔的呢？”

“在出身高贵的马其顿人中产生，这些大多阵亡或逃跑了。”

“抽签？你是说通过抽签来决定官职？”

“是的，恺撒，通过抽签。当然，抽签时也可以作弊。”

“好吧，这比举行竞选便宜多了，竞选是罗马人的方式。那现在怎么办呢？”

克娄巴特拉开口了。“我们要重新组织，”她坚定地说，“我准备废止抽签，举行竞选。如果公民通过投票选出候选人，那他们就会相信自己确实能表达意见。”

“这样做的关键在于筛选候选人。你准备让所有报名的人都成为候选人吗？”

克娄巴特拉垂下眼帘，她看起来小心翼翼。“我还没有想好竞选环节。”她说道。

“如果犹太人和外邦人都成为公民，那希腊人会不会觉得被忽略了呢？为什么不让所有人都拥有公民权？甚至包括那些混血的埃及人？如果有必要，你可以把他们列为贫民并限制他们的选举权，但是你应该授予他们公民权。”

但是，她的脸色告诉恺撒，这样就太过分了。

“谢谢你们，阿波罗多鲁斯，哈德凡伊，你们可以走了，”恺撒说着压下一声叹息。

“现在只剩下我们了，”克娄巴特拉说，她把恺撒从椅子上拉开，让恺撒跟她一起靠在躺椅上。“我做得好吗？我按照你的指示使用资金，那些穷人都填饱了肚子，那些瓦砾也都清理好了。还有足够的资金去重建公共建筑，因为我把我的私人资金从宝库中取出来了。”那双黄色的大眼睛闪闪发光。“你说得对，这样才能赢得人民的爱戴。我每天都跟阿波罗多鲁斯一起出去，骑着驴子去看望、慰问人民。这样能赢得你的赞赏吗？我的统治方式是不是变得更明智？”

“是的，但是你还有很长的路要走。等你告诉我，你已经让全部人都拥有公民权时，你就大功告成了。你拥有天然的权威，但你还不够敏锐。比方说，那些犹太人虽然吵吵闹闹，但他们很有能力。只要你尊重他们、善待他们，那在你陷入困境时，他们就会为你提供最强大的支持。”

“是的，是的，”她不耐烦地说，厌倦了这种严肃，“亲爱的，我还有其他事想跟你说。”

恺撒的眼角荡开笑纹。“是吗？”

“是的，真的。恺撒，我已经想好了，这两个月我们应该做些什么事。”

“如果风向合适，那我就要回罗马了。”

“但是风向不合适，所以我们要乘船沿着尼罗河而下，到达第一瀑布。”她拍拍自己的肚子。“法老必须让人民看到她已经怀孕了。”

恺撒皱起眉头。“我同意，法老必须这么做，但是我应该留在这里，就在地中海附近，随时关注其他地方发生的事情。”

“我不想听！”她大叫道，“我不在乎地中海附近发生了什么事情！你要和我一起登上托勒密·菲罗帕特的游船，去看看真正的埃及，尼罗河沿岸的埃及！”

“我不喜欢被人推着去做任何事，克娄巴特拉。”

“这是为了你的健康着想，你这个笨蛋！哈德凡伊说你需要好好休息，而不是一直忙个不停。还有什么比坐船游览更好的休息呢？拜托了，求求你，答应我！恺撒，女人需要一点回忆，和她所爱之人的浪漫回忆！我们没有什么浪漫，只要你想着自己是独裁官恺撒，那我们就不能有什么浪漫。求你了！求你了！”

## 第 4 节

托勒密·菲罗帕特是托勒密王朝的第四任国王，他不像这个王室的其他国王那么奋发有为，他只给埃及留下了两件有形的遗产：有史以来最大的两艘船。一艘船用于海上航行，这艘船四百二十六尺长，六十尺宽，船上有六排桨，每一排有四十人负责划桨。另外一艘船用于河道航行，所以这艘船的船底比较浅，而且只有两排桨，每一排有十个人负责划桨。这艘船三百五十尺长，四十尺宽。

菲罗帕特那艘用于河道航行的船停泊在孟斐斯附近的一个船坞。在过去的一百六十年中一直受到精心照料，经常有人给这艘船加湿、抹油、打磨、维修。法老在河上航行时也总是使用这艘船。

克娄巴特拉把这艘船叫作尼罗·菲罗帕特，船上有宽敞的房间和浴室，甲板上有一个柱廊连接着船头和船尾的接待室，这两个接待室一个是用来接待访客，另一个是用来举办宴席。在甲板之下和桨列之上是法老的私人房间和许多奴仆的宿舍。船上用于煮饭的地方只是一些被隔离开的火炉，主要的餐食都是在岸上准备的，因为这艘大船航行的速度跟行军的速度一样，所以有一大群奴仆跟着这艘船走在东边的河岸，西边的河岸用来埋葬死人和建造神庙。

船上到处都是金子、银子、象牙和精致的镶嵌，还有从世界各地收集而来的最佳木料，包括来自阿特拉斯山的柚木。这是恺撒见过最好的木材，上面连一丁点瑕疵都没有，罗马的有钱人喜欢把这种木材制作成艺术品。雕塑的底座是用黄金和象牙做成的，上面的雕塑出自普拉克西特利斯、米隆，甚至菲迪亚斯之手，还有宙克西斯和巴赫西斯，鲍西亚斯和尼西亚斯的绘画，还有一些像绘画一样精美的挂毯。波斯地毯随处可见，鲜艳透亮的亚麻布帘恰到好处地装点着每个房间。

恺撒心想，老朋友克拉苏，我相信你关于埃及拥有巨额财富的说法了。

真遗憾，你不能到这里亲眼看看！这是为地上之神准备的船。

泰尔紫的风帆带动船只沿着河流而下，因为在埃及风总是从北边吹来。在返航时，则是划桨再加上强大的水流，因为河水向着北方注入地中海。恺撒从来没有见到那些划桨的人，不知道他们属于哪个种族，也不知道他们待遇如何。其他地方的桨手都是具备专业技能的自由人，但埃及并不是一个自由人的国度。在每一天日落之前，尼罗·菲罗帕特就会停靠在东边河岸的某个王家码头，这些码头其他船只一律不准进入。

恺撒本来以为航行会很无聊,但事实并非如此。河上的船只花样繁多，有运送粮食的三角帆船，还有从红海港口运货过来的货船，巨大的陶罐里装着南瓜、番红花、芝麻、亚麻籽油，还有一箱箱的枣子，家禽牲畜，还有一些小贩船作为流动商店。所有船只都受到河上治安船的严格管控，这些行动迅捷的治安船随处可见。

通过这次尼罗河上的航行，恺撒更容易理解水位的问题。因为河岸最低处是十七尺，最高处是三十二尺，如果水位没有超过河岸最低处，那河水就不能泛滥，如果水位超过河岸最高处，那失控的河水就会淹没河谷，冲走村庄、毁坏庄稼、迟迟无法消退。

沿途充满奇妙的颜色，天空和河面是纯净的蓝色，远处荒漠高地边缘的峭壁从淡黄色到深红色不断变幻，河谷里的草木是深深浅浅的各种绿色。每年这个时候是隆冬时节，泛滥的河水已经完全消退，庄稼像茂密的青草一样冒出来，窜向空中准备在春季结穗丰收。恺撒本来以为这里没有树木，但却惊讶地看到许多树丛，有时还有一小片森林，林中有果实累累的鳄梨树、本地的西卡摩树、黑刺李树、橡树和无花果树，那著名的椰枣树旁还生长着各种棕榈树。

大概在上埃及的南部和北部交接处，尼罗河有一条支流向着北边注入摩里斯湖，这条支流所经之处有一片叫作塔斯赫的土地。这片土地非常肥沃，一年可以种植两轮大麦和小麦。先前的某一位托勒密国王挖了一条大运河，把摩里斯湖和尼罗河连起来，所以湖里的水可以继续流入尼罗河。尼罗河流域的千里土地都可以得到河水的灌溉，克娄巴特拉说就算尼罗河没有泛滥，那些住在河谷里的人也可以种植庄稼喂饱自己，造成饥荒的是亚历山大里亚，那里有三百万人要喂饱，比整个尼罗河流域的人口都要多。

峭壁和荒漠是红土地，河谷和河谷里年年更新的深厚沃土是黑土地。

河流两岸有无数神庙，这些神庙都是一种样式：一连串巨大的塔门由门廊上方的过梁连接起来，然后是墙壁和庭院，再往里面又有更多塔门和大门，最后面是至圣所。至圣所是一个小小的房间，里面的光线由于巧妙的设计而显得朦胧迷离。在至圣所中矗立着一些长着动物脑袋的埃及神像，有时也有一尊法老雕像，这位法老通常是拉美西斯二世，他是一个伟大的建设者。神庙通常是朝向法老的雕像，塔门通常是与摆放着各种怪兽的甬道相连，这些怪兽长着羊头、狮头和人头。所有的建筑上都画满平面图案，这些图案有人类、植物和动物，所有图案都是五彩斑斓，因为埃及人喜欢各种色彩。

“托勒密王室建造、修复了许多神庙，”克娄巴特拉说，她和恺撒一起在美丽的阿拜多斯漫步，“就连我的父亲奥勒特斯都修建了许多神庙。他多么渴望成为法老！你看，五百年前，波斯的冈比西斯入侵埃及时，他认为这些神庙和木乃伊陵墓是亵渎神圣，于是他进行了一番破坏，有一些是彻底摧毁。所以托勒密王室有许多工程要完成，在那些真正的埃及人之后，我们是第一批真正关心这些工程的人。我已经为哈托尔的新神庙打好地基，不过我想让我们的儿子跟我一起建造这座神庙。他将是埃及历史上最伟大的建设者。”

“托勒密王室深受希腊文化影响，为什么他们建造的东西还是跟古埃及人一模一样呢？你们甚至使用象形文字，而不是希腊文字。”

“也许是因为我们大多是法老，而祭司们又特别坚持传统。他们供养着建筑师、雕塑师和画师，有时候甚至在亚历山大里亚也是如此。但是，你等着看菲莱上面的伊西斯神庙！我们在那座神庙加入了一点希腊特色，所以我觉得那是全埃及最漂亮的神庙。”

尼罗河里有很多鱼，其中包括象鼻鱼，这种怪鱼重达千斤，有一座城市就是以这种鱼命名。人们喜欢吃鱼，有新鲜的鱼，也有经过熏制的鱼。这些鱼是他们的肉食来源。鲈鱼和鲤鱼特别多,让恺撒特别惊喜的是，还有很多河豚在追逐嬉戏，这些河豚总能毫不费力地躲过凶猛的鳄鱼。

有很多种动物被列为圣物，有些动物只是在某个城镇被视为圣物，有些动物则无论在哪里都备受尊崇。苏奇斯是一种巨大的鳄鱼，这种鳄鱼被视为圣物。恺撒看到这种鳄鱼被人强行喂下蜂蜜蛋糕、烤肉和甜酒，这让他忍不住一阵大笑。这条鳄鱼大概有三十尺长，它对这些食物十分厌倦，虽然它努力避开那个给它喂食的祭司，但一切努力都无济于事。祭司们打开它的嘴巴，把食物一股脑地塞进去，而它只能无奈地呻吟和叹息。恺撒还看到了布希斯神牛，还有它们的母亲阿皮斯神牛，它们都在神庙中过着养尊处优的生活。这些圣牛和它们的母亲，还有朱鹭和猫死后都会被制成木乃伊，然后被安放在巨大的地宫里。在恺撒看来，那些朱鹭和猫令人莫名悲伤。经过千百年的岁月侵蚀，这些小小的木乃伊就像纸张那样干枯，一个个都硬挺挺地不能动弹，只有它们的灵魂在冥界游荡。

事实上，随着尼罗・菲罗帕特越来越接近上埃及的最南端，恺撒终于明白：难怪当地人会把他们的神明弄成半人半兽的模样，因为尼罗河自身就是一个世界，各种动物已经完美地融入人类生活。鳄鱼、河马和胡狼是可怕的动物。鳄鱼会躲在水里，伺机吞噬不慎的渔夫、狗和孩子。河马会跑到岸上，用它的嘴巴和大脚毁坏庄稼。胡狼会潜入屋子里，偷走婴儿和猫咪。所以，鳄鱼神、河马神和胡狼神都是恶神。另外一些动物则是善神:猫神会抓老鼠和田鼠，还有鹰神也是如此，鸟神会捕食昆虫，牛神可以提供肉、奶和劳力，羊神可以提供肉、奶和羊毛。对埃及人来说，生活在狭长的河谷里面，河流是他们的生命之源，他们的神明自然是动物和人类的结合。在这里,人们明白,人也是一种动物。太阳神阿蒙－拉每天都发出光芒。对罗马人来说，月亮代表着雨水的多寡、女人的周期和情绪的变化。但是对埃及人来说，月亮只是天空的一部分，夜空生出了大地。像我们罗马人一样，他们对神明也有自己的理解。罗马人认为，神明是连接着两个世界的力量。但是埃及人的理解并非如此。在这里，神明是太阳、天空、河流、人类和动物。埃及人的世界没有抽象概念。

看着尼罗河从无尽的红色峡谷中流出，形成埃及的母亲河，这种感觉很神奇。克娄巴特拉说，河水在峡谷之间没有什么可以灌溉的东西，只是在巨大的岩壁之间奔涌。

“尼罗河在埃塞俄比亚有两条支流汇入，河水在这里又开始变得平缓，”她解释道，“这两条支流因为夏季的雨水而泛滥，而尼罗河则继续流经梅罗伊和森布里泰，森布里泰的女王曾经统治着埃及，但女王后来遭到驱逐，据说女王胖得走不了路。在远离梅罗伊的某个地方，一年到头都有雨水落入尼罗河，所以尼罗河在冬季也不会干枯。”

他们考察了在象岛上的第一个尼罗河水位计。这里是第一瀑布的所在之处，上游的河水在此处跌下悬崖，形成一道喧嚣奔腾的白色瀑布。然后河流继续往前，经过赛伊尼的水井。在每年白昼最长的那一天，正午的阳光会直射到井底。如果在此时望入井里，就会看到幽深的水面显出自己的倒影。

“是的，我也读过厄拉多塞的著作，”恺撒说，“在赛伊尼，太阳的轨迹去到最北端，然后又开始返回南方。厄拉多塞称之为回归线，因为这标志着太阳的回归点。真是一个了不起的人。我记得，他还批评过埃及的几何学和函数学。数百年来，有许多像我一样的小男孩，曾经向他们的老师和欧几里得提出质疑，就因为每年的河水泛滥都会改变由石头标记的埃及边界线，连埃及人的研究发现也跟着改变。”

“是的，但是不要忘了，这一切都是那些聒噪的希腊人写下的！”克娄巴特拉大笑道，她的数学学得很好。

这次航行不仅增进了恺撒对埃及的认识，也增进了他对克娄巴特拉的了解。在地中海和帕提亚世界，从来没有一个君主像法老那样受到绝对的崇拜，这种崇拜是理所当然的事情，而不是畏惧引发的条件反应。

人们成群结队地跑到岸边，对着缓缓滑过的巨大游船抛洒鲜花。他们趴在地上行礼，一遍遍地站起来又趴倒在地。他们呼喊着法老的名字。法老如神明降临般给人民祝福，尼罗河上涨的水位也非常完美。

只要情况允许，法老就会登上甲板的高台。她高高在上地站在那里，极为庄严地面向她的人民，让他们能够看清她已经怀有身孕。她出现在每一个城镇，头上戴着上埃及的白冠，游船的四周围绕着运送灯心草、陶器和用来捕鱼的各种小船，游船的甲板上常常铺满鲜花。虽然她现在已经进入孕晚期，不像前几个月那么身体矫健、容光焕发，但是她自身的情况并不是那么重要，法老的身份才至关重要。

尽管总有各种事情干扰，但恺撒和克娄巴特拉还是有许多交谈。在他们的交谈中，恺撒得到的快乐要比克娄巴特拉更多一些。她迫不及待地想要知道他的私生活，但是他根本就不愿意谈论这些话题，这让她非常、非常、非常生气。她想知道：他跟赛尔维利娅的所有细节，所有人都对此诸多猜测；他跟一个女人结婚多年，但却很少跟这个女人同住；他曾经抛弃了许多心碎的女人，而他勾引这些女人只是为了让她们的丈夫蒙羞，因为这些女人的丈夫是他的政敌。噢，这多隐秘！但他拒绝谈论这些隐秘，不过他很乐意向她传授治国之道，从法律到战争无所不谈，还会说起高卢的精彩故事，还有赛尔维利乌斯·凯皮欧偷走了托洛萨湖里的许多黄金，还有许多不同民族的传统和习俗。只要话题没有涉及个人隐私，他就乐于讨论。但她一开始打探他的私人情感，他就闭口不谈。

克娄巴特拉自然是等到他们快要返回北边才离开普塔的神庙。恺撒在游船上看过金字塔，但他现在骑着一匹马，在查恩的带领下来到现场。克娄巴特拉的身体现在已经非常笨重，所以她不想一起去。

“波斯的冈比西斯试图毁坏外面的石头，但是一点点地敲下石头碎片让他感到厌烦，于是他就集中精力去破坏神庙，”查恩说，“所以大部分金字塔都完好无损。”

“查恩，按照我的生活经历，我实在不能理解为什么一个活人——即便他是一个神——会投入那么多时间和精力去建造一个在他活着时毫无用处的建筑。”恺撒说，他确实感到很疑惑。

“哦，”查恩回答道，带着一丝意味深远的微笑，“你要记得，胡夫和其他法老并不需要亲自动手。他们也许会时不时去视察工程进度，但是从来不会浪费更多力气。而且建造金字塔的人很有技巧，胡夫的金字塔大概有两百万块巨石，但大部分工程都是在河水泛滥时完成的，这样船只就可以把石头运到金字塔脚下，并随着水位的上升逐渐把石块垒上去。这时候人们也不需要在田地里干活。在耕种和收获的季节，大规模的建筑工程就停止了。光滑的外墙是石灰岩，不过金字塔的顶端曾经覆盖着金子。可惜，那些金子都被外敌抢走了。当时，敌人还进入陵墓里面，所以全部财宝都被洗劫一空。”

“那现任法老的财宝在哪里呢？”

“你想看看吗？”

“很想。”恺撒犹豫着说。“查恩，你要知道，我在这里并不是为了洗劫埃及。无论埃及有多少财富，最后都会传给我的儿子或女儿。”他耸耸肩膀，“到时候，我的儿子要跟我的女儿结婚，我一想到这个就很不舒服，罗马人认为乱伦是可憎之事。不过，我曾经偶然听到我手下士兵的对话，才知道他们觉得埃及那些所谓的动物之神比乱伦更恶心，这实在是太奇怪了。”

“但是你可以理解我们的‘动物之神’，我可以从你的眼神中看出这一点。”查恩让他的驴子转过身。“现在去宝库吧。”

普塔神庙长宽各半里，这座神庙主要由拉美西斯二世建造。神庙前面有一条长长的甬道，甬道两边摆着羊头狮身的斯芬克斯[①]雕像。神庙西侧的塔门前面矗立着拉美西斯二世的巨型雕像，这些雕像都经过了精心的描画。

恺撒得出结论，如果没有事先了解，任何人（甚至包括他自己）都

① 斯芬克斯（sphinx）最初源于古埃及的神话，它被描述为长有翅膀的怪物，通常为雄性，是“仁慈”和“高贵”的象征。传说中有三种斯芬克斯：人面狮身的“Andro”，羊头狮身的“Crio”，鹰头狮身的“Hieroco”。——译者注

不可能找到宝库的入口。查恩领着他走过许多通道来到一间内室，在迷离梦幻的光线中站着一些彩色雕像，孟斐斯的三主神雕像大概是真人大小。创造之神普塔站在中间，剃光的脑袋上紧紧地戴着一顶精致的金冠。祂从双脚到脖子都用包裹木乃伊的布条裹住了，只有双手露出来握着一根权杖，权杖的顶端有结德[①]、安克[②]和杖头。普塔的右边是他的妻子塞克米特，她的身体是一个体态优美的女人，但她的脑袋是一个母狮子头，狮子头上是太阳盘和眼镜蛇。普塔的左边是他们的儿子内菲尔特穆，他是守护神和莲花神，他的头上戴着一个高高的蓝莲花头冠，头冠的两侧各有一束白色的鸵鸟毛。

查恩握住普塔的权杖，把权杖上端的安克和杖头一起拿下来。他把这个沉甸甸的安克交给恺撒，然后就转身离开这个房间，沿着从塔门进来的原路往回走。他在走廊毫不起眼的某处停下，跪下来用双手推动地板边上的一个王名圈[③]。这个王名圈弹出来，接着查恩就把它从墙上移开。然后查恩伸手从恺撒那里拿过安克，把圆形的一头插入洞穴中。

“这个设计我们想了很长时间，”他一边说，一边开始来回转动那个安克，还用杖头在另一端助力。“盗墓者知道所有机关，怎么样才能骗过他们呢？最后，我们决定采用一个简单的机关，但是把这个机关放在一个巧妙的位置。如果你数过全部走廊，那你就会发现走廊的数目特别多，而这只是其中一个走廊。”他费劲地咕哝一声，然后他的声音突然被一个吱吱呀呀的响声盖住了。“拉美西斯二世的故事刻在每面墙上，他有许多个儿子，这些儿子的王名圈分布在许多象形文字和图画之中。还有这个地方的地砖，也跟其他地方的地砖一样。”

恺撒吓了一跳，看向声音的来源，刚好看到地板中间的一块地砖升

---

① 结德（Djed）是古埃及的权力之符，形状像是一节脊柱。传说这是冥神奥西里斯的脊柱骨，古埃及君王常用结德来代表自己具有跨越生死两界的权力。——译者注

② 安克（Ankh）是古埃及的生命之符，形状是一个“T”型上面连着一个圆圈，据说这是女神伊西斯张开双臂的图像。它是生命力的象征，也代表死后在冥界享有永恒的生命。——译者注

③ 王名圈（cartouche）是古埃及的一种名牌，包括外面的椭圆形圈和里面的象形文字，通常由几个象形文字来表示一位法老或一位神祇的名字。——译者注

了起来。

“帮帮我，”查恩说着扔下手中的安克，那个安克还插在墙壁底部。恺撒跪下来，把那块地砖抬起来与周围的地砖分开，然后就看到下面一个黑乎乎的洞口。中间那块地砖周围的地砖更小一些，这些小地砖按照特殊的方式铺设，成对的地砖可以互相撬开，因为这些小地砖只有两边贴着地面，另外两边下面没有任何支撑。等到这些小地砖都拿开时，地板上的洞口已经可以让很大的物体通过了。

“帮帮我，”查恩再次说。他抓住一根铜棒，这根铜棒的一头与中间那块地砖相连。

这根铜棒大概五尺长，把这根铜棒拧下来之后，下方的洞口就没有任何障碍了。查恩身手矫捷地跳进那个洞里，摸索着找出了两根火把。“现在，”他说道，“我们要到圣火那里去点燃火把，因为宝库里面没有任何光源。”

“那里有足够的空气让火把燃烧吗？”恺撒问，他们一起走到至圣所去点火，至圣所只是一个小小的房间，里面有拉美西斯坐在宝座上的雕像。

“只要那些地砖敞开着，里面就有空气。不过我们不能走得太远，如果是来搬运财物，那我会让其他祭司一起来，还会用风箱往洞里打气。”

火把温温吞吞地烧着，他们一起进入普塔神庙下面的地下室。他们走过一段楼梯，进入一个大厅，这个大厅有许多地道通往各个小房间。一些房间装满金条、一箱箱的宝石和五颜六色的珍珠；一些房间散发着各种香料的芬芳；一些房间装满药材和香膏；一些房间摆满象牙；一些房间塞满斑岩、白玉、水晶、孔雀石和青金石；一些房间放满乌木和柚木；一些房间堆满金币和银币。但是没有雕塑或绘画，没有任何恺撒可以称之为艺术品的东西。

恺撒回到地面，头脑还有点发晕。宝库里的财宝实在太多了，就连密特里达提六世那七十座用来藏宝的堡垒都相形失色。马尔库斯·克拉苏说的是事实：我们这些西方世界的人，根本就不知道东方君王积聚了多少财富，因为我们并不看重这些财宝本身的价值。这些财宝本身毫无用处，所以才会静静地躺在这儿。如果这些财宝是我的，那我会把那些金银都融化了，还会把那些宝石都卖了，以此来建立一个更加繁荣的经济体系。如果是克拉苏，那他会把这些财宝据为己有，然后心醉神迷地盯着这些东西。毫无疑问，这一切最初就像巢里的一个蛋，然后就孵化成一头怪兽，为了保护这头怪兽就需要使用最厉害的权谋。

他们回到走廊，把那根铜棒拧到五尺深的底座上，以便承托上面的那块地砖。然后他们先放好周围的那些地砖，再把中间那块地砖放回原位，这样地板又恢复平整了。恺撒盯着那些地砖，无论多么仔细端详，都看不出宝库的入口。他特意用脚重重踩下去，但是并没有听到中空的声音，因为这些地砖有四寸厚。

“如果有人仔细看看那个王名圈，”恺撒说，查恩把安克和杖头放回普塔的权杖上面，“那他就会发现那个王名圈被移动过了。”

“明天就看不出了，”查恩平静地说，“它会被涂上泥灰，经过描画和做旧，看起来就跟其他王名圈一样。”

恺撒年轻时曾经被海盗抓住，那些海盗相信没有人能认出他们在吕西亚某个小海湾的老巢，所以他们航行时就让恺撒站在甲板上。但是恺撒后来把他们一网打尽，他数着那些小海湾的数目，等到付了赎金被放走之后再回去抓捕他们。对于这个宝库，恺撒又故技重施。从普塔的至圣所到那块一按就可以弹开的王名圈，他一路数了中间那些王名圈的数目。他跟着查恩走到日光之下，心里想着：知道这个秘密是一回事，而知道这个秘密的关窍又是另外一回事。为了找到宝库，强盗们必须把整座神庙拆成碎片，但是恺撒通过数数就能轻轻松松地达到目的。这并不意味着他想要抢走以后将属于他儿子的财宝，只是一个头脑精明之人总会抓住一切机会。

## 第 5 节

他们在五月底回到亚历山大里亚，发现那些废墟瓦砾全都被清走了，到处都有新房子在拔地而起。帕加马的密特里达提搬进了一座舒适的宫殿，还有他的妻子贝瑞妮丝和他们的女儿拉奥狄斯也一起来了。鲁弗里乌斯正忙着在城东靠近赛马场的地方建造一个军营，让士兵们在那里过冬。他认为还是把士兵安置在靠近犹太人和外邦人的地方比较稳妥。

恺撒提出许多建议。

"克娄巴特拉，不要那么小气！用你的钱去喂饱你的人民，不要把费用转嫁到穷人身上！罗马的底层人很少惹麻烦，你觉得这是为什么？不要收取马车比赛的入场费，要想办法在广场上举行几场免费的赛会。让希腊演员来表演阿里斯托芬和米南德的喜剧，要有更多让人开心的喜剧，老百姓不喜欢悲剧，因为他们的生活本身就是悲剧。他们喜欢有一个下午可以哈哈大笑，忘记他们的烦恼。要建造更多公共喷泉，还要建造一些公共浴室。在罗马，在浴室里消遣一番只要花费四分之一个塞斯特尔提乌斯，人们离开时又高兴又干净。在夏天时要管好那些该死的鸟儿！雇几个男人和女人去清洗街道，在有排污渠的地方建造一些像样的公共厕所。因为亚历山大里亚和埃及都充满腐败的官僚，所以要建立一个市民档案，把平民和权贵都列入其中，还要列出一个口粮名单，让那些穷人每个月能享有一美狄努斯[①]的小麦，还要加上一定量的大麦让他们可以酿制啤酒。你应该把自己收入的金钱分发出去，不要让那些钱财烂在宝库里。如果你总是把钱藏起来，就会造成经济的崩溃。亚历山大里亚的局势已经稳定下来，但是你要继续保持局势的稳定。"

还有许多，许多，许多。她应该通过的法令，还要制定一些规章制度，还要建立一个公共审计体系。她要改革埃及的银行，如果法老只是通过一个腐败的官僚体系来控制一切，那肯定行不通！

"要用更多钱来兴办教育，要鼓励教师在公共场所和市场建立学校，要降低他们的收费，让更多孩子能够学习。你需要图书管理员和抄写员，等到更多图书运来时，就要直接把那些书收入缪斯宫！公共仆人总爱偷

---

① 美狄努斯（medimnus）是古罗马的容积单位，一般用于测量谷物，1美狄努斯等于5莫迪乌斯，约等于10美制加仑，约等于47.5英磅。——译者注

懒，所以要加强对他们的监管，不要给他们持续终生的铁饭碗！”

克娄巴特拉乖乖地听着，感觉有点像个玩偶，人家一摇晃就点头。她现在已经怀孕八个月，四处走动已经很费力，而且不能离开夜壶太远。她不仅要忍受恺撒的儿子在她腹中拳打脚踢，还要忍受恺撒对她思想上的持续攻击。不过她愿意忍受一切东西，只是无法忍受恺撒很快就要离去，她的生活再也没有恺撒的参与。

六月五日，终于到了他们的最后一夜。天亮时，恺撒和第六军团的三千两百名士兵和日耳曼骑兵就会出发前往叙利亚，这是他们千里征途的第一步。

克娄巴特拉努力让这最后一夜变得更快乐一些，她明白恺撒虽然以其独有的方式爱着她，但没有任何一个女人能够取代罗马在他心中的位置，也不像第六或第十军团对他那么重要。好吧，他们一起经历的事情更多。他们已经融入他身上的每一寸肌肤。但是，我也愿意为他而死。我愿意，我愿意！他是我从未有过的父亲，他是我衷心所爱的丈夫，他是一个完美的男人。这个世上还有谁能跟他相提并论呢？就连亚历山大大帝也不能跟他相比，亚历山大只是一个勇猛的征服者，他不在乎能否建立一个优良的政府，也不在乎能否填饱穷人的肚子。巴比伦对恺撒来说毫无吸引力。恺撒永远都不会用罗马来跟亚历山大里亚交换。噢，我真希望他会拿来交换。这样恺撒就可以留在我身边，而统治世界的将是埃及而不是罗马。

他们会拥抱和亲吻，但是做爱已经不可能。不过，像恺撒这么自制的人并不会因此而扫兴。我喜欢他抚摸我，那么节奏均匀又坚定有力，但是他手掌的皮肤又是那么光滑。在他离开之后，我会一直想念那双手，那双手是多么漂亮。他的儿子会跟他一样。

“等你去过亚细亚之后，是不是就会回罗马去？”她问道。

“是的，但不会回去太久。我必须到非洲行省打一仗，彻底消灭那帮共和派，”他说着叹了一口气，“噢，要是马格努斯还活着就好了！情况就会变得很不一样。”

克娄巴特拉展现出她独特的洞察力。“恺撒，并非如此。如果马格努斯还活着，就算他跟你达成协议，那情况也不会有任何不同。还有其他人，这些人实在太多了，而且他们永远都不肯向你屈服。”

恺撒沉默了一会儿，然后哈哈大笑。“亲爱的，你说得对，你说得太对了。加图让这些人一直不依不饶。”

“你早晚都会彻底回到罗马。”

“总有这么一天吧。不过，我还要去跟帕提亚人战斗，尽快夺回克拉苏的鹰旗。”

“但我还要再见到你！我一定要！我想着，等你结束了跟共和派的战争，你就会回去统治罗马。到时我就去罗马跟你在一起。”

恺撒撑起一个手肘，向下看着她。“噢，克娄巴特拉，你永远都学不会吗？首先，任何君主都不能长期离开自己的国土，所以你不能到罗马来。其次，你身为君主有责任统治自己的国家。”

“你也是一个君主，但是你经常离开很长时间。”她针锋相对。

“我不是一个君主！罗马有执政官、大法官，还有一系列官员。独裁官只是临时手段，仅此而已。身为独裁官，只要罗马站稳脚跟，我就会下台，就像苏拉那样。法律没有赋予我统治罗马的权力。如果我有这个权力，那我就不能离开罗马了，就像你不能离开埃及一样。”

“噢，我们不要在最后一夜吵架了！”她大声说。然后她伸出手，急切地拍着他的胳膊。

但是她自己想着：我是法老，我是地上的神。我想做什么就做什么，没有任何东西能够阻止我。我有密特里达提舅舅和四个罗马军团。所以，等你消灭了共和派，等你在罗马住下来，恺撒，我就会去找你。

你不会统治罗马？

你当然会！

# 第二章
# 万人长征
# （从公元前48年8月到公元前47年5月）

## 第 1 节

拉比恩努斯带着庞培在法萨卢斯战败的消息，骑马狂奔去告诉加图和西塞罗。他在这场战斗的三天之后到达马其顿的亚得里亚海边，这最后一程使用的已经是第十四马了。虽然他孤身一人，而且还穿着那套朴实无华的盔甲，但军营大门的哨兵一眼就认出他了。这个家伙皮肤黝黑，面孔不太像罗马人，身为庞培的骑兵统帅，每个士兵都认识他、害怕他。

拉比恩努斯确定加图就在统帅的帐篷里，于是他滑下那匹精疲力竭的马，沿着军营的主干道大步走去，朝着那面在海风中飘扬的红色旗子前进。他希望只有加图一个人在那里，现在可不是听西塞罗夸夸其谈的时候。

可是事实并不如他所愿。那个了不起的律师就在里面，他那措辞讲究、典雅庄重的拉丁文从门口涌出来，就好像他正对着讲话的不是那个无动于衷的加图而是一个陪审团。拉比恩努斯一踏进门槛，就看到西塞罗对面的加图，加图脸上的神情表明他的耐心已经快要耗尽。

拉比恩努斯突然闯入，加图和西塞罗都吓了一跳。他们张开嘴准备说话，但拉比恩努斯脸上的表情让他们都闭嘴了。

“他不到一小时就打败我们了，”拉比恩努斯开门见山，一边走到放着葡萄酒的桌子旁。他口渴极了，所以举起酒壶喝了一大口，但立刻就龇牙咧嘴地一哆嗦。“加图，为什么你从来都没有像样的葡萄酒？”

发出声音的人是西塞罗，他仓皇失措、哆哆嗦嗦。“噢，太惊人，太可怕了！”他大叫道，泪水滚滚而下。“我在这里干什么呢？我为什么要参与这次该死的远征？就算不待在罗马，我也应该留在意大利。我在那里还有点用处。在这里，我就是个碍手碍脚的东西！”他还说了很多、很多。任何东西都不能阻止这个雄辩家滔滔不绝地说下去。

而加图却站在那里，很久都说不出一句话，只觉得自己的下巴一阵酸麻。不可能的事发生了:恺撒赢得胜利。但是,这怎么可能？怎么可能？

错误的一方怎么能证明他们是正确的。

拉比恩努斯对这两人的反应毫不吃惊，他太了解这两人，又太讨厌这两人。他只对西塞罗点了一下头，然后就把注意力集中在加图那儿，加图是恺撒无数敌人中最顽固的那一个。加图显然从未想过,自己一方(就是他们自称的共和派）竟然会被一个大逆不道的家伙打败，这个家伙冒天下之大不韪向自己的国家进军。现在，加图就像一头献祭的公牛，他被锤子砸倒了。他跪倒在地，不知道自己为什么会在这里。

“他不到一小时就打败我们了？”加图终于说出话来。

“是的，尽管他的人数比我们少得多，他没有增援部队，就连骑兵也只有一千人，但他还是打败我们了。我从未听过，一场这么重要的战役，竟然这么快就结束了。这场战役的名字是法萨卢斯之战。”

拉比恩努斯暗自发誓，关于法萨卢斯之战，你们能从我这里听到的消息就只有这些了。从恺撒在长发高卢之战的第一年到最后一年，我都在他手下带兵打仗，我相信我可以打败他。我相信如果没有我，他根本就不能赢得胜利。但是法萨卢斯之战让我看出，无论他曾经给我什么样的权力去领兵，他总是能够确保任何一个有点才能的手下都不会搞砸事情。他总是自己守住战略，而把特里波尼乌斯、德基穆斯·布鲁图斯、法比乌斯和我们这些人变成为他执行战略的工具。

在卢比孔河与法萨卢斯之间的某处，我失去了这种认知，所以当我带着六千骑兵在法萨卢斯对战恺撒的一千日耳曼人时，我觉得这场战役我已经赢定了。这场战役由我来带领，因为伟大的庞培·马格努斯由于内部纷争已经筋疲力尽，除了自爱自怜之外已经无法思考任何事情。我想要战斗，他手下的将军也想要战斗，但是庞培·马格努斯只想采用缓兵之计，他想让敌军忍受饥饿和骚扰，但是永远都不想跟敌军战斗。好吧，他是正确的，我们错了。

恺撒参与过多少场激战？相当频繁，而且是真正的战斗，举着盾牌和刀剑在前线作战。这样的战斗接近五十场。没有什么是他不曾见过的，没有什么是他不曾做过的。我通过威吓来控制我的士兵。但他却让士兵爱他胜过爱自己的生命。

一阵愤恨让他举手砸向那个半空的酒壶，让酒壶哐啷一声飞了出去。“所有的好酒都往东边送到色萨利了吗？”他大声质问。“在这个该死的地方就没有一滴可以入口的酒吗？”

加图回过神来。“我不知道，也不在乎！”他咆哮道。“提图斯·拉比恩努斯，你要是想要狂饮美酒，就到别的地方去！还有，”他补充道，伸手指着西塞罗，那个西塞罗还在啰啰嗦嗦，“把他也带走！”

加图不想留下来看他们如何应对，他大步走出前门，沿着那条小路走向佩特拉山顶。

不是几个月，而是几天。有多少天呢？十八天？是的，只有十八天，距离庞培·马格努斯率领大军向东转战色萨利只有十八天。他不想让我跟着。我的批评让他恼火，他以为我不知道吗？所以他带着我亲爱的马尔库斯·法翁尼乌斯一起去，让我留在底拉西乌姆照顾伤兵。

马尔库斯·法翁尼乌斯，我最好的朋友。他在哪里？如果他还活着，那他肯定会跟提图斯·拉比恩努斯一起回到我这里。

拉比恩努斯！他就是个彻头彻尾的屠夫，一个披着罗马人皮的野蛮人。他以折磨罗马同胞为乐，只是因为那些士兵属于恺撒而非庞培。至于庞培，他狂妄地自称“马格努斯”，意思是“伟大的”。但是在拉比恩努斯折磨那七百个从恺撒第九军团俘虏的士兵时，庞培连装模作样地反对一下都没有。这些士兵可是拉比恩努斯在长发高卢曾经朝夕相处的。这就是问题所在，这就是为什么我们会在法萨卢斯遭遇惨败。本来是正确的事情，但却由错误的人去执行。

庞培·马格努斯再也不伟大了，而我们亲爱的共和国已经垂垂将死。这一切只用了不到一个小时。

从佩特拉山上望去的风景很漂亮，酒红色的海面上是薄雾弥漫的天空，还有一轮刚刚跃出水面的太阳。远处有坎达维亚的高峰和青翠欲滴的山峦,还有棕橙色的底拉西乌姆小城和一座结实的木桥连着大陆。平静、安宁。在那片烧焦的荒野背后，是绵延不绝的防御工事和拔地而起的瞭望塔,就连这一切也与周围的环境完美融合,仿佛这些东西本来就在那里。这些残存的军事设施见证了一场长达数月的围攻战，直到恺撒突然在某个夜晚消失不见，而庞培就自以为他已经打赢此战。

加图站在佩特拉山上向南望。在距离此处一百里外的克基拉岛上，是格涅乌斯·庞培巨大的军事基地，他在那里有几百艘船、几千名水手、桨手和海军士兵。真奇怪，庞培·马格努斯的大儿子竟然拥有海上作战的天赋。

海风吹得他战衣上那硬邦邦的皮带劈啪作响，他那夹杂着缕缕灰白的褐色长发像彩带一样飞扬，他的胡须紧紧地贴在胸膛上。他离开意大利已经一年半了，在这段时间里他从来都没有剃须或剪发。加图在哀悼坍塌的罗马传统，罗马的事务以前按照这个传统进行，以后也应该按照这个传统进行，这一切本该持续到永恒。但是在过去近百年中，罗马传统遭到一大群政治权臣和军事统帅的侵蚀，这种破坏的最高峰就是盖乌斯·尤利乌斯·恺撒，他是这群坏蛋中最坏的一个。

我对恺撒是多么痛恨！在我还没有进入元老院之前，我就对他深恶痛绝。他的风度翩翩，他的相貌堂堂，他的雄辩滔滔，他的律师风采，他给政敌戴绿帽子的习惯，他无与伦比的军事才能，他对罗马传统的彻底无视，他破坏一切的天赋，他无可挑剔的贵族出身。我们这些好人帮，在罗马广场和元老院跟他进行了多少论战！卡图卢斯、阿赫诺巴布斯、梅特路斯·西庇阿、比布路斯和我。卡图卢斯死了，比布路斯死了。阿赫诺巴布斯和梅特路斯·西庇阿那两个大笨蛋在哪里呢？难道好人帮只剩下我一个？

海岸边没完没了的雨水又开始落下，加图只好回到统帅的屋子里。他发现屋里只有斯塔提卢斯和阿申诺多洛斯·科尔狄翁，看到这两人倒是让他真心高兴。

斯塔提卢斯和阿申诺多洛斯·科尔狄翁是加图的追随者，连他们自己都记不清追随加图已经有多少年了。加图给他们提供住处，并花钱让他们陪伴自己。只有斯多葛派才能忍受加图的招待，普通人只要一两天就受不了。因为监察官[①]加图的这个曾孙以生活简朴为傲，尽管其他人都说他只是太小气。这个评价一点都没有让加图不高兴，无论别人是批评还是赞扬，他都毫不在乎。不过，在加图家，对酒水的依赖就像对简朴的坚持那么厉害。虽然加图和他的追随者喝的都是最便宜的劣酒，但这些劣酒总是无限量地供应。加图购买一个奴隶的价格从不超出五千塞斯特尔提乌斯，一般人购买奴隶大概是这个价格的五十倍，不过他确实可以说他从这些廉价奴隶身上得到的服务毫不逊色。只是他的家里从不使用女仆。

罗马人喜欢尽可能舒适的生活，就连那些无产贫民也不例外。因为加图与众不同的简朴生活，他成了一个备受尊敬的怪人，再加上他那令

① 监察官（censor）是享有极高威信的高级官员，按照惯例从前任执政官中选出，每五年选出两位，任期为18个月。主要的职责是：进行人口普查、审查元老名单、监督公民的道德、管理国有财产和公共工程。人口普查每5年举行一次，监察官根据罗马公民的财产情况把人们列入不同的阶级和部族，同时根据人口普查的情况核准进入元老院的人员名单。——译者注

人惊叹的坚韧和从不动摇的正直，于是他就成了人们心目中的英雄。无论任务是多么艰巨，加图都会全心全意去完成。他那粗哑严厉的声音，他的能言善辩，他想让恺撒倒台的坚定信念，这一切都增加了他的传奇色彩。没有任何事能吓倒他，没有任何人能跟他理论。

斯塔提卢斯和阿申诺多洛斯从未想过要跟加图理论，喜欢加图的人很少，但这两人确实喜欢他。

“我们要跟提图斯·拉比恩努斯住在一起吗？”加图一边问，一边走到桌子旁边给自己倒了一大杯没有兑水的葡萄酒。

“不，”斯塔提卢斯说着微微一笑，“他霸占了伦图卢斯·克鲁斯原来的住处，而且从军需官那里要了一罐上好的葡萄酒，然后就在那里借酒浇愁。”

“他在哪里都行，只要不是在这里，”加图说。他站在那里，让仆人给他脱下皮革战衣，然后坐下来叹了一口气，“我猜测，我们战败的消息已经传出去了？”

“到处都传遍了，”阿申诺多洛斯·科尔狄翁说，他那双昏花的老眼满含泪水，“噢，马尔库斯·加图，在恺撒施行暴君统治的世界，我们要怎么活下去呢？”

“这个世界的局势还没有定论。除非我死了、烧了，否则就不会有定论。”加图喝了一大口，伸直他那双肌肉结实的大长腿。“我想，法萨卢斯之战的一些幸存者也有同感。提图斯·拉比恩努斯肯定也是这么想。如果恺撒还想大赦天下，我想提图斯·拉比恩努斯也不可能得到他的赦免。大赦天下！就好像恺撒是我们的国王。所有人都在称赞他的仁慈，都在对他歌功颂德！呸！恺撒只是另一个苏拉罢了。他们都拥有悠久的家世，在过去七百年中都是贵族。恺撒的血统甚至更高贵。因为苏拉从未宣称他是维纳斯和马尔斯的后裔。如果不加以阻止，那恺撒就会自封为罗马之王。他一直都想这么干。现在，他手握大权。他只是没有苏拉干过的那些恶事，苏拉就是因为那些恶事从没有给自己戴上王冠。”

“那我们必须向神明献祭，但愿法萨卢斯之战不是最后的战役，”斯塔提卢斯一边说，一边用另外一个酒壶给加图倒酒。“噢，要是我们知道更多细节就好了！谁活着，谁死了，谁被抓了，谁逃跑了？”

“这酒喝起来怎么那么好？”加图皱着眉头说。

“我以为你也明白的，听到这个可怕的消息之后，我们像拉比恩努斯那样喝点好酒，也不算违背了自己的信念，”阿申诺多洛斯·科尔狄翁抱歉地说。

“无论听到多么可怕的消息，像个享乐者那样放纵自己都不是正确的行为！”加图咬牙切齿道。

“我不同意。”一个甜美的声音从门口传来。

“哦，马尔库斯·西塞罗。”加图淡淡地说，一脸不欢迎的表情。

西塞罗还在流泪，他接过斯塔提卢斯递来的酒杯，找了一把能看到加图的椅子坐下，用一块干净的大手帕擦擦眼睛。对于西塞罗这个法律天才，这块手帕是他不可或缺的工具。

加图冷冷地想着，西塞罗的悲伤是真的，但还是让我觉得有点恶心。一个男人在获得真正的自由之前应该控制住一切情绪。

“你从提图斯·拉比恩努斯那里打听到什么了？”加图厉声问，他的声音实在太刺耳，让西塞罗吓了一跳。“其他人呢？还有谁死在法萨卢斯？”

“只有阿赫诺巴布斯。”西塞罗回答说。

阿赫诺巴布斯！表兄、姐夫、不知疲倦的好人帮同伴。我再也看不到那张坚毅的面孔。他因为自己的秃头而愤愤不平，相信就是因为他那个闪闪发光的脑袋，才让他每次竞选祭司时都无法得到投票人的支持……

西塞罗还在说个不停。“庞培·马格努斯好像跟其他人一起逃跑了。按照拉比恩努斯的说法，这是在一次惨败之后发生的。只有那些战斗到最后的人，才死于战场之上。而我们的军队却不战而降。恺撒带领他剩余的步兵手拿长矛，击退了拉比恩努斯的骑兵，然后战斗就结束了。庞培逃离战场，其他将领也跟着逃跑，而士兵不是弃械投降就是四散奔逃。”

“你的儿子呢？”加图问，觉得自己有义务问一下。

“我听说，他奋勇作战，但是没有受伤。”西塞罗说，显然很高兴。

“那你的弟弟昆图斯，还有他的儿子呢？”

西塞罗那张高兴的面孔被愤慨扭曲了。“他们两个都没有在法萨卢斯战斗。昆图斯经常说，他不会为恺撒战斗，但是因为他实在太尊敬恺撒，所以也不会去跟恺撒对战。”他耸耸肩膀。“这是最糟糕的内战。这场战争让许多家庭分裂了。”

“没有马尔库斯·法翁尼乌斯的消息？”加图问,他的语气还是很严厉。

“没有。”

加图哼了一声，似乎不愿再谈。

“我们该怎么办？”西塞罗问，他的语气有点可怜兮兮。

“马尔库斯·西塞罗，严格来讲，应该由你来做出选择，”加图说。“你是这里唯一一个当过执政官的人。我曾经担任过大法官，但没有担任过执政官。所以你的等级比我高。”

“胡说！”西塞罗大叫道。“庞培把指挥权交给你，不是交给我！你才是那个住在统帅府邸的人。”

“我的职权很明确、很有限。法律规定，重要的事情要由级别最高的人来决定。”

“好吧，我绝对不会做出决定！”

加图抬起他那双敏锐的灰色眼眸，盯着西塞罗那张拒不配合、胆小怕事的脸。为什么他总是虎头蛇尾呢？

加图一声叹息。“很好，那就由我来做出决定。但是如果元老院和罗马人民对我进行质询，你要为我的行动进行担保。”

“什么元老院？”西塞罗语气尖酸地问，“是恺撒在罗马的傀儡，还是那几百个从法萨卢斯四散奔逃的家伙？”

“罗马真正的共和国政府，这个政府会在某个地方建立，然后跟恺撒的独裁战斗到底。”

“你永远都不会放弃，是不是？”

“只要我还有一口气，就不会放弃。”

“我也不会放弃，但不是用你的方式，加图。我不是军人，我缺乏勇气。我想回到意大利，开始组织民众来抵抗恺撒。”

加图跳起来，握紧拳头。“你敢！”他咆哮道，“回到意大利，向恺撒弯腰屈膝！”

“别激动，别激动，我不该这么说！”西塞罗赶紧求饶，“但是我们该怎么办呢？”

“我们当然要收拾行李，带着伤兵到克基拉岛去。我们在这里有船只，但是如果我们迟迟没有行动，那些狄拉西亚人就会把船只烧掉，”加图说，“等我们跟庞培·马格努斯会合，我们就会知道其他人的消息，然后就可以决定最终的目的地。”

“八千个伤兵，还有我们所有的物资和行李？我们没有足够的船只！”西塞罗惊讶地说。

“如果，”加图有点嘲弄地说，“恺撒可以把两万名士兵、五千名非作战人员和奴隶，还有所有的骡子、货车、装备和武器，全都塞进三百艘破破烂烂的船里，穿越比希尼亚和高卢之间的海域，那我就没理由不能把相当于他四分之一的东西塞进一百艘坚固的船里，然后在风平浪静的海面航行到岸边去。”

“噢！噢，是的，是的！你说得对，加图。”西塞罗站起来，手指发抖地把酒杯递回给斯塔提卢斯，“我要开始收拾行李了。你什么时候起航？”

“后天。”

加图曾经去过克基拉岛，但是他记忆中的那个克基拉岛已经消失了，至少在克基拉岛的沿岸地区是如此。克基拉岛是一个美丽的岛屿，是亚得里亚海上的宝石，那里山峦起伏、草木青翠，有着梦幻般的海湾和清澈透亮的海面。

但是格涅乌斯·庞培的海军基地让克基拉岛变得面目全非。每个海湾里都是运输船和战船；每个小村庄都变成为军营服务的临时供应站；

曾经清澈透亮的海面充满了人类和动物的粪便，变得比埃及的佩鲁西乌姆的烂泥滩还要恶臭。格涅乌斯·庞培把他的主要基地建在面朝陆地的狭窄海峡，这让当地的卫生情况变得更恶劣。他的理由是，如果恺撒要把军队和物资从布伦狄西姆运到马其顿，这里就是拦截恺撒的最佳地点。但是海峡里的水流不能把那些脏东西冲走，而是让那些脏东西越积越多。

加图对这种脏臭似乎毫不在意，但西塞罗却觉得很恶心。他用手帕捂住自己的鼻孔，他的脸色都开始变绿了。最后，他自己搬到山顶上一座废弃的农庄里。在那里，他可以在一个美丽的果园里散步，还可以从树上摘果子。这几乎让他忘了远离家乡的悲伤。自从离开意大利，西塞罗就变得不像他自己。

西塞罗的弟弟昆图斯和他弟弟的儿子小昆图斯突然出现，但这只是加剧了西塞罗的悲伤。这一对父子不愿为任何一方战斗，于是就在希腊和马其顿之间东躲西藏。然后，听说庞培在法萨卢斯战败，他们就跑到底拉西乌姆去投奔西塞罗。但他们却发现军营中已经空无一人，当地人告诉他们，那些共和派已经乘船到克基拉岛去了。于是他们又来到克基拉岛。

“现在你知道了，”昆图斯对着他的哥哥大吼，“为什么我不愿跟庞培·马格努斯那个大笨蛋联合。他连给恺撒系鞋带都不配。”

“当国家事务都由战场决定时，”西塞罗回答说，“这个世界会变成什么样呢？不，这种情况不会持久。恺撒早晚要回到罗马，挑起政府的梁子。我准备回到罗马，让他无法施行统治。”

小昆图斯嗤之以鼻。“得了吧，马尔库斯伯父！只要你一踏上意大利的土地，就会被人抓住。”

“我的侄子，这个你就弄错了，”西塞罗的语气略带讽刺。“我刚好收到普布利乌斯·多拉贝拉的一封信，他在信中请求我回到意大利！他说我的回归会受到欢迎，恺撒希望元老院中有我这样的前任执政官。他坚持要有适当的反对。”

“两个阵营都踏上一脚，真是好极了！”小昆图斯继续冷嘲热讽。

“你的女婿就是恺撒手下的爪牙！不过，我听说多拉贝拉对图利娅并不好。”

“那我就更有理由回家。”

“马尔库斯，那我呢？你公开反对恺撒，但却可以轻轻松松地回家去。可是我和我儿子，我们并没有反对恺撒，却要向恺撒寻求谅解，因为所有人都以为我们参加了法萨卢斯之战。还有，我们需要的资金该怎么办？”

西塞罗感觉到自己脸红了，他努力装出满不在乎的样子。“昆图斯，这当然是你自己的事。”

“混蛋！你欠了我几百万，马尔库斯，几百万！更别说你还欠了恺撒几百万！你现在就吐出一些钱来，不然我现在就让你开膛破肚！”昆图斯大叫道。

昆图斯并没有带着刀剑或匕首，所以这只是空口威胁罢了。但是这么一番吵闹已经发挥了作用，这让西塞罗更加慌乱无措了。他对自己的女儿图利娅非常担心，对自己那个铁石心肠的妻子特伦提娅非常愤恨。特伦提娅是个悍妇，她拒绝跟西塞罗分享她独自享有的那份财产。她在金钱上十分精明，甚至会偷偷挪动标记土地界线的石头，把出产最多的土地说成是宗教圣地，从而逃避税收。这种手段西塞罗已经见得太久，也就理所当然地接受了。西塞罗不能原谅的是，她竟然如此对待可怜的图利娅。图利娅确实有理由对她的丈夫普布利乌斯·科尔涅利乌斯·多拉贝拉表示不满。但是特伦提娅却毫不在意！如果不是因为西塞罗很清楚，特伦提娅除了牟利之外别无兴趣，那他肯定会认为特伦提娅是爱上多拉贝拉了。特伦提娅竟然站在多拉贝拉那边，跟自己的亲生骨肉作对！图利娅自从失去孩子之后就病了。我的宝贝，我的心肝！

当然，西塞罗不敢把这一切都写在他给多拉贝拉的信上。因为他需要多拉贝拉！

九月中旬（按照当年的气候刚刚是初夏），克基拉岛的海军统帅在他的指挥部召开了一次小型会议。

格涅乌斯·庞培现在接近三十二岁，长得跟他已故的父亲很像，不过他的头发是更深的金色，他的眼眸灰色比蓝色更多，他的鼻子比庞培那个受人鄙视的高卢蒜头鼻更像是罗马人的鼻子。他很容易就掌握了指挥权，因为他像父亲一样具有组织的天赋，有足够的才华去指挥十几支船队和数千名海军。不过他没有庞培那种既自大又自卑的情结，他的母亲穆奇娅·特尔提娅是一个拥有显赫先祖的高门贵族，所以他不像庞培那样总是因为身为皮塞努姆人的卑微出身而深受困扰。

出席会议的只有八个人：格涅乌斯·庞培、加图、西塞罗家的三个人、提图斯·拉比恩努斯、卢基乌斯·阿弗拉尼乌斯和马尔库斯·佩特瑞伊乌斯。

阿弗拉尼乌斯和佩特瑞伊乌斯在庞培手下带兵多年，甚至曾经跟着庞培出战西班牙，直到恺撒去年将他们打败。他们虽然已经头发灰白，但都是真正的军人，而久经沙场的军人永远不死。他们刚刚到达底拉西乌姆，就因为形势所迫要转移到克基拉岛，于是就自然而然地跟着来到这里。他们在这里见到了拉比恩努斯，因为拉比恩努斯也是皮塞努姆人，所以见到老乡让他们很高兴。

他们带来了更多消息，这些消息让加图大为振奋，但却让西塞罗大为失望。在非洲行省抵抗恺撒的行动要重新组织，这个行省仍然在一个共和派总督的掌握之中。邻国的努米底亚国王朱巴公开站在共和派这边，所以法萨卢斯之战的幸存者都准备尽可能多收集一些士兵，然后就带兵前往非洲行省。

“你的父亲呢？”西塞罗问。他坐在弟弟和侄子中间，心里一片空荡荡。噢，他一心想要回家，但现在却要跑到非洲行省，一想到这个他就心里发慌！

“我写了很多信，送到地中海东岸的几十个地方，”格涅乌斯·庞培声调低沉地说，“但是到目前为止还没有任何消息。我会再写信打听。有人说，他在莱斯沃斯待了一阵子，在那里跟我的继母和小赛克斯图斯会合。但如果真是这样，那他肯定是没有收到我送去那里的信函。我也没有收到科尔涅利娅·梅特拉或小赛克斯图斯的信函。”

“格涅乌斯·庞培，那你自己打算怎么办？”拉比恩努斯问。他说话时，脸上习惯性地一抽，露出两排大黄牙。

加图的目光从一张脸转移到另外一张脸，他在心中暗想：啊，这可真有意思。庞培的儿子像我一样，也不喜欢这个野蛮人。

“我要留在这里，等到地中海季风和犬星[①]一起出现，那至少是一个月后，”格涅乌斯·庞培回答道，“然后，我就会带着我的所有船队和士兵转移到西西里、梅利特、高多斯和弗卡尼埃岛。我要在那里站稳脚跟，让恺撒难以喂饱意大利和罗马。如果意大利和罗马因为粮食短缺而挨饿，那恺撒要在那里施行统治就没那么容易了。”

“好！”拉比恩努斯兴奋地大叫，然后就满意地把身体往后靠。“我会带着阿弗拉尼乌斯和佩特瑞伊乌斯去非洲。明天就去。”

格涅乌斯·庞培抬了抬眉毛。“拉比恩努斯，我可以给你一艘船，但是你为什么要这么匆忙？在这里多待一些时间，带上加图手下一些恢复得比较好的伤兵。我有足够的运输船。”

“不，”拉比恩努斯说，他站起来，对着阿弗拉尼乌斯和佩特瑞伊乌斯点点头。“我会坐着你提供的船只，先到基西拉岛和克里特岛去看看，能不能找回一些逃兵。如果我有比较多人要运输，那我再多找一些船只和船员，不过我也可以让那些士兵去划船。你自己的资源就留着去西西里好了。”

然后拉比恩努斯就离开了，阿弗拉尼乌斯和佩特瑞伊乌斯像两只温顺的大狗跟在他后面。

“真是受够拉比恩努斯了，”西塞罗咬牙切齿地说，“我肯定不会想念他。”

我也不会，加图很想这么说，不过他没有说出来，而是转向格涅乌斯·庞培说：“那我从底拉西乌姆带过来的八千名伤兵应该怎么安排？其

① 犬星（Dog Star）又称天狼星（Sirius），是大犬座中的一颗双星，也是夜空中最亮的恒星。古埃及人以其偕日升起，来预测尼罗河三角洲每年的泛滥。古罗马人则认为，每年最热的时节与犬星的偕日升起有关，并称该时节为“犬日”。——译者注

中至少有一千人现在就可以起航前往非洲，但是其余的还需要时间养好身体。这些士兵没有一个想要放弃战斗，但是如果你离开了，我也不能把他们留在这儿。”

“哦，看来我们的新伟人对亚细亚比对亚得里亚地区更感兴趣。”格涅乌斯·庞培轻蔑地撇撇嘴。“为了纪念他的祖先埃涅阿斯，他可能正在亲吻伊利乌姆的土地！免除特洛伊的税收！寻找赫克托尔的坟墓！”他突然咧嘴一笑。“但是这种悠闲时光持续不了多久。今天有一个信使来报，说法纳西斯国王离开辛梅里亚去入侵本都。”

西塞罗哈哈大笑。“法纳西斯是在追随他父王的脚步吧？恺撒有没有去拦截他？”

“没有，恺撒还在向着南边前进，是那个背信弃义的狗杂种卡尔维努斯去对付密特里达提六世的儿子。这些东方的国王，简直是九头怪！砍掉一个脑袋，还会有另外两个再冒出来。所以，我敢说，就像以前那样，法纳西斯这是要让安纳托利亚整个都陷入战乱。”

“这样，恺撒在地中海那头就有的忙了，”加图志得意满地说，“我们会有充足的时间，可以在非洲行省发展壮大。”

“拉比恩努斯准备抢在你前面，还有我父亲和任何人前面，去霸占在非洲的统帅权。加图，你注意到了吗？”格涅乌斯·庞培问。“不然他为什么那么急着赶到那儿？”他一只手握成拳头砸向另外一只手的掌心，表情相当痛苦。“噢，我真希望，我知道父亲在哪里！加图，我了解他，我知道他会有多难过！”

“不用担心，他会出现的。”加图说。他倾身向前，握住格涅乌斯·庞培那强壮的手臂，表现出难得的温情。“至于我，我根本就不想占有统帅权。”他猛地把头转向西塞罗，“格涅乌斯·庞培，这里坐着我的上司。马尔库斯·西塞罗是前任执政官，所以等我们到了非洲之后，统帅权就交在他手中。”

西塞罗发出一声愤怒的尖叫，立马跳了起来。“不，不，不！我已经跟你说过，我的回答是不！加图，随便你要去哪里，随便你想干什么，只管委任你的某个跟班或喽啰去占有统帅权好了，不要委任我！我已经打定主意，我要回家！”

加图闻言也跳了起来，顶着那个大鼻子气势汹汹地对着西塞罗，仿佛他突然发现了一只可恶的臭虫。“马尔库斯·图利乌斯·西塞罗，按照你的地位和你的口才，你都应该是共和国最忠诚的仆人！”但是，你想的和你做的却是南辕北辙！你过着养尊处优的生活，从来都没有真心实意地尽到你的职责！特别是当这个职责需要你拿起刀剑时！你就是一个在广场上夸夸其谈的家伙，从来都是光说不做！

“你竟敢这么说！”西塞罗大声反驳，气得满脸通红，“你怎么敢，马尔库斯·波尔基乌斯·加图，你这个装模作样、自以为是、刚愎自用的怪物！就是你让我们落到这个地步！除了你还有谁呢？是谁迫使庞培·马格努斯陷入内战？我当时带着恺撒提出的公平条件找到他，是你在那里大发脾气，把他吓得要命！你大叫大嚷、狂呼乱喊，直到马格努斯浑身发颤！你让马格努斯对你卑躬屈膝，比卢库卢斯讨好恺撒还要可怜兮兮！不，加图，这场内战不怪恺撒，要怪就怪你！”

格涅乌斯·庞培也从椅子上站起来，气得脸色发白。“西塞罗，你这个从萨莫尼乌姆[①]山区冒出来的无名小卒，你这么说是什么意思？我父亲被吓得浑身发颤？我父亲卑躬屈膝？收回你的话，不然我就用拳头打掉你的烂牙！”

“不，我不会收回！”西塞罗大声咆哮，他已经气疯了。“我就在现场！我看到发生了什么情况！你的父亲庞培·马格努斯，就是个被宠坏的小孩，只想利用恺撒和内战来支撑自己的虚荣。他从来都不相信，恺撒真的会带兵越过卢比孔河！他从来都不相信，会有人具备那种勇气！他从来都不相信任何东西，只相信他自己的传奇！马格努斯的儿子，那个传奇从你父亲胁迫苏拉给他统帅权时就开始了，直到一个月前才在法萨卢斯之战中结束！马格努斯的儿子，虽然承认这个事实让我很心痛，但是你的

① 萨莫尼乌姆（Samnium）位于意大利中南部山区，是罗马的拉丁权社区，那里的居民被称为萨莫奈人，他们的语言是奥斯坎语。——译者注

父亲无论是军事还是政治，都比恺撒差远了！”

格涅乌斯·庞培惊呆了，但他突然回过神来，向着西塞罗猛扑过去，伸出双手要勒死西塞罗。

昆图斯父子都没有动弹，西塞罗是他们家的暴君，他们受了太多气，所以对格涅乌斯·庞培的攻击置之不理。加图大步上前，拦住庞培这个大受侮辱的儿子，一把抓住他的手腕。这两人的较量很快就结束了。加图毫不费力地把格涅乌斯·庞培的双手扭到背后。

“够了！”加图咆哮道，他的眼睛快要冒出火来。“格涅乌斯·庞培，回去照顾你的船队。马尔库斯·西塞罗，如果你不愿成为共和国的忠诚仆人，那你就滚回意大利！”

“是的，滚回去！”庞培的儿子大叫道。他跌坐在自己的椅子上，按摩着自己酸麻的双手。天啊，谁能想到加图竟然这么强壮！“你们三个，收拾好你们的东西，我再也不想见到你们了！明天天亮就会有一艘小船送你们到帕特雷，你们可以从那里回到意大利，也可以到地下去摸摸冥界恶犬的脑袋！滚！滚出去！”

西塞气得满脸通红，他托着从自己左肩垂下的托迦，抬头挺胸地大步出去了。他的侄子跟在他旁边，而他弟弟在门口回过头。

“我操你们老娘！”昆图斯破口大骂。

这让格涅乌斯·庞培觉得很好笑。他双手捧着自己的脑袋大笑起来。

“我不觉得这有什么好笑的。”加图说着看了看放酒的桌子。这最后的折腾真是弄得他口干舌燥。

“加图，你当然觉得不好笑，”格涅乌斯·庞培终于喘过气来说，“根据定义，斯多葛派本来就没有什么幽默感。”

“没错，”加图表示赞同。他再次坐下来，喝着一杯上好的葡萄酒，格涅乌斯·庞培再想喝酒也没有了，“不过，格涅乌斯·庞培，我们还没有决定我和那些伤兵应该何去何从。”

“在八千名伤兵中，你觉得有多少个可以再上战场？”

“至少有一千个。你能不能给我提供足够的运输船，让我在四天之内把状态最好的一千名伤兵运到非洲？”

格涅乌斯·庞培皱着眉头。“加图，等到地中海季风来了再出发，它们会直接把你吹到我们的行省。如果在这之前出发,那你就只能靠运气了，也许是奥斯特里、莱贝申斯、泽费罗斯或阿里奥拉斯这几位风神从他们的口袋里放出来或快或慢的什么风。”

“不，我必须尽快出发，而且在你自己离开之前，请把我剩下的人也送走。你的任务至关重要，但是跟我的任务不一样。我的任务是照顾好你父亲留下的勇敢士兵。他们确实很勇敢，如果他们不勇敢，那他们根本就不会受伤。”

“如你所愿，”格涅乌斯·庞培说着一声叹息，“不过，你让我稍后再送去一批人，这个有点困难。到时我自己也需要用到那些运输船。如果地中海季风来得比较迟，那我就无法保证能让他们到达非洲行省。”他耸耸肩膀。“事实上，你们所有人都可以在其他地方靠岸。”

“这是我要操心的。”加图说，他的语气像往常那样坚定果断，但却不如以往那么响亮。

四天后，加图用五十艘运输船去运送他的士兵，来自底拉西乌姆的装备和物资都搬到船上准备出发了。一千两百名已经康复的士兵组成两个步兵大队，二百五十名非作战人员一起随行，还有二百五十头载着行李的骡子，四百五十头拉着货车的骡子，一百二十辆货车，足够一个月使用的小麦、鹰嘴豆、咸肉和油，再加上磨石、炉灶、炊具，备用的衣服和武器，此外还有格涅乌斯·庞培送给加图的礼物，这一千塔兰特的银币放在加图所在的那艘船上。

“收下，我还有很多，”格涅乌斯·庞培高兴地说，“这是恺撒的《高卢战记》！还有，”他接着说，递给加图一大捆卷成小卷的书信，每一卷都绑起来盖上封印，“这些是从底拉西乌姆给你送来的，关于家里的消息。”

加图的手指有点发抖，他接过那些书信，然后就把它们塞进皮革战衣里面。

“你现在不看看吗？”

加图那双灰色的眼睛看起来很坚定，但是却蒙上了一层阴影，他那丰满的嘴唇向上突出，似乎带着痛苦。“不，”他说道，这是他最嘹亮、最高亢的声调，“等我有空的时候再看。”

虽然看着五十艘运输船离开那个狭窄的海港需要一整天，但格涅乌斯·庞培还是留在那个小小的木板码头上，直到最后一艘船划向地平线，直到那些桅杆变得像发丝那么纤细，映衬着日暮的乳白色天空就像一根根小黑刺。

然后他回到自己的司令部，没有加图在现场，生活当然会变得更安详。但是加图不在这里，顿时让人感到一阵空虚。在他年少时，加图给了他多少震撼！他的修辞老师总是极力推崇元老院中三个风格各异的大演说家：恺撒、西塞罗和加图。这些名字伴随着他长大，这些人他永远都不会忘记。他的父亲是罗马第一人，但从来都不是一个优秀的演说家，而是善于达到自己目的的大师。现在他们全都各奔东西，只有他们的命运还交织在一起，直到命运女神大发慈悲，剪断让他们互相纠缠的命运之线。

卢基乌斯·斯克里波尼乌斯·利波还在等待，格涅乌斯·庞培压下一声叹息。斯克里波尼乌斯是个好人，他在比布路斯去世之后成为海军统帅，然后又大度地把统帅权交给庞培的儿子。这一切并非无缘无故。斯克里波尼乌斯氏族的这一旁支之所以能如此迅速地上升，是因为格涅乌斯·庞培一看到斯克里波尼乌斯那个长着酒窝的漂亮女儿，就跟那个无聊的克劳狄娅离婚，然后就娶了这个女孩子。庞培极力反对这桩婚事。但是庞培就是这么一个父亲，他自己只想着要跟最显赫的贵族结婚，所以也认为他的儿子应该这么做。好吧，赛克斯图斯还不到结婚的年龄，而格涅乌斯为了保持家庭和睦已经听从了父亲的意思，直到他看见十七岁的斯克里波尼娅为止。庞培的大儿子一边迎向他的岳父，一边在心里想着：爱情可以破坏最好的计划。

他们一起吃晚饭，讨论准备前往西西里及附近地区的行动，还有即将在非洲行省展开的抵抗运动，还有庞培可能去了哪里。

“今天有一个信使来报，据说他已经带着科尔涅利娅·梅特拉和赛克斯图斯离开莱斯沃斯，正朝着爱琴海航行。”庞培的大儿子说。

“那么，”斯克里波尼乌斯·利波说，他正准备告辞，“我想，你又该写信去问了。”

于是他一离开，格涅乌斯·庞培就在书桌旁坐下来，他抽出一页空白的纸张，又拿起芦苇笔蘸向墨盘。

> 我们还活着，还在努力抵抗，还控制着附近的海面。亲爱的父亲，我请求你，尽可能多征集一些船只，然后来找我或者去非洲。

但是格涅乌斯·庞培没有收到庞培的回信，而是得知他父亲在埃及的佩鲁西乌姆的烂泥滩中死去。他的父亲死于一个傀儡国王及其宫廷权臣之手。

当然了，当然了，东方宫廷向来既不仁慈又不道德，他们为了讨好恺撒而杀死庞培。但他们从未想过，恺撒是多么想放过庞培。噢，父亲！这样更好一些！这样你就不用为了保存性命而欠恺撒的情。

格涅乌斯·庞培让自己稍微平静下来，以免自己在手下面前失态，然后他就把加图留下的6,500名伤兵送往非洲。他向“护航者”拉瑞斯、尼普顿和斯佩斯献祭，请求诸位神明保佑这些伤兵能够和加图在尼罗河三角洲和非洲行省之间两千多里的某处海岸相遇。接着他就开始准备自己的转移，带着他的船队和士兵驻扎到西西里附近的基地。

对于罗马人的离去，克基拉岛的当地人说不清是高兴还是遗憾。克基拉岛将慢慢抹去伤疤，慢慢恢复往昔的美丽。

## 第2节

加图决定让他的士兵和非作战人员去划桨。他觉得，只要自己不把他们逼得太紧，这倒是能够帮助他们康复的最佳锻炼。泽费罗斯风断断续续地从西边吹来，所以风帆根本就派不上用场。但是在这种微风的吹拂下，天气很平稳，海面也很平静。虽然加图对恺撒深恶痛绝，不过他还是仔细读了恺撒的《高卢战记》，恺撒的记录没有掺杂私人感情，他不允许自己的情绪去影响事实判断。最重要的是，身为统帅，他跟士兵同甘共苦，他像普通士兵一样艰苦行军，像他们一样靠着仅剩的一点牛肉活命。恺撒从不高高在上地远离普通士兵，无论是漫长的行军，还是在战壕里最艰难的时刻，当时他们很可能要被敌人抓住并被关在笼子里活活烧死。加图在政治上和思想上都从这部战记获益诸多，虽然他内心的情感让他对恺撒的每个行动都嗤之以鼻，但他的头脑还是可以从中吸取有用的东西。

加图小时候就痛苦地发现，对于别人向他传授的东西，他的记忆力完全不能跟他那个同母异父的姐姐赛尔维利娅相比，至于恺撒那神奇的记忆力他更是望尘莫及。加图只能不停地死记硬背，而赛尔维利娅总是对他嘲笑打击，只有他那个亲爱的同母异父哥哥凯皮欧竭力保护他免受赛尔维利娅的恶意中伤。加图是那一群性格各异、血脉不同的孤儿中最小的一个，他的童年之所以没有那么悲惨，完全是因为凯皮欧的保护。人们说，凯皮欧并不是他父亲的孩子，而是他母亲李维娅·德鲁莎和加图的父亲的私生子，他母亲后来跟加图的父亲结婚了。但是凯皮欧的高大身材、红色头发和巨大的鹰钩鼻都是波尔基乌斯·加图的特征，所以凯皮欧并不是加图同母异父的哥哥，而是加图同父同母的哥哥，尽管他拥有赛尔维利乌斯·凯皮欧这个显赫的贵族名字，并且继承了赛尔维利乌斯·凯皮欧家族的巨额财产。这些财产价值一万五千塔兰特金子，而这些从罗马国库盗取的金子就是传说中托洛萨的黄金。

有时候，葡萄酒的作用不能发挥，夜晚的恶灵不能驱除，加图就会想起那个夜晚。德鲁苏斯舅舅政敌的某个爪牙，用一把小刀刺入德鲁苏斯的腹部，那把刀狠狠地划拉，让德鲁苏斯肚子里的创伤无可挽救。政治和私欲联合起来下了毒手。德鲁苏斯那痛苦的呻吟一直响个不停，昂贵的马赛克地板变成一片血泊，五岁的凯皮欧紧紧抱住两岁的加图，全部六个孩子都亲眼见证了德鲁苏斯那漫长而痛苦的死亡。这个夜晚他永远都无法遗忘。

在家庭教师终于教会加图阅读之后，加图读了他曾祖父监察官加图的大量著作，并且根据这些著作建立起他的生活模式：崇高的道德、克制的情感、不屈的原则、简朴的生活。凯皮欧接纳了他弟弟的生活模式，但是他自己从来都不认同。对于这种绝不允许践行者有丝毫差错的生活模式，凯皮欧其实颇为担忧，但是加图向来难以体会别人的感受，所以他也没有察觉到哥哥的担忧。

他们两兄弟一直形影不离，就算是接受军事训练时也在一起。加图从未设想过没有凯皮欧的生活，凯皮欧是他坚定的保护者，无论赛尔维利娅如何对着他那红褐色的脑袋指指点点，嘲笑他是检察官加图第二任妻子的后裔，而这个妻子竟然是监察官加图的奴隶。当然，赛尔维利娅也知道凯皮欧的亲生父亲是谁，但因为凯皮欧继承了她父亲的名字，所以她就把所有的恶意都集中在加图身上。

加图倚在船栏上沉思默想，看着他船上的灯火在黑色的海面洒下一道道金光。凯皮欧根本就不在乎究竟谁是自己的生父。至于赛尔维利娅，她曾经是一个可怕的孩子，现在是一个可怕的女人。她甚至比我们的母亲更不堪。女人就是这么毫无廉耻。她们一看到某个出身高贵的英俊男人走过来，就会连滚带爬地在那个男人面前张开双腿。就像我的第一个妻子阿提利娅，她对着恺撒张开双腿。就像赛尔维利娅，她也对着恺撒张开双腿。就像比布路斯那两个叫作多米提娅的妻子，她们也对着恺撒张开双腿。就像罗马城的一大半女人，她们都对着恺撒张开双腿。恺撒！总是恺撒！

然后他的思绪又飘到他的外甥布鲁图斯那里。布鲁图斯是赛尔维利娅唯一的儿子。她跟当时的丈夫马尔库斯·朱尼乌斯·布鲁图斯生下了这个儿子，这是无可置疑的。后来，马尔库斯·朱尼乌斯·布鲁图斯被庞培·马格努斯以叛国罪处死了。失去父亲的布鲁图斯一直迷恋恺撒的女儿尤利娅，甚至还设法跟尤利娅订了亲。这当然让赛尔维利娅很高兴！

如果她的儿子跟恺撒的女儿结婚，那恺撒就成了她的亲戚，她想要瞒着第二任丈夫西拉努斯跟恺撒偷情就会更容易。后来，西拉努斯也死了，但不是死于庞培·马格努斯之手，而是死于绝望。

赛尔维利娅一直说，我不可能把布鲁图斯拉拢到我这边。但是我做到了。我做到了！布鲁图斯遭遇的第一次打击，是他发现自己的母亲在过去五年中一直是恺撒的情妇。布鲁图斯遭遇的第二次打击，是恺撒打破他跟尤利娅的婚约，并且把尤利娅嫁给庞培·马格努斯。庞培的年纪足以充当尤利娅的祖父，而且正是庞培杀死了布鲁图斯的父亲。这完全是政治交易，但这桩婚姻让庞培和恺撒联合在一起，直到尤利娅死去。布鲁图斯是个软弱之人，他的内心在滴血，然后就从他母亲那边转移到我这边。这是对他母亲不道德的惩罚。抢走赛尔维利娅的宝贝儿子，我想不出对赛尔维利娅更好的惩罚了。

布鲁图斯现在何处呢？他最多就是一个不温不火的共和派，他的心总是在身为共和派的义务和谋取钱财的贪欲之间摇摆。当然，他不是克罗伊斯①或弥达斯②,他拥有太多罗马人的色彩。身为罗马元老院的成员，他却在利息、佣金、股份和各种偷偷摸摸的商业活动中泥足深陷。他虽然因为传统的限制不能明目张胆地经商赚钱，但却因为太过贪婪而对金钱的诱惑无力抵抗。

赛尔维利乌斯·凯皮欧因为托洛萨的黄金而积累了巨额财富，布鲁图斯成了这巨额财富的继承人。这让加图恨得咬牙切齿，他紧紧地抓住栏杆，直到指节都发白了。因为亲爱的凯皮欧已经去世。凯皮欧在前往亚细亚行省的途中独自死去，不能等到我来握着他的手，帮助他渡过冥河。我赶到那儿，却迟了一个小时。噢，生命，生命！我的生命从我看到凯皮欧死去之后就不一样了。我看着他死去的面容，像个疯子一样哀号、痛哭、

① 克罗伊斯（Croesus）是吕底亚最后一代国王，因为拥有巨额财富而闻名。——译者注

② 弥达斯（Midas）是希腊和罗马传说中弗里吉亚的国王。他曾捉住半人半兽的西勒诺斯，并对其宽大处置，所以狄俄尼索斯答应满足弥达斯的一个愿望，以示酬谢。弥达斯希望狄俄尼索斯能赐给他点物成金的法术，当他拥抱女儿并把女儿也变成黄金之后，他终于要求解除魔法。——译者注

嘶吼。我疯了。到现在还是，还是无法复原。那种悲痛！当时凯皮欧三十岁，我二十七岁，而我现在快到五十六岁了。但是，凯皮欧的去世恍若昨日，而我的悲痛也从未消逝。

布鲁图斯根据罗马传统继承了凯皮欧的财产，因为他是凯皮欧在父系家族中血缘最近的男性亲属。布鲁图斯是赛尔维利娅的儿子，也是凯皮欧的外甥。布鲁图斯继承了巨额财富，但是我对那笔钱一点都不嫉妒，而且我还可以自我安慰，没有其他人能比布鲁图斯更仔细地照料凯皮欧的财产了。我只希望布鲁图斯更像个男人，不要那么懦弱。但是他摊上那么一个母亲，我还能希望他变成什么样呢？赛尔维利娅把布鲁图斯弄成她想要的样子：言听计从，而且对她怕得要命。多么奇怪，布鲁图斯竟然有勇气切断他母亲的控制，跑到马其顿去加入庞培·马格努斯的军队。拉比恩努斯那个狗杂种说，布鲁图斯参与了法萨卢斯之战。真神奇。也许离开他那个像妖怪一样的母亲，终于让他发生了巨大的改变？也许他那张满是痘坑的面孔会在非洲出现？啊！等我见到他就会相信啦！

加图打了个哈欠，然后去躺在他的草床上。他的草床在斯塔提卢斯和阿申诺多洛斯·科尔狄翁的床铺中间，这两个可怜的家伙都一动不动，因为他们一上船就头晕目眩。

泽费罗斯风从西边吹来，但风向稍微朝着北边偏转，这个角度刚好可以让加图的五十艘运输船朝着通常的航向前往非洲。不过，加图却心里发沉地发现，航向远远地偏向非洲行省东边。他们不是先经过意大利半岛的脚跟再到脚趾，最后再经过西西里，而是沿着伯罗奔尼撒的西海岸来到泰纳伦海岬，然后再从那里慢悠悠地到达基西拉岛这个美丽的海岛，拉比恩努斯之前就打算到这个海岛看看能否找到一些法萨卢斯之战的逃兵。如果他还在那里，那他并没有在岸边放出信号。加图强压着自己的焦虑，继续朝着克里特岛航行，并且在海上航行的第十一天绕过克里乌米托蓬那些怪石嶙峋的峭壁。

格涅乌斯·庞培无法给他提供一个领航员，但是派出六个优秀的水手跟着加图，这几个水手都经验丰富，熟悉地中海东部和迦太基沿岸的海域。于是只能由加图来确认每个沿岸地区，只有他知道他们正航行到哪里。

虽然他们没有看到其他船只，但加图还是不敢在希腊的任何一个地方停下来取水，于是在海上航行的第十二天，加图让他的船队在高多斯岛停靠，这个地方虽然无遮无挡，但附近海域还算平静。加图在这里让他的每一个水桶和水罐都装满了从一处峭壁中涌出的泉水。在进入辽阔的利比亚海之前，高多斯是他们的最后一个落脚点，然后他们就要前往利比亚。在利比亚，遭受刑罚的人会被涂上蜂蜜，然后扔在一个蚂蚁堆上鞭打。利比亚的马尔马里戴族人游牧而居。如果那些希腊地理学家的说法值得相信的话，那么利比亚的沙丘总是不停移动，而且那里的天空从不下雨。

在高多斯，加图亲自划着一艘小船，在成群结队的运输船之间慰问。他站在船上，声音洪亮地发表一些简短的演讲，一方面是为了鼓舞人心，一方面是对接下来的安排进行说明。

“士兵们，非洲的海岸还很远，但是我们在这里就要跟亲爱的国土说再见。从现在开始，我们在航行中就不能见到陆地，只能见到海浪中的海豚和金枪鱼。不要害怕！我，马尔库斯·波尔基乌斯·加图，会好好照顾你们，直到我们平安到达非洲。我们的船只要靠在一起，我们要奋力划桨，也要明智地把握方向。我们要唱着亲爱的意大利的歌儿，我们要相信自己，也要相信我们的神明。我们是真正的罗马共和国之后，我们要坚持下去让恺撒大吃苦头。我以‘无敌者’索尔[①]、特鲁斯[②]和自由神[③]的名义发誓！”

他的演讲收获了热烈的欢呼和一张张笑脸。

加图身为统帅，尽管不是祭司也不是占卜官，但他还是杀了一头母

① “无敌者”索尔（Sol Indiges）是古罗马的太阳神。——译者注

② 特鲁斯（Tellus）是古罗马的土地女神。——译者注

③ 自由神（Liber Pater）是古罗马的生产神。——译者注

羊作为祭牲，献给保护航海安全的神明“护航者”拉瑞斯。他拉起紫边托迦盖在自己头上，开始祈祷：

“噢，称为‘护航者’拉瑞斯的神明，或者您喜欢的其他称呼的神明，身为男神、女神或无性别之神。在我们起航前往非洲之前，无论您是否为海神尼普顿之子，都请您代替我们向伟大的尼普顿祈求。我们请求您在诸神面前作证，我们真诚地请求您保护我们的安全，让我们不要受到风浪的袭击，让我们的船只靠在一起，让我们登上某一片文明的土地。按照我们从罗慕路斯时代就达成的约定，我们在此献上合适的祭牲，一头洁净无瑕、年轻力壮的母羊。”

在第十三天，船队拔锚起航，开往只有“护航者”拉瑞斯知道的地方。斯塔提卢斯终于适应了海上航行，于是他离开自己的床铺去跟加图作伴。

“虽然我勇敢地尝试了，但我还是不明白罗马的崇拜模式。”斯塔提卢斯说，他现在开始享受这巨大的船只在辽阔的海面航行的轻微晃动。

“斯塔提卢斯，你说的是哪方面呢？”

“马尔库斯·加图，我说的是法律约定。人类怎么可能跟他们的神明进行法律约定呢？”

“罗马人就是如此，向来都是如此。虽然我必须承认，我不是祭司，所以不清楚我们跟‘护航者’拉瑞斯的约定具体是什么时候签订的，”加图非常严肃地说，“不过，我记得卢基乌斯·阿赫诺巴布斯说过，我们跟拉瑞斯[①]和佩纳特斯[②]这些保护神的约定是由罗慕路斯签订的。只有那些后来出现的神明，”他有点厌恶地咧咧嘴，“比如大母神[③]和伊西斯，这些神明跟元老院和罗马人民的约定才保存下来了。身为祭司肯定知道这些事，这就是祭司的职责。但是谁会选择我去担任大祭司呢？我甚至在没

---

① 拉瑞斯（Lares）是古罗马的守护神，“家神”拉瑞斯在私人住宅的中庭受供奉，“裁决者”拉瑞斯是十字路口的守护神，“护航者”拉瑞斯是航路的守护神，“旅者守护神”拉瑞斯是陆路的守护神。——译者注

② 佩纳特斯（Penates）是古罗马的诸多守护神之一。——译者注

③ 大母神（Magna Mater）是源于小亚细亚的母神、生产神和大自然之神。罗马与迦太基战争期间，大约在公元前204年，大母神的祭仪传到罗马。——译者注

有什么像样的候选人时都不能当选为执政官。”

“你还年轻。”斯塔提卢斯柔声说。他清楚知道，加图在四年前的执政官竞选中失败时是多么失望。“只要罗马重新建立起真正的政府，你就会成为高级执政官，选举权会回归到所有百人团。”

“也许吧。不过，我们要先到达非洲。”

日子慢慢过去，船队也朝着东南方慢慢前进，航行的主要动力是划桨，虽然每艘船上的巨大风帆也会偶尔鼓涨，但起到的帮助非常有限。因为松垮的风帆会让划船变得更困难，所以除非某一天刮起比较合适的风，否则那些风帆都要收起来。

为了保持身体结实和头脑机警，加图也参与轮班划桨，在固定的那个桨座上辛勤劳动。运输船就像商船一样，只有单层桨座，每一边有十五个桨座。这些桨座都在甲板之下，这就意味着桨手都坐在船体里面，这让划桨的苦差事变得更容易忍受一点，因为他们所在的位置距离水面很远，这样他们划桨时就会比较轻松。战船就完全不同，船上的桨座有好几层，负责同一根桨的有二到五人，最底层的桨座距离水面很近，所以舷窗都用皮阀封住了。但是战船从来都不会用来运送货物，在没有战事时也不会留在水面上。在二十年的服役期中，战船大部分时间都待在岸上的船棚里受到精心照顾。当格涅乌斯·庞培离开克基拉岛时，他给当地人留下了几百个船棚，这些船棚都是烧火的好材料！

因为加图相信无私地辛勤工作是身为好人的一个标志，所以他也亲力亲为地坚持划桨，这让另外二十九个跟他一起划桨的人都大受鼓舞。统帅亲自划桨的消息传遍了每一艘船，于是士兵们跟着鼓点划桨时都更加卖力。这些船上除了士兵，还有许多骡子、货车和装备，所以划桨的人只能分成两队，于是每一队要连续划桨四个小时，再休息四个小时，就这样日夜轮流。

伙食非常单调，除了在高多斯岛度过的那一天，他们就再也没有吃过面包这种最常见的主食。任何船只都不敢冒险在甲板上点起火炉，只有一个用火砖砌成的炉灶里面点着火，用来加热一口大铁锅。这口锅里能煮的食物只有一种：稠稠的豌豆粥，再加上一小块腊肉或咸猪肉作为调料。加图担心饮用水不够，所以不许士兵们在粥里加盐，这样一来就更让人没有胃口。

不过天气还不错，所以五十艘船可以靠在一起。加图经常乘着他的小船在这些大船之间来来去去，考虑到士兵面对神秘莫测的大海所产生的恐惧，他们的精神状态已经算是很积极。罗马士兵都不喜欢海上航行。虽然他们看到海豚时挺高兴，但海里还有鲨鱼和鱼群。船桨一插入海面，鱼群就立刻逃跑，所以他们既不能观看鱼儿作为娱乐，也不能抓到鱼儿来改善伙食。

骡子喝的水比加图估计的要多很多，太阳每天都当空爆晒，水桶里的水位以惊人的速度在下降。离开高多斯岛第十天，加图开始担心他们能不能活着见到一片陆地。加图还是乘着小船在大船之间穿梭，他向士兵们保证，在饮用水用完之前的很长时间，就会把骡子都扔到海里。士兵们听到他的保证并不高兴，因为骡子对士兵来说就像金子一样珍贵。每个百人队有十头骡子，用来装载每个士兵五十磅重的包裹之外的东西，还有一辆由四头骡子拉着的货车来运送重物。

然后科鲁斯风开始从西北方刮来。大家都高兴地大声欢呼，士兵们冲过去挂起风帆。在意大利，这种风会带来雨水，但在利比亚海上却不会。航速大大提升，划桨变得更容易，大家都满怀希望。

离开高多斯岛的第十四天半夜，加图突然醒了坐起来，他那巨大的鼻翼扇动着。他早就发现，大海有一股特有的气味：有点甜味、有点草腥味、有点淡淡的鱼腥味。但现在有一种不同的气味正在飘过来。陆地！他可以闻到陆地的气味！

加图狂喜地嗅着，他跑到栏杆边上，举目望着那片墨蓝色的天空。夜空并不是黑色的，从来都不是真正的黑色。虽然看不见月亮，但天空中仍然有无数星星洒落银光，仿佛给所有地方都披上一层薄纱。满天星斗，光彩闪耀。

希腊人说，比起那些闪闪发光的星星，围绕着我们大地的行星要近得多，那些星星跟我们的距离远得不可想象。我们深受眷顾，因为我们这里是诸神的家园。我们是宇宙的中心，所有天体都在向我们朝拜。为了表示对我们和诸神的崇拜，那些天体一直在发光。夜晚的光告诉我们：光就是生命。

我的信！我还没有读信！明天我们就会登上非洲，在那片充满游牧民族和移动山丘的土地上，我要支撑住手下士兵的精神。不管我喜不喜欢，我都要在天色发白时就抓紧读信，要赶在兴奋的情绪把我裹挟起来之前。在此之前，我只要专心划桨。

赛尔维利娅的书信简直就是一剂毒药，加图费劲地破译她那些挤在一起的字体。他读到第七行就彻底放弃，然后把她那封信揉成一团扔到海上。给你的时间只有这些，我那可恶的同母异父姐姐！

另外一封油腻腻的书信是他岳父寄来的，他的岳父卢基乌斯·马尔基乌斯·菲利普斯是个骑墙派和超级享乐派。在执政官瓦提亚·伊绍里库斯和城市大法官盖乌斯·特里波尼乌斯的管理下，罗马非常安静。菲利普斯用优美的笔调感叹：除了庞培在底拉西乌姆大获全胜和恺撒落荒而逃的疯狂传言之外，罗马什么事情都没有发生。这封信也跟赛尔维利娅的信一样落入海里，在船桨制造的浪花中漂开。够了，菲利普斯，你脚踩两个阵营，既是恺撒的外甥女婿，又是恺撒的头号敌人加图的岳父。你的消息太离谱，简直让我想吐。

加图之所以迟迟没有读信，真正原因就在于这最后一封信，这是他妻子马尔基娅的来信。

当科尔涅利娅·梅特拉不顾传统习俗的约束，跑去跟庞培·马格努斯团聚时，我也迫不及待地想要学习她的榜样。我之所以没有成功，都是波尔基娅的错。你的女儿为什么跟你一样疯狂地坚守罗马传统呢？她发现我在打包行李，就像只鸟身女妖一样向我扑过来，然后就跑去找我父亲，要求我父亲禁止我出门。好吧，你了解我父亲。

只要能息事宁人，他什么都会答应。于是波尔基娅得逞了，我仍然留在罗马。

马尔库斯，我的甜心，我的生命。我孤独难耐，精神空虚。我日日思虑，夜夜忧心。你还好吗？有没有想念我？我还能不能再见到你？

我跟昆图斯·霍尔滕西乌斯结婚的时间，比跟你两次结婚的时间还要长，这真不公平。你让我另嫁他人，虽然我们从未谈论这件事，但我觉得我当时就明白你为什么会这么做。你这么做，是因为你太爱我，并且认为你对我的爱违背了斯多葛派的原则，你把这些原则看得比你的生命和你的妻子更重要。所以当年老体弱的霍尔滕西乌斯想要跟我结婚时，你就跟我离婚，然后就把我交给他了。当然，这件事得到了我父亲的同意。我知道，你没有从那个老头那里拿过一个塞斯特尔提乌斯，但是我父亲却拿了一千万塞斯特尔提乌斯。他喜欢的东西非常昂贵。

你让我跟霍尔滕西乌斯结婚，但我却把这桩婚姻看成是你深爱我的明证。啊，漫长的四年、可怕的四年！整整四年！是的，他因为年老体弱，不能对我霸王硬上弓。但是我每日对着霍尔滕西乌斯，陪他一起逗弄那条他最喜欢的宠物鱼帕里斯时，你能否想象我是什么感觉呢？我对你满是想念和热望，一次次因为你对我的抛弃而肝肠寸断。

然后，霍尔滕西乌斯去世了，你又再次让我成为你的妻子。我跟你在一起只有短短几个月，然后你就离开罗马去履行你生死以赴的义务。马尔库斯，这样公平吗？我只有二十六岁，但是我已经嫁给过两个男人，其中一个还嫁了两次，但是我还没有孩子。像波尔基娅和卡尔普尔尼娅一样，我没有孩子。

我知道，你看到我的指责会有多么厌恶，所以我不再抱怨了。如果你不是这样一个男人，那我也不会这样爱你。我们三个女人都在想念自己的男人，波尔基娅、卡尔普尔尼娅和我。我可以听到你的疑问。波尔基娅，想念死去的比布路斯？不，不是比布路斯。波尔基娅想念的是她的表哥布鲁图斯。她爱他，我可以肯定，就像我爱你一样肯定。因为她拥有跟你一样的性格，她像你一样热情似火，但是这种热情却被她对芝诺学说的疯狂崇拜冰封了。芝诺是什么人呢？不过是一个糊涂的塞浦路斯老人，这个老人拒绝神明赐予我们的一切享受，从欢声笑语到美味佳肴。伊壁鸠鲁派的信徒就是这样！至于卡尔普尔尼娅，她在想念恺撒。她身为恺撒的妻子十一年，但是她真正跟恺撒在一起的时间只有几个月，而在此期间恺撒一直在跟你那个可怕的姐姐鬼混，然后恺撒就离开罗马前往高卢。在那之后呢？什么都没有。我们这些寡妇和妻子真是太可怜了。

有人告诉我，你离开意大利之后就再也没有剪发和剃须，但是我无法想象你那张高贵的罗马人面孔，竟然会像犹太人一样长满胡须。

马尔库斯，告诉我，为什么我们女人被教会读书写字，但却永远要坐在家里苦苦等待？我必须停笔，泪水已经让我看不清东西。拜托了，我求求你，给我写信！给我一点希望。

太阳已经升起来，加图的阅读速度特别慢。马尔基娅的信被他揉成一团，然后扔到闪闪发光的水面上。够了，妻子。

加图双手发抖。这封信真是太愚蠢了！火热地爱慕一个女人不是正确的行为，不可能是正确的行为。她为什么不明白，她写了那么多信说的都是同一件事呢？她为什么不明白，我永远都不会给她写信呢？我还能说什么？还有什么可说？

除了加图，其他人似乎都没有闻出空气里的土地气息，每个人都照常干着自己的活儿，就好像今天也是一个平凡无奇的日子。太阳继续上升，加图结束了他的划桨轮班，又回到栏杆边上极目远望。直到日上中天，地平线上才出现了一条细细的蓝线。加图一看到这条线，坐在桅杆上面瞭望的水手就开始高声尖叫。

“陆地！陆地！”

加图的船只在船队的最前面，其他船只紧随其后形成一个水滴形。他没有时间登上自己的那艘小船了，于是他派了第一先锋百夫长昆图斯·格拉提狄乌斯代替他去通知其他船长，让其他船只不要跑到他前面，还要密切留意浅滩和暗礁。海水突然变得很清浅，就像最好的普特奥利[①]玻璃一样，在阳光的照耀下透着淡淡的蓝光。

陆地迅速展现，因为这片陆地非常平坦。这种情况罗马人并不常见，他们经常航行的地方总是有一些高山紧靠着海岸，所以距离海岸还有很长距离就能看到陆地。在西斜的阳光下,那片土地显出的是绿色而非褐色，这让加图松了一口气。如果有青草生长，那里就有文明的希望。他从格涅乌斯·庞培的领航员那里听说，从亚历山大里亚到昔兰尼加之间八百里的海岸上只有一个居民点。这个居民点叫作帕雷托尼乌姆，亚历山大大帝就是从这里出发，一路向南去探访传说中的阿蒙神庙，去朝拜那里的埃及人主神。

帕雷托尼乌姆，我们肯定是来到帕雷托尼乌姆了！但帕雷托尼乌姆是在这里的西边还是东边？

加图从一个麻布袋的底部搜刮出一小捧鹰嘴豆（他们的口粮已经所剩无几），他把这些豆子撒进水里，然后开始祈祷：

“噢，诸神在上，不管诸位如何称呼，不管诸位是何性别，请保佑我的猜测是正确的！”

一阵科鲁斯风随着他的祈祷而来，他朝着船长走去。巨大的舵桨连接着绑上绳索的舵柄，船长就在舵柄之间那狭小的船尾上。

“船长，我们顺着这阵风转向东边。”

他们沿着海岸而下不到四里，加图那视力极佳的眼睛就看到了在两座峭壁之间有一个海湾的入口，还有一两座砖房。如果这就是帕雷托尼乌姆，那城镇中心应该是在海湾里面。这个入口岩石遍布，但是在中间

① 普特奥利（Puteoli）现名为波佐利，是意大利那不勒斯省的一个城市。——译者注

有一条比较清晰的航道。两个水手使劲推动舵柄，加图的船只开始转向了。一侧的桨手也赶紧配合，让船只驶入一个美丽的天堂。

加图目瞪口呆地发现，已经有三艘罗马人的船只停在那儿！是谁，是谁？船只太少了，不可能是拉比恩努斯，到底是谁呢？

这个海湾的后面是一个泥砖建筑的小镇。不过，大小并不重要。只要是有人聚居的地方，就可以得到饮用水和购买食物。他很快就会发现是什么罗马人拥有这些船只，因为这些船只的桅杆顶部都有“元老院和罗马人民”的旗帜在飘扬。这是罗马权贵的标志。

加图在第一先锋百夫长昆图斯·格拉提狄乌斯的陪同下乘着小船上岸，帕雷托尼乌姆的人口总共有六百多人，这六百多人全都来到岸边围观，惊讶地看着五十艘大船逐一进港。加图从未想过自己可能无法跟帕雷托尼乌姆的居民交流，很多地区的人都说希腊语，希腊语是这些地区的通用语。

不过，加图听到的第一句话却是拉丁语。两个人走上前来，一个是二十多岁的漂亮女人，一个是十多岁的少年。加图目瞪口呆，但是他还没能说出话来，那个女人就扑进他怀里一阵痛哭，那个少年也紧紧地拽着他的手。

“我亲爱的科尔涅利娅·梅特拉！还有赛克斯图斯·庞培！这是不是意味着庞培·马格努斯也在这儿？”他问道。

这个问题让科尔涅利娅·梅特拉哭得更厉害了，还让赛克斯图斯·庞培也哭了起来。他们的悲痛传达出一个信息：伟大的庞培已经去世了。

加图站在那里，庞培的第四任妻子抱着他的脖子，把他的紫边托迦都打湿了。加图试着把自己的手从赛克斯图斯·庞培的手里拽出来。正在这时，一个看起来颇有身份的人向他们走来，这个人穿着希腊式的衣袍，身后跟着一小群随从。

“我是马尔库斯·波尔基乌斯·加图。”

“我是菲洛波门。”那人回答道，他脸上的表情表明，加图的名字对于一个帕雷托尼乌姆人来说根本就无关紧要。

这里可真是世界的尽头！

在非洛波门简朴的房子里用过饭后，加图听说了伟大的庞培在佩鲁西乌姆的可怕故事。一个叫作塞普提米乌斯的前任百夫长把庞培骗进一艘船，然后就把庞培杀死了，科尔涅利娅·梅特拉和赛克斯图斯站在他们的船上看到这一切。最糟糕的是，塞普提米乌斯砍下庞培的脑袋放进一个罐里，然后把他的尸体丢在那片泥滩上。

“我们的被释奴菲利普和他的两个奴隶跟我父亲一起过去，但是他们为了活命逃跑了。”赛克斯图斯说。“我们无能为力，佩鲁西乌姆的海湾充满埃及国王的海军，还有几艘战船正朝着我们开过来。我们要么留在那里，等着被抓甚至被杀，要么转头逃跑。”他耸耸肩膀，撇撇嘴唇。“我知道我父亲会做出什么选择，所以我们逃跑了。”

虽然科尔涅利娅·梅特拉已经不再哭泣，但她一直很少说话。加图心想,她发生了多大的改变。加图本来很少注意这些事情。科尔涅利娅·梅特拉是那些贵族中最高傲的一个。她是占卜官梅特卢斯·西庇阿的女儿，一开始嫁给了和庞培同时担任执政官的马尔库斯·李基尼乌斯·克拉苏的大儿子。然后克拉苏和她丈夫一起去入侵帕提亚王国，结果在卡雷阵亡了。成为寡妇的科尔涅利娅·梅特拉又成了一个政治棋子，因为庞培当时是个鳏夫，恺撒的女儿尤利娅已经去世一段时间了。于是包括加图在内的好人帮开始设计要把庞培从恺撒那边拉走，他们认为把庞培拉到好人帮这边的唯一办法就是把科尔涅利娅·梅特拉嫁给他。庞培一直都很介意自己的卑微出身（他是皮塞努姆人，而且还带着高卢人的可耻印记），他所娶的女人都是最高贵的贵族。还有谁比科尔涅利娅·梅特拉更高贵呢？她可是西庇阿·阿非利卡努斯①和艾弥利乌斯·保卢斯②的后裔。

---

① 西庇阿·阿非利卡努斯的全名是普布利乌斯·科尔涅利乌斯·西庇阿·阿非利卡努斯（Publius Cornelius Scipio Africanus，前236年—前184年），史称大西庇阿，古罗马统帅、执政官和监察官。他出生于显赫的贵族之家，曾参与攻打西班牙的战争，将迦太基人赶出西班牙，又曾率兵攻打非洲的迦太基人，在扎马战役中打败汉尼拔，结束了第二次布匿战争，获得“阿非利卡努斯”的称号。——译者注

② 艾弥利乌斯·保卢斯的全名是卢基乌斯·艾弥利乌斯·保卢斯·马其多尼库斯（Lucius Aemilius Paulus Macedonicus，前229年—前160年），他是古罗马统帅，曾担任执政官和监察官，因为征服马其顿而获得“马其多尼库斯”的称号。——译者注

她在好人帮眼中真是完美的人选！计划开始实施。庞培满怀感激，迫不及待地娶她为妻。然后，庞培虽然没有变成好人帮的一员，但却成了好人帮的亲密联盟。

在罗马，科尔涅利娅·梅特拉的风格一直没有改变，她的高傲简直让人难以忍受。她的态度就算不是冷冰冰，也是令人难以亲近。她显然是把自己看成她父亲献上的牺牲品。跟一个来自皮塞努姆的庞培结婚，这对她来说是令人震惊的下嫁，即便这个庞培是罗马第一人。庞培就是缺乏高贵的血统，于是她悄悄地去找维斯塔贞女，从她们那里得到一些草药，这种草药可以让胎儿流产。

但是在帕雷托尼乌姆，她变得很不一样。柔弱、甜美、温和。她终于开始说话，向加图说明了庞培在法萨卢斯战败之后的计划。

“我们准备去塞利卡[①]，”她悲伤地说，“格涅乌斯受够罗马了，也受够了在地中海周边地区的生活。所以我们准备进入埃及，然后到红海再乘船到阿拉伯－费利克斯[②]。我们会从那里前往印度，再从印度前往塞利卡。我丈夫觉得，塞利卡人可能会认为一个罗马军人的技能可以派上用场。”

“我想，他们总会找到可以让他派上用场的地方。”加图含糊其辞地说。谁知道那些塞利卡人会把一个罗马人怎么样？他们肯定不会从高卢人、日耳曼人或希腊人口中听说过他。他们的土地是那么遥远、那么神秘，关于他们的信息，希罗多德唯一能告诉我们的就是：他们可以用虫茧编织一种布料，他把这种布料叫作丝绸，拉丁文的名字是维斯提斯－塞利卡。在极为罕见的情况下，会有香料商人带着这种布料通过帕提亚国王的萨尔马提亚商道而来，但是这种布料实在太珍贵了，整个罗马只有卢库卢斯拥有一块这种布料。

庞培·马格努斯实在太沦落了，竟然会想到要去那儿！他确实不是

---

① 塞利卡（Serica）在西方古文献中指出产丝的地方，此处可能指出产丝绸的中国，也可能指中亚热海一带，就是当时欧洲人所知道的丝绸来源的最远地区。——译者注

② 阿拉伯-费利克斯（Arabia Felix）是古代阿拉伯的一个地区名，位于阿拉伯半岛的南部。——译者注

一个真正的罗马人。

“我希望我能回家！”科尔涅利娅·梅特拉叹息道。

“那就回家去！”加图不耐烦地说。他觉得这个夜晚真是浪费掉了，他还要安排士兵扎营的事。

科尔涅利娅·梅特拉吓了一跳，她沮丧地看着加图。“现在是恺撒的天下，我怎么可能回家？他会把我们定罪，我们的名字会在他定罪名单的最上面。我们的脑袋会让某个令人恶心的奴隶获得自由，还有一小笔横财。就算我们能活下来，那我们也会变得一贫如洗。”

“胡扯！”加图大声反驳。“我亲爱的女士，恺撒在这方面跟苏拉不一样。他的政策很仁慈，也很明智。他不想引起商人和权贵的仇恨，他会让他们保住性命和财产，然后他们就会亲着他的脚感激涕零。我相信，马格努斯的财产会被没收，但恺撒不会动你的财产。我建议，一等到风向适合航行，你就回家去。”他严厉地转向赛克斯图斯·庞培。“至于你，小伙子，你的选择很清楚。你可以护送你的继母到布伦狄西姆或塔伦图姆[①]，然后就去跟恺撒的敌人会合，我们会前往非洲行省。”

科尔涅利娅·梅特拉咽了咽唾沫。“赛克斯图斯不用护送我，”她说道，“马尔库斯·加图，我相信你说的，恺撒会表现仁慈，所以我自己坐船回去就好了。”

加图拒绝了菲洛波门让他留下过夜的邀请。不过快要离开时，他把这位帕雷托尼乌姆的长官拉到一边。

“如果你能给我们提供饮用水和食物，那我们就会用银币来购买，”加图说。菲洛波门看起来既高兴又担忧。“马尔库斯·加图，我们可以给你提供饮用水，但是我们的食物不多了。埃及正在闹饥荒，所以我们没能买进粮食。但是我们有一些羊可以卖给你，还有用羊奶做的奶酪。你们在这里的时候，我们可以给你的士兵提供一些用野菜做成的沙拉，但是这些野菜在路上不好保存。”

---

① 塔伦图姆（Tarentum）是位于意大利东南部的海港城市，现称塔兰托。——译者注

“无论你能提供什么东西，我都深怀感激。”

第二天早晨，加图让昆图斯·格拉提狄乌斯和赛克斯图斯·庞培去安排士兵扎营的事情，他自己想跟菲洛波门多聊聊天。关于非洲的事情，知道得越多越好。

帕雷托尼乌姆为那些去阿蒙神庙求问神谕的朝拜者提供了一个港口，这个港口就像希腊的德尔斐[1]在地中海沿岸一样出名。阿蒙神庙距离此处还有两百里，需要穿越一片沙漠，这片沙漠从未降雨，上面只有绵延不绝的沙丘和光光秃秃的岩石。在那里，马尔马里戴人在一个个水井之间流浪，带着他们的骆驼、山羊和巨大的皮革帐篷。

当加图问起亚历山大大帝时，菲洛波门皱了皱眉头。“没有人知道，”他说，“亚历山大到那里是去向阿蒙求问神谕，还是埃及的众神之首召唤亚历山大去敬拜祂。”他一脸沉思的样子。“自从第一个索特尔之后，托勒密王室的所有统治者都去那里朝拜，无论他是埃及的国王，还是昔兰尼加的总督。因为这座神庙，我们跟埃及的国王和王后发生了联系，但是我们的血统是腓尼基人，不是马其顿人或希腊人。”

菲洛波门继续说下去，现在又说到了这个城镇养了很多骆驼，出租给那些去神庙朝拜的人。加图的思绪飘远了。不，我们不能留在这里很长时间，但是如果我们在科鲁斯风的吹拂下航行，那我们最后就会去到亚历山大里亚。听说了那个小国王对庞培·马格努斯所作的事，我觉得埃及对那些反对恺撒的人来说太不安全了。

“在科鲁斯风盛行时，看来是不可能了。”加图喃喃自语。

“科鲁斯风？”菲洛波门满脸疑惑地问。

“阿尔吉斯特风。”加图说出了这种风的希腊名字。

“噢，阿尔吉斯特风！这种风很快就会消失了，马尔库斯·加图。阿帕克提亚斯风随时都会到来。”

阿帕克提亚斯风，就是地中海季风！是的，当然了！现在按照日历

---

[1] 德尔斐（Delphi）是希腊中部的一个高山村落，历史至少可以追溯到公元前6世纪，是所有古希腊城邦共同的圣地，那里有著名的阿波罗神庙。——译者注

已经是十月中旬，按照季节是七月中旬。犬星即将升起！

“那么，”加图说着长舒一口气，“我们就不会在这里打扰你太长时间了。”

他确实没有多加打扰。第二天，十月十五日，天一亮就刮起地中海季风。加图忙着让科尔涅利娅·梅特拉登上她的船只，然后就向她挥手道别了。加图道别时带着前所未有的温情，因为她把庞培压箱底的两百塔兰特银币送给他了。这可是五百万塞斯特尔提乌斯！

在地中海季风刮起的第三天，加图的船队起航了。士兵们都很高兴，自从庞培让他们加入这场内战的大军以来，他们从未有过这样的好心情。这些士兵大多年近三十，曾经跟着庞培在西班牙服役了好多年。他们都是久经沙场的老兵，所以是非常宝贵的军队。他们就像其他士兵一样，对罗马政治派系的残酷斗争一无所知，也不知道加图以极端狂热而著称。他们认为加图是个优秀的家伙，友善、积极、充满热情。法翁尼乌斯是加图最亲密的伙伴，但就连他也不会把这些形容词用在加图身上。他们兴高采烈地欢迎赛克斯图斯·庞培，还抽签决定赛克斯图斯·庞培应该登上哪一艘船。因为加图不想让庞培的小儿子待在自己的船上，昆图斯·格拉提狄乌斯和那两个哲学家跟自己作伴就足够了。

加图站在船尾，看着五十艘船跟在他的船后离开帕雷托尼乌姆的港湾。季风吹起船帆，第一班负责划桨的士兵已经上岗。他们的食物足够维持一次二十天的航行，有两个当地农民利用冬季充沛的雨水种出了许多鹰嘴豆和小麦，这些小麦就足够喂饱帕雷托尼乌姆的人口，所以他们很高兴把大部分鹰嘴豆卖给加图。可惜没有腊肉！在意大利的橡树林里，吃着橡果的猪群可以做出上好的腊肉。噢，但愿昔兰尼加有人养猪！咸猪肉也比完全没有猪肉好得多。

向西航行五百里就到达昔兰尼加，这段航行只花了八天时间。船队在外海航行，所以不用担心暗礁和浅滩。昔兰尼加是北非海岸上一块巨大的凸起，这个凸起朝向克里特岛和希腊，而背离此处与尼罗河三角洲之间漫长的笔直海岸。

他们的第一个登陆地点是切尔松尼苏斯，这里有七座房子挨在一起，每座房子之间都搭着渔网。昆图斯·格拉提狄乌斯划着小船靠岸，从当地渔夫口中知道：几里之外就有一个叫作达尔尼斯的大城市。可是渔夫口中的“大城市”，其实跟帕雷托尼乌姆差不多大小，那里可以提供饮用水，但是除了捕鱼之外就没有其他食物来源。而要到达昔兰尼加东部，还得再航行大约一百五十里。

昔兰尼加曾经是埃及托勒密王室的属地，直到那里的最后一任总督托勒密·阿皮翁将其遗赠给罗马。罗马不情不愿地接受了这个遗赠，但是没有采取任何行动去管理这片土地，既没有派兵驻守更没有派遣总督。因为没有政府管理，所以当地人民不仅不用交税，还从他们一直以来的营生中获得了更多私人利润。于是昔兰尼加成了传说中的桃花源，或者说是流着蜂蜜的梦幻之乡。因为这里位置偏远，又没有金银珠宝或敌对势力，所以不会引来不受欢迎的人。三十年前，那个大名鼎鼎的卢库卢斯来到这儿，然后情况就迅速改变了。罗马人的统治正式开始，人们要缴纳税赋，还有一位大法官级别的总督过来管理这儿和克里特岛。但因为总督更喜欢住在克里特岛，昔兰尼加基本还是一切照常，仍然是一个富裕的梦幻之乡，唯一的区别就是罗马人征收的赋税。不过这些赋税比较容易承担，因为其他为意大利提供粮食的地区有时会遭遇旱灾，但这些地区发生旱灾的时间通常会跟昔兰尼加发生旱灾的时间错开。身为一个粮食主产区，昔兰尼加顿时在地中海的远端开辟出一个市场。运粮船借着地中海季风从奥斯提亚①，普特奥利和那波利斯②开过来，等到装满丰收时节的粮食之后，又借着从南方吹来的奥斯特风回到意大利。

从希腊到西西里的其他地区都在闹旱灾，但当加图到达昔兰尼加时，

① 奥斯提亚（Ostia）是意大利罗马西南大约25公里处的一个古代海港城市。——译者注

② 那波利斯（Neapolis）又称那不勒斯，是意大利的一个重要海港，位于亚平宁半岛西南海岸那不勒斯湾的顶端。——译者注

却发现当地一片繁荣。冬季的雨水非常充足，小麦即将迎来大丰收，罗马的粮食商人已经带着他们的船队陆续到达。

这些粮食商人对加图来说实在太讨厌了，他发现达尔尼斯这个小海港已经挤满船只。他抓了抓自己的长头发，不得不继续航行前往阿波罗尼亚[①]，这个海港专门为昔兰尼加的首府昔兰尼[②]服务。他肯定可以在那里找到船只停泊的地方！

他确实找到了船只停泊的地方，不过这是因为拉比恩努斯、阿弗拉尼乌斯和佩特瑞伊乌斯已经带着一百五十艘运输船在他之前来到这儿，并且把那些运粮船都赶到其他地方。卢基乌斯·阿弗拉尼乌斯负责管理这个海港，他认出了站在船尾的加图，于是让加图带着他的船队进港了。

"真没想到！"拉比恩努斯大叫道，他紧紧地拉着加图的手，来到他从阿波罗尼亚的头面人物那里征用的房子。"来，喝点好酒。"他们一起走进那个被他当作书房的房间。

加图一反常态地说："谢谢你，不用了。"

拉比恩努斯目瞪口呆。"来吧！加图，你可是罗马城里最厉害的酒鬼！"

"自从我离开克基拉岛之后就不喝酒了，"加图义正词严地说。"我向自由神发誓，在把士兵安全地带到非洲行省之前，我绝对滴酒不沾。"

"再待几天，你就可以回去好好喝酒了。"拉比恩努斯给自己倒了一大杯，气都不喘地喝下去。

"为什么？"加图坐下问。

"因为这里不欢迎我们。马格努斯战败并死去的消息已经传遍地中海地区，昔兰尼加现在只考虑恺撒的问题。他们认为恺撒正在我们后面追赶，他们害怕任何貌似协助恺撒敌人的行为都会惹怒他。所以昔兰尼城门紧

---

① 阿波罗尼亚（Apollonia）是古代马其顿王国的重要海港城市，位于安菲波利斯和帖撒罗尼迦之间，在古罗马的埃格纳提亚大道最南端。——译者注

② 昔兰尼（Cyrene）是非洲北部古国昔兰尼加的首府，曾经是古典世界伟大的知识中心之一。——译者注

闭，而阿波罗尼亚也准备与我们为敌，在我们赶走那些运粮船之后，情况变得更糟糕了。”

当阿弗拉尼乌斯、佩特瑞伊乌斯和赛克斯图斯·庞培陆续进来时，拉比恩努斯又重新解释了一遍。加图板着脸坐在那里，他的头脑一片混乱。噢，诸神啊，我又回到了野蛮人中间！我的短暂假期结束了。

加图本来有点想去看看昔兰尼和那里的托勒密王宫，据说那座王宫漂亮极了。在帕福斯[①]，他已经见过托勒密王室在塞浦路斯的王宫，所以很想比较一下托勒密王室在昔兰尼加和在塞浦路斯的住处。埃及在两百年前是个伟大的帝国，甚至曾经拥有爱琴海的一些岛屿，还有整个巴勒斯坦和半个叙利亚。但是在一百年前，埃及失去了爱琴海的岛屿，还有巴勒斯坦和叙利亚的土地，托勒密王室只保住了塞浦路斯和昔兰尼加。不过这两个地方不久之前也被罗马夺走了，而帮助罗马吞并塞浦路斯的中间人正是加图。加图回想着：塞浦路斯并不欢迎罗马的统治。让东方人接受西方人的统治从来都不是容易的事。

拉比恩努斯在克里特岛找到了躲在那里的一千名高卢骑兵和两千名步兵，他用他一贯的强硬手段把这些士兵收拢起来，然后又征用了克里特岛的所有船只。他凑齐了一千匹马、两千头骡子和四千人（其中包括非作战人员和奴隶），然后把这支部队塞进两百艘船里，接着只用了三天时间就从克里特岛的阿波罗尼亚航行到昔兰尼加的阿波罗尼亚（以阿波罗命名的城镇到处都有）。到达昔兰尼加之后，他就只好停下来等待地中海季风了。

“我们的处境越来越糟了。”加图对斯塔提卢斯和阿申诺多洛斯·科尔狄翁说，他们三人住进了斯塔提卢斯找到的一间无人小屋。加图不肯征用别人的房子，他向来都不追求自己的舒适。

“我明白。”斯塔提卢斯一边说，一边忙着照顾比他年长许多的阿申诺多洛斯·科尔狄翁。科尔狄翁日益消瘦，而且一直在咳嗽。“我们应该

① 帕福斯（Paphos）是塞浦路斯西南的一个海港城市。——译者注

预料到，昔兰尼加会站在胜利者那边。”

“确实如此。”加图痛苦地说。他抓着自己的胡须拽了拽。“盛行地中海季风的日子也许还剩下四个市集日的间隔，”他说道，“所以，我无论如何都要让拉比恩努斯快点行动。等到开始刮起南风，那我们就永远都不能到达非洲了。拉比恩努斯更想洗劫昔兰尼，而不是采取行动继续战斗。”

“你会成功的。”斯塔提卢斯安慰道。

加图确实成功了，因为幸运女神似乎站在他这边。第二天，有消息从西边一百里处的海港阿尔西诺伊传来，格涅乌斯·庞培信守诺言，已经把加图剩余的六千五百名伤兵送去非洲。这些士兵在阿尔西诺伊登陆，并且发现当地人很高兴看到他们。

“所以我们要离开阿波罗尼亚，起航前往阿尔西诺伊。”加图用他最严厉的声音对拉比恩努斯说。

“再等一个市集日的间隔。”拉比恩努斯说。

“再过八天？你疯了吗？你这个大傻瓜，随便你想做什么，但是我明天就会带着自己的船队去阿尔西诺伊！”

拉比恩努斯开始大吼大叫，但是加图并不像西塞罗那样。加图曾经把伟大的庞培都唬住了，所以他一点都不害怕像提图斯·拉比恩努斯这样的野蛮人。拉比恩努斯站在那里，他双手握拳、龇牙咧嘴，一双黑色的眼睛死死地瞪着加图那冷酷的灰色眼眸。然后他泄下气来，耸耸肩膀。

“好吧，我们明天就去阿尔西诺伊。”他说道。

但是幸运女神却在阿尔西诺伊抛弃了加图，他发现格涅乌斯·庞培的一封来信正在那里等着他。

马尔库斯·加图，非洲行省的情况看来很不错。如果我按照目前的计划进行，那我的船队就会在西西里南部海岸的海军基地驻扎下来，我还会派一些船到弗卡尼埃岛去控制撒丁尼亚的粮食。因为情况看来确实很乐观，所以我决定让我的岳父留下来管事，而我自己准备带着一大群士兵前往非洲行省。这些士兵在马其顿西部出现，并请求我让他们去跟恺撒打仗。

所以，马尔库斯·加图，虽然这么做让我很痛苦，但是我必须请你立刻把所有船只还给我。我迫切需要这些船只，那些没有受伤的士兵必须在你的伤兵之前赶到非洲行省。只要情况允许，我就会派出另外一支足够大的船队，让你的伤兵到达非洲行省，不过我建议你要在远离海岸的海域航行。在昔兰尼加和非洲行省之间的沿岸海域并不适合航行，那里的海域充满危险，但我们却没有那里的航海图。

我希望你一切安好，而且已经向神明献上祭牲。你和你的伤兵经历了许多波折，但愿你们能跟我们会合。

没有船只。而且加图知道，在奥斯特风盛行之前，这些船只根本就不可能回来。

“提图斯·拉比恩努斯，既然如此也只能听命行事了，我要求你把你的船只也送回去给格涅乌斯·庞培，”加图大声说。

“我不同意！”

加图转向阿弗拉尼乌斯。“卢基乌斯·阿弗拉尼乌斯，身为前任执政官，你的级别比我们都高，然后是马尔库斯·佩特瑞伊乌斯，然后是我。提图斯·拉比恩努斯，虽然你在恺撒手下担任过大法官，但是你从来都不是一个经过竞选的大法官，所以轮不到你来决定。卢基乌斯·阿弗拉尼乌斯，你怎么说？”

阿弗拉尼乌斯是庞培·马格努斯的忠诚追随者，而拉比恩努斯只是一个皮塞努姆人和庞培的食客。“马尔库斯·加图，如果马格努斯的儿子需要我们的船只，那他就必须得到这些船只。”

“现在我们在阿尔西诺伊有九千步兵和一千骑兵。加图，既然你这么坚持罗马传统，那你觉得我们应该怎么做呢？”拉比恩努斯气急败坏地问。

加图非常清楚，士兵们很讨厌拉比恩努斯，拉比恩努斯不像恺撒那样对士兵拥有强大的号召力。所以加图放松下来，最糟糕的已经过去了。

“我建议，”他平静地说，“我们从陆路行军。”

没有人回答，不过赛克斯图斯·庞培的眼睛顿时亮了起来

“在看到格涅乌斯·庞培的书信和召开这个会议期间，”加图说，“我询问了几个当地人。如果一个罗马士兵没有其他选择，那他还可以走路。从阿尔西诺伊到非洲行省的第一个大城镇哈德鲁麦图姆[1]的距离是一千四百里，这个距离比从卡普亚到远西班牙的一千五百里还要更短一些。我估计，在明年五月之前，非洲行省的反对势力还不会完全联合起来。我们在昔兰尼加的时候，就听说恺撒在亚历山大里亚，而且被那里的战争拖住了。而且辛梅里亚的法纳西斯国王正在入侵亚细亚，格涅乌斯·卡尔维努斯已经带兵去拦截他，他带着普布利乌斯·塞斯提乌斯的两个军团，还有一小部分其他士兵。拉比恩努斯，我敢肯定，你比我们更了解恺撒在战场上的反应。所以，你真的认为，只要他完成在亚历山大里亚的事，就会离开那里向西进军吗？”

“不，”拉比恩努斯说，“恺撒会带兵去援助卡尔维努斯，然后会给法纳西斯狠狠一击，让他夹着尾巴逃回辛梅里亚去。”

“好，我们也同意，”加图说，看起来挺高兴，“那么，同僚们，我会去问问我们的士兵，看看我们是否要步行一千四百里到哈德鲁麦图姆去。”

“没必要，阿弗拉尼乌斯就可以决定。”拉比恩努斯说着把他口里的葡萄酒吐到地上。

“我们要求他们去行军，那么除了他们谁也不能做出决定！”加图咆哮道，他的语气极为严厉。“提图斯·拉比恩努斯，你真的想要一万名不情不愿、心怀怨恨的士兵吗？你想要吗？好吧，我不想要！罗马的士兵是公民。他们有权在我们的竞选中投票，虽然如果他们是穷人，那他们的投票就起不了多大作用。但是他们中的很多人并不穷，恺撒就非常清

[1] 哈德鲁麦图姆（Hadrumetum）是北非古城迦太基的海港城市，即今突尼斯的苏塞。——译者注

楚这一点，所以才会派他们回到罗马去为他或他喜欢的候选人投票。我们手下的士兵是久经沙场的军人，他们因为分享战利品而积累了不少财富。他们在政治上和在军事上同样重要！除此之外，他们把自己存在军队银行里的所有钱都借给我们，作为共和国对付恺撒的战争基金，因此他们也是我们的债主。所以我一定要去问问他们。”

加图在拉比恩努斯、阿弗拉尼乌斯、佩特瑞伊乌斯和赛克斯图斯·庞培的陪伴下，来到阿尔西诺伊边上的大型军营。他们把士兵召集到正对着一排杂货铺的广场上，然后说明了情况。“今天晚上好好想想，明天早上给我答案！”加图高声喊。

第二天天亮，士兵们已经准备好答案，并派了昆图斯·格拉提狄乌斯作为代表去报告:“马尔库斯·加图，我们可以走路，但是有一个条件？”

“什么条件？”

“马尔库斯·加图，你要担任最高指挥。我们在战场上很乐意听从我们的统帅、副将和军团指挥官的命令，但是在一片没有人知道，也没有道路或村庄的土地上行军，只能由你来带领才行，”卢基乌斯·格拉提狄乌斯坚定地说。

另外五人都惊讶地盯着格拉提狄乌斯，就连加图也很吃惊，这个回答实在是出人意料。

“如果前任执政官同意，认为你们的要求符合罗马传统，那我就来带领你们。”加图说。

“我同意。”阿弗拉尼乌斯说，声音有点无力。加图之前说庞培·马格努斯欠了他手下士兵的债，这让阿弗拉尼乌斯（还有佩特瑞伊乌斯）大受震动，因为他也借了一大笔钱给庞培。

“至少，”第二天赛克斯图斯对加图说，“你狠狠地踢了拉比恩努斯的屁股让他滚出去了。他可从没遇到这种事！”

“赛克斯图斯，你到底在说什么？”

“昨天晚上，他把他的骑兵和马匹都装进一百艘船里，然后天亮时就起航前往非洲行省了。他带走了所有的钱，还有阿尔西诺伊能够卖给他的所有小麦，还有他的一肚子不满。”赛克斯图斯咧嘴一笑。“阿弗拉尼乌斯和佩特瑞伊乌斯也走了。”

加图的脸上掠过一阵狂喜，他甚至没发觉自己也咧嘴笑了。“哦，太好了！不过我有点担心你的哥哥，这样他就少了一百艘船。”

“加图，我也担心他，但这种担心还不足以让我想要跟那几个混蛋一起行军。拉比恩努斯和他的宝贝马匹！这次行军并不需要一千匹马，那些马只会大吃大喝。”赛克斯图斯叹了一口气。“他把所有钱都带走了，这才是对我们最不利的。”

“不，”加图平静地说，“他没有带走所有钱。你那亲爱的继母给了我两百塔兰特，而我刚好忘记跟拉比恩努斯说起这件事。不用担心，赛克斯图斯，我们有能力购买必需品。”

“没有小麦，”赛克斯图斯郁闷地说，“他把阿尔西诺伊第一次收成的小麦都带走了，现在还有那么多运粮船在周围等着，我们也不可能得到第二次收成的粮食。”

“赛克斯图斯,考虑到我们要带的饮用水,我们根本就带不了小麦。不，这次行军的口粮都必须能走路，也就是绵羊、山羊和牛。”

“噢，不！”赛克斯图斯大叫道，“肉？除了肉就没有别的？”

“除了肉就没有别的，我们还要尽量找到野菜，”加图坚定地说，“我觉得阿弗拉尼乌斯和佩特瑞伊乌斯决定在海上冒险，是因为他们突然意识到，如果是加图来担任最高指挥，那他们就不能在别人走路时骑马。”

“你是说，任何人都不能在行军中骑马？”

“任何人都不能。是不是一听到这个，也想跟在拉比恩努斯后面逃跑了？”

“我才不会逃跑！顺便说一句，他并没有带着罗马士兵离开。那些骑兵是高卢人，他们不是罗马公民。”

“好吧，”加图说着站起来，“说说我自己的事，是时候开始准备这次行军了。现在是十一月初，我估计准备工作需要两个月。这就意味着我们会在二月初出发。”

“按照季节，到时候秋天刚刚开始，天气还非常炎热。”

“我听说，在海岸边的气候还可以忍受，而我们一定要沿着海岸走，不然我们就会迷路。”

“两个月的准备时间有点太长了。”

“后勤工作需要这么长时间。首先，我要安排人编织一万顶遮阳帽。如果不是苏拉让遮阳帽变得那么出名，我都不知道我们会被晒成什么样！在这种阳光猛烈的地方，遮阳帽的重要性简直不可估量。虽然所有正派人都讨厌苏拉，但我必须因为这件事感谢他。士兵们行军时必须尽量舒服一些，所以要带上我们的骡子和拉比恩努斯留下的骡子。只要有植物生长的地方，骡子就能找到它们的口粮。当地人告诉我，沿着海岸一路上都有植物生长。所以士兵们可以把他们的装备都放在骡背上。赛克斯图斯，在无人居住的地区行军有一个特点，那就是士兵们不用穿着盔甲、带着头盔、拿着盾牌，我们也不用每天晚上都搭建军营。就算当地有少数几个人，也不敢来攻击一支一万人的军队。”

“我希望你是正确的，”赛克斯图斯·庞培认真地说，“因为我无法想象恺撒会让他的士兵手无寸铁地行军。”

“恺撒是个军人，但我不是。我只能靠直觉了。”

加图从科尔涅利娅·梅特拉赠送的银币中拿出十塔兰特，让士兵们在准备行军的两个月中吃上蘸着橄榄油的面包，时不时还有一些腊肉，还有之前剩下的许多鹰嘴豆。因为划了将近一个月的船，加图自己带领的那一千个伤兵现在都非常健壮，但后来到达的那些伤兵却比较虚弱，因为他们本来就受了伤又缺乏运动。加图召集了所有百夫长，然后下达命令：每个准备行军的士兵都要参加训练，如果等到二月时身体还不够好，那他就要留在阿尔西诺伊自寻活路。

阿尔西诺伊的财务官名叫索克拉特斯，他给加图提供了许多有益的建议。此人学识丰富、头脑开明，加图一说出自己的计划，就激发了他的想象。

“噢，马尔库斯·加图，这又是一次长征！”他激动地说。

“索克拉特斯，我不是色诺芬[①]，我的一万士兵是优秀的罗马公民，不是准备为波斯敌人打仗的雇佣军。”加图说。他近来在努力调整自己的声音，免得让那些他需要的人受到冒犯。所以他不希望自己的声音让人想起某个厉害角色，也不想让自己的行军与将近四百年前的那次著名远征联系在一起。“而且，我的行军不会青史留名。我没有色诺芬的写作冲动，不想为任何背信弃义的事辩解，因为我这里并不存在任何背信弃义的事。所以，我也不会为这次万人行军写下任何记录。”

“不过，你要做的事确实艰苦卓绝。”

“我要做的事非常明智。”加图回答说。

加图没有对索克拉特斯说出他最大的担忧：他的士兵从小吃着由面、油、青菜和水果组成的意大利伙食长大，穷人唯一的肉食就是咬一小口腊肉作为料理，只有肉类的伙食他们恐怕不能忍受。

“但是你肯定知道万灵药。”索克拉特斯说。

“是的，我知道。”加图脸上显出一阵厌恶，那种神情在他的长头发和长胡须之下都看得很清楚。“像我岳父那样喜欢大吃大喝的人，就会花大价钱去买那种东西。据说这种东西可以帮助那些吃了太多肉的人恢复胃口，”他深吸一口气，一副不可思议的表情，“肉！吃了太多肉！索克拉特斯，索克拉特斯，我需要万灵药，但是我有一万个人需要连续几个月每天都服药，我怎么可能有足够的钱去购买那么多万灵药呢？”

索克拉特斯笑得眼泪都出来了。“马尔库斯·加图，你要经过的地方是一片长满罗盘草[②]的荒野，你的骡子和牛羊都会把这种矮小的灌木当作食物。普叙洛伊人会从罗盘草中提炼出万灵药。他们住在昔兰尼加的西部，一个叫作菲莱诺伦的海港小镇。如果地中海周边地区的人也以肉类为主

① 色诺芬（Xenophon）是古希腊历史学家，他在《长征记》中描述了小居鲁士和他的希腊雇佣军在公元前401年从萨迪斯到巴比伦的远征。——译者注

② 罗盘草（silphium）是古代文献记载中的一种药用植物，只生长在北非沿海的某些特定地带。从这种植物中提取的万灵药可以治愈消化不良、咳嗽发烧、皮肤疾病和其他一切疾病，还可以用于妇女避孕，并且可以解蛇毒、蝎毒和蜂毒。——译者注

食，那普叙洛伊人早就发财了。通过万灵药发财的是那些到菲莱诺伦采购的奸商，并不是普叙洛伊人。”

“他们说希腊语吗？”

“哦，是的，他们必须会说希腊语，不然他们就不能通过万灵药得到任何东西。”

第二天，加图骑着马准备前往菲莱诺伦，赛克斯图斯·庞培快马加鞭地追上他。

“回去，把力气用在军营里。”加图严厉地说。

“加图，你可以给任何人下命令，”赛克斯图斯高高兴兴地说，“但我是庞培·马格努斯的儿子，而且我好奇死了。我听索克拉特斯说，你要用一塔兰特银子到普叙洛伊人那里去购买万灵药，所以我觉得应该有比斯塔提卢斯和阿申诺多洛斯·科尔狄翁更合适的人陪你一起去。”

“阿申诺多洛斯病了，”加图简单回答，“虽然我要禁止其他人骑马，但我恐怕要为阿申诺多洛斯放松命令。他已经不能走路，而斯塔提卢斯要照顾他。”

菲莱诺伦大概要往南两百里，不过所经之处有人居住，所以每天晚上都能找到地方吃饭和住宿。加图发现赛克斯图斯那种轻快随意的陪伴让自己很愉快。不过，当他们骑着马走过最后五十里地时，加图想着：我大概能看出我们的行军是什么情况了，虽然牲畜可以在地上吃草，但这些野地还是很荒凉。

“这里最大的好处是有地下水，”普叙洛伊的首领纳萨摩尼斯说，“所以罗盘草才能长得那么好。青草长得不太好,那是因为他们的根系不够深，不能喝到地下水，而罗盘草的根系比较深。你们经过查拉克斯和莱普提斯之间的盐田和沼泽时，就会喝光你们携带的全部饮用水。在沙布拉塔和塔普苏斯之间还有更多盐碱地，但是那段路程比较短，而且这段路程的最后一部分有一条罗马人修建的道路。”

“所以那里有居民点？”加图问，脸色顿时亮了起来。

“在这里和往西大概六百里的大莱普提斯之间，只有查拉克斯一个居民点。”

“到查拉克斯有多远？”

“大概是两百里，但是那里的海岸边有水井和绿洲，而且当地居民也是普叙洛伊人。”

“你觉得，”加图有点迟疑地问，“我可以雇佣五十个普叙洛伊人，一路跟着我们到塔普苏斯吗？这样，如果我们遇到一些不会说希腊语的人，那我们就可以跟他们交流了。我可不想让当地人以为我们要入侵他们的土地。”

“雇佣我们的价钱很贵。”纳萨摩尼斯说。

“两塔兰特的银子？”

“马尔库斯·加图，这么多钱，你要雇佣我们所有人都可以！”

“不，五十个人就够了。而且我只要男人。”

“这不可能！”纳萨摩尼斯微笑着摇摇头。“从罗盘草中提炼万灵药是女人的工作，而且你必须一边行军一边提炼。因为每个人每天需要服用一小勺，所以你不可能带着那么多药上路。不过，我会免费派出十个普叙洛伊男人，让他们维持那些女人的秩序，并且为你们处理毒蛇和蝎子叮咬的问题。”

赛克斯图斯·庞培吓得脸色发白，害怕地吞了吞口水。“毒蛇？”他的声音有点发抖。“蝎子？”

“没错，特别多。”纳萨摩尼斯说，就好像毒蛇和蝎子都是最普通不过的臭虫。“我们治疗蛇虫咬伤时，会深深地切入伤口，然后把毒液吸出来。不过，这说起来简单，做起来很难。所以，我建议你们带着我们的男人，他们是这方面的专家。如果咬伤处理得当，那除了老弱妇孺，几乎不会有人死亡。”

对了，加图冷静地想着，我要让一些骡子不要驮东西，这样才能让被咬的人坐上去。幸运女神啊，谢谢您赐给我们这些普叙洛伊人！

在返回阿尔西诺伊的路上，加图恶狠狠地对赛克斯图斯说，“不许你跟任何人提起毒蛇和蝎子的事！你要是敢告诉别人，我就把你套上锁链送给托勒密国王。”

遮阳帽编好了，阿尔西诺伊和周边乡镇的驴子也都被带走了。因为加图从索克拉特斯和纳萨摩尼斯那里得知，骡子喝的水太多、吃的东西也太多。驴子体型更小更加耐劳，是用来运东西的最佳选择。幸运的是，没有一个农夫或商人不愿意用驴子来换骡子，这些可都是品种最好的罗马军用骡子。加图用三千头骡子换了四千头驴子。他选择用牛来拉车，不过他没能买到绵羊，最后只好买了两千头牛和一千头山羊。

加图闷闷不乐地想着：这不是一次行军，而是一次移民。拉比恩努斯现在已经安全到达乌提卡[①]，他肯定在哈哈大笑！但我会向他证明！即便要付出生命的代价，我也会带着一万名士兵到非洲行省去战斗！加图手下的士兵总共有一万名，他把非作战人员也带上了。任何罗马将军都不会让他的士兵独自去行军、扎营、战斗和照顾自己。每个百人队有一百名士兵，但其中只有八十人是士兵，另外二十人是非作战人员，这些非作战人员负责磨面粉、烤面包、在行军途中送水、照顾百人队的牲畜和货车、清洗衣服和整理内务。他们不是奴隶，而是罗马公民，只是他们不适合当兵。这些老实巴交的乡下人会分到一小点战利品，还享有跟士兵同等的口粮和饷银。

当昔兰尼加的女人忙着织帽子时，昔兰尼加的男人也在忙着制作水袋。因为普通水罐的底部是尖的，用来放在框架上或厚厚的锯末上，这种陶罐如果绑在篮子里让驴子驮着就太笨重了。

“没有酒？”赛克斯图斯失望地问。

“没有，一滴酒都没有，”加图回答说，“士兵们要喝水，我们也是。阿申诺多洛斯也不能用酒来提神了。”

---

① 乌提卡（Utica）是北非沿海地区古代腓尼基人的居住地，位于现今的突尼斯。——译者注

二月二日，这支大军出发了，阿尔西诺伊的所有居民都来欢送。这不是一支整齐前进的军队，而是一大群乱糟糟的牲畜和许多穿着托伲戴着草帽的男人。这些人走在牲畜中间努力维持队形，而加图在前面带领着这支队伍一路向南前往普叙洛伊人的菲莱诺伦。加图很快就发现，虽然阳光仍然带着夏季的炎热，但这种行军速度并不会让他的士兵太辛苦。因为有大批牲畜，他们每天只能走十里路。

加图从来都没有带过兵，因为任何一个头脑正常的罗马权贵都不会想到要让加图去带兵，这些权贵常常被加图的固执和率直气得半死。但事实证明，加图是带领这支军队去远征的理想人选。他的眼睛盯着每个地方，他的注意力不会漏掉任何一个人，这种情况就连恺撒都可能会走神。第二天天亮时，他的百夫长接到命令，要确保每个士兵的鞋子都牢牢地绑在脚上，因为他们走在没有路面的地上，而这片土地有很多隐藏的空洞，如果一个士兵不小心扭伤脚踝或拉伤韧带，那他就会变成一个累赘。在开始行军的第八天，他们还没有走完前往菲莱诺伦的一半路程。加图想出一个办法，他让每个百人队管理一定数量的驴子和牛羊，这些牲畜就是每个百人队自己的财富，如果这些牲畜吃得太好或喝的水太多，那这个百人队就不能从其他管理得更好的百人队那里获得物资。

每天傍晚，这支大部队就停下来，从水井或泉眼中打水。每个士兵都睡在他那个可以防水的斗篷上，这种斗篷是一个圆形，中间挖了一个洞。士兵们在雨雪天气中行军时，就会把脑袋从这个洞口伸出来。在这第一段行军路上，加图带上了所有的面包和鹰嘴豆，因为要到菲莱诺伦之后才有万灵药。他们每天只走十里路，而且这前面二百里路的情况他们已经心中有数，所以这段路程实在不算辛苦。在菲莱诺伦之后，情况可能会糟糕得多。

原定二十天的路程，他们奇迹般的只用了十八天就走完了。加图让士兵们休息三天，他们的临时军营建在一片沙滩上。士兵们游泳、捕鱼，用一两个宝贵的银币向普叙洛伊的女人买春。

所有的士兵都会游泳，这是他们军队训练的一部分。谁知道什么时候就有人像恺撒那样命令他们游过一个湖泊或一条大河呢？他们赤裸着身体打闹嬉戏，狼吞虎咽地吃鱼。

加图心想，让他们好好放松吧。他自己也下去游泳。

“嘿！”赛克斯图斯看着赤身裸体的加图说，“我从来都没想到你的身材这么好！”

“那是因为你太年轻了，”加图不苟言笑地说，“不记得我没有穿上托伲就直接穿上托迦的样子。我这么做是为了抗议罗马传统遭到的腐蚀。”

百夫长不用照顾牲畜也不用参与杂事，但是他们有其他任务。加图把他们叫在一起，向他们下达了关于肉食和万灵药的命令。

“你们不能再吃植物，除非跟我们一起行军的普叙洛伊人说那种植物可以吃，你们的手下也要这样做，”加图高声说，“你们每人都会分到一根勺子,用来给你们的百人队分发万灵药。在大家吃了牛肉或羊肉的夜晚，你们要亲自给每个人分发半勺万灵药。你们还要跟普叙洛伊女人和两百个非作战人员一起工作，负责罗盘草的收集和处理。我听说这些草药要弄碎、熬煮和冷却，然后再把上面的万灵药捞出来。这就意味着我们需要在没有树木的野外找到可以烧火的东西。所以无论是干枯的草木还是那些经过干燥的草药碎渣，你们都要收集起来作为燃料。任何人如果试图侵犯普叙洛伊女人，那他就会失去罗马公民权，还会被处以鞭刑再斩首。我说到做到。”

百夫长们以为加图说完了，但是事实并非如此。“还有一件事！”加图高声大喊，“任何人，无论他是什么等级，如果他让山羊吃掉自己的帽子，那他就再也没有帽子。这样他就会中暑而死！有些人的帽子已经被羊吃掉了，我还有一些多余的帽子可以给他们，但是这些多余的帽子就快用完了。所以，这次行军的每个人都要特别注意：没有帽子，就会没命！”

“士兵们已经接到命令，”赛克斯图斯说，他正陪着加图走向纳萨摩尼斯的房子。“加图，问题是，要避开一头铁了心想吃掉帽子的山羊，就像老富翁要避开盯上他的妓女一样困难。你是怎么保护你的帽子？”

“只要帽子不在我头上，我就躺下来把帽子压在我下面。帽子被压扁又有什么关系呢？每天早晨我又把帽子撑起来了，然后我就用带子把帽子紧紧地绑住，那些制作帽子的女人给我们准备带子确实很明智。”

“我已经吩咐过了，”纳萨摩尼斯说，很遗憾这支热热闹闹的队伍就要离开，“我的人会给你们一切可能的帮助，直到你们到达查拉克斯为止。”他故意咳了一下，“呃，马尔库斯·加图，我能给你一点建议吗？虽然你需要那些山羊，但如果你继续让那些山羊到处乱走，那你永远都不能活着到达非洲行省。它们不仅会吃掉你们的帽子，还会吃掉你们的衣服。山羊什么东西都会吃。所以你们行军时要把它们拢在一起，晚上要把它们圈起来。”

“用什么把他们圈起来？”加图大声问，他真是受够那些山羊了。

“我注意到，每个士兵都有一根用来制造栅栏的木桩。这根木桩足够长，如果地上太崎岖，就可以铺上木桩再走过去，所以每个士兵都带着一根木桩。既然如此，你们晚上就可以用这些木桩建起栅栏把山羊圈起来。”

“纳萨摩尼斯，”加图说着露出一个微笑，赛克斯图斯从未见过他这么高兴，“如果没有你和普叙洛伊人，我真不知道该怎么办。”

昔兰尼加那美丽的山峰已经看不见了，一万军兵进入了一片长满罗盘草的荒野。在一片黄褐色的土地上，除了这些灰绿色的小灌木，就只有碎石子和拳头大小的石头，那些木桩确实派上了大用场。

纳萨摩尼斯说得对，他们经常能遇到水井和水坑，但是这些水源里面的水并不多，所以不可能在每天夜里满足一万个人和七千头牛羊所需，要满足这么大的需求得有一条像台伯河那么大的河才行。于是加图让一个百人队和这个百人队的牲畜负责运水，他们经过每处水源时都会把水囊装满水，这样大队伍就能照常前进。每天日落时，所有人都会停下来吃饭，他们的食物是在海水中煮过的牛肉或羊肉。所有人都要收集一些枯死的灌木，然后他们就会睡上一觉。

除了辽阔的天空和罗盘草灌木丛，一直陪伴他们的还有大海，那一片晶莹透亮的蓝色海水在有礁石的地方会翻出白色浪花，海水轻柔地冲刷着连绵不绝的沙滩。因为牲畜行动缓慢，所以士兵们可以迅速地沾点水让自己凉快凉快，顺便清理一下个人卫生。因为他们每天只能走十里路，所以等他们到达哈德鲁麦图姆应该是四月底了。加图一想到这个就轻松多了，到时那些争夺军队统帅权的斗争早就结束了。这样我就能把这一万士兵交给我们的军团，而我自己就可以好好安静一下了。

罗马人不吃牛肉，也不吃山羊肉。牛只有提供皮革这一个用处，牛油、牛血和牛骨都用来充当肥料，而山羊则用来产奶制作奶酪。

一头牛的可食部分大概有五百磅，除了皮、骨和内脏之外都可以吃。每人每天可以吃一磅牛肉，没有人会强迫自己吃得更多。他们一连六天每天吃掉二十头牛，加图看着牛群日渐缩小，于是决定每八天有两天要吃山羊肉，只是山羊肉让他们觉得更没胃口。

一开始，加图希望山羊可以产奶，这样就可以制作奶酪。但是他们一离开菲莱诺伦，那些本来正在给小羊喂奶的母羊就断奶了。这里没有熟悉山羊的专家，加图只能自己推测：也许是山羊吃了太多罗盘草，或者是山羊再也吃不到草帽和其他草料。队伍中的牛都长着长长的角，它们不愠不火地跟着人群慢慢前进。这些牛的屁股上骨头外凸，就像一对翅膀那样，干瘪的乳房在下面摇摇晃晃。这里也没有熟悉牛的专家，加图只能自己推测:所有的公牛都阉割了，因为没有阉割的公牛总会惹麻烦。无论是猫、狗、羊或牛，那些没有阉割的雄性动物总是因为忙着交配而把自己弄得又干又瘦。它们要散播自己的种子，要弄出一大群小猫、小狗、小羊和小牛。

加图把自己的一些想法跟赛克斯图斯·庞培说了。加图表现出的这一面让赛克斯图斯感到很惊讶。马尔库斯·波尔基乌斯·加图是个狂热分子，赛克斯图斯相信其他罗马人都没有见过这个狂热分子的另外一面。这就是那个逼着自己的父亲发动内战的人吗？这就是那个对任何可能带来变革的法令行使否决权的保民官吗？加图曾经迫使保民官们留下波尔基娅巴西利卡[1]里面那根碍手碍脚的柱子，就因为那根柱子是监察官加图安放在那里的，那是罗马传统的一部分，无论如何都不能拆除。当时加图就跟现在的赛克斯图斯一样年轻。这真的是曾经那个少年吗？噢，赛克斯图斯听过太多关于加图的故事。加图是个从不贪腐的城市财务官。加图是个酒鬼。加图卖了他亲爱的妻子！但是这同一个加图却在这里沉思，为什么雄性会那么好色，就好像他自己不是一个雄性似的。他不仅是一个雄性，而且天赋异禀。

“说到我自己，”赛克斯图斯轻松自在地说，“我非常希望回到文明的地方。有文明的地方就有女人，我迫切需要一个女人。”

加图那双灰色的眼睛显出冷酷的神情。“赛克斯图斯・庞培，如果一个男人是真正的男人，那他就应该能够控制自己的低级本能。四年时间根本就不算什么。”加图咬牙切齿道。

“当然了，当然了！”赛克斯图斯赶紧偃旗息鼓。四年？他提出这个时间可真有意思！在马尔基娅两次嫁给加图期间，她以妻子的身份陪了昆图斯・霍尔滕西乌斯四年。加图爱她吗？加图难过吗？

在一个美丽的咸水湖边，有一个叫作查拉克斯的村庄。这里的居民是普叙洛伊人和一些叫作加拉曼特人的内陆人，他们以潜水采集珊瑚和珍珠为生。他们的食物只有鱼、海胆和少数几种种在小块土地上的蔬菜。这些蔬菜由当地女人辛辛苦苦地灌溉，她们看到一支可怕的大军突然到来，都尖叫着保护她们的作物，还一边挥舞锄头一边高声叫骂。加图立刻下达命令，禁止士兵抢掠蔬菜，然后就跟当地人的首领商量要购买青菜。当然，当地人不可能提供足够的蔬菜，不过看在加图掏出的大笔银子，那些女人把每一根稍微长大的菜苗都揪出来了。

罗马人很清楚，人如果一点水果和青菜都不吃就会死，但是加图到

---

[1] 巴西利卡（basilicae）是古罗马的一种公共建筑形式，其特点是平面呈长方形，外侧有一圈柱廊，主入口在长边，短边有耳室，采用条形拱券作屋顶，常被作为法庭或者商场。——译者注

目前为止还没有发现士兵们有任何不适。他们已经习惯在行军时嚼着罗盘草的嫩枝，这样能让他们嘴巴里多一点口水。罗盘草除了含有万灵药，肯定也发挥着类似青菜的作用。加图心想：我们才走了四百里，但我知道我们肯定能走完全程。

队伍休息一天，大家可以游个泳、吃顿鱼，然后这一万人又继续走向那可怕的荒野。这片荒野就像一块木板那样平坦，一些罗盘草树丛点缀在盐田和盐沼之间。他们就在这片荒野上艰苦跋涉，走了四百里路都没有看到水井或绿洲。在这四十天中，白天酷热、夜晚冰冷，到处都是蝎子和蜘蛛。在昔兰尼加，没有人提到蜘蛛的问题，这个问题出现时对士兵们真是一个可怕的打击。意大利、希腊、高卢、西班牙、马其顿、色雷斯、小亚细亚，在这些罗马人熟悉的地方都没有大蜘蛛。这样的结果就是，一个得了许多军功章的第一先锋百夫长，一个像恺撒一样打过许多仗的老兵，一看到大蜘蛛都会吓得昏死过去。现在这个地方叫作法扎尼亚，这里的蜘蛛不是有点大而是特别大。蜘蛛的身子有小孩手掌那么大，它们休息时就把那毛茸茸的腿收在肚子下。

“噢，天神啊！”赛克斯图斯大叫道。早上收起自己的斗篷时，他使劲地甩着抖下一个大蜘蛛。“马尔库斯·加图，我跟你直说了，如果我知道会有这些虫子，那我宁愿去忍受提图斯·拉比恩努斯！我父亲说他到达里海之后，三天之内就转头离开，就因为那里有蜘蛛。我当时还半信半疑，现在我终于知道他是什么感觉了！”

“至少，”加图说，看起来一点都不害怕，“被蜘蛛咬到只是比较疼，因为这些蜘蛛咬人的牙齿太大了，但是它们不像蝎子那样有毒。”

加图私底下也像其他人那样感觉又害怕又恶心，但是自尊心不允许他暴露自己的感情。如果统帅都尖叫着逃跑，那他的一万士兵会怎么想呢？要是晚上有木头烧火取暖就好了！这个地方白天热得要命，但是日落之后就冷得要死，谁能想到会这样呢？这种变化那么突然，那么剧烈，上一刻热得像在烤肉，下一刻就冷得牙齿打架。但是他们只能从沙滩上收集到一小点浮木，而这些木头必须留着用来煮肉和熬制罗盘草。

那些普叙洛伊男人确实发挥了很大作用。无论大家检查地面时多么仔细，但是总有蝎子躲在那里。很多人都被蝎子咬了，那些普叙洛伊男人教会每个百人队的医疗兵如何切开伤口吸出毒液，所以被咬的人很少需要骑驴。只有一个瘦弱的普叙洛伊女人比较倒霉，她被蝎子咬伤之后受了很多苦，最终还是一命呜呼。

行军越困难，加图就越兴奋。赛克斯图斯实在想不明白，加图每天怎么能走那么多路。他会探访每个小分队，还会停下来跟他们说说笑笑，称赞他们是多么优秀。他们会鼓起勇气，乐呵呵地假装自己正在度过一个愉快的假期。然后就继续前进。每天十里地。

水囊开始干瘪，那四十天的行程刚进入第二天，加图就开始了饮用水的配额，连牲畜也不例外。不过如果偶尔有一头牛倒下，那这头牛就会当场宰杀，然后变成他们的晚餐。至于那些驴子，它们就像加图那样不知疲倦地一直往前走。这些驴子背上的水囊逐渐减轻重量，这就已经帮了它们的大忙。但是干渴的情况很严重。无论是白天还是黑夜，都可以听到牲畜的阵阵哀鸣，公牛的哞哞声、山羊的咩咩声和驴子的咴咴声交织在一起。仍然是每天十里地。

有时候，远方的阴云会让他们备受煎熬。他们看着那片云变得越来越黑，离得越来越近，还有一两次看着那片云开始下雨，但是那些雨水从来都没有落在这一万人的头上。

对加图来说，他总是满怀激情地去鼓励每个士兵，这次行军对他来说变成了某种荣耀。在他内心深处的某个地方，他那因为斯多葛精神而饱受折磨的灵魂似乎升腾出来，拥抱着他那饱受折磨的肉体。仿佛他正飘荡在一片痛苦的海洋上面，但是这种痛苦却能净化心灵、妙不可言。

在正午，太阳让地面变得像一大片发光的烟尘，加图有时会看见他的哥哥凯皮欧正向自己走来，红色的头发就像熊熊燃烧的火焰，那张熟悉的脸上闪耀着对他的关爱。有一次，他看见了马尔基娅。还有一次，他看见了一个陌生的黑发女人。他心里知道，这个陌生人就是他的母亲，尽管母亲在他出生两个月后就去世，而且他从未见过母亲的画像。这是赛尔维利娅变成好人的模样。这是李维娅·德鲁莎。妈妈，妈妈。

他的最后一次幻觉是在离开查拉克斯之后的第四十天。那天早晨，昆图斯·格拉提狄乌斯告诉他，水囊里面的水全都喝光了。这个幻像又是凯皮欧，但这一次他那亲爱的哥哥仿佛触手可及。

“不要绝望，弟弟，有水了。”

有人高声尖叫，那个幻像消失了。随之而来的是一万士兵敞开喉咙大叫：水！

短短一个下午，周围的风景就发生了巨大的改变。水源带来了这些改变，那是一条小小的河流。这条河出现的时间还很短，所以河岸边的植物还是幼苗。直到这时，加图才意识到他们已经走了八十天，秋天已经开始转向冬天，雨水也开始降落。某一场惊人的暴雨给内陆地区降下宝贵的雨滴，并且在地面形成一条河流，然后这些纯净的溪水就一路奔流地汇入大海。现在只剩下五十头牛，还有大概一百头山羊。凯皮欧的好消息来得太及时了。

人和牲畜在小溪两岸散开五里长，一个个都开怀畅饮直到再也喝不下了。加图给他们下了死命令，任何人和牲畜都不许在溪水附近排便。然后加图又给了这一万人四天时间，让他们去装满水囊，在海里游泳，捕鱼和睡觉。他自己要去寻找文明的地方，还要找到更多食物。

“法扎尼亚的土地就在我们后面，”加图对赛克斯图斯说。他们游了泳，然后躺在沙滩上。

赛克斯图斯看着无边的沙滩上挤满了人，心里想着：我们都变得黑不溜秋的，就连加图那雪白的皮肤都变黑了。至于我自己，看起来简直就像个叙利亚人。“我们现在在什么地方？”他问道。

“特里波里塔尼亚。”加图说。

为什么加图看起来那么悲伤？简直让人以为我们刚刚离开天堂，而不是走出炼狱。我们的水已经喝光了，我们差点就要渴死了，还有我们的食物也快吃光了。他难道不明白吗？还是说，这些水是他用自己的意念变出来的？加图的任何表现都不会再让我吃惊了。

“特里波里塔尼亚，”他跟着说了一遍。“意思是有三座城市的地方。但是，我知道在贝瑞妮丝和哈德鲁麦图姆之间根本就没有什么城市。”

“希腊人喜欢熟悉的名字，看看有那么多城镇叫作贝瑞妮丝、阿尔西诺伊、阿波罗尼亚、赫拉克莱亚就知道了。所以我猜测，当地人在这附近比较富饶的海边建立了三个只有几户人家的村子，然后他们就把这个地方叫作‘三座城市’。如果索克拉特斯和纳萨摩尼斯说得没错，那这三个村子就叫作大莱普提斯、欧伊亚和沙布拉塔。很奇怪，不是吗？我只知道一个叫作莱普提斯的城市，就是在我们非洲行省的小莱普提斯。”

特里波里塔尼亚不像坎帕尼亚[①]或远西班牙的巴埃提斯河谷那样丰饶，但是从这第一道溪流开始，看来他们已经到了可能有人居住的地方。这片土地还长着罗盘草，但是现在又多了一些看起来比较柔软的植物，而且普叙洛伊人说这些植物可以吃。平坦的大地上有时点缀着一些奇怪的树，树枝平平展开、层层如盖，稀稀疏疏的黄绿色叶子看起来像蕨类植物。这些树让加图想起德鲁苏斯舅舅家院子里的那两棵树，那两棵树据说是由西庇阿·阿非利卡努斯带回罗马的。如果真是那种树，那到了春天或夏天就会开满美丽的红色和黄色花朵。

在赛克斯图斯·庞培看来，加图又变回常态。“我想，”加图说，“我应该骑上驴子到前面去，看看当地人对一万士兵和几头山羊会有什么反应。当然，我们绝对不会从他们的麦田或果园中间走过去。我会试着向他们购买一些食物。鱼肉可以换换口味，但我们还需要再买些牲畜。噢，我真希望能买到一些麦子来做面包。”

赛克斯图斯看着加图骑上驴子忍不住哈哈大笑，因为那模样实在是太滑稽了。加图的腿很长，所以他看起来不像骑在驴背上而像是在划船。

四个小时后，加图在另外三个人的陪同下回来，虽然赛克斯图斯觉得加图很滑稽，但那三人看着加图的目光都充满赞叹。我们真的到了文

---

① 坎帕尼亚（Campania）位于意大利南部，是萨莫奈人的聚集地，也是土壤肥沃、物产丰饶的农业区。——译者注

明的地方，因为他们听过马尔库斯·波尔基乌斯·加图这个名字。

“我们知道接下来怎么走了。”加图对赛克斯图斯说。他从驴子上下来，就像跨过一道矮栅栏那么容易。“这是阿里斯托穆斯、法扎尼斯和福基阿斯，他们会充当我们在大莱普提斯的中间人。赛克斯图斯，大莱普提斯距离这里二十里，我在那里买到了一些绵羊。还是肉，我知道，但至少是另外一种肉。我和你要到莱普提斯去，所以你要赶紧收拾行李。”

他们经过一个叫作米苏拉塔的村庄，然后就来到大莱普提斯，这个城镇居住着两万名希腊人。现在正是收获季节，而且今年是大丰收。加图掏出他的银币，买到了足够多的小麦来让士兵吃上面包，还有足够的油用来当蘸料。

“再走六百里就到塔普苏斯，然后再走一百里就到乌提卡，那里就是我们的非洲行省了。但是在沙布拉塔和特里托尼斯湖之间两百里的路上没有水源。”加图掰开开一个新鲜出炉的面包。“赛克斯图斯，经过法扎尼亚之后，我至少知道我们在沙漠上的最后一段路需要多少水。我们可以让一些驴子驮着小麦，还可以把石磨和火炉从货车上卸下来，在能找到柴火的地方烤面包。这不是一个美妙的地方吗？这一次，面包终于可以吃个够了。”

赛克斯图斯心想，这个纯正的斯多葛派终于吃上了面包。他说得对，特里波里塔尼亚确实是个美妙的地方。

虽然现在已经过了葡萄和桃子的采摘季节，但是当地人把这些水果做成了果干。这就意味着，他们有大把的葡萄干和一片片柔韧的桃脯可吃。野地里长满芹菜、洋葱、包菜和莴苣，这些蔬菜的种子是从当地人的菜园里散播出去的。

在特里波里塔尼亚，男人、女人和孩子都穿着紧身裤子，这种裤子是厚实的羊毛布料做成的，他们还穿着皮革绑腿和包头的靴子，这样可以保护他们不被蛇、蝎子和那种叫作特拉格纳提的大蜘蛛咬伤。几乎所有人都忙着农田里的劳作，他们种植小麦、橄榄、水果，还要酿制葡萄酒。不过在一些比较贫瘠的土地上，他们也养了牛和羊。在莱普提斯也有商人，还有一些想要挣快钱的罗马中间人，但是这里让人感觉充满田园气息而不是商业气息。

在内陆有一片高地，那是一片绵延三千里的沙漠，这片沙漠朝着东边、西边和遥远的南边延伸开去。加拉曼特人带着骆驼、山羊和绵羊在那片土地上四处迁徙。他们住在帐篷里，不过他们的帐篷不是为了防雨（那里从不下雨）而是为了防沙。在狂风呼啸时，卷起的沙子足以令人窒息而死。

他们已经走过八百里地，所以这一万人现在感觉自信多了，他们精神振奋地离开了莱普提斯。

他们只用了十九天就走完在盐田上的两百里路，虽然没有柴火不能烤面包，但加图的绵羊和牛一样多，可以让全部都是肉的伙食稍微变化一下口味。再也没有山羊了！加图在心中发誓，如果有生之年再也见不到山羊，那他就会心满意足。士兵们也跟他有同样的感受，特别是昆图斯·格拉提狄乌斯，他之前负责照看山羊。

特里托尼斯湖形成了非洲行省的非正式边界线。不过这个湖泊实在令人失望，湖里的水尝起来有点发苦，因为水里含有泡碱，这是一种类似盐的东西。在这个湖东边的海域生长着一种骨螺，于是一个制作紫色染料的工厂就建在湖边。工厂的旁边有一大堆腐烂发臭的螺壳和螺肉，因为紫色染料是从螺肉的一小部分中提炼出来的，所以还有大部分的螺肉剩下来。

不过，这个湖标志着罗马大道的开始，而且这条大道经过正规的测量和铺设。这一万人说说笑笑地经过那个恶臭的工厂，他们尽可能快地走过这段路，高兴地在大道上昂首阔步。只要有罗马大道，那就是罗马的地盘。

刚离开塔普苏斯，阿申诺多洛斯·科尔狄翁就倒下死掉了。他的死亡很突然，加图当时正在其他地方，没来得及跟他告别。加图流着眼泪，看着士兵们用浮木搭起一个火葬堆。他向宙斯祭酒，又向冥河的摆渡者卡隆[①]献上一枚银币，然后就拿着自己的东西走在队伍前面。昔日老友越来越少了。卡图卢斯、比布路斯、阿赫诺巴布斯，现在又轮到亲爱的阿申诺多洛斯·科尔狄翁。我自己还剩下多少日子？如果这个天下最后是恺撒的，那我的日子也不多了。

这次行军在乌提卡郊区的一个大军营终止。乌提卡一直都是非洲行省的首府，另外一个迦太基王国在汉尼拔、哈米尔卡和哈斯杜鲁巴的家乡重建，但是西庇阿·艾弥利亚努斯对那个地方的摧毁太彻底了，所以新迦太基虽然也拥有同样优良的海港，但却从来都不能跟乌提卡对抗。

加图离开这一万名士兵时非常伤心，士兵们也因为失去他们亲爱的统帅而难过。这些士兵从来都没有组成军团，所以加图带来的这十五支步兵大队和非作战人员会被打散插入已有的军团。但是这次不可思议的行军还是让每个参与者都带上神圣的光芒，在他们的罗马士兵同伴眼中焕发着特殊的荣光。

除了赛克斯图斯·庞培，加图只带走了昆图斯·格拉提狄乌斯，加图想让格拉提狄乌斯来训练民兵。加图很快就要进入总督府，重新回到那个他已经有五个月失去联系的世界里。在此之前的最后一夜，加图坐下来写信给阿尔西诺伊的财务官索克拉特斯。

亲爱的索克拉特斯，我事先就找了几个人，他们迈开两个步子的距离刚好是五尺，然后我就让他们测量从阿尔西诺伊到乌提卡的全部路程。他们测量结果的平均数是一千四百零三里[②]。考虑到我们停下休息的时间，在菲莱诺伦是三天，在查拉克斯是一天，在大莱普提斯城外是四天，总共是八天，所以我们真正行军的时间是一百一十六天。如果你还记得，我们是在二月五日之前三天离开阿尔西诺伊。我们到达乌提卡是五月五日。在我坐下来算清这些数字之前，我一直都以为我们

① 卡隆（Charon）是希腊神话中厄瑞玻斯（黑暗之神）和尼克斯（黑夜女神）的儿子，把死者的亡灵摆渡过冥河是他的工作，他的工钱就是举行葬礼之前放在死者口中的那枚钱币。——译者注

② 本书中的“里”是指古代的“罗马里”，1罗马里约等于1480米。——译者注

的行军速度是每天十里路，但事实上我们每天走了十二里路。在行军途中，我的手下只有六十七人丧生，还有一个普叙洛伊女人被蝎子咬死了。

这封信只是想告诉你，我们平安到达了。我还想说，如果不是因为你和普叙洛伊人的首领纳萨摩尼斯，那我们的行军肯定会失败。我们一路上遇到的人都友好地给我们帮助，但你和纳萨摩尼斯提供的帮助远远超过其他一切帮助的总和。等到我们亲爱的共和国重建秩序的那一天，我希望能邀请你和纳萨摩尼斯到我在罗马的家里做客。我会让大家都知道你做过的贡献。

这封信花了一年时间才来到索克拉特斯手中，在这一年中又发生了许多事情。索克拉特斯双眼含泪地读完这封信，最后那张纸落到他大腿上，他坐在那里摇头感叹。

"噢，马尔库斯·加图，你要是色诺芬就好了！"他大叫道。"你们用四个月走完了一段没有人走过的旅途，但你能告诉我的只有这么几件事和几个数字。你真是彻头彻尾的罗马人！如果是一个希腊人，那他肯定会留下丰富多彩的记录，用这些记录就能写成一本书。但你只是让几个人用步子丈量路途。你的感谢让我很感动，你的书信我也会好好收藏，因为你要抽出时间来写信确实很困难。但是，对于你的万人长征，我该怎么向人描述呢！"

## 第3节

罗马的非洲行省不是很大，但却非常富裕。六十年前，盖乌斯·马略打败了努米底亚[①]国王朱古达，于是努米底亚的一些土地让这个行省继

① 努米底亚（Numidia）是非洲北部的古国，大致相当于现在的阿尔及利亚。在第二次布匿战争期间，它的两大部落分裂，一个支援罗马人，另一个支援迦太基人。公元前201年罗马人取胜后，部落首领马西尼撒当上了努米底亚的国王。公元前109年，马西尼撒之孙朱古达与罗马开战，史称"朱古达之战"。公元前105年朱古达被擒，"朱古达之战"以罗马的胜利告终。公元前46年努米底亚成为罗马的行省。——译者注

续扩大，但是罗马更喜欢称臣归顺的王国而非自己派遣总督，所以希延普撒尔国王得到罗马的允许继续统治他的大部分国土。他的统治持续了四十年，然后由他的儿子朱巴继承王位。非洲行省有一个宝贝让罗马必须派人来管理，这个宝贝就是巴格拉达斯河，这条大河有许多充沛的支流，让大规模的小麦种植成为可能。当加图和他的一万人来到这里时，这个地方的粮食已经变得像西西里的粮食那么重要了。当地有许多大型农场，这些农场的主人是元老院的成员或最有权势的十八个百人团的骑士商人。罗马直接管理这个地区还有另外一个原因：此处的非洲海岸正对着北方的西西里和意大利半岛的底部，所以是入侵西西里和意大利的理想地点。迦太基就曾经从这里发动了好几次入侵。

恺撒越过卢比孔河之后基本控制了意大利，于是那些反对恺撒的元老院成员就推举伟大的庞培充当统帅，然后就跟着庞培一起离开家乡。庞培不想让意大利再次因为内战而遭殃，所以他决定到海外跟恺撒打仗，于是就选择了希腊的马其顿为战场。

但是，能够出产粮食的行省都很重要，特别是西西里和非洲行省。所以共和派在逃跑之前就先派遣加图去守卫西西里，而总督普布利乌斯·阿提乌斯·瓦鲁斯则代替共和派守住非洲行省。恺撒派出他那个优秀的前任保民官盖乌斯·斯克里波尼乌斯·库里奥，要把西西里和非洲行省从共和派手中夺走。恺撒不仅要喂饱罗马，还要喂饱几乎整个意大利，因为意大利人早就不能自给自足。西西里很快就落入库里奥手中，因为加图只是一个勇敢的士兵，但不是一个优秀的统帅。但是阿提乌斯·瓦鲁斯才不会向加图这样的蹩脚统帅妥协，也不会向库里奥这样年轻的统帅屈服。所以阿提乌斯·瓦鲁斯先让加图在非洲无法立足，让加图自己跑到马其顿去投奔庞培，然后他又联合朱巴国王对太过自信的库里奥发动突袭，结果库里奥和他的军队都战死了。

这样的结果就是，恺撒控制着西西里这个粮食产区，而共和派控制着非洲行省这个产区。西西里在丰收时可以给恺撒提供充足的粮食，但是在歉收时就无能为力了。西西里一连几次粮食歉收，因为地中海沿岸一直在闹旱灾。再加上共和派的船队守在托斯卡纳海，随时准备抢掠恺撒的运粮船，所以情况变得更糟糕了。现在共和派在东方的抵抗势力已经灭亡，而格涅乌斯·庞培又带着他的海军去守住海上的运粮通道。

在法萨卢斯战役之后，共和派聚集到非洲行省，他们都很清楚恺撒肯定会乘胜追击。只要共和派还拥有军队，那恺撒能否掌管天下就未成定论。因为他是恺撒，所以共和派想着他肯定会早到而非迟到。当加图从昔兰尼加出发时，大家都认为恺撒应该会在六月到达，因为恺撒还要先去对付安纳托利亚的法纳西斯国王。所以当加图带着一万人结束行军时，他惊讶地发现共和派的军队一派轻松，根本就不见恺撒的影踪。

如果已故的盖乌斯·马略看看最近这些年的乌提卡总督府，就会发现这个地方跟他六十年前住在这里时几乎一模一样。总督府的墙壁抹着泥灰，里面粉刷成暗红色，除了一间比较大的会客室，其他都是一些小房间。不过里面有两套连在一起的漂亮套房，可以给来访的粮食大亨或某位来观光的前排元老住宿。现在总督府里挤满许多共和派大人物的名字，这么大的阵势简直快把总督府挤爆了。在总督府里面还充满这些大人物彼此争执、吵闹不休的声音。

一个有点腼腆的年轻士兵带着加图去到总督的办公室。普布利乌斯·阿提乌斯·瓦鲁斯坐在一张胡桃木的书桌边上，周围是一些正在处理各种文件的下属。

“我听说你刚刚熬过了一次伟大的行军，加图，”瓦鲁斯说，他没有站起来跟加图握手，因为他很讨厌加图。他点了点头，那些下属就全部出去了。

“我不能熬不过去！”加图大声说，他一看到这个粗鄙之徒就恢复了那种大声嚷嚷的说话方式，“我们需要士兵。”

“是的，确实如此。”

瓦鲁斯是一个军人，他的家庭背景比较好，但还不算特别好。他自视为庞培·马格努斯的食客，但他站在共和派这边不仅仅出于对保护人应尽的义务，还因为他对恺撒深恶痛绝，而且以此为傲。现在，他咳了一声，显出傲慢的神情。“加图，我恐怕不能给你提供住宿。那些职位在保民官之下的人都只能在走廊里打地铺，而像你这样的前任大法官到处都是。”

“普布利乌斯·瓦鲁斯，我没指望你给我提供住宿。我的一个手下正在给我寻找一个小房子。”

瓦鲁斯想起加图对住宿条件的要求，不由得打了个寒颤。在帖撒罗尼加，加图住在一间只有三个房间和三个仆人的泥砖房里，他、斯塔提卢斯和阿申诺多洛斯·科尔狄翁各住一个房间。“喝点好酒？”他问道。

“我不喝酒！”加图咆哮道，“我已经发了誓，在恺撒死掉之前都不喝酒。”

“真是伟大的牺牲。”瓦鲁斯说。

加图尴尬地坐在那里一声不吭，他的头发和胡须一团乱，因为他还没来得及洗个澡就来报告。噢，可是对着这么一个人，他还有什么可说的呢？

“加图，我听说你们在过去四个月里只吃肉。”

“我们有一段时间也吃上了面包。”

“真的？”

“我刚刚已经说过了。”

“我还听说有蝎子和大蜘蛛。”

“是的。”

“有很多人被咬死吗？”

“没有。”

“你的手下被咬伤之后都痊愈了？”

“是的。”

“哦，对了，你有遇到沙尘暴吗？”

“没有。”

“你肯定开始想念那些唇枪舌剑的政治活动了。”

“内战之中本来就没有什么政治活动。”

“那你应该想念那些出身高贵的同伴了。”

“没有。”

阿提乌斯·瓦鲁斯放弃了。“好吧，加图，看到你很高兴，我想你应该能找到合适的房子。现在你来到这里，我们这些带头的人总算聚齐，明天天亮之后第二个小时，我就会召开一个会议。我们必须决定，”他一边说一边跟着加图走出去，“由谁来担任最高统帅。”

加图的回答还没来得及说出来，瓦鲁斯就看到赛克斯图斯·庞培靠在门廊上跟哨兵聊得正高兴。

“赛克斯图斯·庞培！加图没有说你也在这儿！”

“瓦鲁斯，我一点都不意外。不过，我就是在这儿。”

“你也是从昔兰尼加一路走过来？”

“在马尔库斯·加图的领导下，这是一次愉快的漫游。”

“进来，进来！我能不能请你喝杯酒？”

“当然可以了。”赛克斯图斯说着对加图眨眨眼，然后就跟瓦鲁斯手拉手地进去了。

昆图斯·格拉提狄乌斯就躲在总督府门外的那个小广场，他嚼着一根草，看着那些在喷泉里洗衣服的女人。因为他只穿着一件破破烂烂的托伲，所以没有人认出这个瘦巴巴的大高个就是庞培·马格努斯的第一军团第一先锋百夫长。

“我给你找了一个舒服的房子，”格拉提狄乌斯说，看着加图走过来，在烈日下眨巴着眼睛。“有九个房间和一个浴室，还有一个负责洗刷的女人，一个厨子和两个男仆，价钱是每月五百塞斯特尔提乌斯。”

对于一个来自罗马的上层人，即便是像加图这样的吝啬鬼，这都是一个非常低廉的价格。“真是一桩好交易，格拉提狄乌斯。斯塔提卢斯来了吗？”

“还没有，不过他会来的，”格拉提狄乌斯轻快地说，他带着加图走向一条破破烂烂的街道。“他只想确保阿申诺多洛斯·科尔狄翁能好好安息。我觉得，一个哲学家葬得离其他哲学家那么远，这对一个哲学家来说肯定很孤独。你做得对，没有让斯塔提卢斯把骨灰带到乌提卡。火化的时候木材不够，所以剩下太多骨头和骨髓。”

“我倒没有想到这些，”加图说。

格拉提狄乌斯找到的住处在一所七层楼房的底层。这座房子正对海港，从窗口望去是一片密密麻麻的桅杆，还有银灰色的防波堤和码头，还有那美丽的蓝色海洋。加图看到那两个男仆热情地给他准备了洗澡的热水，觉得每月五百塞斯特尔提乌斯确实是一桩好交易。斯塔提卢斯在晚饭时间及时出现，这让加图不由得露出一个微笑。陪着斯塔提卢斯一起出现的人正是赛克斯图斯·庞培，赛克斯图斯不急着跟他们一起吃些面包、油、奶酪和青菜，而是坐在椅子上向加图介绍他跟瓦鲁斯在一起几个小时听到的消息。

“我想，你会喜欢听到马尔库斯·法翁尼乌斯一切安好的消息，”赛克斯图斯开始说，“他在安菲波利斯遇到恺撒，并请求得到恺撒的原谅。恺撒似乎非常高兴地同意了。加图,法萨卢斯之战肯定是改变了他的思想，因为他流着泪跟恺撒说，他只想回到自己在意大利的家乡，过一种安静平和的生活。”

噢，法翁尼乌斯，法翁尼乌斯！好吧，我已经预料到会是这样。当我跟那些伤兵留在底拉西乌姆时，你只能忍受庞培手下那些将领没完没了的争执，还有那个野蛮人拉比恩努斯。你的书信把这一切都告诉我了，但是在法萨卢斯的战役之后，我就没有再收到你的来信。我对此并不吃惊，因为你肯定很害怕告诉我，你已经放弃了共和派的事业。亲爱的马尔库斯·法翁尼乌斯，但愿你能好好享受安宁平静的生活。我不怪你。不，我不能怪你。

“还有，”赛克斯图斯接着说，“有人告诉我，不过我不能透露他的名字，乌提卡的情况比底拉西乌姆和帖撒罗尼加的情况还要糟糕。就连小卢基乌斯·恺撒和马尔库斯·奥克塔维乌斯这样从未担任过军团指挥官的家伙，都说他们应该在我们的军队里得到副将的职位。至于那些真正的大人物，比如拉比恩努斯、梅特卢斯·西庇阿、阿弗拉尼乌斯和总督瓦鲁斯，他们一个个都想占据统帅的帐篷。”

“我本来希望这件事在我到达这里之前就解决了。”加图说，他的声音有点刺耳，他的脸上毫无表情。

“不，这个要明天才决定。”

“那你的哥哥格涅乌斯呢？”

“我猜，他正在西西里的某个南部海岸给他岳父擦屁股吧，”赛克斯图斯说着咧嘴一笑，“在我们解决统帅的问题之前应该不会见到他。”

“聪明人，”加图评论道，“赛克斯图斯，那你呢？”

“哦，我会粘着我继母的父亲，就像一个刺球粘着一团绒毛。梅特卢斯·西庇阿也许不够聪明，但我想如果我父亲还在，他也会认为我应该跟着他。”

“是的,他会这么认为。”加图那双灰色的眼眸紧紧地盯着赛克斯图斯。“恺撒呢？”他问道。

赛克斯图斯皱起眉头。“加图，这是个谜。到目前为止，我们只知道他还在埃及，不过显然并不是在亚历山大里亚。有各种各样的传闻，但事实是自从他十一月从亚历山大写了一封信到罗马之后，就再也没有任何人听到他的任何消息了。”

“我不相信。”加图说，嘴角紧绷。“他是个行动派，而现在正是他最需要采取行动的时候。恺撒，毫无动静？恺撒，毫无影响？他肯定是死掉了。噢，真是命运的捉弄！让恺撒死于某种瘟疫或某个农人的投枪，在埃及那样偏远的地方！我觉得，这真是毫无道理的事。”

“根据传闻，他肯定没死。事实上，传闻说他正坐着一艘金灿灿的大船在尼罗河上巡游，那艘船上铺满鲜花，还有埃及女王也在他身边。拉船的纤绳足以拖动十头大象，还有一些女孩穿着薄纱在跳舞，还有装满驴奶的浴缸。”

“赛克斯图斯·庞培，你是在跟我开玩笑吗？”

“我，跟你开玩笑？绝对没有！”

“那么这肯定是一个诡计。不过，这样的话，乌提卡一派轻松的景象就不奇怪了。那个该死的瓦鲁斯不肯跟我说任何事，所以我要谢谢你告诉我这些消息。不，恺撒毫无动静肯定是一个诡计。”他撇撇嘴唇，“那个了不起的前任执政官和律师马尔库斯·图利乌斯·西塞罗怎么样了？”

“他最近被困在布伦狄西姆进退不得。瓦提尼乌斯邀请他回到意大利，但是马尔库斯·安东尼乌斯带着恺撒的军队回来了，他命令西塞罗离开。西塞罗给他看了多拉贝拉的书信，于是安东尼乌斯表示了歉意。但是你知道那个可怜的胆小鬼，他太害怕了，所以只好停在布伦狄西姆，不敢继续向意大利靠近。他的妻子根本就不想跟他再发生任何联系。”赛克斯图斯笑了起来。“那个女人丑得可以去充当喷泉的喷水怪兽。”

加图瞪了赛克斯图斯一眼，让他冷静下来。“那罗马呢？”加图问。

赛克斯图斯提高了音调。“加图，罗马一团糟！政府里面只有十个保民官，因为没有人能主持营造官[①]、大法官或执政官的竞选。多拉贝拉现在成了一个保民官。他欠下许多债务，所以试图在平民大会[②]中废除一切债务。但是他每次尝试，都被恺撒手下的那两个保民官波尔利奥和特瑞贝利乌斯否决了。于是他向普布利乌斯·克洛狄乌斯学习，雇了一群街头混混去恐吓人，无论是出身高贵还是出身低贱的人都受到他们的攻击，”赛克斯图斯越说越兴奋，“因为身为独裁官的恺撒正在埃及，所以他的骑兵统帅安东尼乌斯就成了他的政府首脑。但是安东尼乌斯的表现实在令人震惊，他纵酒淫乐、为非作歹、堕落腐败。”

“呸！”加图啐了一口，双眼冒火。“马尔库斯·安东尼乌斯就是个畜生！噢，这可真是个好消息！”他大叫着笑了起来。“恺撒这是自找麻烦，

---

① 营造官（aedile）最初是罗马的两个平民职位，自公元前367年起，从贵族中选出两名贵族营造官。在罗马共和国时期，平民营造官和贵族营造官的职能基本类似。他们负责维护和修缮公共建筑、管理市集、负责粮食运输以及公共赛会和节庆。营造官负责组织节庆表演，最初他们能够从国库得到一笔款项用于组织庆典的支出，但后来这笔拨款取消了，所以营造官组织活动时必须自掏腰包。于是这个职位只有富人才能担任，他们花费巨款主要是为了取悦人民，以便在未来的竞选中赢得选票。——译者注

② 平民大会（Concilia Plebis Tributa）只有罗马三十五个部落的平民可以参加，由保民官召集和主持，负责选举产生保民官和平民营造官。公元前278年后，平民大会成为主要的立法机关，所有法律都由这个大会通过，会议的决议对所有公民都有约束力。——译者注

竟然让安东尼乌斯这个醉醺醺的畜生来掌权！什么骑兵的头头，骑兵的屁股还差不多！”

“你太小看马尔库斯·安东尼乌斯了，”赛克斯图斯非常认真地说，“加图，他肯定会干出什么事。恺撒的老兵在卡普亚附近扎营，但是他们一直吵吵嚷嚷要到罗马去争取他们的‘权利’，总之不管是什么‘权利’。至于我的继母——对了，她让我问候你——她说安东尼乌斯安抚那些士兵是出于自己的利益。”

“他自己的利益？不是恺撒的利益？”

“科尔涅利娅·梅特拉说安东尼乌斯野心勃勃，他肯定会步恺撒的后尘。”

“科尔涅利娅·梅特拉怎么样？”

“她很好。”赛克斯图斯只是做了个鬼脸，不敢再信口胡言。“恺撒给她送去我父亲的骨灰，于是她在阿尔班山的别墅里建了一座漂亮的大理石坟墓。看来恺撒见到了我们的被释奴菲利普，他在佩鲁西乌姆的沙滩上把我父亲的身体火化了。而恺撒亲自把我父亲的脑袋火化了。跟随骨灰一起送来的还有一封信，用科尔涅利娅·梅特拉的话说，这封信措辞柔和、充满仁慈。恺撒在信中承诺，科尔涅利娅·梅特拉可以保留她的所有财产和金钱。所以，如果安东尼乌斯要没收她的财产，那她就可以把这封信给安东尼乌斯看看。”

“赛克斯图斯，我非常震惊，而且深感不安，”加图说，“恺撒到底想干什么？我必须知道！”

天亮之后的第二个时辰，十七个人聚集在总督的接待室。加图心情沉重：噢，我终于回到熟悉的舞台，但是我已经对它失去兴趣。我讨厌一切高级职位，这也许是我的性格弱点，但如果这是一个弱点，那这个弱点已经对我的内心造成了无法逆转的影响。我清楚知道自己做事的限度。人们可以嘲笑这种自我压抑，但是自我放纵要糟糕得多，而高级职位除了带来自我放纵还能带来什么呢？我们在这里，十三个罗马人穿着托迦，为了占据统帅的营帐而随时准备把其他人撕成碎片。这其实只是一个说辞！有多少个统帅真的住在帐篷里呢？就算真的住在帐篷里，又有几个统帅会让自己的帐篷保持简单朴素？只有恺撒。承认这个事实真是令我痛恨！

现场还有四个努米底亚人。其中一个显然是朱巴国王，因为他从头到脚都穿着泰尔紫的布料，而且他那长长的鬈发上面还用白色丝带绑着一个王冠。他的胡须也是卷卷曲曲，用金线编在一起。他看起来大概是四十岁，另外两个人也差不多年纪。不过第四个努米底亚人看起来还很年轻。

“这是什么人？”加图用他最响亮、最刺耳的声音对着瓦鲁斯大声质问。

“马尔库斯·加图，拜托你小声一点！这是努米底亚的朱巴国王，还有马西尼撒王子和他的儿子阿拉比翁，还有萨布拉王子，”瓦鲁斯回答说，看起来又尴尬又生气。

“总督，让他们离开！立刻！这是一个罗马人的会议！”

瓦鲁斯努力压制住自己的脾气。“马尔库斯·加图，努米底亚是我们对战恺撒的同盟，所以他们有权参加会议。”

“如果是参加战争会议，那还说得过去。但他们无权看着十三个罗马人为了只跟罗马人有关的事而弄得像一群傻子！”加图大声咆哮。

“加图，会议还没开始，但是你不用参加这个会议了！”瓦鲁斯咬牙切齿道。

“总督，我再重复一次，这是一个罗马人的会议！你应该友好地把这些外国人送出去！”

“很遗憾，我不能这么做。”

“那我就留在这里抗议，但是我不会发言！”加图咆哮道。

那四个努米底亚人恼怒地瞪着加图，而加图则退到小卢基乌斯·尤利乌斯·恺撒的身后。这个小卢基乌斯·尤利乌斯·恺撒是尤利乌斯氏族的晚辈后生，他的父亲是恺撒的堂兄，也是恺撒的得力助手和坚定支持者。加图看着卢基乌斯的后背，心里想着：真奇怪，他竟然是个共和派。

“他跟他父亲的关系不太好，”赛克斯图斯在加图的耳朵边低声说，“心高气傲，但根本就没有意识到，他永远都比不上他父亲的一根毫毛。”

“你不是应该在前面一点吗？”

“凭我这小小的年纪？不可能！”

“赛克斯图斯·庞培，我发现你有点轻浮，这个缺点应该努力根除。”加图用他惯常的大嗓门说。

“马尔库斯·加图，我也发现了，所以我才花这么多时间跟你一起待着。”赛克斯图斯回答说，他的声音也很大。

“后面的人保持安静！会议马上就开始了！”

“开始？开始？瓦鲁斯，你是什么意思？我看到现场有不只一位祭司或占卜官！从什么时候开始，罗马人举行正式会议之前竟然不用祝祷和占卜了？”加图大叫大喊，“像格涅乌斯·科尔涅利乌斯·西庇阿·纳西卡这样的人，竟然可以站在这里对一个不合规矩的会议毫无异议，我们的共和国竟然沦落到这个地步了吗？瓦鲁斯，我不能强迫你赶走这些外国人，但是我不许你还没有向‘至善至尊者’朱庇特和奎里努斯[①]致敬就开始会议！”

“加图，如果你能耐心等待，那你就会看到我正准备让我们亲爱的梅特卢斯·西庇阿来祝祷，并让我们亲爱的浮斯图斯·苏拉来占卜，”瓦鲁斯说，不过他的掩饰只骗得过那几个努米底亚人。

赛克斯图斯·庞培在心中自问：还有比这更注定要失败的会议吗？他津津有味地看着加图把十多个罗马人和四个努米底亚人弄得灰头土脸。我的感觉没错，自从我在帕雷托尼乌姆见到加图之后，他已经发生了巨大的变化，但是我今天终于可以看出他以前在元老院是什么表现。在那一个个疯狂的时刻，他牙尖嘴利地对所有人一顿抢白，从恺撒到我父亲无一例外。你不能吓倒他，也不能无视他。

---

① 奎里努斯（Quirinus）曾经是萨宾人之神，后来被吸收到罗马的家国宗教中，成为最初的卡皮托尔三主神之一。——译者注

加图进行了抗议，看着宗教仪式得到履行，然后就信守承诺地坐在后面保持安静。

统帅权的争夺围绕着拉比恩努斯、阿弗拉尼乌斯、梅特卢斯·西庇阿和总督瓦鲁斯。造成这么多纷争的原因是：拉比恩努斯虽然没有担任过执政官但却拥有最多军功，而担任过执政官和叙利亚总督的梅特卢斯·西庇阿同时具备了深厚的资历和高贵的血统。阿弗拉尼乌斯之所以也卷入纷争，是因为他担任过恺撒的第二副手，而且担任过执政官。但是他就像拉比恩努斯一样，根本就没有什么值得一提的祖先。最令人震惊的角逐者是阿提乌斯·瓦鲁斯，他的理由是：他是这个行省的合法总督，这场战争要在这个行省进行，而他在这个行省的地位超过其他所有人。

这些人在激烈争吵时无法使用希腊语，因为用希腊语不能像用拉丁语那样又快又狠地对别人进行攻击。在加图看来，这真是不幸中的万幸。他们的争论很快就从希腊语切换成拉丁语，结果那几个努米底亚人马上就听不懂了。这让朱巴很不高兴，这个精明的人暗暗地鄙视所有罗马人，但是他知道自己如果想要向西侵占毛里塔尼亚[①]的土地，那对付眼前这群人比对付恺撒更容易，因为恺撒本来就不喜欢他。朱巴曾经上过罗马人的法庭，当时恺撒被他的谎言气急了，就狠狠地揪了他的胡须。他一想到这件事，就觉得自己的胡须又开始疼了。

因为瓦鲁斯没有在会议室里摆上椅子，所以努米底亚人的不满更强烈了。所有罗马人都想到自己会一直站着，不管这个会议会持续多长时间。因为罗马人觉得在开会时站着是自然而然的事，于是国王想要一张椅子来歇歇脚的要求被拒绝了。朱巴心想，虽然我要跟这些罗马人在战场上合作，但是我还要设法瓦解他们在这个所谓非洲行省的势力。要是我们能统治巴格拉达斯河沿岸的土地，那努米底亚将会变得多么富裕！

---

① 毛里塔尼亚（Mauretania），古代北非国家，位于现代摩洛哥的北部和阿尔及利亚的中部和西部。公元前6世纪起就有腓尼基人和迦太基人居住，后来的居住者为罗马人所称的毛里人和马萨埃利人。公元42年成为罗马行省。——译者注

虽然春季白天的每个小时只有短短的四十五分钟，但整整四个小时过去了，罗马人的争执还在继续，不仅没有任何结论，而且随着时间的流逝气氛越来越紧张了。

最后，瓦鲁斯对着拉比恩努斯凶狠地大叫："这个没有什么好争的！就是因为你的战略，法萨卢斯之战才会失败，所以我不认为你是我们军队的最佳统帅！如果你是，那我们还有什么希望打败恺撒呢？是时候给统帅的营帐注入新鲜血液了，而这股新鲜血液就是阿提乌斯·瓦鲁斯！我再重复一次，这是我的行省，我的职位是真正的罗马元老院合法委任，而总督在他的行省中就是等级最高的人。"

"瓦鲁斯，你这个傲慢的白痴！"梅特卢斯·西庇阿咆哮道，"在我越过罗马的神圣边界之前，我都是叙利亚的总督，而我在恺撒战败之前肯定不会越过神圣边界。除此之外，元老院授予我无限制的至高统帅权！你享有的只是同大法官的至高统帅权！你的等级比我低多了，瓦鲁斯。"

"西庇阿，我也许没有无限制的至高统帅权，但我至少不会像你那样沉迷于跟小男孩的无耻行为！"

梅特卢斯·西庇阿大叫一声向瓦鲁斯扑过去，而拉比恩努斯和阿弗拉尼乌斯则叉着手在旁边看着他们打成一团。梅特卢斯·西庇阿是个身材健壮的男人，他有一张像骆驼那样高傲的面孔，他的战斗力比阿提乌斯·瓦鲁斯预想的要强得多。

加图推开小卢基乌斯·恺撒，大步走到会议室中间把那两个人拉开。

"我受够了！够了！西庇阿，你站在那儿不要动。瓦鲁斯，你站在这儿不要动。拉比恩努斯，阿弗拉尼乌斯，不要袖手旁观，你们应该有符合自己身份的表现，而不是像两个在艾弥利娅巴西利卡外面拉客的舞女那样。"

加图站在原地转过身，他的头发和胡须都乱糟糟地披散开来。"很好，"他面对着大家说，"我清楚看出，这种局面可以持续一整天，可以拖到下个月、下一年。所以我现在就做出决定。涅乌斯·科尔涅利乌斯·西庇阿·纳西卡，"他说出西庇阿那个令人震撼的全名，"你会成为最高统帅。

我选择你出于两个理由，这两个理由都符合罗马传统。首先，你是一位拥有无限制至高统帅权的前任执政官，这种权力超越了其他的至高统帅权，瓦鲁斯应该也清楚这一点。其次，你的名字是西庇阿。不管是迷信还是事实，士兵们都相信如果没有一个西庇阿来担任统帅，那我们就不能在非洲赢得胜利。此时还去挑衅幸运女神是愚蠢的。但是，梅特卢斯·西庇阿，你像我一样都不是什么优秀的军人，所以你不能干预提图斯·拉比恩努斯在战场上的行动，听明白了吗？你的职位只是个头衔，只是一个空头衔。拉比恩努斯会担任军事统帅，而阿弗拉尼乌斯是他的副手。”

“那我呢？”瓦鲁斯气急败坏地问。“加图，在你的伟大构想里面，我的位置在哪里呢？”

“普布利乌斯·阿提乌斯·瓦鲁斯，你就待在你应该待的位置，就是这个行省的总督。你的任务是保障这里的和平秩序并管理好当地人民，确保我们的军队得到适当的供应，并扮演好罗马和努米底亚的联络人。你跟朱巴及其手下显然很要好，所以你就应该在这方面发挥作用。”

朱巴有好一会儿没有说话，他竖起一只耳朵想听清瓦鲁斯向他低声说了什么。“马尔库斯·加图，我同意你的安排，但是我不赞同你的处事方式，”他最后终于说，显得很有王者气派。“不过，我不会回到我的王国。我在迦太基有一座王宫，所以我会住在那里。”

“国王，按照目前的情况，你可以舒舒服服地待在你的王宫里。但是我要警告你，管好你们努米底亚的事，不要插手罗马的事。如果违背这条命令，那我就会让你卷包裹走人。”加图说。

普布利乌斯·阿提乌斯·瓦鲁斯遭遇挫折、威风尽失，他终于郁闷地想明白一件事：对付加图的最佳办法是给他要求的所有东西，尽可能不要跟他待在同一个房间里。于是加图搬到了大广场旁边的一座漂亮住所，这个地方靠近码头，但不是码头的一部分。这座房子的主人是一个不在当地的粮食大亨，因为这个大亨站在恺撒那边，所以不能出来表示反对。除了房子，还有一群仆人和一个能干的管家，这个管家叫作普罗南特斯，因为他身材特别高，还有一个巨大的下巴和一双高高的眉毛。加图用瓦鲁斯的钱雇佣了几个文职人员，不过他接受了房主代理人的服务，这个叫作布塔斯的代理人是瓦鲁斯派来的。

这些事办妥之后，加图就召集了三百个当地人。这些人是乌提卡最有影响力的商人，全都是罗马人。

“你们之中那些经营铁器店的，必须停止制造铁锅、铁盆、铁门和铁犁，”加图大声宣布，“从现在开始，要制造刀剑、匕首、矛头和盔甲。我身为总督的代表，会购买你们制造的一切东西。你们之中那些经营建筑生意的，要开始建造粮仓和库房。乌提卡要从各个方面为我们的军队提供服务。经营石材生意的，我希望我们的防御工事和城墙得到加固，可以抵挡得住比西庇阿·艾弥利亚努斯进攻旧迦太基更猛烈的围城战。经营码头生意的，要用你们的船只来运送食物和战备物资，不能浪费时间去运送香料、紫色染料、布匹、家具和其他违禁品。如果我发现任何船只运送了跟战争无关的货物,那这些船只就不准进入港口。还有最后一条，在十七岁到三十岁之间的男人都要组成民兵，要有适当的武器装备和军事训练。我的百夫长昆图斯·格拉提狄乌斯明天早上就会在乌提卡的练兵场开始训练。”他的目光扫过一张张目瞪口呆的面孔，“谁有疑问？”

显然没有人敢提出疑问，于是加图就让这些人离开了。

加图对赛克斯图斯·庞培说：“看来大部分人都喜欢坚定的指挥。”赛克斯图斯仍然跟加图待在一起，他已经决定只要恺撒不出现，他就一直留在加图身边。

“真可惜，你坚持说自己没有领兵作战的天赋，”赛克斯图斯的语气有点悲伤，“我父亲一直说，战斗中最重要的是排兵布阵，而不是战斗本身。”

“赛克斯图斯，相信我，我根本就不会领兵作战！”加图大声说，“这是神明赋予的特殊天赋，像盖乌斯·马略或恺撒这样的人就具备这种天赋。他们只要看一眼战局，就立刻知道敌人的弱点在哪里，应该如何利用天时地利，应该让自己的军队从哪里发起攻击。给我一个优秀的副将，还有一个优秀的百夫长，我就可以很好地执行命令。但是让我想出应该做什么事，这个我就办不到了。”

“你对自己的判断真是毫不留情。”赛克斯图斯说。他身体前倾，一双浅褐色的眼眸闪闪发亮。“亲爱的加图，但是你要告诉我，我有没有领兵作战的天赋？我的内心说我有这种天赋，但是听过那些白痴吵吵嚷嚷地说自己具备这种天赋之后，就连最大的傻瓜都能看出他们根本就没有这种天赋。我错了吗？”

“不，赛克斯图斯，你没错。你只要听从自己的内心就行。”

才过了两个市集日的间隔，乌提卡就进入一种新的军事模式，而且当地人看起来并没有什么抵触情绪。但是在第二个市集日，昆图斯·格拉提狄乌斯满脸担忧地出现了。

“马尔库斯·加图，出了一些问题，”格拉提狄乌斯说。

“什么问题？”

“我们的士气没有那么高涨了，很多年轻人都闷闷不乐的。他们跟我说，这些努力都会白费。虽然我找不到任何证据，但是他们坚持说乌提卡正在暗中支持恺撒，而且这些支持恺撒的人会破坏一切。”他的脸色看起来更严肃了，“今天，我发现我们的努米底亚朋友，也就是朱巴国王，他竟然对这些谣言深信不疑，并因此准备对乌提卡发动攻击，把这里夷为平地，作为对这里的惩罚。不过，我猜测，制造谣言的人就是朱巴。”

“啊哈！”加图大叫一声站起来。“格拉提狄乌斯，我完全同意你的猜测。这是朱巴的诡计,根本就没有什么恺撒的支持者。他是想制造麻烦，迫使梅特卢斯·西庇阿与他分享统帅权。他想操纵罗马人。好吧，我很快就会揭露他的诡计！这个不要脸的东西！”

加图怒气冲冲地去到迦太基的王宫。在朱古达和盖乌斯·马略战斗时，那个声称有权继承王位的伽乌达王子曾经在这里郁郁寡欢地打发时光。加图从他的骡车里出来，发现这座王宫比乌提卡的总督府要大得多。他的紫边托迦无可挑剔，还有六个穿着红色托伲的扈从在前面开道，扈从的法西斯上插着斧头，代表着他的至高统帅权。加图走到门前，向卫兵简单地点点头，然后就大摇大摆地冲进王宫。

这样每次都能奏效，加图心想：只要看到扈从扛着带有斧头的法西斯，再看到扈从后面的人穿着紫边托迦，就连伊利乌姆的城墙都会倒下。

王宫里面很空旷。加图让他的六个扈从留在前厅，而他自己则一往直前进入一座极为奢华的房子，里面的奢华程度简直让他头晕目眩。侵犯朱巴的隐私并不是什么问题，因为朱巴冒犯了罗马传统，所以他就是个罪人。

加图第一个遇到的人就是国王。他正躺在一个漂亮的房间里面，屋里有哗哗的喷泉，还有一个巨大的窗户可以望向外面的庭院，阳光透过窗户欢快地洒进来。在朱巴面前的马赛克地板上，二十多个几乎一丝不挂的女人在国王面前静静地站着。

“这简直不堪入目！”加图大声咆哮。

国王好像抽搐了一下，他身体一僵猛地从躺椅上滚下来，气得浑身发抖地看着这个入侵者，而那些女人则尖叫着奔向各个角落，躲在那里缩成一团捂住面孔。

“滚出去，你这个变态！”朱巴大吼大叫。

“不，应该是你要滚出去，你这个两面三刀的努米底亚人！”加图的音量实在太惊人，国王的吼叫跟他相比简直就是在低声哼哼。“滚出去，滚出去，滚出去！今天就滚出非洲行省，你听清楚了吗？我才不在乎你妻妾成群，还有这些女人，她们只不过是毫无自由的可怜东西。我是只有一个妻子的罗马人，我的妻子有她自己的工作，而且会读书写字，她不用宦官也不用遭受囚禁，就能表现出贞洁的德行！我唾弃你的女人，我唾弃你！”加图用吐口水来表达他的观点，他的样子不像一个正在吐痰的人类，而像一只疯狂的野猫。

“卫兵！卫兵！”朱巴大声叫喊。

卫兵涌进房间，三位努米底亚王子也紧随其后。马西尼撒、萨布拉和小阿拉比翁目瞪口呆地看着加图被十几根长矛抵住，那些矛头按住他的前胸、后背和两侧，但是加图毫不在乎、寸步不让。

“朱巴，杀了我，你的结局会很惨！我是马尔库斯·波尔基乌斯·加图，元老院成员和乌提卡的同大法官指挥官！我连恺撒和庞培·马格努斯那样的人都毫不畏惧，你以为我会害怕你？好好看看这张脸，你就会知道这个人不可摧折、不可腐蚀、不可收买！你给了瓦鲁斯多少钱，才让他容许你这样的人留在他的行省？好吧，瓦鲁斯会为了他的钱包妥协，但是你永远都别想用金钱来收买我！朱巴，今天就滚出非洲行省，否则我以‘无敌者’索尔、特鲁斯和自由神的名义起誓，我在一个小时之内就会调动我们的军队，让你们所有人都像奴隶那样死亡，那就是钉死在十字架上！”

他轻蔑地推开那些长矛，然后转身走了出去。

那天晚上，朱巴国王及其随从就返回努米底亚了。朱巴向总督瓦鲁斯求助，但瓦鲁斯只是浑身发抖地说，当加图处于那种状态时，按照他的话去做就是唯一选择。

朱巴的离开标志着乌提卡遭受的精神攻击结束了。这座城市又安静下来，并且对加图极为崇拜。不过要是加图知道这种情况，那他可能会把所有民众召集在一起，痛批他们之前的三心二意。

至于加图自己，他觉得挺开心。市政工作很适合他，他知道自己能把这项工作做得很好。但是恺撒在哪里呢？他走到港口，看着无数的船只来来去去。他问自己:恺撒什么时候才会出现？现在还是没有恺撒的消息，而罗马的危机正变得日益严峻。这意味着，等到恺撒真的出现，并把法纳西斯从安纳托利亚赶走之后，他就要尽快回去处理罗马的事情。这样，恺撒还得再过几个月才能出现，等到他真的到达非洲时，我们已经松懈下来了。这是他的诡计吗？没有人比恺撒更清楚，我们的高层领导是多么分裂。所以我必须确保那些傻瓜不要互相撕咬,而且至少要坚持六个月。在此期间，我一边要压制住拉比恩努斯这个凶狠的野蛮人，一边要阻止那个狡猾的朱巴国王暗中使诈。至于瓦鲁斯就更不用说了，这个总督最大的野心就是给努米底亚人当奴才。

在这些令人郁闷的沉思默想中，加图发现有一个年轻人面带微笑地向他走过来。加图眯起眼睛（他发现自从那次行军之后就看不清远处的东西了），仔细辨认着那个熟悉的身影，然后如遭雷击般认了出来。马尔库斯！他唯一的儿子。“你不躲在罗马到这里干什么？”加图问，对儿子伸出的双手视若无睹。

那张面孔跟加图非常相似，但却没有加图的那种坚定意志，现在那张面孔顿时垮下来了。

“父亲，我想着，现在是时候加入共和派的事业，而不是躲在罗马了。”小加图说。

“马尔库斯，这么做是正确的。但是我了解你，到底是什么事情让你做出决定？”

“马尔库斯·安东尼乌斯威胁要没收我们的财产。”

“我的妻子呢？你留下她在那儿等待安东尼乌斯的仁慈？”

“是马尔基娅让我来的。”

“你的姐姐呢？”

“波尔基娅仍然住在比布路斯的房子里。”

“那我自己的姐姐呢？”

“波尔基娅姑姑认为安东尼乌斯会没收阿赫诺巴布斯的财产，所以她在阿芬丁山买了一座小房子备用。她说，阿赫诺巴布斯用她的嫁妆进行了很好的投资，那笔钱在过去三十年里累积了许多利息。她让我问候你。还有马尔基娅和波尔基娅也让我问候你。”

加图心想，多么讽刺，我只有两个孩子，但是比较聪明能干的却是女儿。我那勇猛善战的波尔基娅还在继续战斗。马尔基娅在最后一封信里是怎么说的？她说波尔基娅爱着布鲁图斯。好吧，我曾经试过撮合他们，但是赛尔维利娅不同意。让她那懦弱的宝贝儿子跟加图的女儿结婚？啊！赛尔维利娅会先把这个儿子杀了！

“马尔基娅请求你给她写信。”小加图说。

加图没有正面回答：“孩子，你最好跟我一起回家，我可以给你安排房间。你干得还行吧？”

“是的，父亲，我干得还行。”小加图是多么希望再次见到父亲时，父亲能够原谅他的弱点。至于他的缺点，父亲是不可能原谅的。加图没有弱点，也没有缺点。加图从不偏离正确的道路。身为一个没有弱点的人的儿子，这是多么可怕的事。

# 第三章
# 重整亚细亚
# （从公元前47年6月至9月）

## 第 1 节

亚历山德拉王后在克娄巴特拉出生的那一年去世，从那之后犹地亚的情况就一直不好。亚历山德拉王后是那位了不起的亚历山大·雅那流斯的遗孀，她在叙利亚分崩离析的情况下勉强维持了统治。但是在她的犹太人民中，她的努力并没有得到广泛的认可，因为她完全站在法利赛派那边，所以撒都该派、分离派撒玛利亚人、异见派加利利人和德卡波利斯的非犹太人都认为她的政策不可接受。犹地亚陷入了严重的宗教冲突。

亚历山德拉王后有两个儿子，分别叫作海尔卡努斯和阿里斯托布鲁斯。在她丈夫去世之后，她选择让大儿子海尔卡努斯来继承她，这也许是因为大儿子从来都不会跟她发生任何争执。她让大儿子成为大祭司，但是还没来得及巩固大儿子的势力就去世了。她刚刚下葬，小儿子就夺取了王位和大祭司一职。

但是在这个犹太王室中最有能力的是安提帕特，他是一个以土买人，也是海尔卡努斯的好朋友。他跟阿里斯托布鲁斯长期存在矛盾，所以在阿里斯托布鲁斯篡夺权力之后，他营救了海尔卡努斯并一起出逃。他们在阿拉伯人的纳巴泰王国得到阿雷塔斯国王的庇护。纳巴泰是一个非常富裕的国家，因为这个国家跟印度的马拉巴尔海岸和塔普罗巴奈岛进行贸易。安提帕特跟阿雷塔斯国王的侄女塞普罗斯结婚，为了这桩因爱结合的婚姻，安提帕特失去了亲自得到犹太人王位的任何机会，因为这桩婚姻意味着他的四个儿子和一个女儿都不是犹太人。

海尔卡努斯和安提帕特跟阿里斯托布鲁斯的战争一直持续，然后又突然加上罗马在叙利亚的势力。在打败密特里达提六世和他的亚美尼亚盟友提格拉尼斯之后，庞培·马格努斯就来到叙利亚想让叙利亚变成罗马的行省。犹太人奋起反击，这让庞培非常生气。于是他没有在大马士革舒舒服服地过冬，而是带兵攻陷了耶路撒冷。海尔卡努斯被委任为大祭司，但是犹地亚成了罗马的叙利亚行省的一部分，完全丧失了自治权。

阿里斯托布鲁斯和他的儿子继续制造麻烦，并且得到了好几任叙利亚行省总督的帮助。最后奥卢斯·伽比尼乌斯来了，他是恺撒的朋友和支持者，也是一位优秀的军人。他确认了海尔卡努斯的大祭司职位，并且把耶路撒冷、西博拉、迦萨、阿马苏斯和耶利哥五个地区送给他作为食邑。阿里斯托布鲁斯愤怒地发起战斗，伽比尼乌斯跟他打了一场快准狠的胜仗，于是阿里斯托布鲁斯带着一个儿子第二次乘船逃往罗马。然后伽比尼乌斯出发到埃及，把托勒密·奥勒特斯重新扶上王位，他的行动得到了海尔卡努斯和安提帕特的热情帮助。因为他们的帮助，伽比尼乌斯毫无困难地把埃及的边界向北推进到佩鲁西乌姆，而当地的犹太人也没有反抗他。

恺撒的盟友马尔库斯·李基尼乌斯·克拉苏成了叙利亚的下一任总督，他接过了一个平静的行省，就连犹地亚也太平无事。但是犹太人就遭殃了，恺撒对当地的宗教、习俗和文化没有丝毫尊重，他带兵进入圣殿，把所有值钱的东西全都抢走，其中包括藏在至圣所的两千塔兰特金子。大祭司海尔卡努斯请犹太人的神对克拉苏进行诅咒，结果克拉苏不久之后就在卡雷死掉了。但是克拉苏从圣殿抢走的东西从未归还。

然后财务官盖乌斯·卡西乌斯·隆吉努斯充当了非正式的总督，因为在卡雷幸存的人只有他一个。虽然卡西乌斯的官职不够格，但他镇定自若地接管了叙利亚的政府，并且带领这个行省击退了帕提亚人的入侵。他在泰尔遇到安提帕特，安提帕特向他说明了叙利亚南部复杂的宗教和种族问题，还有犹太人为什么总是要两面作战，一方面是教派冲突，另一方面是对抗那些想要压迫他们的外邦势力。卡西乌斯设法征集了两个军团，然后带着这支军队跟那些试图推翻海尔卡努斯的加利利人浴血奋战。不久之后，帕提亚人入侵了，卡西乌斯这个三十一岁的财务官身为唯一统帅，要同时对战帕提亚人并征服叙利亚。卡西乌斯的表现很出色，他把帕提亚人打得溃不成军，还把帕提亚人的帕科鲁斯王子赶走了。

在内战爆发之前不久，恺撒的好人帮敌人马尔库斯·卡尔普尔尼乌斯·比布路斯来到叙利亚担任总督，此时的叙利亚行省已经恢复和平，所有事情都井井有条。卡西乌斯这个小小的财务官怎么能干出这些事？一个小小的财务官怎么能管理一个行省？在好人帮看来，一个小小的财务官就应该坐在那里搓手等待，直到下一任总督的到来，无论这个行省发生了什么事，无论是犹太人的反叛还是帕提亚人的入侵。这就是好人帮的思维方式。于是比布路斯对待卡西乌斯的态度非常冷淡，也没有任何表示感谢的言辞。比布路斯命令卡西乌斯立刻离开叙利亚，而且在他离开之前还进行了一番训诫，指责他违反罗马传统做了一些不应该由财务官[①]去做的事。

那么卡西乌斯为什么在内战中选择站在好人帮那边呢？当然不是因为他对自己妻舅布鲁图斯的喜爱，不过他对布鲁图斯的母亲赛尔维利娅

① 财务官（quaestor）是古罗马的初级官员，由部落大会选出，最低年龄限制是27岁，到公元前1世纪时增加至30岁。财务官负责公共档案、管理国库、随作战将领担任军需官以及出任总督的财物胥吏。起初的时候只有两名财务官，但随着共和国征服的土地越来越多，财务官的数量也随之增加。财务官一职是进入元老院的基本资格，也是所有官阶中最低的，攀登仕途的人一般都从财务官开始。——译者注

相当崇拜。但是赛尔维利娅在内战中保持中立，因为她在两个阵营中都有近亲。其中一个原因在于卡西乌斯对恺撒有一种本能的厌恶，他们两人不无相似之处：他们都曾经在年纪轻轻时越过总督的批准自己去带兵打仗，恺撒是在亚细亚行省的特拉勒斯，卡西乌斯是在叙利亚，而且他们两人都勇猛善战、聪明能干。对卡西乌斯来说，恺撒在长发高卢的九年战争给他自己赢得太多荣誉了。等到卡西乌斯的机会到来时，他怎么可能找到这样的好事给自己赢得那么多荣誉呢？不过更糟糕的是，就在卡西乌斯刚刚当上保民官时，原来的政府班子就因为恺撒进军罗马而被冲散了，卡西乌斯原本可以借着这个最具争议、最具影响力的职位干出一些大事，但是他的机会就这么被恺撒破坏了。还有另外一个原因也加深了卡西乌斯对恺撒的厌恶：卡西乌斯的妻子特尔图拉是赛尔维利娅的三女儿，而特尔图拉的生父其实是恺撒。按照法律，特尔图拉是西拉努斯的女儿，而且从西拉努斯的财产中得到了一大笔嫁妆，但是大半个罗马城的人（包括布鲁图斯）都知道特尔图拉其实是谁的孩子。西塞罗还曾经把这件事情当作笑柄！

卡西乌斯抢掠了几座神庙，给共和派提供对战恺撒的资金。然后共和派就让卡西乌斯到叙利亚去给庞培征集一支船队。在海上航行比在庞培的指挥链中充当一个无足轻重的成员更适合卡西乌斯，而且卡西乌斯还发现他在海上作战也颇有天赋，他还在西西里的墨萨拿打败了一支恺撒的船队。然后他在托斯卡纳海边上的维波又拦截了恺撒的海军统帅苏尔皮基乌斯·鲁弗斯，如果不是幸运女神的干预，他本来也能打败苏尔皮基乌斯·鲁弗斯！恺撒的一个老兵军团坐在岸边观战，苏尔皮基乌斯的无能实在是让他们忍无可忍。于是他们登上当地的渔船，冲向正在交锋的战船，并且把卡西乌斯的船只撞沉。卡西乌斯跳到另外一艘船上才捡回一条命。

卡西乌斯舔舐着自己的精神创伤，决定回到东方去补充物资，并征集更多船只来替换那些被恺撒的老兵毁坏的船只。但是当他经过通往努米底亚的航道时，他的运气又回来了，他遇到了十几艘商船，这些船上装满狮子和豹子准备卖到罗马。真是意外的收获！这得值多大一笔钱啊！他押送这些商船来到希腊的迈加拉补充饮用水和食物。迈加拉是一个坚定地忠于共和派的城镇，当地人向卡西乌斯保证会照顾好这些狮子和豹子，直到他找到其他更适合隐藏这些动物的地方。这样等到庞培赢得胜利，他就可以把这些动物卖给庞培，让庞培在凯旋庆典上展示。卡西乌斯把这些猫科动物留在岸上，然后就带着十几艘空船准备送给格涅乌斯·庞培充当运输船。

卡西乌斯再次停靠时，他听到了法萨卢斯之战失败的消息。他大为震惊地逃到昔兰尼加的阿波罗尼亚，在那里遇到了许多从法萨卢斯之战逃出来的人，加图、拉比恩努斯、阿弗拉尼乌斯、佩特瑞伊乌斯也在其中。但是这些人没有一个注意到这个因为内战而失去官职的年轻保民官。于是卡西乌斯气鼓鼓地乘船离开了，不肯把他的船只送给共和派去进行非洲行省的抵抗。他们可以把屁股挪到非洲行省！只要加图、拉比恩努斯或梅特卢斯·西庇阿那个傲慢的白痴也在其中，我就不想跟他们一起卷进这场战争！

于是他回到迈加拉去接回他的狮子和豹子，但却发现这些动物都不见了。昆图斯·弗菲乌斯·卡勒努斯代替恺撒来攻占这个城镇，于是迈加拉人就打开关着狮子和豹子的笼子，想让这些猛兽去吃掉卡勒努斯的士兵。但是这些狮子和豹子却反过头来吃了迈加拉人！然后弗菲乌斯·卡勒努斯把这些猛兽围拢起来，又把它们关回笼子里，运到罗马去参加恺撒的凯旋庆典！卡西乌斯真是心灰意冷了。

不过他在迈加拉听到了一个有趣的消息：布鲁图斯在法萨卢斯战役之后向恺撒投降，而且恺撒也宽宏大量地表示原谅。布鲁图斯目前就在塔尔苏斯的总督府待着，恺撒亲自去寻找庞培的下落，卡尔维努斯和塞斯提乌斯带兵到亚美尼亚－帕尔瓦去抵挡法纳西斯。

卡西乌斯没有其他更好的选择，只能带着船队前往塔尔苏斯。他会把船队送给布鲁图斯，布鲁图斯是他的大舅子，也是他的同龄人，他们的出生日期只相差四个月。就算他不能待在塔尔苏斯，那他至少可以从布鲁图斯那里知道这些消息的真假。然后他也许就能更冷静地决定，在他被毁掉的余生应该做些什么事情。

布鲁图斯见到卡西乌斯非常高兴，不仅给了他热烈的拥抱和亲吻，还热情地带着他进入总督府并给他安排了一套舒适的房间。

“我认为你应该留在塔尔苏斯，”布鲁图斯在一顿丰盛的晚餐之后说，“然后在这里等待恺撒。”

“他会给我定罪。”卡西乌斯闷闷不乐地说。

“不，不，不！卡西乌斯，我向你保证，他的政策非常仁慈！你的情况跟我差不多！你没有在他原谅你之后跟他作对，因为他没有事先见到你并表示原谅的机会！真的，你一定会得到他的原谅！然后，恺撒就会让你在仕途上大大进步，就好像这一切从未发生。”

“这么说，”卡西乌斯咕哝道，“我的仕途全靠他大方提拔，或者说全靠他不计前嫌啦？我说过和做过的事情已经发生了，恺撒又有什么权力宽恕我？他不是国王，我也不是他的臣仆。我们在法律上是平等的。”

布鲁图斯决定把话挑开了。“恺撒拥有内战胜利者的权力。卡西乌斯，这已经不是罗马的第一次内战了。自从盖乌斯·格拉古之后，我们至少经历过八次内战，那些赢了内战的人从未受罪，而那些输了内战的人肯定会受罪。现在，我们在恺撒身上看见，真的有一个胜利者愿意不计前嫌。第一次，卡西乌斯，这是第一次！接受宽恕有什么丢人的呢？如果这个词让你觉得不舒服，那就换个词好了，比如不计前嫌。他不会让你对他卑躬屈膝，也不会让你觉得他把你看成一个小虫子！他对我非常友善，我一点都不觉得他认为我有什么过错。我只觉得，他能为我做点小小的事情，这真的让他很高兴。卡西乌斯，真的，他的态度就是这样的！就好像我们站在庞培那边是一件小事，而且每个人都有权利觉得这是他的义务。恺撒的姿态很高雅，而且他完全没必要通过贬低别人来抬高自己。”

“如果你这么说的话。”卡西乌斯说着低下头。

“好吧，因为我太在乎法律精神，所以不可能站在恺撒那边，”布鲁图斯说，他根本就不知道什么是法律精神，“但庞培·马格努斯其实更加野蛮。我看过庞培军营里的情况，我看过他让拉比恩努斯胡作非为。噢，我甚至不能说出他具体做了什么事！如果我那已故的父亲和勒皮杜斯一起在山内高卢[1]，如果当时是恺撒在那里，那恺撒绝对不会谋杀我父亲，但庞培却痛下杀手。无论你对恺撒有什么想法，他都是一个真真正正的罗马人。”

“我也是！”卡西乌斯大叫道。

“难道我不是吗？”布鲁图斯问。

“你确定？”

“绝对确定，毫无疑问。”

然后他们就开始讨论从家乡传来的消息，但是他们其实没有多少这方面的消息可以交流，只有一些家长里短和道听途说。西塞罗回到了意大利，格涅乌斯·庞培前往西西里，但是没有赛尔维利娅、波尔基娅、菲利普斯或其他在罗马的人来信。

最后卡西乌斯终于足够平静，可以听布鲁图斯说说塔尔苏斯的事情。

“卡西乌斯，你在这里真的能帮上忙。我奉命征集并训练更多军团，虽然我可以征集士兵，但我真的不会训练新兵。你给恺撒带来了一支船队和一些运输船，他会对此心怀感激，但是你还可以帮我训练新兵，进一步提高你在他心目中的位置。而且这些军队并不是用来参加内战的，而是为了对付法纳西斯。卡尔维努斯已经退到帕加马，但法纳西斯正忙着收拾本都的烂摊子，暂时还不用我们去对付。我们能征集的士兵越多越好，因为我们的敌人是外国人。”

时间来到了二月。二月底，帕加马的密特里达提到亚历山大里亚去跟恺撒会合，当他经过塔尔苏斯时布鲁图斯和卡西乌斯给了他一个经过

① 山内高卢（Cisalpine Gaul）也称山南高卢，是阿尔卑斯山以南到卢比孔河流域之间的意大利北部地区。——译者注

训练的军团。他们两人都没有听说恺撒在亚历山大里亚的战争，只听说庞培被托勒密国王的宫廷权臣以卑鄙的手段谋杀了。他们的消息不是来自身在埃及的恺撒，而是来自赛尔维利娅的一封信，赛尔维利娅告诉他们，恺撒把庞培的骨灰送回给科尔涅利娅·梅特拉。赛尔维利娅对这件事知道得相当清楚，她甚至还给出了那几个宫廷权臣的名字：波特努斯、特奥多图斯和阿基拉斯。

布鲁图斯和卡西乌斯继续他们的工作，一边把西里西亚的市民变成辅军以备罗马所需，一边在塔尔苏斯耐心等待恺撒的归来。因为恺撒一定会回来对付法纳西斯。在安纳托利亚的山道冰雪消融之前，什么事情都不会发生，但等到春天来临时，恺撒也会回来。

四月初发生了一件令人震惊的事。

“马尔库斯·布鲁图斯，”总督府的卫兵队长说，“我们在你的门口拦住了一个人。这个人身无分文、衣衫褴褛，但是他说他从埃及给你带来了重要消息。”

布鲁图斯皱了皱眉头，他的眼睛显得有点忧郁，流露出那种常常困扰他的犹豫不决。“他有说出名字吗？”

“他说了，特奥多图斯。”

他那瘦弱的身体一僵，然后整个身子都挺直了。“特奥多图斯？”

“他确实是这么说的。”

“带他进来，还有，你也留在这里，安菲翁。”

安菲翁带进来一个六十多岁的男人，这个人确实衣衫褴褛，但是从那些褴褛还可以看出淡淡的紫色。他那满是皱纹的面孔还带着一丝骄横，但他的表情却一脸讨好。他带着一种跟罗马人很不一样的娘娘腔，他咧嘴一笑时露出两排黑色的烂牙，让布鲁图斯觉得很恶心。

“特奥多图斯？”布鲁图斯问。

“是的，马尔库斯·布鲁图斯。”

“你就是埃及国王托勒密的老师特奥多图斯？”

“是的，马尔库斯·布鲁图斯。”

“你怎么会可怜兮兮地来到这儿？”

“国王战败去世了，马尔库斯·布鲁图斯。”他扯着嘴唇露出那些可怕的牙齿，发出一阵唏嘘之声，“在战斗结束之后，恺撒亲手把他淹死在河里了。”

“恺撒淹死他？”

“是的，他亲自动手。”

“如果恺撒已经打败国王了，那又何必这么做呢？”

“为了不让他占据埃及的王位。恺撒想让他的情妇霸占王位。”

“特奥多图斯，你为什么要带着这个消息来找我呢？”

那双冰冷的眼睛因为惊讶而瞪大了。“马尔库斯·布鲁图斯，因为你不喜欢恺撒，所有人都知道这件事。所以我要给你一个可以摧毁他的工具。”

“你真的看到恺撒淹死国王吗？”

“我亲眼看到。”

“那你为什么还活着？”

“我逃跑了。”

“像你这样的无能之辈能从恺撒手里逃跑？”

“我当时躲在草丛里。”

“但是你看到恺撒亲自淹死国王。”

“是的，从我躲藏的地方。”

“他是公开淹死国王吗？”

“不是，马尔库斯·布鲁图斯，当时只有他们两个人。”

“你能否发誓，你真的是国王的老师特奥多图斯？”

“我以死去的国王发誓。”

布鲁图斯闭上眼睛一声叹息，然后他睁开眼睛，转头看着卫兵队长。“安菲翁，把这个人带到外面的广场，然后把他钉在十字架上。还有，不要打断他的腿。”

特奥多图斯大吃一惊，高声求情。“马尔库斯·布鲁图斯，我是自由人，不是奴隶！我是好心好意来找你！”

“特奥多图斯，你必须像一个海盗或奴隶那样死去，因为你罪有应得。白痴！如果你要撒谎，那你就应该选一个更加适合的谎言，还有一个更适合欺骗的人。”布鲁图斯转过身。“安菲翁，把他带走，立刻行刑。”

“在大广场，有一个可怜的老头被钉在十字架上，”卡西乌斯过来吃饭时说，“执勤的卫兵说，你不让他们打断他的腿。”

“是的，”布鲁图斯平静地说，放下手中的一张纸。

“这是不是有点过分了？如果不打断双腿，那要熬上好几天才能死掉。我不知道你这么狠心。布鲁图斯，有必要这样对待一个老奴隶吗？”

“他不是奴隶。”布鲁图斯说，然后就把整个故事跟卡西乌斯说了。

卡西乌斯并不高兴。“神啊，你是怎么了？你应该赶紧把他送到罗马，”他呼吸急促地说。“他见证了一桩谋杀案！”

“呸，”布鲁图斯一边说，一边修理一根芦苇笔。“卡西乌斯，随便你怎么鄙视恺撒，但是我认识恺撒那么多年，非常清楚他的为人，所以可以肯定特奥多图斯是在说谎。恺撒并不是不可能犯下谋杀罪，但是如果要对付埃及国王，那恺撒只要把国王交给他姐姐去处决就好了。托勒密王室的人喜欢互相残杀，而这个托勒密国王正在跟他的姐姐战斗。恺撒在河里淹死那个孩子？这不符合恺撒的风格。让我郁闷的是，为什么特奥多图斯觉得我会很高兴听他说出这件事。或者说，为什么他认为罗马人会相信一个让庞培惨死的人。国王在这件事上也有责任。卡西乌斯，我不是一个睚眦必报的人，不过我可以告诉你，让特奥多图斯钉在十字架上煎熬好几天，这给了我很大的满足感。”

“放他下来，布鲁图斯。”

“不！不要跟我争执，卡西乌斯，也不要逼迫我！西里西亚的总督是我，不是你，而我认为特奥多图斯必须死。”

不过卡西乌斯给赛尔维利娅写信时，他对于特奥多图斯在塔尔苏斯的结局并没有如实相告。他说，为了取悦克娄巴特拉王后，恺撒在河里淹死了那个十四岁的男孩。卡西乌斯并不担心布鲁图斯会写信说出事实，因为布鲁图斯跟他母亲关系不好，所以布鲁图斯从来都不给他母亲写信。如果布鲁图斯要写信，那也是写给西塞罗。布鲁图斯和西塞罗，这两人都胆小如鼠。

## 第 2 节

在佩鲁西乌姆北边只有一条路，这条路沿着地中海的岸边穿过一片贫瘠的荒野，然后在一个叫作加沙的城镇进入叙利亚 – 巴勒斯坦。在这之后的土地变得比较肥沃一点，开始零零散散地出现一些小村庄。现在还没到粮食收割的季节，不过克娄巴特拉还是让一些从阿拉伯引进的骆驼跟着恺撒一起出发。骆驼是一种奇怪的动物，它们会发出可怜的哀鸣，但不会像日耳曼的马匹那样每天都要喝水。

恺撒抓紧时间赶到多利买，这个比较大的城镇北边有一个海岬。他在这里停下两天跟犹太人见面，他之前已经写了一封措辞委婉的书信，向犹太人说明他的时间非常紧张，所以只能请他们从耶路撒冷来到这里跟他见面。安提帕特和他的妻子塞普罗斯，还有他们两个年纪比较大的儿子法赛尔和希律已经在等着恺撒了。

“海尔卡努斯没来吗？”恺撒扬起眉毛问。

“大祭司不能离开耶路撒冷，”安提帕特回答说，“就算是为了罗马的独裁官也不能。这是我们的宗教禁条，他相信你身为罗马的大祭司长一定能够谅解。”

恺撒那颜色浅淡的眼眸闪闪发亮。“那是当然，是我疏忽了！”

恺撒心想，这家人真有意思。克娄巴特拉跟他说过这家人，她说不管安提帕特去到哪里，塞普罗斯都会跟着去，真是一对亲密的夫妻。安提帕特和法赛尔都相貌英俊，他们的皮肤跟克娄巴特拉一样黝黑亮泽，不过他们的鼻子比克娄巴特拉漂亮多了。这对父子都是黑发黑眼，身材高大。法赛尔表现得像个英勇善战的王子，而他父亲更像是一个精明能干的大臣。希律身材矮胖，长得一点都不像他的家人，倒是和那个来自西班牙加迪斯的大卢基乌斯·科尔涅利乌斯·巴尔布斯（他是恺撒最喜欢的银行家）有点相似。他的相貌像是腓尼基人，厚嘴唇、鹰钩鼻、大眼睛，而且有点耷拉眼皮。这三个男人都剃了胡须，头发也剪得很短，这让恺撒觉得他们并不是那么严守戒律的犹太人。恺撒知道，他们其实是信奉犹太教的以土买人，不过恺撒有点好奇耶路撒冷的犹太人究竟是如何看待他们。塞普罗斯是来自纳巴泰的阿拉伯人，她是长得跟希律最相似的那一个，不过她比儿子更有魅力。她那圆润的身材非常性感，她的眼睛波光流转。不过，恺撒心想，塞普罗斯到处跟着安提帕特，也许只是为了守住丈夫，确保丈夫只属于自己一人。

“你可以告诉海尔卡努斯，罗马完全认可他的大祭司职位，而且他可以在犹地亚称王。”恺撒说。

“犹地亚？你说的是哪一个犹地亚？是亚历山大·雅那流斯的王国吗？我们又能在约帕拥有港口啦？”安提帕特的语气中更多的是小心翼翼而非激动欣喜。

“我恐怕并非如此，”恺撒温和地说，“犹地亚的边界要按照奥卢斯·伽比尼乌斯规定的那样，只包括耶路撒冷、阿马苏斯、迦萨拉、耶利哥和西博拉。”

“只是五个地区，不是一大片土地。”

“是的，但是每个地区都相当富裕，特别是耶利哥。”

“我们需要通往地中海的途径。”

“你们已经拥有这条途径，因为叙利亚是罗马的行省，所以没有人会禁止你们使用任何一个海港。”恺撒的神情开始冷淡下来，“我亲爱的安提帕特，不要得寸进尺。我可以保证不在犹地亚境内驻军，而且还可以豁免犹地亚境内的一切税收。考虑到香膏给耶利哥带来的大笔收入，就算海尔卡努斯要交港口税，这笔交易对他来说还是很有利。”

“是的，当然了，”安提帕特说着显出一个感激的表情。

“你还要告诉海尔卡努斯，他可以重建并加固耶路撒冷的城墙。”

“恺撒！”安提帕特惊叫道。“这真是个好消息！”

“至于你，安提帕特，”恺撒接着说，他的眼神又变得比较温和，“我让你和你的儿女享有罗马公民权，并免除你们的所有个人税收，同时还委任你为海尔卡努斯的政府首脑。我知道大祭司的职务很繁重，他需要有人来帮忙处理政务。”

“太慷慨了，太慷慨了！”安提帕特激动地大叫。

“不过这是有条件的。你和海尔卡努斯必须确保叙利亚南部的和平，听明白了吗？我不希望发生暴乱或有人篡夺王权。阿里斯托布鲁斯的阵营还剩下什么人对我来说并不重要。他们一直都在给罗马添乱，也一直在当地制造麻烦。所以，你们要确保叙利亚的总督不用向耶路撒冷派兵，明白了吗？”

“明白了，恺撒。”

恺撒注意到，安提帕特的两个儿子脸上都没有流露任何表情。不管法赛尔和希律有什么想法，他们都会等到罗马人听不见时再向家人表达。

在恺撒到达时，泰尔、西顿、比布鲁斯和腓尼基的其他城镇，还有安条克[①]的待遇就没有犹地亚那么好了。这些地方的人都积极地站在庞培一边，为庞培提供金钱和船只。于是恺撒下令，每个城镇都要缴纳罚金，他们之前给了庞培多少钱，现在也要给恺撒多少钱。为了确保这条命令得到执行，恺撒在安条克留下他的侄子赛克斯图斯·尤利乌斯·恺撒充当叙利亚行省的临时总督。赛克斯图斯·尤利乌斯·恺撒是恺撒的伯父的孙子，这个年轻人很高兴被委以重任，他向恺撒保证自己一定会好好表现。

不过，塞浦路斯不再作为叙利亚的一部分接受罗马的管理了。恺撒派出赛克斯提利乌斯·鲁弗斯这个年轻人去那里充当财务官，但不是真的在那里施行统治。

① 安条克（Antioch）是位于土耳其南部的古城。公元前300年由希腊人建立，直至公元前64年一直是塞琉西王国的中心，后来成为罗马叙利亚行省的首府。——译者注

“塞浦路斯暂时不用向罗马缴纳任何赋税，当地出产的东西也都属于埃及。克娄巴特拉王后已经派遣塞拉皮翁去担任总督。鲁弗斯，你的任务是确保塞拉皮翁没有胡作非为，”恺撒说，“而且要按照罗马的标准，而不是按照埃及的标准。”

塞浦路斯从罗马的版图中分割出去了，这让提贝里乌斯·克劳狄乌斯·尼禄很不高兴。恺撒发现尼禄躲在安条克，他仍然认为自己在亚历山大里亚的行为没有错。

“这是不是意味着，”尼禄用难以置信的语气问恺撒，“你自作主张地把塞浦路斯送回给埃及了？”

“尼禄，就算我真的这么做了，那又关你什么事？”恺撒的语气冷冰冰的，“管好你的舌头。”

“你这个傻瓜！”赛克斯提利乌斯·鲁弗斯事后对尼禄说，“他并没有让罗马损失任何东西！他只是允许埃及的王后用塞浦路斯出产的木材和铜矿去重建她的城市和船队，并利用塞浦路斯出产的粮食去度过饥荒。如果她想着塞浦路斯又属于埃及了，那就随便她怎么想好了。恺撒想得更清楚。”

整顿叙利亚的事务花费了一些时间，于是恺撒又经过一个月的行军，才在七月初来到塔尔苏斯。

多亏了哈德凡伊，恺撒的身体状况很不错。他已经恢复到正常的体重，而且再也没有头晕目眩。在白天，恺撒已经习惯在固定时间喝一些哈德凡伊为他准备的果汁或糖浆。在夜晚，他的床边总是摆着一个装满果汁或糖浆的水壶。

哈德凡伊的状态也很好。他骑着一头叫作帕赛尔的驴子，还有另外三头叫作佩努特、伊那、苏特的驴子给他拉行李，这些驴子的驮筐里整整齐齐地放着一些神秘的书卷和包裹。恺撒本来以为他会继续剃光头，并穿着他那件硬挺的白色麻布袍子，但事实并非如此。恺撒问起他时，他说那样太引人注目了。查恩准许他穿着希腊人的服饰，并留着像罗马人那样的短发。只要他们在任何乡镇停下过夜，他就会到当地的市集上寻找草药，或者蹲下来跟某个脏兮兮的老太婆热烈地讨论那些用老鼠头骨做成的项链或用狗尾巴做成的腰带。

恺撒有好几个被释奴来照顾他的个人所需。他最注重衣物清洁，甚至要求他的行军靴子每天都要换上干净的鞋垫。他还有一个仆人专门给他拔体毛，因为他的体毛已经拔了很多年，所以现在体毛都不怎么长了。这些仆人都很喜欢哈德凡伊，也很乐意让哈德凡伊加入他们的圈子。他们会跑前跑后地替哈德凡伊寻找水果，然后按照哈德凡伊的吩咐把水果削皮、压碎或榨汁。恺撒没有想过，这些仆人都很爱他，而哈德凡伊现在就代表着恺撒的健康。于是他们才教这个神秘兮兮的祭司拉丁语，还帮助他提高希腊语的水平，甚至对他那些滑稽的驴子也格外爱护。

在安条克，恺撒让人把那些骆驼送到大马士革去寻找买家。因为恺撒清楚知道，想要让罗马重新站稳脚跟需要一大笔钱，所以任何一点资金来源都能提供帮助，其中就包括把这些上好的骆驼卖给住在沙漠地区的人。

然后，另外一个更加可观的资金来源在泰尔出现了。泰尔是全世界的紫色染料之都，而且在所有叙利亚城市中是最受战争影响的。在这里，一小群骑着马的人追上罗马人，给恺撒献上他们带来的三个盒子，一个盒子来自海尔卡努斯，一个盒子来自安提帕特，还有一个盒子来自塞浦路斯。每个盒子里面都有一个金冠，不是那种由薄薄的金叶做成的轻巧东西，而是一戴上去就会把人压得头痛的沉重物体。这几个王冠都是橄榄枝叶的样式，不过帕提亚国王送来的王冠却是东方国度的式样。这顶高耸的冠冕是一个平顶的圆锥体，恺撒开玩笑说：就连大象都撑不起这么一顶王冠。在此之后，各种各样的王冠从幼发拉底河沿岸的各个小辖区蜂拥而至。珊西塞拉姆斯送来了一顶用金丝编成的王冠，上面镶满璀璨夺目的海水珍珠。塞琉西亚[①]的巴拉维送来一顶用黄金镶嵌着大块祖母绿的王冠。恺撒高兴地想着：要是这种情况继续下去，那我就有足够的

① 塞琉西亚（Seleuceia）也称为底格里斯河畔的塞琉西亚（Seleuceia-on-Tigris），是美索不达米亚平原底格里斯河畔的一座历史名城。——译者注

钱来应付这场战争的军费了！

所以等到恺撒带领着第六军团和日耳曼骑兵来到塔尔苏斯时，驮着王冠的骡子已经有十二头了。

虽然总督塞斯提乌斯和他的财务官昆图斯·菲利普斯都不在，但塔尔苏斯的情况看起来非常好。当恺撒看到西德努斯河平原上的军营时，他对布鲁图斯的军事部署才能有点震惊了。不过等恺撒进入总督府看到盖乌斯·卡西乌斯·隆吉努斯时，他的疑问就自然得到解答了。

“恺撒，我知道你不需要我来说好话，但我还是想为盖乌斯·卡西乌斯说一点好话，”布鲁图斯说，摆出一副特别讨好的样子，“他给你带来一支优秀的船队，而且他在训练士兵时帮了大忙。他比我更懂得那些关于军队的事。”

噢，布鲁图斯，你除了满脸的痘坑、满脑的算计和那该死的高利贷生意，你还会什么东西！恺撒在心里暗自叹息。

恺撒想不起自己是否见过盖乌斯·卡西乌斯，不过他很熟悉卡西乌斯的哥哥昆图斯，因为他们都曾经在近西班牙与阿弗拉尼乌斯和佩特瑞伊乌斯作战。这并不是说他就没有见过盖乌斯·卡西乌斯，只是他最近一次在罗马时，盖乌斯·卡西乌斯只是一个刚刚进入法庭替人辩护的小伙子，所以根本就不值得他去关注。但是他记得卡西乌斯跟特尔图拉订婚时，赛尔维利娅是多么高兴！噢，神啊，这个人是我私生女的丈夫！我希望他能给特尔图拉一些约束，尤利娅说过赛尔维利娅把特尔图拉宠坏了。

现在盖乌斯·卡西乌斯已经三十六岁。他身材高挑，但又不是特别高。他身体健壮，颇有军人的英气，这种相貌会让女人觉得很英俊。他的嘴角有一个酒窝，他的下巴看起来很坚毅。他的头发能把一个理发师逼疯，因为那种粗硬卷曲的头发除了剪短之外根本就无法打理，所以他的头发被剪得贴近头皮。他的皮肤和眼睛都是浅棕色。

这双眼睛毫无畏惧地直视着恺撒的眼睛，流露出一丝淡淡的不屑和怒气。噢！恺撒心想，卡西乌斯不喜欢这样向人求好。只要我给他一丁点理由，那他就会拒绝我的宽恕，然后冲出门外拔剑自尽。我知道赛尔维利娅为什么喜欢他了。他就是赛尔维利娅想让布鲁图斯成为的样子。

“我知道塔尔苏斯的军营肯定是经过了什么人的精心部署，”恺撒高兴地说，他面带微笑地伸出右手。“这个人当然是盖乌斯·卡西乌斯了！在可怜的马尔库斯·克拉苏去世之后，你把帕提亚人赶出叙利亚，罗马应该怎么感谢你呢？我衷心希望你在这里受到了热烈欢迎，也希望这里的一切让你感到舒适。”

于是双方都没有提起什么宽恕的事，盖乌斯·卡西乌斯只好握住恺撒伸过来的手，并且对恺撒回以微笑，然后表示自己几年前在叙利亚做的事情实在微不足道。恺撒只用了一个自然而然的握手和一些热烈欢迎的言辞，这个英俊潇洒、充满魅力的贵族就接受他的宽恕了。

“我已经派人给卡尔维努斯送信，让他尽量多带些士兵，然后在十天内赶到以哥念，”恺撒在晚餐时说，“布鲁图斯和卡西乌斯，你们会跟我一起出征。布鲁图斯，我需要你充当我的副将。卡西乌斯，我很高兴给你一个军团，由你自己去指挥。卡尔维努斯已经让昆图斯·菲利普斯回来管理塔尔苏斯，所以等菲利普斯一到这儿，我们就出发从西里西亚隘口前往以哥念。马尔库斯·安东尼乌斯把两个原本属于共和派的军团从意大利送去给卡尔维努斯，而且卡尔维努斯说他已经准备好跟法纳西斯再次交锋了。”恺撒面露微笑，他的目光遥望远方。“这一次情况肯定不一样，因为恺撒就在这个地方。”

“他的自信简直不可思议！”卡西乌斯事后对布鲁图斯大叫道，“难道他就没有受过打击？”

布鲁图斯眨巴着眼睛，想起那一天恺撒穿着大祭司长的紫色和红色盛装来到他母亲家里，然后就镇定自若地宣布说他要把尤利娅嫁给庞培·马格努斯。我晕了过去。但主要不是因为感情打击（虽然我很爱尤利娅），而是因为想到要面对妈妈的怒气。恺撒做了不可原谅的事情，他竟然为了庞培·马格努斯这个来自皮塞努姆的乡下人，而拒绝一个出自赛尔维利乌斯·凯皮欧家族的人。噢，妈妈非常生气！当然，她责怪的人是我，而不是恺撒。只要想到那一天，我就浑身打颤。

“不，没有任何东西可以打击恺撒的自信，”布鲁图斯对卡西乌斯说，“那是与生俱来的。”

“如果没有任何东西，也许用一把刀子插进恺撒的胸膛就可以。”卡西乌斯咬牙切齿道。

布鲁图斯脸上长满青春痘，所以他不能刮胡子，只能把他的黑胡须尽可能剪短。当他听到这句话时，他觉得自己的每一根胡须都竖起来了。“卡西乌斯！想都不要想！”他大受惊吓地说。

“为什么不行？每个自由人都有义务去杀死暴君。”

“他不是暴君！苏拉才是暴君！”

“那你再给我找一个适合他的称呼好了。”卡西乌斯鄙夷道。他的目光掠过布鲁图斯那可怜兮兮的面孔。复仇女神让赛尔维利娅生出了这么一个懦弱的儿子！他耸耸肩膀。“布鲁图斯，别晕过去了。忘记我说过的话。”

“向我保证，你不会这么做！向我保证！”

卡西乌斯没有回答，只是回到自己的房间里，在那里走来走去，慢慢消除怒气。

等到恺撒离开塔尔苏斯时，他已经拉拢了一小群悔过的共和派，这些人都得到了宽恕，但是没有承受说出“宽恕”一词的羞辱。在安条克是昆图斯·西塞罗，而在塔尔苏斯是他的父亲。他们两个在恺撒看来是最重要的。这两人都没有兴趣参加针对法纳西斯的战役。

“我应该回到意大利老家。”老昆图斯说着一声叹息。“我那愚蠢的哥哥还在布伦狄西姆，因为不确定自己是否安全而不敢继续往前，但是又害怕回到希腊。”他那双棕色的眼眸沮丧地看着恺撒。“恺撒，问题是，你是一个非常擅长打仗的人。所以我不会拿起武器跟你对抗，无论马尔库斯如何劝说。”他挺起肩膀。“在他乘船去布伦狄西姆之前，我们在帕特雷大吵一架。加图想让他成为共和派的统帅，你知道吗？”

恺撒笑了起来。“这一点都不奇怪。加图对我来说就是一个谜。他总能给别人定罪，但是他从来都不会给自己定罪。而且他拒绝为自己的行为负责。他迫使马格努斯陷入这场战争，但是当马格努斯因为这个责怪他时，他却说谁挑起的事情就应该谁去收尾。他的意思是，应该由我们这些军人来负责！在加图看来，政客不会制造战争。这就说明他根本不懂得权力是怎么一回事。”

“恺撒，我们都是自身背景的产物。你是怎么避免这一点的呢？”

“我有一位足够强大的母亲可以约束我，但是她又不至于太过强势把我压垮。我想，这样的母亲是万里挑一吧。”然后西塞罗父子就跟恺撒挥手道别了。

恺撒带着西里西亚的两个常规军团，第六军团和那些忠心耿耿的日耳曼骑兵继续向前。这些日耳曼人离开他们那森林密布的家乡已经很长时间，他们都很少再想起以前的生活了。

安纳托利亚的山峰大多超过一万尺，除了少数几条山道之外几乎无法通行。西里西亚山道就是其中一条通道，这条狭窄陡峭的山道穿过大片松树林，沿途有许多融化的冰雪形成的瀑布，而且在夜晚仍然非常寒冷。

士兵们有时会抱怨那太低的温度和太高的高度，恺撒的对策是让他们全速行军，这样等到他们搭好过夜的军营时，所有人都累得顾不上抱怨寒冷，只能头晕眼花地陷入睡眠。他坚持要搭建像样的军营，因为在跟卡尔维努斯会合之前，他不清楚法纳西斯具体在哪里。卡尔维努斯只是在一封信上告诉他，辛梅里亚的国王肯定还没有回来。

走过这条山道之后，恺撒的军队就来到了一片高地，这片高地就像一只大碗那样位于广阔的安纳托利亚中央。这里峰峦起伏，草木繁茂，每年的这个季节草木都是一片青翠，是马匹吃草的好地方。恺撒注意到，这里的动物有点太多了。这里是利考尼亚，而不是加拉提亚。

以哥念是一个大城镇，位于一条重要商道的交叉路口。这座城镇在陶鲁斯山的南侧山脚，越过这片山地朝着北方望去就是加拉提亚，西边就是本都。从这里有一条路通往卡帕多西亚，然后可以到达幼发拉底河；还有另外一条路通往亚细亚行省，然后可以经过示麦那[①]到达爱琴海；还有一条路通往加拉提亚的安西拉，然后可以到达黑海；还有一条路通往比希尼亚和赫勒斯滂海峡，然后经由埃格纳提亚大道到达罗马。这些交通要道上有许多商队，还有一群群的骆驼、马匹和骡子驮着货物，由全副武装的商人押运，以免遭到强盗的劫掠。这些商队有罗马人、亚细亚的希腊人、西里西亚人、阿拉伯人、亚美尼亚人、米底亚人、波斯人和叙利亚人。在以哥念可以看到昂贵的染色羊毛、家具、木材、葡萄酒、橄榄油、绘画、挂毯、染料、包着铁皮的高卢车轮、铁矿石和大理石雕塑。运往东方的有普特奥利的玻璃，而运往西方的有地毯、挂毯、青铜、黄铜、杏干、青金石、孔雀石、驼毛画笔、毛皮、羊毛和羽毛。

以哥念并不喜欢有军队来到这里。但是在七月中旬，恺撒带着三个军团和他的日耳曼骑兵从塔尔苏斯来到这里，卡尔维努斯带着四个精锐的罗马军团从帕加马来到这里。而超出正常数目的马匹则来自德奥塔鲁斯国王，他带着两千名加拉提亚骑兵从自己的土地来到这里。这些加拉提亚骑兵自己带了食物，而其他士兵的食物都由卡尔维努斯负责提供。

卡尔维努斯还带来了许多消息。

“法纳西斯回到辛梅里亚老家时，阿桑德非常聪明地采取了缓兵之计。”卡尔维努斯私下对恺撒说。“无论法纳西斯追到哪里，阿桑德总是先他父亲一步逃离。最后法纳西斯决定暂且留着阿桑德，然后就让他的士兵乘船经过黑海去到埃米苏斯，这个可怜的城市再次遭到洗劫。然后他又在泽拉[②]从陆路出发，我不太熟悉本都的这个区域，只知道这条在黑海岸边的大道靠近阿马西亚，以前许多本都国王的坟墓就建在这个地方的峭壁上。根据我听到的消息，这个地方的人比我们去年十二月和今年

① 示麦那（Smyrna）是土耳其西部的港口城市，现称伊兹密尔。——译者注

② 泽拉（Zela）是位于土耳其境内的古城，公元前47年恺撒在此打败本都，并写下著名的“我来，我见，我征服”。——译者注

一月在亚美尼亚－帕尔瓦遇到的人更友善。”

恺撒低头看着一张地图，这是一张用墨水描画的帕加马羊皮纸。恺撒用一根手指追寻着这条路线。“泽拉，泽拉，泽拉……是的，我找到这个地方了。”他皱着眉头。“噢，这个地方有一些很好的罗马大道！本都一定会派人守住这个地方。卡尔维努斯，恐怕我们只能绕过东边的塔特塔湖，再渡过哈利斯河进入一片多山地区。我们需要优秀的向导，我想这就意味着，我必须原谅德奥塔鲁斯用加拉提亚的人力和财力去帮助共和派。”

卡尔维努斯咧嘴一笑。“他手里拿着一顶弗里吉亚[①]帽子，惊恐不安地守在这儿。密特里达提战败之后，庞培·马格努斯就在整个安纳托利亚分割土地，德奥塔鲁斯向四面八方扩张他的国土，其中就包括他霸占的老阿里奥巴尔扎尼斯的土地。然后阿里奥巴尔扎尼斯去世了，费罗洛迈奥斯登上了卡帕多西亚的王位，这么一来卡帕多西亚几乎没剩下什么好土地了。”

“这也许是因为卡帕多西亚欠了布鲁图斯的钱？噢，我刚刚说的是布鲁图斯吗？当然，我想说的是马提尼乌斯。”

“恺撒，别担心，德奥塔鲁斯也欠了马提尼乌斯许多钱。马格努斯不停要钱，而德奥塔鲁斯还能到哪里去弄钱呢？”

“答案就是去找罗马的高利贷者，”恺撒生气地说，“这些人为什么永远都不能吸取教训呢？他们赌上一切东西，就想着能得到许多土地，或找到一大块金子长宽各十里。”

“我听说，你最近得到了许多金子，或者说许多金冠。”卡尔维努斯说。

“确实如此。到目前为止，我估计这些金冠应该能融化成一百塔兰特金子，而且一些金冠上面还有宝石。卡尔维努斯，祖母绿！像婴儿拳头那么大的祖母绿。我真希望他们直接给我金条。那些金冠的工艺非常精致，但是除了送给我金冠的那些人，还有谁会有兴趣去买金冠呢？我只能把

---

① 弗里吉亚（Phrygia）是小亚细亚中西部的古国，位于现代土耳其境内。——译者注

这些金冠融掉了。真可惜。不过，我希望能把那些祖母绿卖给波古德或波库斯，总之是那个在朱巴战败之后继承努米底亚王位的人，”恺撒说，他还是那么现实。“那些珍珠不会有什么问题，我在罗马就可以轻松地卖出去。”

“我希望那艘船不会沉在海里，”卡尔维努斯说。

“船？什么船？”

“那艘运送这些金冠到罗马国库的船。”

恺撒那双清秀的眉毛向上飞扬，他的眼睛闪闪发亮。“亲爱的卡尔维努斯，我可没有那么愚蠢。根据我了解的罗马局势，就算那艘船没有沉没，那些金冠也永远不会进入罗马国库。不，我会把这些金冠带在身边。”

“聪明人，”卡尔维努斯回答道。之前有一些罗马方面的消息送到帕加马，他们已经花了一点时间讨论过这些情况。

德奥塔鲁斯确实有一顶弗里吉亚帽子，这顶布帽顶端有一个歪向一边的尖角。不过他的帽子是用泰尔紫和金线混合编织的，而且他见到恺撒时确实是把帽子拿在手里。恺撒有点恶作剧地故意让这次见面变成一次公开召见，除了格涅乌斯·多米提乌斯·卡尔维努斯，还有其他几个副将（包括布鲁图斯和卡西乌斯）也出席了。布鲁图斯，现在让我们看看你如何表现！你的一个主要债务人正站在恺撒面前。

德奥塔鲁斯现在已经是一个老人，但他还是精力充沛。他和他的族人都是高卢人，他们的祖先在两百五十年前从高卢向东迁徙到希腊，这些高卢人在迁徙途中偏离了方向，后来大部分高卢人都回到家乡去了，但是德奥塔鲁斯的族人还是继续向东，最后在安纳托利亚中部找到了一块牧马民族的理想家园，那片土地上青草葱郁，而且精于骑术的战士可以在那里找到好工作，因为安纳托利亚缺乏骑兵。当密特里达提六世大权在握时，他马上就看出应该除掉加拉提亚人，于是他邀请所有的加拉提亚人首领去赴宴，然后在一场大屠杀中把这些首领全部杀死。这是在盖乌斯·马略的时代，也就是六十年前。德奥塔鲁斯逃过了这场大屠杀，因为他当时还太年轻，不能跟他父亲一起赴宴。但是从那时候到他长大成人，他一直都是密特里达提最凶悍的敌人。他跟苏拉、卢库卢斯和庞培联合，一直对抗密特里达提和提格拉尼斯。后来他终于梦想成真，因为庞培给了他大片土地，并且说服元老院（恺撒也默许了）让他享有国王的称号，而他掌管的加拉提亚就成了罗马的附属国。

他从未想过有人能打败庞培，所以他一直都是庞培最积极的支持者。现在，他站在独裁官盖乌斯·尤利乌斯·恺撒这个陌生人面前，他的手里拿着帽子，他的心脏怦怦直跳。他眼前的这个人在罗马人中算是非常高大的，而且这个人头发和眼睛的颜色都像高卢人那样浅淡，但是他的嘴巴、鼻子、眼睛、脸型和那两个高高的颧骨都充满罗马特色。他很难想象，这个人跟庞培是那么不一样，尽管庞培也具有高卢人的浅色头发和眼睛。他跟庞培一见如故，也许就是因为庞培长得很像高卢人，庞培连面部特征都很像高卢人。

如果我先遇到这个人，那我可能就不会给庞培那么多帮助了。恺撒拥有一切可贵的特质，他的气质就像国王那样高贵，他那双冰冷的眼眸锐利地直视人心。噢,天啊！噢,地啊！恺撒的眼睛就跟苏拉的眼睛一样！

“恺撒,我请求你的宽容仁慈,”他开始说。“你肯定知道,我是庞培·马格努斯的食客,我一直都是他最忠诚、最顺服的食客！如果说我给他支持,那是因为我身为食客的义务要求我要给他支持，这里面并没有任何私人因素！真的，为了给他提供战争资金，我已经变得一贫如洗，而且我还欠了,”他的眼睛转向布鲁图斯，迟疑了一下说，“一些高利贷商人的钱。我已经负债累累了！”

“哪些高利贷商人？”恺撒问。

德奥塔鲁斯眨着眼睛，挪着双腿。“我不能说出他们的名字，”他说着咽了咽口水。

恺撒的目光扫过布鲁图斯，他故意把布鲁图斯的位子安排在自己的视线范围之内。啊！我的布鲁图斯很有嫌疑！还有他的妹夫卡西乌斯。卡西乌斯是不是也在“马提尼乌斯和斯卡普提乌斯”中拥有股份呢？真有意思。

“为什么不能？”恺撒冷冷地问。

“恺撒，这是合同的一部分。”

“我想看看合同。”

“我把合同留在安西拉了。”

“哎呀，哎呀，合同中有没有马提尼乌斯或司卡普提乌斯的名字呢？”

“我不记得了。”德奥塔鲁斯可怜兮兮地低声说。

“恺撒，够了！”卡西乌斯厉声说，“放过这个可怜的家伙！你就像一只猫在戏弄老鼠。他说得对，欠了谁的钱是他自己的事。你是独裁官，但这并不意味着你有权去刺探那些与罗马政府无关的事！他欠债了，这是唯一跟罗马有关的事。”

如果是提贝里乌斯·克劳狄乌斯·尼禄说出这些话，那恺撒肯定会让他滚出去，滚回罗马，滚去任何没有恺撒的地方。但这是盖乌斯·卡西乌斯，这是一个值得拭目以待的人。这个人敢于说出自己的想法，而且脾气火爆。

布鲁图斯清了清喉咙。“恺撒，如果可以，我想为德奥塔鲁斯国王说几句。他之前拜访罗马时，我就认识他了。不要忘记，他是密特里达提永远的敌人，也是罗马永远的同盟。德奥塔鲁斯国王在内战中选择站在哪一边真的重要吗？我也选择站在庞培·马格努斯那边，但是我已得到宽恕。盖乌斯·卡西乌斯也选择站在庞培·马格努斯那边，但是他也已经得到宽恕。所以这有什么区别呢？身为罗马的独裁官，你肯定需要一切同盟来共同对付法纳西斯。德奥塔鲁斯国王就来到这里提供协助，他给我们带来了两千名我们急需的骑兵。”

“所以你要说服我，让我原谅德奥塔鲁斯国王，并且让他不受惩罚就离开？”恺撒问布鲁图斯。布鲁图斯那双阴郁的大眼睛现在怒火熊熊，因为他看到自己的钱就要消失了。

“是的。”布鲁图斯说。

一只猫在戏弄一只老鼠。不，卡西乌斯，不是一只猫和一只老鼠，而是一只猫和三只老鼠！

恺撒坐在他的象牙折椅上，他的身体稍微向前，他那双像苏拉一样的眼睛盯着德奥塔鲁斯。“国王，我对你的困境深表同情，而且一个食客竭尽全力去帮助他的保护人也是值得赞赏的事。问题是，庞培有那么多食客，但是恺撒却没有食客。所以恺撒需要国库的拨款来充当战争资金。这些拨款必须以十分之一的利息归还，十分之一是所有地区目前唯一合法的利率，这个利率对你们这些借钱的人非常有利。我暂时可以允许你保留大部分国土，但是在打败法纳西斯之前我不会做出最后决定。恺撒要收集每一个银币去还给国库，所以加拉提亚的赋税肯定要增加。现在你不用按照原来的利率归还借款，这样就可以省下一大笔钱。国王，等我打败法纳西斯之后会在尼科美狄亚召开另外一次会议，在此之前你可以好好想想我的提议。”他说着站起来。“国王，你可以退下了。还有，谢谢你的骑兵。”

克娄巴特拉送来一封信，因为这封信的到来，恺撒缩短了他跟德奥塔鲁斯的会面时间。随着这封信一起来的还有一队骆驼，这些骆驼驮着五千塔兰特金子。

我的爱人，无所不能的地上之神，属于我的恺撒，尼罗河的使者，阿蒙－拉的儿子，奥西里斯的化身，法老的挚爱，我想念你！

最最亲爱的恺撒，任何事情都比不上这个好消息：在埃及历冬季的最后一个月十五日，我生下了你的儿子。因为我的无知，所以我不能完美地把这个日期转换成你们的日历，不过这个日期相当于你们日历的六月二十三日。他的生辰保护神是羊神库努姆，我还按照你的吩咐花钱请了一个罗马占星家，根据占星家给他推算的星象，他将成为法老。这是不用花钱就能知道的事！那个占星家神秘兮兮，不停地念叨着他在十八岁那年会有一次灾难，但是他又说不清到底是什么情况。噢，亲爱的恺撒，他长得真漂亮！他简直就是荷鲁斯的化身。他还没到预计的时间就出生了，但是他长得非常周全。只是有点瘦，还有点皱巴巴的。你能想象到吗，他长得像爸爸！他的头发是金色的，塔阿说他的眼睛应该是蓝色。

我有乳汁！这不是很神奇吗？按照传统，法老应该亲自给她的孩子喂奶。我那小小的乳房涌出乳汁。他的性格很温和，不过他的意志很强大。我可以发誓，他第一次睁开眼睛看到我就露出一个微笑。他的个子很高，超过两罗马尺。他的阴囊很大，他的阴茎也很大。查恩按照埃及习俗给他行了割礼。我的生产过程很容易。我觉得肚子疼，就蹲在一张干净的亚麻厚布垫上，然后他就出来了！

他的名字是托勒密十五世·恺撒。不过我们都叫他恺撒里昂。

埃及一切安好，亚历山大里亚也很好。鲁弗里乌斯和罗马军团都已经安定下来，你送给这些士兵的妻子也都接受了他们的丈夫。重建工程还在继续，我已经在丹德拉开始重建哈托尔神庙，这座神庙的王名圈署名是克娄巴特拉七世和托勒密十五世·恺撒。我们在菲莱也会开始重建工程。

噢，最最亲爱的恺撒，我多么想念你！如果你在这里，那你就可以替我去管理一切政务。我不想放下恺撒里昂，去跟那些喋喋不休的船主和反复无常的地主打交道！我的丈夫菲拉德尔普斯变得越来越像我们那个已经死去的兄弟，对于这个已故的兄弟，我一点都不怀念。等到恺撒里昂长大一些，我就会除掉菲拉德尔普斯，让我们的儿子登上王位。顺便说一句，我希望你能确保阿尔西诺伊不会逃出罗马。只要有一点机会，她就会立刻把我拉下王位。

这里还有一个好消息。守卫军队已经完全安顿下来，我得到了密特里达提舅舅的承诺，等到你在罗马安定下来，我就会去罗马找你，而舅舅会帮我统治埃及。是的，我知道，你说法老不应该离开自己的国家，但是我有非去不可的理由：我必须跟你生下更多孩子，而且应该在你回到东方对付帕提亚人之前。恺撒里昂必须有一个妹妹可以结婚，否则尼罗河就会降灾。而且我们的下一个孩子有可能还是男孩！所以，我们必须多生几个孩子，才能确保既有儿子也有女儿。总之，无论你喜欢与否，等你打败非洲的共和派，我就会到罗马去看你。我在罗马的代理人阿穆尼乌斯送来一封信，他说等你完全建立起自己的统治之后，罗马还有很多事情会让你难以脱身。我已经吩咐他去替我建造一座宫殿，但是我需要你帮我弄到一块土地。阿穆尼乌斯说要找一个罗马公民来假冒土地的主人很困难，所以还是你直接给我一块土地更快更容易。我选择的地点是在卡皮托尔山，在“至善至尊者”朱庇特神庙旁边。我已经问过阿穆尼乌斯，知道什么地方的风景最好。

我以我们儿子的名义，随着这封信一起给你送去五千塔兰特黄金。请你一定要给我写信！我想你，我想你，我想你！特别是你的手。我每天都为你祷告，请求阿蒙－拉和战神蒙图保佑你。我爱你，恺撒。

一个儿子，而且看来很健康。恺撒已经到了当爷爷的年纪，没想到竟然迎来老年得子的惊喜。不过，她给孩子娶了一个希腊名“恺撒里昂”。这样也许更好一些。他不是罗马人，而且永远都不可能成为罗马人。他将是世界上最富有的人，而且是一个手握大权的国王。噢，但是他的母亲还很不成熟！她的来信这么天真，充满自负和虚荣。给她一块土地去建造宫殿，在卡皮托尔山的“至善至尊者”朱庇特神庙旁边？这简直是亵渎神圣。她铁了心要来罗马，无论如何都拦不住她，那就让她想怎样就怎样好啦。

恺撒，你对她太苛刻了。所有人都只能按照自己的背景去行事，虽然她内心是个可爱的小东西，但她的血统已经被污染了。相对于她的背景，她的罪行是自然而然的事情，她的错误更多是出于无知而非自负。我恐怕她永远都不能深谋远虑，我必须向神明献祭，祈求我们的儿子能够深谋远虑。

但是有一件事恺撒已经下定决心：他肯定不会让恺撒里昂有一个妹妹可以结婚。恺撒不会让她再次怀孕。克娄巴特拉，只要不在你体内完事就行。

他坐下来一边给她写信，一边听着外面的声音：军团在拔营，马匹在嘶鸣，士兵在骂骂咧咧，卡尔弗勒努斯在大声训斥一个可怜的士兵。

> 我亲爱的克娄巴特拉，这真是一个好消息。正如大家预料的那样，这是一个儿子。阿蒙－拉怎么会让他在地上的女儿失望呢？真的，我为你和埃及感到非常高兴。
>
> 谢谢你送的黄金。重新回到这个广阔的世界之后，我更加深切地体会到罗马真是负债累累。内战不会带来战利品，而只有战利品才能让战争有利可图。我会善用你以我们儿子名义赠送的黄金。
>
> 既然你坚持要来罗马，那我也不会阻拦，只是我要提醒你，到时你不会一切如愿。我会给你在雅尼库卢姆山下安排一块土地，那里靠近我自己的美丽花园。你让阿穆尼乌斯去找一个叫作盖乌斯·马提乌斯的代理人就好了。
>
> 我不是一个擅长写情书的人。你只需接受我的爱，并知道我对你和我们的儿子都很满意。等我到达比希尼亚，我会再写信给你。你要照顾好我们的儿子和你自己。

恺撒的回信就是这样了。他把那张纸卷起来，在接缝处滴了一团蜡油，然后用他的戒指在上面盖了一个章。这个戒指是克娄巴特拉送给他的，不过送给他这个戒指并不完全出于爱情，这同时也是一个委婉的提醒，因为恺撒不愿跟她谈论以前的感情经历。戒指上面的纹样是一头希腊式的狮身人面怪兽，上面的名字不是通常的全名缩写，只是简单地用粗体字反面刻着“恺撒”。恺撒很喜欢这个戒指。等他决定要收养哪一个侄子或近亲来充当他的继承者，他就会把这个戒指和自己的名字传给那个人。神啊，实在没有什么优秀人选！卢基乌斯·皮纳里乌斯，或者相对最有出息的昆图斯·皮狄乌斯，都不是能成大器的人。还有那个正在安条克的小伙子赛克斯图斯·尤利乌斯·恺撒，还有德基穆斯·朱尼乌斯·布鲁图斯，还有大部分罗马人都认为将会成为恺撒继承人的马尔库斯·安东尼乌斯。谁，谁，谁？总之不可能是托勒密十五世·恺撒。

法贝里乌斯很想知道那个孩子是不是已经生下来了，但是他看了一眼恺撒的脸色就决定不要发问。这个老男孩正全神贯注地准备战斗，不要再婆婆妈妈地说什么孩子的事情，就算是他自己的孩子也不行。

塔特塔湖是一个咸水湖，湖面很大，但湖水很浅。恺撒看着岸边的砾岩心想，这也许是一个内海的残余部分，因为松软的岩石里面包裹着一些古老的贝壳。虽然这里毫无生机，但风景非常美丽。湖面上闪烁着一道道绿色、黄色和橙色交织在一起，周边的景色都倒映在这一片色彩斑斓里。

恺撒从未来过安纳托利亚中部，他发现这个地方又神奇又美丽。红色的哈利斯河像占卜官的利吐斯号一样弯弯曲曲，这条大河在红色的狭谷中蜿蜒几百里，峡谷中一些巍峨的峭壁就像一座座高大的城池。德奥塔鲁斯殷勤地告诉他，这条河在其他地段还流经一片肥沃的平原。山峰又开始出现，高耸的山峰上还满是积雪，不过那些加拉提亚人向导知道所有的山路。于是罗马军队就在群山中穿行,像一条长蛇那样蜿蜒八里地。骑兵分布在队伍两侧，士兵们唱着行军歌曲，保持行军步伐的节奏整齐。

噢，我更喜欢这样的战争。对付的是外国敌人，在一片美丽的新土地上开始真正的战争。

正在这时，法纳西斯国王给恺撒送来了第一顶金冠。这顶金冠更像是亚美尼亚人的王冠而非帕提亚人的冠冕。金冠顶端是尖的而不是平的，上面镶满了圆形的红宝石，这些星光闪烁的宝石全都大小一致。

“噢，要是我能找到买主，卖出跟这顶金冠价值相符的价格就好了！”恺撒对卡尔维努斯念叨着，“把这个金冠融掉实在令人心痛。”

“这是没办法的事，”卡尔维努斯简单直接地回答，“那些宝石在马尔伽里塔里亚长廊的任何一个珠宝商那儿都可以卖出一个好价格。我从来没有见过这么闪耀的红宝石。上面的宝石实在太多了，边上的金子几乎看不清，就像一块洒满坚果的糕饼。”

“你觉得我们的朋友法纳西斯是不是开始担心了？”

“噢，是的。恺撒，他担心的程度，可以从他给你送金冠的频率看出。”卡尔维努斯咧嘴笑道。

在接下来的那个市集日间隔，每隔三天就有一个金冠送过来，这些金冠的样式和材质都一样。这时候，恺撒距离辛梅里亚的军营只有五天的行程了。

在收到三顶金冠之后，法纳西斯派出一个使节带着第四顶金冠出现了。“伟大的恺撒，这是万王之王送给您的礼物。”

“万王之王？这是法纳西斯对他自己的称呼吗？”恺撒问，看起来很惊讶，“告诉你的主人，这个称号不会给人带来好运。最后一个万王之王是提格拉尼斯，看看罗马的庞培·马格努斯把他变成什么样子。但是，我打败了庞培·马格努斯，所以你觉得我是什么人呢？”

“一位伟大的征服者。”那个使节咽着唾沫说。为什么罗马人看起来一点都不像伟大的征服者？没有黄金车架，没有随行的大群妃嫔，没有精挑细选的卫队，没有闪闪发光的服饰。恺撒就穿着一套普普通通的铁甲，胸部下方绑着一条红色布带，除了这条带子，他的服饰跟周围的人并没有什么不同。

“使节，回去告诉你的国王，跟他说是时候回家了，”恺撒简单清晰地说，“但是在他回去之前，我需要足够的金条来修复他在本都和亚美尼亚－帕尔瓦造成的破坏。埃米苏斯需要一千塔兰特，另外两个国家需要三千塔兰特。他要清楚，这些金子是用来修复他造成的破坏，而不是送进罗马国库。”

恺撒停下来转头看着德奥塔鲁斯。“不过，”他气定神闲地接着说，“法纳西斯国王是庞培·马格努斯的食客，但是他却没有尽到身为食客的义务，所以我要罚他两千塔兰特金子，这些金子要送进罗马国库。”

德奥塔鲁斯脸色青紫，嘴唇一抽抽的，但却说不出一句话来。恺撒难道全无羞耻之心吗？他要惩罚加拉提亚，因为加拉提亚履行了身为食客的义务；他要惩罚辛梅里亚，因为辛梅里亚没有履行身为食客的义务！

“使节，如果我今天没有听到你们国王的回应，那我就会在这个美丽的河谷中继续行军。”

“整个辛梅里亚都没有你要求的十分之一黄金。”卡尔维努斯说，他看到德奥塔鲁斯气得半死，努力忍住自己的笑声。

“格涅乌斯，你可能会感到很惊讶。不要忘记辛梅里亚是老国王国土的重要组成部分，而老国王积累了堆积如山的黄金。庞培从亚美尼亚－帕尔瓦七十座堡垒中抢走的并不是这些黄金的全部。”

“你听到他说的吗？”德奥塔鲁斯对着布鲁图斯气愤不已地发问，“你听到他说的吗？一个附属国的国王，不管他做出什么选择，都是错误的！噢，我简直不敢相信！”

“好啦，好啦，”布鲁图斯安抚道，“他要筹集资金去应付这场战争。他说得对，他不得不利用国库的资金，所以现在要把钱还清。”他那双阴郁的眼睛顿时变得冷酷无情。

布鲁图斯瞪着加拉提亚的国王，就像一个父亲瞪着他那淘气的儿子。“而你，德奥塔鲁斯，也必须把欠我的钱还清。我希望你明白这件事情。”

“马尔库斯·布鲁图斯，我也希望你明白，恺撒说过只能收取十分之一的利息！”德奥塔鲁斯气势汹汹地说，“如果我能保住我的王国，那我愿意按照十分之一的利息把钱还给你，但是不会再多一个银币。你想让恺撒看到马提尼乌斯的账本吗？而且你现在已经失去军队的指挥权，你以为你还能利用军队去收债吗？马尔库斯·布鲁图斯，这个世界已经变了，而且现在掌管这个世界的主宰并不喜欢那些高利贷者，即便那个高利贷者跟他出自同一阶层。如果我能保住我的王国，那我就按照十分之一的利息把钱还给你。至于我能否保住我的王国，这个就要看我们遇到法纳西斯之后，你和盖乌斯·卡西乌斯怎样帮助我在尼科美狄亚争取利益！”

泽拉的美丽让恺撒惊叹不已。这座城市是一片岩石高地，在一片方圆五十里的盆地中间矗立。盆地之中的春季小麦就像王冠上的祖母绿那样青翠欲滴，盆地四周是高耸入云的山峰，从山顶到半山腰都覆盖着冰雪，还有一条宽阔的斯库拉克斯河，蓝色的河水静静流淌，蜿蜒曲折地流过整个平原。

辛梅里亚人的军营就在那块岩石高地下方，法纳西斯把他的统帅帐篷和妻妾营帐都设在高地上面。当罗马军队从北边的山道显露出来时，他很快就看见了，于是他派人送去第三顶金冠。在送给恺撒第四顶金冠之后，使节回来向他转达了恺撒的信息，但是他置之不理，因为他相信自己绝对不会战败。他看着恺撒让士兵建起坚固的军营过夜，那个军营距离他的阵地只有一里。

天亮时分，法纳西斯开始大举进攻。他像他父亲和提格拉尼斯一样，无法相信一支组织严密的小小队伍可以抵挡得住十万名战士的进攻。他的表现比庞培在法萨卢斯的表现更好一些，他的军队坚持了四个小时才被击溃。就像很久之前在高卢一样，这些塞西亚人奋战到死，认为临阵脱逃是难以忍受的羞耻。

“如果马格努斯在安纳托利亚的敌人也是如此，”恺撒对卡尔维努斯、潘萨、维尼西亚努斯和卡西乌斯说，“那他就不会得到‘伟大的’称号了。他打败那些敌人并非难事。”

“我想，高卢人是更加可怕的敌人。”卡西乌斯从牙缝中说出这句话。

“你可以看看我的《高卢战记》，”恺撒微笑道，“勇敢不是最关键的因素。高卢人还拥有今天的敌人所没有的两个特质。第一，他们会从先前的失误中吸取教训。第二，他们具备强烈的爱国热情，我花了很大力气才把他们那种热情转化得对他们和对罗马都有利。不过你做得很好，卡西乌斯，你像一个真正的军人那样带领你的军团。我还要去对付帕提亚王国，把我们的鹰旗带回家。在那几年里，我会有很多工作要交给你。到时，你应该已经成为执政官了，所以你会是我的主力副将。我知道，你对陆地战和海战都很擅长。”

这本来应该让卡西乌斯深受鼓舞，但其实只是把他暗中激怒。他说得好像这一切都是他的恩赐。身为他的奴才，我又能得到什么荣誉呢？

恺撒走过去视察战场，命令士兵挖出一个个大坑来掩埋塞西亚人的尸体，虽然泽拉有很多树木，但是要火化的人实在太多了。

法纳西斯本人逃跑了，他带着自己的金银珠宝向着北边策马狂奔，让他的女人留下来等死。当恺撒听到这个消息时，他唯一担心的就是那些女人了。

恺撒把战利品都分给他的副将、军团指挥官、百夫长、步兵和骑兵，他拒绝接受属于统帅的那一份。他拥有那些金冠，这样就足够了。等到分配战利品的仪式结束时，士兵们发现自己又多了一万塞斯特尔提乌斯，而像布鲁图斯和卡西乌斯这样的副将又多了一百塔兰特银子。只是留在辛梅里亚人军营附近的钱财就有这么多，谁知道法纳西斯带走的财宝有多少呢？不过大家并不是当场就得到那些钱，士兵们只是推举出代表参加了一个统计仪式，因为那些战利品会原封不动地在统帅的凯旋式上展示，然后才会分到每个人手中。

两天后，军队出发前往帕加马，当地居民用欢呼和鲜花表示热烈欢迎。法纳西斯的威胁不复存在了，亚细亚行省终于可以安枕无忧。虽然已经过去四十二年，但亚细亚行省没有人会忘记密特里达提入侵时屠杀了十万居民。

“等我回到罗马，我会尽快给亚细亚行省派来一位非常好的总督，”恺撒在一次私人会面中对阿尔克劳斯说，他是帕加马的密特里达提的儿子，“这个总督会知道应该怎么做才能重振亚细亚行省。收税人的日子结束了，在五年的免税期之后，每个地区都会直接向罗马交税。不过，这些都不是我跟你见面的原因。”

恺撒身体前倾，他的两只手交叠着放在书桌上。“我会写信到亚历山大里亚告诉你父亲，不过帕加马现在就应该知道未来的命运。我计划把总督府转移到以弗所，因为帕加马太靠近北方，处理事情时有点鞭长莫及。所以整个帕加马城都会成为帕加马王国的一部分，然后以附属国的地位由你父亲来统治。这个帕加马王国不像已故的阿塔路斯[①]在遗嘱中送给罗马的那么大，但是会比现在的更大一些。我会把加拉提亚西部并入帕加马，这样帕加马就有足够的土地来耕种和放牧。我感觉罗马行省的管理机构太过繁冗，因为层层叠叠的中间人和毫无必要的文书工作而增加了许多开支。所以只要我能找到一个优秀的本地家族去管理一个附属国，那我就会建立起一个附属国。你们要向罗马缴纳赋税，但是罗马不用亲自去收税。”

恺撒清了清喉咙。“你们也要付出一点代价，那就是竭尽全力地为罗马守住帕加马，击退一切敌人。不仅要充当恺撒本人的食客，还要成为恺撒的继承人的食客。你们要施行英明的统治，为你们的所有人民带来财富，而不仅仅为上层人带来财富。”

“恺撒，我一直都知道我父亲是个明智的人，”这个小伙子说，这份难以置信的礼物让他喜出望外，“但他做过最明智的事就是为你提供协助。我们的感激真是难以言喻！”

“我想要的不是感激，”恺撒轻快地说，“我想要的东西更加宝贵，那就是忠诚。”

尼科美狄亚位于普罗庞提斯[②]那平静的入海口上方，辽阔的水面就像镜子一样，从天上的云朵到地上的树木、山峦、居民和动物都倒映在水中，仿佛水面上和水面下各有一个世界。对恺撒来说，这是他最喜欢的地方之一，因为这里充满了温暖的回忆。这里曾经有一个七八十岁的国王，他戴着卷曲的假发，化着精致的浓妆，养着一大群女里女气的奴隶来满足他各种欲望。不，尼科美德斯国王和恺撒从来都不是情人关系！他们之间拥有更美好的东西——亲密的友谊。当年那个只有二十一岁的恺撒来到这里时，还有一个肥胖壮硕的王后叫作奥拉达尔提斯。她养了一只

① 阿塔路斯（Attalus）是帕加马国王，他在公元前133年立下遗嘱将自己的王国送给罗马，位于小亚细亚西部的这个小国于是成为罗马的亚细亚行省。——译者注

② 普罗庞提斯（Propontis）是土耳其马尔马拉海的旧称。——译者注

叫作苏拉的狗，那只狗在她屁股上咬了一口。他们只有一个孩子，这个叫作尼萨的女儿被密特里达提六世绑架并囚禁了很多年。后来卢库卢斯把尼萨解救了，并把这个已经年近五旬的公主送回她母亲身边，当时老国王已经去世。当比希尼亚变成罗马的行省时，恺撒骗过了总督尊库斯，把奥拉达尔提斯的财产转移到拜占庭[①]的一个银行，并让她搬进黑海边一个小渔村的一座漂亮房子。奥拉达尔提斯和尼萨在那里度过了她们快乐的余生。她们在码头上垂钓，带着她们新养的狗散步，这只狗叫作卢库卢斯。

当然，他们都已经去世了。恺撒记忆中的那个王宫早就变成了总督府，王宫中最珍贵的东西都被第一任总督尊库斯抢走了，但是那些鎏金装饰和紫色大理石还在述说着往日的辉煌。恺撒想起来，就是尊库斯让他开始下定决心要终止总督的贪污和抢掠。好吧，第一个让人产生这种念头的应该是维瑞斯，但维瑞斯并不是行省总督。维瑞斯自成一类，西塞罗也是如此。那些去管理行省的人靠压榨当地居民来发财致富，他们会售卖公民权，售卖税收减免权，还会没收财产，操纵粮食价格，抢掠各种艺术品，接受收税人的贿赂，甚至把扈从和军队借给那些罗马的高利贷者去收债。

尊库斯在比希尼亚搜刮了许多财宝，但是他和他的行为冒犯了某位神明，结果他和他抢掠的东西都在乘船回家途中葬身海底。于是那些雕塑和绘画再也不能回到原来的地方。

噢，恺撒，你老了！往昔时光，记忆中在这里嬉戏的身影已经成了亡灵，那些亡灵每年有两天会从冥界中出来四处游荡。太多事，发生得太快了。苏拉曾经遭受的命运，恺撒又成了最近一个牺牲品。那些向自己国家进军的人，都不可能得到快乐。恺撒的仁慈是有意为之，是出于自身利益的措施，恺撒已经不再认为这个世界会出现什么奇迹了。因为

---

① 拜占庭（Byzantium）位于巴尔干半岛东端，濒临博斯普鲁斯海峡，因其地处连接地中海与黑海商路的要道而繁荣。公元前7世纪由希腊麦加拉移民所建。公元330年更名为君士坦丁堡。公元1453年更名为伊斯坦布尔。——译者注

没有奇迹。男人和女人用自己的冲动、欲望、疏忽、愚蠢和贪婪毁了这个世界。一个加图和一个比布路斯就能摧毁一个优秀的政府。而恺撒为了重建一个优秀的政府已经精疲力竭了。恺撒已经不是跟那个淘气的老国王斗智斗勇的年轻人，恺撒已经变得性情冷淡、愤世嫉俗、满心厌倦。这个恺撒没有激情，只想保持住自己的体面度过每一天。这个恺撒已经开始对生活感到厌倦。一个人怎么可能重建罗马呢？更何况这个人已经五十三岁了。

但是不管你喜不喜欢，日子还是要过下去。恺撒委派了一个他比较看重的食客盖乌斯·维比乌斯·潘萨去充当比希尼亚的总督，他认为本都现在应该由它自己的总督去管理，而不是跟比希尼亚合并在一起。于是恺撒又委派了另外一个他比较看重的人马尔库斯·科伊利乌斯·维尼西亚努斯去管理本都，由他去修补法纳西斯造成的破坏。

等到这一切终于完成了，恺撒就把自己关在书房里写信。他给亚历山大里亚的克娄巴特拉和帕加马的密特里达提写了信，给罗马的普布利乌斯·赛尔维利乌斯·瓦提亚·伊绍里库斯写了信，给他的骑兵统帅马尔库斯·安东尼乌斯写了信，最后给他相交最久的朋友盖乌斯·马提乌斯也写了信。恺撒跟马提乌斯同龄。马提乌斯的父亲住在奥瑞利娅在苏布拉的公寓楼底层的另一套公寓，又在公寓楼的底层天井建造了一个美丽的花园，恺撒和马提乌斯小时候经常在花园里一起玩耍。马提乌斯继承了他父亲园艺设计的天赋，于是又在百忙之中抽空，为恺撒在台伯河对岸设计了休闲花园。马提乌斯还开创了花木修剪的艺术，总是迫不及待地抓住一切机会把灌木修剪成飞鸟、走兽和各种神奇的形状。

恺撒给马提乌斯写信时毫不设防，因为这个老友绝对不会对他磨刀相向。

VENI, VIDI, VICI.

我来，我见，我征服。我在考虑要把这句话作为我的格言。这种情况在我身上经常发生，而且这句话本身也非常凝练。至少在这最近一次我来、我见、我征服中，我对付的是外邦敌人。

东方的事情都处理好了。真是一个烂摊子！因为那些贪婪的总督和入侵的国王，西里西亚、亚细亚行省、比希尼亚和本都全都倒地呻吟。不过我对叙利亚并不是很同情。我追随了独裁官苏拉的脚步，重新恢复了他的舒缓政策，这些政策都大受欢迎。因为你并没有参与收税的生意，所以我在小亚细亚的改革不会影响你，但是等我回到罗马时，那些小亚细亚的收税人和其他投机者肯定会大吵大闹。我在乎吗？不,我并不在乎。苏拉的麻烦在于他根本就不懂政治。他卸下独裁官的职务之前，没有先确保他的新法令不会被推翻。相信我，恺撒不会重蹈覆辙。

我最不想要的就是一个充满自己奴才的元老院，但我恐怕这是必不可免的情况。马提乌斯，你也许认为拥有一个言听计从的元老院是件好事，但事实并非如此。在政治上有越多健康的竞争，我那些追随者的野心就越能受到遏制。如果整个政府机构里面都是我的追随者，那有什么能阻止一个比我更年轻、更有雄心的人踩着我的尸体登上独裁官的位子？政府之中必须有反对者！政府不需要的是好人帮，他们只是为了反对而反对，根本就不明白他们究竟在反对什么。所以说好人帮的反对毫无道理，并不是出于深思熟虑的分析。不过，好人帮已经不复存在了，非洲行省会见证他们的灭亡。我希望看到那种正确的反对，但现在我担心这场内战的结局就是消灭了一切反对。这真是让我进退两难。

从塔尔苏斯开始，马尔库斯·朱尼乌斯·布鲁图斯和盖乌斯·卡西乌斯就一直跟我在一起，不过他们的陪伴并没有给我带来多少快乐。这两人已经得到原谅，正在不知疲倦地为他们自己工作。不，他们的工作不是为了罗马，当然也不是为了恺撒。他们也许能在元老院中充当健康的反对派？不，恐怕不能。这两人都关心个人私利胜于国家利益。不过跟这两人在一起还是有点意思，而且我从他们那里学到许多关于放贷的事。

我刚整顿完安纳托利亚的附属国，主要是加拉提亚和卡帕多西亚。德奥塔鲁斯需要一个教训，所以我给了他一个教训。我本来想把加拉提亚缩小到只包括安西拉周边地区，但是布鲁图斯突然像只狮子那样咆哮着为德奥塔鲁斯而战，因为德奥塔鲁斯欠了他很多钱。所以，我怎么能夺走德奥塔鲁斯四分之三的国土，让一笔稳定的收入变成一笔永远的坏账呢？布鲁图斯绝对不会接受。于是布鲁图斯雄辩滔滔，口若悬河！真的，马提乌斯，西塞罗要是听到布鲁图斯的雄辩，那他肯定会嫉妒得咬牙切齿！我还要补充一个情况，卡西乌斯也在一边帮腔。他们是妻舅和妹夫，也是学校里的老同学，但他们的关系还不仅如此。

最后，我让德奥塔鲁斯保留的土地比我原先打算的要多得多，不过加拉提亚西部现在属于帕加马这个新的附属国，亚美尼亚－帕尔瓦也并入卡帕多西亚了。布鲁图斯想要的也许不多，但是对于他真正想要的东西绝不松手。具体来说，就是保护他的财产。

布鲁图斯的心思就像安纳托利亚的泉水一样清楚可见，但卡西乌斯是一个城府很深的人。他高傲、自负、野心勃勃。克拉苏在卡雷去世之后，卡西乌斯给罗马送回一封恶意毁谤的信函，一边为自己歌功颂德，一边把可怜的克拉苏说成一个一无是处的贪财之徒。我永远都不会原谅卡西乌斯干的这件事。我知道克拉苏确实太贪财，但他真是一个了不起的人。

我对这些附属国的安排让卡西乌斯很愤怒，他发怒的原因在于我没有经过元老院的辩论、没有通过任何法令、没有考虑其他人的意见。从这方面来说，身为独裁官真是棒极了。这样节约了许多时间，可以用最公平、最恰当的方式去处理我知道应该如何处理的事。但是这让卡西乌斯很不高兴。或者可以这么说：除非他就是独裁官，否则他肯定不会高兴。

我现在有了一个儿子。去年六月，埃及的王后给我生了一个男孩。这个孩子当然不可能成为罗马人，不过他将来会统治埃及，所以我没有什么可抱怨的。至于孩子的母亲，你会亲自见到她，然后得出自己的判断。她坚持要在共和派彻底失败之后来到罗马。她的代理人阿穆尼乌斯会去找你，请求在雅尼库卢姆山下我的花园隔壁拥有一块土地，这样她就可以建造一座王宫住在罗马。虽然她完全出得起这个钱，但你还是要把地契账单写在我名下。

我不会为了跟她结婚而跟卡尔普尔尼娅离婚。这样就太不厚道了。皮索的女儿是个模范妻子。我跟卡尔普尔尼娅结婚之后，只在罗马待了几天时间，但是我有自己的底线。卡尔普尔尼娅是恺撒的合格妻子，这一点是毫无疑问的。她是一个好女人。

我知道，这么说听起来有点滑稽，或者说太精于算计。但是，马提乌斯，我已经不同往日了。一个人不应该比他的同辈高出太多，但恐怕我已经是这样了。普布利乌斯·克洛狄乌斯、盖乌斯·库里奥、马尔库斯·克拉苏、庞培·马格努斯，这些能跟我一较高下的人都已经死了。我感觉自己就像法罗斯岛的灯塔，没有任何建筑的高度能够得上我的一半。如果我可以选择，那我肯定不愿如此。

当我越过卢比孔河向罗马进军时，我内心的一些东西破碎了。他们这样逼我是否公平？他们真的认为我不应该进军？我是恺撒，我的尊荣比我的生命更宝贵。恺撒，因为莫须有的罪名被判流放？这简直不可想象。如果再来一次，我还是会做出同样选择。但是我内心的一些东西破碎了。我再也不能成为我想要的样子。在适当的年龄第二次担任执政官，身为大祭司长和德高望重的官员，除了现任和即将就任的执政官之外，我是元老院第一个征询意见的人，也是无人匹敌的军人。

现在，我在以弗所和埃及都被奉为神明，我是罗马的独裁官，也是世界之王。但这并不是我的选择。你很了解我，能够理解我在说什么。但是很少有人能理解。他们只会以小人之心度君子之腹。

听到奥卢斯·伽比尼乌斯在萨罗奈去世的消息，我深感悲痛和震惊。他是一个好人，但却因为错误的指控而被判流放。老托勒密·奥勒特斯根本就不可能给他一万塔兰特，我怀疑伽比尼乌斯得到的报酬还不到两千塔兰特。如果伦图卢斯·斯宾特尔能快点离开西里西亚，让伽比尼乌斯签下那份契约，那他会受到指控吗？当然不会！他属于好人帮，而伽比尼乌斯却投票支持恺撒。马提乌斯，这种因人施政的事必须终止，法律不应该因人而设。

这个咄咄逼人的卡西乌斯却对一件事保持沉默。我告诉他，他的兄弟昆图斯在远西班牙大肆搜刮，在盖乌斯·特里波尼乌斯去就任总督之前把搜刮而来的财宝装在一艘船上赶回罗马。但他一言不发。我又告诉他，那艘超载的船在埃贝鲁斯河口侧翻沉没，昆图斯·卡西乌斯淹死了。但他还是一言不发。我不确定他保持沉默是因为昆图斯·卡西乌斯是我的人，还是因为昆图斯·卡西乌斯让他们家族丢脸了。

我会在九月底回到罗马。

在泽拉战役之后，恺撒直接写了一封信给辛梅里亚的阿桑德。这封信重复了恺撒对使节说过的话：辛梅里亚欠了本都四千塔兰特金子，还欠了罗马国库两千塔兰特金子。恺撒还在信中告诉阿桑德，他的父亲已经逃往锡诺普[①]，应该会从那里转道回家。

在恺撒离开尼科美狄亚之前，他收到了阿桑德的回信。阿桑德在信中感谢恺撒的提醒，并且非常高兴地告诉恺撒，法纳西斯回到辛梅里亚之后就被处死了。现在阿桑德已经成了辛梅里亚的国王，他非常乐意成为恺撒的食客。为了表示他的诚意，他随信送来两千塔兰特黄金，另外四千塔兰特已经送去给本都的新总督维尼西亚努斯。

于是当恺撒返航经过赫勒斯滂海峡时，他的船上装载了七千塔兰特金子和一大堆金冠。

恺撒第一个停下的地方是萨摩斯岛，在那里见到了他的反对者中比

---

① 锡诺普（Sinope）是位于土耳其北海岸的古代和现代城市，向来是重要港口和海军要塞。——译者注

较温和的一个。贵族出身的前任执政官塞尔维乌斯·苏尔皮基乌斯·鲁弗斯非常高兴地跟恺撒见面，并表示他现在既郁闷又悔恨。

“恺撒，我们冤枉你了，我很抱歉。我真的没想到事情会变成这样，”苏尔皮基乌斯说。

“他们那么做并不是你的错。我希望你能回到罗马，重新坐上你在元老院中的位置。你不用对我阿谀奉承，只要仔细考虑我的法令和政策有什么不当之处就好了。”

在萨摩斯，布鲁图斯不再跟着恺撒继续前进了，恺撒承诺会让他当上祭司，而苏尔皮基乌斯在有关祭司的规条和仪式方面是个权威，所以布鲁图斯想留下来跟这个专家好好学习。只有一件事让恺撒感到遗憾，那就是卡西乌斯仍然在他身旁。

然后恺撒又从萨摩斯航行到莱斯沃斯，他在这里有一个顽固得多的反对者。前任执政官马尔库斯·克劳狄乌斯·马尔塞鲁斯强硬地拒绝了恺撒的一切提议。

下一站是雅典，因为这个地方积极支持庞培派系，所以在恺撒手中没有什么好结局。恺撒对这个地方进行了巨额罚款，然后就把大部分时间都用在科林斯[①]，这里的地峡把希腊跟伯罗奔尼撒半岛分割开来。在好几代人以前，盖乌斯·穆米乌斯曾经在这里大肆洗劫，科林斯从此之后就一蹶不振。恺撒游走在那些荒废的建筑之间，在科林斯的城堡上登高望远。卡西乌斯奉命随行，但他实在不明白这个大人物为什么对这些东西如此痴迷。

“这个地方非常希望能有一条运河穿过地峡。”恺撒说，他正站在一块高耸狭窄的岩石上俯瞰海面。“如果有一条运河，那船只就不用冒着风暴的危险绕过泰纳伦海岬。嗯，他们可以直接从帕特雷进入爱琴海。”

“不可能！”卡西乌斯嗤之以鼻。“你至少要挖掉两百尺深的地面。”

---

① 科林斯（Corinth）是伯罗奔尼撒岛的古代和现代城市，位于希腊中南部。公元前3000年时已有人居住，公元前8世纪已发展成商业中心。公元前146年被罗马人摧毁。公元前44年恺撒重建科林斯为罗马的殖民地。——译者注

“没有什么是不可能的，”恺撒温和地说，“而这座老城正热切期待着新居民。盖乌斯·马略曾经想把他的老兵安置在这里。”

“但是失败了。”卡西乌斯说。他踢了一块石头，看着那块石头跳走。“我准备留在雅典。”

“盖乌斯·卡西乌斯，我恐怕不能批准。你必须跟我回罗马。”

“为什么？”卡西乌斯大声问，浑身都僵住了。

“亲爱的小伙子，因为你不是恺撒的支持者，雅典也不是。为了保险起见，我必须让你们保持距离。不，不要走开，听我说完。”

卡西乌斯已经转身走开，不过他又停了下来。他厌烦地转过身，对自己说：好好考虑，卡西乌斯，好好考虑！虽然你讨厌他，但现在是他的天下。

“我准备提拔你和布鲁图斯，这不是在随便施恩，而是因为你们已经到了担任大法官或执政官的年龄，所以我要安排好这些事情，”恺撒盯着卡西乌斯的眼睛说，“不要再怨恨我了，你本来应该感谢诸神，庆幸我是个仁慈的人。如果我是苏拉，那你已经死了，卡西乌斯。把你的心思转向正确之处，好好地为罗马服务。我不重要，你也不重要，罗马才重要。”

“你能否用你新生儿子的脑袋发誓，你没有野心要成为罗马国王？”

“我发誓，”恺撒说，“罗马国王？我宁可像那些疯子一样住在帕卢斯·阿斯帕提特斯的山洞里。卡西乌斯，现在你可以重新考虑这个问题了，而且在考虑时不要意气用事。一条运河是有可能的。”

# 第四章
# 骑兵统帅
# （从公元前47年9月底到12月）

## 第 1 节

恺撒把第六军团和日耳曼骑兵从帕加马派到以弗所去组建亚细亚行省的军队，所以当恺撒在庞培·马格努斯生日那天踏上意大利的土地时，他身边只剩下德基穆斯·卡尔弗勒努斯和一个百人队的步兵了。奥卢斯·希尔提乌斯、盖乌斯·卡西乌斯、盖乌斯·特瑞巴提乌斯和其他几个副将和军团指挥官都迫不及待地想要重回政坛。卡尔弗勒努斯带着百人队去守卫那些黄金，这些黄金当然需要卫兵。

海上的风把他们吹到了塔伦图姆附近，这真是令人烦恼的事情！如果他们按照计划在布伦狄西姆登陆，那恺撒就可以毫不费事地跟马尔库斯·西塞罗见面了。但现在恺撒只能让其他人沿着阿皮娅大道前进，而他自己则坐着一辆快车绕回布伦狄西姆。

幸运的是，这辆由四头骡子拉着的快车才走出几里地，就遇到一架轿子从对面慢慢走来。恺撒高兴极了。西塞罗，这肯定是西塞罗！除了西塞罗，还有谁会在这初夏的热浪中使用像轿子这样缓慢的工具呢？恺撒猛地拉住缰绳,还没等车子停稳就跳下来了。他大步走到那架轿子旁边,发现西塞罗正趴在一张便携的写字台上。西塞罗目瞪口呆，过了一会儿才尖叫出来。

“恺撒！”

“来吧，跟我走一走。”

这两个老对手沿着那条滚烫的路往前走。他们都没有说话，一直走到别人听不清他们说话的地方。然后恺撒停下来面向西塞罗，他的目光急切地望向对方。多么可怕的改变！虽然西塞罗的面孔变得更瘦、更多皱纹，但他的外貌并没有太多变化，只是他那双聪慧的棕色眼眸变得郁郁寡欢。西塞罗也像我一样，只想成为一个杰出的前任执政官，一个年高德劭的政治家，或许还能成为监察官，在元老院的辩论中别人会首先征询他的意见。但是他像我一样，这些愿望再也不可能实现。时过境迁，太多事情已经改变。

“你怎么样？”恺撒问，他的喉咙有点发紧。

“糟透了,”西塞罗毫不掩饰地说,“我困在布伦狄西姆已经一年时间,特伦提娅不肯给我送来一丁点钱，多拉贝拉抛弃了图利娅，我那可怜的女儿跟她母亲不和，只好跑到我这儿。她的健康状况很差，但是她还爱着多拉贝拉。她为什么还会爱着多拉贝拉？我也不知道！”

“马尔库斯，回罗马去吧。事实上，我很希望你重新回到元老院。我需要一些正常的反对意见。”

西塞罗马上拒绝。“噢，我不能这么做！他们会认为我向你屈服了。”

恺撒怒气上涌，他板着面孔，忍住自己的怒气。“好吧，我们现在不要讨论这个话题。你先收拾好东西，带着图利娅到气候适宜的地方去。你可以待在你那漂亮的坎帕尼亚庄园里，还可以写点东西。你可以在那里好好想事，还可以想办法跟特伦提娅讲和。”

“特伦提娅？我们不可能讲和,”西塞罗恼恨道,“她有一个儿子和一个女儿，但她却威胁说要把她的钱都送给外人，你能相信吗？”

“把她的钱拿去喂养猫狗，还是送给某个神庙？”恺撒认真地问。

西塞罗有点气急败坏。“她才不会那么好心！我想，她应该会把钱送给某个‘充满东方智慧’的人，诸如此类的。真该死！”

“哦，她信奉伊西斯？”

“特伦提娅，自打嘴巴？不太可能！”

他们又聊了一会儿，并没有特别专注于某个话题。恺撒告诉西塞罗，关于昆图斯西塞罗父子的消息，并且对这两人还没回到意大利表示惊奇。西塞罗告诉恺撒，阿提库斯和他的妻子皮利娅都很好，他们的女儿也长得很快。然后他们又说到罗马的事情，但是西塞罗不太愿意讨论罗马的困境，他显然认为是恺撒导致了这些事情。

“多拉贝拉除了债务还有什么烦恼呢？”恺撒问。

“我怎么会知道？我只知道他跟伊索普斯的儿子混在一起，那个家伙给他带来非常恶劣的影响。”

“一个悲剧演员的儿子？多拉贝拉结交的人太低贱了。”

“伊索普斯，”西塞罗气愤地说，“刚好是我的好朋友。多拉贝拉结交的人并不低贱，那个家伙就是坏。”

恺撒终于放弃，他回到自己的车里，朝着罗马奔去。

卢基乌斯·尤利乌斯·恺撒是恺撒的堂兄，也是恺撒最亲密的朋友。他在菲利普斯位于米塞努姆[①]附近的别墅里迎接恺撒，这个地方距离罗马不是很远。卢基乌斯比恺撒年长七岁，他的相貌和身形都跟恺撒很相似，不过他的眼眸是更加温和的蓝色。

“多拉贝拉一直都在上蹿下跳地要取消一切债务，但是有两位了不起的保民官一直都坚定不移地对他行使否决权。这件事你应该知道吧？”卢基乌斯问，他跟恺撒刚刚坐下谈话。

“是的，我离开埃及时就听说了。阿西尼乌斯·波尔利奥和卢基乌斯·特瑞贝利乌斯是我的人。”

① 米塞努姆（Misenum）是位于坎帕尼亚的海港城市，即现代意大利南部的米塞诺。——译者注

“这两人很不错！虽然每次都冒着生命危险，但他们还是在平民大会上否决了多拉贝拉的提案。多拉贝拉纠集了普布利乌斯·克洛狄乌斯的街头帮派，还雇了一些退役的角斗士，开始在广场上恐吓他们。但是波尔利奥和特瑞贝利乌斯毫不理会，继续行驶否决权。”

“那你的外甥和我的表弟，同时也是我的骑兵统帅马尔库斯·安东尼乌斯呢？”

“盖乌斯，安东尼乌斯是个狼子野心的家伙，他毫无教养、好色纵酒。”

“卢基乌斯，我知道他过去的事。但是考虑到他在对付马格努斯的战争中表现良好，我本以为他已经摆脱那些恶习了。”

“他永远都不会摆脱恶习！”卢基乌斯咬牙切齿道，“面对罗马城里日益增多的暴力事件，他的反应就是离开罗马到其他地方去。他是怎么说的？他说要去管理意大利。而他所谓的管理就是一架架装满情妇的轿子，一辆辆装满葡萄酒的货车，一辆绑着四头母狮子的战车，还有一大群侏儒、戏子、舞女和魔术师，还有色雷斯的笛手和鼓手。他觉得自己简直就是酒神再生！”

“这个白痴！我已经警告过他了。”恺撒轻声说。

“如果你已经警告过他，那他根本就没有在意。三月底，有消息从卡普亚传来说在那里扎营的军团躁动不安，于是安东尼乌斯带着他的游乐班子去到卡普亚。据我所知，他到那里已经六个月了，但还是没有跟那里的军队谈妥。他一离开罗马，多拉贝拉就开始采取暴力措施。于是波尔利奥和特瑞贝利乌斯就派了普布利乌斯·苏拉和瓦勒里乌斯·梅撒拉去见你。你没有见到他们吗？”

“没有。接着说，卢基乌斯。”

“情况变得越来越糟糕。十几天前，元老院通过元老院最终决议，命令安东尼乌斯回来处理罗马的问题。他拖了很久才做出回应，但是他的回应实在令人震惊。四天前，他带着第十军团从卡普亚直接进入罗马广场，并命令他的士兵对那些暴乱分子发动进攻。盖乌斯，他们拿着刀剑冲向那些手无寸铁的人！有八千人被杀死了。多拉贝拉立刻就解散了他的暴乱阵营，但是安东尼乌斯完全无视他的举动。安东尼乌斯浑身血腥地离开罗马广场，然后派出第十军团的部分士兵去抓人。他说这些人是罪魁祸首。这些人大概有五十个，其中包括二十个罗马公民。他对那些非公民先鞭打、再斩首，又把那些罗马公民从塔尔皮安巨石[①]上扔下去。安东尼乌斯把那些尸体都堆在一起，然后他就带着第十军团回到卡普亚去。”

恺撒脸色发白，双手握拳。“我完全没有听说这些事。”他说道。

“我相信你没有听到，尽管这个消息已经传遍各地。但是除了我，还有谁会把这些事告诉独裁官恺撒呢？”

“多拉贝拉在哪里？”

“还在罗马，不过躲着不敢出来。”

“安东尼乌斯呢？”

“还在卡普亚。他说军队发生暴乱了。”

“除了波尔利奥和特瑞贝利乌斯，政府中还有谁在管事？”

“没有人。盖乌斯，你离开太长时间了，而且你离开罗马之前做的事情太少了。八个月！当瓦提亚·伊绍里库斯还是执政官时，局势还能勉强维持，但我可以直接告诉你，罗马没有执政官和大法官就不行了！瓦提亚和勒皮杜斯都没有任何权力，而且勒皮杜斯本来就是个软弱的家伙。安东尼乌斯带着军队从马其顿回来，从那时开始就麻烦不断了。他和多拉贝拉这两个知心好友似乎铁了心要把罗马彻底毁掉，就算你回来了也不能重整秩序。盖乌斯，就算你能重整秩序，他们也会战斗到底，看看谁能成为下一个独裁官。”

“这就是他们想要的？”恺撒问。

卢基乌斯·恺撒站起来，在房间里走来走去，满脸阴郁。“为什么，”他突然转身对着恺撒问，恺撒还坐在那里，“你要离开那么长时间？这实在不合情理！你因为某个东方妖女耽搁了那么久，还跟她在河上巡游。你的注意力放错地方了。盖乌斯，马格努斯去世已经整整一年时间！而

① 塔尔皮安巨石（Tarpeian Rock）是卡皮托尔山上的一块巨石悬崖，罗马人会把严重的罪犯（一般是叛国者）从这个悬崖扔下。——译者注

你去了什么地方？你的位置应该在罗马！”

恺撒非常清楚，没有其他人会对他说出这些话。毫无疑问，瓦提亚、勒皮杜斯、菲利普斯、波尔利奥、特瑞贝利乌斯和其他那些留在罗马的人，都特意把这个任务交给卢基乌斯·恺撒了，因为他们知道恺撒不会对这个人进行反击。卢基乌斯·尤利乌斯·恺撒是他的朋友，也是他许多年来的同盟。他是前任执政官，首席占卜官，还是在高卢战争中最为忠诚的副将。于是恺撒礼貌地听着卢基乌斯·恺撒一直数落，最后才自卫般地举起双手。

“但是我不可能同时出现在两个地方，”恺撒说，他让自己的声音保持平稳和超然，“我当然知道，罗马有多少工作等着我去做。我当然知道，罗马应该摆在第一位。卢基乌斯，但是我面临两个选择，而且我仍然相信自己选择了正确的那一个。我要么离开东方，让地中海的那头乱成一窝蜂，让共和派继续在那里抵抗，让那些野蛮的征服和彻底的混乱继续下去；要么我留在那里，乘着我刚好在那里，解决刚好在那时候爆发的问题。我决定留在东方，因为我相信罗马可以坚持到我回来的时候。现在看来，我的错误很明显：我太信任马尔库斯·安东尼乌斯。卢基乌斯，他可以表现得很能干，这是最令人恼火的地方！尤利娅·安东尼娅一直处于情绪崩溃的状态，她的丈夫人选简直是一连串的灾难事件，而且她根本就不能管好自己的家宅。这样一个母亲，会给她的三个儿子带来什么影响？正如你说的那样，马尔库斯好色纵酒、狼子野心。盖乌斯傻头傻脑。而卢基乌斯特别狡猾，从来不让他的左手知道他的右手干了什么。”

他们那蓝色的眼眸相视一笑。家庭！所有人都难以逃脱的命运！

“但是我现在回到这里了。不会再发生这种事，而且我来得也不算太迟。如果安东尼乌斯和多拉贝拉想要踩着我的尸体爬上独裁官的位子，那他们就尽管放手过来好了。独裁官恺撒不会轻易成全他们。”

“关于东方的事，你的想法我已经明白了。”卢基乌斯说，他的语气稍微缓和下来，“盖乌斯，但是你不要被安东尼乌斯迷惑了。你对他诸多容忍，但是他这一次实在太过分。”他皱着眉头。“军队里有些情况，而我从骨子里觉得，暗中搞鬼的就是安东尼乌斯。他根本就不让其他人接近那些军队。”

“那些军队有什么理由不满吗？西塞罗说，他们没有收到饷银。”

“我想，他们应该收到了，因为我知道安东尼乌斯从国库里拿出银子去铸造墙壁。他们也许是太无聊了？他们是跟着你参与高卢之战的老兵，还有跟着马格努斯在西班牙战斗的老兵，”卢基乌斯·恺撒说，“没仗可打会让他们很不高兴。”

“等我处理完罗马的事，他们就可以去非洲行省打仗了。”恺撒说着站起来，“卢基乌斯，我们现在先从罗马的事情开始。明天天一亮，我就进入罗马广场。”

“盖乌斯，还有一件事，”卢基乌斯说，他们走出那个房间，“安东尼乌斯搬进马格努斯那栋位于卡里奈山的豪宅了。”

恺撒停下脚步。“是谁批准的？”

“他自己批准，以骑兵统帅的身份。他说，他原来的房子太小了。”

“他现在当然这么觉得了，”恺撒说，“他今年多少岁了？”

“三十六。”

“这个年纪应该更懂事一些。”

恺撒每次回来，都觉得罗马变得更加破败。这是不是因为恺撒见过太多其他城市呢？这些城市由精于建筑的希腊人规划建造，而且他们并不惧怕为了发展进步而拆毁旧建筑。但是罗马人却非常重视古迹和历史，对那些不再适用的公共建筑，他们无论如何都不忍拆除。罗马城虽然很大，但一点都不光彩亮丽，可怜的罗马。罗马城的心脏在一个山谷深处跳动，这个山谷本来应该一直延伸到帕卢斯－塞罗利艾湿地，但威利亚山巨石嶙峋的山脊却切断了埃斯奎林山和帕拉丁山之间的通道，于是这个心脏地带被隔离开来。如果大排水渠不是从此处下方经过，那这个心脏地带肯定会变成一个池塘。建筑物上的粉刷斑驳脱落，卡皮托尔山上的神庙也非常破旧，甚至连“至尊至善者”朱庇特的雕像也不例外。至于“警告者”朱诺[①]，她的雕像已经有几个世纪没有经过翻新？雕像下方的地下室是铸币厂，从铸币厂里冒出来的蒸汽对雕像造成巨大破坏。罗马城没有合理的规划和布局，这里只是一个古老的废墟。虽然恺撒曾经试图用他出资建造的工程来改善罗马城的面貌，但是罗马已经因为持续数十年的内战而筋疲力尽。不能这样下去了，这种情况必须终止。

恺撒没有心思去看他七年前开始建造的那些工程：在罗马广场隔壁的尤利乌斯广场，在罗马广场上的奥皮米娅和塞姆普罗尼娅巴西利卡附近的尤利娅巴西利卡，元老院的新会堂，还有隔壁的元老院办公室。

不，他的眼睛太忙了，他看着那些腐烂的尸体、倒下的雕像、破败的圣坛和断垣残壁。那棵叫作菲斯库斯·卢米纳利斯的圣树伤痕累累，另外两颗圣树低处的树干都被折断了，库尔提乌斯水池因为满是人血而发臭。再往上看，在卡皮托尔山的第一个隆起处，苏拉的档案馆大门敞开，破碎的石板散落满地。

“他没有收拾残局吗？”恺撒问。

“没有。”卢基乌斯说。

“显然也没有其他人来收拾。”

“一般人太害怕来到这儿，而元老院想等亲属来认领尸体，所以没有让公共奴隶对这里进行清理，”卢基乌斯郁闷地说，“盖乌斯，这是缺乏政府管理的另一个证据。没有城市大法官和营造官，谁能承担责任呢？”

恺撒转向他的首席秘书。他的秘书用手帕捂着鼻子，满脸铁青地站在那里。“法贝里乌斯，你到罗马港去，只要有人愿意来这里收尸，就给他一千塞斯特尔提乌斯，”他的语气果断有力，“天黑之前，这个地方就清走所有尸体，然后埋到埃斯奎利努斯广场的石灰坑里。虽然这些人受

---

① “警告者”朱诺（Juno Moneta）是主神朱庇特的姐姐和妻子。她曾多次警告罗马人即将出现的危险，帮助他们渡过难关，所以成为罗马人的警告女神。罗马人在卡皮托尔山上为她建了一座神庙，后来又把造币厂设在了神庙里，希望女神能守护他们的财富，同时也警告他们不要因为金钱而迷失。——译者注

到非法处决，但他们确实是暴乱分子。如果他们的亲属到现在还没有来认领尸体，那就太糟糕了。”

法贝里乌斯恨不得赶紧到别处去，于是他急匆匆地跑开了。

“科坡尼乌斯，去找公共奴隶的负责人，告诉他整个广场明天就要清洗干净，”恺撒对着另外一个秘书下令。他呼出一口气，感觉很恶心，“这是最严重的亵渎神圣，真是丧心病狂。”

他从协和神庙和古老狭小的议事厅之间走过，弯下腰看着档案馆地上的石板碎片。“野蛮人！”他咆哮道。“看看这些，实在令人痛心！我们一些最古老的法令就刻在这些石板上，但这些石板现在都变成像马赛克一样的碎片。我们只能请那些马赛克工匠把这些碎片重新拼起来。我一定会让安东尼乌斯付出代价！他在哪里？”

“正好有一个人过来，他也许能回答这个问题，”卢基乌斯说，看着一个穿着紫边托迦的人走过来。

“瓦提亚！”恺撒大叫道，伸出自己的右手。

普布利乌斯·赛尔维利乌斯·瓦提亚·伊绍里库斯出自一个平民的显贵[①]家庭，他是苏拉最忠诚的追随者之子。他的父亲在苏拉掌权期间发了横财，而且在苏拉下台之后仍然非常精明地维持了家族的兴旺。这位老父亲还活着，只是退隐到一座乡间别墅了。赛尔维利乌斯·瓦提亚家族就像苏拉那样极端保守，所以那些根据家族政治倾向来判断罗马显贵的人都无法理解，这个家族的儿子为什么会选择追随恺撒。但是这个瓦提亚有点赌徒个性，他认为恺撒是权力角逐中的一匹黑马，而且他足够聪明，知道恺撒不是什么煽动者或政治冒险家。

瓦提亚那双灰色的眼眸闪闪发亮，他那清瘦的脸上满是笑容。他双

① 显贵（noblemen）是一个通过人为势力而非天生血统形成的上流阶层。一个平民出身的人只要当上执政官，那他和他的后人就可以进入显贵阶层。罗马共和国初期只有贵族当政，后来一些平民的经济和政治地位开始上升。在公元前4世纪平民得以担任高级国家职位并进入元老院之后，平民中获得执政官之位的人甚至比贵族出身的人还要多。显贵阶层的势力逐渐增强，他们几乎控制了全部的高级官职，从而把持着元老院和国家大权。显贵阶层由各种亲属关系联系在一起，形成一个排外的统治阶级。——译者注

手握住恺撒的右手，激动地摇晃着。“感谢诸神，你终于回来了！”

“来吧，跟我们一起走走。波尔利奥和特瑞贝利乌斯在哪里呢？”

“在赶来这里的路上。我们没想到你这么快就到了。”

“马尔库斯·安东尼乌斯呢？”

“他在卡普亚，不过他派人送了信，说他正在赶往罗马。”

他们最后来到萨图恩[①]神庙，高高的台基上是巨大的铜门，这里就是国库所在之处。他们使劲敲了很久的门，那扇门终于打开一条缝，露出国库财务官马尔库斯·库斯皮乌斯一张惊恐不安的脸。

“库斯皮乌斯，你亲自来开门？”恺撒问。

“恺撒！”大门敞开。“进来，进来！”

“库斯皮乌斯，我真搞不懂，你为什么会这样害怕，”恺撒一边说，一边穿过那条昏暗的门廊走向办公室，“这个地方已经像拉完肚子的人一样腹内空空。”他探头看向一个小房间，皱起眉头，“就连一千六百磅万灵药都不见了，是谁把这里搜刮一空？”

库斯皮乌斯没有装傻。“恺撒，是马尔库斯·安东尼乌斯。他拥有骑兵统帅的权力，他说他要给军队支付饷银。”

“我在这场战争中的开支总共是三千万塞斯特尔提乌斯银币和一万塔兰特银条。这样国库里还应该剩下两万塔兰特银子和一万五千塔兰特金子。”恺撒语气平稳地说，“我本以为，就算还要支付两百个军团的饷银，这些资金也足以应付了。我之前来国库查看时，就大概估计了这里剩余的金银，还在头脑里想好了如何使用这些资金。我没想到国库会被搜刮一空。”

“恺撒，那些金子还在这儿，”马尔库斯·库斯皮乌斯紧张地说，“我把那些金子转移到其他地方了。另外，在普布利乌斯·赛尔维利乌斯·瓦提亚担任执政官时，有一千塔兰特银子被拿去铸造钱币了。”

“是的，我铸造了钱币，”瓦提亚说，“但是只有四百万进入市场流通。

---

① 萨图恩（Saturn）是古罗马的农业神，罗马人在每年的冬至日前后庆祝农神节，在卡皮托尔山下有他的神庙，这个神庙也作为罗马的国库，被称为萨图恩金库。——译者注

剩下的大部分都送回了这里。”

“我也在努力弄清账目，真的！”

“库斯皮乌斯，没有人责怪你。但是，当独裁官在意大利时，除了我任何人都不能从这里拿走一个塞斯特尔提乌斯，明白了吗？”

“恺撒，明白了，这样非常明智！”

“后天，就会有一艘船运来七千塔兰特金子和一大堆金冠。这些金子是国库的资产，会盖上国库的印章，而那些金冠会在我的凯旋式上展览。再见。”

库斯皮乌斯关上门，靠在上面长舒一口气。

“安东尼乌斯想干什么？”瓦提亚对着恺撒问。

“我正准备要弄清楚。”恺撒回答道。

普布利乌斯·科尔涅利乌斯·多拉贝拉出自一个没落的贵族[1]家庭，这种家道中落并不是什么罕见的事情。多拉贝拉跟同样出自科尔涅利乌斯氏族的苏拉相似，也是依靠自己的足智多谋在过日子。多拉贝拉曾经是克洛狄乌斯帮派的一员，当时克洛狄乌斯和他那群同样疯狂的年轻密友一起做了许多荒诞不经的事情，让那些比较正经的罗马人大为震惊。后来克洛狄乌斯在阿皮娅大道上被米洛杀死，他的帮派也随着他的去世而解散，这件事距离现在已经快七年。

克洛狄乌斯帮派的一些成员继续在政坛上大展拳脚。比如盖乌斯·斯克里波尼乌斯·库里奥，他身为保民官为恺撒提供了优秀的服务，但是他在仕途刚刚开始上升时就战死沙场了。还有德基穆斯·朱尼乌斯·布鲁图斯·阿尔比努斯，大家通常把他叫作德基穆斯·布鲁图斯，他一开始为克洛狄乌斯带领那些街头帮派，后来到了恺撒手下领兵作战并大放

① 贵族（patrician）的拉丁文是“patricius”，从“pater”（父亲）一词衍化而来。贵族是罗马最初的显赫家族，其家族姓氏通过父亲一系传给子孙，于是子孙后代便成为世袭的贵族。平民无论如何富贵都不能成为贵族。罗马共和国初期的政治都由贵族把持，他们控制着元老院和各类大会，支配国家的政治、军事、司法和宗教掌控权势。共和国末期，贵族家庭的数量明显减少，其政治经济地位也逐渐衰微。——译者注

光彩，他现在负责管理长发高卢。当然，还有马尔库斯·安东尼乌斯，他在恺撒手下的表现非常优秀，现在已经是独裁官的骑兵统帅，成了罗马的第二号人物。

至于多拉贝拉，他的事业一直没有多大起色。虽然他一听说恺撒越过卢比孔河就宣布支持，但是在恺撒分派好职位时，他总是不在那儿。

多拉贝拉在许多方面都跟马尔库斯·安东尼乌斯很相似，高大、健壮、高傲自负、说话大嗓门。他们的不同之处在于办事风格，多拉贝拉处事更为圆滑。这两人都长期经济拮据，他们的婚姻都是为了金钱。安东尼娶了一个外地富翁的女儿。多拉贝拉娶了前任首席维斯塔贞女法比娅。那个外地富翁死于一场传染病，法比娅因为长期保持处女之身而不是一个令人满意的妻子，但是这两人都通过第一段婚姻改善了经济状况。后来安东尼乌斯娶了他的堂妹安东尼娅，就是那个令人作呕的安东尼乌斯·海布里达的女儿。这个女儿像她父亲一样，都以折磨虐待奴隶而闻名，但是安东尼乌斯很快就改变了她的这个缺点。而多拉贝拉的第二次婚姻是出于爱情，他娶了西塞罗那个颇为动人的女儿图利娅，但是这段婚姻后来实在令人失望！

安东尼乌斯身为恺撒的高级副将，参与了布伦狄西姆的战役，然后又奔赴马其顿和希腊的战场。与此同时，多拉贝拉在亚得里亚海上率领一支船队，但却遭遇了可耻的失败，结果再也无法得到恺撒的青睐。为多拉贝拉说句公道话，他的船只都很糟糕，但是共和派的船队中却有利古里亚[①]的战船，这是所有战船中最高级的。但是恺撒有没有考虑到这一点呢？没有。所以当安东尼乌斯迅速上升时，多拉贝拉只能毫无目的地挨日子。

多拉贝拉的情况越来越糟糕。法比娅的财产早就用完，而他从西塞罗那里得到的嫁妆只维持了很短时间。多拉贝拉过着像安东尼乌斯那样的生活（只是他的奢侈程度略低一点），所以他的债务越欠越多。多拉贝

① 利古里亚（Liguria）是意大利西北部的自治区，位于法国和托斯卡纳之间，濒临利古里亚海，首府热那亚，从公元前1世纪起就处于罗马的统治之下。——译者注

拉这个三十六岁的浪荡子已经负债数百万，那些债主开始不留情面地整天追着他讨债，弄得他都不敢在比较上档次的地方出现。

然后，大约在恺撒离开埃及时，多拉贝拉意识到他处境艰难的原因由来已久，他应该向克洛狄乌斯帮派的建立者普布利乌斯·克洛狄乌斯学习，通过竞选成为一个保民官。但是就像克洛狄乌斯一样，多拉贝拉也是贵族出身，所以他没有资格去担任这个最能吸引眼球的官职。

于是克洛狄乌斯让一个平民收养了自己，这样就绕过了障碍。他找到一个叫作李维娅的女人，并设法让这个女人收养他。然后他就成了一个真正的平民，就可以参加保民官的竞选了。

多拉贝拉的兴趣不在于利用这个职位来建立自己的政治名声，他想要通过法令来全面取消债务。考虑到当前的种种危机，通过这条法令应该不是那么困难的事情。内战总是会让人民陷入贫困，罗马现在有很多负债累累的个人和商团，他们都迫切希望不用还钱就能摆脱困境。多拉贝拉在竞选时就宣称要取消全部债务，于是他以最高得票当选了。大家都对他寄予厚望。

但是他没有考虑到盖乌斯·阿西尼乌斯·波尔利奥和卢基乌斯·特瑞贝利乌斯，这两个保民官竟然在他召开第一次预备大会讨论这个提案时就把他否决了。他召开了一次又一次预备大会，每次都被波尔利奥和特瑞贝利乌斯否决了。

多拉贝拉只好使出他在克洛狄乌斯帮派中的招数，又把那些街头混混拉了出来。接下来罗马广场就会掀起恐慌，然后波尔利奥和特瑞贝利乌斯就会自己逃跑。但事实并非如此。这两人继续留在广场上，他们继续站在演讲台上，他们继续坚持立场。否决，否决，否决。全面取消债务无法实现了。

二月来临，平民大会的僵局仍然继续。到目前为止，多拉贝拉仍然让他的街头混混处于某种约束之下，但现在显然需要更加厉害的暴力了。多拉贝拉对马尔库斯·安东尼乌斯知根知底，知道安东尼乌斯跟他一样负债累累，所以安东尼乌斯也很想看到全面取消债务的提案能够变成法令。

“亲爱的安东尼乌斯，问题是我不能让我的打手太放肆，因为独裁官的骑兵统帅就在这儿。”多拉贝拉解释道，他已经喝了不少烈酒。

安东尼乌斯那颗长着赤褐色鬈发的脑袋耷拉下来，他打了一个大大的饱嗝，然后咧嘴一笑。“事实上，多拉贝拉，卡普亚的军团正躁动不安，所以我真的应该到那里进行一些调查。”他说道。他噘起嘴碰到自己的鼻尖，这对安东尼来说很容易。“我可能会发现那里的情况实在太严重，所以我会在那里很长时间无法抽身。嗯，我会一直拖延时间，直到你通过法令。”

于是一切都按照计划行事。安东尼乌斯去到卡普亚，去履行他身为骑兵统帅的职务，而多拉贝拉则在罗马广场制造暴乱。特瑞贝利乌斯和波尔利奥受到那些混混的身体攻击，虽然遭受了野蛮的拖拽和凶狠的殴打，但他们还是像以前的保民官那样不肯妥协。多拉贝拉每次在平民大会召开会议，波尔利奥和特瑞贝利乌斯都会到那里行使否决权。他们鼻青脸肿、裹着绑带，但却得到大家的欢呼喝彩。罗马广场的常客喜欢有勇气的人，而那些街头混混并不是广场常客。

多拉贝拉很倒霉，因为他不能允许他的打手把波尔利奥和特瑞贝利乌斯弄死，或弄个半死。他们是恺撒的人，而恺撒肯定会回来。而且恺撒也不想全面取消债务。恺撒特别看重波尔利奥，因为波尔利奥陪着他渡过卢比孔河，而且正忙着写作一部最近二十年的历史。

但是多拉贝拉没有想到元老院那边会出现一股反对势力。因为最近这些日子元老院里已经凑不齐最低的法定人数，所以多拉贝拉完全没有把这个最高政府机构放在眼里。但是瓦提亚·伊绍里库斯做了什么呢？他让元老院进行分组表决，硬是通过了元老院最终决议！这就等于要进入军事管制了，而受到指派来结束广场暴力的人正是马尔库斯·安东尼乌斯。在过去六个月中，安东尼乌斯一直等着全面取消债务，现在他已经等够了。他也懒得去提醒多拉贝拉,就直接带着第十军团来到罗马广场，让他的士兵对着那些街头混混大开杀戒，还有一些倒霉的广场常客也卷入了这场风暴。多拉贝拉也不清楚安东尼乌斯究竟处决了哪些人，他按照安东尼乌斯的性情推测，安东尼乌斯只是把他在维拉布鲁姆[①]街巷里最先碰到的五十个人给抓起来了。多拉贝拉向来都知道安东尼乌斯就是一个屠夫，只是他从来都不会波及自己所属阶层和自己喜欢的人。

现在恺撒回来了，普布利乌斯·科尔涅利乌斯·多拉贝拉收到通知，要到公共圣所去面见独裁官。

因为恺撒是大祭司长，所以才有权住在公共圣所里面，这是属于罗马的一座公共建筑。公共圣所先后经历了大祭司长阿赫诺巴布斯和大祭司长恺撒的修缮。这座巨大的建筑位于罗马广场的正中央，并拥有一种独特的布局：一边住着六位维斯塔贞女，另外一边住着大祭司长。身为罗马的最高祭司，监督维斯塔贞女也是大祭司长的职责。维斯塔贞女并没有离群索居，但她们完美无损的贞洁却代表着罗马的国运。维斯塔贞女从六七岁就开始就任，经过三十年的服务之后就可以自由离开，甚至可以按照自己的意愿去嫁人。比如法比娅，她就嫁给了多拉贝拉。她们的宗教职责并不繁重，不过她们还要负责管理罗马公民的遗嘱。在恺撒回到罗马时，她们掌管的遗嘱已经多达三百万份了，这些遗嘱全都经过仔细的归类、编号和分区。因为就算是最穷的罗马公民也习惯订立遗嘱，无论他们在世界上任何地方生活，都可以把遗嘱寄存在维斯塔贞女那里。只要维斯塔贞女接受了遗嘱，那这份遗嘱就是神圣不可侵犯的，除非有遗嘱人已经死亡的确切证据和遗嘱执行人的请求，否则任何人都不能去动这份遗嘱。

所以当多拉贝拉来到公共圣所时，他没有去到属于维斯塔贞女的那一边，也没有去到恺撒新建的神殿大门（公共圣所就是一座神殿），而是走到大祭司长私人寓所的门前。

奥瑞利娅在苏布拉公寓时期的那帮仆人都去世了，包括布尔根杜斯和他的妻子卡尔狄克萨，但是他们的儿子和儿媳仍然管理着恺撒的许多

① 维拉布鲁姆（Velabrum）是罗马城中位于帕拉丁山和卡皮托尔山之间的一块洼地。——译者注

产业。他们的三儿子盖乌斯·尤利乌斯·特罗古斯现在是公共圣所的管家。特罗古斯微微鞠躬把多拉贝拉迎进门，虽然他已经鞠躬低头，但还是比来客高出一大截。多拉贝拉身材高大，他从未觉得自己矮小，但特罗古斯却让他显得像个小矮人。

恺撒在他的书房里，穿着大祭司长的衣袍。多拉贝拉知道，这是一个暗示，但不知道这个暗示究竟是什么意思。恺撒的托迦和托伲上都镶着紫色和红色相间的条纹，这个房间有一扇窗户和许多盏灯，明亮的光线让恺撒身上的紫色和红色显得特别明艳，屋檐和天花板上的鎏金也在闪闪发光。

“坐下。”恺撒说着放下手中的文件，用他那双可怕的眼睛盯着多拉贝拉。这双眼睛冷酷而敏锐，感觉不像是人类的眼睛。“普布利乌斯·科尔涅利乌斯·多拉贝拉，你有什么要为自己说的？”

“情况有点失控了。”多拉贝拉坦白说。

“你纠集那些街头混混来制造恐怖。”

“不，不！”多拉贝拉急切地说，他睁大自己的蓝眼睛，装出一副无辜的表情，“真的，恺撒，那些混混不是我找来的！我只是想要通过法令来全面取消债务。我开始采取措施时，就发现很多罗马人都负债累累，大家都很想通过这项法令。但是我提出的法案却引发了连锁反应，就像胜利坡道上面的雪球一样越滚越大。”

“普布利乌斯·多拉贝拉，如果你不提出这个不负责任的法案，那根本就不会有什么雪球，”恺撒板着脸说，“你欠了很多债？”

“是的。”

“所以你的法案本来就是自私的。”

“是的，好像是的。”

“普布利乌斯·多拉贝拉，你的两个保民官同僚一再否决这个法案，所以他们根本就不会让你通过这项法令，你难道不明白这件事情？”

“是的，是的，我当然明白了。”

“那你身为保民官的责任呢？”

“保民官的责任？”

“普布利乌斯·多拉贝拉，我明白，你的贵族出身让你很难理解关于平民的事，但是你也有过一些政治经历了。既然盖乌斯·波尔利奥和卢基乌斯·特瑞贝利乌斯如此坚决地行使否决权，那你就应该知道自己要承担起什么责任。”

“呃？我不知道。”

恺撒那双眼睛一眨不眨，就像两个锥子要穿透多拉贝拉的脑壳。“普布利乌斯·多拉贝拉，锲而不舍是一种美德，但是你太过分了。一连三个月，你的两个同僚否决了你召开的每次会议，这已经传达出非常清楚的信息。你应该撤回这个不被接受的法案。但是你却一直持续了十个月！你坐在这儿，装得像个诚心悔改的孩子，这已经毫无用处了！不管那些混混是不是你纠集的，总之你都很高兴去利用他们。而且你还站在一边，看着他们殴打两位神圣不可侵犯的保民官。马尔库斯·安东尼乌斯把你手下的二十个罗马公民扔下塔尔皮安巨石，但是他们的罪过还不及你的百分之一。普布利乌斯·多拉贝拉，我本来也应该让你落得如此下场。马尔库斯·安东尼乌斯也知道这件事是谁的责任。你和我的骑兵统帅是二十多年的老友，你们甚至可以扶着对方的鸡鸡撒尿。”

多拉贝拉坐在那里一言不发。他咬紧牙关，感觉自己的额头上都是冷汗，只能暗自祈祷那些汗水不要流进眼睛里，那样他就不得不伸手擦汗了。

“普布利乌斯·科尔涅利乌斯·多拉贝拉，身为大祭司长，我有责任告诉你，你因为收养而变成平民是违法的事情。这件事没有经过我的同意，也违背了相关的克洛狄乌斯法令。所以你要立刻卸下保民官一职，还要完全退出一切政治活动。等到破产法庭重新开始，你就可以向这个法庭申请处理你的事。法律对于你这种情况已经有相应的规定，而且陪审团的人跟你处境相似，所以你受到的惩罚会比本应承受的轻得多。现在你可以走了。”恺撒说完就低下头看文件。

“就这样？”多拉贝拉难以置信地问。

恺撒手中已经拿着一卷文件。“就这样，普布利乌斯·多拉贝拉。你以为我那么愚蠢，会让错误的人来负责任？你不是这件事的主使，你只是个狗腿子。”

多拉贝拉站起身，虽然身为狗腿子挺丢人，但他总算松了一口气。

“还有一件事。”恺撒一边说，一边忙着看文件。

“恺撒，什么事？”

“我禁止你跟马尔库斯·安东尼乌斯的一切会面。多拉贝拉，我有我的消息途径，所以你最好不要违反我的禁令。再见。”

两天后，骑兵统帅来到罗马。他骑着马在一队日耳曼骑兵的前面进入卡皮纳城门，他那匹属于安东尼乌斯氏族的国家公马[①]就像庞培·马格努斯原来的国家公马一样，都是那么高大健壮、浑身洁白。不过安东尼乌斯这匹马的装饰比庞培的马豪华多了，庞培的马只是套着红色皮革的马鞍，而安东尼乌斯的马背上却铺着豹皮。他的脖子上戴着金项链，上面挂着一件短斗篷，斗篷的一边向后翻开，露出跟他身上托伲同样颜色的红色衬里。他的盔甲是黄金打造的，并且打造得跟他那饱满的胸肌十分贴合，盔甲上还刻画着赫拉克勒斯杀死尼米亚的狮子，因为安东尼乌斯氏族把他们的祖先追溯到赫拉克勒斯。他那红色的皮革战衣镶着金边，上面挂满金光闪闪的军功章。他那纯金的阿提克式头盔上插着染成红色的鸵鸟毛，这些鸵鸟毛价值十塔兰特银子，因为鸵鸟毛在罗马非常罕见。这个头盔挂在他那铺着豹皮的马鞍的左边后角上，因为他想露出自己的脑袋，让那些惊奇的观众一眼就能认出他来，看到他那魁梧健壮、恍若神明的模样。为了增加自己的气派，他让那些日耳曼骑兵都骑着统一的黑马，马上都配着红色的马鞍，而且他们都穿着银制盔甲，头盔上都挂

① 国家公马（Public Horse）是属于国家的马匹。从罗马王政时代开始，国家就为最高级的1800名骑士配备国家公马，拥有国家公马的家族世代相传，到了共和国时期骑士的数目已经大大超出1800人，而最初的一些骑士也已经变成元老，这些元老虽然不再属于骑士阶层但还是可以拥有世袭的国家公马，而那些新增的骑士则不能拥有国家公马。因此，一个家族如果拥有世袭的国家公马，就证明这是一个古老而显赫的家族。——译者注

着狮子头，胸前是绑在一起的狮爪。

许多人聚集在卡皮纳城门市集广场，看着安东尼乌斯骑马进城，安东尼乌斯的相貌可以让在场的所有女人互相争议：他到底是英俊还是丑陋？大家的意见严重分歧，因为安东尼乌斯的身材很漂亮，但他的面孔却很丑。安东尼乌斯的头发浓密卷曲，是一种漂亮的赤褐色。他的面孔又大又圆，他的脖子又短又粗，看起来好像是脑袋的向下延伸。他的眼睛也是跟头发一样的赤褐色，这双小眼睛深深地嵌在眼眶里，而且两只眼睛之间的距离也有点太近。他的鼻子和下巴离得很近，中间隔着一个小巧丰满的嘴巴，上唇的中间向下凹入，下唇的中间向上凸出。他跟女人亲热接吻时，会让女人觉得好像被一只乌龟咬住了。不过没有人能够否认，他在人群中总是非常突出。

他的幻想丰富而离奇，虽然很多人也有幻想，但是安东尼乌斯跟其他人的区别在于，他真的在现实生活中演绎着自己的幻想。他把自己看成赫拉克勒斯、狄奥尼索斯和那位传奇的东方国王珊西塞拉姆斯，而且他努力地让自己显得像这三人的组合。

虽然他满脑子都想着骄奢淫逸的生活，但是他不像他的弟弟盖乌斯那么愚钝，马尔库斯·安东尼乌斯其实是一个很会为自己打算的精明人，这种特质让他摆脱了许多困境，而且他知道如何利用自己的阳刚和豪爽去跟人交往，特别是如何赢得独裁官恺撒的好感，恺撒跟他是远亲。除此之外，他还拥有家族遗传的口才。哦，他的口才当然不是西塞罗或恺撒那种等级，但是比起元老院的大部分成员还是高出一等。他非常勇敢，而且他在战场上也善于思考。他最缺乏的是道德感，他没有体面的行为，也没有对生活和人类的尊重，但是他可以表现得非常慷慨，也可以是很好的伙伴。安东尼乌斯就像冲出门口的公牛，是一头生机勃发、气血奔腾的动物。他想让自己的贵族生活两者兼顾：一方面，他想成为罗马第一人；另一方面，他想要宫殿、豪宅、美女、美食、美酒、戏剧和无尽享乐。

自从一年前跟着恺撒的军团回到意大利，他就一直穷奢极欲。只要独裁官不在场，他身为独裁官的骑兵统帅就是权力最大的人。他一直都在利用这项权力，尽管他非常清楚恺撒肯定不喜欢他运用权力的方式。

他生活得像个东方君王，花的钱比自己实际拥有的要多得多。他不像那些比较谨慎的人一样会从一开始就考虑后果，所以他根本就不在乎总有一天要为自己做过的事负责。对安东尼乌斯来说，在那一天之前就只管好好享受。但现在那一天终于来了。

他觉得还是把他那些朋友留在庞培位于赫库兰尼姆[①]的别墅里比较好，实在没必要惹恼恺撒。恺撒认识卢基乌斯·革利乌斯·波普利科拉，小昆图斯·庞培·鲁弗斯、卢基乌斯·瓦里乌斯·科提拉这些人，但是恺撒并不喜欢这些人。

他到达罗马之后的第一个去处并不是公共圣所，甚至也不是庞培位于卡里奈山的豪宅，这座豪宅现在已经被他占据了。他最先去的地方是库里奥在帕拉丁山上的房子，他让随行的日耳曼人留在与霍尔滕西乌斯家相连的花园，然后就独自走去跟弗尔维娅见面。

弗尔维娅的母亲是塞姆普罗尼娅，她的外祖父是盖乌斯·塞姆普罗尼乌斯·格拉古。塞姆普罗尼娅嫁给了马尔库斯·弗尔维乌斯·班巴利奥，因为弗尔维乌斯家族是盖乌斯·格拉古最坚定的支持者，所以他们联姻是理所当然的，不过弗尔维乌斯·班巴利奥后来也英年早逝。塞姆普罗尼娅继承了他祖母的巨额财富，虽然瓦科尼乌斯法令禁止女性成为主要继承人，但是塞姆普罗尼娅的祖母是格拉古兄弟[②]之母科尔涅利娅，她利用自己的影响力让元老院通过一项决议打破了瓦科尼乌斯法令的约束。在弗尔维乌斯和塞姆普罗尼娅去世时，元老院又通过另外一项决议，准许弗尔维娅继承父母的财产。所以弗尔维娅是全罗马最富有的女人。弗尔

---

① 赫库兰尼姆（Herculaneum）是意大利坎佩尼亚区的古城，位于维苏威火山西北麓。公元79年维苏威火山爆发，该城与庞贝城、斯塔比伊城同时被毁。——译者注

② 格拉古兄弟（the Gracchi）是提比略·塞姆普罗尼乌斯·格拉古（Tiberius Sempronius Gracchus，前168—前133）和盖乌斯·塞姆普罗尼乌斯·格拉古（Gaius Sempronius Gracchus，前168—前133）两兄弟。他们都曾担任保民官，因发起土地改革保护平民的利益而得罪元老院贵族，最后都在政敌的攻击中死于非命。——译者注

维娅才不会遭受一般女继承人的那种命运！她自己选择丈夫，而她选定的丈夫就是普布利乌斯·克洛狄乌斯，此人是贵族阶层中的叛逆者，也是克洛狄乌斯团伙的创始人。她为什么会选择克洛狄乌斯呢？因为她非常崇拜外祖父的叛逆形象，而她正好在克洛狄乌斯身上看出巨大的叛逆潜质。她的判断很准确。而且她也不是一个足不出户的罗马主妇。她快要生孩子之前还挺着大肚子，在罗马广场上为克洛狄乌斯尖叫鼓劲。她肆无忌惮地公开亲吻丈夫，表现得像个娼妇。她私下里也是克洛狄乌斯帮派的成员，所以跟多拉贝拉、波普利科拉、安东尼乌斯和库里奥都很熟悉。

克洛狄乌斯遭遇谋杀时，她伤心欲绝，不过她的老朋友阿提库斯劝她要为了孩子活着，而且那些可怕的伤痕会随着时间流逝而愈合。她守了三年寡，然后就嫁给了库里奥，这又是一个出色的煽动者。她和库里奥生了一个淘气的红发儿子，但是他们在一起的短暂生活随着库里奥的阵亡而告终。

当安东尼乌斯走进她的家门时，她已经三十七岁了，而且是五个孩子的母亲，其中四个孩子是跟克洛狄乌斯生的，还有一个孩子是跟库里奥生的。尽管如此，她看起来好像只有二十五岁。

安东尼乌斯根本就来不及用他花丛浪子的眼光来细细打量弗尔维娅，因为她一来到门廊就尖叫着向他扑过去。她实在太用力，结果一撞上安东尼的盔甲又弹开了，然后就在一阵哐啷声中跌倒在地，躺在地面上又哭又笑。

“马尔库斯，马尔库斯，马尔库斯！噢，让我看看你！”她说道，双手捧着安东尼乌斯的脸，因为安东尼乌斯也被她撞倒在地上。“你看起来一点都没有变老。”

“你也是。”安东尼乌斯赞叹道。

是的，弗尔维娅还是那么迷人。她那双诱人的丰乳就像十八岁一般紧实，她的腰肢纤细苗条。她从不掩饰自己的性魅力。她的皮肤明净透亮，脸上没有一丝皱纹，眉毛和睫毛都乌黑茂密，还有一双深蓝色的大眼睛。

她的头发仍然是光泽柔亮的浅棕色。真是一个大美人！而且她还那么有钱。

“嫁给我，”他说道。“我爱你。”

“我也爱你，安东尼乌斯，但现在太早了。”她的眼睛满含泪水，不是因为安东尼乌斯的热情，而是因为库里奥去世的伤心。“一年后再向我求婚。”

“每个丈夫之间要隔三年？”

“是的，就是如此。但是，你不要让我第三次成为寡妇，拜托你了！你总是不停惹麻烦，这就是我爱你的原因。但是我想跟一个从年轻时就认识的人一起慢慢变老，现在除了你还有谁呢？”她问道。

他扶着她站起来，不过他经验老道，所以没有给她拥抱。“德基穆斯·布鲁图斯，”他笑着说，“还有波普利科拉呢？”

“噢，波普利科拉！一个寄生虫，”她鄙夷道，“如果你要跟我结婚，那你就必须放弃波普利科拉，我不会接待他。”

“你对德基穆斯就没有什么评论吗？”

“德基穆斯是个了不起的人，但是他……哦，我不知道，我觉得他有一种挥之不去的哀伤。而且他对我实在太冷淡。我想，是他的母亲塞姆普罗尼娅·图狄塔尼把他毁了。她的床上功夫很厉害，就连专业的妓女都不能跟她相比。”弗尔维娅说话从不客气。“我承认，她什么时候死了，那我会很高兴。我猜测，德基穆斯也会很高兴。他在高卢从来都不给她写信。”

“我听说波普利科拉的母亲已经去世了，据说是因为纵欲过度。”

弗尔维娅拉长了脸。“上个月，我不得不拉着她的手，直到那只手都僵硬了。呸！”

他们一起走到花园里，因为这是一个美丽的夏日。她坐在喷泉池边玩水，而安东尼乌斯坐在一张石椅上看着她。神啊，她真漂亮！明年……

“恺撒对你有意见。”她突然说。

安东尼乌斯嗤之以鼻。“谁，恺撒？我就算一只手绑在背后，都能把他搞定了。我是他的宠儿。”

“马尔库斯，不要太自信了。我可记得他是怎么对付我亲爱的克洛狄乌斯！当恺撒在罗马时，克洛狄乌斯做的每件事都是恺撒事先计划好的，从加图吞并塞浦路斯到那些宗教法令都是如此。”她叹了一口气。“等到恺撒去了高卢，我的克洛狄乌斯才开始胡作非为。恺撒可以控制他。而且恺撒也会控制你。”

“他是我的亲戚。”安东尼乌斯的语气毫不在意。“我可能会被他痛批一顿，但是不会有什么更严重的事。”

“马尔库斯，你最好向赫拉克勒斯[①]献祭，请求他保佑你。”

安东尼乌斯离开弗尔维娅家，回到庞培的豪宅和他第二任妻子安东尼娅·海布里达那儿。噢，安东尼娅·海布里达不算太糟，尽管她长着安东尼乌斯氏族的面孔，真是个可怜的东西。那种面孔长在男人身上还不错，但长在女人身上就不行了。安东尼乌斯对这个身材高大的女人很快就厌倦了，不过对她相当可观的财产还没有那么快厌倦。她给他生了一个叫作安东尼娅的女儿，这个孩子现在已经五岁了，但是堂兄妹的结合对于后代很不利。小安东尼娅头脑迟钝、相貌丑陋、身材肥胖。安东尼乌斯必须设法准备一大笔嫁妆，或者把女儿嫁给某个外邦富豪，为了得到一个安东尼乌斯氏族的新娘，那些外邦富豪不惜拿出大半家产。

“你麻烦大了。”安东尼娅·海布里达说，她看到安东尼乌斯坐在她的起居室。

“我会没事的。”

“这次不会了，马尔库斯。恺撒非常生气。”

“真该死！”他一声怒吼，皱起双眉，举起拳头。

她一阵瑟缩，赶紧逃开。“不，求求你了！”她大叫道，“我没做错什么，没做错什么！”

---

① 赫拉克勒斯（Hercules）是与希腊英雄赫拉克勒斯对应的罗马神，是罗马人的胜利之神和商业之神。——译者注

“噢，不要哭哭啼啼，我不会打你！”他没好气地说。

“恺撒送来口信。”她说道，慢慢恢复过来。

“说什么？”

“立刻到公共圣所向他报告，而且要穿着托迦，不要穿着盔甲。”

“骑兵统帅什么时候都应该穿着盔甲。”

“我只是复述口信。”安东尼娅·海布里达看着她那陷入麻烦的丈夫，就算他跟自己住在同一所房子，也可能要再过几个月才能见到他了。他们刚结婚的时候，他经常打她，但是没有打垮她的精神，只是打掉了她折磨奴隶的恶习。

“马尔库斯，”她说道，“我还想要一个孩子。”

“随便你怎么想，但是你不会再有孩子了。一个傻子已经太多了。”

“她是在出生时受伤了，不是在肚子里就有事。”

安东尼乌斯走到一面巨大的银镜前面，庞培·马格努斯曾经凝视着这面镜子，希望能看到他那死去的尤利娅魂归其中。安东尼乌斯看着镜子里的自己，从上到下，从左到右。是的，英俊潇洒！穿上托迦！没有人比安东尼乌斯更清楚，像他这种身材的人穿上托迦一点都不好看。托迦只适合恺撒那样的罗马人。身材高大、姿态优雅，这样穿上托迦才好看。不过，他不得不承认，恺撒穿上盔甲也很好看。恺撒看起来总是那么风度翩翩。他是家族的独裁者。我们自家人常常这么说，在我们还是小男孩时，我、盖乌斯和卢基乌斯就这么说。他控制着我们所有人，甚至包括卢基乌斯舅舅。现在他控制着罗马。而且成了独裁官。

“不要等我吃饭。”他说完就扬长而去。

“你看起来就像普劳图斯[①]的剧中人，穿着夸张的戏服。”恺撒一看到安东尼乌斯就这样评论。他坐在书桌后面没有站起来，也没有想要跟安东尼乌斯发生任何肢体接触的表示。

“士兵们就爱我这个样子。他们喜欢看到自己的上司显出最好的

① 普劳图斯（Plautus）是古罗马的著名喜剧作家。他的作品以妙趣横生的对话著称，主要剧作有《安菲特律翁》《驴子的喜剧》等。——译者注

样子。”

“安东尼乌斯，他们的品味就像你一样低劣。我已经告诉你要穿上托迦。在罗马城里穿着盔甲不合适。”

“身为骑兵统帅，我可以在罗马城里穿着盔甲。”

“身为骑兵统帅，你应该按照独裁官说的去做。”

“好吧，我要坐下，还是要一直站着？”安东尼乌斯问。

“坐下。”

“我坐下了。现在呢？”

“我想，你应该解释一下罗马广场上发生的事。”

“什么事？”

“不要装傻，安东尼乌斯。”

“我只希望你不要再念叨了。”

“所以，你知道我为什么让你过来？用你的话说，就是要念叨你。”

“不是吗？”

“我觉得你想错了，安东尼乌斯。我简直想把你阉了。”

“这不公平！当时那么乱哄哄的，我还能怎么办呢？”安东尼乌斯生气地问，“你的老伙计瓦提亚通过了最终决议，命令我去结束暴乱。我只是听命行事！我觉得我做得挺好的。在那之后，再也没有人敢出来闹事。”

“你带着职业士兵进入罗马广场，然后你命令他们用刀剑去砍杀那些拿着木棍的人。你大开杀戒！在罗马公民的集会地点屠杀他们！就连苏拉都没有这么离谱！因为你曾经拿起刀剑在战场上对付罗马人，所以你把罗马广场也当作战场？安东尼乌斯，这是罗马广场！你用罗马人的鲜血，玷污了罗慕路斯曾经站立的地方！霍拉提乌斯·科克列斯、法比乌斯·马克西穆斯·维鲁克苏斯·昆克塔托尔、阿皮乌斯·克劳狄乌斯·卡伊库斯、西庇阿·阿非利卡努斯、西庇阿·艾弥利亚努斯，还有成百上千个比你更高贵、更能干、更受尊敬的罗马人，都曾经站在罗马广场上！你这是亵渎神圣！”恺撒说，他一字一句，语气严厉。

安东尼乌斯跳起来，握紧拳头。“噢，我最讨厌你这样挖苦人！不要在我面前滔滔不绝，恺撒！只管说你想怎么样就行了！然后我就可以回去办事。我要让你的军团平静下来！因为他们很不平静！他们很不高兴！”他大叫道，他的眼睛露出一丝狡黠的红光。这样应该能唬住恺撒了吧？恺撒向来都很看重他的军团。但是恺撒不为所动。

“坐下，你这个无知的白痴！闭上你的臭嘴，不然我现在就把你的蛋蛋割下来！别以为我做不到！安东尼乌斯，你以为自己是个战士？跟我相比，你还乳臭未干！骑着一匹高头骏马，穿着花里胡哨的盔甲！你根本就没有在前线杀敌，从来都没有！我现在就可以夺过你的刀剑，把你砍成碎片！”

恺撒发火了。安东尼乌斯倒吸一口气，心里直打鼓。噢，我为什么忘了恺撒的脾气呢？

骑兵统帅举手投降。“好啦，好啦，好啦！我错了！我很抱歉，我很抱歉！”

“安东尼乌斯，事已至此，再说抱歉也没用了。要平息广场暴力，至少有几十种办法，而且最多只要一两个人头落地就可以。你为什么不让第十军团拿着盾牌和棍棒，就像盖乌斯·马略镇压撒图尔尼乌斯那更大规模的暴乱那样？你命令第十军团去杀戮，就等于让他们也承担你的罪孽，你难道没有想过吗？我要怎么向他们解释，我要怎么向人民大众解释？”恺撒的目光非常冰冷，同时还充满厌恶。“我永远都不会忘记或原谅你的行为。除此之外，这件事告诉我，你运用权力的方式不仅会给国家带来危险，还会给我带来危险。”

“我被撤职了？”安东尼乌斯问，开始把屁股从椅子上抬起来。“你说完了？”

“不，你没有被撤职，我也没有说完。把你的屁股放回椅子上，”恺撒说，仍然是一副深恶痛绝的模样，“国库里的银子怎么回事？”

“哦，那个！”

“是的，那个。”

“我用来给士兵支付饷银了，但是我还没来得及铸造钱币。”安东尼乌斯说着耸耸肩膀。

“那么，银子是在‘警告者’朱诺的神庙？”

“嗯，没有。”

“在哪里？”

“在我家里。我觉得这样比较安全。”

“你家里。你是说在庞培·马格努斯的家里？”

“嗯，是的。”

“你凭什么认为你可以搬进那里？”

“我需要一个更大的房子，而马格努斯的房子就很大。”

“我知道你为什么会选中那里，因为你的品味就像马格努斯一样粗俗。安东尼乌斯，你最好乖乖地搬回你自己的房子。等我一有空，马格努斯的房子就会被拍卖给出价最高的人，他的其余财产也是如此，”恺撒说，“等我消灭了非洲行省的抵抗势力，那些没有得到宽恕的人的财产也会收归国有。虽然一些人的财产也可以提前处理，但是那些财产不会落入我的追随者或继承人手中。我不会任用像克里索戈努斯那样的人。如果我发现有那样的人，那他不必经过西塞罗的法庭控诉就会倒台。你要谨记，不要偷走属于罗马的东西。那些银子你要放回国库里。你可以走了。”他让安东尼乌斯走到门口，然后又说，“对了，你欠了我的军团多少钱？”

安东尼乌斯看起来一脸茫然。“我不知道，恺撒。”

“你不知道，但是你却拿了那些银子。全部的银子。身为骑兵统帅，我建议你，让计算饷银的负责人把账本直接送到罗马交给我。我给你的命令是，这些士兵一回到意大利扎营，你就要给他们支付饷银。他们回到意大利这么长时间都没有拿到饷银吗？”

“我不知道。”安东尼乌斯重复道，然后就落荒而逃。

“盖乌斯，你为什么不当场撤了他的职？”安东尼乌斯的舅舅对着恺撒问，他们在一起吃饭。“我也很想这样。卢基乌斯，但是这件事没有那么简单。”

卢基乌斯·恺撒顿了顿，他的目光若有所思。“解释一下。”

“我的失误是之前太信任安东尼乌斯，但撤了他的职将是更大的失误，”恺撒说，他正嚼着一根芹菜，“你想想，过去将近十二个月，安东尼乌斯掌管着意大利，而且是那些老兵军团的唯一统帅。他的大部分时间都是跟这些军团在一起，特别是去年三月之后。我没有见到这些军团，他也非常小心不让我在意大利的其他手下见到他们。他们显然没有收到饷银，所以到现在他们的饷银已经被拖欠了两年时间。安东尼乌斯装作不知道这整件事，但是他从国库拿走了一万八千塔兰特的银子，而且把这些银子搬到马格努斯的房子里去了。这些银子本来应该送到‘警告者’朱诺神庙的铸币厂，但事实并不是这样。”

“盖乌斯，我的心都提到嗓子眼了。快接着说下去。”

“我手上没有算盘，但是我的数学很不错，用心算就能理清楚了。十五个军团乘以每个军团五千人，再乘以每人每年一千塞斯特尔提乌斯，总共大概是七千五百万塞斯特尔提乌斯，这样就是三千塔兰特银子。再加上付给非作战人员的大概三百塔兰特，然后再乘以两年，这样总共是六千六百塔兰特银子。这个数字比安东尼乌斯拿走的一万八千塔兰特少多了。”恺撒说。

“他过着非常奢侈的生活，”卢基乌斯说着一声叹息，“我知道，他住在马格努斯的房子里没有付租金，但是他身上穿的那套盔甲就要花不少钱，还有他手下那六十个日耳曼人的盔甲，再加上美酒、女人、随从。我想他肯定是欠了很多钱，所以他一听到你已经来到意大利，就赶紧把国库搬空了。”

“他几个月前就应该搬空国库。”恺撒说。

“他不支付饷银，并把责任推到你身上，你觉得他是不是借此来煽动军队的叛乱？”卢基乌斯问。

“这是毫无疑问的。如果他像德基穆斯·布鲁图斯那样精于组织，或者像盖乌斯·卡西乌斯那精于算计，那我们的处境会糟得多。我们的安东尼乌斯只有雄心，但没有心计。”

“他想策动阴谋，但是不擅权谋。”

“没错。”一块厚厚的白色羊乳酪看起来很美味，恺撒用另一根芹菜挖了一些奶酪。

“盖乌斯，你准备什么时候采取行动呢？”

“我要弄清军队的反应才能确定。”恺撒说。他的脸上显出一阵痛楚，他赶紧把手中的食物放下，然后把手按在自己的胸口。

“盖乌斯！你还好吧？”

这并不是身体上的痛苦，我怎样才能跟这个好朋友说清楚？不应该是我的军团！噢，“至尊至善者”朱庇特，不应该是我的军团！两年前，我根本就不会有这种顾虑，但是我从第九军团的叛乱学到教训。我现在再也不能信任他们了，就连第十军团也不能信任。恺撒再也不相信他的军团，即便是第十军团。

“只是消化不良，卢基乌斯。”

“要是你觉得可以应付，那就挑明了吧。”

“今年剩余的时间我要好好安排。首先解决罗马的问题，然后才是军队的问题。我会把六千塔兰特银子铸成银币，但是我暂时还不会支付饷银。我要看看安东尼乌斯说了什么，而这个要等我得到军队的答复才能弄清。如果我明天就去卡普亚，那我一天之内就可以结束叛乱，但是我觉得必须把责任归结到某个人身上，所以我最好不要亲自跟军队见面。”恺撒拿起那根芹菜，又开始吃起来。“安东尼乌斯现在就像在水里挣扎一样，他死死地抓着一块浮木希望能够得到救援。他不太清楚那个救援是什么样的，但是他正在拼命挣扎。也许他希望我突然死去，这种离奇的事情时有发生。也许他希望我赶紧奔赴非洲，把军队留在身后，这样他就有广阔的空间可以为所欲为。他是一个喜欢碰运气的人，他会抓住机会，但是他不会制造机会。在我采取行动的时候，我希望他离岸边更远一些，而且我想知道他究竟对我的士兵说了什么、做了什么。归还那些银子对他来说是一个打击，他眼下是在垂死挣扎，但是我会在那块浮木后面等着。坦白说，卢基乌斯，我希望他能再挣扎两三个月。在解决军队和安东尼乌斯的问题之前，我需要时间来解决罗马的问题。”

“盖乌斯，他这样是犯了叛国罪。”

恺撒伸出一只手，拍了拍卢基乌斯的手臂。“放松一点，我们家族内部不会有人被控叛国罪。我会大义灭亲，但我会留着他的命，”恺撒笑了起来，“还会留着他的命根。毕竟，他的想入非非很大部分是因为他的命根。”

## 第 2 节

曾经，苏拉从东方归来时，他已经容貌尽毁了。通过第二次向罗马进军，他被委任为罗马的独裁官，当然这次委任是他一手安排的，只是他不愿提起罢了。

在几十天的时间里，他似乎什么事情都没做。不过一些比较善于观察的人发现，有一个披着斗篷的小老头在罗马城里四处游走，从科林城门到卡皮纳城门,从弗拉米尼乌斯竞技场到城墙脚下。这个老头就是苏拉，他穿街走巷就想亲眼看看罗马需要什么。身为独裁官，他应该如何修补这座城市，因为这座城市经过二十年的对外和对内战争之后已经残败不堪。

现在，恺撒成了独裁官，他比当时的苏拉年轻，而且他还是像往日那般英俊。恺撒也从科林城门走到卡皮纳城门，从弗拉米尼乌斯竞技场走到城墙脚下，穿街走巷去亲眼看看罗马需要什么。身为独裁官，他应该如何修补这座城市，因为这座城市经过五十五年的对外和对内战争之后已经残败不堪。

这两位独裁官幼时和少时都在罗马最糟糕的社区生活，他们亲眼目睹了贫困、罪案和种种不公，还有罗马人对自己人的偏袒。但是苏拉一直渴望退休之后能够享受肉欲生活，而恺撒知道只要自己还活着就要不停工作。工作就是他的慰藉，因为他的生命力在于智力，他不像苏拉那样有着强烈的冲动要满足自己的肉欲。

恺撒不必像苏拉那样微服出巡，他大大方方地四处走动，高高兴兴地停下来倾听任何民众的诉求，从管理公厕的老奶奶，到那些为商铺和小商贩提供保护的街头帮派都不例外。他的交流对象包括：希腊裔的被释奴、一边带孩子一边劳作的母亲、犹太人、第四第五等级[①]的罗马公民、无产贫民、教书匠、卖饼师傅、面包师傅、屠夫、草药医生、占星术士、房东、租客、蜡像制作人、雕刻师、画师、医师和商人。在罗马从事这些职业的有一部分是女人，她们充当陶匠、木匠、医生等各种工作，只有上层社会的女人才不能出来工作或做生意。

恺撒自己就是一个房东，他仍然拥有奥瑞利娅的公寓楼，现在这栋公寓楼交给布尔根杜斯的长子盖乌斯·尤利乌斯·阿尔维努斯管理，阿尔维努斯同时还帮恺撒管理一些生意。阿尔维努斯的父母是日耳曼人和高卢人，不过他一生下来就是自由人，并且受到了恺撒母亲的亲自培训。恺撒从未见过比他母亲更优秀的数学头脑，就连克拉苏和布鲁图斯都比不上他母亲。所以恺撒经常跟阿尔维努斯交谈。

恺撒每次离开阿尔维努斯的办公室都会很兴奋，布尔根杜斯和卡尔狄克萨这两个前奴隶都是完完全全的蛮族人，但他们的七个儿子却是完完全全的罗马人！噢，他们当然具备一些特殊优势，他们的主人在适当的时候给了他们自由身，并且让他们进入郊区部落[②]以便他们的投票权能发挥作用，同时还教育和鼓励他们去赢得社会身份。抛开这一切因素，他们确实是如假包换的罗马人。

这在他们身上确实能行，如果这样确实能行，那么反过来为什么不

---

① 公元前6世纪，罗马王政时代的第六任国王赛维乌斯·图里乌斯把罗马的全体自由居民按照财产的多寡分为五个等级。第一、第二等级主要是有钱有势的元老、贵族和骑士，第三等级以下的主要是普通平民。无论其出自贵族或平民，只要拥有一定财产能够负担兵役就可身为某级，而没有财产或财产极少的人则不能入级，被称为无产贫民（Head Count），就是只能按照“人头”而不能按照财产被登记的赤贫阶级。——译者注

② 部落（tirbe）是罗马共和国时期的一个政治单位。所有罗马公民都被列入35个部落，在部落大会时，每个部落内部的人先投票，然后再在部落大会中投出代表部落大多数人意见的一票。35个部落中包括31个郊区部落和4个城区部落，郊区部落的历史更悠久、地位更优越，几乎所有的元老和骑士都属于郊区部落。——译者注

行呢？让那些穷得无法进入五个等级的无产贫民乘船到外国去定居，把罗马文明带到罗马行省，让当地的主要语言从希腊语变成拉丁语。盖乌斯·马略曾经这样尝试，但是这样违反了罗马传统，破坏了罗马的独一性。好吧，那已经是六十年前的事，一切都改变了。马略的头脑变得糊涂，他最后成了一个疯狂的屠夫。但是恺撒的头脑却越来越清晰，而且恺撒现在是独裁官，没有人能跟他对抗，特别是那些好人帮已经不再活跃于政坛。

最首要的是解决债务问题。这个问题要排在拜访老友和召开元老院会议之前，恺撒到目前为止还没有召开元老院会议。进入罗马城四天后，恺撒召集了部落大会①，这个大会贵族和平民都可以参加。会议的地点通常是在民会场，这个会场位于罗马广场下部，是一个沿着阶梯走下去的凹陷处。但是这个地方现在正在拆迁，因为恺撒要在这里建造新的元老院会堂。于是恺撒把会议地点改在卡斯托尔和波吕克斯神庙。

虽然恺撒平常讲话的声音很低沉，但他在公开演讲时会提高音调，这样可以让声音传得更远。卢基乌斯·恺撒站在那儿，还有瓦提亚·伊绍里库斯、勒皮杜斯、希尔提乌斯、菲利普斯、卢基乌斯·皮索、瓦提尼乌斯、弗菲乌斯·卡勒努斯、波尔利奥和恺撒的其他支持者都站在前面。卢基乌斯·恺撒惊奇地看着他的堂兄弟熟练地掌控着这巨大的人群。这是恺撒一直以来的绝技，岁月并没有降低他的能力。如果说有什么改变，那只能说他变得更厉害了。卢基乌斯心想，他很适合独裁官的职位。他知道自己的权力，但是又不会为此沉迷，也不会滥用权力，想要看看自己能够挑战什么样的底线。恺撒以不可置疑的语气大声宣布，他不会全面取消债务。“恺撒怎么可能取消债务呢？”他伸出双手问，“你们知道，

① 部落大会（Comitia Tributa）是最民主的一种人民大会，拥有公民权的罗马人都可以参加，由执政官或大法官担任主席，召开的地点通常在罗马广场。大会的投票者是罗马人所属的35个部落，只要有18个部落一致投票就构成绝对多数通过。部落大会负责选举包括财务官、贵族营造官、军团指挥官（部分由执政官任命）在内的低级官员。部落大会具有立法的职能，可以就官员提交的法案进行表决，同时行使上诉法庭职能，但不包括死刑案件。——译者注

我是罗马最大的欠债人！是的，我从国库借了很多钱！罗马人民，我必须偿还这笔钱，必须以我规定的十分之一利率如数归还。我不会允许任何反对意见！想想看！如果我不归还借走的钱，那么哪来的钱购买粮食？哪来的钱修建罗马广场？哪来的钱支付罗马军队的饷银？哪来的钱修路造桥？哪来的钱给公共奴隶发工资？哪来的钱建造粮仓？哪来的钱举办赛会和庆典？哪来的钱在埃斯奎林山新建水库？”

群众安静地认真聆听，如果恺撒不是用这个作为开场白，那群众肯定会既失望又愤怒。

“取消债务，那样恺撒连一个银币都不用还给罗马！他可以如释重负地跷着腿坐在那里，他不用为国库亏空而忧虑。他不欠罗马任何钱，因为他的债务和其他所有债务一并取消了。我们不能允许这种事，是不是？这太荒唐了！罗马人民，恺撒是个诚实的人，他相信欠债就要还钱，所以他不能允许全面取消债务。”

噢，非常聪明！卢基乌斯·恺撒心中暗想，非常享受地听着恺撒的演讲。

不过恺撒又继续说下去，他提到会有减轻人们负担的措施，这些措施是必不可少的。他明白大家的日子是多么艰难。罗马的房东每年必须减少两千银币的租金，意大利的房东必须减少六百银币的租金。他随后还会宣布其他减负措施，并通过协商公平解决巨额债务的问题，尽力做到对借债和欠债双方都有利。但是大家必须耐心一点，因为这些减负措施必须绝对公平，而这需要时间来制定。

他接着又宣布了一项新的财政措施，不过这项措施也不会立刻实行。噢，因为有很多文书工作要准备！简单来说，国家会向私人商行和个人借钱，还会从意大利的其他城市和地区，以及整个罗马世界借钱。罗马会询问那些附属国的国王，看看他们是否愿意成为罗马的债主。这些借款的利率都是标准的十分之一。恺撒说，他不会通过征收新税来应付公共开支。除了原来征收的少数几种税赋，也就是进口税、释放奴隶税、行省的税收、国家对战利品的分成，国家不会新增收入税、人头税、财产税和银行税。既然如此，那钱从哪里来呢？

恺撒的答案是国家要去借钱，而不是增加新税收。就连最贫穷的公民也可以成为罗马的债主！那么抵押品是什么呢？噢，就是罗马本身！罗马是世界上最优秀、最富裕、最强大的国家，罗马不可能会破产！

但是他警告说，那些浮夸的家伙和娇贵的女士们要小心了。他们坐着轿子招摇过市，那些轿子挂着泰尔紫布幔、镶着海水珍珠。因为他准备增加一项税收，在那之后，泰尔紫的布料、豪华的宴会、大吃大喝后用来帮助消化的万灵药，这些东西全都要征税！

最后，恺撒用比较轻松的语气说，他还注意到很多不法之徒的大批财产，这些人因为对国家不忠而逃离罗马。他们的财产将会公平拍卖，拍卖所得会收归国库。现在国库已经有了一些收入，因为埃及的克娄巴特拉王后送了五千塔兰特金子，辛梅里亚的阿桑德国王送了两千塔兰特金子。

“我不会进行定罪行动！”他大声说，“没有任何私人公民可以从那些乱臣贼子的财产获益！我不会让那些举报的人免除奴隶身份，也不会给那些举报的人任何奖赏！那些有必要知道的事，我都已经知道了。那些属于骑士阶层的商人是罗马经济繁荣的主力，我需要这些人来帮助我修复罗马的创伤。”他的两只手都高举过头。“元老院和罗马人民万岁！罗马万岁！”

这是一个优秀的演讲，措辞简单清晰，没有多余的修辞技艺。这个演讲发挥了作用，数千人离开时都心满意足，他们相信恺撒不会带来流血牺牲，他们相信恺撒就是罗马的救主。毕竟广场上发生大屠杀时，恺撒并不在这儿，如果他在这儿，那大屠杀就不会发生了。因为除了其他事情，他还为罗马广场的屠杀道歉，并承诺会让相关人员受到惩罚。

“他简直就像鳗鱼一样滑溜。”盖乌斯·卡西乌斯对着他的岳母说。

“我亲爱的卡西乌斯，他一根手指上的智谋，比所有罗马权贵的脑子加起来还要多，”赛尔维利娅回答道，“如果你跟恺撒在一起时没有从他身上学到什么东西，那你现在还有机会从中获益。你手头有多少现金？”

他眨巴着眼睛。“大概两百塔兰特。”

“你动了特尔图拉的嫁妆吗？”

“没有，当然没有！她的钱是她的。”卡西乌斯义愤填膺道。

“很多丈夫还是这么做。”

“我不会这么做！”

“好。我会让她取出现金。”

“赛尔维利娅，你到底想干什么？”

“你应该能猜到。恺撒准备拍卖一些财产，有罗马的豪宅、乡下和海边的别墅、庄园，可能还有一两个养鱼场。我准备买下一些物业，我建议你也这么做，”她的语气有点得意扬扬，“虽然我相信恺撒说的，他不会让自己或手下人从中获益，但是这次拍卖还是会像苏拉的那次一样，因为能用来购买地产的资金就只有那么一些。最好的地产会最先拍卖，这些地产会卖出应有的价格。等到大部分东西都卖出去了，那剩下的普通货色就会便宜贱卖。这时候我就开始买入。”

卡西乌斯跳了起来，气得满脸通红。“赛尔维利娅，你怎么能这么做？你以为我会从那些不幸人的身上获利吗？我跟那些人一起战斗，我们拥有同样的信念。神啊！我宁愿去死，也不会做这种事！”

“扯淡！”赛尔维利娅气定神闲地说，“坐下！美德当然很有吸引力，但是面对现实、从中获益，这才是明智的事。买下一块加图的土地，然后告诉你自己，这块土地归你所有，比落入恺撒或安东尼乌斯的爪牙手中好多了。由科提拉、丰特乌斯或波普利科拉来接管加图在卢卡尼亚[①]的地产多好啊。如果这样想可以给你一些安慰的话。”

“这是在狡辩。”他挤出这么一句，怒气开始平息。

“这只是明智行事。”

她的管家走进来，鞠了个躬说：“女主人，独裁官恺撒想跟你见面。”

① 卢卡尼亚（Lucania）是意大利南部的一个历史地区，现称巴西利卡塔。——译者注

“带他进来，以巴弗狄图斯。”

卡西乌斯又站起来。“就这样，我走了。”

她还没来得及说话，卡西乌斯就从她的起居室跑向厨房了。

“我亲爱的恺撒！”赛尔维利娅说着仰起脸，等待恺撒的亲吻。

恺撒礼节性地亲了一下，然后坐在她对面，眼神中略微含笑。

赛尔维利娅年纪比恺撒大，她现在已经接近六十岁了，岁月开始在她的身上显露出来。恺撒心想，这个女人的头发和心肠一样黑，这一点永远都不会改变。但是现在有两大绺白发夹杂在她那浓密的黑发中，让她看起来有一种独特的凶狠毒辣之色，不过这种凶狠毒辣在她内心由来已久。那些老巫婆也有这样的头发，但是她却把狠毒和美丽完美地结合在一起。她的腰身不再纤细，她那双美丽的乳房也不再坚挺，但是她并没有增加太多重量，所以她脸上的线条还是很清秀，略显松弛的脸颊肌肉并没有明显下垂。她下巴尖细，嘴巴小巧而丰满，她的鼻子对于一个罗马美人来说有点太短，而且鼻头也有点太圆。但是她那美丽的嘴巴和眼睛让所有人都忽略了这个缺点，她的大眼睛上方有宽宽的双眼皮，一双眼眸就像没有月亮的夜色那样乌黑深沉，眼神中透出一股子精明和坚定。她皮肤白皙，一双手修长优雅，精心修剪的指甲显得十指尖尖。

“你还好吗？”恺撒问。

“如果布鲁图斯能回家，那我会更快乐一些。”

“根据我对布鲁图斯的了解，我想他在萨摩斯跟塞尔维乌斯·苏尔皮基乌斯待在一起应该很快乐。你知道，我承诺会让他当上祭司，所以他正忙着跟大家公认的权威学习相关知识。”

“他就是个傻瓜！”她大叫道，“你才是大家公认的权威。不过他当然不会跟着你学习。”

“他为什么要跟着我学习呢？我把尤利娅从他身边夺走，这让他伤透心了。”

“我的儿子，”赛尔维利娅一字一顿地说，“是个优柔寡断的懦夫。就算在他脊梁骨上绑着一根扫帚棍，也不能让他昂首挺胸。”她用自己的小白牙咬着下唇，突然把目光转向恺撒。“我想，他脸上的疙瘩还是没好吧？”

“没有，还是老样子。”

“听你的语气，就知道他还是那个死样。”

“亲爱的，你低估他了。布鲁图斯的心中藏着一只小猫，或者更像是一只雪貂，甚至可能是一只狐狸。”

她不耐烦地挥挥双手。“噢，我们不要再说他了！埃及怎么样？”她柔声问。

“很有意思。”

“那里的王后呢？”

“赛尔维利娅，若论美貌，她连给你点灯都不配。她非常瘦小，长得也很丑。”他露出一个意味悠长的微笑，目光中似乎蒙上了一层薄纱。“但是她很迷人。她的声音就像音乐一样。她的眼睛像狮子的眼眸。她接受了很好的教育，而且她比一般女人更聪明。她能说八种语言，哦，现在是九种了，因为我教她学会拉丁语。”

“好一个妙人！”

你近期就能亲眼看到她。等我处理完非洲行省的事情，她就会来罗马。我们有了一个儿子。

“是的，我听说你终于有一个儿子了。这就是你的继承人？”

“赛尔维利娅，不要胡说八道了。他的名字是托勒密·恺撒，他以后会成为埃及的法老。对于一个非罗马公民，这已经是很了不起的命运。你不觉得吗？”

“确实如此。那么谁是你的继承人呢？你希望卡尔普尔尼娅给你生下一个继承人？”

“这个恐怕不能。”

“她的父亲最近再婚了。”

“是吗？我跟皮索没有太多交流。”

“马尔库斯·安东尼乌斯是你的继承人吗？”她继续追问。

“目前我还没有指定任何继承人。我还没有订立遗嘱。”

赛尔维利娅两眼发光。

“蓬提乌斯·阿奎拉怎么样？”

“仍然是我的情人。”

“好极了。”恺撒站起身，亲了亲她的手。“不要对布鲁图斯死心，他可能会让你大吃一惊。”

于是恺撒需要拜访的老友名单上又可以划掉一个人。皮索再婚了？真有意思。卡尔普尔尼娅没跟我说起这件事。她仍然保持安静平和。我喜欢跟她做爱，但是我不会给她孩子。我还剩下多少日子呢？如果卡特巴德的预测是正确的，那我剩下的日子已经不够为人父亲了。

恺撒白天忙着跟各个财阀、银行家、国库的马尔库斯·库斯皮乌斯、军团的饷银发放人、大地主和许多人周旋，晚上忙着处理文件和用他那个象牙算盘噼里啪啦地算账。他哪里还有时间去社交呢？马尔库斯·安东尼乌斯归还了那些银子，考虑到罗马刚刚经过两年的战争，现在国库里的金银已经算是相当可观了。但是恺撒知道他还有什么任务要完成，而那些任务会耗费巨额资金。他必须筹集资金高价购买许多上好的土地，这些土地要用来安置三十个军团的老兵。从发生叛乱的意大利城镇获取国家公地的日子已经一去不复返了。他必须高价购买土地，因为这些士兵来自意大利和山内高卢，他们想在意大利定居，而不想去到外邦的土地。

盖乌斯·马略首开风气，让毫无资产的无产贫民进入罗马军团。他梦想着要把这些士兵安置到罗马的行省，让他们在那里传播罗马文明和拉丁语。他甚至开始行动，把一些老兵安置到非洲行省附近的塞西纳岛。恺撒的父亲就是这项工作的主要负责人，他的大部分时间都花在塞西纳。但是这种安置方式在马略发疯之后就消失了，元老院也坚决反对这项措施。所以除非情况改变，否则恺撒就要在意大利和山内高卢寻找土地，而这是世界上土地最贵的地区。

十月底，恺撒终于在公共圣所的餐厅举办了一个宴会，这个漂亮的餐厅可以轻松地容纳九张躺椅。餐厅的一侧正对着公共圣所的柱廊花园，因为那天下午气候温和、阳光灿烂，所以恺撒把对着花园的门全部打开。餐厅里面有一幅精致的壁画，卡斯托尔和波吕克斯[①]在瑞吉卢斯湖战役中为罗马而战。庞培·马格努斯就是在这里第一次遇见尤利娅，并且对尤利娅一见钟情。这是多么伟大的胜利。恺撒的母亲为此是多么高兴。

参加宴会的有盖乌斯·马提乌斯和他的妻子普里斯西拉；卢基乌斯·卡尔普尔尼乌斯·皮索和他新婚的妻子鲁提利娅；普布利乌斯·瓦提尼乌斯和他深爱的妻子庞培娅·苏拉，她是恺撒的前妻；卢基乌斯·恺撒独自前来，因为他的妻子已经去世，而他的儿子跟梅特卢斯·西庇阿一起待在非洲行省，他儿子是恺撒家族里的共和派；瓦提亚·伊绍里库斯和他的妻子朱尼娅，她是赛尔维利娅的大女儿；卢基乌斯·马尔基乌斯·菲利普斯带着一小群人来赴宴，其中包括他的第二任妻子阿提娅，阿提娅是恺撒的外甥女，还有阿提娅跟盖乌斯·奥克塔维乌斯的女儿奥克塔维娅和儿子小盖乌斯·奥克塔维乌斯，还有阿提娅跟马尔基乌斯·菲利普斯的女儿马尔基娅，马尔基娅是加图的妻子，也是恺撒的妻子卡尔普尔尼娅的好朋友，还有马尔基乌斯·菲利普斯那个留在家里的长子卢基乌斯。马尔库斯·安东尼乌斯和马尔库斯·艾弥利乌斯·勒皮杜斯也受到邀请，但是这两人并没有出席宴会。

菜单经过了精心安排，因为菲利普斯是出了名的美食家，而盖乌斯·马提乌斯却喜欢简朴的食物。第一道菜是来自巴亚淡水鱼场的大虾、牡蛎和螃蟹，一些加上美味酱料精心烹调，一些只是原汁原味地煮熟，还有一些是小火烤熟。同时还有蔬菜沙拉，用上好的油和醋凉拌的青瓜和芹菜，烟熏淡水鳗鱼，用鱼酱烹煮的鲈鱼，芥末煎蛋，新鲜酥脆的面包，作为蘸酱的上等橄榄油。第二道菜是各种烤肉，有烤得外皮焦脆的猪腿，

① 卡斯托尔和波吕克斯（Castor and Pollux）是罗马的孪生兄弟神。在希腊神话中，斯巴达王后丽达与化身为天鹅的天神宙斯交欢后生下两个天鹅蛋，其中一个天鹅蛋孵出了卡斯托尔和波吕克斯这对双生子。在罗马神话中，他们是著名的骑手，因此被认为是运动员和马军的守护神，也是水手的保护神。他们在罗马广场的神庙被称为“卡斯托尔和波吕克斯神庙”，有时也简称为“卡斯托尔神庙”。——译者注

还有各种禽类，还有刷上羊奶烤成焦黄色的乳猪，刷上蜂蜜水慢火烘烤的美味猪肉肠，用牛至和洋葱炖得香气四溢的羊肉，在陶炉中烤熟的整只羔羊。第三道菜是蜂蜜蛋糕，还有甜馅饼，这些馅饼包着泡过酒的碾碎葡萄干，还有甜蛋饼，还有各种新鲜水果，包括来自阿尔巴－弗森提亚的草莓和恺撒位于坎帕尼亚庄园里自产的桃子，还有软奶酪和硬奶酪，还有各种果干和坚果。红白葡萄酒是最好的法勒尼亚葡萄所酿，饮用水是朱图尔娜水井的甘泉。

对恺撒来说，这一切都无关紧要。只要普通的面包和橄榄油，还有一些芹菜，再来一碗加了咸肉熬煮的豆子粥，就可以让他心满意足了。

“我就是这样了，因为我是个军人。”恺撒说着哈哈大笑，这让他顿时显得年轻而放松。

“你每天早上还喝加了醋的热水吗？”皮索问。

“是的，如果没有柠檬的话。”

“你正在喝的是什么？”皮索继续追问。

“水果汁。这是我的新型健康饮料。我有一个来自埃及的医生，这是他的主意。我现在还挺喜欢喝这东西。”

“你喝点法勒尼亚葡萄酒会更享受。”菲利普斯说着喝了一大口酒。

“不，我向来不喜欢喝酒。”

男人使用的躺椅①摆成马蹄形，主人所在的中间躺椅在马蹄形的底边，餐桌跟躺椅一样高，就放在躺椅前面，这样躺椅上的人一伸手就能从盘子里拿到他们喜欢的食物，一些比较稀软粘手的食物则放在大碗里用勺子取食，各种美味食物都已经切成可以直接入口的小块，如果宾客想要洗手，那他只需转到他所在躺椅的背后，就有仆人拿着水盆和毛巾随时伺候。大家用餐时都脱下了笨重的托迦，还会脱了鞋子让仆人洗脚，然

① 古罗马的餐厅通常有三张躺椅，中间一只和左右两只摆成马蹄形。每张躺椅的宽度至少有1.25米，长度至少有2.5米。在中间那只躺椅上面，左边是主人的位置，右边是最尊贵的客人的位置。用餐时，男人侧身半卧用手肘撑在躺椅上，女人一般坐在男人对面的座椅上。在罗马共和国时期，正派人家的女人很少使用躺椅，只有在狂欢宴会或道德松懈的情况下，才会有女人斜靠在躺椅上。——译者注

后再用左手肘撑着舒舒服服地斜靠在躺椅上。

在这个马蹄形的对面是女人使用的座椅，现在有一些比较新潮的人家也开始有女人斜躺着用餐，但是在公共圣所里面还是沿用传统方式，所以女人们还是坐着。如果说这次宴会有什么新奇之处，那就是恺撒让他的宾客自由选择位置，不过有两个人例外，他让堂兄卢基乌斯坐在他所在躺椅的右手边，又让他的外甥孙小盖乌斯·奥克塔维乌斯插在他和卢基乌斯中间。他如此抬举一个少年人，这引起了所有人的注意，还有几个人惊讶得眉毛飞起。

恺撒突然如此抬举小盖乌斯·奥克塔维乌斯，是因为他一看到这个少年就颇感惊喜。小奥克塔维乌斯的继父菲利普斯很高兴受到邀请，于是非常热情地跟各色人等打招呼，而奥克塔维乌斯却非常得体地跟在他继父身后默不作声。啊！恺撒心想：这里终于有一个与众不同的人了！当然，恺撒还记得奥克塔维乌斯。两年半前，恺撒曾经去过菲利普斯位于米塞努姆的别墅，他在那里曾经跟奥克塔维乌斯有过一些交谈。

他现在多少岁了？应该是十六岁，不过他还是穿着儿童的紫边托迦，脖子上还带着一个儿童专用的护身符。是的，他肯定是十六岁，因为在西塞罗担任执政官的那一年，老奥克塔维乌斯因为这个儿子的出生而大肆庆祝，当时喀提林正忙着颠覆国家。那是九月底，元老院正在等待埃特鲁里亚[①]暴乱的消息，而那个大逆不道的喀提林仍然厚着脸皮待在罗马城里。很好！他的母亲和继父决定在十二月的尤文塔斯[②]节才给他举行成年礼，这是大部分罗马男孩穿上成年人托迦的日期，所谓的成年人托迦就是一件象征着罗马公民身份的纯色白袍。一些有钱有势的父母让他们的儿子在生日那天举行成年礼，但奥克塔维乌斯看来并没有得到这种特殊的宠爱。很好！这不是一个娇生惯养的孩子。

---

① 埃特鲁里亚（Etruria）是位于现代意大利中部的古代城邦国家。公元前6世纪是其鼎盛期，而后逐渐衰落，公元前3世纪被罗马人打败，失去了独立的地位。埃特鲁里亚的文化相当发达，而且对古罗马有着广泛而深入的影响。——译者注

② 尤文塔斯（Juventas）是古罗马年轻人的女神，12月19日是她的节日。——译者注

奥克塔维乌斯俊美异常，简直可以说是雌雄莫辨。他浓密的头发是微卷的大波浪，这一头亮金色的头发两侧略长，刚好可以盖住他唯一的缺点。他的缺点就是一双耳朵，虽然这双耳朵不是很大，但却像杯子把手一样直挺挺地凸出来。身为母亲的相当明智，身为儿子的也毫不虚荣，他并没有因为自己的外貌优势而洋洋自得。他那小麦色的肌肤完美无瑕，嘴巴和下巴都线条刚毅，一个长长的鼻子顶端略微上翘，一对高高的颧骨，一张椭圆形的脸蛋，深色的眉毛和睫毛，还有一双漂亮的眼睛。这双大眼睛距离适中，眼眸是明亮的灰色，没有夹杂丝毫的蓝色或黄色。他的眼睛看起来不像是凡人之眼，但并不像苏拉或恺撒那样，因为这双眼眸没有那种令人不安的冷酷，而是充满温情。恺撒仔细地看着这双眼眸，心中暗想：但是，这双眼眸没有流露出任何情绪。这是一双谨慎的眼睛。谁在米塞努姆跟我说过类似的话？还是说，这个形容词是我自己想出来的？

奥克塔维乌斯不会长得很高，但是他的身材也不矮。中等身高，匀称结实，不过一双小腿却肌肉健壮。很好！他的父母让他从婴儿时期就四处走动，所以才让他的双腿长得这么壮实。不过他的胸膛比较小，他的肋骨也收得比较紧，这样让他肩膀显得也不是很宽。他那双漂亮眼睛下面因为疲惫而一片青黑。我在哪里见过这种黑眼圈来着？我知道，我肯定见过，但那已经是很久以前了。哈德凡伊，我要问问哈德凡伊。

噢，那一头浓密的头发！他像我一样，肯定不会变成一个秃头，“恺撒”这个家族名的意思就是浓密的头发。他继承了他父亲的浓密头发。我跟他父亲是很好的朋友。我们在米蒂利尼的围城战相识，然后我跟他父亲，还有菲利普斯一起对付比布路斯那个跳蚤。所以，当我听说我的外甥女要嫁给老奥克塔维乌斯时，我很高兴。奥克塔维乌斯是古老的拉丁氏族，而且非常富有。但是老奥克塔维乌斯英年早逝，而菲利普斯接替了他的位置，成为阿提娅的丈夫。卢库卢斯手下这些军团指挥官的命运真有意思。谁能想到，菲利普斯最后会这样呢？

“盖乌斯，你有什么打算？”卢基乌斯对着恺撒低声问，恺撒刚刚把奥克塔维乌斯安排在他们两人中间。

不过恺撒没有回答这个问题，他正忙着确认阿提娅舒适地坐在他对面的椅子上，还有卡尔普尔尼娅和马尔基娅不要坐得太靠近卢基乌斯·皮索，皮索那双浓浓的黑色眉毛不悦地拧在一起，因为他必须跟加图的妻子一起享用这顿宴席。恺撒巧妙地挪动了几张椅子，然后马尔基娅和卡尔普尔尼娅就一起坐在阿提娅的另一侧，这样终于让皮索双眉舒展，因为他对面现在只有马提乌斯的妻子普里斯西拉，还有庞培娅·苏拉这个美丽的白痴，还有皮索自己的妻子鲁提利娅。恺撒注意到，这个鲁提利娅应该还不到十八岁，她表情木讷，拥有家族遗传的浅褐色头发和一脸雀斑。她有点龅牙。她的肚子已经因为有孕在身而略微突出。皮索终于能拥有一个儿子了。

“你准备什么时候动身去非洲？”瓦提尼乌斯问。

“等我征集到足够的船只就动身。”

“我是不是以副将的身份去参与这场战争？”

“不，瓦提尼乌斯，”恺撒一边说，一边吃了一口鱼肉，又拿了一块面包，“你会以执政官的身份留在罗马。”

大家的交谈都停下来了，所有人的眼睛都转向恺撒，然后又转向普布利乌斯·瓦提尼乌斯。瓦提尼乌斯身子弹起，一时间竟不能言语。

瓦提尼乌斯是恺撒的食客，他身材矮小，双腿残疾，额头上还有一个大肉瘤。因为身体缺陷，他不能担任占卜官。不过他的聪明才智和开朗性格却让跟他接触的人都很喜欢他，无论他跟这些人的接触是在罗马广场、元老院还是法庭。虽然瓦提尼乌斯有身体缺陷，但他身为士兵和政客都非常出色。他曾经奉命去伊利里库姆[①]为身陷萨罗奈围城战的伽比尼乌斯增援，他和他的副将昆图斯·科尔尼菲基乌斯不仅攻下了那座城市，还进一步打败了伊利里库姆的各部族。因为他的功劳，伊利里库姆的各部族才没能跟达努比乌斯河沿岸的各部族联合，否则这些部族给罗马和

① 伊利里库姆（Illyricum）又称伊利里亚，位于今巴尔干半岛西部、亚得里亚海东岸，大约包括今克罗地亚、塞尔维亚、波黑、黑山和阿尔巴尼亚等地区。此处于公元前167年成为罗马行省，公元10年伊利里库姆行省被分割为达尔马提亚和潘诺尼亚行省。——译者注

恺撒带来的威胁会比法纳西斯还要大。

“瓦提尼乌斯，你担任执政官的时间不会太长，”恺撒接着说，“因为现在已经接近年底了。如果是在正常情况下，那我就直接等到元旦再选出执政官，但我现在确实立刻就需要有两位执政官。”

“恺撒，只要能当上执政官，别说是两个月，就算是两个市集日的间隔，我都很高兴，”瓦提尼乌斯终于说出话来。“你会举行竞选，还是直接委任我和另外一人？”

“另外一人是昆图斯·弗菲乌斯·卡勒努斯，”恺撒语气轻松地说，“哦，当然，我会举行竞选。我不想让某些元老不高兴，因为我还想赢得这些人的支持。”

“这是苏拉那种模式的竞选，还是说你会允许除了瓦提尼乌斯和卡勒努斯之外的人也参加竞选？”皮索皱着眉头问。

“皮索，就算大半个罗马城的人都来参加竞选，我也不在乎。嗯，我会说明自己看中的人选，然后让百人团去做出决定。”

没有人对此发表评论。按照罗马眼下的局势，而且在恺撒那场关于债务的精彩演讲之后，就算恺撒看中的是一只大猩猩，那十八个百人团的高级骑士都会乐意配合。

“恺撒，既然你自己就在罗马，为什么还要在年底推举出两位执政官呢？”瓦提亚·伊绍里库斯问。

恺撒直接转移话题。“盖乌斯·马提乌斯，我想请你帮个忙。”他说道。

“盖乌斯，随便什么事，你知道我会答应的。”马提乌斯说。他是一个安静平和的人，从来都没有什么政治野心。因为跟恺撒的深厚交情，他的生意一直都做得很好，这已经让他心满意足了。

“我知道，克娄巴特拉王后的代理人阿穆尼乌斯已经找过你，并通过你在我位于雅尼库卢姆山下的花园隔壁得到一块土地，她想用这块土地来建造一座王宫。你能不能亲自设计里面的几个花园？我相信，她以后肯定会把这座王宫送给罗马。”

马提乌斯非常清楚她会这么做，因为这块土地按照恺撒的吩咐是登记在恺撒名下。“恺撒，我乐意帮忙。”

“克娄巴特拉王后有没有弗尔维娅那么漂亮？”庞培娅·苏拉问，她知道自己比弗尔维娅漂亮多了。

“没有。”恺撒说，他的语气表示自己不想继续这个话题。他转向菲利普斯。“你的小儿子非常能干。”

“恺撒，我很高兴他得到你的赏识。”

“接下来一两年，我准备让西里西亚成为亚细亚行省的一部分。菲利普斯，如果你不介意让他在东方多待一些时间，那我会让他以代理总督的身份留在塔尔苏斯。”

“好极了！”菲利普斯笑着说。

恺撒的目光转移到菲利普斯的长子身上，卢基乌斯现在已经将近三十岁了。他长得非常英俊，而且据说就像他弟弟一样聪明，但是他却因为死守在罗马而错过了许多机会，奇怪的是他并不像他父亲那样热衷享乐。这一刻，恺撒突然发现了其中奥秘。卢基乌斯的目光正如饥似渴地停留在阿提娅脸上，这种神态明明就是因为毫无希望的爱。但是他的感情显然没有得到回应，所以他的神态并没有引起太多关注。阿提娅安静地坐在那里，面带微笑地时不时看看她的丈夫，只有那些对自己丈夫很满意的女人才会显出这种表情。嗯，菲利普斯的家里暗流涌动。然后恺撒又把目光从阿提娅脸上转移到小奥克塔维乌斯脸上，到目前为止小奥克塔维乌斯都是一声不吭。这种沉默不是因为羞涩，而是因为他清楚自己辈分最小。这个少年正瞪着他的继兄，脸上是完全的了然和彻底的厌恶。

“谁会担任亚细亚行省和西里西亚的总督？”皮索问，他的提问颇有意味。因为他很想得到这个职位，虽然他从很多方面来说是个好人，但是……

“瓦提亚，你愿意去吗？”恺撒问。

瓦提亚·伊绍里库斯看起来大吃一惊，然后就显得特别高兴。“恺撒，这是我的荣幸。”

“很好，这份工作就交给你了。”恺撒说完就看着皮索，他一脸吃瘪的样子。“皮索，我有其他工作要交给你，不过是在罗马城内。我还在拟定债务减免的法案，但是我不可能在出发前往非洲行省之前完成这些法案。你是一个优秀的法案起草人，所以我想跟你一起工作，等我离开时就把这项工作交给你。”他顿了顿，然后用非常严肃的语气说。“罗马政府中有一件很不公平的事，那就是为政府服务的人能否得到津贴。为什么要逼得一个行省总督在行省中大肆搜刮呢？这导致了很多骇人听闻的罪行，所以我会终止这种事情。还有，一个人如果在国内为政府服务，而且他的工作也同样重要，那他为什么就不能得到政府的津贴呢？所以我向你保证，只要你协助我完成法案的拟定工作，我就会给你提供相当于行省总督的政府津贴。”

这可堵住他的嘴巴了！

“这可堵住他的嘴巴了！”小奥克塔维乌斯低声自语。

第三道菜撤下之后，餐桌上就只剩下酒壶和水瓶了。女人们离开餐厅，到卡尔普尔尼娅在楼上的宽敞起居室去聊天。

现在可以跟他最安静的客人说说话了。

“奥克塔维乌斯，关于如何追求仕途，你的想法有什么改变吗？”恺撒问。

“恺撒，你是说当一个运筹帷幄的人？”

“是的。”

“没有，我还是觉得那样很适合我的性格。”

“我记得，你说过西塞罗有点管不住自己的舌头。你说得对。我回到意大利的那天，在塔伦图姆城外的阿皮娅大道上遇到他了，他又相当粗鲁地让我记起这个事实。”

奥克塔维乌斯没有正面回答。“盖乌斯舅公，我听家族里的人说，你大概十岁时，在盖乌斯·马略第一次中风之后去充当他的陪护。他说了很多，你都认真聆听，所以你学到很多关于战争的事情。”

“确实如此。奥克塔维乌斯，但我还是暴露了自己的作战天赋，尽管我也弄不清是怎么暴露的。也许是因为我听得太认真，然后他就察觉到连我自己都没发现的天赋。”

“他嫉妒了。”奥克塔维乌斯直截了当地说。

“非常敏锐！是的，他嫉妒了。他的生涯已经快要结束，而我的生涯还没有开始，那些正在走下坡路的老头会满腔怨毒。”

“虽然他的生涯快要结束,但他还是重回政坛了。他对苏拉更加嫉妒。”

“苏拉的年纪已经成熟，可以让自己的能力充分显露。但马略却用极为狡猾的手段来扼杀我的天赋。”

“他委任你为朱庇特祭司，并且让你娶了秦纳的小女儿。身为朱庇特祭司，你一辈子都不能碰到武器，也不能见到死亡。”

“没错。”恺撒对着他的外甥孙咧嘴一笑。“但是我在苏拉的帮助下摆脱了祭司职务。苏拉一点都不喜欢我，尽管当时马略已经死去很长时间，但苏拉还是对马略恨之入骨。所以他让我恢复自由身，以此来报复一个已死之人。”

“但是你没有摆脱那桩婚姻。苏拉命令你离婚时，你拒绝了。”

“她是个好妻子，而好妻子是很罕见的。”

“这个我可要记得。”

“奥克塔维乌斯，你有很多朋友吗？”

“没有。我在家里上学，不会遇到其他男孩。”

“那你到战神原野参加军事训练时，肯定会遇到其他男孩。”

奥克塔维乌斯那小麦色的皮肤顿时涨得通红。他咬着自己的嘴唇，然后说，“我很少去战神原野。”

“你的继父不让你去？”恺撒问，显得很震惊。

“不，不是！他对我很好，很友善。我只是，只是不常去战神原野，所以没有在那里交到什么朋友。”

这是另一个布鲁图斯？恺撒在心中自问，感觉很失望。之前在米塞努姆，这个引人注目的小伙子就不愿跟他讨论军事话题，还说自己没有什么军事天赋。这是不是因为他不想暴露自己的弱点呢？但是他身上并没有布鲁图斯那种懦弱，我敢肯定他并不是一个懦夫。

“你是个好学生吗？”恺撒问，避开了比较敏感的话题，以后有机会再深入了解。

“我想，我的数学、历史和地理都学得很好，”奥克塔维乌斯说，他又恢复了平静，“不过我好像学不好希腊语。无论我多么经常读、写、说希腊语，我都不能用希腊语来思考。所以我要用拉丁语来思考，然后再翻译成希腊语。”

“这很有意思。也许等你在雅典生活了六个月之后，你就能用希腊语思考了。”恺撒说，他很难相信竟然有人无法做到这件事情。因为他自己无论用什么语言说话，都自然而然地用那种语言思考。

“是的，也许吧。”奥克塔维乌斯淡淡地说。

恺撒在躺椅上调整了一下姿势，发现卢基乌斯正在毫不掩饰地偷听。“奥克塔维乌斯，告诉我，你想在仕途上走得多远？”

“我想当上执政官，而且得到所有百人团的投票。”

“甚至当上独裁官？”

“不，绝对不要，绝对不要。”他的语气听起来并没有任何批评的意思。

“为什么说得这么绝对？”

“盖乌斯舅公，自从他们逼着你渡过了卢比孔河，我就一直注意观察大家的反应。虽然我对你不是很了解，但我觉得你一点都不想成为独裁官。”

“是的，我宁愿担任任何职位，都不想坐上独裁官这个位子，”恺撒肃然道，“但是我宁愿坐上这个位子，也不愿遭受被流放的耻辱。”

“我会常常向‘至尊至善者’朱庇特献祭，求他保佑我永远都不会面临这种选择。”

“要是形势所迫，你敢不敢这么做？”

“噢，我会这么做。我在内心就像恺撒家族的人那样。”

“像盖乌斯·尤利乌斯·恺撒那样？”

“不，只是像尤利乌斯氏族中的恺撒家族。”

“你心目中都有哪些英雄？”

“你，”奥克塔维乌斯简单直接地回答，“只有你。”他说着滑下躺椅。“盖乌斯舅公，卢基乌斯堂舅公，我要告辞了。我母亲让我保证，要早点回家。”

主座上的两人看着这个小小的身影离开餐厅，他悄然离去没有引起别人的注意。

“好啦，好啦，好啦。”卢基乌斯拉长音调说。

“卢基乌斯，你觉得他怎么样？”

“他简直像个千年狐狸。”

“考虑到普通人最多也就活上一百多岁，他确实当得起你这句话。你喜欢他吗？”

“你显然很喜欢他，可是我喜欢他吗？是的，但是有所保留。”

“具体说说。”

“他并不像尤利乌斯氏族中的恺撒家族，尽管他以为自己是这样的。噢，他身上有古老贵族的影子，但是他的思维并没有贵族的模式。我无法给他归类，但是我觉得他自成一类。罗马可能从未见过他这种类型。”

“你是说，他会在仕途上走得很远。”

那双明亮的蓝眼睛目光灼灼。“盖乌斯，我可不是傻子！如果我是你，那他一满十七岁，我就会把他收为贴身随从。”

“几年前在米塞努姆见到他时，我就这么想了。”

“还有一件事我要拭目以待。”

“什么事？”

“看看他会不会跟男人鬼混。”

恺撒那双眼神浅淡的眼眸闪闪发亮。“卢基乌斯，我可不是傻子！”

## 第3节

在十月底，恺撒举行完宴席的第二天，卡普亚的军营第一次传来的消息就像惊雷炸起。马尔库斯·安东尼乌斯送来一封信。

恺撒，麻烦了。很大，很大的麻烦。这里的老兵已经气疯了，我实在没办法跟他们，或者他们选出的代表讲道理。第十和第十二军团的情况最糟糕。你感到惊讶？好吧，我多少也有些惊讶。

我命令第七、第八、第九、第十、第十一、第十二、第十三和第十四军团拔营，行军前往那波利斯和普特奥利，结果他们就炸锅了。士兵代表聚集到我在赫库兰尼姆的住所门口（我住在庞培位于此处的别墅），告诉我说除非他们收到正式通知，说明他们的退伍时间、他们的土地安排，他们在这场额外的战争（他们说这是一场额外的战争，因为这不是常规任务）中应得的饷银和津贴，否则他们哪里都不去。

他们铁了心要见你。我告诉他们，你在罗马实在太忙，没有时间赶到坎帕尼亚，结果他们非常生气。然后，第十和第十二军团就发疯了，他们开始抢掠驻扎地阿贝拉附近的乡镇。

恺撒，我再也管不住他们了。我建议你亲自过来，如果你真的不能过来，就派某个职位比较高的人来跟他们见面，最好是一个他们认识并信任的人。

终于来了，而且来得太快。安东尼乌斯，你永远都不能学会耐心一点吗？你在这件事上酝酿了那么久，但你还是走出了鲁莽的一步。你暴露了自己，显示出你毫无诚意。你现在行动而不是拖得更久一些，这是唯一聪明的地方，但这只是因为你缺乏耐心。你清楚知道，我现在不能离开罗马！但理由并不是你以为的那样。我不能离开罗马，因为我要主持竞选，这就是真正的原因。你能推测出这个原因吗？不，我认为你不能，尽管你现在就开始行动了。你的手段实在不够高明。

恺撒，你要采取缓兵之计。要把这件事拖到竞选之后，无论你要牺牲什么人。

恺撒叫来他最忠诚和最能干的手下普布利乌斯·科尔涅利乌斯·苏拉，这人是苏拉的侄子。

“为什么不让勒皮杜斯过去呢？”普布利乌斯·苏拉问。

“他在这些老兵中没有足够的威望，比如第十和第十二军团，”恺撒回答道，“最好是派一个他们从法萨卢斯之战就熟悉的人过去。普布利乌斯，告诉他们，我会给他们安排土地，但我眼下必须先完成关于债务的法案。”

“恺撒，你想让我带着钱去给他们支付饷银吗？”

“不要，我有我的理由。士兵们的不满正到达顶点，这时候给他们饷银会让他们在不适当的时机消停。只要按照我的吩咐尽力安抚他们就好。”恺撒说。

四天后，普布利乌斯·苏拉回来了。他鼻青脸肿，手臂上也伤痕累累。“他们用石头砸我！”他高声怒吼，气得浑身发抖，“噢，恺撒，你要狠狠教训他们！”

“我要狠狠教训的是那些在他们背后搞鬼的人。”恺撒神色严峻地说，“我猜测，那些士兵都无所事事，总是喝得醉醺醺的。他们没有受到适当的约束。这意味着他们可能欠了酒馆老板很多钱，而且那些百夫长和军团指挥官可能比普通士兵更不像样。安东尼乌斯在坎帕尼亚待了几个月，但他还是让这种事情发生了。还有谁能为这么多酒馆欠账作保呢？”

普布利乌斯·苏拉向恺撒投去顿悟的目光，但他一句话也没有说。

然后恺撒叫来了盖乌斯·撒路斯提乌斯·克里斯普斯，这人是个优秀的演说家。“撒路斯提乌斯，叫上你的两个元老院同僚，尽力去向那些士兵说明情况。这边的竞选一结束，我就会亲自去见他们。你们先为我拖一阵子。”

百人团大会终于在战神原野上举行，大会选出了两位执政官和八位大法官。昆图斯·弗菲乌斯·卡勒努斯当选为高级执政官，普布利乌斯·瓦提尼乌斯当选为低级执政官，对此所有人都觉得这是意料中事。恺撒亲自提名的每个大法官候选人也都当选了。

大功告成！恺撒现在可以解决士兵和安东尼乌斯的问题了。

大会刚刚结束，安东尼乌斯就在三天后的清晨骑着马进入罗马城，他的日耳曼骑兵护送着一乘绑在两头骡子上的轿子。轿子上是身负重伤的撒路斯提乌斯。

安东尼乌斯非常紧张。现在关键时刻终于到来了，他有点烦恼自己应该在恺撒面前如何表现。安东尼乌斯十二岁时，恺撒就狠狠地踢过他的屁股，在那之后恺撒也常常在精神上打击他，所以要对付这么一个人实在很麻烦。想在恺撒面前赢得优势非常困难。

于是安东尼乌斯决定单刀直入，他让波普利科拉和科提拉留在外面看着他的国家公马，然后自己就冲进公共圣所，大步流星地闯入恺撒的书房。

“他们正在向罗马进军。”他一走进去就大声宣布。

恺撒放下他那杯加了醋的热水问：“谁？”

“第十和第十二军团。”

“不要坐下，安东尼乌斯。你正在报告，站在我的书桌前面，好好地向你的长官说明情况。为什么在我手下最长时间的两个军团会向罗马进军？”

安东尼乌斯脖子围着一块领巾，但有一块皮肤没有被领巾盖住，此时这块皮肤上挂着豹皮披风的金链子好像突然勒紧了，他赶紧伸手扯了扯那块红色的领巾，这才发现自己的脖子上都是冷汗。

“恺撒，他们叛变了。”

“撒路斯提乌斯和他的同伴怎么样？”

“恺撒，他们尽力了，但是……”

恺撒的语气顿时变得非常冰冷。“安东尼乌斯，我知道你总能把事情说清。为了你自己着想,你最好把事情说清。说清楚到底发生了什么事情，如果你乐意的话。”

“如果你乐意的话”恺撒用了这样的言辞，这可真是太糟糕了。集中注意力，集中注意力！“撒路斯提乌斯召集了第十和第十二军团举行会议，他们来到时已经很生气。然后他开始说，在大军出发前往非洲之前，每个士兵都会得到饷银，还有他们的土地也会得到安排。但是盖乌斯·阿维努斯突然插进来……”

“盖乌斯·阿维努斯？”恺撒问，“那个来自皮塞努姆的军团指挥官？是这个阿维努斯？”

“是的，他是第十军团的代表之一。”

“阿维努斯说了什么？”

“他告诉撒路斯提乌斯和另外两个同伴，说士兵们早就受够了，他们再也不想打仗。他们只想退伍，还要马上得到他们的饷银和土地。撒路斯提乌斯大声说，如果他们愿意乘船去非洲，那你就会给他们每人四千银币的津贴。”

“他不该这么说，”恺撒插了一句，双眉紧锁，“接着说。”

安东尼乌斯感觉稍微自信一些了，于是他接着说下去。“一些头脑发热的家伙把阿维努斯推到一边，然后就开始扔石头。嗯，扔的是大石头。紧接着整个空中都是石头。我把撒路斯提乌斯救了出来，但是他的两个同伴都死了。”

恺撒非常震惊，他从椅子上站起来。“两个元老死了？他们的名字是什么？”

“我不知道。”安东尼乌斯说，又开始冒冷汗了。他着急地想说一点什么来辩解，然后就脱口而出：“我是说，自从我回来之后还没有参加过任何元老院会议。我身为骑兵统帅实在太忙了。”

“你救了撒路斯提乌斯，那他现在为什么没有跟你一起出现在这里？”

“噢，他只能躺着，恺撒。我用一乘轿子把他带来罗马。他的头受了重伤，但他并没有瘫痪、抽搐或其他问题。军医说他会好起来。”

“安东尼乌斯，你为什么让事情变成这样？我觉得我应该问问你，给你一个解释的机会。”

安东尼乌斯瞪大了他那双赤褐色的眼睛。“这不是我的错，恺撒！这些老兵回到意大利时就很不高兴，无论我说什么、做什么都不能让他们恢复平静。他们很生气，因为你把安纳托利亚的战役都交给那些原本属于共和派的军团，而且他们不同意你只是给他们一些土地就让他们退役。”

“现在请你告诉我。你觉得第十和第十二军团到达罗马之后会干什么？”

安东尼乌斯迫不及待地回答：“恺撒，这就是我为什么要自己先赶回罗马！他们会杀人。为了保护你的安全，我觉得你应该离开罗马城。”

恺撒那张布满皱纹的英俊面孔像铁石般冷峻。“安东尼乌斯，你非常清楚，我绝对不会在这种情况下离开罗马。他们要杀的人是我吗？”

“如果他们找到你，那肯定会把你杀了。”安东尼乌斯说。

“你这么肯定？你没有夸大其词？”

“没有，我敢发誓！”

恺撒把杯子里的水喝光，然后站起来。“安东尼乌斯，你回家换衣服，要换上托迦。一个小时后，我要在威利亚山上的“息戈者”朱庇特[①]神庙召开元老院会议。你必须出席。”他走到门口，把头伸出去。“法贝里乌斯！”他大叫道，然后回头看了安东尼乌斯一眼。“你怎么还像个傻子一样站在那儿？一个小时后，在‘息戈者’朱庇特神庙见面。”

安东尼乌斯心想，不算太糟糕，然后就走向神圣大道，他的朋友正在那儿等着。

“怎么样？”卢基乌斯·革利乌斯·波普利科拉急切地问。

“他要在一个小时后召开元老院会议，但我不知道他到底要干什么？”

“他的反应怎么样？”卢基乌斯·瓦里乌斯·科提拉问。

“因为他就算听到坏消息，也总是像块石头那样毫无表情，所以我不知道他到底是什么反应，”安东尼乌斯不耐烦地说，“赶紧，我要回到原来的家里，还要找到一件托迦。他想让我参加会议。”

波普利科拉和科提拉的脸都垮了下来，他们两人都不是元老院的成

① “息戈者”朱庇特（Jupiter Stator）这一名号是罗马城的建造者罗慕路斯最先用于对朱庇特的称呼，相传他阻止了罗马人与萨宾人的一场战争，有“阻止溃败者”之意。“息戈者”朱庇特的神庙位于帕拉丁山附近的威利亚山，前文出现的是“至善至尊者”朱庇特的神庙，位于卡皮托尔山上，与此处的神庙不同。——译者注

员，尽管他们都符合资格。他们之所以没有成为元老，是因为他们得不到社会的接纳。波普利科拉曾经试图谋杀他那身为监察官的父亲，而科提拉的父亲被他主持的法庭判处流放。当安东尼乌斯回到意大利时，他们都把自己的前程跟这颗上升的新星绑在一起，希望一旦摆脱恺撒就能飞黄腾达。

“他会离开罗马吗？”科提拉问。

“他，离开？绝对不会！科提拉，你放心吧。现在那些军团已经属于我了，再过两天恺撒就会死掉。他们会赤手空拳地把他撕成碎片。这样就会让罗马陷入混乱，而我身为骑兵统帅，就会接过独裁官的职位。”他突然惊讶地停下脚步。“我真搞不清，我们为什么没有早点想出这个主意！”

“在他回到意大利之前,要看清形势很不容易,”波普利科拉皱着眉头，“有件事让我挺担心……”

“什么事？”科提拉忧心忡忡地问。

“他像猫儿一样有很多条命。”

安东尼乌斯情绪亢奋，他越琢磨刚刚跟恺撒的见面，越相信自己已经胜券在握。“猫儿的命也早晚会用完，”他得意扬扬地说，“五十三岁，他的命数到了。”

“噢，一想到让菲利普斯那只肥猪失去一切，我就心满意足！”波普利科拉说。

安东尼乌斯装出一脸震惊的样子。“卢基乌斯，他是你同母异父的兄弟！”

“他跟我们的母亲断绝关系，他该下地狱。”

来到“息戈者”朱庇特神庙参加会议的人很少。恺撒心想，要扩充元老院，这又是一项工作。他跟在二十四名扈从的后面走进去，一双眼睛忙着搜索西塞罗的身影。西塞罗就在罗马，而且他已经派人通知西塞罗来参加元老院会议。不，他不可能进入恺撒的元老院！这样大家就会认为他妥协了。

独裁官和执政官的象牙折椅都摆在一个临时搭建的高台上，因为元老院会堂和克洛狄乌斯的尸体一起被烧掉了，所以罗马的最高政府机构只能在一个临时地点开会。这个地点必须是庄严肃穆的神庙，但是大多数神庙都太小了，那么多人挤在里面很不舒服，不过“息戈者”朱庇特神庙能够容纳六十个人。

马尔库斯·安东尼乌斯穿着紫边托迦出现了，这件托迦皱皱巴巴、满是污渍，看起来简直糟透了。安东尼乌斯连自己的仆人都管不了吗？恺撒暗自发问，实在很气愤。

恺撒刚进来，安东尼乌斯也急匆匆地赶来。“骑兵统帅应该坐在哪里？”他问道。

“你就像庞培·马格努斯第一次担任执政官那样，”恺撒讽刺道，“你应该找人给你写一本指导手册。你进入元老院已经六年了。”

“是的，但是我很少进入元老院会堂，除了我担任保民官期间，而那段时间只有二十几天。”

“安东尼乌斯，把你的椅子放到前排，在我能看到你，你也能看到我的地方。”

“你为什么要那么麻烦地选出执政官？”

“你很快就会知道。”

在祈祷和占卜之后，恺撒又等到所有人都就坐才开始讲话。

“两天前，执政官昆图斯·弗菲乌斯·卡勒努斯和普布利乌斯·瓦提尼乌斯正式就任，”恺撒说，“现在罗马拥有两位执政官和八位大法官，看到罗马由一群适当的高级官员来管理，真是让人松了一大口气。法庭可以正常运作，大会可以正常举行。”他的语气开始变化，听起来更加沉着冷静了。“元老们，我召开这个会议，是为了通知诸位，两个叛乱的军团，第十和第十二军团，眼下正在向着罗马进军。按照骑兵统帅的说法，这些士兵准备要杀人。”

没有人移动，没有人说话，但是可以看出大家都非常震惊，空气紧张得似乎要开始发颤。

“准备要杀人。他们要杀的人显然是我。既然如此，我希望降低我对罗马的重要性。如果独裁官被他自己的军队杀害，那我们的国家就陷入绝望。我们亲爱的罗马又会充满退役角斗士和其他恶棍。经济会大幅下滑，公共事务，特别是那些需要全职雇员和建筑合同的工程，将会陷于停滞。罗马的赛会和节庆也无法举行。‘至尊至善者’朱庇特会一个响雷炸掉他的神庙，以此来显示他的不悦。伏尔甘[①]会给罗马带来地震。“守护神”朱诺[②]会对罗马那些尚未出生的胎儿发怒。国库会在一夜之间变得空空荡荡。台伯河会泛滥，让大街小巷都脏水倒灌。因为杀害独裁官是惊天动地的事。惊——天——动——地。”

在座的人都张大了嘴巴。

“但是，”恺撒接着说，“杀害一个私人公民[③]就是小事一桩。因此，古老而神圣的罗马元老院同僚们，我宣布卸下我的无限制至高统帅权和独裁官职位。罗马已经有两位正常当选的执政官，他们都已经按照规定的仪式宣誓就职，而且祭司和占卜官都没有发现任何瑕疵。我很高兴把罗马交给他们。”

恺撒转向他的扈从，并对他们鞠了一躬，他们站在紧闭的门内。“法比乌斯、科尔涅利乌斯，还有其他所有人，我诚挚地谢谢你们为独裁官提供的服务。我向你们保证，如果我再次担任公职，那我还会请你们来为我服务。”他穿过在座的元老，把一个叮当作响的钱袋交给法比乌斯。“法比乌斯，这是一点小礼物，你们按照规矩分了吧。现在你们可以回到扈从团里了。”

法比乌斯点点头，接着就打开大门，他的脸上没有什么表情。二十四位扈从鱼贯而出。

现场一片死寂，突然有只鸟飞到屋椽上，所有人都吓了一跳。

“我在赶来这里的路上，”恺撒说，“就已经通过了一道法律，确认我

① 伏尔甘（Vulcan）是古罗马的火神，他象征破坏性的火，如火山爆发或火灾。——译者注

② “守护神”朱诺（Juno Sospita）也称为救星朱诺。——译者注

③ 私人公民（privatus）在本书中是指没有担任公职的元老院成员。——译者注

已经卸下独裁官的职位。”

安东尼乌斯难以置信地听着，不明白恺撒到底在做什么，更别提恺撒究竟为什么要这样做。有那么一阵子，他真的以为恺撒是在开玩笑。

“你卸下独裁官的职位，这是什么意思？”安东尼乌斯哑着嗓子问。“现在有两个叛变的军团在向罗马进军，你不能做出这种事情！罗马需要你！”

“不，马尔库斯·安东尼乌斯，罗马不需要我。罗马有在职的执政官和大法官。现在由他们负责罗马的战事。”

“胡扯！现在是紧急时刻！”

卡勒努斯和瓦提尼乌斯都一言不发，他们交换了一下眼神，彼此都同意继续保持沉默。现在的情况不只是独裁官卸任，这两人都非常了解恺撒，他们是恺撒的朋友、同僚和战友。这肯定跟马尔库斯·安东尼乌斯有关系。没有人是瞎子或聋子，所有人都知道是安东尼乌斯在军团里面搞鬼。所以，就让恺撒把这场好戏演到底。卢基乌斯·恺撒、菲利普斯和卢基乌斯·皮索之类的人也都这样决定。

“当然，”恺撒接着说，他说话的对象是元老院而不是安东尼乌斯，“我不会让两位执政官去替我收拾烂摊子。我会到战神原野跟这两个叛变的军团见面，弄明白他们为什么要毁了我，还要毁了他们自己。不过，我是以私人公民的身份去跟他们见面。我的地位跟他们完全一样。”他提高声音。“一切都听天由命！”

“你不能卸任！”安东尼乌斯大叫道。

“我已经卸任，还通过法令确认了。”

安东尼乌斯浑身发麻，呼吸困难。他朝着恺撒走过去。“你疯掉了！”他勉强挤出这么一句。“彻底疯掉了！既然如此，那答案就很明显了。独裁官已经头脑失常，身为骑兵统帅，我宣布我成为独裁官！”

“安东尼乌斯，你不能宣布自己成为独裁官，”卢基乌斯·恺撒坐在他的位子上说，“独裁官已经卸任。而独裁官一卸任，骑兵统帅的职位也不复存在。你现在也是私人公民。”

“不！不，不，不！”安东尼乌斯大叫道，他握紧拳头，“身为骑兵统帅，在独裁官头脑失常时，我就是独裁官了！”

“坐下，安东尼乌斯，”弗菲乌斯·卡勒努斯，“现在轮不到你说话，你不再是骑兵统帅，你只是私人公民。”

发生了什么事？怎么就这样了？安东尼乌斯竭力维持最后一丝镇定，他望向恺撒的眼睛，在恺撒眼中看到了鄙视、嘲笑和某种享受。

“走吧，安东尼乌斯，”恺撒轻声说，然后就拉着安东尼乌斯的右手，一起走向大门口，把那六十个元老的嗡嗡声留在身后。

一走到门口，恺撒就立刻甩开安东尼乌斯的手臂，好像这种接触是对他的冒犯。“我的堂外甥，你以为你能愚弄我吗？”恺撒问，“你没有那种智慧。我现在完全清楚，你根本就不值得任何信任，你不是一个可靠的人，你真的是你舅舅说的那样，就是个狼心狗肺的家伙。我们在政坛上的关系到此为止，我们在血缘上的关系是个耻辱，是一件令人难堪的事。安东尼乌斯，不要出现在我的视线之内，永远都不要出现！你只是一个私人公民，而且永远都只是个私人公民。”

安东尼乌斯转过身，他放声大笑试图表明自己又恢复镇定。“盖乌斯堂舅，总有一天你会需要我。”

“安东尼乌斯，如果我需要你，那我还会用你。但你要一直记得，我再也不会给你一丁点信任。所以你不要自以为是。你这人根本就没有脑子。”

一个扈从穿着简单的白色托迦，他拿着的法西斯上也没有斧头。这个扈从带着第十和第十二军团在城外绕着城墙去到战神原野，因为这些士兵是从南边过来，而战神原野在北边。

恺撒单独跟他们见面，他骑着那匹著名的战马“大脚丫”，穿着他平常的那套钢铁盔甲，还有统帅的红色斗篷。他的头上戴着橡树枝叶编织的市民冠，这是要提醒这些士兵：他是一个功勋卓著的战斗英雄，一个特别勇猛的前线士兵。士兵们一看到他膝盖就开始发软了。

从坎帕尼亚一路走来，他们的头脑已经渐渐清醒，因为拉提那大道上的酒馆都对他们大门紧闭。他们没有钱，而马尔库斯·安东尼乌斯的担保在这里已经毫无用处。他们距离罗马还有一段路，就听说恺撒已经不再是独裁官，所以马尔库斯·安东尼乌斯也失去了骑兵统帅一职，这对他们来说真是沉重一击。而且他们脚下走过的路越来越漫长，心中的怨恨好像也越来越消减，他们想起恺撒是他们的朋友，是跟他们并肩作战的士兵。于是，当他们看到恺撒毫无畏惧地骑着“大脚丫”走上前来，心中能够想起的只有对恺撒的爱戴。他们以前对恺撒是那么爱戴，以后也会同样爱戴。

“罗马人民，你们在这里干什么？”恺撒语气冰冷地发问。

士兵们都倒吸一口气，他们吸气的声音比恺撒说话的声音还要响。罗马人民？恺撒说他们是普通的罗马公民？但是他们不是普通的公民，他们是恺撒的孩子！他总是把他们叫作孩子！他们是恺撒的士兵！

“你们不是我的士兵，”恺撒鄙夷道，他一出声就引起一阵骚动，“就连法纳西斯也不会把这样的军队称为自己的士兵！你们浑身酒气、毫无能力、愚蠢至极！你们发动暴乱！烧杀抢掠！大肆破坏！对着普布利乌斯·苏拉扔石头，他可是你们在法萨卢斯战役的指挥官！你们还对着三位元老扔石头，甚至把其中两位砸死！如果我的嘴巴不是像灰烬一样干燥，那我一定会向你们吐口水！我唾弃你们！”

士兵们开始哀号，有一些开始哭泣。

“不！”一个士兵高声尖叫，“不，这是一个失误！这是一个误会！恺撒，我们以为你忘记我们了！”

“我宁愿忘记你们，也不愿记得一支叛乱的军队！你们宁可全部死去，也好过以叛军的身份来到这里！”

那严厉的声音传遍远近，告诉他们恺撒要照顾整个罗马，恺撒相信他们能够耐心等待他，因为恺撒以为他们都理解他。

“但是我们爱你！”一些士兵大叫道，“你也爱我们！”

“爱？爱？爱？”恺撒大声咆哮，“恺撒不可能爱一支叛军！你们是罗马人民和元老院的专业士兵，是罗马的仆人，是罗马对抗敌人的唯一守护者！但是你们已经证明自己并不专业！你们就是一群乌合之众！就连去大街上扫垃圾都不配！你们发动叛乱，而你们应该知道这会有什么结果！你们失去了在我的凯旋式后分享战利品的资格，你们失去了在退伍时得到土地的资格，你们失去了获得任何额外津贴的资格！你们现在是无产贫民了！”

他们又是哭泣，又是叹息，苦苦恳求恺撒的原谅。不，不是罗马人民，不是普通的罗马公民！

永远都不是普通公民！他们是属于罗慕路斯和马尔斯的士兵！

整个过程持续了好几个小时，大半个罗马城的人都在围观，他们站在塞维安城墙上或坐在卡皮托尔山上的屋顶。整个元老院，包括两位执政官，都拉开体面的距离，看着一个私人公民对着一支叛军痛批。

“噢，他真是个奇迹！”瓦提尼乌斯对着卡勒努斯感叹道，“安东尼乌斯怎么会那样自欺欺人，以为这些士兵敢动恺撒一根毫毛呢？虽然恺撒身上也没有几根毫毛。”

卡勒努斯咧嘴一笑。“我想，安东尼乌斯肯定是以为自己能够取代恺撒的位置。波尔利奥，你知道安东尼乌斯在高卢说了什么吗？”他对着波尔利奥说，“安东尼乌斯一直在吹嘘，等恺撒去世之后，他就会接过恺撒的军队。而且在过去一年中，他一直在给这些士兵买酒喝，还让他们游手好闲，他以为这就是最好的享受了。但是他忘了，这些士兵曾经在六尺深的雪中长途行军，他们这么做只是为了让恺撒高兴。而且无论是什么样的苦战，他们都从未让恺撒失望。”

波尔利奥耸耸肩膀。“安东尼乌斯以为他的时机来了，”他说道，“但恺撒把他耍得团团转。我还奇怪，为什么恺撒在年底还要举行竞选，为什么他不去坎帕尼亚安抚士兵。原来恺撒要对付的是安东尼乌斯，他知道要让局势演变到什么地步才能抓住安东尼乌斯。不过我还是为恺撒感到痛心，无论从哪个角度去看，这都是一件令人痛心的事情。我希望他能学到一个教训。”

“什么教训？”瓦提尼乌斯问。

“就算是恺撒，也不能让他的老兵太长时间无所事事。噢，是的，安东尼乌斯在鼓动他们，但是还有其他人。任何军队里都有一些坏种，这些家伙总是心怀不满、爱惹麻烦。无所事事就是这些坏种生长的沃土。”波尔利奥说。

“我永远都不会原谅他们！”恺撒对卢基乌斯·恺撒说，他气得两颊绯红。

卢基乌斯打了个寒战。“但是你已经原谅他们了。”

“我这是谨慎起见，是为了罗马。卢基乌斯，但是我可以对你发誓，第十和第十二军团的每个人都要为这次叛乱付出代价。先是第九军团叛变，现在又多了两个军团。第十军团！我从蓬波提努斯带着他们去到日纳瓦，他们一直都是我的士兵！现在我还需要这些士兵，但是他们干的事已经告诉我应该采取什么措施。我要在他们中间安插一两个信得过的人，这样就可以在这类事情发生时记下那些罪魁祸首的名字。这些士兵已经长了烂疮，他们有些人开始认为罗马士兵应该拥有自己的权力。”

“至少现在已经摆平了。”

“喔，并没有，这种事还会发生，”恺撒的语气相当肯定，“我已经拔掉安东尼乌斯这颗毒牙，但是军团里还藏着一些坏分子。”

“说到安东尼乌斯，我听说他有钱偿还债务了，”卢基乌斯说，他想了想，然后赶紧修正，“至少可以偿还部分债务。他准备买下庞培位于卡里奈山的豪宅。”

恺撒皱起眉头，警觉地说：“仔细说说。”

“首先，他把庞培豪宅里的宝物洗劫一空。比如说，犹太人阿里斯托布鲁斯送给庞培的黄金葡萄树曾经出现在马尔伽里塔里亚长廊。这件宝物一摆出去，就立刻卖了一大笔钱。而且安东尼乌斯还有其他资金来源，那就是弗尔维娅。”

“神啊！”恺撒大叫道，一脸恶心的表情。“在克洛狄乌斯和库里奥之后，她怎么会看上安东尼乌斯这样的大老粗呢？”

“因为安东尼乌斯也是一个煽动者。弗尔维娅总是爱上那些喜欢制造麻烦的人，安东尼乌斯在这一点上非常合格。盖乌斯，记得我说的，她会嫁给安东尼乌斯。”

“他跟安东尼娅·海布里达离婚了吗？”

“还没有，但是他会的。”

“安东尼娅·海布里达自己有钱吗？”

“海布里达私藏了他在塞法勒尼亚发现的黄金，这让他的第二次流放生活过得很舒适。安东尼乌斯花掉了安东尼娅·海布里达两百塔兰特黄金的嫁妆，不过如果你把她的父亲召回罗马，那我想她父亲应该很高兴再给她两百塔兰特。我知道他罪大恶极，而且我还清楚记得你对他的法庭指控，但只有这样才能保障他女儿的未来。她不会再找到新丈夫了。她的孩子也不能指望。”

“等我从非洲回来，我就会召回海布里达。反正我要召回那些被流放的苏拉派系，多他一个又有什么所谓呢？”

“维瑞斯也会回来吗？”卢基乌斯问。

“绝对不会！”恺撒咬牙切齿道，“绝对，绝对，绝对不会！”

挨了恺撒一顿痛批的军团最终得到饷银，他们在那波利斯和普特奥利陆续登上船只，准备前往西西里西部的黎里贝乌姆附近临时扎营，然后再前往非洲行省。

包括两位执政官在内，没有任何人提出任何质疑。区区一个私人公民，竟然气定神闲地成了最高统帅，带兵去非洲行省镇压共和派，这种合法性是从何而来？时间会给出答案。现在只能这样。十一月底，恺撒参加了下一年的官员竞选。大家都恳求他去竞选执政官，他也欣然同意了。有人问到恺撒，在众多追随者中，他希望跟谁一起担任执政官。恺撒表示，他看好自己的老友兼同僚马尔库斯·艾弥利乌斯·勒皮杜斯。

“勒皮杜斯，我希望你明白自己的职责，”恺撒对勒皮杜斯说，他们刚刚在瓦提尼乌斯的竞选登记处宣布参选执政官，并得到了围观人群的热烈欢呼。

“噢，我明白，”勒皮杜斯心情愉快地说，一点都没有因为恺撒的直率而生气。他们很快就会成为执政官，但是只有他会在元旦日参加就职仪式，这是毫无疑问的事。

“那就跟我说说。”

“我要在你离开时守住罗马和意大利，要让这里保持和平，还要执行你拟定的法令，要确保不会对骑士阶层和经济情况造成打击，要继续根据你的计划扩充元老院，要紧紧盯着安东尼乌斯，还有那些跟他密切来往的人，从波普利科拉到最新加入的卢基乌斯·提利乌斯·辛贝尔。”勒皮杜斯说。

“勒皮杜斯，你真是棒极了！”

“恺撒，你还想成为独裁官吗？”

“我不太想，但要看情况。如果形势所需，那你可以充当我的骑兵统帅吗？”恺撒问。

“当然了。我来总好过其他人来。我向来没有那种跟士兵打成一片的天才。”

## 第 4 节

十二月初，布鲁图斯回家了，这时恺撒已经到坎帕尼亚去带兵。他的母亲对着他苛刻地上下打量。

“你看来没有什么进步。”这就是她的结论。

“我觉得我有进步，”布鲁图斯说，他并没有要坐下来的意思，“最后两年时间我学到很多东西。”

“我听说你在法萨卢斯扔下武器躲起来。”

“如果我继续拿着武器，那我可能会没命。所有罗马人都知道这件事情？”

“天啊，布鲁图斯，你竟然用这种口气跟我说话！你说所有罗马人，是指什么人？”

“我的意思就是所有罗马人。”

“特别是波尔基娅？”

“妈妈，她是你的外甥女。你为什么这样讨厌她？”

“因为她跟她父亲一样，都是一个奴隶的后代。”

“还是一个图斯库卢姆[①]农民的后代，你忘记说了。”

“我听说你会成为大祭司。”

“哦，恺撒来过了？你们又开始鬼混了？”

“不要放肆，布鲁图斯！”

所以恺撒没有跟母亲再续前缘，布鲁图斯一边想着一边赶紧逃跑了。他从母亲的起居室去到他妻子的房间。她是阿皮乌斯·克劳狄乌斯·普尔克尔的女儿，七年前成为他的妻子，那时尤利娅刚刚去世，但是他们的婚姻并不愉快。布鲁图斯勉强跟她圆房，但是没有感到任何快乐。对于可怜的克劳狄娅来说，比起丈夫对她缺乏爱意，这是一个更加严重的问题。他很少跟她同床，所以她一直都没能孕育孩子。她是一个性情柔和的年轻女人，而且长得也不难看。她有很多朋友，所以她总是设法离开这个令人不快的家，尽可能在外面多待一些时间。不得不待在家里时，她就躲在自己的房间里织布。幸运的是她从来都没有掌管家事的欲望，虽然按理说这是她身为主妇的责任，但家里一直都是赛尔维利娅在管事。

布鲁图斯亲了亲克劳狄娅的脸颊，心不在焉地对她笑了笑，然后就去找追随他的两个哲人，伊庇鲁斯的斯特拉托和沃伦尼乌斯。终于能看到两张令人高兴的面孔了！他们之前跟他一起在西西里，但是他加入庞培的军队时，就把他们送回家里了。加图舅舅倒是很乐意拉着他的哲人朋友一起去参战，但是布鲁图斯并不是那种性格强悍的人，沃伦尼乌斯

① 图斯库卢姆（Tusculum）在罗马附近，早在公元前第1000年就是拉丁人的居住地，在罗马共和国时期是罗马富人喜爱的度假胜地。——译者注

和伊庇鲁斯的斯特拉托也不是。布鲁图斯是个学院派，但不是斯多葛派。

“执政官卡勒努斯想跟你见面。”沃伦尼乌斯说。

“这就怪了，他为什么要见我呢？”

“马尔库斯·布鲁图斯，坐下！”卡勒努斯说，看起来很高兴见到布鲁图斯，“我开始担心，你不能及时回来了。”

“昆图斯·卡勒努斯，及时回来干什么？”

“当然是回来执行你的新任务。”

“新任务？”

“是的。你应该知道，恺撒很赏识你。他说，我可以非常肯定地告诉你，他认为由你来完成这项特别工作真是最合适不过。”

“工作？”布鲁图斯问，有点摸不着头脑。

“很多工作！虽然你还没有担任过大法官，但是恺撒准备授予你同执政官的至高统帅权，并委任你为山内高卢的总督。”

布鲁图斯坐在那儿，他的下巴都快掉下来了。“同执政官的至高统帅权？我？”他磕磕巴巴地问。

“是的，就是你，”卡勒努斯说。如此非同寻常的赏识看来并没有影响他的心情，他也没有因为一个前共和派得到这么一个肥差而恼火。“这个行省现在很太平，所以那里没有任何军队，甚至连守卫部队都没有。”

卡勒努斯双手交叠放在书桌上，看起来对布鲁图斯充满信任。“你看，明年在意大利和山内高卢会进行大规模的人口普查，而且会采用一套全新的办法。两年前的人口普查并不符合恺撒的要求，所以才要举行这次新的普查。”卡勒努斯弯下腰拿起一个红色皮革做成的书桶，然后把这个书桶递给书桌对面的布鲁图斯。布鲁图斯好奇地看着这个书桶，发现书桶的盖子用紫色蜡油封住了，上面的封印是一只狮身人面像的图案，图案的边缘刻着“恺撒”这个名字。

他接过这个书桶时，就发现这个比普通的书桶重多了。书桶里面肯定是塞满了卷得很紧的卷轴。“里面是什么？”他问道。

“恺撒亲自下达的命令。他准备亲手交给你，但是你没有及时出现。”卡勒努斯站起来，绕过书桌，亲热地跟布鲁图斯握手。“你确定了出发的日期就告诉我，然后我就通过法令授予你至高统帅权。这是一份好工作，马尔库斯·布鲁图斯，而且我同意恺撒的看法，这个对你来说真是最适合不过。”

布鲁图斯头晕目眩地离开了，他的男仆小心翼翼地抬着那个书桶，就好像书桶是黄金打造的一样。他先是在卡勒努斯门外的小巷站了一会儿，然后又转了好几次身，仿佛有点不知道该往哪里去了。然后他突然挺起肩膀。

“菲拉斯，把书桶送回家，然后立刻锁进我的宝库。”布鲁图斯对他的男仆说。他咳了一下，拖着脚步，看起来有点尴尬。“如果赛尔维利娅夫人看见了，她可能会让你把东西交上去。所以，我宁愿她没有看到，听明白了吗？”

菲拉斯面无表情，躬身回答说：“主人，交给我好了。我会直接送进您的宝库，不会让人看见的。”

于是这两人就分开了，菲拉斯返回布鲁图斯的房子，而布鲁图斯走过一段短短的距离来到比布路斯的宅子。

他发现比布路斯的宅邸一片混乱。这所宅邸像帕拉丁山上的大部分豪宅那样，后门开向一条窄巷，进门之后是一个小小的门房，门房的一边是厨房，另一边是浴室和厕所。一直往前是巨大的柱廊式花园，花园的三面都是柱廊，左右两边的柱廊后面是各种套房。花园后面是餐厅，还有主人的书房，再后面是一个作为大接待室的中庭，最后面是一个可以俯瞰罗马广场的露台。

花园里横七竖八地摆着板条箱和包裹起来的雕塑，厨房外面堆满锅碗瓢盆，走廊里塞满卧床、躺椅、座椅和底座，还有各种桌子和柜子。床单被褥堆成一堆，各种衣服又堆成一堆。

布鲁图斯惊讶地站在那儿，马上就明白这是怎么回事。虽然马尔库斯·卡尔普尔尼乌斯·比布路斯已经死了，但他还是被列为国家公敌，所以他的财产将被没收。他的儿子卢基乌斯也将变得身无分文，还有他的遗孀也是如此。他们要搬离这座房子，因为他们的房子将被拍卖。

“该死，该死，该死！”一个熟悉的嗓音说。这个嗓音响亮又粗犷，低沉得像是男人的声音。这个人就是波尔基娅，她还是像往常那样穿着一件难看的棕色粗布衣服，一头光泽浓密的红色鬈发有点松开，几缕发丝从发夹中飘散出来。

“把东西搬回去！”布鲁图斯大叫一声，快速走到波尔基娅身边。

下一刻，布鲁图斯已经被举起来了，他被波尔基娅紧紧地抱在怀里，这个拥抱紧得简直要把他肺里的空气都挤出去。他的鼻孔里充满她的气息：墨水、纸张、旧羊毛、皮革书桶。波尔基娅，波尔基娅，波尔基娅！

布鲁图斯搞不清这一切是怎么发生的，因为这种欢迎方式并不是什么新鲜事了。许多年来，她总是把他举起来，紧紧地抱进怀里。他的嘴唇贴在她的脸颊上，但这一次他的嘴唇突然挪过去，紧紧地盖住她的双唇。他的身上涌起一股烈焰般的热浪，他挣扎着抽出手臂，搂住她的后背。然后，他以一种前所未有的激情吻着她。她也回以热吻，她的泪水混合着她口里香甜的气息，因为她既不喝酒也不吃那些气味浓烈的东西，所以拥有未受污染的清新口气。他们的热吻仿佛持续了好几个小时，她没有把他推开，也没有松开她的拥抱。她的喜悦太深切，她的渴望太长久，她的爱意太强烈。

“我爱你！”布鲁图斯终于透过气来说，他的双手抚摸着她那美丽的头发，他的指尖充满生机勃发的狂喜。

“噢，布鲁图斯，我一直爱你！一直都是！”

他们找到两把扔在柱廊里的椅子，然后四手交握着一起坐下去，凝望着彼此热泪盈眶的眼睛，一直笑个不停。好像两个孩子发现了什么激动人心的事情。

“我终于回家了。”他说道，嘴唇在微微发抖。

“这肯定不是真的。”她说着又凑过去吻他。

至少有十几个人见证了这次激情洋溢的重逢，不过除了比布路斯的儿子，其他人都是奴仆。小比布路斯对着管家使了个眼色，然后就悄悄走开了。

“把东西搬回去。”布鲁图斯过了一会儿说。

“我不能，我们已经接到通知了。”

“我会买下这座房子，所以你把东西都放回去好了。”他坚持道。

她那双美丽的灰色眼睛变得特别坚定，突然显露出跟加图一模一样的神情。“不，我父亲不会同意。”

“会的，最亲爱的，他会同意的。”布鲁图斯非常认真地说，“好啦，波尔基娅，你很了解加图！他会把这看成是共和派的胜利。他会认为这是正确的行动。亲人之间互相照顾是理所应当的义务。加图怎么会让他的女儿无家可归呢？恺撒这样做应该受到谴责。小卢基乌斯·比布路斯太年轻了，根本就不可能参与共和派的事。”

“他父亲是共和派的中坚分子。”她转过头，让布鲁图斯看到她的侧脸。这个侧脸跟加图一模一样，不过那个巨大的鹰钩鼻在布鲁图斯看来显得非常高贵，那个嘴巴看起来也特别美丽。“是的，我可以看出其中的合理性，”她说道，然后她转过头，担忧地望着他，“但是其他人也会出价，要是被别人买下这座房子，那可怎么办呢？”

他哈哈大笑。“波尔基娅！谁的出价能比马尔库斯·朱尼乌斯·布鲁图斯更高呢？而且这虽然是一座漂亮的房子，但还远远比不上庞培·马格努斯或梅特卢斯·西庇阿的那种豪宅。人们只会为那些最好的房子花大价钱。我不会自己去出价，我会派一个代理人过去，不会引起罗马人的议论。我还要买下你父亲在卢卡尼亚的土地。他的财产只剩下那块土地了。我希望你能永远留住他的某样东西。”

她的眼泪落到手上。“布鲁图斯，你说得好像他已经死了。”

“波尔基娅，会有很多人得到宽恕，但是你我都知道恺撒永远都不会放过那些跑到非洲行省的带头人。不过，恺撒不会一直活着。他的年纪比加图更大，所以加图也许有一天能够回家。”

“你为什么要请求他的宽恕？”她突然问。

他的脸垮了下来，显出悲伤的神色。“我亲爱的女孩，因为我不是加图。我希望我是加图！噢，我多么希望！但如果你真的爱我，那你肯定知道我是什么人。就像我母亲说的，我是个懦夫。在战场上或面对像恺撒这样的人时，我无法解释我身上发生了什么事。我只觉得自己碎成一片片了。”

“因为你向恺撒妥协了，我父亲会说我爱你是错误的。”

“是的，他会这么说，”布鲁图斯微笑着表示同意，“这就意味着我们没有未来吗？我不这样觉得。”

她张开双臂猛地抱住他。“我是一个女人，我父亲说，女人是软弱的。他不会同意，但我不能没有你，我一定会跟你在一起！”

“那你会等我吗？”他问道。

“等你？”

“恺撒会授予我同执政官的至高统帅权，让我立刻去管理山内高卢。”

她的手臂落下来，身体也随着挪开。“恺撒！”她恶狠狠地说，“一切都是因为恺撒，就连你那个可怕的母亲也是因为他！”

他的肩膀抖了抖，身子向下佝偻。“当时我还是一个孩子，可是我第一次见到他就明白了。他以财务官的身份从远西班牙回来。他站在那些女人中间，看起来恍如神明。那么光彩夺目！那么气宇轩昂！他击中了我母亲的心！她和她的骄傲都被击倒了。她是出自赛尔维利乌斯·凯皮欧家族的贵族。但她还是为他放下自己的骄傲。在我继父西拉努斯去世之后，她以为恺撒会跟她结婚。但是恺撒拒绝了，理由是她是一个不忠的妻子。‘我只跟你发生了关系，只有你！’她大叫道。但他说，无论跟她发生关系的人是谁，都没有什么不同。反正她是一个不忠的妻子，这就是事实。”

“你怎么知道这些事？”波尔基娅惊奇地问。

“因为她像摩耳摩吕刻[①]一样嘶吼着跑回家。家里的人都知道了，”布

① 摩耳摩吕刻（Mormolyce）是希腊神话中的怪兽。——译者注

鲁图斯说着忍不住打了个寒战，“这就是恺撒。加图可以抵抗他，但我不是加图。”他的眼中饱含泪水，他拉过她的手，“波尔基娅，原谅我的软弱！我还没有当过大法官，就拥有同执政官的至高统帅权！山内高卢！我怎么能对他说不？我没有那种力量。”

“是的，我理解，”她瓮声瓮气地说，“布鲁图斯，去管理你的行省好了。我会等你。”

“我不想把我们的事情告诉我母亲，你是否介意？”

“不，不要对她说一个字。也不要对马尔基娅提起，她现在很难过。当然，她现在必须回到她父亲那里。为了马尔基娅，菲利普斯试着向恺撒求情，但是恺撒的态度很坚决。我父亲的所有东西都被没收了，而且在克洛狄乌斯引起的火灾之后，她把自己的嫁妆交给我父亲去重建波尔基娅巴西利卡了。菲利普斯很不高兴。她哭得太惨了，布鲁图斯！”

“那你的嫁妆呢？”

“也拿去重建波尔基娅巴西利卡了。”

“那我会在你名下存一笔钱。”

“加图不会同意。”

“亲爱的，既然是加图拿走了你的嫁妆，那他就丧失了表示反对的权利。来吧，”他说着把她拉起来，“我想再亲亲你，我们到一个比较私人的地方去。”他来到她的书房门口，他神色凝重地看着她。“波尔基娅，我们是表兄妹。也许我们不能要孩子。”

“不是完全的表兄妹，”她理智地说，“你母亲和我父亲只是同母异父的姐弟。”

那些没有得到宽恕的共和派的财产被公开拍卖，许多隐藏的资金纷纷冒出来。布鲁图斯通过司卡普提乌斯去出价，轻而易举地拿下了比布路斯的房子，还有比布路斯在卡伊厄塔[①]的大别墅，以及比布路斯在埃特

① 卡伊厄塔（Caieta）是意大利西南部的海港城市，现称卡厄塔。——译者注

鲁里亚的庄园和在坎帕尼亚的农场与葡萄园。布鲁图斯认为，买下比布路斯的全部资产，这是为波尔基娅和小卢基乌斯提供收入来源的最佳方式。不过，他没有足够的运气拿下加图在卢卡尼亚的土地。

恺撒的代理人盖乌斯·尤利乌斯·阿尔维努斯买下了加图的所有土地。这些土地的价格大大超出本身的价值，布鲁图斯的代理人司卡普提乌斯看到出价越来越离谱，就不敢继续出价了。恺撒这么做有两个理由：他想看到加图的财产都落入自己手中；他还想把这些土地送给手下的三个前任百夫长，让他们能够符合进入元老院的资格。德基穆斯·卡尔弗勒努斯和另外两个百夫长都赢得了市民冠，恺撒遵守苏拉制定的法令，让那些赢得重要冠冕的战斗英雄进入元老院。

“奇怪的是，我觉得我父亲会赞同他这么做。”波尔基娅在布鲁图斯前来告别时说。

“我非常肯定，恺撒这么做不是为了加图的赞同。”布鲁图斯说。

“那么，恺撒对我父亲有所误解，我父亲也像他一样重视战斗英雄。”

“波尔基娅，让他们自己去面对那种可怕的怨恨好了，没有人能够完全明白对方的心思。”

安东尼乌斯用三千万塞斯特尔提乌斯买下了庞培在卡里奈山上的豪宅，不过他故作轻松地告诉负责拍卖的人，他要等到资金比较宽裕时才能正式付款，结果拍卖会的负责人把他拉到一旁。

“马尔库斯·安东尼乌斯，我恐怕你必须马上就全部付款。这是恺撒的命令。”

“但是这样会把我全部掏空了！”安东尼乌斯气愤地说。

“现在就付款，否则就要没收房子，还要付一笔罚金。”

安东尼乌斯骂骂咧咧地付款了。

至于赛尔维利娅，她买下了伦图卢斯·克鲁斯的庄园和坎帕尼亚的几个优质葡萄园。她因为恺撒还占了一些便宜。

“我们收到命令，要给你减去三分之一的价钱，”拍卖会的负责人说。赛尔维利娅亲自到场去安排付款。她才懒得雇佣代理人，自己去出价有趣多了，特别是她身为女人，应该不会太引人注意。

“谁的命令？”她问道。

“夫人，是恺撒的命令。他说你会明白。”

大部分罗马人都明白，包括西塞罗在内，他笑得差点从椅子上掉下来。“噢，干得好，恺撒！”他对阿提库斯说。阿提库斯也在拍卖会上大获成功，他到西塞罗府上做客，并把这些消息都告诉西塞罗。“减去三分之一！三分之一！你必须承认恺撒的机智！”当然，这个笑话源于赛尔维利娅的第三个女儿特尔图拉，她是恺撒的私生女。

赛尔维利娅觉得这样一点都不好笑，但是她的不悦还不足以让她拒绝这个折扣。毕竟，一千万塞斯特尔提乌斯可是一大笔钱。

盖乌斯·卡西乌斯没有买到任何东西，他也不太高兴。“他竟然用我的妻子来开玩笑！”卡西乌斯咆哮道，“我遇到的每个人都用特尔图拉的名字来开玩笑！”

卡西乌斯这么生气，还不只是因为他妻子跟恺撒的关系。另外一个原因是，布鲁图斯跟他同样年龄和资历，现在就要以同执政官的身份去管理山内高卢，而他却只能以同大法官的身份去亚细亚行省充当一个普通副将。虽然亚细亚行省的总督瓦提亚是卡西乌斯的妹夫，但瓦提亚并不是他喜欢的那类人。

# 第五章
# 胜利的毒刺
# (从公元前46年1月到7月)

## 第 1 节

普布利乌斯·西提乌斯是来自坎帕尼亚地区努塞里亚的一个罗马骑士，他拥有体面的财产和良好的教育，他的朋友包括苏拉和西塞罗。在庞培·马格努斯和马尔库斯·克拉苏第一次联合担任执政官的那一年，西提乌斯因为几次投资失败而加入了喀提林妄图颠覆罗马合法政府的阴谋。喀提林承诺会全面取消债务，正是这一点吸引了西提乌斯。不过西提乌斯当时的经济情况实在太困窘，所以他没有留在意大利等待喀提林夺得政权。这真是莫大的运气，尽管西提乌斯当时并不知道这个玄机。在西塞罗和海布里达担任执政官时，他先是逃到了远西班牙，但是那里距离罗马还不够远，于是他又转移到西毛里塔尼亚的首府丁吉斯。

这一系列令人糟心的事情激发出西提乌斯的一个特殊本领，他之前从未想过自己拥有这项天赋。他本来就是一个善于投机取巧的商人，现在又增添了甜言蜜语的本事，他通过阿谀奉承博得波库斯国王的好感，从而接下了为国王整顿军队的工作，然后又给国王培训了一支精良的小型海军。波库斯有一个兄弟叫做波古德，他是东毛里塔尼亚的国王。虽然东毛里塔尼亚比西毛里塔尼亚距离努米底亚更远，但波库斯还是因为努米底亚国王朱巴的野心而惶恐不安。朱巴雄心壮志地要成为另一个马西尼撒，而努米底亚的东边是罗马的非洲行省，所以朱巴只能向着西边扩张。

西提乌斯帮波库斯训练好军队之后，又从波古德那里接过了同样的任务。他得到的回报非常丰厚，除了大笔钱财和位于丁吉斯的豪宅，还有一大群娇妻美妾，而且他做生意时也没有任何烦心事。对于一个特别能阿谀奉承的人来说，这种生活可比在意大利参与阴谋好得多！

在恺撒渡过卢比孔河之后，努米底亚国王朱巴宣布支持共和派，这么一来毛里塔尼亚的波库斯和波古德就只能宣布支持恺撒了。普布利乌斯·西提乌斯准备好毛里塔尼亚的军队，然后就在那里坐观其变。恺撒赢得法萨卢斯战役时，他松了一大口气。然后他又大吃一惊，在法萨卢斯战役中幸免于难的共和派决定到非洲行省继续他们的抵抗！这里离家太近了！

于是西提乌斯雇了几个探子在乌提卡和哈德鲁麦图姆打听消息，以便掌握共和派的动向。与此同时，他一直等着恺撒的进军，因为这是恺撒一定会做的事情。

但恺撒的进军在好几个方面都不太顺利。他和他的第一支船队不得不在小莱普提斯登陆，因为北方的每个海港都有共和派重兵把守，根本就不可能在那些港口上岸。因为小莱普提斯没有任何港口设施，所以船只必须尽量靠近一片长长的沙滩，士兵们得到命令要跳进浅水中，然后涉水走到岸上。当然，恺撒身先士卒。但这一次他不像以往那样好运，他跳下去时绊了一下，整个人都扑进水里。不祥之兆！每一个围观的士兵都瞪大了眼睛，每个人都倒吸一口气。

恺撒像只猫儿一样灵巧地站起来，他双手握拳高举过顶，一些沙子顺着他的手臂流下来。

“我已经将这片土地抓在手中！”他大叫道，把不祥之兆变成吉祥之兆。

恺撒并没有忽略那个古老的传说：罗马必须有西庇阿家族的人在场才能在非洲打胜仗。共和派有梅特卢斯·西庇阿担任最高统帅，不过恺撒也有西庇阿·撒尔维托担任名义上的第二统帅。西庇阿·撒尔维托出自科尔涅利乌斯·西庇阿家族中声名狼藉的一支，这个撒尔维托是恺撒从罗马的妓院中拉出来的。恺撒知道，这完全是无稽之谈。盖乌斯·马略征服了非洲，但他当时并没有西庇阿家族的人在身边，不过马略的副手苏拉是科尔涅利乌斯氏族的人。

这一切跟他那不断发生叛乱的军团相比简直不值一提。第九和第十军团曾经跟着第十四军团一起在西西里发动叛乱，结果这几个军团一到非洲又发生了叛乱。恺撒对这些士兵进行集体训话，鞭打了少数几个挑事的人，他的惩罚主要集中在五个人身上，其中就包括他委任的军团指挥官盖乌斯·阿维努斯，这个阿维努斯造成的破坏最严重。然后这五个人和他们的行李都被扔上一艘船送回意大利，这些遭到遣散的可耻之徒再也不能得到任何土地或战利品。

“如果我是马尔库斯·克拉苏，那我会对你们进行十一抽杀①！”恺撒对着集合的士兵高声大吼，“你们不值得任何怜悯！但我不能处决那些曾经为我英勇作战的士兵！”

当然，恺撒手下军队发生叛乱的消息传到了共和派那里，拉比恩努斯开始扬扬得意。

“这是什么情况！”恺撒对卡尔维努斯说，他们两人经常在一起，“我有八个军团，其中三个是从未上过战争的新兵，我还有五个军团的老兵，但其中三个军团根本就不值得相信。”

---

① 十一抽杀（Decimation）是对叛乱、哗变、溃逃或丢失军旗的罗马军队的一种惩罚手段，被处以十一抽杀的部队被分为十人一组进行抽签，十人中会抽出一人处死，方法通常是用石头砸死或用棍棒打死。公元前71年，罗马前三巨头之一的克拉苏带兵镇压斯巴达克斯领导的起义，克拉苏手下有十五个步兵大队临阵溃逃，为了对这些士兵进行惩罚，并消除其他士兵对斯巴达克斯的恐惧，克拉苏对这十五个步兵大队进行了十一抽杀。——译者注

“他们会一如既往地为你英勇作战。”卡尔维努斯安抚道。“你有控制士兵的天赋，这种天赋是像马尔库斯·克拉苏那样的白痴从未拥有的。是的，你很喜欢克拉苏，但一个进行十一抽杀的统帅就是个白痴。”

“我太软弱了。”恺撒说。

“盖乌斯，知道你也有弱点，这对别人来说是个安慰。这对他们来说也是个安慰。他们知道你的宽厚仁慈，所以不会对你心怀怨恨。”他拍了拍恺撒的手臂，“再也不会有什么叛乱了，去好好训练你的新兵吧。”

恺撒听从了他的建议，然后发现他的好运又回来了。他在训练三个新兵军团时，碰巧遇到了提图斯·拉比恩努斯和一大群敌军，并且像往常一样勇猛地把他们打了个落花流水。这回拉比恩努斯再也得意不起来了。

西提乌斯收到了这一切的消息，他和两个国王开始担心：恺撒以寡敌众可能会被击退。

西提乌斯心想：毛里塔尼亚能提供什么帮助呢？非洲行省根本就没有什么步兵，因为毛里塔尼亚的军队跟努米底亚的军队很相似，他们都是拿着长矛作战的轻骑兵，而不是近身搏斗的步兵。他也不可能让船只在海上千里航行，给恺撒送去骑兵和马匹。所以西提乌斯认为，最佳措施就是从西边入侵努米底亚，让朱巴国王回来包围自己的王国。这样共和派就没了骑兵，算是给他们来个釜底抽薪。

朱巴一听说那个厚脸皮的西提乌斯带兵入侵，就慌慌张张地向西撤退了。

“我不知道，我们能让朱巴离开多长时间，”西提乌斯在一封写给恺撒的信中说道，“但我和两位国王都希望，他的缺席能给你一个喘息之机。”

恺撒很好地利用了这个喘息之机。他派出盖乌斯·撒路斯提乌斯·克里斯普斯和一个军团到塞西纳岛，共和派在那里囤积了许多粮食。虽然现在已经过了收割季节，但恺撒根本就不能得到非洲行省的粮食，因为巴格拉达斯河沿岸的麦田在共和派控制的地盘里面，而恺撒在小莱普提斯周边的土地是整个行省中土地最贫瘠的，从这里往南到塔普苏斯的土地就更贫瘠了。

“共和派忘记了，”恺撒对撒路斯提乌斯说，撒路斯提乌斯在阿贝拉遭遇石击之后已经慢慢康复，“盖乌斯·马略在塞西纳安置了他的老兵。我父亲就是为他执行这项工程的人，所以塞西纳岛上的人都非常熟悉恺撒这个名字。撒路斯提乌斯，你来负责这项工作，因为你很有口才，甚至能把树上的鸟儿给哄下来。你只要提醒盖乌斯·马略的老兵的子孙，让他们知道恺撒是马略的外甥，所以他们必须效忠于恺撒。来一场精彩的演讲，这样你就不用打仗。我想让塞西纳岛上的人心甘情愿地交出梅特卢斯·西庇阿囤积的粮食。如果我们拥有这些粮食，那无论我们在非洲待多长时间都不愁吃了。”

撒路斯提乌斯带着一个军团经过短途航行到达塞西纳，而恺撒则忙着建筑防御工事，并开始给巴格拉达斯河和卡塔达河流域的产粮大户送去许多慰问信，因为他们平白无故地遭到梅特卢斯·西庇阿的伤害。梅特卢斯·西庇阿不掏一分钱就得到足够的粮食去喂饱他的军队，然后他又出于个人私利下令烧地，把那些正在抽芽的麦田都烧掉了。

“这么听起来，”恺撒对他的外甥昆图斯·皮狄乌斯说，“梅特卢斯·西庇阿好像觉得共和派会失败。”

“赢久必输，”昆图斯·皮狄乌斯说，他是一个实实在在的农场主，“我们只能希望这件事尽快结束，这样才来得及再次播种。冬季的雨水即将到来，那些烧焦的草木灰耕进地里就是很好的肥料。”

“但愿撒路斯提乌斯马到功成。”恺撒回答说。

半个月后，撒路斯提乌斯和他的军团回来了，他笑容满面。塞西纳岛上的人知道当下局势之后，全都宣布效忠恺撒，他们承诺会把大部分粮食留在当地，如果共和派的运粮船过来，那他们绝对不会把粮食交给共和派，但是他们会在恺撒需要时把粮食送给恺撒。

“好极了！”恺撒说，“现在我们只需要逼着敌人来一次正面交锋，然后就可以结束这场该死的战争。”

说起来容易，但做起来就没有那么容易了。虽然朱巴不在，但无论是身为最高统帅的梅特卢斯·西庇阿，还是身为实际指挥的拉比恩努斯，都不想跟恺撒正面交锋。尽管恺撒的军团发生过叛乱，但恺撒实在太狡猾多端。

恺撒给普布利乌斯·西提乌斯写信，吩咐他撤兵。

实际耗费的时间比日历上显示的要长得多，因为在恺撒领导之下的大祭司团宣布，在二月之后又多加了一个二十三天的月份。这个小月份叫做闰月。考虑到这个闰月，交战双方都觉得三月仿佛永远都不会到来。共和派的军团在哈德鲁麦图姆附近扎营，恺撒的军团在小莱普提斯扎营，两支大军都等了整整两个月。与此同时，朱巴正在努米底亚西边作战，试图抓住那个狡猾的西提乌斯。至于西提乌斯，他到三月底才收到恺撒的书信，然后才赶紧撤兵。于是朱巴又匆忙赶回非洲行省。

即便如此，恺撒还是要设法引起正面交锋，共和派对他实在太多戒备了。他们发动突袭，然后就撤退，再次突袭，又再次撤退。很好，他们就准备这样！恺撒必须从陆路对塔普苏斯发动进攻。塔普苏斯距离小莱普提斯不是很远，这座城市的边界大部分都是海岸，但拉比恩努斯还是派出重兵把守这里，想让这座城市一直坚守下去。

在共和派那边，有梅特卢斯·西庇阿和拉比恩努斯共同指挥作战，还有朱巴的骑兵和战象。在恺撒这边，四月初他带着自己的军团从小莱普提斯出发，朝着塔普苏斯的方向进军。

在那偏僻贫瘠的海岸线上，恺撒发现了他等待已久的机遇：一条平坦的沙坝，大概有一里半宽、几里长。沙坝的一边是大海，另一边是一个巨大的咸水湖。恺撒暗自高兴，他带着自己的军队走上那道沙坝，让士兵保持非常紧密的队形，直到每一个士兵都踏上那道沙坝。

恺撒赌的是拉比恩努斯不会怀疑他为什么是用改良方阵进军而不是采用惯常的八人一列长蛇阵，方阵的队列宽度比较大，因为队伍宽度加大所以就减小了长度。恺撒对拉比恩努斯相当了解，知道拉比恩努斯肯定会以为恺撒想着可能遭遇共和派的攻击，所以要尽快让手下士兵走过沙坝。但准备发动攻击的人其实是恺撒。

恺撒的军队一进入沙坝，拉比恩努斯就立刻看出自己应该怎么做，并赶紧采取行动。阿弗拉尼乌斯和朱巴带领步兵切断了恺撒军队撤离沙坝的退路，而拉比恩努斯和梅特卢斯·西庇阿带着骑兵和快速移动的老兵军团来到咸水湖的岸边，守在沙坝的远端准备迎击恺撒的先头部队。

恺撒的号手吹响号角，他的军队立刻分成两翼，格涅乌斯·多米提乌斯·卡尔维努斯带领着左翼转过身，向着后面的阿弗拉尼乌斯和朱巴发动进攻，而恺撒和昆图斯·皮狄乌斯则带着右翼继续前进，向着拉比恩努斯和梅特卢斯·西庇阿发动进攻。恺撒的老兵军团分布在前面和后面，而那些新招募的军团则位于中间。两翼军队只要背转方向，新兵就变成在老兵后面。

这次战斗叫做塔普苏斯战役，恺撒在这场战役中大获全胜。之前受到恺撒训斥的士兵都感激他的仁慈，所以他的老兵军团（特别是第十军团）都奋勇作战，献出他们从军生涯中的最佳表现。当天结束时，一万名共和派的士兵战死沙场，彻底结束了非洲的有组织抵抗。对恺撒来说，塔普苏斯战役有一个失望之处，那就是没有抓住任何重要的俘虏。梅特卢斯·西庇阿、拉比恩努斯、阿弗拉尼乌斯、佩特瑞伊乌斯、赛克斯图斯·庞培、总督阿提乌斯·瓦鲁斯、浮斯图斯·苏拉和卢基乌斯·曼利乌斯·托尔夸图斯都逃跑了，还有朱巴国王。

“我很担心他们还会跑到别的地方继续顽抗，”卡尔维努斯在战斗结束之后对恺撒说，“也许他们会跑到西班牙。”

“如果这样，那我就追到西班牙。”恺撒神色严肃地说，“卡尔维努斯，我必须彻底消灭共和派，否则我想建立的罗马又会回到好人帮坚持的罗马传统。”

“那么你要消灭的是加图。”

“不是消灭，如果你的意思是把他杀了。我不想杀死他们任何一个，特别是加图。其他人会看出自己的错误，但加图永远都不会。为什么呢？因为他的脑子里少了这根筋。但他还是必须活着，而且他必须进入我的元老院。我需要加图来充当活教材。”

“他不会同意。”

“他不知道，他会同意。”恺撒肯定地说，“我会在元老院和民会中通过一道法令，比如说，不许阻扰会议进程，还有发言的时间限制。而且如果没有确凿证据，就不能指控其他元老。”

“那我们要带兵到乌提卡？”

“我们要带兵到乌提卡。”

## 第 2 节

梅特卢斯·西庇阿的信使把塔普苏斯战败的消息带到乌提卡，不过在他到达之后几个小时，就有一大群逃出战场的士兵来到这里，这些幸存者中级别最高的也只是初级军团指挥官。

“我和卢基乌斯·托尔夸图斯，还有赛克斯图斯·庞培正准备跟格涅乌斯·庞培在哈德鲁麦图姆的船队会合。”梅特卢斯·西庇阿在一张纸条上写道，“马尔库斯·加图，我们现在还没有决定接下来要去哪里，但我们应该不会去乌提卡，除非你想让我们这样做。如果你能找到足够多的人来抵抗恺撒，那我们就会跟你一起战斗。”

“但是恺撒的军队已经叛变了啊，”加图声音发虚地对他儿子说，“我以为我们肯定能打败他！”

小加图没有回答。他还能说什么呢？

加图写了一封信，告诉梅特卢斯·西庇阿不要为乌提卡担心，然后就独自坐在那里度过这可怕的一天。第二天天亮时，他带上昆图斯·格拉提狄乌斯，一起去看望那些从塔普苏斯逃离的幸存者。这些人正聚集在乌提卡郊区的一个旧军营。

“我们有足够的人，可以跟恺撒再打一仗。”他对这些幸存者的领头人说，这个叫做马尔库斯·埃皮乌斯的领头人是个初级军官，“我还有五千名精兵，城里那些经过训练的年轻人也愿意跟你们一起战斗。我可以给你们重新配备武器。”

埃皮乌斯摇了摇头。“不，马尔库斯·加图，我们受够了。”他打了一个寒战，举起手做了个手势要挡开恶魔之眼，“我们现在知道了，恺撒是不可战胜的。我们抓住了第十军团的一个百夫长，这个百夫长叫做提提乌斯。昆图斯·梅特卢斯·西庇阿亲自审问他。提提乌斯承认，自从离开意大利，第九、第十和第十四军团已经发动了两次叛乱。即便如此，当恺撒把他们送上战场时，他们还是为恺撒奋勇作战。”

“那个叫做提提乌斯的百夫长后来怎么样了？”

“他被处决了。”

加图心想，这就是为什么我永远都不应该让梅特卢斯·西庇阿担任统帅，也不应该让拉比恩努斯充当指挥。如果是恺撒，他肯定会宽恕一个经过勇猛作战还被俘虏的百夫长。所有人都应该这样。

“好吧，我建议你们都去到乌提卡的海港，然后登上停在那里的船只，”加图用鼓励的语气说，“那些船只属于格涅乌斯·庞培，我想他正打算向西航行前往巴勒阿瑞斯或西班牙。我敢肯定，他不会要求你们一定要跟着他，所以如果你们想回到意大利，那就告诉他好了。”

然后加图和昆图斯·格拉提狄乌斯就回到乌提卡。

昨天的恐慌逐渐平息，不过当地人并没进行任何军事训练，就像加图担任当地长官的那几个月那样。三百个最有地位的市民已经在市集广场等着加图，希望加图告诉他们接下来应该怎么办。他们发自内心地爱戴加图，几乎所有乌提卡的居民都是这样。因为加图公正不阿，愿意聆听他们的冤屈，而且总是充满乐观精神。

“不，”加图说，他的声音显得特别温和，“我再也不能为你们做决定了。你们要自己决定，是要抵抗恺撒，还是请求他的宽恕。如果你们想知道我的想法，那我认为你们应该请求宽恕。如果不是这样，那你们就要面临围城战，而你们将要面临的结局会跟迦太基、努曼提亚、阿瓦里库姆和阿勒西亚一样。恺撒甚至比西庇阿·艾弥利亚努斯还要善于围城战。结局就是这座美丽富裕的城市会被毁灭，还有很多市民会死去。恺撒会要求一大笔罚金，你们要倾家荡产才能还清。你们还是请求宽恕吧。”

“马尔库斯·加图，如果我们释放奴隶，让这些奴隶也去打仗，那我们也许能打赢围城战。”一个市民说。

“这样既不道德也不合法，”加图严肃地说，“如果一个人不想释放他的奴隶，那任何政府都没有强迫他这样做的权力。”

“如果是自愿释放奴隶呢？”另外一个人问。

“那我会同意。但是，我建议你们不要抵抗。你们自己商量好了，再叫我回来。”

加图和格拉提狄乌斯走到一边，坐在一座喷泉的石头围栏上。这时小加图也过来加入他们。“父亲，他会打仗吗？”

“我希望不会。”

“我希望他们会，”格拉提狄乌斯说，他的眼泪都快出来了。“如果他们不打仗，那我就没有事情可干。我实在不想乖乖地向恺撒投降！”

加图没有回答，他的目光看着正在讨论的那三百人。他们很快就做出决定：乌提卡会请求宽恕。

“相信我，”加图说，“这是最佳选择。虽然我是最没有理由喜欢恺撒的，但自从这件可悲的事情一开始，他都表现得很仁慈。你们不会受到身体上的伤害，也不会失去财产。”

这三百人中有一些决定要逃跑，加图承诺会从共和派的船只中安排一些给他们。

“就是这样了。”加图叹息道。他和小加图，还有格拉提狄乌斯，一起坐在餐厅里。斯塔提卢斯走进来，一脸忧心忡忡的模样。

“给我倒点酒。”加图对他的管家普罗南特斯说。

其他人都吓了一跳，疑惑不解地看着这座房子的主人。加图已经拿起酒杯。

“我的任务已经完成了，为什么不能喝酒呢？”加图问。他喝了一口酒，突然一阵反胃。“真奇怪！”他大叫道，“我已经不习惯喝酒了。”

“马尔库斯·加图，我有个消息。”斯塔提卢斯说。

他话音刚落，食物就陆续上桌。有新烤的面包，油，烤鸡，蔬菜沙拉和奶酪，还有一些晚熟的葡萄。

“斯塔提卢斯，你整个上午都不在，”加图一边说，一边咬着烤鸡腿，“真好吃！什么消息让你如此忧虑？”

“朱巴的骑兵正在四处抢劫。”

“这是意料之中的事。吃饭吧，斯塔提卢斯。”

第二天有消息传来，恺撒正在迅速逼近，而朱巴已经逃往努米底亚。加图望着窗外，看到那三百人派出一个代表团去跟恺撒谈判，然后他又把目光转向港口，一些幸存者和士兵正在着急忙慌地登船。

“今天晚上，”加图说，“我们要举办一个愉快的晚宴。我觉得，只有我们三个人就好了。格拉提狄乌斯是个好人，但他不太能欣赏哲学。”

他的语气是如此欢快，让小加图和斯塔提卢斯都莫名其妙地面面相觑。他真的这么高兴自己的任务终于结束？现在一切都结束了，他又准备怎么办呢？向恺撒投降？不，这简直不可想象。但是他并没有吩咐大家收拾好他们的衣服和书籍，也没有在任何一艘船上为大家安排一个船舱。

这座位于广场边上的长官宅邸有一个浴室，加图在下午时分让人准备好洗澡水，然后就舒舒服服地泡了一个澡。等到他进入举行晚宴的餐厅时，另外两个人已经斜靠在躺椅上了。小加图在右边的躺椅上，斯塔提卢斯在左边的躺椅上，中间的躺椅给加图留着。加图一走进来，小加图和斯塔提卢斯都张大嘴巴瞪着他。加图的长头发和胡须都不见了，而且他还穿着代表元老身份的托伲，一道紫色宽边从他右边肩膀蜿蜒而下。

他看起来好极了，仿佛年轻了好几岁。虽然他那头红发已经变得灰白，但还是梳成以前的那种样式。因为他已经戒酒很长时间，所以他那灰色的眼眸又变得闪闪发亮，那些憔悴的皱纹也不见了。

“噢，我饿了！”他一边说，一边躺在中间的躺椅上面，“普罗南特斯，上菜！”

现场的气氛顿时变得轻快起来，因为加图的情绪太有感染力了。普罗南特斯拿出一瓶上好的红葡萄酒，加图小心翼翼地尝了一口，接着就连声称好，然后又时不时地喝上一口。

最后桌面只剩下葡萄酒、两块上好的奶酪和一些葡萄，除了普罗南特斯之外的仆人也都离开了。加图用他的手肘舒舒服服地斜撑在躺椅上，然后非常满足地一声长叹。

“我很想念阿申诺多洛斯·科尔狄翁，”加图说，“马尔库斯，但是你要顶上他的位置。芝诺认为什么是真实的？”

噢，我又回到学校里了！小加图心里想着，然后就不假思索地回答。“物质的东西，就是那些实体。”

“我的躺椅是实体吗？”

“是的，当然了。”

“神是实体吗？”

“是的，当然了。”

“芝诺认为灵魂是实体吗？”

“是的，当然了。”

“在一切实体中，什么东西排第一？”

“火。”

“在火之后呢？”

“然后是空气，然后是水，然后是土。”

“空气、水和土最后会怎样？”

“这些东西在循环的最后都会变成火。”

“灵魂是火吗？”

“芝诺认为是，但帕奈提乌斯不同意。”

“除了芝诺和帕奈提乌斯，我们还能找到谁的学说？”

小加图回答不出来，于是他望向斯塔提卢斯请求帮助。斯塔提卢斯正看着加图，感觉越来越惊讶了。“我们可以通过柏拉图看看苏格拉底的学说，”斯塔提卢斯说，他的声音微微发抖，“虽然他认为芝诺存在巨大的错误，但苏格拉底是个完美的斯多葛派。他从不在意自己的物质生活，也不在乎冷热，从不受肉体欲望的驱使。”

“我们要在《斐德罗篇》，还是《斐多篇》中寻找关于灵魂的学说？”

斯塔提卢斯深吸一口气说。“《斐多篇》。在这一篇中，柏拉图讨论了苏格拉底喝下毒酒之前跟友人的谈话。”

加图张开手臂，放声大笑。“所有的好人都是自由人，所有的坏人都是奴隶，我们来看看这个悖论！”

这三人一说起加图最喜欢的话题，关于灵魂的讨论就被抛诸脑后了。斯塔提卢斯选择伊壁鸠鲁派，小加图选择亚里士多德派，而加图则坚持他一直实践的斯多葛派。他们的辩论在阵阵笑声中来回拉扯，他们对这些学派的观点都相当熟悉，所以每个回答都是不假思索就说了出来。

远方传来一阵惊雷。斯塔提卢斯站起来，走到南边的窗口望着外面的山峰。

“一场暴风雨要来了，”他说道，接着又低声重复了一遍，“一场暴风雨。”然后他又走回去，以伊壁鸠鲁派的观点来论述自由和奴役的问题。

葡萄酒的威力在加图身上逐渐发挥，他并没有意识到酒力开始奏效。他突然把手中的酒杯猛地从南边窗口扔出去。“不,不,不！”他大喊大叫，“一个允许任何奴役的自由人就是坏人，这就是结论！我不在乎这种奴役是以何种方式进行，也许是美色、美食、美酒或金钱，一个人如果受到这些东西的奴役，那他就是一个坏人！一个邪恶之人！他的灵魂会离开他那恶臭的肉体，这个灵魂因为沾染了那些肮脏的东西，所以会一直下沉，最后落入炼狱，然后就永远待在那里！只有好人的灵魂才能向上飞升，进入神之疆域！不是众多的神灵，是唯一的神！一个好人永远都不会屈服于任何奴役！任何奴役！任何奴役！”

在加图激情澎湃地演讲时，斯塔提卢斯悄悄地爬到小加图身边。“你要找个机会，”他低声说，“到他的卧室里把他的剑偷走。”

小加图吓了一跳，一双惊恐的眼睛瞪着斯塔提卢斯。“所以他才有这些表现吗？”

“当然啦！他想自杀。”

加图跑过来，坐在那里浑身发抖，睁大眼睛瞪着另外两人。然后他毫无预警地跳起来，冲向他的书房，那两个坐在躺椅上的人可以听到他正在书架上乱翻，把许多书卷扔出来。

“《斐多篇》,《斐多篇》,《斐多篇》！”他大喊大叫，哈哈大笑。

小加图瞪大双眼，惊愕地看着斯塔提卢斯。斯塔提卢斯推了他一下。“马尔库斯，快去！现在就去偷走他的剑！”

小加图冲到他父亲的卧室，把挂在墙上的剑猛地抓下来，然后又跑回餐厅。他看到普罗南特斯拿着酒壶站在那里，就把加图的剑塞给管家。“拿着，藏起来！”他说道，“快！快！”

普罗南特斯刚走开，加图就拿着书卷走进来。他把书卷扔在中间的躺椅上，然后转身望着中庭的方向。“天快黑了，我要把通行暗号告诉门口的卫兵，”他说着就跑开了，还大声嚷嚷着让人给他拿一个防水斗篷，因为马上就要下雨了。

暴风雨正在逼近，闪电在餐厅中掠过一道道蓝白色的光影，因为屋里还没有点灯。普罗南特斯拿着一根蜡烛过来了。

“剑藏好了？”小加图问。

“是的，主人绝对不会找到，放心吧。”

“噢，斯塔提卢斯，他不能这么做！我们不能让他这么做！”

“我们不会让他这么做。你的剑也要藏起来。”

过了一会儿，加图回来了，他把淋湿的斗篷扔在角落里，从躺椅上拿起《斐多篇》。然后加图走到斯塔提卢斯身边,拥抱他并亲吻了他的脸颊。

然后就轮到小加图。父亲的双臂抱着他，那两片干燥的嘴唇贴在他脸上，这种感觉是多么陌生。小加图只记得，他曾经哭嚎着扑进身穿粗布衣的波尔基娅怀里。那一天，父亲把他们姐弟叫到书房里，说他已经跟他们的母亲离婚，因为他们的母亲跟恺撒通奸，所以他们再也不能见到母亲，就连见一眼也不行，甚至连告别也不行。小加图因为妈妈而哭得伤心欲绝，当时父亲告诉他要表现得像个男子汉。因为这种微不足道的理由而失去男子汉的风度是个错误。在他的记忆中只有一个严厉的父亲，这个父亲把自己严苛的道德标准强加给所有的身边人。但是，但是，身为加图的儿子，他是多么自豪！所以他现在又失去了男子汉的风度，开始痛哭。

“父亲，求求你，不要这样！”

“不要怎样？”加图问，惊讶地瞪大双眼，“不要回到自己房间去读《斐多篇》？”

“不是这个，”小加图哀声道，“不是这个。”

灵魂，灵魂，希腊人认为灵魂是雌性的。说得真对，听着外面的暴风雨，大自然也在他内心里、头脑里、身体里激起一阵阵暴风雨。但是，我们连自己的内心、头脑和身体都搞不清楚，又怎么可能知道灵魂是怎么回事。灵魂是否纯净？灵魂是否永恒？我必须彻底证明，不能有一丝怀疑的阴影！

屋里点着好几盏灯，加图坐在椅子上，双手打开书卷，慢慢地读着那些希腊文。对加图来说，阅读希腊文要比拉丁文更容易一些，不过他自己也不知道为什么会这样。苏格拉底总是通过提问来教导，此时加图刚好看到苏格拉底对西米亚斯提出的一个著名问题。

> “我们相信死亡吗？”
>
> “是的。”西米亚斯说。
>
> “死亡是灵魂和肉体的分离。这种分离的最终结局就是死亡。”

是的，是的，是的，肯定是这样的！我不只是一具肉体，我身上还有灵魂的白色火焰，在我死去时，我的灵魂就自由了。苏格拉底，苏格拉底，让我更加确定！他给我力量和指引，让我去做我必须做的事！

> “想要享受纯粹的知识，我们就必须摆脱自己的肉体……灵魂拥

有神的形象，是永恒的，充满智慧、和谐统一、不可改变。灵魂是不可改变的。而身体只是拥有人类的形象。身体不是永恒的。身体没有智慧，拥有许多模样，而且会衰败改变。你能不能否认这一点？”

“不能。”

“所以，如果我说的是正确的，那么身体就一定会衰败，而灵魂永远都不会衰败。”

是的，是的，苏格拉底是正确的，灵魂是永恒的！我的肉体死亡时，灵魂并不会消失。

加图感到莫大的舒解，他把书卷放在大腿上，举目看着墙壁想要找到他的剑。一开始，他以为自己因为不胜酒力而视线模糊，然后他那充满幻影的眼睛终于确定了一个事实：他的剑不见了。他把书卷放到旁边的桌子上，然后站起来用棒槌敲响一面铜锣。这个声音在黑暗中弥漫开去，在闪电和雷鸣的映衬下显得特别惊心动魄。

一个仆人过来了。

“普罗南特斯在哪儿？”加图问。

“暴风雨来了，主人，暴风雨来了。他的孩子在哭闹。”

“我的剑不见了。马上把我的剑拿过来。”

那个仆人鞠躬离开。过了一会儿，加图又敲响铜锣。“我的剑不见了。马上把剑拿过来。”

这一次，那个仆人看起来很害怕，他点点头跑开了。

加图拿起《斐多篇》，继续把这个篇章读完。但是他的吩咐迟迟没有回应。于是他第三次敲响铜锣。

“主人，什么事？”

“让所有仆人都到中庭集合，包括普罗南特斯。”

加图在那里见到仆人们，他怒气冲冲地看着管家。“普罗南特斯，我的剑到哪里去了？”

“主人，我们找了又找，但是没有找到。”

加图冲过去对着普罗南特斯一下猛击，他的动作实在太快，所以没有人来得及看清，只听到咔嚓一声！加图的拳头打中了管家的下巴。管家倒在地上一动不动，但是没有一个仆人敢过去帮忙。他们只是站在那里浑身发抖，傻愣愣地盯着加图。

小加图和斯塔提卢斯冲了过来。

“父亲，求求你，求求你！”小加图开始哭泣，伸出双臂抱住他父亲。

加图像躲瘟神一样甩开他。“马尔库斯，难道我是个疯子？你竟敢拿走我对抗恺撒的武器。你以为我是个软骨头，竟敢把我的剑偷走？我不需要用这把剑来结束自己的生命，如果这就是你担心的事情。结束自己的生命是很简单的事情。我只要屏住呼吸，或者用头撞墙就行。我的剑是我的武器！把剑给我！”

小加图抽泣着跑开了。四个仆人抬起不省人事的普罗南特斯，把他带走了。只剩下两个最低等的仆人留在那儿。

“把剑给我。”加图对着这两人说。

暴雨已经变成温和的低语，风暴也已经回到海面上。加图听到自己的剑回来了。一个蹒跚学步的孩子拿着剑，双手握着用象牙雕刻成雄鹰的剑柄。他费力地拖着这把剑，剑头在地上划过，发出刺耳的声音。加图弯腰拿起这把剑，他试了试，发现剑头和剑锋还是很锋利。

“我又是我自己了。”加图说着又回到他的房间。

现在他可以再读读《斐多篇》，好好地弄个明白。苏格拉底，帮帮我！让我知道，我根本就无须恐惧！

“那些热爱知识的人都知道，他们的灵魂只是用胶水和别针稍微固定在肉体上。但是那些不热爱知识的人根本就不知道，每次快乐和疼痛就像把灵魂和肉体固定在一起的钉子，于是灵魂和肉体混在一起，以为一切真相都来自肉体……是否存在生命的反面？”

“是的。”

“那是什么？”

“死亡。”

“我们如何形容不死的事物。”

“不朽。”

“灵魂会死吗？”

“不会。”

“那么灵魂就是不朽的？”

“是的。”

“肉体死亡时，灵魂并不会死去，因为死亡并不是灵魂的一部分。”这就是真理中的真理。加图卷起《斐多篇》，系上带子，亲了亲，把书卷放在床上，然后就安然入眠，暴风雨也渐渐平息。

他在半夜时突然醒来，因为他的右手一阵剧痛。他郁闷地盯着自己的右手，然后敲响铜锣。

“去把克里安西斯医生请过来，”他对仆人说，“让布塔斯到这里见我。”

他的代理人出现的速度快得出奇，加图冷冷地盯着布塔斯，意识到乌提卡至少有三分之一的人都知道他坚持拿回自己刀剑的事。“布塔斯，到码头去，确保那些准备登船的人一切正常。”

布塔斯离开了，他在屋外停下来，对着斯塔提卢斯低声说：“他不可能自杀。因为他对现在的局势还非常关心。你有点大惊小怪了。”

于是整个屋子里的人都高兴起来，斯塔提卢斯本来想让昆图斯·格拉提狄乌斯尽快赶过来，此时也改变了主意。如果他让一个百夫长过来劝说加图，那加图肯定不会感谢他！

医生克里安西斯来了。加图伸出自己的右手。“我把这只手弄断了，”他说道，“把它用夹板固定好，这样我才能使用这只手。”

克里安西斯埋头苦干时，布塔斯回来跟加图说，刚才的暴风雨对那些船只造成很大影响，现在很多准备登船的人都不知所措。

“哦，真可怜！”加图说，“布塔斯，你天亮时再过来，告诉我更多情况。”

克里安西斯轻轻地咳了一下。“我已经尽力而为了，不过我可以在你的房子里多待一会儿吗？我听说管家普罗南特斯还昏迷不醒。”

“噢，他！他的下巴像他的名字那样吗？简直就像一块石头。他把我的手都弄断了，真是个讨人厌的家伙。好吧，你去看看他。”

天亮时加图已经醒了，布塔斯报告说码头上的情况已经稳定下来。然后布塔斯准备离开，加图又在床上躺下来。

“布塔斯，把门关上。”加图说。

门一关上，加图就拿出他藏在小床上的剑，他准备采用经典姿势，把剑从腹腔向上刺入胸骨左边的心脏。但是他那只骨折的手不肯配合，就算他把绑在上面的木板扯下来也无济于事。最后他只能把剑尽可能高地插入自己腹部，然后左右拉扯着扩大腹部的伤口。他一边呻吟一边对自己下狠手，铁了心要赢得胜利，要让他那纯洁无瑕的灵魂得到自由。但是他的身体却突然背叛了他的意志，一阵猛烈的抽搐让他从床上摔下来，并且撞飞一个算盘砸到那个铜锣，发出哐啷一声巨响。

屋里的人从四面八方跑过来，加图的儿子跑在最前面。他发现父亲倒在地上的血泊之中，热气腾腾的内脏已经跑到外面。那双灰色的眼睛瞪得很大，好像已经看不清东西了。

小加图歇斯底里地哭嚎，而斯塔提卢斯因为太过震惊而流不出眼泪。他看到加图的眼睛眨了一下。“他还活着！他还活着！克里安西斯，他还活着！”

那个医生已经跪在加图身边，他抬起头瞪了斯塔提卢斯一眼。“过来帮我，你这个白痴！”他咆哮道。

他们一起把加图的内脏放回腹腔，克里安西斯又推又挤，让那些内脏回归原位，直到他能轻松地拉起伤口两边的皮肉。然后他拿出曲形针和干净的麻线，把那个可怕的伤口严密地缝起来，就这样密密麻麻地缝了几十针。

“他很强壮，所以他可能会活下来，”他一边说，一边站起来检查自己的手艺，“这主要取决于他流了多少血。我们要感谢阿斯科勒匹奥斯[①]，

---

① 阿斯科勒匹奥斯（Asklepios）是希腊神话中的医神。——译者注

幸好他已经失去意识。”

加图在平静的昏迷中进入一阵可怕的剧痛。尖锐的疼痛阵阵涌来，但是他没有尖叫或呻吟。他睁开双眼看到许多人围在他身边，他的儿子脸上涕泪纵横，斯塔里卢斯在呜咽哭泣，克里安西斯在一个水盆里洗了手，还有一大群奴隶，还有一个哇哇大哭的孩子和一些嚎啕大哭的女人。

“马尔库斯·加图，你会活下来！”克里安西斯得意地大叫，“我们把你救下来了！”

加图眼中的疑云消失了。他的目光向下望去，看到自己身上盖着一条沾满鲜血的毛巾。他的左手动了动，拉开那条毛巾，看到肚子上那个巨大的伤口现在已经整整齐齐地缝起来了。

“我的灵魂！”他高声尖叫，浑身发抖。然后他调动起自己的每一分战斗力，双手伸到已经缝合的伤口，疯狂地撕扯着自己的皮肉。伤口再次裂开，然后他开始把自己的内脏拖出来，恶狠狠地扔出去。

没有人上前阻止他。大家都惊呆了。他的儿子、朋友和医生看着他把自己一片片地撕碎，他的嘴巴无声地张开着。突然他猛地一阵抽搐。那双仍然张开的灰色眼睛预示着死亡，黑色的瞳孔逐渐扩散，最后显出一种淡淡的金色光芒。这是死亡的最终信号。加图的灵魂飞走了。

第二天，乌提卡的市民为加图举行火葬。他们准备了一个巨大的火葬堆，其中有乳香、没药、甘松、肉桂和耶利哥香膏，加图的尸体也被穿上泰尔紫绣金线的华服。

他肯定不会喜欢这些东西，因为马尔库斯·波尔基乌斯·加图是一切奢侈品的敌人。

虽然他准备自杀的时间很短，但他还是尽可能把身后事安排好了。他写了书信给他可怜的儿子，给斯塔提卢斯，给恺撒，还有一些钱给昆图斯·格拉提狄乌斯和普罗南特斯（这个管家仍然不省人事）。但是他没有给自己的妻子马尔基娅留下只言片语。

恺撒骑着“大脚丫”进入大广场，他那猩红色的斗篷披挂在漂亮的栗色马背上。骨灰已经收敛好了，但是那冒着香气的黑色火葬堆还在那里，边上围着一大群默默观看的市民。

“这是什么？”恺撒问，他感觉鸡皮疙瘩都冒出来了。

“马尔库斯·波尔基乌斯·加图·乌提森西斯的火葬堆！”斯塔提卢斯高声回答。

恺撒那双冰冷的眼眸看起来十分怪异，简直不像是人类的眼睛。他面不改色地滑下马，他的斗篷垂落下来显得很优雅。在乌提卡面前，他显出了一个征服者的全部气势。

“他的房子在哪儿？”恺撒对着斯塔提卢斯问。斯塔提卢斯转身带路。

“他的儿子在吗？”恺撒问，卡尔维努斯跟在他身后进入房子。

“是的，恺撒，但是他因为父亲的去世而伤心欲绝。”

“肯定是自杀了。告诉我，到底是怎么回事。”

“这还有什么好说的？”斯塔提卢斯说着耸耸肩膀，“恺撒，你很清楚马尔库斯·加图是什么人。他绝对不会向任何暴君屈服，即便那个暴君表现得很仁慈。”他在自己的黑色托侃中掏出一小卷纸，“这是他留给你的。”

恺撒接过来，检查了上面的封印，封印图案是一顶自由之帽，四周刻着加图的名字。这个图案并不能让人看出他跟所谓的暴君进行抗争，反而让人想起他的曾祖母是一个奴隶的女儿。

> 我不愿把自己的生命交给一个暴君。这个暴君随意饶恕别人性命，违反了法律规定，仿佛法律赋予他凌驾一切的权力。但是法律并没有赋予他这样的权力。

卡尔维努斯很想看看这封信，但他觉得自己肯定没有机会一窥究竟。恺撒收紧他那强壮有力的手指，把那封信揉成一团，然后扔到一边。他低头看着自己的手指，仿佛这些手指是一个陌生人的，接着他深吸一口气，既没有喜悦也没有愤怒。

“加图，我不愿看到你去死，就像你不愿在我面前活着。”恺撒哑声道。

小加图在两个仆人的搀扶下慢慢走出来。

“你就不能劝你父亲等一等，至少等到跟我见面谈谈？”

“恺撒，你比我更清楚我父亲的为人，”小加图说，“他的死亡很艰难，就像他的人生一样。”

“现在你父亲已经死了，你打算怎么办？你知道，他的财产都被没收了。”

“请求你的宽恕，然后想办法活下去。我不像我父亲那样。”

“你得到宽恕了，他本来也会得到宽恕。”

“恺撒，我可以请求你一件事吗？”

“当然可以。”

“斯塔提卢斯能不能跟我一起回到意大利？我父亲给他留了一些钱，让他去投奔马尔库斯·布鲁图斯，布鲁图斯会收留他的。”

“马尔库斯·布鲁图斯在山内高卢，斯塔提卢斯可以到那里找他。”

这件事就到此为止。恺撒转身离开，卡尔维努斯捡起那团纸后也紧跟着离开。这是一份珍贵的档案。

在屋外，恺撒已经甩开那些情绪，仿佛这一切从未发生。“好吧，我对加图还能有什么期待呢，”他对卡尔维努斯说，“他一直是我的死敌，一直对我进行攻击。”

“恺撒，他就是个彻头彻尾的狂热分子。我怀疑，他从出生的那一天就是如此。他从来都不明白生活和哲学的区别。”

恺撒哈哈大笑。“区别？不，我亲爱的卡尔维努斯，不是区别。加图从来都不理解生活。对于那些他无法理解的东西，哲学就是他的武器。哲学是他的行为指南。他选择斯多葛派的哲学，这正好符合他的性格：通过让自己受苦来获得净化。”

“可怜的马尔基娅！这真是残酷的打击！”

“爱上加图就是残酷的打击，因为加图拒绝被爱。”

## 第 3 节

在那些共和派的高层中，只有提图斯·拉比恩努斯，庞培兄弟和总督阿提乌斯·瓦鲁斯到达西班牙。

普布利乌斯·西提乌斯又回去为毛里塔尼亚的波库斯和波古德国王服务。他一接到恺撒在塔普苏斯赢得胜利的消息，就派出他最信任的船队在海上追击，而他自己则从陆路入侵努米底亚。

梅特卢斯·西庇阿和卢基乌斯·曼利乌斯·托尔夸图斯带领一支船队沿着非洲海岸航行，格涅乌斯和赛克斯图斯·庞培带领着原本属于格涅乌斯的船队穿越海洋到巴勒阿里克岛补充物资，拉比恩努斯跟着他们一起航行，因为他不信任梅特卢斯·西庇阿的判断，而且很讨厌梅特卢斯·西庇阿这个人。

普布利乌斯·西提乌斯的船队跟沿着非洲海岸航行的船队相遇，然后就发动了极为猛烈的攻击，结果梅特卢斯·西庇阿和托尔夸图斯都被俘虏了。这两人像加图一样，宁愿选择自杀，也不愿乞求恺撒的宽恕。

努米底亚的轻骑兵部队一片混乱，根本就不能抵抗西提乌斯的入侵。西提乌斯把他们打了个落花流水，长驱直入地穿过朱巴的王国。

马尔库斯·佩特瑞伊乌斯和朱巴国王跑到首府锡尔塔[①]，但却发现锡尔塔的城门紧锁，因为这座城里的人害怕让他们进城会招致恺撒的怨恨。于是这两人在朱巴距离锡尔塔不远处的一座别墅住下来，他们商量好要跟恺撒来一场殊死搏斗，因为这是仅剩的选择中最体面的。这一切的结局都在意料之中，朱巴比佩特瑞伊乌斯更年轻力壮，而佩特瑞伊乌斯曾经在庞培·马格努斯手下服务，已经是两鬓斑白的老人了。佩特瑞伊乌斯在决斗中死去，朱巴决定挥剑自裁，但却发现自己的手臂太短了。于是他让一个奴隶拿着自己的长剑，然后他就朝着剑锋猛冲过去。

最令人伤感的是卢基乌斯·恺撒的儿子，他被抓住之后又被放了，

① 锡尔塔（Cirta）即现代阿尔及利亚东北部城市君士坦丁。——译者注

然后就住在乌提卡郊外的一座别墅中，等待恺撒抽出空来处理他的问题。这座别墅里有一群恺撒的奴仆，还有几个大笼子关着一些猛兽，这些动物是在梅特卢斯·西庇阿扔下的东西中发现的。恺撒准备用这些猛兽来举行一个庆典，以此纪念他那已故的女儿尤利娅。因为尤利娅去世时，元老院在加图和阿赫诺巴布斯的操纵下禁止了尤利娅的葬礼庆典。

小卢基乌斯·恺撒是恺撒家族中唯一一个站在共和派那边的，也许萦绕在他身上的那种偏执多疑已经深入骨髓，或者说他身上一直存在某种根深蒂固的神经质。总之，小卢基乌斯·恺撒很快就遇到一群共和派的士兵，并且和他们一起控制了这座别墅，然后就把恺撒的仆人都折磨致死。后来那些士兵迅速撤离，但是小卢基乌斯·恺撒却没有离开那里。一个军团指挥官奉命去看看他的情况，结果惊恐地发现他浑身鲜血地在那座别墅里游荡，嘴巴里在不停地喃喃自语，就像埃阿斯[1]在特洛伊陷落之后那样，他似乎把那些猛兽当成了自己的敌人。

恺撒决定让他接受审判，因为他身为恺撒堂兄的独子应该得到公开处理。恺撒相信，军事法庭肯定会看出小卢基乌斯·恺撒已经神经错乱。在接受审判之前，小卢基乌斯·恺撒就被锁在那座别墅里，还有一群卫兵看着他。

噢，结果就像普布利乌斯·维提乌斯那样！一些士兵准备给小卢基乌斯·恺撒戴上锁链，把他送到乌提卡的军事法庭，但却发现他已经死了。不过他并非死于自己之手。到底是谁悄悄潜入把他杀死，这确实是个不解之谜，但就连恺撒手下最卑微的人也从未怀疑恺撒跟这件事有关系。有很多关于独裁官恺撒的谣言，但是从来没有人把这件事推到他身上。恺撒以大祭司长的身份主持了葬礼，然后就把骨灰送回给卢基乌斯·恺撒，一并带去的还有他认为在卢基乌斯·恺撒承受范围之内的相关说明。

---

① 埃阿斯（Ajax）是特洛伊战争中希腊联军的主将之一。他因为奥德修斯抢走自己的功劳而想去把奥德修斯砍成碎片，准备谋划夜袭希腊军，杀死自己的战友。但奥德修斯的保护神雅典娜使埃阿斯发狂，女神蒙蔽了他的双眼，使他把羊群当作希腊军一通砍杀。他清醒过后深感羞耻，于是拔剑自刎。——译者注

乌提卡也得到宽恕，但是恺撒提醒那三百人，十三年前他第一次担任执政官时曾经通过一道尤利乌斯法令，这道法令给乌提卡带来了许多好处。

“罚款的数额是两千万塞斯特尔提乌斯，每六个月缴纳一次，总共三年完成。这些钱不是交给我，而是直接交给罗马国库。”

这是一笔巨额罚款！总共是八千塔兰特银子。因为乌提卡无法否认他们给共和派提供帮助，并且满心崇拜、甘心乐意地接纳了加图，这是恺撒最顽固的敌人，所以这三百人只好乖乖地接受了自己的命运。既然这笔钱是直接交给罗马国库，那他们还能说什么呢？这个暴君并没有为自己谋利。

在巴格拉达斯河谷和卡塔达河谷拥有粮食种植园的共和派也受到惩罚，恺撒迅速拍卖了他们的财产，确保以后在非洲行省大规模种植小麦的人都是自己的食客。他认为这个措施对罗马来说至关重要，谁知道以后还会发生什么事呢？

他从非洲行省前往努米底亚，然后在彻底解散这个王国之前把朱巴的个人财产都拍卖了。努米底亚的东部领土是最肥沃的，这部分土地都并入非洲行省，称为新非洲。普布利乌斯·西提乌斯得到了新非洲西部边境的一块沃土，不过拥有这块土地的条件是他必须忠于恺撒和恺撒的继承人。波古德和波库斯得到了努米底亚的西部领土，至于这片土地要如何分配，恺撒就留给这两个国王自己去解决了。

在五月的最后一天，恺撒离开非洲前往撒丁尼亚，留下盖乌斯·撒路斯提乌斯·克里斯普斯去管理罗马的行省。

这段一百五十里的航程用了二十七天，海上狂风巨浪，恺撒的船只漏水了，不得不在经过的每个小岛停靠，狂风把船只吹得东西乱晃。恺撒为此感到相当烦恼，这倒不是因为他会晕船，而是因为船只激烈晃动影响了他的读书和写作，甚至让他无法安静思考。

船只终于进港。因为撒丁尼亚支持共和派，所以恺撒把当地的税赋从十分之一提高到八分之一，还对苏尔其斯城额外征收了一千万塞斯特尔提乌斯，作为当地人积极支持共和派的罚金。

七月二日，恺撒准备起航前往奥斯提亚或普特奥利，具体前往哪个港口要根据天气和风向才能决定。但这时又开始狂风大作，好像他在前往撒丁尼亚途中遇到的狂风又随之而至。恺撒看着卡拉里斯港口，终于听从了船长的请求，决定暂且不起航。狂风整整刮了三个市集日的间隔，不过恺撒待在陆地上总算能好好读书写字了，他还有堆积如山的书信要回复。

等到恺撒总算起航前往奥斯提亚时，他才终于有时间用来思考了。因为风从东南边吹来，所以他的目的就定在台伯河口的奥斯提亚。

战争会继续下去，除非盖乌斯·特里波尼乌斯能在远西班牙抓住拉比恩努斯和庞培兄弟，不让他们有时间去重新组织抵抗。没有比特里波尼乌斯更好的人选了，但可惜的是当他到达远西班牙时，他发现因为昆图斯·卡西乌斯之前的大肆搜刮，当地人现在都不愿跟他合作。恺撒心想，这就是问题所在。你不能所有事情都亲力亲为,对于每一个特里波尼乌斯，都有一个昆图斯·卡西乌斯来跟他作对。对于每一个卡尔维努斯，都有一个安东尼乌斯来跟他作对。

西班牙的局势只能交在诸神手中，现在浪费时间去为西班牙担忧实在毫无意义。还不如多想想，到目前为止恺撒都战无不胜，在法萨卢斯战役之后，非洲战役又一次让恺撒在世人面前大展雄风。多少人死去！多少天赋和才能在战场上白白浪费。

关于《斐多篇》，到底是怎么回事？这需要时间让斯塔提卢斯慢慢说出来，但如果恺撒完全弄清了加图自杀的内情，那他很可能会打破之前的承诺，不许斯塔提卢斯去投奔布鲁图斯。噢，知道加图不过是个外强中干的家伙，这真是大快人心！在即将死亡的时刻，他充满了恐惧和忐忑。他通过阅读《斐多篇》，确信自己会永生不死。真有意思。《斐多篇》是最优美、最有诗意的希腊语经典，但是那个写出这部作品的人却透过另外一个人来说话。而且无论是作者还是苏格拉底这个大哲学家，都缺乏逻辑、推理和常识。《斐多篇》《斐德罗篇》和其他篇章都充满诡辩，有时是甚至是彻头彻尾的欺骗，犯了那种惯常的哲学错误：他们得出的结论源于自己的喜好，而不是源于事实。至于斯多葛派，还有什么哲学比这更狭隘，还有什么精神模式比这更能培养出极端的偏执狂？

加图如果不先确信自己死后还会永生，那他根本就无法结束自己的生命，这一点就是最好的证明。这让恺撒深感安慰，因为他根本就不渴望死后的永生。死亡就是长久的睡眠，除此之外还能是什么呢？一个人所能拥有的永生，只能通过一代代人的记忆和故事来传承。这是恺撒必将拥有的殊荣，但是恺撒会竭尽全力让加图无法享有这种殊荣。如果没有加图，就没有这场内战。正因为这一点，我永远都不能原谅他。正因为这一点，恺撒不能原谅加图。

啊，但是在加图死去之后，恺撒的生命变得更加寂寞了。比布路斯、阿赫诺巴布斯、伦图卢斯·克鲁斯、伦图卢斯·斯宾特尔、阿弗拉尼乌斯、佩特瑞伊乌斯、庞培·马格努斯、库里奥都死了。罗马已经变成一个寡妇之城，而恺撒再也没有什么真正的对手。如果没有任何反对，那恺撒又有什么动力继续前进呢？当然，这种反对，永远都不应该来自恺撒手下的军队。

恺撒的军团，第九、第十、第十二和第十四军团，他们的军旗上都挂满勋章，他们得到的战利品，足以让士兵获得第三等级的身份，足以让百夫长获得第二等级的身份。但是他们却发动了叛乱。为什么？因为他们无所事事，缺乏监督，还有像阿维努斯这样的人从中挑唆。因为有些人让他们以为，他们可以决定是否为自己的统帅服务。他们的叛乱不可原谅。但更重要的是，恺撒不会忘记他们的叛乱。对于那些发动叛乱的军团，任何人都不能再踏上意大利的土地，也不能在恺撒的凯旋式之后得到全部份额的战利品。

恺撒等着举行凯旋式已经十四年了，他以大法官的身份从远西班牙回来时就应该举行凯旋式，但却白白失去了这次机会。元老院迫使他越过神圣边界，进入罗马城去亲自参加执政官的竞选，于是他失去了他的至高统帅权和凯旋式。但是他会在今年举行凯旋式，而且他的凯旋式会让苏拉和庞培·马格努斯的凯旋式都相形失色。今年，今年。今年会有时间，因为恺撒会在今年修正日历，让季节和月份保持一致，让每年有三百六十五天，并且每四年就额外增加一天，让二者保持完美的一致。就算恺撒只为罗马做了这件事，他的名字也会在他死后一直活在人们心中。

这就是所谓的永生。噢，加图，你渴望永生的灵魂，但却害怕死亡！死亡有什么可怕的呢？

船只在摇晃震动，风向在改变，逐渐转向东南方。他几乎可以闻到尼罗河的气息，经过河水浸泡的黑色土壤散发出一种甜蜜而又略带腐臭的气味，陌生的花园里开着陌生的鲜花，还有克娄巴特拉身上的幽香。

克娄巴特拉。恺撒确实很想念她，尽管他以为自己并没有想念。那个小家伙是什么样子呢？她在信里说，小家伙长得像恺撒，但是恺撒看到这个孩子应该不会太激动。这是恺撒的儿子,但这个儿子并不是罗马人。无论恺撒的生命将去往哪里，他现在都是时候立下遗嘱了。但是在一个未经考验的十六岁少年，还有一个三十七岁的男人之间，他应该如何选择呢？但愿时间能帮助他做出选择。

元老院投票授予恺撒为期十年的独裁官职位，以及为期三年的监察官权力，还有在官员竞选中推荐他属意之人的权力。在离开非洲之前，收到这封信真是一件好事。

一个声音在低语：盖乌斯·尤利乌斯·恺撒，你要到哪里去？为什么这看起来没有多大关系？这是因为你已经做了自己想做的所有事吗？尽管这些事情并没有像你渴望的那样，以完全符合法律的方式去完成。事已至此，就没必要叹息痛恨了。既成事实无法扭转，就算用一百万顶镶着大块宝石和大颗珍珠的金冠也无法交换。

但是没有对手，就连胜利也显得那么空虚。没有对手，恺撒还怎么发光发亮呢？

胜利的毒刺，就是战场上只剩你独自活着。

# 第六章
# 劳而无功
# （从公元前46年8月至12月底）

## 第 1 节

公共圣所的外观变得越来越漂亮。圣所的底层用凝灰岩块砌成，还有一些老式的长方形窗户。在阿赫诺巴布斯担任大祭司长时，他给公共圣所增加了一个用不规则石块砌成的顶层，这个顶层的外墙贴了砖块，还有一些拱形的窗户。在恺撒担任大祭司长时，他在公共圣所的大门上增加了一个神庙式的山形门楣，还在这座丑陋的建筑外部贴上统一的抛光大理石。公共圣所里面也保持得相当精致，因为恺撒这位已经在任十七年的大祭司长绝不容许任何疏忽。

恺撒终于从撒丁尼亚回来了。他心想，现在要开始接待客人，要建议卡尔普尔尼娅在十一月的良善女神[①]节庆举办宴席。如果独裁官恺撒必须在罗马待上几个月的时间，那丁脆就热热闹闹地操办一番。

恺撒自己的居室在底层，包括一个卧室和一个书房，还有他母亲以

① 良善女神（Bona Dea）是古罗马的土地和丰产女神，专受妇女崇拜。——译者注

前居住的房间，还有他的首席秘书盖乌斯·法贝里乌斯使用的两个办公室。法贝里乌斯见到恺撒时表现得有点惊喜过度，而且他跟恺撒也没有任何目光接触。

“我没有带你一起去非洲，这是不是让你觉得挺难受？法贝里乌斯，我是想让你休息一下，不要四处奔波。”恺撒说。

法贝里乌斯跳了起来，使劲地摇着脑袋：“不，恺撒，我当然没有觉得难受！你不在的这段时间，我完成了很多工作，而且还能照顾家里的事。”

“你的家人怎么样？”

“他们很高兴搬到阿芬丁山。奥比乌斯坡道那边真是每况愈下。”

“奥比乌斯山的那条下坡路？每况愈下，这么形容真是妙极了。”恺撒说，然后就结束了谈话。不过他在心里默默留意，要找出这个为他服务了最长时间的秘书究竟有什么忧虑。

恺撒进入他妻子在楼上的居室，但是他一走进去就恨不得自己根本就没有进门，因为卡尔普尔尼娅正在招待客人，而这两个客人分别是加图的遗孀马尔基娅和加图的女儿波尔基娅。为什么女人会这样选择朋友呢？但是，现在要退出去已经太迟了。最好是硬着头皮顶下去。恺撒注意到，卡尔普尔尼娅变得越来越美丽。她在十八岁时是个可爱的姑娘，羞涩又安静，而且恺撒非常清楚，在自己离开期间她的表现确实无可挑剔。现在她快要三十岁了，她的身材变得更丰满，她的神态变得更安详，而且她还梳了一个非常漂亮的新发型。他的出现一点都没有扰乱她的镇静，尽管让恺撒碰到她跟这两个女人见面确实让她有点懊恼。

“恺撒。”她说着站起来，走过去给了他轻轻一吻。

“这是我送给你的那只猫吗？”他问道，指着躺椅上那只圆球一样的橘猫。

“是的，这是菲利克斯。它年纪大了，但它的身体还很好。”

恺撒走上前去，握了握马尔基娅的手，又向波尔基娅露出一个友善的微笑。“女士们，这真是一次令人伤感的会面。我会竭尽全力，让我们再次见面时更愉快一些。”

“我知道，”马尔基娅说着眨眨眼睛，压下自己的泪水，“他，他去世之前还好吗？”

“很好，而且在乌提卡备受爱戴。当地人实在太喜欢他，甚至还给了他乌提森西斯这个新的绰号。他很勇敢。”恺撒说着，丝毫没有要坐下来的意思。

“他当然很勇敢！他是加图！”波尔基娅的大嗓门就像她父亲一样刺耳。她跟加图多么像！可惜她是女儿，而小加图却是儿子。她宁可逃到西班牙或慷慨赴死，也绝对不会乞求恺撒的宽恕。

“你跟菲利普斯住在一起吗？”恺撒问马尔基娅。

“暂时如此，”她说着一声叹息，“他希望我再嫁，但是我不愿意。”

“如果你不愿意，那你就不必。我会跟他说说。”

“噢，是的，拜托你了！”波尔基娅大叫道，“你是罗马的国王，不管你说什么别人都要照办！”

“不，我不是罗马的国王，我也不想成为罗马的国王，”恺撒平静地说，“波尔基娅，我没有恶意。你现在怎么样？”

“因为马尔库斯·布鲁图斯买下了比布路斯的所有财产，所以我现在跟比布路斯的小儿子一起住在他的房子里。”

“我很高兴布鲁图斯这么慷慨。”恺撒看着另外几只猫，找到了借机逃跑的借口，“卡尔普尔尼娅，你很幸运。可是这些猫，它们让我眼睛流泪，皮肤发痒。告辞了，女士们。”

然后恺撒就赶紧开溜。

法贝里乌斯把恺撒的重要信函都放在他的书桌上，他皱着眉头发现了一份日期为五月的书信，上面是瓦提亚·伊绍里库斯的封印。在打开这封信之前，恺撒就知道这肯定是什么坏消息。

恺撒，叙利亚现在没有总督。你的堂侄赛克斯图斯·尤利乌斯·恺撒已经去世。

你去年经过安条克时，有没有遇到一个人叫做昆图斯·凯基利乌斯·巴苏斯？你也许没有遇到这个人，所以我最好解释一下他是谁。他是一个罗马的高级骑士，曾经为庞培·马格努斯在东方战场效力，后来就住在泰尔并从事紫色染料的生意。他的米底亚语和波斯语都说得很流利，现在还经常吹牛说他在帕提亚国王的宫廷中有一些朋友。当然，他非常富裕，不过他的收入并非全都来自泰尔紫。

你对安条克和腓尼基海岸那些支持共和派的城市处以巨额罚款，这让巴苏斯受到很大影响。他去到安条克，在驻守叙利亚的军团中找到一些担任军团指挥官的老朋友，这些人全都曾经为庞培·马格努斯效力。紧接着，总督赛克斯图斯·恺撒就被告知，你已经在非洲行省去世了。驻守叙利亚的军团开始躁动不安，于是赛克斯图斯·恺撒召集了一个军事会议，准备安抚这个军团。但是那些军人把他谋杀了，并且推举巴苏斯为他们的新统帅。

然后巴苏斯就宣称他自己是叙利亚的新总督，于是你在叙利亚北部的食客和追随者全都立刻逃到西里西亚。当时我刚好到塔尔苏斯去看望昆图斯·菲利普斯，所以才能够迅速采取行动，我送了一封信到罗马给马尔库斯·勒皮杜斯，请求他尽快给叙利亚派遣一位总督。按照他的回复，他派遣了昆图斯·科尔尼菲基乌斯，科尔尼菲基乌斯应该是个好人选，因为他去年在伊利里库姆和瓦提尼乌斯打了漂亮的一仗。

但是巴苏斯准备顽抗到底。他带兵去到安条克，但是安条克城门紧闭，不让他进去。于是我们这位经营紫色染料生意的朋友只好沿着大路而下去到阿帕梅亚，因为阿帕梅亚曾经在生意上得到巴苏斯的许多好处，所以这座城市宣布支持巴苏斯。巴苏斯进了城并在那里住下来，还宣称阿帕梅亚是叙利亚的首府。

恺撒，巴苏斯干了许多坏事，而且他肯定是跟帕提亚人勾结在一起。他已经跟斯科尼特－阿拉伯的新国王结盟，这个国王叫做阿尔查多尼乌斯。在马尔库斯·克拉苏进入帕提亚的属地卡雷时，这个阿拉伯人曾经跟阿布加鲁斯一起给克拉苏带路。现在阿尔查多尼乌斯和巴苏斯正忙着为叙利亚招募一支新的军队。我猜测，帕提亚人可能会入侵，而巴苏斯的叙利亚军队会和他们一起对罗马的西里西亚和亚细亚行省发动进攻。

所以我和昆图斯·菲利普斯也在招募军队，而且我们还给那些附属国的国王发去警告。

叙利亚南部很平静。你的朋友安提帕特正在确保犹太人不会卷入巴苏斯的计划，而且他已经向埃及的克娄巴特拉王后请求军队、武器和物资的增援，以防帕提亚人发动入侵。耶路撒冷城墙的重建和加固可能比你预想得还重要。

帕提亚人在以弗所四处抢掠，不过斯科尼特–阿拉伯的土地倒是没有受罪。你可能以为，地中海的东边一片平静，但我怀疑罗马的任何领地都不太平。总有人垂涎欲滴地想从罗马得到某些东西。

可怜的小赛克斯图斯·恺撒，他是恺撒的伯父赛克斯图斯的孙子。恺撒家族的这个分支通常是长子，但他们并不像恺撒那么幸运。尤利乌斯·恺撒这个贵族家系的个人名有三个：赛克斯图斯、盖乌斯和卢基乌斯。如果这个家族的人有三个儿子，那么第一个就叫做赛克斯图斯，第二个叫做盖乌斯，第三个叫做卢基乌斯。恺撒的父亲是二儿子而非长子，而且是因为他父亲的姐姐嫁给了那个非常富有的新贵[①]盖乌斯·马略，他父亲才达到了进入元老院的财产要求，然后才有机会在仕途上一路高升。他父亲的妹妹嫁给了苏拉，所以恺撒可以理直气壮地说，马略和苏拉都是他的姑父。这一点在许多年里都发挥了很大威力！

他父亲的哥哥赛克斯图斯最先去世，死因是在意大利内战期间由于冬季严寒引发的肺炎。肺！恺撒突然想起，他注意到盖乌斯·奥克塔维

① 新贵（New Man）也称“新人”，是指在某一家族中首位出任高级职位，特别是执政官一职的人。——译者注

乌斯的那种体型，自己曾经在谁身上见过。赛克斯图斯伯父！他们看起来很像：同样狭小的腹部和胸部。他还没来得及问问哈德凡伊，现在他可以给这个医生提供更多信息了。赛克斯图斯伯父有呼吸疾病，所以他会每年一次到普特奥利附近的火山矿区，去吸一吸那些从熔岩和火焰中冒出来的硫磺气体。恺撒记得，他父亲说过尤利乌斯·恺撒家族时不时就有人出现呼吸疾病，这是他们的家族遗传。也许盖乌斯·奥克塔维乌斯就继承了这种家族遗传？也许这就是为什么他没有到战神原野去参加青少年的军事训练？

恺撒叫来哈德凡伊。

“哈德凡伊，特罗古斯有没有给你安排一个舒适的房间？”他问道。

“有的，恺撒。一套可以看到花园的漂亮客房。我有足够的空间来摆放我的药物和工具，而且特罗古斯还给我找了个小伙子当学徒。我喜欢这座房子，也喜欢罗马广场，这两个地方都历史悠久。”

“跟我说说呼吸疾病。”

“啊！”这个巫医说，睁大了他那双黑色的眼睛，“你是说，病人呼吸时会发出噪声？”

“是的。”

“是呼气时有声音，而不是吸气时有声音。”

恺撒试着模仿那种声音：“没错，是在呼气的时候。”

“是的，我知道这种病。如果气候平稳而干燥，而且也不是鲜花盛开或粮食收割的季节，这种病人就会过得挺好，除非受到某种感情打击。但如果空气中充满花粉和草沫灰尘，或者空气太潮湿，那这种病人就会出现呼吸问题。如果他没有离开这些让人过敏的东西，那他就会发生严重的呼吸障碍，他会剧烈咳嗽，因为不能呼吸而变得脸色青紫，有时候还会死。”

“我的赛克斯图斯伯父就有这种病，而且他也是因为这种病而死，不过他是因为极端严寒才引发了肺炎。我记得，我们的家庭医生说这种病叫做气喘。”恺撒说。

“不，这不是气喘。气喘是经常性的呼吸困难，而不是阶段性的。”哈德凡伊肯定地说。

“这种阶段性的气喘会不会遗传呢？”

“哦，会的。希腊人把这种病叫做哮喘。”

“哈德凡伊，那这种病要怎么治呢？”

“肯定不是希腊人采用的方式！他们主张放血、热敷、服用泻药、服用混合了牛膝草的蜂蜜酒，还有用白松香和松节油做成的膏药。我承认，最后两种可能有点用。但是根据我们的医学知识，哮喘的人通常情绪比较敏感，他们会把别人毫不在意的事情放在心上。我们会用吸入硫磺气体来治疗哮喘发作，但我们的主要工作是预防哮喘发作。我们会建议病人远离灰尘、花粉、稻草碎屑、动物皮毛和潮湿空气。”哈德凡伊说。

“这种病会终身存在吗？”

“恺撒，有些人会，但不是全都这样。一些孩子小时候有哮喘，长大后就好了。和睦的家庭生活和安宁的心境会有帮助。”

“谢谢你，哈德凡伊。”

恺撒对小盖乌斯·奥克塔维乌斯的一个担忧终于弄清楚了，不过要找到解决方法是相当困难的事。这个孩子不能靠近马匹或驴子。是的，赛克斯图斯伯父也是如此！参加军事训练几乎不可能，但是建立军功对于任何一个想要当上执政官的人来说都必不可少。这一点布鲁图斯倒是没问题！他的家族有权有势，而且还有家传的巨额财富，他的财富是如此惊人，以致于任何一个稍微懂点人情世故的同僚都不会提起他毫无军功。但是奥克塔维乌斯在他父亲那边却没有什么显赫的家世背景，而且他继承的也是他父亲的名字。他是通过母系继承的尤利乌斯贵族血统，他的名字并不能体现出这种背景。可怜的孩子！就算他能活下来走得比较远，那他登上执政官之位的道路也会非常艰险。

恺撒站起来踱步，心中充满失望的痛苦。看来盖乌斯·奥克塔维乌斯不太可能坚持下来成为恺撒的继承人。那又回到马尔库斯·安东尼乌斯？这可太让人讨厌了！

卢基乌斯·马尔基乌斯·菲利普斯邀请恺撒到他那位于帕拉丁山的豪宅赴宴，他在那张措辞优美的便条中写着："为了庆祝你回到罗马。"

恺撒很讨厌这样浪费时间，但是他也知道因为亲戚的关系，他确实有义务出席。恺撒和卡尔普尔尼娅在白天的第九个小时到达，发现他们是唯一的宾客。菲利普斯的餐厅能摆下六张躺椅，他通常会让这六张躺椅全部占满，但今天却不是这样。恺撒觉得有点不对劲，他小心地脱了托迦，确保那层薄薄的头发盖住自己的头皮，他特意把后面的头发留长梳到前面。然后他又让仆人拿着水盆过来给他洗脚。当然，恺撒被安排在跟菲利普斯同一张躺椅上的尊位，而小盖乌斯·奥克塔维乌斯在这张躺椅的另一边，菲利普斯位于中间。菲利普斯的长子没有出席。恺撒心想，这就是我觉得有点不对劲的原因吗？我到这里来，是不是因为菲利普斯要告诉我，他要跟妻子离婚，因为他的妻子跟他的长子通奸？不，不，当然不是！这种消息不会在宴席上宣布，而且还当着恺撒妻子的面。马尔基娅也没有出席，只有阿提娅和她的女儿奥克塔维娅，她们母女跟卡尔普尔尼娅一起坐在男人们所在躺椅对面的三把座椅上面。

卡尔普尔尼娅看起来很美丽，她穿着一件优雅的宝蓝色长袍，衣袍的颜色正好跟她眼睛的颜色互相呼应。她的袖子式样新颖，从肩膀到手臂的外侧都是敞开的，每隔一小段距离就用一颗小巧的宝石扣系起来。阿提娅选择了一件紫蓝色的衣服，这种颜色衬得她那白皙的皮肤格外美丽，她的女儿则穿着一件淡粉色的美丽衣裙。奥克塔维娅长得跟她弟弟多么相似！同样浓密的金色鬈发，同样的椭圆面孔，高高的颧骨和微微上翘的鼻尖。只有她的眼睛不太一样，她的眼眸是一种清澈的蓝绿色。

恺撒对着奥克塔维娅微微一笑，奥克塔维娅也回以微笑。这个微笑展露出她那完美的牙齿，还有右边脸颊上的酒窝。他们四目相对，恺撒惊讶地倒吸一口气。尤利娅姑姑！尤利娅姑姑那温柔恬静的心灵正看着他，让他暖到心窝里。她简直就是尤利娅姑姑再生。我会很高兴给她一瓶尤利娅姑姑的香水。这个女孩会让每个遇到她的人都心生爱意。她是一颗无价的珍珠。恺撒把目光从奥克塔维娅脸上转移到她弟弟脸上，果然看到了深切的爱意。他爱她，爱他这个姐姐。

晚餐挺符合菲利普斯的标准，其中包括了他最爱的宴席甜点。这种甜点的里面是用丝滑的黄奶油、鸡蛋和蜂蜜混合搅拌，外面是一桶雪花和盐的混合物。这些雪花是从意大利的最高峰菲斯塞鲁斯山快马加鞭送来的。两个年轻人心满意足地舀起这些快要融化的雪糕，卡尔普尔尼娅和菲利普斯也非常享受。但是恺撒和阿提娅都没有动勺。

"盖乌斯舅舅，我也不敢吃这种用鸡蛋和奶油做的东西，"阿提娅笑着说，不过她的神情有点紧张，"来，吃一些草莓吧。"

"菲利普斯总能找到那些反季节的东西，"恺撒说，对那种紧张气息感到更加好奇。他向后靠在长枕上，扬起一根眉毛有点好笑地看着菲利普斯，"卢基乌斯，你举办这次宴席肯定有什么目的，告诉我吧。"

"就像我在纸条上写的那样，这是为了庆祝你回到罗马。啊，不过，我承认这次宴席确实还有其他目的。"菲利普斯的语气就像他的雪糕一样顺滑。

恺撒斜靠着："因为我的外甥孙在八个月前就举办了他的成年礼，所以这件事肯定跟他没关系。那么这肯定是跟我的外甥孙女有关系。她是不是订婚了？"

"是的。"菲利普斯说。

"未婚夫在哪里？"

"在他位于埃特鲁里亚的土地。"

"我能问问他的名字吗？"

"小盖乌斯·克劳狄乌斯·马尔塞鲁斯。"菲利普斯故作轻松地说。

"小的那个。"恺撒说。

"肯定不是大的那个！他还在海外，还没有得到宽恕。"

"我不记得小的那个已经得到宽恕了。"

"他又没有犯错，而且一直待在意大利，为什么需要得到宽恕呢？"菲利普斯问，语气开始有点咄咄逼人。

"因为在我渡过卢比孔河时，他刚好是高级执政官，但是他却没有促成庞培·马格努斯和好人帮跟我达成和解。”

“好啦，恺撒，你知道他病了！所有工作都是伦图卢斯·克鲁斯去做的，虽然他身为低级执政官并不享有一月份的法西斯。小马尔塞鲁斯刚刚上任就卧床不起了，而且他在病床上待了好几个月。当时没有一个医生能够找出他的病因，所以我一直都觉得马尔塞鲁斯是以此来避开他那令人不快的兄弟和堂兄弟。”

“你是说，他是个懦夫。”

“不，不是懦夫！恺撒，你有时候真是太尖刻了！小马尔塞鲁斯只是一个谨慎的人，而且他早就预料到你不会被打败。巧妙地对付那些愚蠢的亲戚，这并不是什么丢脸的事，”菲利普斯说着露出一个苦笑，“那些亲戚有时候真是很讨厌。看看我，就摊上了帕拉那样的母亲，还有一个试图谋杀自己父亲的同父异母兄弟！我的父亲就更不用说了，他就是个反复无常的小人。我就是因为他们才选择了享乐主义，而且在我的整个政治生涯中都保持中立。看看你，也有马尔库斯·安东尼乌斯这样的亲戚！”

菲利普斯愁眉苦脸地握紧双手，然后他努力让自己放松下来。“在法萨卢斯战役之后，小马尔塞鲁斯的身体开始好转。在你前往非洲之后，他就经常去参加元老院会议，就连安东尼乌斯都没有反对他出席，还有勒皮杜斯也对他表示欢迎。”

恺撒面无表情，但是他的目光并没有软化。“奥克塔维娅，你满意这桩婚事吗？”恺撒看着奥克塔维娅问，想起尤利娅姑姑怀着自我牺牲的精神嫁给了盖乌斯·马略。虽然尤利娅姑姑确实很爱马略，但恺撒还是宁愿记得马略给她带来的痛苦。

奥克塔维娅浑身一哆嗦：“是的，我很满意，盖乌斯舅公。”

“这桩婚事是你自己提出的吗？”

“我没有资格自己提出婚事。”她说道，脸上和嘴上的粉色都消失了。

“你见过这个四十五岁的男人吗？”

“是的，盖乌斯舅公。”

“你是否期待跟他的婚姻生活？”

“是的，盖乌斯舅公。”

“你有更想嫁的人吗？”

“没有，盖乌斯舅公。”她低声说。

“你说的是真话吗？”

她抬起那双大眼睛，有点受惊地看着恺撒。她的脸色变得一片苍白。“是的，盖乌斯舅公。”

“那么，”恺撒说着放下手中的草莓，“我给你祝福，奥克塔维娅。但是，身为大祭司长，我不准你们举行神圣麦饼婚礼[①]。只要举行普通的婚礼就好了，而且你对自己的嫁妆要拥有全部控制权。”

阿提娅的脸色跟她女儿一样苍白，她有点尴尬地站起来：“卡尔普尔尼娅，过来看看奥克塔维娅的妆奁。”

三个女人低着头迅速离开了。

恺撒语气随和地对菲利普斯说：“我的朋友，这是一桩非常奇怪的联姻。你竟然把恺撒的外甥孙女许配给恺撒的敌人。你有什么权力这样做？”

“我当然有权力，”菲利普斯说，他的那双黑眼睛正在冒火，“我是一家之主，你不是。小马尔塞鲁斯来向我提亲时，我认为他是到目前为止的最佳人选。”

“你身为一家之主的身份还有点疑问。根据法律规定，她的婚事应该由她弟弟决定，因为她弟弟现在已经成年了。你跟她弟弟商量过了吗？”

“是的，”菲利普斯咬牙切齿道，“商量过了。”

“奥克塔维乌斯，你怎么说？”

奥克塔维乌斯一本正经地滑下躺椅，转移到恺撒对面的座椅上，这样他就可以跟舅公面对面：“盖乌斯舅公，我认真考虑过这桩婚姻，并建议我继父接受这次提亲。”

---

① 神圣麦饼婚礼（confarreatio）是古罗马最古老、最神圣的结婚仪式，最初只有贵族可以举行，结婚之后几乎不可能离婚。在婚礼上有祭司出席，新娘会送上一块用小麦做成的糕饼，并在随后的仪式中与新郎一起食用这块麦饼。——译者注

“奥克塔维乌斯，跟我说说你的理由。”

这个小伙子的呼吸声变得清晰可闻了，他每次呼气就有一种呼噜噜的声音，虽然他的情绪很激动（根据哈德凡伊的说法，这是引发气喘的诱因），但他显然不准备退缩。

“第一，小马尔塞鲁斯已经拥有了他兄弟马尔库斯和堂兄弟大马尔塞鲁斯的地产。他在拍卖会上买下了这些土地。舅公，你把他们的土地充公时，并没有把小马尔塞鲁斯的土地也列进去，所以我和我继父都认为小马尔塞鲁斯是一个可以接受的求婚者。我首先考虑的是他的财产。第二，克劳狄乌斯·马尔塞鲁斯出自一个显赫的平民家族，他们有好几代人的祖先当过执政官，而且跟属于贵族的科尔涅利乌斯氏族的伦图卢斯家族关系密切。奥克塔维娅和马尔塞鲁斯生下的孩子将会拥有强大的社会和政治势力。第三，对于小马尔塞鲁斯或他那曾经担任执政官的兄弟马尔库斯，我并不觉得他们的行为有什么不诚实或不道德，尽管我必须承认马尔库斯是你的一个死敌。但他和小马尔塞鲁斯对共和派的支持，只是因为他们认为这是正确的。盖乌斯舅公，一个人坚持自认为正确的事，你绝对不会因此而对他加以苛责。如果是大盖乌斯·马尔塞鲁斯来求婚，那我的决定肯定就不一样了，因为他对元老院和庞培·马格努斯说谎。他冒犯了你和我，也冒犯了所有正直的人，因为他的行为实在太可恨。第四，他们见面时，我非常仔细地观察了奥克塔维娅，而且事后我还跟奥克塔维娅谈话。舅公，虽然你不太喜欢他，但是奥克塔维娅却很喜欢他。他长得不错，教养良好，知书明理，性情温和，而且对我姐姐爱得入迷。第五，他在罗马的前程，很大程度上取决于你的态度，跟奥克塔维娅结婚将大大有利于他的前程。这就让我得出第六个理由，他将会成为一个优秀的丈夫。我想，奥克塔维娅永远都不用担心他的不忠和虐待，我绝对不会眼睁睁地看着她受人伤害。”

奥克塔维乌斯挺起他那窄窄的肩膀：“正是因为这些理由，我认为他适合成为我姐姐的丈夫。”

恺撒哈哈大笑：“说得好，小伙子！就连恺撒都不能这么讲事实摆道理。等我召开元老院会议，就会处理这个问题。我会好好重用小盖乌斯·克劳狄乌斯·马尔塞鲁斯。他足够圆滑，知道要装病。他足够精明，买下了他兄弟和堂兄弟的地产。他有足够的进取心，通过跟独裁官恺撒的外甥孙女联姻来提升自己的地位。”恺撒在躺椅上伸直身体，“告诉我，奥克塔维乌斯，如果局势改变，又有一个更适合跟你姐姐结婚的人出现，你会不会打破这个婚约？”

“当然会，恺撒。我很爱我姐姐，但是我们都不得不痛苦地让我们的女性亲属明白，她们必须通过跟适当的人结婚来帮助我们的仕途和家族。奥克塔维娅并没有要求任何东西，从最昂贵的衣服到最优良的教育。她非常明白，她的舒适和优越要以顺从为代价。”

奥克塔维乌斯那种呼呼喘息的声音停止了，他安然无恙地经历了艰苦的考验。

“最近有什么消息吗？”恺撒对着菲利普斯问，他终于放下对奥克塔维乌斯的担忧，整个身体都松懈下来了。

“我听说，西塞罗在他位于图斯库卢姆的别墅著书立说。”菲利普斯有点不安地说。这顿饭吃得并不轻松，他已经开始觉得自己需要服用万灵药了。

“我猜测，这大概不是什么好事。他写作的主题是什么？”

“对加图的赞歌。”

“哦，我明白了。既然如此，我想他还是不肯进入元老院是不是？”

“是的，尽管阿提库斯一直在努力劝说他要恢复理智。”

“这是没有人能办到的事！”恺撒愤然道，“还有呢？”

“可怜的小瓦罗都快气疯了。安东尼乌斯在担任骑兵统帅时，利用自己的权力夺走了瓦罗的一些优良地产，然后把那些地产都放在自己名下。现在安东尼乌斯已经不是骑兵统帅，他的收入没有以前那么多了。那些放贷人都追着他讨债，他要为自己的低劣品味付出代价，因为他借了很多钱去购买庞培那座位于卡里奈山的豪宅。”

“谢谢你提供的消息，我会处理。”恺撒沉着脸说。

“恺撒，还有一件事，我觉得你应该知道，不过我恐怕这对你来说是个打击。”

“说吧，菲利普斯。”

“你的秘书，盖乌斯·法贝里乌斯。”

“我知道肯定是出了什么事。他干什么了？”

“他把罗马公民权卖给外邦人。”

噢，法贝里乌斯，法贝里乌斯！你为我服务了这么多年，现在竟然干出这种事！看来好像除了恺撒自己，其他人都没有耐心再等一两个月才得到自己的战利品。我马上就要举行凯旋式，而法贝里乌斯分到的财富足以让他拥有骑士身份。现在他什么都得不到了。

“他贪污的钱多吗？”

“足以让他在阿芬丁山买一座房子。”

“他说过有一所房子。”

“我可不会把原本属于阿弗拉尼乌斯的豪宅说成是一所普通的房子。”

“我也不会这么说。”恺撒在躺椅上往后一靠，等着仆人给他穿上鞋子，系上鞋带。“奥克塔维乌斯，跟我一起走路回家，”他说道，“卡尔普尔尼娅可以留下来跟她们再聊一会儿。我会派一架轿子过来。菲利普斯，谢谢你举办的宴席，还有你提供的消息。这些消息很有用。”

这个难缠的客人一离开，菲利普斯就赶紧穿上拖鞋，跑到他妻子的起居室。他发现卡尔普尔尼娅和奥克塔维娅正在那里检查一堆堆的新衣服，而阿提娅则在一边看着。

“他的态度怎么样？”阿提娅走到门口低声问。

“奥克塔维乌斯一说完，他的态度就开始明显好转。亲爱的，你的儿子太了不起了。”

“噢，那我就放心了！奥克塔维娅真的很想要这桩婚事。”

“我觉得恺撒会让奥克塔维乌斯成为他的继承人。”

“天啊，不会吧！”她满脸震惊地回答。

因为菲利普斯的房子位于帕拉丁山上靠近大竞技场的一侧，更加靠近的是西边而非北边，所以恺撒和奥克塔维乌斯走到罗马广场的上部，然后在商铺中心转弯沿着神圣坡道的斜坡向下走到公共圣所。恺撒停下脚步。

“你让特罗古斯派一顶轿子去接卡尔普尔尼娅，好吗？”恺撒对奥克塔维乌斯说，“我想去看看我新建的工程。”

奥克塔维乌斯很快就回来了。他们在越来越浓的暮色中继续前进。太阳西沉，在档案馆的拱顶镀上一层金光，让卡皮托山上的神庙呈现出各种奇妙的色彩。较高的山头上是“至尊至善者”朱庇特的神庙，较低的山头上是“警告者”朱诺的神庙。在这片山地上几乎每一处都有一座献给某位神明的神庙，那些老旧的神庙狭小黯淡，那些新建的神庙色彩斑斓、闪闪发光。只有在两座山头之间的凹陷处有一些空地，这片空地上种着松树和杨树，还有一些来自非洲的树木。

尤利娅巴西利卡已经彻底完工。恺撒站在那里看着这座高大美丽的建筑，感觉非常满意。这座建筑有两层楼，其中的新法庭外墙镶着彩色大理石，科林斯式圆柱中间的拱门之下矗立着恺撒的祖先和亲人，从埃涅阿斯、罗慕路斯到那个修建了高架水渠的昆图斯·马尔基乌斯·瑞克斯，到马略、苏拉和卡图卢斯·恺撒。恺撒的母亲和第一任妻子的雕像都在这儿，还有他那两位叫做尤利娅的姑姑，还有他的女儿尤利娅。这就是成为世界之主的最大好处，他想要建立谁的雕塑都可以，甚至是女人的雕像也没问题。

“这座建筑真是太棒了，我经常过来看看，”奥克塔维乌斯说，“法庭审判再也不会因为雨雪而推迟。”

恺撒走进新的元老院会堂。民会场的凹陷处为这个会堂让出了空间，恺撒在这里建造了一个更高更大的演讲台。这个演讲台正对着罗马广场，演讲台上有一些雕像作为装饰，还有一些挂着船头的柱子，这些船头来自被俘的敌军船只。有人抱怨说恺撒制造了这么多改变，这样扰乱了罗马传统，但是恺撒对这些怨言置之不理。时候到了，应该让罗马变得比亚历山大里亚和雅典更漂亮。加图新建的波尔基娅巴西利卡位于银行家之山的脚下，这座巴西利卡虽然比较狭小，但却吸引了不少银行家到这里储存他们的文件。

在波尔基娅巴西利卡和元老院会堂的后面是尤利乌斯广场，这项工程浩大的建筑是为了恢复银行家之山对面的商业广场，并且把原来的坡地变成平地。但是这个广场的后部有一大块被塞维安城墙侵入了，于是恺撒又花了许多钱把这个新广场周边的城墙进行拆除重建。这个长方形广场的地板上铺着大理石，四面都是用紫色大理石建成的科林斯式柱廊，这些科林斯式柱头上是鎏金的叶状装饰。广场的中间是一座巨大的喷泉，喷泉的中间是宁芙[①]在嬉戏玩耍的雕塑。广场上的唯一一座建筑是献给“母神”维纳斯的神庙，这座神庙位于广场底边的一座高台上面。这座神庙也是由同样的紫色大理石建成，也有同样的科林斯式柱子，在神庙顶端的三角墙上是一座黄金雕塑——胜利女神正赶着两匹长着翅膀的飞马。现在太阳几乎全都消失了，只有这座雕塑还反射出落日的余晖。

恺撒用钥匙开了门，跟奥克塔维乌斯一起进入神庙内殿。里面只有一个大房间，漂亮的蜂巢状天花板上装饰着玫瑰花。墙上挂着的绘画让奥克塔维乌斯不由得屏住呼吸。

“这幅《美狄亚》出自拜占庭的提摩马库斯之手，”恺撒说，“我花了八十塔兰特银子买下的，但是这幅画其实不只这个价值。”

“当然了！”奥克塔维乌斯心想。画上的人物像真人那样：美狄亚[②]杀了自己的弟弟，然后把那血淋淋的尸块扔进海里，以此来拖住她的父亲，帮助伊阿宋逃走。

---

① 宁芙（nymphs）是希腊神话中居于山林水泽的女神，她们能歌善舞，心地善良，常跟狩猎女神同游出猎，每次猎罢会在山泉野林沐浴。——译者注

② 美狄亚（Medea）是希腊神话中科尔基斯国王埃厄忒斯的女儿。她对前来寻找金羊毛的伊阿宋一见钟情，并施展魔法帮助伊阿宋取得金羊毛。取得金羊毛后，美狄亚和伊阿宋一起踏上返回希腊的旅程。美狄亚的父亲听到她逃走的消息，派她的弟弟去追赶她。于是美狄亚杀死了自己的弟弟，并把弟弟的尸体切成碎块抛在各处，让父亲和追赶的差役忙于收尸，从而拖延时间得以脱身。美狄亚如愿嫁给伊阿宋为妻，但她后来发现伊阿宋移情别恋，便用有毒的衣服害死伊阿宋的新欢，然后又杀了自己和伊阿宋生的两个儿子。——译者注

“《从海上泡沫中升起的阿佛洛狄特》和《亚历山大大帝》是天才画家阿佩利斯的作品，”恺撒说着咧嘴一笑，“不过，我不会说出我买下这两幅画的价格。八十塔兰特甚至买不到阿佩利斯笔下的一个贝壳。”

“但是这些画都在罗马，”奥克塔维乌斯激动地说，“这让这些无价之宝充分展现了它们的价值。如果罗马拥有它们，那雅典和帕加马就没有了。”

“母神”维纳斯的雕像站在内殿背墙的中间，塑像上的油彩栩栩如生，让人觉得女神就要从金色基座上走下来。正如庞培剧院中的“凯旋者”维纳斯雕像，这尊雕像也长着尤利娅的脸。

“这是阿塞西劳斯的作品。”恺撒突然说，然后就转开身子。

“我都不太记得她了。”

“真遗憾。尤利娅是，”恺撒的声音有点发抖，“是一颗无价的珍珠。这颗珍珠超出一切价格。”

“你的雕像是谁的作品？”奥克塔维乌斯问。

一尊穿着盔甲的恺撒雕像站在维纳斯一边，还有一尊穿着托迦的恺撒雕像站在另一边。

“巴尔布斯找来的某个家伙。我还派人制作了一尊我骑着马的雕像，那尊雕像会安放在广场上，就在那个喷泉的一边。我还准备把大脚丫的雕像放在喷泉的另一边。它就像亚历山大的布塞弗勒斯[①]那样出名。”

“那里要摆上什么？”奥克塔维乌斯问，指着一个空荡荡的基座。这个基座是用乌木打造而成，上面用各种宝石镶嵌出非常特别的图案。

“我和克娄巴特拉之子的雕像。她想为这尊雕像出钱，而且她说这尊雕像里外都必须是金子。但是我不想让金子露在外面，这样会有一些胆大妄为的家伙来偷偷刮走表面的金子。”恺撒说着哈哈大笑。

“她什么时候到罗马？”

“我不知道。就像我所有的航程，甚至包括最后这次，都掌握在诸神

① 布塞弗勒斯（Bucephalus）是亚历山大大帝的战马，也是古代最著名的战马之一。——译者注

手中。”

“总有一天，”奥克塔维乌斯说，“我也要建造一个广场。”

“奥克塔维乌斯广场。有志气！”

奥克塔维乌斯在恺撒的家门口跟恺撒告别，然后就开始艰苦跋涉地从山上赶回菲利普斯的房子。在辛苦爬山时，他强烈地意识到自己那种长期存在的呼吸困难。暮色渐浓，凉风骤起，白日已尽，黑夜将临。奥克塔维乌斯一边赶路一边沉思默想，听着小鸟的轻盈展翅慢慢变成猫头鹰的沉重扑腾。维米纳尔山上冒出一大片云彩，带着夕阳余晖的最后一丝粉色。

我注意到恺撒的变化。他看起来很疲倦，但这种疲倦并不是因为肉体的劳累，而是因为他明白自己付出的努力不会换来别人的感激。那些匍匐在他脚下的小人只会对他的天才充满嫉恨，因为他们永远都不能做到他所成就的事。“就像我所有的航程，甚至包括最后这次。”他为什么会这样说呢？

走过穆戈尼亚城门那年代久远、布满青苔的柱子之后，山坡变得更加陡峭。奥克塔维乌斯停下休息，他的后背靠着一块石头，看着那只仿佛从冥界跳出来的狐猴，它的身体胖乎乎，它头顶的皮毛就像一朵蘑菇。奥克塔维乌斯挺直身子，又往前走了一点，然后在通往牛首岩的巷口停下来。在奥克塔维乌斯看来，这里显然是帕拉丁山上最糟糕的地方。我在这条小巷的一座房子中出生，我父亲的父亲是一个臭名昭著的吝啬鬼。他还活着，而我父亲并没有继承他的财产。我们还没来得及搬家，父亲就去世了，然后母亲就选择了菲利普斯。对于菲利普斯，要照顾他们母子并不是什么大事，好好享受肉体的乐趣才是至关重要的。

恺撒鄙视肉体的乐趣。他并不是像加图那样把简朴生活作为一种哲学，只是世俗享乐对他来说并不重要。对恺撒来说，他的世界充满许多等着他去处理的问题，只有他知道应该如何解决这些问题。因为他总是不停发问，他会条分缕析地拆解问题，找出其中的症结，然后以一种更恰当、更实际的方式进行重组。

恺撒出自最为高贵的贵族，但是他却完全没有受到自己家世背景的限制。他为什么能越过自己的局限，看到无穷的远方呢？恺撒没有阶层局限。在我见过或读过的人物中，他是唯一一个既能看到广阔图景，又能看到其中所有细节的人。我多么希望成为另外一个恺撒，但是我没有他的聪明才智。我并不是无所不知的天才。我不能创作戏剧和诗歌，不能雄辩滔滔地发表演讲，不能设计桥梁或攻城塔楼，不能轻轻松松地拟定了不起的法令，不能写出简短精炼的评论，不能拿起盾牌和刀剑在前线战斗，不能像风一样迅疾地旅行，不能同时对着四个秘书发号施令，不能像他那样聪明绝顶地去完成那些神奇的事情。

我的身体健康很不稳定，而且可能会变得更严重，我每一天都要面对这个问题。但是我可以计划，我有做出正确选择的天赋，我的思维很敏锐，而且我正学着最大限度地发挥自己的特长。如果说我和恺撒有什么共同之处，那就是我们都绝不放弃或妥协。长远来说，这也许是最重要的。

总之，我要想法设法，让自己变得像恺撒一样伟大。

他开始爬上帕拉提努斯坡道，他那小小的身影逐渐融入夜色。帕拉丁山上的猫正忙着寻找老鼠或配偶，它们在一处处暗影中游走。还有一只老狗，它的一只耳朵上缺了一半，此时正抬起腿对着穆戈尼亚城门撒尿，它的耳朵已经聋得听不见蝙蝠的飞动。

盖乌斯·法贝里乌斯跟随了恺撒二十年，最终却声名狼藉地被撤职。恺撒召开了部落大会，让大家一起见证法贝里乌斯作假登记的公民名单被销毁。

“这些人的名字已经记录在案，他们永远都不能获得我们的公民权！”恺撒对着民众高声宣布。“盖乌斯·法贝里乌斯已经上交了这些假冒公民给他的钱，而且说要把这些钱捐给奎里努斯的神庙，因为奎里努斯是全体罗马公民之神。除此之外，盖乌斯·法贝里乌斯本应从我这里分得的战利品会被收回重新分配。”

恺撒走过那个新建的高大演讲台，走下台阶扶着身材瘦小的马尔库斯·特伦提乌斯·瓦罗走上去。“马尔库斯·安东尼乌斯，过来！”恺撒大叫道。安东尼乌斯知道接下来会发生什么事，他愁眉苦脸地走上去面对瓦罗。然后恺撒告诉群众，虽然瓦罗是庞培·马格努斯的好朋友，但是他从未参与共和派的阴谋。瓦罗是个出身显贵的萨宾人和大学者，最后他终于收回了自己被没收的财产。因为安东尼乌斯给瓦罗造成的伤害，恺撒还对他处以一百万塞斯特尔提乌斯的罚金，并且让他公开道歉。

“这没什么大不了的。”弗尔维娅安慰道。安东尼乌斯散会后就大步流星地走到她的房子里，“跟我结婚，然后你就可以用我的钱了，亲爱的安东尼乌斯。你现在已经离婚，再也没有什么障碍了。跟我结婚吧！”

“我不想吃女人的软饭！”安东尼乌斯咆哮道。

“扯淡！”弗尔维娅大笑道，“看看你的两个前妻。”

“她们是强压给我的，但你不是。不过恺撒终于确定举行凯旋式的时间了，所以我在一个月内就可以得到参与高卢战争的战利品。到时我就会跟你结婚。”

他的面孔因为愤恨而扭曲：“先是去高卢打仗，然后是去埃及对付托勒密国王和阿尔西诺伊公主，然后去小亚细亚对付法纳西斯国王，最后是去非洲对付朱巴国王。恺撒好像根本就不把共和派放在心上！真是瞎胡闹！我应该把他杀了！我是说，他委任我为骑兵统帅，这样我就不能得到埃及、小亚细亚和非洲战争的胜利品。我不能跟着他去战斗，只能待在意大利！然后我有没有得到他的感激？没有！他骑在我头上拉屎！”

一个保姆慌慌张张地跑进来：“女主人，女主人，小库里奥摔下来撞到脑袋！”

弗尔维娅大惊失色，她甩开双手飞奔过去。“噢，这个孩子！他要吓死我了！”她尖叫道。

当时有三个人见证了这不太美好的一幕，这三人是：波普利科拉、科提拉和卢基乌斯·提利乌斯·辛贝尔。在恺撒渡过卢比孔河的那一年，辛贝尔以财务官的身份进入元老院，并且在元老院中对恺撒表示支持。他跟安东尼乌斯不一样，可以得到在小亚细亚和非洲的战利品，但是这些跟安东尼乌斯将从高卢战争中分到的战利品相比根本就不值一提。他的恶习需要花费很多钱，而且他跟波普利科拉和科提拉混在一起已经好几年，不过他跟安东尼乌斯的交情是安东尼乌斯在法萨卢斯之后回到意大利才开始的。此时看到这一幕，他才意识到安东尼乌斯对恺撒简直恨之入骨，安东尼乌斯看起来好像真的会杀了恺撒。

“安东尼乌斯，你不是说你会成为恺撒的继承人吗？”波普利科拉故作随意地问。

“这个我已经说了好几年了。你为什么提起这个？”

“我想，波普利科拉是想为我们的讨论找到一个切入点，”科提拉不动声色地接过话题，“你是恺撒的继承人，对不对？”

“只能是我，”安东尼乌斯不假思索地说，“还能有谁呢？”

“因为你真的爱弗尔维娅，所以不想在金钱上依靠她。既然如此，你为什么不想想别的办法呢？弗尔维娅的财产跟恺撒相比简直不值一提。”科提拉说。

安东尼乌斯愣住了，他的眼中冒出红光：“科提拉，你在暗示我应该那样做吗？”

辛贝尔迅速离开安东尼乌斯的视线，他的动作并没有引起安东尼乌斯的注意。

“我们两人都是这个意思，”波普利科拉说，“你只要把恺撒杀死，就能一劳永逸地摆脱债务了。”

“伙计，这真是个好主意！”安东尼乌斯兴奋地握紧拳头，“而且这个做起来很容易。”

“我们谁来动手？”辛贝尔又加入大家的谈话。

“我来动手。我知道他的习惯，”安东尼乌斯说，“他会工作到夜晚的第八个小时[1]，然后像死人一样睡上四个小时。我可以从他花园的围墙上翻进去，然后神不知鬼不觉地把他杀了。时间就在夜晚的第十个小时。然后，如果有人询问，就说我们四人当时正坐在诺瓦大道上老穆尔基乌斯的酒馆里喝酒。”

“你什么时候去？”辛贝尔问。

“喔，就今晚，”安东尼乌斯高兴地说，“趁我正在兴头上。”

“恺撒是他的亲戚。”波普利科拉说。

安东尼乌斯爆发出一阵大笑：“你在说什么呢，卢基乌斯！你还试过把自己父亲杀死。”

四个人全都笑得要命，等到弗尔维娅回来时，她发现安东尼乌斯心情好极了。

午夜之后，安东尼乌斯、波普利科拉、科提拉和辛贝尔摇摇晃晃地走进老穆尔基乌斯的酒馆，他们穿的衣服都比平常差一些，而且他们占据了后面的一张桌子，说是这张桌子靠近窗户方便他们有谁想要呕吐。当广场上的敲钟人敲响十点钟的钟声时，安东尼乌斯悄悄地从窗户溜走，科提拉、辛贝尔和波普利科拉紧紧地围着他们那张桌子，继续闹哄哄地插科打诨，就好像安东尼乌斯仍然跟他们在一起。

他们想着安东尼乌斯应该要离开好一会儿，因为诺瓦大道穿过一段三十尺高的山坡，安东尼乌斯必须跑过一小段距离到达造王者阶梯，然后才能绕到马尔伽里塔里亚长廊和公共圣所的后面。

但是安东尼乌斯很快就回来了。他看起来气得要命。“我简直不敢相信！”他气喘吁吁地说，“我去到花园围墙时，竟然有仆人举着火把坐在上面！”

“恺撒派人守夜，这是新出现的情况吗？”辛贝尔好奇地问。

“我怎么知道？”安东尼乌斯咆哮道，“这是我第一次想在夜里悄悄

---

① 古罗马的计时方法是把一天分为白昼的12个小时和夜晚的12个小时，正午总是白昼的第六个小时，午夜总是夜晚的第六个小时。除了春分和秋分，白昼时长与夜晚时长不等，夏天白昼的一小时比冬季白昼的一小时要更长一些。——译者注

溜进去。”

两天后，恺撒召集了他回来之后的第一次元老院会议，会议地点是庞培修建的会堂，这座会堂位于战神原野上，就在庞培那拥有近百根柱子的法庭和庞大的剧院后面。虽然这意味着参加会议的人要走上好长一段距离，但这些去参加会议的人都松了一口气。

庞培的会堂专门为了元老院的会议而建造，可以让每个人都按照自己的资历舒舒服服地坐进去。这个会堂在神圣边界之外，所以当罗马广场上的元老院会堂还存在时，这座会堂主要是用来讨论对外战争，因为在神圣边界之内讨论这个话题不太合适。

恺撒坐在高台上的象牙折椅上面，他的前面有一张可以折叠的桌子，上面堆满各种他要抽空批阅的文件，还有一块蜡板和一根可以在蜡板上写字的钢笔。参加会议的人陆续进入，他们的奴隶在正确的位置上给他们摆好折椅。后面是后座元老院的位置，这些元老可以投票但不能发言，中间是一些低级官员的位置，也就是平民出身的前任营造官、保民官，前面最底层是前任大法官和执政官的位置。

恺撒对这些人的动静毫不在意，等到他的扈从长法比乌斯拍拍他的肩膀，他才抬起头来看看周围的情况。恺撒心想，后座元老的情况还不错。到目前为止，他已经委任了两百名新元老，其中包括三位赢得市民冠的百夫长。其余大部分是排在前面十八个百人团的骑士家族子孙，还有一些来自显赫的意大利家族，还有少数几个来自山内高卢，比如盖乌斯·赫尔维乌斯·秦纳。这种“不适当”的委任并没有得到罗马那些古老显贵家族的支持，因为他们认为元老院成员只属于他们这个群体。现在传闻四起，说恺撒准备让元老院充满来自高卢的蛮子和出自军团的士兵，还有传闻说恺撒准备让自己成为罗马国王。恺撒从非洲回来之后的每一天，都有人问他准备什么时候“恢复共和国的秩序”？但是恺撒对这个问题一直置之不理。西塞罗出言反对元老院广开门户，他的这种态度很有意思，因为他自己并不是正宗的罗马人，而是一个从乡下来的新贵。如果有越多像他这样的人进入元老院，那他在这些乡下人中脱颖而出的风光就显得越少，更何况他本来就是一个特别势利的人。

恺撒希望看到的几个人正坐在前排：马尼乌斯·艾弥利乌斯·勒皮杜斯父子、大卢基乌斯·沃卡提乌斯·图鲁斯、卡尔维努斯、卢基乌斯·皮索、菲利普斯和阿皮乌斯·克劳狄乌斯·普尔克尔家族的两个成员。还有一些恺撒不太想见到的人也在那儿：马尔库斯·安东尼乌斯和奥克塔维娅的未婚夫小盖乌斯·克劳狄乌斯·马尔塞鲁斯。但是西塞罗不在现场。恺撒抿紧双唇。西塞罗肯定是在忙着给加图大唱赞歌才没有出席。

高台上挺拥挤，除了恺撒还有勒皮杜斯父子、两位执政官和六位大法官，还有恺撒坚定的盟友奥卢斯·希尔提乌斯和沃卡提乌斯·图鲁斯的儿子。那个粗野的盖乌斯·安东尼乌斯坐在保民官的长凳上，跟他那些保民官同僚一样没有任何特殊之处。

恺撒心想，这就够了，出席的人已经达到法定人数。他站起来拉起自己的托迦盖在头上，然后说出祈祷词，又等卢基乌斯·恺撒做完占卜，然后就进入正题。

“元老们，首先宣布一些令人悲伤的消息，”恺撒用他平常的低沉嗓音说，因为庞培会堂的传声效果很好，“我收到消息，李基尼乌斯·克拉苏家族的最后一个成员，也就是前任执政官克拉苏的小儿子马尔库斯去世了。我对他深表怀念。”

恺撒气定神闲地继续说下去，好像他接下来宣布的消息不会引起骚动，也不会引起元老们的注意：“我不得不向诸位宣布另一个令人不快的消息：马尔库斯·安东尼乌斯试图夺走我的生命。有人看到他试图进入公共圣所，他显然知道那个时候我正在睡觉，而且我的内室也没有什么人。他的装扮很不寻常，他穿着一件托伲，拿着一把刀子。他试图进入的方式也很不寻常，因为他想从我的花园翻墙进去。”

安东尼乌斯目瞪口呆地僵坐着。恺撒怎么会知道呢？当时根本就没有人看到他，根本就没有人！

“我提起这个，并不是为了追究这件事。我只是想引起大家的注意，并告诉诸位我并不像看起来那样毫无防备。所以，那些不同意我担任独裁官，或不同意我意见的人，最好在试图除掉恺撒这个暴君之前再三思量。我坦白告诉你们，我的生命已经走得够远了，无论是年岁还是权威。但是，我还没有那么厌倦生命，还不至于让自己因为谋杀而丧命。我可以向你们保证，如果除掉我，那么罗马受的苦会比在独裁官恺撒的领导下多得多。现在罗马的情况跟卢基乌斯·科尔涅利乌斯·苏拉担任独裁官时很相似。罗马需要一双强有力的手，而我就拥有这么一双手。等我制定好法令，确保罗马能够继续发展壮大时，我就会卸下独裁官一职。但是，我要等到完成所有工作之后才会卸任，而完成这些工作需要好几年。所以你们要注意，不要再嚷嚷着让我‘重新恢复共和国的往日荣耀’。”

“什么荣耀？”恺撒声若惊雷，让那些惊骇的听众都吓了一跳，“我再重复，什么荣耀？根本就没有什么荣耀！只是一个顽固自负的小团体，满心嫉妒地维护他们的特权。这种特权就是去管理行省，并且在那里大肆搜刮。这种特权就是准许一些商团到行省去大发横财。这种特权就是为一些人制定某条法令，又为另外一些人制定另外一条法令。这种特权就是让一些无能之辈担任官职，只因为这些人出自豪门大户。这种特权就是投票否决那些急需通过的法案。这种特权就是坚持所谓的罗马传统，但是这种传统只适合一个小城邦，而不适合一个世界范围的大国。”

他们都坐得笔直，都垮着脸。对一些人来说，他们已经很久没有听到恺撒慷慨激昂地在元老院中宣传他的激进思想；对另外一些人来说，这是他们第一次听到恺撒的这种发言。

“元老们，如果你们认为，罗马的所有财富和特权，都应该属于你们所在的那十八个百人团，那么我将会缩小你们的规模。我准备调整我们的社会结构，让财富更加平均地分布。我会制定法令，鼓励第三和第四等级的发展，还会鼓励无产贫民移居到那些能够让他们实现阶层上升的地区。除此之外，我还会改变分发免费粮食的方式，让那些有能力购买粮食的人不再得到免费的粮食。目前接受免费粮食的人有三十万。我很快就会把这个数字减少一半。我还会采取措施，让那些通过释放奴隶来获得免费粮食的人无法得逞。如何达成这个目标呢？我会在十一月进行新的人口普查。负责人口普查的人会逐家逐户地走遍罗马、意大利和所有行省。他们会收集每个家庭的大量信息，关于房屋、房租、卫生、收入、人口、文化程度、犯罪情况，还有儿童、老人和奴隶的数目。我的代理人还会询问无产贫民，看看他们是否愿意移居到我建立的海外殖民地。因为罗马现在有大量闲置的运输船，所以我会好好利用这些运输工具。”

皮索发言了。“恺撒，无论是贫是富，每个罗马公民都有权得到免费粮食。我提醒你，我坚决反对那些针对经济情况的调查！”他大声说。

“卢基乌斯·皮索，随便你怎么反对，总之法令一定会实施。我说到做到！不过，我建议你不要反对，这样会阻碍你的前程。这些措施公平而公正。为什么罗马要拿出宝贵的资金，帮助像你这样富裕的人去购买粮食？”恺撒严厉地问。

有人在低声抱怨，有人黑着脸。那个铁腕手段、高傲自负的恺撒回来复仇了。但是那些坐在后排的元老虽然有点紧张，但却没有显示出任何怒气。他们是因为恺撒才得到这个位置，所以他们会投票支持恺撒的法令。

“还会有很多土地法令，”恺撒接着说，“但是你们不必生气。我在意大利和山内高卢用于安置士兵的土地都会全价购买，不过大部分的土地法令将涉及海外的土地，比如西班牙、高卢、希腊、伊庇鲁斯、伊利里库姆、马其顿、比希尼亚、本都、新非洲、毛里塔尼亚和普布利乌斯·西提乌斯控制的区域。在一部分无产贫民和军团士兵到这些殖民地定居的同时，我还会让一些符合资格的行省居民、医生、教师、艺术家和商人拥有罗马公民权。如果这些人住在罗马，那他们会进入城区部落，如果住在意大利，那就列入他们所在地区的郊区部落。”

“恺撒，你是否会对我们的法庭采取一些措施？”大法官沃卡提乌斯·图鲁斯问，希望通过这个问题来让在场的人保持安静。

“哦，是的。国库财务官这个职位将会消失，”独裁官宣布说，很愿意转移话题，“元老院的成员将会增加到一千名，再加上属于十八个百人团的骑士，这样就会给各种法庭提供充足的陪审员。每一年的大法官人数将会增加为十四名，这样那些比较繁忙的法庭就能更迅速地进行案件审理。等到我的法令都制定完毕，侵占罪法庭就不需要继续存在了，因为在行省的总督和商人会受到诸多约束，再也不能巧取豪夺。各种竞选会有更好的规范，所以贿赂罪法庭也不再需要。至于那些普通的犯罪，比如谋杀、盗窃、暴力、盗用和破产，将会需要更多法庭和时间来处理。我还准备提高谋杀罪的刑罚，但不会采取那些打破罗马传统的方式。处决和监禁罪犯在罗马文化中是个陌生的概念，所以我不会引入这些刑罚。我会延长流放的时间，还会让那些被判流放的人无法带着他的钱上路。”

“恺撒，你的目标是建造柏拉图的理想国？”皮索嘲讽道，他觉得自己受到的损害最大。

“并非如此，”恺撒和颜悦色地说，“我的目标是建立一个公平可行的罗马共和国。用暴力行为来举个例子，那些喜欢组织街头帮派的人会发现这么做很困难，因为我会取缔所有的帮派和团体，只有那些无害的组织除外，比如犹太人的教团，各种行业的协会，当然还有丧葬协会。路口酒馆兄弟团还有其他经常聚众斗殴的帮派都会消失。如果他们要自己掏钱买酒，那他们就会喝得少一些。”

“我听说，”菲利普斯说，他是个大地主，“有小道消息说，你准备解散大庄园。”

“谢谢你的提醒，卢基乌斯·菲利普斯，”恺撒微笑道，“不，我不会解散大庄园，除非国家购买了大庄园来为士兵分配土地。但是，以后的庄园主不能完全用奴隶来经营他的庄园。他的工人中必须有三分之一是那个地区的自由民。这样那些没有工作的乡下穷人和当地商人都会得到帮助。”

“荒唐可笑！”菲利普斯高声大叫，气得满脸通红，“你要用法令来规定一切事情！很快人们就要申请同意才能放屁！你，恺撒，是铁了心要消灭罗马的第一等级！你是从哪儿来的这些疯狂主意？说什么要帮助乡下的穷人！一个人有各种权利，其中一个权利就是按照他的想法去经营他的生意！既然我能很便宜地购买奴隶，还不用给他们付工资，那我为什么要花钱雇佣三分之一的农庄工人呢？”

“菲利普斯，所有人都要给他的奴隶工资。”恺撒说，“你看不出你的奴隶是买来的吗？然后你还要给他们建宿舍，还要给他们提供食物，还要用两倍于奴隶数目的工人去监督他们。如果你有点数学头脑，或者你的代理人会算数，那你就应该明白雇佣自由民更划算。你一开始不用付出大笔资金，而且你不用为这些人提供住宿和食物。这些人每天晚上都回到自己的家里，吃自己园子里种出来的东西，因为他们有妻子和孩子为他们种地。”

“胡说八道！”菲利普斯大声咆哮，然后就安静下来。

“什么，没有限制奢侈的法令吗？”皮索问。

“这些法令有很多，”恺撒回答道，“奢侈品都要征收重税。虽然我不会禁止建造豪华坟墓，但是那些人建造豪华坟墓花了多少钱，就要给罗马国库上缴同样数目。”

恺撒看了看勒皮杜斯，对方一言不发。于是恺撒扬起一根眉毛说：“低级执政官，我再说一件事，然后你就可以宣布散会了。今天的会议没有辩论。”

然后恺撒又对着元老们宣布，他准备让日历和季节保持一致，所以今年将有四百五十五天：闰月已经结束，但是在十二月的最后一天，还会加上一个长达六十七天的特别闰月。等到元旦日到来时，就会像正常情况那样，刚好是冬季的三分之一。

“恺撒，我简直找不到一个词来形容你，”皮索离开时说，他气得浑身发抖，“你是，你是一个怪胎！”

安东尼乌斯装出一副无辜的样子，等到最后才亲自去跟恺撒交涉：“恺撒，你说我要暗杀你，这是什么意思？然后你只顾着说要怎么让共和国恢复往日的荣耀，根本就不给我一个机会来为自己辩护！”他气势汹汹地把自己的脸伸到恺撒面前，“你先是在公开场合羞辱我，现在又在元老院里指控我意图谋杀！这不是真的！你可以问问另外三个人，那天晚上我一直跟他们在穆尔基乌斯的酒馆！”

恺撒的目光转移到卢基乌斯·提利乌斯·辛贝尔身上，他正离开左手边的后排座位，还有一个奴隶拿着折椅跟在他后面。这个人真有意思。他总能提供有用信息。

“走开吧，安东尼乌斯，”恺撒疲倦地说，“我已经说过，我不会追究这件事。不过，我觉得你这次愚蠢的暗杀是个好机会，我刚好趁此机会来警告元老院，让大家知道想要摆脱我可没那么容易。你的手头是不是越来越紧了？”

“我准备跟弗尔维娅结婚，而且我很快就会拿到高卢战争的战利品，”安东尼乌斯回答道，“我为什么要刺杀你呢？”

“安东尼乌斯，有一个问题，我并没有说出具体日期，如果你没有意图谋杀，那又怎么知道我说的是哪一天？你当然有这个意图！你一时冲动，再加上别人的怂恿。现在你可以走了。”

“我已经对安东尼乌斯绝望了。”卢基乌斯·恺撒靠近恺撒说。

他们一起走向门口，恺撒的扈从就在外面。恺撒回头看着这个富丽堂皇的会堂，里面都是上好的大理石，只是颜色搭配有点奇怪。这就是会堂建造者的特色！在摆放高级官员象牙折椅的高台后面，矗立着庞培·马格努斯的雕像，他身上的托迦由白色大理石雕琢而成，还有紫色大理石镶嵌的滚边。雕塑的面孔、双手、右手臂和小腿都涂抹得跟庞培的肤色毫无二致，甚至还有一些淡淡的雀斑。那顶光亮的金色头发做工极佳，那双生动的蓝眼睛好像闪耀着生命之光。

“这尊雕像跟本人很相似，”卢基乌斯说,他的目光也随着恺撒望过去，“我希望你不会模仿马格努斯，在你新建的会堂高台后面也立起一尊自己的雕像。”

“卢基乌斯，想想看，这确实很不错。就算我离开十年，只要元老院每次在会堂里举行会议，那尊雕像都会提醒他们我将会回来。”

他们走到外面，穿过柱廊，沿着大道返回罗马城。

“卢基乌斯，我有一件事想问你。小盖乌斯·奥克塔维乌斯为城市大法官充当助手时表现如何？”

“盖乌斯，你没有当面问他吗？”

“他没有提起，我一时间也没有想起。”

“你不用担心，他的表现非常好。他在城市大法官的办事处表现得既谦和又自信。有一两个棘手的案件，但是他的处理很冷静、很老练。他提出了所有正确的问题,然后又给出了恰当的裁判。是的,他表现得很好。”

“你知道他有呼吸疾病吗？”

卢基乌斯停下脚步。“天啊！不，我不知道。”

“这确实带来难题，不是吗？”

“噢，是的。”

“但是，我觉得应该是他了，卢基乌斯。”

“还有时间。”卢基乌斯伸手揽住恺撒的肩膀，紧了紧表示宽慰。“盖乌斯，别忘记恺撒的运气。无论你做出什么决定，都会带上恺撒的幸运。”

## 第 2 节

克娄巴特拉在九月初来到罗马。她在奥斯提亚坐上一乘挂满布帘的轿子出发，在她的轿子前后有一大群仆从，其中还包括一支王家卫队，这些卫兵穿着漂亮的盔甲，他们骑着雪白的马匹，马上套着紫色的缰绳。克娄巴特拉的儿子身体不适，他跟保姆坐着另外一乘轿子。第三乘轿子上坐着托勒密十四世，这个十三岁的国王是克娄巴特拉的丈夫。三乘轿子都挂着金色的布帘，镀金的木头框架上镶嵌着许多宝石，这些宝石在初夏的阳光下闪闪发光。轿子的顶部四角微翘，上面都装饰着扑了金粉的鸵鸟羽毛。每乘轿子都有八个身材壮硕、肤色黝黑的轿夫，他们穿着金色布料做成的短裙和宽大的金色领子，不过他们都赤着一双大脚。阿波罗多鲁斯坐在一把有顶棚的椅子上走在队伍前面，他的右手上拿着一根长长的金棍，他的头上戴着金色的内梅什巾冠，他的手指上戴满戒指，他的脖子上戴着项链。几百个仆从都穿着昂贵的衣袍，就连最卑微的奴仆都穿得很漂亮。埃及王后决心要给罗马人留下一个深刻的印象。

他们一大早从奥斯提亚出发时，有一大群当地人跟着他们。等到他们离开奥斯提亚越来越远时，又有其他当地人顶替了奥斯提亚人的位置。当天早晨刚好出现在奥斯提恩西斯大道的人都觉得，加入这支王家队伍比去干自己的寻常工作更有意思。恺撒派出一个叫做科尔涅利乌斯的扈从去充当向导，他在塞维安城墙外面一里远的地方遇到这支队伍。他看到这支队伍时大受震撼。噢，等他回到扈从团，一定要好好说说自己的传奇经历！这时候已经到了正午，阿波罗多鲁斯看着越来越近的城墙松了一口气。但是科尔涅利乌斯领着他们绕过阿芬丁山，来到罗马港口的码头，然后就在那儿停下来。宫廷总管开始皱起眉头，为什么他们没有进入罗马城，为什么王后陛下会来到这个破败荒凉的郊外？

“我们会在这里坐船过河。”科尔涅利乌斯解释说。

“船？但是罗马城在另一边！”

“噢，我们不会进城。”科尔涅利乌斯气定神闲地说。

“王后的宫殿在台伯河对岸，就在雅尼库卢姆山脚下，所以这里是最佳的过河地点，因为这里的码头可以通往两岸。”

“王后的宫殿为什么不在罗马城里面？”

“啊，啊，这是不可能的事，”科尔涅利乌斯说，“任何君王都不能进入罗马城，因为进入罗马城就意味着要在穿越神圣边界时卸下全部王权。”

“神圣边界？”阿波罗多鲁斯问。

“就是罗马城的隐形边界。在这个边界之内，除了独裁官，任何人都不能拥有至高的权力。”

这时罗马港口已经有许多人在围观，有马夫、屠夫和从拉那塔里乌斯原野过来的牧羊人。科尔涅利乌斯真希望他还带了其他扈从来隔开那些围观的人。真是一场大戏！围观的罗马人也是这么认为，这就是一个普通工作日的一场意外大戏。对这些埃及人来说，幸好这时刚好有一支船队进港了。他们迅速地把轿子转移到船上，然后仆从和王家卫队也陆续上船，卫兵们忙着安抚那些受惊的马匹。

当他们进入特兰斯提贝林[①]的破败街巷时，阿波罗多鲁斯的眉头皱得更紧了。他不得不命令卫兵排成紧凑的队形围在轿子四周，因为那些衣着破烂的当地人拿着小刀准备从轿子上挖下宝石，就连女人都拿着刀子。经过漫长的艰苦跋涉之后，他们终于来到王后的宫殿，但是阿波罗多鲁斯看到这座宫殿时很不高兴。这座宫殿竟然没有围墙来隔开当地人！

“他们很快就会回家。”科尔涅利乌斯毫不担心地说。他在前面带路，领着大家进入一个庭院。阿波罗多鲁斯让卫兵排开队伍守着门口，他们要一直守在那儿，直到那些当地人回家为止。这是什么地方，竟然没有围墙来隔开那些贱民。这是什么地方，竟然只派了一个扛着插有斧头的法西斯的扈从来护卫女王陛下。恺撒到底在哪里？

王后的物品已经提前送到，这样当她从轿子中下来走进这个宽敞的中庭时，就能看到一个布置妥当的内室。墙上挂着绘画和挂毯，地上摆着地毯、椅子、桌子、躺椅、雕塑，还有大量的底座上摆放着所有托勒密国王和他们妻子的半身像。看来她是想在这里舒适地定居。

她的心情不太好。显然，她已经透过布帘的缝隙看到这片陌生的多山之地，看到了高大的塞维安城墙，还有城里各座山上星星点点的赤陶屋顶，还有许多又高又瘦的松树，还有一些枝叶繁茂的树木，还有一些松树看起来亭亭如盖。后来他们绕过城墙，进入那个堆着破锅烂碗和腐臭垃圾的街区，此时她的内心也像阿波罗多鲁斯一样震惊。恺撒本该派来的卫队在哪里呢？为什么她会乘船过河来到一个更加破烂的贫民窟，然后匆匆忙忙地赶到这座毫不起眼的住处？她到达奥斯提亚之后给恺撒写了许多信，但恺撒只回了她的第一封信，这究竟是怎么回事？而且恺撒那封信上只是简短地说，她可以如愿入住新建的宫殿！

科尔涅利乌斯躬身行礼。他在亚历山大里亚时就认识她了，不过他很清楚东方国度的规矩，知道她不会认出他来。她确实没有认出他来。

---

① 特兰斯提贝林（Transtiberim）是古代罗马城的郊区，现在属于罗马的第十三区。——译者注

王后陛下正在生气。“王后陛下，我想转达恺撒的问候，”他说道。“他说等他抽出空来，就会来看你。”

“等他抽出空来，就会来看我，”克娄巴特拉重复着科尔涅利乌斯的话，“他会来看我！好吧，等他来了，他会悔不当初的！”

“克娄巴特拉，平静下来，保持礼仪，”查米安严厉地说。克娄巴特拉是她从小养大的，所以她和埃拉斯对这个王后一点都不害怕，他们对王后的性情了如指掌。

“这里很漂亮，”埃拉斯望着四周说，“我喜欢房间中间的大水池，在水池里摆上海豚和海神雕像的设计也很巧妙。”

克娄巴特拉抬头看着天空，显然不太同意这样的评价：“他们为什么不给天井加上屋顶？”

克娄巴特拉终于控制住自己的脾气。“恺撒里昂呢？”她问道。

“他直接被带到育儿室了，不过你别担心，他的情况有所好转。”

有那么一会儿，克娄巴特拉有点迟疑地站着，她咬着自己的嘴唇，然后她耸耸肩膀。“我们来到一片充满高山和奇异树木的土地，所以我想这里的风俗也是同样奇异。既然恺撒没有赶来跟我见面，那我也不必保持这套装扮。育儿室和我的私人套房在哪里？”

她换上了一件普通的希腊衣袍，确认过恺撒里昂真的有所好转，然后就跟查米安和埃拉斯一起巡视她的宫殿。他们的结论是，这座房子有点太小了，不过还勉强够用。恺撒让自己的被释奴盖乌斯·尤利乌斯·格尼弗来充当克娄巴特拉的罗马人管家，他会负责采购食物和家具用品之类的事情。

“为什么窗户上没有纱帘，床上也没有蚊帐？”克娄巴特拉问。

格尼弗看起来有点摸不着头脑：“很抱歉，我不太明白。”

“这里没有蚊了吗？晚上没有飞蛾或虫子？”

“有很多，王后陛下。”

“那就必须把这些虫子挡在外面。查米安，我们有没有带来一些亚麻薄纱？”

“带了，绰绰有余。”

“那赶紧挂起来，先把恺撒里昂的小床挂好。”

克娄巴特拉没有忽略宗教的事，她带来了一大堆神像，不过这些神像不是黄金打造而是涂了色彩的木雕，这些装扮得体的木雕包括阿蒙－拉、普塔、塞克米特、内菲尔特穆[①]、奥西里斯、伊西斯、荷鲁斯、哈托尔[②]、胡狼神、猫神、河马神、鳄鱼神。为了照顾这些神像和自己，她还带来了高级祭司和六位祭司助手。

代理人阿穆尼乌斯赶到奥斯提亚跟克娄巴特拉见了好几面，确保那些建筑工人专门预留了一个墙面刷灰的房间。这个房间会作为圣殿，到时祭司助手会在房间四壁画上祈语和咒语，还有克娄巴特拉、恺撒里昂和菲拉德尔普斯的王名圈。

克娄巴特拉的情绪急转直下。她对着阿蒙－拉的神像下拜，双膝跪地、双手和额头紧贴着冰凉的大理石地板。她先大声地用古埃及语说出正式的祈祷词，然后又开始无声的祈祷：

> 太阳神，光明和生命的使者，请在这片陌生可怕的土地上保佑我们。我们远离家乡和尼罗河，我们来到这里是为了保持对您的信仰，还有对大大小小的一切神明，以及天空与河流的信仰。我来到西方，来到死亡之地，是为了再次受孕，因为奥西里斯再生的恺撒不能来到埃及。尼罗河泛滥的水位非常完美，但如果要保持这种完美的水位，那我就必须再生一个孩子。我祈求您的保佑，让我能够忍受在这些不信者中间的生活，让我的神性不受损害，让我的身体健壮，让我的心灵刚强，让我的腹中能够孕育胎儿，让我的儿子托勒密·恺撒·荷

---

① 普塔（Ptah）是孟斐斯三柱神之首，是创造之神。塞克米特(Sekhmet)是孟斐斯三柱神之一，普塔神之妻，是战争女神。内菲尔特穆（Nefertem）是孟斐斯三柱神之一，普塔和塞克米特之子，是植物之神。——译者注

② 奥西里斯（Osiris）是冥王和农业之神。伊西斯（Isis）是奥西里斯之妻，是生命、婚姻和生育女神。荷鲁斯（Horus）是奥西里斯和伊西斯之子，是法老守护神。哈托尔（Hathor）是荷鲁斯之妻，是爱与丰饶女神。——译者注

*鲁斯能够认识他那天神再生的父亲，让我能生下一个女儿给儿子为妻，能够保持纯净的血统。尼罗河必须泛滥。法老必须再次怀孕，必须生下很多孩子。*

克娄巴特拉从亚历山大里亚出发时带着十艘战船和六十艘运输船，她的兴奋感染了每一个随行的人。她并不担心自己离开埃及之后的局势，因为普布利乌斯·鲁弗里乌斯带着四个军团充当守卫，还有帕加马的密特里达提舅舅守着王城。

但是他们在帕雷托尼乌姆开始海上航行时，克娄巴特拉的兴奋顿时消失了。除了一望无际的大海，再也没有其他东西，谁能想到这是多么无聊。在帕雷托尼乌姆，船队的航行速度加快了，因为盛行的东风推着他们向西到达乌提卡，这座城市在恺撒的战争之后非常安静顺服。然后盛行的南风又把他们直接吹到意大利的西海岸。船队在奥斯提亚进港时，距离他们离开亚历山大里亚只过了二十一天。

在奥斯提亚，克娄巴特拉在她的船上等着，直到她的东西都被搬到岸上，还有消息传来说她的宫殿已经可以入住。她给恺撒写了许多信，而且每天都站在栏杆边上瞭望，希望能看到恺撒赶来见她。恺撒的回信非常简短，只是说他正在拟定什么土地法令，实在没有时间来看她。噢，他的书信为什么总是毫无感情，毫无爱意？他的口气就好像她只是一个普通的附属国君，是一个等他有空时才会去见的讨厌鬼。但是她不是一个普通人，也不是一个附属国君！她是法老，是他的妻子，是他儿子的母亲，是阿蒙－拉的女儿！

他们在那个脏兮兮的港口靠岸时，恺撒里昂开始发烧了。恺撒在乎吗？不，恺撒一点都不在乎。他甚至没有没有回复那封信。

如果那个叫做科尔涅利乌斯的扈从所言属实，那她现在已经尽可能地靠近罗马，但她还是没有见到恺撒。

到黄昏时，她终于同意吃些查米安和埃拉斯带来的食物，不过这些食物要先由别人尝过之后她才会吃。托勒密王室的成员不是拿出一点食物和饮料让奴隶尝尝就了事，而是会把食物和饮料给一个很爱孩子的奴隶的孩子吃。

这么做确实非常谨慎。毕竟,克娄巴特拉的妹妹阿尔西诺伊就在罗马。因为阿尔西诺伊不是君王，所以她应该是在罗马城内。根据阿穆尼乌斯的报告,阿尔西诺伊住在一个叫做凯基利娅的贵妇家里,过着舒适的生活。

这里的空气很不一样，她一点都不喜欢。虽然现在是初夏，但天黑之后还是有点冷，这对她来说是前所未有的经历。这座石头房子就像一个阴冷的坟墓，她站在高高的露台上可以看到那条蜿蜒的河流，河上冒出一阵阵水汽。这里是那么潮湿，那么陌生。而且见不到恺撒。

水钟显示时间已到半夜,克娄巴特拉才去就寝。她躺在床上翻来覆去,直到公鸡报晓时才入睡。她上岸已经整整一天，还是没有见到恺撒。恺撒会来吗?

让她醒来的是一种直觉。她小时候在孟斐斯时，查恩就训练她要保持警醒，而且不是通过声音、光线或动静。查恩对她说，当你不是独自一人时，你就要醒来。从那时候开始，只要房间里悄悄地出现另一个人，她就会醒来。现在就是这样，而且她完全遵照查恩的教导。眼睛只是睁开一条小缝，而身体保持不动。直到你能确定入侵者是什么人，然后才采取正确的应对措施。

恺撒坐在床边的一张椅子上，不是看着她而是看着他想象中的某个地方。房间里有光线但不是非常明亮，这让恺撒的每一部分都显得更清晰。她的心怦怦直跳，她对他的爱汹涌而出，带着强烈的感情，也带着深切的悲伤。他跟以前不一样了。看起来是那么老迈，那么疲惫。他的骨相很好，所以他死后都会保持英俊的相貌，但是他的那种神采消失了。他的眼眸向来颜色浅淡，但这双眼眸现在几乎颜色尽失，这让他虹膜外围的那一圈黑色显得更加突兀。她自己的怨气和不悦顿时变得无足轻重。她翘起嘴角露出一个微笑，装作刚刚醒来看到他。她伸出手臂表示欢迎。现在需要宽慰的人不是我。

他的目光从神游的地方收回，转移到她身上。他露出那个经典的微笑，以一种她从未参透的方式甩开身上的托迦站起来。他的双臂紧紧地抱着她，就像一个溺水的人抱着一块木板。他们双唇相接，一开始只是在柔软的唇间探索，然后就是深深的接吻。不，卡尔普尔尼娅，他跟你一起时不是这样的。如果他是这样的，那他就不需要我了，但他现在迫切地需要我。我的全身心都有所感应，我的全身心都在给予回应。

“你胖一点了，小东西。”恺撒说，他的嘴巴在她的颈侧，他的双手在她的胸上。

“你瘦了，老头儿。”她说道，拱起后背。

她的注意力都转移到她的腹部去。她向他打开自己，有力而温柔地包裹着他。“我爱你。”她说道。

“我也爱你。”他说道，这句话确实出自真心。

恺撒以前从未如此强烈地体会过，和一个受膏的君王做爱具有如此神奇的魔力。但恺撒就是恺撒，他的意志力从未彻底放松，虽然他和克娄巴特拉激烈的做爱持续了很长时间，但他最后并没有在她体内高潮。不能给恺撒里昂一个妹妹当妻子，绝对不能给恺撒里昂一个妹妹当妻子。给克娄巴特拉一个女儿，这是一件罪恶的事。这冒犯了“至善至尊者”朱庇特，冒犯了罗马，也冒犯了他自己。

克娄巴特拉没有注意到这个缺失的环节。她极度满足，丧失了思考的能力。她与恺撒分别将近十七个月，这次久别重逢让她心醉神迷。

“你的下身湿哒哒的，是时候去洗个澡了。”他有意加强她的错觉。她自己分泌出这么多爱液，这是恺撒的幸运。最好不要让她知道这件事情。

“恺撒，你应该吃点东西，”她洗完澡说，“但在那之前，不如先去育儿室看看？”

恺撒里昂已经痊愈，又恢复了快乐活泼的天性。他对着妈妈张开双手，克娄巴特拉把他抱起来，自豪地向他父亲炫耀。

恺撒心想，我小时候应该就是这个模样。虽然我能看出他绝对是我的孩子，但我认出他主要是因为他身上有我母亲和姐姐的影子。他的目光就像奥瑞利娅一样坚定地打量着这个世界，他的表情也跟我不一样。这是一个漂亮的孩子，身体结实、营养充足，但是不会太胖。是的，这是真正的恺撒家族后人。他不会像托勒密家族的人那样发胖。他跟母亲相似的只有那双眼睛，不过他眼睛的颜色跟他母亲不一样。这双眼睛不像我的那么凹陷，而且那种蓝色比我的更深。

恺撒面露微笑，用拉丁语说："跟你爸爸问好，恺撒里昂。"

孩子惊喜地瞪大双眼,他把目光从这个陌生人脸上转到妈妈脸上。"这是我的爸爸？"他用带有一点口音的拉丁语问。

"是的，你的爸爸终于来了。"

他马上就向着恺撒伸出双手，恺撒抱过他亲了亲，抚摸着他那头浓密的金发，而恺撒里昂就好像早已认识这个陌生人一样窝在他的怀里。克娄巴特拉想从恺撒怀里抱过孩子时，孩子不肯回到妈妈的怀里了。恺撒心想，这个孩子的世界缺少一个男人，但他真的需要一个男人。

恺撒忘了吃饭的事，他坐下来把儿子放在大腿上，然后发现恺撒里昂的希腊语要比拉丁语好得多。恺撒里昂说话时不像是一个牙牙学语的婴儿，他说出来的话用词准确、条理分明。他只有十五个月，但已经像个小大人了。

"你长大以后想做什么？"恺撒问。

"像你一样伟大的将军，爸爸。"

"不是法老？"

"噢，法老，别提啦！我肯定会成为法老，而且我不用等到长大，就会成为法老，"孩子说，从他的语气可以听出他对自己命中注定的权位毫不痴迷。"我想成为一个将军。"

"你要跟谁战斗呢？"

"罗马和埃及的敌人。"

"他的玩具全都跟战争有关，"克娄巴特拉叹息道，"他十一个月时就把玩偶扔开，自己说要一把剑。"

"他那个时候就会说话了？"

“噢，是的，能说整个句子。”

保姆过来抱走孩子去喂饭，恺撒本以为他会大哭大闹，但却惊讶地看到他高高兴兴地接受了不可避免的事。

“他没有我的那种骄傲和脾气，性情更加平和。”恺撒说，他和克娄巴特拉一起走去餐厅，并且向恺撒里昂保证爸爸还会回来。

“他是地上的神，”克娄巴特拉简单地回答，“现在告诉我，”她说着在恺撒身边坐下，他们共享一张躺椅，“到底是什么让你如此疲惫？”

“就是那些人，”恺撒含糊地说，“罗马不喜欢独裁官的统治，我不停遭到反对。”

“但你一直说，你希望有人反对。来，喝点果汁。”

“反对有两种，”他说道，“我希望元老院和民会场有充满智慧的辩论，而不是没完没了地要求‘恢复共和国’，仿佛共和国是已经消失的某种实体，就像柏拉图的乌托邦那样。乌托邦！”他咬牙切齿道，“这个词的意思就是‘不存在的地方’！当我问我的法令有什么不对时，他们抱怨说那些法令太长、太复杂，所以他们不会去看。当我请他们提出好建议时，他们抱怨说我没有给他们留下任何可以提建议的东西。当我请他们跟我合作时，他们抱怨说我迫使他们跟我合作，不管他们愿不愿意。他们承认我的很多变革很有益处，然后一转身又抱怨说我改变了太多东西，这些改变是错误的。所以我遇到的反对，就像加图曾经的反对那样无理取闹。”

“那就来跟我说，”她迅速回答，“带着你的法令过来，我会好好阅读，把你的计划告诉我，我会给你建设性的批评。向我介绍你的想法，我会给你深思熟虑的建议。最亲爱的爱人，我就像一个戴着王冠的独裁官，如果你需要别人的意见，那我完全可以给你提供意见。让我帮助你，拜托了。”

他倾身向前握住她的手，拉到嘴边亲了亲，他的目光中充满笑意，看起来又恢复了往昔的斗志和精力：“我会的，克娄巴特拉，我会的。”他的笑容变得更灿烂，他的目光变得更深情，“亲爱的，你开始展现出一种非常奇特的美丽。不是美若天仙，不是，但成为母亲和日渐成熟让你变成一个很有魅力的女人。我想念你那双狮子一样的眼睛。”

十几天后，西塞罗给马尔库斯·朱尼乌斯·布鲁图斯写了一封信：

我亲爱的布鲁图斯，你待在苏布雷斯人之中，要错过恺撒的凯旋式了。第一个凯旋式是为了庆祝高卢战争的胜利，这个凯旋式明天就举行，但是我拒绝参加。所以我觉得没必要推迟这封信，因为这封信将会充满男女之情和娶妻嫁女的消息。

埃及的王后已经到达。恺撒在雅尼库卢姆山下为她准备了一座王宫，王宫所在的地点在河流上游，所以越过台伯河看到的是卡皮托尔山和帕拉丁山，而不是罗马港口的贫民窟。我们都没有机会看到她从奥斯提恩西斯大道一路过来的大阵仗，但是那些看过的人说她的队伍金碧辉煌，从轿子到服装都金光闪闪。

她带来了恺撒的儿子，一个蹒跚学步的婴儿，还有她那个十三岁的丈夫，总之是个叫做托勒密什么的国王，这是一个粗鲁无礼、满身肥肉的小伙子，他没有自己的主见，而且对他的姐姐（妻子）充满畏惧。乱伦！这是他们整个家族的游戏。我记得，我说过普布利乌斯·克洛狄乌斯和他的姐妹也是这样。

随行队伍中有奴隶、宦官、保姆、教师、谋士、文书、会计员、抄写员、医生、药师、祭司，一位大祭司，一些王公大臣，一支两百人的王家卫队，一些哲学家（其中包括著名的菲洛斯特拉托斯，甚至还有更著名的索西吉尼斯），乐师、舞者、演员、魔术师、厨师、洗碗工、洗衣工、裁缝和各种仆从。当然，她还带来了她最喜欢的家具、亚麻布、衣服、珠宝和钱箱，她那种宗教信仰的许多工具，用来做新衣服的布料，扇子和羽毛，垫子、枕头、靠枕、地毯、窗帘和屏风，她的化妆品，她私人专用的香料、香油、香膏、香薰和香水。还有她的书籍、镜子、天文仪器和专门为她服务的迦勒底人占卜师。

她的随从人员据说超过一千人，所以这些人当然不能全都住进那座宫殿。恺撒为这些人在特兰斯提贝林附近建了一个村子，结果特兰斯提贝林人都快气疯了。当地人和这些外来人发生了严重冲突，这些冲突实在太严重，所以恺撒不得不发布一项命令，规定那些拿起刀子对外来人行凶的特兰斯提贝林人都会被送到他建立的某个殖民地，不管他们是否愿意。

我见过这个女人，她看起来真是傲慢自负。在恺撒的正式批准下，她接见了我们这些罗马的大老粗。她派出一些豪华的船只在艾弥利乌斯桥附近迎接我们，我们上岸之后又坐上轿子，这些轿子都铺着软垫和毛毯。她在一个巨大的中庭举行招待会，并邀请我们到露台上自由活动。她是一个毫不起眼的小矮子，身高只到我的肚脐眼，而我并不是一个身材高大的人。她长着一个鹰钩鼻，还有一双非常奇怪的眼睛。恺撒被她迷得神魂颠倒，他说那是狮子之眼。看到恺撒在她面前的表现，我真为恺撒害臊。他像个第一次招妓的小伙子。

我和马尼乌斯·勒皮杜斯稍微逛了一下，发现了那个圣殿。我亲爱的布鲁图斯，我们真是吓坏了！那里有十二尊雕像，身体是男人或女人，但脑袋是动物：鹰、胡狼、鳄鱼、狮子、牛等。最糟糕的是一尊雌性雕像，一个又大又圆的肚子，还有下垂的乳房，长着河马的脑袋。真是令人作呕！然后那个大祭司走进来，他用流利的希腊语向我们介绍那些奇怪的神像，说明每尊雕像是哪位神明，更准确地说，每尊雕像是什么东西。他剃着光头，穿着一件白色的百褶亚麻长袍，脖子上戴着一个黄金项圈，那个项圈的价值应该可以买下我的整座房子。

王后浑身上下都是金色布料，她身上的珠宝应该可以买下整个罗马。然后恺撒从内室出来，抱着他的孩子。那个孩子一点都不害羞！他对着我们微笑，就好像我们是新来的臣仆，还用拉丁语跟我们说话。我必须说，他看起来很像恺撒。噢，是的，这是一场王室联姻。我开始怀疑，王后正在给恺撒吹枕边风，让恺撒把自己变成罗马国王。

亲爱的布鲁图斯，我们心爱的共和国正在远离，而最近的一大批法令将会夺走第一等级原有的所有权利。

另外一个消息是，马尔库斯·安东尼乌斯跟弗尔维娅结婚了。我对这个女人真是深恶痛绝！我敢肯定，你已经听说过，恺撒在元老院中指控安东尼乌斯试图暗杀他。虽然我很讨厌恺撒和他的立场，但我很高兴安东尼乌斯没有成功。如果安东尼乌斯成为独裁官，那情况会变得更糟糕。

更有意思的是，恺撒的外甥孙女奥克塔维娅和小盖乌斯·克劳狄乌斯·马尔塞鲁斯结婚了。是的，你没有看错！他自己混得很不错，他的兄弟和堂兄弟都被流放了，而他们的财产都落入他的手中。这桩婚姻还带来了一个意味深长的结果，当时恺撒正好召开元老院会议讨论他的第一批土地法令，这件事情几乎让我希望自己能够打破原则去参加那个会议。

事后我听到一些元老的议论，小马尔塞鲁斯在会议上请求恺撒原谅他的兄弟马尔库斯，因为马尔库斯还在莱斯沃斯。恺撒拒绝了好几次。你能相信吗？小马尔塞鲁斯竟然跪下来苦苦哀求，还有那个讨人厌的卢基乌斯·皮索也出来求情，不过他没有跪下来。他们说，恺撒大为震惊，简直大惊失色。恺撒大步后退撞到了庞培·马格努斯的雕像，他对着小马尔塞鲁斯大吼大叫，让他站起来不要侮辱自己。结果是马尔库斯·马尔塞鲁斯现在已经得到宽恕。小马尔塞鲁斯到处说，他准备把马尔库斯的土地全部归还。不过他不能把财产还给他的堂兄弟了，我听说盖乌斯·马尔塞鲁斯已经死于某种传染病。按照小马尔塞鲁斯的说法，他的兄弟马尔库斯拜访完雅典就会回到罗马。

你也知道，我对克劳狄乌斯·马尔塞鲁斯家族没有什么好感。他们放弃贵族身份成为平民已经是很久之前的事，他们这么做的原因也无从考究了。但是他们这么做本身就说明了一些问题，不是吗？

等我有了更多消息，我会再写信给你。

恺撒解释了罗马对国王和王后的抗拒，还有跨越神圣边界的宗教意义，然后埃及王后对于自己不能进入罗马城的不满就渐渐消失了。每个地方都有自己的禁忌，罗马的禁忌都跟共和国的概念相关。罗马人厌恶极权统治，简直到了疯狂的地步，所以才孕育出马尔库斯·波尔基乌斯·加图·乌提森西斯那样的疯子。他那可怕的自杀竟然在罗马传为佳话。

对克娄巴特拉来说，极权统治是理所当然的事，但如果她不能进入罗马城,那也只能接受现实。她想着自己不能看到恺撒的凯旋式就流泪了。恺撒告诉她，他有一个经营银行的骑士朋友叫做赛克斯图斯·佩尔奎提恩努斯，这个朋友可以邀请她到他们家的露台一起观看。因为他家房子就建在卡皮托尔山的后山，正好可以俯瞰大竞技场，所以克娄巴特拉可以看到刚刚出发的游行队伍，直到游行队伍转过卡皮托尔山的后山进入凯旋门，这个城门只有在举行凯旋式时才会打开。

曾经参加过高卢战役的军团会参与这第一个凯旋式，这意味着参与凯旋式的士兵只有五千人，高卢战争时期的那些军团只有少量士兵还在服役，因为罗马不会保持长期服役的正规军。如果参与高卢战争的士兵是在十七岁时入伍，那他现在最多也就是三十一岁。尽管如此，但士兵的疲劳、伤亡和退役也会带来很多人员损失。

游行队伍开始出发时，第十军团失望地发现，他们不能走在最前面。得到这个殊荣的是第六军团，因为第十军团发生过三次叛乱，所以他们已经失去了恺撒的欢心，只能走在最后。

从第五军团到第十五军团的最初十一个军团提供了五千名老兵，这些老兵穿着崭新的托伲，戴着装饰有鲜亮马毛的头盔，拿着缠上月桂枝叶的木棒,因为他们不能拿着真正的武器。拿着旗杆的士兵穿着银制盔甲，拿着每个军团的银制雄鹰的士兵在银制盔甲外面还披着狮皮。闷闷不乐的第十军团没有得到任何弥补，于是他们决定要进行一项特殊的报复。

今年的执政官可以参加这次凯旋式，因为凯旋者是独裁官，他的权威超越任何人。于是勒皮杜斯和其他高级官员坐在罗马广场的卡斯托尔神庙台基上，其余的元老院成员走在游行队伍的前面，这些元老大多是恺撒新委任的，所以这将近五百名元老组成了一支壮观的队伍，只可惜穿着紫边托迦的元老实在太少了。

在元老的队列后面是号手，这一百个号手吹着金色马头的号角，这种号角是阿赫诺巴布斯在高卢对战阿尔维尼人之后带回来的。然后是一些拉着战利品的彩车，彩车上有巨大的平台，平台上有演员穿着专门的戏服表演这场战争的重要场面。为了操办这场盛大的凯旋式，恺撒的那些手下都忙得不可开交，光是要找到那么多长得跟恺撒比较相似的演员就差点把他们逼疯了，因为恺撒出现在战争表演的许多场面，而所有的罗马人都知道恺撒的模样。

所有的著名场面都得到展现：阿瓦里库姆的围城战；维涅提人的木船上绑着皮帆和铁索；恺撒在阿勒西亚救援被高卢人攻破的军营；阿勒西亚的地图上有两道围墙；维尔金革托里克斯盘腿坐在地上向恺撒投降；一个模型代表着阿勒西亚山地上的堡垒；一些彩车四周围着奇装异服的长发高卢人，他们的长发用黏土弄成奇怪的造型，他们的格子短裙色彩鲜艳，他们的长剑（刷成银色的木剑）高高举起；还有一整队瑞米人骑兵穿着漂亮的服装；昆图斯·西塞罗带领的那场著名围攻战；第七军团跟涅尔维人的激战；一座不列颠人的堡垒，一架不列颠人的战车和车夫、矛手和一对小马；还有另外二十多辆彩车。每辆彩车都由一群挂满鲜花的公牛拉着，彩车刷成了鲜艳的红色、绿色、蓝色和黄色。

在这些漂亮的彩车中间还有一群群的妓女穿着红色的托迦在跳舞，还有一些侏儒穿着七彩碎布缝成的衣服在蹦蹦跳跳，还有各种各样的乐手，还有一些人的嘴里在喷火，还有魔术表演和畸形秀。展示的战利品中没有金冠或金环，因为高卢人没有把这些东西献给恺撒，但是装满战利品的车上有许多闪闪发光的金子。恺撒发现了辛布里人和条顿人在阿图阿图卡的金库，还洗劫了由德鲁伊特人在卡尔努图姆保管的许多宝物。

然后就是祭牲，等到凯旋者到达卡皮托尔山的“至善至尊者”朱庇特神庙时,就要献上两头纯白的公牛。到达这个目的地还要再走上三里路，因为游行队伍要绕过维拉布鲁姆和屠牛广场，然后进入大竞技场，沿着大竞技场的右边前进，走到大竞技场的顶部，再从靠近卡皮纳城门的一端出来进入凯旋大道，最后穿过整个罗马广场来到卡皮托尔山下，到这里才结束凯旋游行。

在这里，那些要被处死的囚犯会被带到图利亚努姆地牢绞死，彩车和表演队伍也在这里解散，那些拿出来展示的金子也要收回国库，参与游行的士兵会从这里转向伊乌伽瑞乌斯大街走回战神原野，然后在战神原野参加宴席等待属于他们的战利品。只有元老院成员、祭司、祭牲和凯旋者会继续沿着卡皮托利努斯坡道前往“至善至尊者”朱庇特神庙，现在伴随他们的是一些特殊的乐手，这些乐手吹着提比森，这是用敌人的胫骨制成的长笛。

两头白色公牛都戴着花环，牛角和牛蹄都刷成金色。这两头牛已经被灌了药，祭司和祭司助手到时会动手杀牛献祭。

在这之后是大祭司团和占卜官团。占卜官穿着带有紫色和红色条纹的托迦，每个占卜官手里都拿着里图斯号，这种“J”形的铜管可以把他们跟大祭司区分开来，另外一些比较次要的祭司团也穿着专属的服装走在后面。战神祭司看起来很奇怪，他身穿沉重的圆形斗篷、脚穿木屐、头戴尖顶象牙冠冕。在恺撒的凯旋式上不会有奎里努斯祭司，因为卢基乌斯·恺撒已经以首席占卜官的身份参与其中，也不会有朱庇特祭司，因为恺撒本人就是朱庇特祭司，尽管恺撒早就摆脱了身为朱庇特祭司的职责。

游行队伍中接下来的这个部分向来都深受群众欢迎，因为这个部分由俘虏组成。这些俘虏都穿着他们最漂亮的服饰，还戴着金银珠宝，看起来健康又体面。罗马的凯旋式不会展示遭受虐待和殴打的俘虏，所以这些俘虏在参加凯旋式之前都在富人家中住着。罗马共和国没有监禁犯人的传统。

维尔金革托里克斯国王走在最前面，只有他、科图斯和卢克特里乌斯会被处死。维尔卡西维劳努斯、埃波瑞多里克斯、比图尔戈和其他次要战俘都会完好无损地回到他们的族人中间。很多年前，维尔金革托里克斯听到一个预言，这个预言说他被俘虏和处死之间隔着六年的时间，当时他还觉得很奇怪，现在他终于明白了。因为内战和其他事情，恺撒隔了六年时间才举行他战胜长发高卢的凯旋式。

元老院授予恺撒一项极为罕见的殊荣，为他开道的将是七十二名扈从，而不是独裁官通常配备的二十四名扈从。一些专门的舞者和歌手会穿梭在扈从之间，为身为凯旋者的恺撒唱歌跳舞。

于是等到恺撒真正出场，游行队伍已经走了两个小时。恺撒乘着凯旋战车，这辆四轮马车非常古老，样子很像是亚美尼亚国王的庆典马车而不是通常的二轮战车。恺撒选择了四匹长着白色鬃毛和尾巴的灰马来拉车。他穿着凯旋者的盛装，这套盛装包括一件绣满棕榈树叶的托伲和一件绣满金线的紫色托迦。他的头上戴着月桂花环，他的右手拿着一束月桂枝叶，他的左手拿着凯旋者的象牙权杖，权杖顶端是一只黄金打造的雄鹰。恺撒的车夫穿着紫色托伲，在宽敞的车厢后面站着另外一个身穿紫色托伲的人，这个人把一顶黄金打造的橡树叶冠冕举在恺撒头上，时不时对着凯旋者说出那句警示：

“小心你的背后，记住你只是个凡人！”

庞培·马格努斯的虚荣心太重，所以没有遵循那个古老的传统，但是恺撒却老实遵行了。他的脸上和手上都涂成鲜艳的红色，就像“至善至尊者”朱庇特神庙中的朱庇特雕像一样。凯旋者就要尽可能地模仿罗马人心目中的神明。

在凯旋战车的后面是恺撒的战马，就是那匹马蹄分趾的“大脚丫”（原来的“大脚丫”是苏拉的礼物，而现在的“大脚丫”其实是恺撒从原来那匹马的后代中选出来的）。“大脚丫”的身上披着统帅的红色斗篷。对恺撒来说，没有“大脚丫”的凯旋式简直不可想象，因为“大脚丫”是他幸运的象征，代表着他个人的胜利。

在“大脚丫”之后，是因为恺撒的高卢战争而获得自由的一大群人，这些被释奴全都戴着“自由之帽”，这种圆锥形的帽子代表他们已经是自由人。

接下来是那些参与了高卢战争而此时刚好在罗马的副将，这些副将都穿着盔甲，骑着他们的国家公马。

最后是军队，来自十一个军团的五千名士兵一边行军一边高喊："我们凯旋啦！"他们准备好的淫词小调要等会儿再唱，到时有更多人来欣赏他们的小调并哈哈大笑。

当恺撒踏上凯旋战车时，战车的左前轮断裂了，让恺撒一下撞到前面的挡板上，让整个战车摇摇晃晃，让拉车的马匹发出紧张的嘶鸣。

看到这一幕的人都倒吸一口气。

"怎么了？为什么大家都那么震惊？"克娄巴特拉对着赛克斯图斯·佩尔奎提恩努斯问，佩尔奎提恩努斯已经吓得脸色发白。

"这是一个凶兆！"他低声说，举起手来做了一个挡开邪灵的手势。

克娄巴特拉也赶紧跟着做了。

耽搁的时间很短，因为奇迹般地出现了一个新车轮，然后又很快装好了。恺撒站在一边，他的嘴唇在一张一合。他肯定是在念什么咒语，尽管克娄巴特拉不清楚他具体在说什么。

首席占卜官卢基乌斯·恺撒跑了过来。

"不，不，"恺撒对卢基乌斯说，他现在已经面带微笑了，"卢基乌斯，我会用双膝爬上'至善至尊者'朱庇特神庙的阶梯，来为这个凶兆赎罪。"

"天啊，盖乌斯，你不能这么做！那里的台阶有五十个！"

"我能这么做，我也会这么做。"他指着车厢内壁挂着的一个酒囊，"我可以喝点灵丹妙药。"

凯旋战车离开了，游行队伍的后部很快跟上来，在元老院成员后面的队伍绵延两里地。

在屠牛广场，凯旋者停下来向赫拉克勒斯的雕像致敬。赫拉克勒斯平时总是赤身裸体，只有在举行凯旋式时才会穿上跟凯旋者一样的盛装。

一万五千人挤进了大竞技场的露天看台，恺撒进入时响起的欢呼声震耳欲聋，连克娄巴特拉宫殿里的仆人都能听见。然后凯旋战车沿着大竞技场的一侧上去，绕过靠近卡皮纳城门的一头，又从另一侧下去，然后又朝着卡皮纳城门那一头的出口走去。这时候所有士兵都进入大竞技场了，人群的欢呼声也开始平息下来。所以当第十军团开始唱响他们的新歌时，所有人都静静地听着。

请为这个卖淫行家让路，
他除了那个漂亮的脑袋，
还有另一个脑袋专攻阴部，
他在床上或椅上跟他们做爱，
他在比希尼亚出卖自己的屁股，
因为海军无船可开，
凯撒要完成征集船队的任务，
他的床上功夫深得君王青睐，
所以他身经百战也不输，
虽然已经五十开外，
但他还是猛如牛犊，
我们的罗马国王真厉害！

恺撒叫来法比乌斯和科尔涅利乌斯，这两人走在那七十二个扈从的后面。

“告诉第十军团，如果他们继续唱歌，我的战利品就不会分给他们了，而且他们退伍之后也不会分到土地！”恺撒咆哮道。

消息一传过去，他们的小调就立刻停止。不过那些扈从都在讨论，究竟哪句歌词最让恺撒生气。法比乌斯和科尔涅利乌斯的结论是，有一句歌词说恺撒出卖身体，这一句最让恺撒生气。另外几个扈从认为是“罗马国王”那一句。总之肯定不是第十军团的粗言秽语，因为这在军队中是司空见惯的事。

等到漫长的一切都结束时，夜幕已经降临了。分发战利品的事情只能等到第二天。战神原野变成了一个军营,因为所有的退役老兵都在那里，他们在人群中观看了凯旋式。士兵必须亲自领取属于自己的战利品，在恺撒的这次凯旋式中也是如此，而恺撒的很多老兵都住在山内高卢。这些老兵一群群地聚在一起，并且把一份委托文件交给一个代表，这样可以尽量减少军团发薪人的麻烦。

普通士兵每人得到两万塞斯特尔提乌斯（这比从军二十年的饷银还要多），低级百夫长每人得到四万塞斯特尔提乌斯，高级百夫长每人得到十二万塞斯特尔提乌斯。如此丰厚的回报超出了以前的任何一支军队，就连庞培·马格努斯在东方打了胜仗并让罗马国库收入翻倍的那支军队都不能相比。虽然报酬丰厚，但是所有士兵离开时都很生气。为什么？因为恺撒拨出一小部分资金去送给罗马那些贫困的自由民，他们每人可以得到四百塞斯特尔提乌斯、三十六磅[①]油、十五莫迪乌斯[②]小麦。这些贫困的自由民做了什么事情，有什么资格得到这些东西？虽然那些穷人都欣喜若狂，但是士兵们却很不高兴。

军中的普遍舆论是：恺撒肯定是有所图谋。但是他到底在图谋什么呢？因为并没有任何规定阻止那些贫穷的自由民去参军，那恺撒为什么还要给这些没有参军的人礼物呢？

埃及、小亚细亚和非洲战争的凯旋式也紧随其后，虽然这些凯旋式都不像高卢战争的凯旋式那么壮观，但也超过了百分之九十的凯旋式。小亚细亚的凯旋式上有一辆彩车，上面展示的是恺撒和包围着他的许多王冠，彩车上还有一些漂亮的大字写着：我来，我见，我征服。非洲战争的凯旋式最后举行，这个凯旋式最让罗马的精英阶层不满，因为恺撒让自己的愤怒战胜了常识，竟然用游行彩车去嘲笑那些共和派的高层。其中包括：梅特卢斯·西庇阿沉迷肉欲、拉比恩努斯残害罗马军队、加图

---

① 磅（pound）是指罗马磅，一罗马磅等于335.9克。——译者注

② 莫迪乌斯（modius）是古罗马一种青铜的桶型容器，一般作为测量谷物的单位，1莫迪乌斯大约等于9.1升。——译者注

肆意纵酒。

这一年的额外娱乐不仅仅是这些凯旋式，恺撒还为他的女儿尤利娅举行了盛大的葬礼表演。尤利娅深受罗马民众的喜爱，她从小在苏布拉长大，身边都是平民百姓，而且她从未显示出自己高人一等。这就是为什么民众在罗马广场为她举行火葬，为什么她的骨灰会安放在战神原野的豪华坟墓之中，这是前所未闻的殊荣。

在庞培建造的石头剧院和随处搭建的临时木头剧院中，许多戏剧正在上演：普劳图斯、恩尼乌斯和特伦斯的喜剧很受欢迎，不过还是简单的阿泰拉哑剧最受欢迎。这种闹剧由很多滑稽的角色戴着固定的面具来表演。不过，因为要照顾到所有人的品味，所有还有一小部分资金用于索福克勒斯、埃斯库罗斯和欧里庇得斯的高雅戏剧。

恺撒还举行了一个新剧作的比赛，为最佳剧本提供丰厚的奖金。

"我亲爱的撒路斯提乌斯，你除了书写历史，还应该写一些剧本。"恺撒对撒路斯提乌斯说，他很喜欢这个家伙。虽然撒路斯提乌斯干了那些事，但恺撒还是很喜欢他。在担任非洲行省总督时，撒路斯提乌斯肆无忌惮地大肆搜刮，并因此被召回罗马。恺撒替他尽力弥补，亲自掏出几百万补偿了那些遭受损失的种粮和经商大户。但恺撒还是那个恺撒，还是对撒路斯提乌斯青睐有加。

"不，我不是一个剧作家，"撒路斯提乌斯摇着头说，他对写剧本毫无兴趣，"我正在写喀提林的阴谋，为了写出一部准确的史书，我已经快忙死了。"

恺撒眨了眨眼："天啊，撒路斯提乌斯！我想你大概会把西塞罗吹上天吧。"

"恰恰相反，"这个洗劫行省而不知悔改的人说，"我认为整件事都怪西塞罗。他通过制造危机来显示自己的执政官任期并非平凡无奇。"

"你这本书出版的时候，罗马会变得像乌提卡一样狂热。"

"出版？哦，不，我不敢出版，恺撒。"他笑出声来，"至少在西塞罗去世之前不敢出版。我希望不用等上二十年！"

“难怪米洛因为你跟他那亲爱的浮斯塔调情而收拾你，”恺撒笑着说，“你简直是不可救药。”

尤利娅的葬礼表演不只是戏剧，恺撒还在罗马广场和他新建的尤利乌斯广场组织了角斗士表演、野兽展示、战俘角斗，还有最新的武器展示。除了在打斗进行时，这些展览的四周都用战争中淘汰的长剑围起来了。

然后恺撒又为所有罗马人举行公共宴席，至少摆出了两万两千桌美食。这些美食包括六千条淡水鳗鱼，这些鳗鱼是恺撒从他的朋友卢基利乌斯·希尔鲁斯那里借来的，因为卢基利乌斯·希尔鲁斯不肯卖出这些鱼，所以恺撒要用其他东西作为补偿。宴席上酒水不断，每张桌子上都堆满食物，剩余的食物足以让穷人拿回家里改善一段时间的伙食。

西塞罗一直给身在山内高卢的布鲁图斯写信。

> 恺撒竟然不顾体面地嘲笑在非洲的共和派英雄，我知道我已经跟你说过这件事情，但我到现在还是愤愤不平。他在庆典表演上的品味如此出众，为什么会有这种恶趣味去嘲讽那些值得尊敬的反对者？
>
> 不过，我写这封信并不是因为这件事。我终于跟特伦提娅那个泼妇离婚了。三十年的悲惨经历！所以我到六十岁时又成了一个单身汉，这真是一种奇怪而自由的状况。到目前为止，我已经向两个寡妇求婚了，一个是庞培·马格努斯的妹妹，另一个是他的女儿。普布利乌斯·苏拉突然死掉了。你应该知道这件事？这让恺撒很伤心，他向来很喜欢普布利乌斯·苏拉。尽管我不知道恺撒为什么会喜欢他。普布利乌斯·苏拉的父亲是老赛克斯图斯·佩尔奎提恩努斯的养子，任何一个在这种家庭中长大的人都不会是什么好东西。总之，普布利乌斯·苏拉的妻子庞培娅现在成了一个寡妇。不过，我更喜欢另一个庞培娅，首先这个比前面那个年轻了三十岁。其次，她似乎是一个比较乐观的寡妇，没有为浮斯图斯·苏拉的去世过度伤心。这

也许是因为恺撒允许她保留自己的所有财产，而她自己的财产非常多。亲爱的布鲁图斯，我不会跟一个穷女人结婚，但是经历过特伦提娅之后，我也不会跟一个完全控制自己财产的女人结婚。所以，也许这两个庞培娅都不是理想人选。我们罗马人给女人太多自主权了。

图利乌斯·西塞罗家族中还有另外一个人也离婚了。我亲爱的图利娅终于跟那个禽兽不如的多拉贝拉离婚。我要求多拉贝拉给回她的嫁妆，身为受害方的妻子有权提出这个要求。出乎我意料的是，多拉贝拉竟然答应了！我想，他正试图挽回恺撒的好感，所以才会答应给钱。恺撒一直都坚持女人应该得到合理的对待，看看他对安东尼娅·海布里达的关心就知道了。然后发生了什么事呢？图利娅告诉我，她怀了多拉贝拉的孩子！噢，女人究竟是怎么回事？不仅如此，图利娅的情绪非常低落，似乎对即将到来的孩子也失去兴趣了，而且她竟然说她会离婚都怪我！她说，这是我不停唠叨的结果。我投降了。

盖乌斯·卡西乌斯肯定给你写过信，告诉你他就要从非洲行省回家了。我猜测，他跟瓦提亚·伊绍里库斯毫无共通之处，除了他们的妻子都是你的姐妹这一点。总之，瓦提亚对恺撒忠心耿耿，无论如何都不会动摇。根据卡西乌斯在信中告诉我的，瓦提亚是个非常严厉的总督，他重整了亚细亚行省的税赋（虽然亚细亚行省未来几年的税赋都免除了），让任何收税人或罗马商人都不能从这个行省的税赋中捞到一个银币。布鲁图斯，我倒要问问你，如果不让罗马人从行省捞到一个银币，那罗马还要这些行省干什么呢？真的，我觉得恺撒相信，罗马应该给行省掏钱，而不是行省给罗马掏钱！

盖乌斯·特里波尼乌斯已经到达罗马，好像是被拉比恩努斯和庞培兄弟从远西班牙赶出来了。昆图斯·卡西乌斯在那里担任行省总督时大肆搜刮，据说卡西乌斯的行为跟盖乌斯·维瑞斯差不多，这让特里波尼乌斯的日子很不好过。拉比恩努斯和庞培兄弟这三个共和派高高兴兴地登陆了，而且他们在招募军队时也很成功。格涅乌斯·庞培把他的许多船只停在巴勒阿里克岛附近，现在正以新任罗马总督的身份住在科尔杜巴。拉比恩努斯负责军事指挥。

我在猜测，恺撒接下来准备干什么呢？

“我想，恺撒一处理完法令的事情，就会尽快赶去西班牙。”卡尔普尔尼娅对马尔基娅和波尔基娅说。

波尔基娅的眼睛冒出亮光，她的脸上充满希望。“这次不一样了！”她大叫道，右手握成拳头激动地砸进左手掌，“恺撒的军团日益不满，而且从昆图斯·塞尔托里乌斯的时代之后，西班牙的军团就像意大利的一样优秀。你们等着瞧，西班牙就是恺撒的葬身之地。我要为此祈祷！”

“好啦，波尔基娅，”马尔基娅说，她看到卡尔普尔尼娅一脸悲伤，“要记得我们的同伴。”

“噢，确实！”波尔基娅懊恼地说，她伸手握住卡尔普尔尼娅，“可怜的卡尔普尔尼娅为什么要在乎呢？恺撒的所有时间都在台伯河那边跟那个女人在一起！”

卡尔普尔尼娅心想，确实如此。恺撒在主人床上度过的夜晚，都是第二天一早就要去元老院开会。否则，他总是在她那儿。我很嫉妒，而且很讨厌自己的嫉妒。我也讨厌她，但我还是爱着恺撒。

“我相信，”她镇定自若地说，“王后非常了解政治，他跟她在一起的时间很少用于男女私情。按照他说的，他们一直在讨论他的法令，还有政治的事情。”

“你是说，他竟敢当着妻子的面提起那个女人的名字？”波尔基娅难以置信地问。

“是的，经常。这就是为什么我不是很担心她的存在。恺撒对待我的态度跟以前相比没有丝毫改变。我是他的妻子，而她最多只是他的情妇。不过，”卡尔普尔尼娅满心向往地说，“我还是很想见见那个小男孩。”

“我父亲说，他是个漂亮的孩子，”马尔基娅说着皱起眉头，“有趣的是，阿提娅的儿子奥克塔维乌斯很讨厌那个王后，而且不肯相信那个孩子是恺撒的。但是我父亲说，那个孩子肯定是恺撒的，他长得很像恺撒。奥克塔维乌斯把她叫做‘野兽王后’，因为她的神明都长着野兽的头。”

“奥克塔维乌斯嫉妒她。”波尔基娅说。

卡尔普尔尼娅瞪大双眼。“嫉妒？为什么呢？”

“我不知道，但是我的儿子卢基乌斯在战神原野训练时认识了奥克塔维乌斯，他说奥克塔维乌斯对这个毫不掩饰。”

“我不知道奥克塔维乌斯和卢基乌斯·比布路斯是朋友。”马尔基娅说。

“他们都是十七岁，而且卢基乌斯是少数几个不会在训练时嘲笑奥克塔维乌斯的孩子。”

“为什么其他人要嘲笑奥克塔维乌斯？”卡尔普尔尼娅疑惑地问。

“因为他有气喘的毛病。我父亲，”波尔基娅接着说，她一提起加图，语气就有点改变了，“说奥克塔维乌斯不应该受到神明的这种惩罚。我儿子也表示赞同。”

“可怜的孩子。我不知道。”卡尔普尔尼娅。

“我住在那座房子里是知道的，”马尔基娅沉着脸说，“阿提娅有好几次担心他会没命。”

“我还是不明白，他为什么要嫉妒克娄巴特拉呢？”卡尔普尔尼娅说。

“因为她抢走了恺撒，”马尔基娅解释道，“在克娄巴特拉来到罗马之前，恺撒经常跟奥克塔维乌斯在一起。现在，恺撒已经忘记奥克塔维乌斯的存在了。”

“我父亲谴责嫉妒心，”波尔基娅正色道，“他说这样会破坏内心的平静。”

“我并不觉得我们有多大的嫉妒心，但是我们都没有内心的平静。”马尔基娅说。

卡尔普尔尼娅抱起一只在地上走来走去的小猫咪，亲了亲它那毛茸茸的小脑袋。“我有一种感觉，”她说着摸了摸小猫扁扁的肚皮，“克娄巴特拉的内心也不平静。”

这个猜测很准确。克娄巴特拉得知恺撒要到西班牙去镇压那里的共和派，她满心沮丧。

“但是我在罗马不能没有你！”她说道，“我不想让你把我单独留在这里！”

“如果不是因为秋冬季节从这里航行到亚历山大里亚太危险，那我会建议你回家去，”恺撒说，努力克制着自己的脾气，“亲爱的，坚持一下，这场战争不会太长时间。”

“我听说共和派有十三个军团。”

“我想这是最低限度的估计。”

“而你几乎解散了全部老兵军团，只留下两个。”

“是的，只留下第五和第十军团。但是拉比里乌斯·波斯图穆斯已经答应再次充当我的征兵官，他已经到山内高卢去征兵，而那里有许多无聊的老兵会再次入伍。我会召集八个军团，这样就足以打败拉比恩努斯了。”恺撒留恋不舍地凑过去亲了亲她。她还是有点生气。于是恺撒转移了话题。“你看过人口普查的数据了吗？”他问道。

“我看了，真是棒极了，”她热切地说，已经转移了注意力，“等我回到埃及，我也要进行类似的人口普查。最令我惊奇的是，你怎么能培训那么多人去逐家逐户调查呢？”

“噢，人们都喜欢打听消息。训练的重点在于教会他们如何应付那些不喜欢被打听消息的人。”

“恺撒，你的天赋让我嫉妒。你做所有事情都这么迅速高效，我们这些人完全跟不上你。”

“你再接着夸我，我的头就大得进不了你的门了，”他说着就皱起眉头，“至少你的夸奖是真心的！那些白痴在‘至善至尊者’朱庇特神庙的柱廊里摆了一辆黄金战车，你知道那些白痴在那辆该死的战车上面放了什么吗？”

她知道。当时她也同意这个安排，只是她现在对恺撒的了解更深入了，所以才知道为什么那个东西会让恺撒如此生气。元老院和十八个百人团让人打造了一尊恺撒赶着四轮战车在地球之巅的黄金雕像，而这个荣誉是违背恺撒的意愿强加在他身上的。

“这些荣誉让我进退两难，”他之前曾经对她说过，“当我拒绝这些荣誉时，我让自己显得粗鲁无礼、不知感激。可是当我接受这些荣誉时，我又让自己显得自以为是、骄傲自大。我跟他们说过，我不会容忍这个该死的雕塑，但他们还是不管不顾。”

他直到今天早晨才看到那个“该死的雕塑”，因为这个雕塑今天才揭幕。这个雕塑出自阿塞西劳斯之手，算是一件精彩之作。他雕刻的四匹马活灵活现。恺撒有点惊喜地围着雕塑转了转，直到他发现战车的前面挡板上镶着一个牌子。这个牌子上用希腊文书写的内容，跟他那尊在以弗所的雕像一模一样：神明显身，以及其他等。

“把那个可恶的东西拿掉！”恺撒高声怒吼。但是没有人去执行命令。

有一个元老腰带上佩着一把短剑，恺撒抢过短剑挖开表面的黄金镂刻，把那块牌子撬下来。“绝对，绝对不要用这种话来形容我！”他说完就大步走开，而那块牌子已经在他的暴怒中被揉成一个金属球扔在一边。

所以克娄巴特拉现在毫不意外地说：“是的，我知道。我很遗憾那个东西对你造成冒犯。”

“我不想成为罗马国王，我也不想成为一个神！”他咆哮道。

“你就是一个神。”她简单直接地说。

“不，我不是！克娄巴特拉，我是一个凡人，我像所有凡人那样难免一死！我——会——死！听到了吗？死！神不会死。如果我死后被当成神，那是另外一回事。那时候我已经进入长眠，不知道我是一个神了。但是只要我还活着，我就不可能是一个神。而且，”他大声质问，“我为什么要成为罗马国王呢？身为独裁官，我可以做我想做的任何事。”

“他就像一头被一群小孩戏弄的公牛，而那些小孩安全地躲在围栏之外，”赛尔维利娅对盖乌斯·卡西乌斯说，她的语气纯属幸灾乐祸，“哦，这让我高兴极了！还有蓬提乌斯·阿奎拉也是。”

“你这个忠心耿耿的情人怎么样了？”卡西乌斯油嘴滑舌地问。

“正在帮我对付恺撒，不过他的手段很巧妙。当然，恺撒并不喜欢他，但是处事公平是恺撒的弱点，所以如果一个人表现得忠实可靠，他就会得到恺撒的任用，即便他是一个得蒙宽恕的共和派，甚至是赛尔维利娅的情人。”她得意扬扬地说。

“你真是个蛇蝎心肠的女人。”

“我一直都是个蛇蝎心肠的女人。我必须这样才能在德鲁苏斯舅舅的家里生存。德鲁苏斯让我一直待在育儿室，而且不许我离开那座房子，直到我嫁给布鲁图斯的爸爸为止。你不知道吗？”她问道。

“不，我不知道。身为李维乌斯·德鲁苏斯家族的一员，他为什么要这样做呢？”

“因为我给我父亲当卧底，他是德鲁苏斯的死敌。”

“你那时多大年纪？”

“九岁、十岁、十一岁。”

“可是你为什么要跟你母亲的兄弟住在一起，而不是跟着你自己的父亲？”卡西乌斯问。

“我母亲跟加图的父亲通奸，”她说道，虽然这已经是非常久远的记忆，但她的面孔还是发生了可怕的扭曲，“因此我父亲把自己的孩子都当作别人的。”

“这就不难理解了，”卡西乌斯了然道，“但是你给他当卧底？”

“他是出自赛尔维利乌斯·凯皮欧家族的贵族。”她说道，仿佛这就足以解释一切。卡西乌斯对她很了解，知道这对她来说确实足以解释一切。

“瓦提亚在非洲行省怎么样？”她问道。

“他不让我和布鲁图斯收债。”

“哦，我知道了。”

“布鲁图斯怎么样了？”

她扬起一根乌黑的眉毛，看起来漠不关心。“我怎么知道？他给我的书信，就像给你的书信一样少。他和西塞罗倒是经常通信。为什么不呢？

他们就像两个老太婆。”

卡西乌斯咧嘴一笑。“我回来的路上在图斯库卢姆见到西塞罗，跟他一起待了一晚上。他正忙着给加图歌功颂德，如果你喜欢这个消息的话。不，我想你不会喜欢。不过，即将在西班牙爆发的战争让他忧心忡忡，考虑到他对恺撒的痛恨，这实在让我很惊讶。我问他为什么，他说如果庞培兄弟打败恺撒，那他相信由庞培兄弟来充当罗马之主会比恺撒糟糕得多。”

“亲爱的卡西乌斯，那你是怎么回答的呢？”

“我说，像他一样，我也觉得还是那个容易相处的老主人更好一些。庞培家族来自皮塞努姆，我知道的皮塞努姆人都对精英阶层非常残酷。只要给一个皮塞努姆人画张像，你就会知道一个野蛮人是什么样。”

“这就是为什么皮塞努姆人总能成为优秀的保民官。他们喜欢在背后发动攻击，而且他们最爱搞破坏。呸！”赛尔维利娅鄙夷道，“至少恺撒是罗马人中的罗马人。”

“他身上的血统足以让他成为罗马国王。”

“就像苏拉一样，”她表示赞同，“但是，就像苏拉一样，他也不想成为罗马国王。”

“如果你能这么肯定地这样说，那你和其他一些人为什么还那么绞尽脑汁，要让恺撒显得很想戴上王冠的样子？”

“这样可以消磨时间，”赛尔维利娅说，“而且，我身上肯定有一点皮塞努姆人的血统，因为我也很喜欢搞破坏。”

“你有见过王后陛下吗？”卡西乌斯问,感觉到身为罗马人的好处。噢，回家真好！特尔图拉有一半血统属于恺撒，但是还有另外一半血统属于赛尔维利娅，这两种血统的组合让特尔图拉成为一个非常迷人的妻子。

“亲爱的，王后陛下和我是好朋友，”赛尔维利娅得意地说，“有些罗马女人真愚蠢！我的大部分女性同辈都给埃及王后贴上了‘有失体面’的标签，你能相信吗？这难道不是很愚蠢吗？”

“为什么你不觉得跟她来往有失体面呢？”

"因为跟她搞好关系更有趣。等恺撒出发前往西班牙，我就会把她拉进社交圈。"

卡西乌斯皱起眉头。"岳母，我敢肯定你的动机一点都不高尚。但是不管你是什么动机，我实在猜不透。你对她的了解那么少。她可能是比你还厉害的毒蛇。"

赛尔维利娅伸出双臂在头顶上伸了个懒腰。"噢，卡西乌斯，你错了。我对克娄巴特拉有很多了解。你知道,她的妹妹在罗马待了将近两年时间。恺撒让她以战俘的身份参与凯旋式。她之前跟老凯基利娅同住，而凯基利娅是我的好朋友，所以我跟阿尔西诺伊公主很熟。我们说了很多关于克娄巴特拉的事。"

"那个凯旋式已经是三个月前的事。阿尔西诺伊公主现在去哪了？"卡西乌斯夸张地四处张望，"我很惊讶，她没有住在你家。"

"如果我有一丁点机会，肯定会让她住在这里。可惜凯旋式结束之后，恺撒就把她放到一艘船上送去以弗所。我听说，她在那里的阿耳忒弥斯[①]神庙中服务。她只要一离开那里，就很可能会被人买凶杀掉。恺撒显然已经向克娄巴特拉保证，他已经剪掉了阿尔西诺伊的羽翼。真可惜！我多么期待让她们姐妹相遇。"

卡西乌斯打了个寒颤。"赛尔维利娅，有时候，我真的很庆幸你还比较喜欢我。"

赛尔维利娅没有直接回答，而是转移了话题。"卡西乌斯，你真的宁愿让恺撒充当你的主人？"

卡西乌斯脸色一沉。"我宁愿没有任何主人。承认自己有一个主人是对罗马人的侮辱。"他咬牙切齿道。

---

① 阿耳忒弥斯（Artemis）是希腊宗教中掌管野生动物、狩猎和植物生长的女神，也是司掌贞操和分娩的女神。——译者注